让－保尔·萨特

(1905 – 1980)

Jean-Paul Sartre

萨特文集
Jean-Paul Sartre

沈志明
夏玟
主编

戏剧卷 Ⅱ

郭安定
沈志明
译

人民文学出版社

JEAN-PAUL SARTRE

Nekrassov
©Editions Gallimard, Paris, 1956

Les séquestrés d'Altona
©Editions Gallimard, Paris, 1960

Kean
©Editions Gallimard, Paris, 1953

« Entretiens de Sartre sur le théâtre » in Un théâtre de situations
©Editions Gallimard, Paris, 1973

Simplified Chinese translation copyright
©People's Literature Publishing House 2019

All rights reserved

目　次

涅克拉索夫 ………………………………… 郭安定 译 1
阿尔托纳的隐居者 ………………………… 沈志明 译 197
凯恩 ………………………………………… 郭安定 译 381

附录
萨特谈"萨特戏剧" ………………………… 沈志明 选译 543

八 幕 剧

涅克拉索夫

(一九五六年)

郭安定 译

人　物

第一幕：塞纳河畔

　　男流浪者，女流浪者，乔治·德·瓦列拉，警官高伯莱，警察甲、乙

第二幕：巴洛丹的办公室

　　儒勒·巴洛丹，女秘书，希比洛，塔维尼埃，佩里格尔，穆东

第三幕：希比洛家的客厅

　　乔治，警察，维罗尼克，希比洛，高伯莱

第四幕：巴洛丹的办公室

　　塔维尼埃，佩里格尔，女秘书，巴洛丹，乔治，希比洛，穆东，莱米尼埃，沙里锥，奈西亚，贝尔热拉

第五幕：乔治五世大街上的一套公寓房间

　　警察甲、乙，花店伙计，乔治，希比洛，戈斯达涅夫人，维罗尼克

第六幕：布努米夫人家的客厅

　　博杜安，沙布衣，布努米夫人，奈西亚，贝尔德里叶，沙里维，贝

尔热拉,莱米尼埃,佩里格尔,女秘书,摄影师,男客甲、乙,女客甲、乙、丙、丁,巴洛丹,穆东,德米多夫,高伯莱,乔治,希比洛,警卫甲、乙

第七幕:希比洛家的客厅
　　乔治,维罗尼克,沙布衣,博杜安,护理甲、乙,高伯莱,德米多夫

第八幕:巴洛丹的办公室
　　奈西亚,沙里维,贝尔热拉,莱米尼埃,巴洛丹,博杜安,沙布衣,穆东,希比洛,塔维尼埃,佩里格尔

第 一 幕

〔塞纳河岸,近处有座桥。皓月当空。

第 一 场

〔男流浪者躺着睡觉;女流浪者坐着,若有所思。

女流浪者　噢!

男流浪者　(半睡半醒)啊?!

女流浪者　真漂亮!

男流浪者　什么?

女流浪者　月亮。

男流浪者　月亮,这有什么漂亮的!天天看得见。

女流浪者　说它漂亮,因为它圆。

男流浪者　反正这是有钱人的事。还有观赏星星什么的。(他又躺下,睡着了)

女流浪者　喂!喂!(摇晃男流浪者的身子)

男流浪者　你能不能叫我安静会儿?

女流浪者　(非常激动)看!那儿!那儿!

男流浪者　(揉着眼睛)哪儿?

女流浪者　桥上,路灯旁边。又是一个!

男流浪者　这有什么大惊小怪的。现在正是干这事儿的季节嘛!

女流浪者　他瞧月亮呢。这事倒叫我挺高兴,因为刚才我也看月亮来着。他在脱上衣,还把它叠起来。嗨!这人不赖。

男流浪者　不管怎么说,他也是个小孬种。

女流浪者　为什么?

男流浪者　因为他想跳河寻死。

女流浪者　淹死倒挺合我的口味。只要不往下跳就行。我仰面朝天躺在水里,全身摊开,河水,就像个小情人儿,从各处进入我体内。

男流浪者　因为你是女人。一个真正的男子汉,在离开这个世界时,就得放响屁,干干脆脆。可那小子准得跟娘儿们似的扭扭捏捏,没错。(又躺下睡觉)

女流浪者　你就不看他跳了再睡?

男流浪者　他还要磨蹭呢。等他决心定了,再叫醒我也不迟。
(说着又睡着了)

女流浪者　(自言自语)我最爱看这种时刻,临跳前的那会儿工夫。人到了这地步,看上去都挺和善。他俯下身去,盯着水里的月亮。水在流,可月亮不动。(推男流浪者)跳了!跳了!
(跳入水中的声响)嗯?跳得挺够意思的。

男流浪者　哼!(站起来)

女流浪者　你到哪儿去?

男流浪者　他的上衣!他的上衣留在那儿了。

女流浪者　你总不能撇下我,让我一个人和淹死鬼在一块儿吧!

男流浪者　没什么可害怕的。他沉底了。(往旁边走,准备下场)他妈的,还没死。

女流浪者　怎么办?

男流浪者　没什么。脑袋又露出来了。光露个脑袋,这是正常的。(又坐下)不过,我还得等一等。只要他还有口气,我就不动他的衣服。动了就算偷。(责备似的连续发出咂嘴声)啧,啧,啧……

女流浪者　你怎么了?

男流浪者　我不喜欢这样。

女流浪者　你到底说什么呀?

男流浪者　他游上泳了!

女流浪者　嗨!你总没有满意的时候。

男流浪者　我可看不上那些窝囊废!

女流浪者　窝囊废不窝囊废,他反正得死。

男流浪者　这回可真是个窝囊废!再说,那件上衣捞不到手了。我呀,我至少得等他死了才去拿。可我敢打赌,头一个过桥的,不管是谁,准没有我这么高尚。　(走到缆桩跟前,解下绕在桩上的缆绳)

女流浪者　罗贝尔,你干什么呢?

男流浪者　(继续放缆绳)我解这条绳子。

女流浪者　干什么用?

男流浪者　(继续放绳索)扔给他。

女流浪者　为什么你要扔给他?

男流浪者　叫他抓住绳子啊。

女流浪者　住手。可怜虫!让专干打捞营救的去搞吧。咱们是流浪人,得老老实实,就像个花坛一样,什么也没看见。你要是出头露面哪,就等着受罪吧。

男流浪者　(被说服)老婆子,你说得就跟书上写的一样。

女流浪者　那么,就别给他扔绳子了。

男流浪者　我还得扔。

女流浪者　为什么？

男流浪者　因为他还在游。

女流浪者　（走到河边）住手吧，别扔了！你瞧，太晚了，他沉下去了。总算完了！

男流浪者　（边向河中看去）我们可真不该！（随即又躺下）

女流浪者　上衣呢？你不去拿？

男流浪者　我已经没心思干这个了。瞧，这是一个人，因为没人救他而死了。是啊，这使我想到我自己：在生活里，要是早有人帮我一把……（打哈欠）

女流浪者　快去！罗贝尔！快去！

男流浪者　让我睡会儿好不好！

女流浪者　快，我叫你快点！拿绳子！他又漂上来了。（拉起男流浪者）浑蛋！你怎么见死不救？

男流浪者　（一边站起来，一边打哈欠）你改变主意了？

女流浪者　对。

男流浪者　（把缆绳全放开）为什么？

女流浪者　因为他又露出水面了。

男流浪者　女人啊，真没法理解。（抛绳索）

女流浪者　扔准点儿！（发脾气）你就不知道这样他够不着？

男流浪者　（把绳索又收回来）女人都是一样。一个人刚跳河寻死，可你想叫他心甘情愿地再上来。你就不知道什么是廉耻吗？（又抛绳索）

女流浪者　他抓住了！他抓住了！

男流浪者　（失望）他甚至连样子都没装一装。要不，我怎么说他有娘儿们气呢。

女流浪者　他自己拽着绳子朝上爬呢。得救了！你不感到骄傲吗？我可感到骄傲。就好像你给我弄出个孩子来一样骄傲。

男流浪者　是啊！可见在生活里,并不是只有坏人！想当初我要是碰上一个像我这样的好人,从厄运中把我拉出来……

〔乔治上。浑身水淋淋的。

第 二 场

〔前场人物,乔治。

乔治　（怒不可遏）一群王八蛋！

女流浪者　（难过地）你瞧瞧！

男流浪者　人就是这样忘恩负义。

乔治　（揪住男流浪者的上衣,使劲摇晃）你他妈的管什么闲事,混账东西！你把自己看成老天爷啦？

男流浪者　我们还以为……

乔治　你以为什么！今晚这么亮,跟大白天一样,你根本不可能搞不清我要干什么。我要自杀,你听见了吗？你们难道那么卑鄙,连一个要死的人的意愿都不尊重？

男流浪者　您刚才还没到要死的地步。

乔治　谁说的！我那不是马上就要死了吗？

男流浪者　刚才您并非马上要死,因为您现在还没死。

乔治　我之所以没死,那是因为你们违背了我的遗愿。

男流浪者　什么遗愿？

乔治　死的遗愿呗。

男流浪者　那称不上什么遗愿。

乔治　谁说的！

男流浪者　当然称不上。您那会儿还在水里游呢。

乔治　这算什么！我游一会儿,是等着沉底呢。要是你们不抛绳子……

男流浪者　嗨！要是您不抓呢……

乔治　我是不得已才抓的。

男流浪者　什么逼您非抓不可？

乔治　咳！还不是人性嘛！自杀,那是违背人性的！

男流浪者　这回您总算看对了！

乔治　我看对什么了？噢,原来你是个崇拜人性的人啊！我当时不是不知道,我的那个人性啊,它会不答应的。可是,我算计好了,就是它不答应也来不及了。先冻得我浑身麻木,再叫水这么一呛,我就喊不出来了。什么都预料到了,就是没想到冒出一个傻老头,利用了我求生的本能。

男流浪者　我们可没想作孽呀。

乔治　我要责备你们的正是这个！大家都想作孽,你就不能跟大家一样吗？要是刚才你也想作点孽,你就会乖乖地等我沉了底,你就会蔫不唧儿地走上桥头,把我撂下的衣服拿走,那可就三全其美啰。我呢,死了;你们俩呢,还能捞三千法郎。

男流浪者　这件上衣值三千法郎！（欲躲开。乔治一把抓住他）

乔治　少说也值三千。说不定值四千。（男流浪者又想躲开,乔治又把他拉回来）

男流浪者　天哪！

乔治　一件漂亮的全新上衣,又暖和,又时髦,丝绸衬里,还有好几个暗口袋。这件上衣从你鼻子底下溜走了！我再去寻死的时候可就要穿着它了。你懂吗,傻瓜！我死了才对你有好处。

男流浪者　先生,这我知道。不过,我那会儿一心想的只是您呀！

乔治　（粗暴地）你说什么？撒谎！

男流浪者　我们是想给您帮个忙。

乔治　你撒谎！（男流浪者正要表示抗议）你再说一个字，我就揍你这小子。

男流浪者　要怎么揍您就揍吧。反正我说的是实话。

乔治　老家伙，我活了三十五岁，人世间什么卑鄙龌龊的事我都经历过。人心哪，我算是看透了。可是，到了我的末日，竟有这么个人模狗样的家伙，有胆子当着我的面，（指了一下河水）在我的灵床前，冲着我说，他想帮我个忙！你听好了，从来没有谁帮过谁的忙。幸亏如此！你以为我会感激你？我感激你？我告诉你，我瞧不上你，就是瞧不上！（忽然有所怀疑）你把话给我说清楚：唉，你是不是觉得多亏了你，我才捡了一条命？（摇晃男流浪者的身子）你说！

男流浪者　不，先生，不。

乔治　那我这条命该属于谁？

男流浪者　不属于任何人。命是您自己的，完全属于您。

乔治　（放开男流浪者）是啊，老家伙，命是我的。我这条命是不属于任何人的，就连生我养我的父母我也不欠他们的账。他们没掐算好，这才倒霉地生出了我。谁供养、教育我来着？谁安慰过我最初的忧伤？谁又保护我免遭世上的种种危险？是我！是我自己！我只欠我自己一个人的账。我是我自己所作所为的好儿子！（又抓住男流浪者的衣领）告诉我，你到底图个什么？我临死前一定要弄个明白。是钱吗？你以为我会给你钱吗？

男流浪者　先生，一个人要自杀，恰恰是因为他没钱。

乔治　那总有点什么别的可图了。（恍然若有所悟）没错！你们俩一定是非常高傲的人喽。

男流浪者 （不知所措）我们俩？

乔治 你一定想："此人必非寻常之辈，看他衣冠楚楚，仪表堂堂，容貌虽不出众，看上去却聪明伶俐、颇有魄力。这样一位先生，一定不会鲁莽从事，他既然要了结自己的余生，想必出于某种重大原因。可是，我，我这个阴沟里的耗子，这个区区小虫，这个腐烂发臭的地老鼠，可我比他看得还远，他怎样做对自己更有利，我比他自己更清楚，我替他做出决定，他该活下去！"这不是骄傲又是什么？

男流浪者 天哪……

乔治 尼禄①从奴隶们的妻子身边把奴隶夺过来，扔到河里喂鱼；你呢，你把我从鱼嘴里夺下来，又抛给人们吞噬。你这不是比尼禄还残忍吗？你考虑过没有，世人原来要怎样整治我？你没想过。你是任着性子想怎么干就怎么干。可怜的法兰西啊！要是全国的流浪汉都像罗马皇帝尼禄那样随心所欲，法兰西将变成什么样子！

男流浪者 （惊恐地）先生……

乔治 像尼禄那样！你们最高的享受，就是叫那些活不成的人也死不成。你们专门躲在暗处候着那些当今的厌世者，看准了时机就提起线儿操纵他们。

男流浪者 提什么线儿？

乔治 加利古拉②暴君，你别装好人了！我们身上都连着线儿，只要人家提线提得得法，我们就跟着跳舞。我是吃过苦头才懂

---

① 尼禄（37—68），古罗马皇帝，以残暴闻名。
② 加利古拉（约12—41），罗马皇帝，公元三七年至四一年在位，是历史上著名的暴君。

得这一点的。我就这样提过别人的线,我玩了十年。只不过,我,我不像你们那样,我不去招惹受折磨的苦孩子、被人家玩弄过的姑娘和有家室之累的失业者。我专找那些飞黄腾达、权倾一时的阔佬,专到这些人家里去花言巧语连哄带骗。噢!生活就像打扑克牌一样。有时候啊,一对七就能战胜四张同花。一个不名一文的加利古拉式的人物就能牵动我的绳子,叫我这个过去牵着世上大人物们鼻子走的人在月光下跳舞。(稍停)算了吧,我还是跳河的好。再见了,晚安。

男、女流浪者 晚安。

乔治 (又返回来对男、女流浪者说)你们不会再救我吧?

男流浪者 再救你?

乔治 是啊,绳子,在那儿,不会了吧……

男流浪者 哦!不会了!我发誓,我们再也不干那种蠢事了。

乔治 要是我在水中挣扎呢?

女流浪者 我们就只搓搓手。

乔治 我要是喊救命呢?

女流浪者 那我们就唱歌,把你的声音盖住。

乔治 真好!好极了!(仍在原地不动)

女流浪者 再见啦。

乔治 多少时间浪费掉了!我本应该死去十分钟了。

男流浪者 (胆怯地)哦!先生,十分钟,这算得了什么?

女流浪者 特别是像您这样,当永恒就在眼前的时候。

乔治 我愿意在永恒里见到你们!永恒刚才是在我的眼前,这是事实。不过,由于你们的过错,我让永恒溜掉了,我现在不知道怎样才能把它抓回来。

男流浪者 永恒不会走远的。

乔治　（用手指着河水）用不着找了,永恒就在那儿。现在的问题是要到那里去与它会合。请理解我:刚才我遇到一个难得的机会,我走在一座桥上,恰好这时我感到绝望,这两种场合不是那么容易碰到一起的。现在呢,我不再站在桥上了,但是我希望——听好了,我说的是我希望——我现在还处于绝望之中。哎!它们来了!

男流浪者　（吓了一跳）谁?

乔治　促使我死的理由。（扳着手指头数）这些理由一一都在。

男流浪者　（急促地）我们不打算阻挡您,先生,不过,既然你已经找回理由……

女流浪者　（急促地）您要是不嫌我们冒昧的话……

男流浪者　（急促地）我们很喜欢知道您的理由。

女流浪者　（急促地）这些日子,我们看到不少人跳河……

男流浪者　（急促地）可并不是天天能找到机会同他们谈谈。

乔治　星星啊,转过脸去吧!苍天啊,快把你的月亮带走!应该有两个太阳,才能把人类愚蠢的叽里旮旯儿照亮。（向两个流浪者）你们竟敢问我想死的理由?倒是该我,该我问问你们这些可怜虫,你们活着的理由是什么?

男流浪者　我们活着的理由……（向女流浪者）你,你说得上来吗?

女流浪者　说不上来。

男流浪者　人活着……就是这么回事呗。

女流浪者　既然开了头,就得过下去。

男流浪者　反正总要到头,干吗非要自己往台阶下走呢?

乔治　到头是要到头的。可落得个什么样子?还没死就成了臭肉一摊。别错过我给你们的这个机会。把手伸给我,咱们三个手拉手,一齐跳。这样,死就成为一桩乐事了。

女流浪者　可是,干吗非要死呢?

乔治　因为你们早就倒下了。生活,就像剧院里失了火,一片慌乱。大家都找太平门,可是谁也找不到,你挤我,我撞你。谁要跌倒了,那就活该倒霉,马上被众人踩在脚下。四千万法国人都在你们脸上踩来踩去,这分量你们感觉到了吗?可谁也别想踩我。我周围的人都叫我踩过了。今天,我倒在地上了。那么,再见吧。我宁愿一命呜呼,也不愿让人老踩在脚下。你知道吗?很久以来,我总是随身带着毒药,就藏在戒指的宝石座底下。我已经提前死了;我翱翔于人间之上;我以艺术家的超脱观察这一切。这多么轻盈飘忽!我的死,我的生,一切都出自我自身。我的所作所为产生了我,我是我自己事业的破坏者。这又多么值得自豪。跳下去吧,伙伴们。人与兽唯一的不同,就是人能自尽,而兽类就不能。(要拉男流浪者去跳河)

男流浪者　先生,您先跳吧,让我再想一想。

乔治　我还没有说服你?

男流浪者　还没完全说服。

乔治　现在到了我结束自己的时候了,不能再等了:我不行了。过去,我只要一开口,想说服谁就能说服谁。(向女流浪者)那你呢?

女流浪者　不跳!

乔治　不跳?

女流浪者　咱们用不着客气。

乔治　那就来吧!你将死在一个艺术家的怀抱里。(拖女流浪者)

男流浪者　我的老婆子,上帝啊,我的老婆子!她是我的,她是我老婆。救命哪!救命哪!

乔治　(松开手)别嚷嚷。他们会听到的。

　　　　〔桥上及远处出现灯光。哨声。

男、女流浪者　(看到手电筒的光束)警察来了!

乔治　他们抓的是我!

男流浪者　您是个小偷?

乔治　(不快)我长得像个小偷吗?我的老好人,我是骗子。(传来哨声。乔治若有所思)要么寻死,要么坐五年班房。现在问题就在这儿。

男流浪者　(注视桥上)他们看上去好像要下来。

女流浪者　我刚才跟你说什么来着,罗贝尔?他们会把我们当成他的同谋,把我们打得鲜血直流。(向乔治)先生,您要是还想自寻短见的话,就快请便吧,用不着考虑我们。您要是赶在警察来到背后之前拿定主意,那我们可就感恩不尽了。先生,请您帮这个忙吧。

乔治　我从来没有帮过什么人的忙。临死这一天,我也不能开这个头!(男、女流浪者会意地相互看了一眼,一齐扑向乔治,打算把他推到河里)哎!哎!你们要干什么?

男流浪者　帮您一把,先生。

女流浪者　您知道,万事开头难……

男流浪者　想帮您开这个头。

乔治　你们放开我!

男流浪者　(继续推)别忘了您已经倒在地上了,先生。

女流浪者　倒了,完蛋了,一无所有了!

男流浪者　让人家在您脸上踩吧!

乔治　你们要溺死自己的孩子？

女流浪者　我们自己的孩子？

乔治　我是你们的孩子，是你刚刚说的。(推男、女流浪者，二人跌倒在地)你们这两个溺婴犯，我有权向你们提出要求。你们俩生出个儿子，这违背了他本人的意愿。现在，该由你们保护他！(左顾右盼)我来得及逃走吗？

男流浪者　他们从两头堵过来了。

乔治　要是抓住我，你们也得挨揍。这就是说，我的利益就是你们的利益。这正是我喜欢做的：你们救了我，自己也得救了。这样，我什么也不欠你们了，连感激之心也不欠你们了。这是什么？(用手指河岸上一小片暗影)

男流浪者　这是我的洗换衣服。

乔治　把它给我。(男流浪者把衣服递给他)好极了！(脱掉裤子，换上拿过来的一条)真够脏的，都成虱子窝了。(把自己的裤子扔到塞纳河里)给我搓搓身子！

男流浪者　我们可不是您的仆人。

乔治　可是你们是我的父母呀。给我搓搓，要不我可要揍人了。(二人给他搓身)他们来了！我躺下假装睡着了，你们就说我是你们的儿子。(躺下)

男流浪者　他们不会相信我们的。

乔治　你们要是表情逼真，他们会相信的。

第 三 场

〔前场人物，高伯莱警官及警察两名。

警官　你们好，我的好人儿们。

男流浪者　（含糊不清地嘟囔着）嗯！

警官　谁喊叫了？

男流浪者　什么时候？

警官　刚才。

女流浪者　（指了一下她丈夫）是他。

警官　他为什么要喊？

女流浪者　我揍他来着。

警官　她说的是真的吗？回答！（摇晃男流浪者）

男流浪者　您别碰我！如今是共和国，我老婆打我，我就有权利叫唤。

警官　嘘！别那么不耐烦，客气点，我是警察局的。

男流浪者　我不怕警察。

警官　这就错了。

男流浪者　为什么错了？我又没干坏事。

警官　有什么证据？

男流浪者　证据要你们拿出来，看我到底犯了什么法！

警官　那再好也没有了。不过，警察局穷，拿到证据要花很多钱，所以，我们偏爱口供，因为这用不着花钱。

男流浪者　我什么也没招供。

警官　安静些，你会招供的：一切全按法律办事。（向警察）把他们带走。

警察甲　头头，叫他们招供什么？

警官　什么！招供蓬图瓦兹那件凶杀案，还有沙朗东抢劫案。（警察拉男、女流浪者）停一停！（向两人走过去，和颜悦色地）咱们三个人，能不能交个朋友？有事好商量嘛！你们吃了苦头，我会感到遗憾的。

女流浪者　长官,那就太好了。

警官　我在追捕一个男子,三十五岁,身高一米七八,黑头发,灰眼珠,穿粗花呢衣服,看上去风度翩翩的。你们见过这样一个人吗?

男流浪者　什么时候?

警官　今天夜里。

男流浪者　我没看见。(向女流浪者)你呢?

女流浪者　没见过!这么个仪表堂堂的男人,你说我能不注意吗?

〔乔治打喷嚏。

警官　他是谁?

女流浪者　他是我们的大儿子。

警官　为什么他牙齿咯咯作响?

女流浪者　因为他睡着了。

男流浪者　他从小一睡着就咬牙。

警官　(对警察)晃醒他。

〔警察摇晃乔治,乔治站起身来,揉着眼睛。

乔治　谁要是长着你们那样的尊容,就不能让他突然把人叫醒。

警官　(自我介绍)我是高伯莱警官。客气点。

乔治　客气点?我没犯什么事!奉公守法,用不着讲什么客气。(向女流浪者)妈妈,刚才我做了一个梦。

警官　你父亲大喊大叫,你就没醒?

乔治　他叫来着?

警官　像宰猪一样没命地叫。

乔治　他常常大喊大叫,我习惯了。

警官　常常喊叫?那为什么?

乔治　因为我母亲常打他。

警官　你母亲打他,你就不劝阻?为什么?
乔治　因为我跟我妈一头。
警官　你见过一个褐色头发、灰色眼珠、穿粗花呢衣服的大个子吗?
乔治　见过,见过这么个浑蛋!就是他想把我推进河里。
警官　时间?地点?
乔治　在我的梦里。
警官　胡闹!

〔一警察跑上。

警察　在桥上发现了他的上衣。
警官　那就是说他跳河了。要不,就是迷惑我们,想让我们以为他跳河了。(向男、女流浪者)你们没听到什么响动?
女流浪者　没听到。
警官　(对两个警察)你们认为他淹死了吗?你们两位?
警察甲　我不大相信。
警官　我也不信。这家伙,是头狮子,剩下最后一口气,也要跟你斗到底。(在河边坐下)小伙子们坐下吧。坐嘛!坐!坐!失败面前,咱们是人人平等。(警察坐下)让我们在大自然的美景中寻求安慰吧。多么皎洁的月光啊!那是大熊星座,看见了吗?哦!还有小熊星座!在如此迷人的夜色中,追捕人可真是其乐无穷啊。
警察甲　唉!
警官　告诉你们吧,我跟上边儿说了。我说:"老板,我倒愿意老实对您说,这个人我是抓不着的!"我是一个凡人,我这么说并不感到丢人;凡人是社会的中坚啊!让我去抓一个没什么本事的凶手,我一下子就能给你逮住:凡人与凡人之间,彼此看得透,摸得清。可是这个要逮的人哪,你说怎么办,我就是感觉不到他。这是个百年不遇的骗子,一个无形无影的人。诈骗一百二十起,一次也没落网。我有什么办法?这人是个天才,真叫我坐立不安。我怎么就一点儿也预见不到呢?(向警察)他在哪里?他做什么?他怎样对付咱们?你叫我怎么知道。这种人天生就和我们不同。(俯视河中)哎?那是什么?(捞起裤子)他的裤子!

警察甲　准是脱了裤子以便游水。

警官　不可能!我是在第三个台阶上捡起来的,是在水面以上!(乔治往左边爬,最后不见了)等一等……他是在这儿脱的衣裳。他必定有替换的衣服。这些衣服……有了!(一回头看见刚才乔治待的地方,乔治已无踪影)抓住他!抓住他!

〔警察跑去追赶。

男流浪者　伊尔玛?

女流浪者　罗贝尔?

男流浪者　你明白了?

女流浪者　明白了。把手给我。

男流浪者　永别了,伊尔玛。

女流浪者　罗贝尔,永别了。

警官　(回头向两人)至于你们,两个坏蛋……(男、女流浪者手拉着手,直立地跳入河中)快捞!把这两个捞上来!快抓!把那个抓住!(警察跑上,跳入水中。警官擦额头上的汗)我不是早就说过吗,我是抓不住他的!

——幕落

第 二 幕

〔《巴黎晚报》社社长儒勒·巴洛丹的办公室。里外两间,大间供社长用,小间供女秘书用。椅子数把,还有电话机等物。几张《巴黎晚报》的招贴画。一面镜子。墙上还挂着三张巴洛丹的照片。

第 一 场

〔儒勒,女秘书。

儒勒　(欣赏自己的照片)挺像我的。你说呢?

女秘书　我最喜欢那一张。

儒勒　拿图钉来,把它们钉到墙上。

　　　〔两人一边说话,一边往墙上钉照片。

女秘书　董事会开会了。

儒勒　什么时候开的?

女秘书　昨天。

儒勒　竟不通知我?有点不妙。谈了些什么?

女秘书　吕西安想偷听来着。可是他们说话声音太低。散会时,
　　董事长说,他今天要来看您。

儒勒　菲菲!真可恶!真可恶!这个老守财奴要整掉我。

〔电话铃响。

女秘书　喂,是啊。好,董事长先生。(向儒勒)我怎么回答?是他。他问您,一个小时以后,您能否接待他。

儒勒　当然,反正我没法不让他来。

女秘书　可以,董事长先生。好,董事长先生。(放下听筒)

儒勒　吝啬鬼!放高利贷的!守财奴!(敲门声)怎么回事?

〔门开了。希比洛上。

第 二 场

〔希比洛,儒勒,女秘书。

儒勒　是你啊,希比洛。进来吧。有事吗?我只能给你三分钟。(希比洛进入室内)坐吧。(儒勒一直未坐。他在室内来回踱步)什么事?说吧。

希比洛　老板,七年前您决定把第五版用来反击共产主义的宣传。您把这一版全部交给了我,真使我十分荣幸。打那以后,我可是兢兢业业,把心血全都放进去了。身体垮了,头发掉了,好的心情没了,这些我都不在乎。而且,为了您,我就是再苦点,哪怕成天咳嗽也在所不惜,决不反悔。但是,有一项要求,我是不能退让的,否则报纸就会受损失,这就是物质方面应有保障。与分离主义者进行斗争,需要不断有所创造,需要掌握火候,需要敏感。为了打动人们的思想,我甚至敢于提出要有点想入非非的劲头。这些素质我都具备。可是,要是外在的烦恼侵扰着你,你怎能保持住这些素质呢?要是我的鞋子磨破进水,而我又无力修好它,我怎么能够冥思苦想,找出挖苦的句子还击对方,找出像镪水一样猛烈的批评,找出一针见血的字眼呢？在这样的情况下，怎能描绘威胁着我们的大灾大难如何降临，又怎能预言世界末日何时到来呢？

儒勒　你现在挣多少？

希比洛　（指指正在打字的女秘书）请您叫她出去一下。（儒勒吃惊地望着他）我请求您，只要一分钟。

儒勒　（对女秘书）去把清样给我取来。（女秘书下）为什么当着她的面就不能讲？

希比洛　如实讲出我挣多少钱，真叫我难为情。

儒勒　太多了？

希比洛　太少了。

儒勒　我瞧瞧有多少？

希比洛　七万。

儒勒　一年？

希比洛　一个月。

儒勒　这工资满说得过去了，有什么可难为情的。

希比洛　我跟别人说，我挣十万。

儒勒　那么，继续这么办吧。我允许你对人家说你挣十二万。那样一来，人家就会认为你挣九万。

希比洛　谢谢您，老板……（稍停）您能不能真的给我这个数？

儒勒　（一惊）十二万？

希比洛　哦！不是。九万就行了。我妻子住院五年，我实在维持不下去了。

儒勒　（以手加额）她是得了……（希比洛连连点头称是）不治之症？（希比洛又点头称是）我可怜的老伙计。（稍停）你女儿呢？我想她可以帮你一把了吧？

希比洛　她尽力而为，可她也不富。再说，她和我呀，我们观点不同。

儒勒　钱还有什么观点不观点,真是!

希比洛　因为……她是进步分子。

儒勒　算了吧!将来会过去的。

希比洛　可现在我得花莫斯科的钱,否则日子就过不去。对于一个职业的反共专家来说这叫人真不好受。

儒勒　恰恰相反。你在尽你的责任。只要钱在你手里,它就干不出坏事来。

希比洛　就是有了莫斯科的钱,月底也像噩梦一样难过!

儒勒　(起了疑心)希比洛,看着我。看我的眼睛。直着看。你可喜欢你的本职工作?

希比洛　喜欢呀,老板。

儒勒　哼!那我呢,我的孩子,你爱我不爱?

希比洛　是呀,老板。

儒勒　那么,把话说清楚!

希比洛　老板,我爱您。

儒勒　说得再清楚点!

希比洛　我爱您!

儒勒　还不够劲!不够劲!不够劲!希比洛,我们的报纸是爱的契约,是联系各阶级的纽带。因此,我要求在我这里合作的人,都要从爱出发去工作。要是我怀疑你是为了挣钱获利才来吃这碗饭,那我一刻也不会再留你。

希比洛　老板,您还不晓得?这爱,在第五版上,不是常常有机会……

儒勒　比洛,你这就大错特错了!第五版上,爱是在字里行间。你为了爱而进行战斗,去反对那些想阻挠资产者同化无产者并推迟阶级间相亲相爱时刻到来的大坏蛋。这是一个宏伟的任务。我认识不少人,他们以实现这一任务为己任,而自己一无所求。你呢,你有幸为有史以来最崇高的事业服务,而且还得到了报酬,可你竟然伸手要我给你涨工资?(女秘书拿着报纸进来)就到这里吧。你的情况我会予以研究、多加关照的。

希比洛　谢谢,老板。

儒勒　可我什么都没答应你啊。

希比洛　谢谢老板。

儒勒　我什么时候决定了会叫你的。再见,我的朋友。

希比洛　再见,老板。谢谢您。(下)

第 三 场

〔儒勒、女秘书。

儒勒　(对女秘书)他每月挣七十张票子,可还要求加薪。你说呢?

女秘书　(气呼呼地)嗬!

儒勒　注意别让他再闯进来了。(拿起报纸浏览)瞧!瞧!瞧(打开门)塔维尼埃!佩里格尔!开头版碰头会!

〔塔维尼埃与佩里格尔上。女秘书下。

第 四 场

〔儒勒,塔维尼埃,佩里格尔,女秘书。

儒勒　出什么事了,孩子们?情场失意?健康不佳?

塔维尼埃　（吃惊地）没有啊……

佩里格尔　（吃惊地）怎么会……

儒勒　要不,就是你们不爱我了？

塔维尼埃　看你说的！儒勒。

佩里格尔　你是知道的,大家都热爱你。

儒勒　不,你们谈不上热爱我。你们有点喜欢我,因为我这个人挺和气。反正你们并不想爱我。你们缺乏的不是热心,而是热情。我最大的不幸就在于:我心里是一团火,可身边的人都是些温吞水！

塔维尼埃　我们到底怎么了,儒勒？

儒勒　你们糟蹋了我的头版,放的那几个大标题,连巴布亚人也会笑掉大牙。

佩里格尔　那该放什么好呢,老板？

儒勒　是我要问你们,我的孩子们。提吧！（沉默）好好想想:我要一条有煽动性的大标题,原子弹式的爆炸性标题！已经八天了,咱们还是死水一潭,毫无动静。

塔维尼埃　上摩洛哥的事。

儒勒　死多少？

佩里格尔　十七个。

儒勒　嗨,比昨天才多两个。放在第二版。标题写:"马拉喀什城:忠君示威激动人心"。副标题:"国人中正直分子谴责逆党"。我们不是有一张前苏丹玩弹子球的照片吗？

塔维尼埃　在档案里。

儒勒　登在第一版。加框。照片说明,就写"摩洛哥前苏丹看来已经适应他的新府邸"。

佩里格尔　这些都不能作大标题。

儒勒　倒也是。(思考)阿登纳①呢?

塔维尼埃　他昨天还骂我们呢。

儒勒　不屑理他,只字不提。战争怎么样?今天是冷战?还是热战?

佩里格尔　还过得去。

儒勒　总而言之,是温的喽。跟你们一样。(佩里格尔抬起一个手指)你想出标题来了?

佩里格尔　"战争离远了"。

儒勒　不,孩子们,不行。战争啊,要离多远就离多远吧。但是不能上第一版。第一版上,凡是战争,都得临近。华盛顿呢?就没有人唠叨了点什么?艾克②?杜勒斯③?

佩里格尔　都没说什么。

儒勒　他们净干他妈的什么?(塔维尼埃抬起一个指头)说吧。

塔维尼埃　"美国方面令人担忧的沉默"。

儒勒　不好。

塔维尼埃　不过……

儒勒　美国不令人担忧;美国令人放心。

佩里格尔　"美国方面令人放心的沉默"。

儒勒　好一个令人放心!老兄,报可不是我一个人办的:我对股东们负有义务。你认为我会在大标题里放上"放心"二字来寻开心,好叫人老远就看清楚吗?要是人们早就放心了,你还要他们买报纸干什么用哪?

塔维尼埃　(又抬手指)"苏联方面令人不安的沉默"。

---

① 阿登纳(1876—1967),一九四九至一九六三年任西德总理。
② 即美国总统艾森豪威尔(1890—1969)。
③ 杜勒斯(1888—1959),一九五三至一九五九年任美国国务卿。

儒勒　令人不安？现在,苏联令你不安吗？还有氢弹呢？这叫什么？这不是吓唬小鸟儿吗？

佩里格尔　我建议放一个眉题："美国不感到严重",下面写："苏联令人不安的沉默"。

儒勒　你这是捉弄美国,我的孩子！你这是找美国的碴儿呢！

佩里格尔　我？

儒勒　可不！如果这次沉默令人不安了,而美国还满不在乎,这当然就不对了。

佩里格尔　"对苏联令人不安的沉默华盛顿既不草木皆兵也不掉以轻心"。

儒勒　这叫什么玩意儿？是报纸的标题,还是一群野象冲杀过来？要有节奏,我的老天爷,要有节奏。要快！要快！要快！报纸不是写出来的,是跳出来的。你知道吗,就你提的那个标题,美国佬这么写："苏联：沉默；美国：微笑"。这就叫摇摆乐！哎！我怎么没几个美国助手呢！（女秘书上）有什么事？

女秘书　特拉瓦加市长到。

儒勒　（对佩里格尔）摄影师来了吗？

佩里格尔　没有。

儒勒　怎么？你没叫摄影师来？

佩里格尔　可是我不知道……

儒勒　叫他等一等,赶紧把报社的摄影师都找来！（对佩里格尔）我对你说过不知道多少遍了,我要办一份富有人情味的报纸！（女秘书下）我们离读者太远了。从现在起,《巴黎晚报》在读者的印象里,应当有一副亲切的面孔,笑容可掬,温情脉脉。塔维尼埃,你说说,这面孔该是个什么样子？

塔维尼埃　儒勒,就像你那副面孔。

儒勒 （对佩里格尔）特拉瓦加毁于雪崩。该市市长刚收到我们募捐的款子。佩里格尔，你怎么就不明白，对我来说这是第一次有机会出现在我们的读者面前，向他们表明我是多么乐善好施？

〔女秘书上。

女秘书 摄影师都到了。

儒勒 叫市长进来。（女秘书下）特拉瓦加在什么地方？快找！

佩里格尔 在秘鲁。

儒勒 能肯定吗？我觉得好像是在智利。

佩里格尔 你当然比我清楚啦。

儒勒 你呢？你认为在哪里？

塔维尼埃 我本来倾向于在秘鲁之说，不过你一定是对的，是……

儒勒 不要奉承！我是自修出身的，我不害臊！拿地图来！（两人找来地图，儒勒跪在地图前）秘鲁在哪儿呢？我怎么找不着？

塔维尼埃 往上，左边。没那么高！在这儿。

儒勒 这不是一块小手绢吗？特拉瓦加呢？

塔维尼埃 一个黑点，在右边。

儒勒 （生硬地）塔维尼埃，你眼睛比我好。

塔维尼埃 儒勒，请原谅。

〔特拉瓦加市市长上，后面跟着好几名摄影师。

第 五 场

〔特拉瓦加市市长，儒勒，塔维尼埃，佩里格尔，女秘书，翻译，摄影师。

儒勒　我的天,支票放哪儿啦?(在身上乱翻)

塔维尼埃　在你上衣口袋里。

儒勒　那我的上衣呢?

市长　(像要开始演讲)纳……

儒勒　(急匆匆地)先生,您好!请这边坐。(对摄影师们)他现在归你们,给他拍吧。

市长　纳……

〔摄影师围着市长转。镁光灯不停地闪亮。

儒勒　塔维尼埃,佩里格尔!帮帮我的忙。(爬到每张桌子下去找)

市长　纳……(照相)纳……(照相)

儒勒　(从一张桌子底下找出他的外衣,又从外衣口袋里抽出支票。于是他像胜利者似的叫起来)有了!

市长　纳……(拍照)乌日加!……(抽抽噎噎地哭起来)

儒勒　(对摄影师)冲啊!我的上帝!照啊!(对女秘书)写图片说明:"特拉瓦加市长,在我社社长面前,流下了感激的眼泪。"(摄影师仍在拍照。市长仍在哭泣。儒勒对翻译说话)告诉他可以停止了。像照完了。

翻译　奥—加—里。

市长　乌—背—加—米—努。

翻译　他在飞机上准备了一篇演讲。他哭是因为不让他演讲。

儒勒　你把它给翻出来,我们全文发表。

翻译　拉—戈—沙—扑!

市长　班—蓬。

翻译　他非讲不可。我冒昧向诸位说明,特拉瓦加城地处海拔三千八百一十米的高原。空气稀薄,人很容易喘。演讲人都学会了简练。

儒勒　快点！那就快讲吧！

市长　（慢吞吞地）纳—沃—奇。诺—沃—卡。克—考—雷。

翻译　特拉瓦加的儿童们，永远不会忘记，法国人民的慷慨援助。

　　（停顿）

儒勒　还有呢？

翻译　没有了。

儒勒　（示意要鼓掌）绝妙的演说！（向佩里格尔）最好还是再充实充实。（对市长）咱们两个来一张，特拉瓦加。（他递支票，市长伸手接过）把支票从他那儿拿回来！快点！摄影师拍照需要。

　　〔有人把支票从市长手里拿过来。

摄影师甲　（将一个小台子放在地板上）儒勒。

儒勒　什么事？

摄影师甲　请到台子上去……

儒勒　为什么？

摄影师　慷慨是从上向下施舍的。

儒勒　要是那样，干脆放两层台子，不更高些吗？

　　〔儒勒登上双层台子，递支票。市长接受。闪光灯亮。

摄影师甲　再来一张！（从市长手里取过支票，又递给儒勒。重复刚才的动作）再来一张！（又一次重复刚才的动作。市长哭起来）

儒勒　够了，我的上帝！行了！（把支票放在市长手里。对翻译）"再见"怎么说？

翻译　拉—必—达。

儒勒　（对市长）拉必达！

市长　拉—必—达。

〔儒勒和市长两人拥抱。

儒勒　（用力拥抱着市长）孩子们,我觉得自己掉眼泪了。快拍！快！

〔连续拍照。儒勒挤出了一滴泪珠,给市长看他指尖的确是湿了。市长也做同样的动作,并用自己的指尖触触儒勒的指尖。拍照。

儒勒　（对摄影师们）领他到处看看：圣心教堂,无名战士墓,游艺场。（对市长）拉必达！

市长　（一边鞠躬一边后退着下）拉—必—达,拉—必—达。

〔摄影师及翻译下。

第 六 场

〔儒勒,塔维尼埃,佩里格尔,女秘书。

儒勒　孩子们,还有什么比行善更有乐趣的吗？（突然）噢！噢！噢！

佩里格尔　（担心地）儒勒,你……

儒勒　静一静,孩子们：我感觉来了个主意。

佩里格尔　（对正在打字的女秘书）停一停,菲菲,停一停：怎么个主意！（静场。儒勒来回走动）

儒勒　今天星期几？

佩里格尔　星期二。

儒勒　好。我打算,一星期搞上它一天慈善日,就定在星期三。佩里格尔,这件事交给你去办。从星期五起,找些难民,遇险无援的人,死里逃生的人,还有孤儿,要光屁股的。星期六,你就开始募捐。星期三宣布结果。懂了吗？我的小家伙！下星期三,你打算给我们找点什么人来？

佩里格尔　要不……我……为什么不要无家可归的？

儒勒　无家可归的？好极了！你指的那些无家可归的人,他们住在哪里？在加拉加斯？还是在波多黎各？

佩里格尔　我想找的是咱们这儿的。

儒勒　你疯了！在咱们这里,难民必须纯系自然灾害的受害者。否则,你就会纠缠进一些所谓的社会不公正事件之中,乌七八糟,白白浪费我们的恻隐之心。你们总还记得,以前咱搞了个叫作"大家都幸福吗？"的运动。当时,我们没有做到使大家都相信我们。那么,今年咱们再发动一个新的运动,叫作:"大家都是好人"。你们看吧,这一回,我们一定要赢得所有人的信任。这才是我称之为反对共产主义的最好宣传。孩子们！想标题吧！想标题！刚才你们怎么提来着？

塔维尼埃　什么也没提呀,儒勒。我们都晕头转向了。

佩里格尔　除了十七个摩洛哥人死亡……(接着讲下去)……两起自杀,特鲁维尔显了圣,互换外交照会,还有一起偷窃珠宝案……

塔维尼埃　(接着说下去)四起交通事故,两起边界纠纷……(接着往下数)……什么也没有了。

儒勒　再没有新鲜的了？看来你们颇不满意,是吗？你们要的是什么？要攻陷巴士底狱,要网球场誓师①这样的大事吗？孩子们,我是办官方报纸的。不是派我来撰写历史的,因为政府执意不搞什么历史,公众也不要什么历史。人各司其职:伟大的历史由历史学家写;日常之事由几家大报纸去报道。既然

---

① 以上是一七八九年法国大革命中的两个重大事件。

是日常之事,就理应与新鲜之事相反,这指的是从开天辟地以来天天都发生的事情:杀人、偷盗、拐骗幼童,还有什么义行善举、闺阁美德之类。(电话铃响)什么事?

女秘书　(听电话)老板,是朗斯洛来的。

儒勒　喂!噢!啊!几点?好,好,好。(挂上电话)孩子们,你们的标题有了:"乔治·德·瓦列拉刚刚逃跑了"。

佩里格尔　那个骗子?

塔维尼埃　那个骗了五千万的家伙?

儒勒　正是他。他是本世纪的奇才。你们把他的照片登第一版,放在我的相片旁边。

塔维尼埃　老板,这叫善恶分明。

儒勒　感人肺腑和激起义愤都是帮助消化的感情冲动:别忘了,咱们的报纸是下午出版的。(电话铃响)什么?什么?什么?不!不!不!具体情况不详?哦!哦!哦!好。(挂上电话)他妈的!他妈的!妈的!

塔维尼埃　又把他抓回来了?

儒勒　不是。惊人的新闻总是成双而至的。刚才苦求不得,可现在又多出了一个。

塔维尼埃　出了什么事?

儒勒　苏联内政部长失踪了。

佩里格尔　涅克拉索夫?进监狱了?

儒勒　还要奇怪得多。他可能是投奔自由世界了。

佩里格尔　了解到什么情况?

儒勒　几乎是一无所知。讨厌就讨厌在这儿。上星期二他没去歌剧院看戏,此后,再也没有见他露面。

塔维尼埃　消息从哪里来的?

儒勒　路透社和法新社。

塔维尼埃　塔斯社呢？

儒勒　一声不吭。

塔维尼埃　哼！

儒勒　是呀！哼！

塔维尼埃　那么，上哪个？涅克拉索夫还是瓦列拉？

儒勒　上涅克拉索夫。标题就用："涅克拉索夫失踪"，副标题用："苏联内政部长可能选择了自由"。有照片吗？

佩里格尔　儒勒，照片你见过的。他那副模样，像个海盗，右眼上还戴着个眼罩。

儒勒　登在我的照片旁边，以便善恶对比，一目了然。

佩里格尔　瓦列拉的照片呢？

儒勒　放到四版去。（电话铃响）要是再来个头条新闻，那我可倒霉了。

女秘书　喂！是。是。董事长先生。（对儒勒）董事长要来见您。

儒勒　叫守财奴上来！

女秘书　（对电话里讲）是，董事长先生。马上可以，董事长先生。（挂上电话）

儒勒　（对塔维尼埃及佩里格尔）你们回避回避，孩子们。一会儿见。

〔佩里格尔与塔维尼埃下。儒勒打量自己的上衣，不知如何是好。迟疑了片刻，还是穿上了。

第 七 场

〔儒勒，穆东，女秘书。

儒勒　您好,亲爱的董事长先生。

穆东　您好,亲爱的巴洛丹。(坐下)您也坐吧。

儒勒　只要您不感到不便,我倒愿意站着。

穆东　那我会感到非常不便。要跟您说话,我还得在办公室里到处找您,您说这合适吗?

儒勒　那就悉听尊便。(坐下)

穆东　我来是要告诉您一个好消息:内政部长昨天打电话给我,他的意思是他在考虑把招聘的广告交我报独家刊登。

儒勒　招聘广告?这……这真是意想不到呀!……

穆东　谁说不是呢!这次电话之后,我立即决定召开董事会会议。会上,全体同仁都强调,这一决定对我报意义重大。这样一来,我们可以减少费用,提高质量。

儒勒　我们出它二十版,把《巴黎新闻》和《法兰西晚报》都挤垮!

穆东　我们将是第一家刊登彩色照片的报纸。

儒勒　作为交换条件,部长有什么要求吗?

穆东　嘿,亲爱的朋友!人家什么也没要,什么也没要!这种特殊照顾如果是出于对我们业绩的称道,我们受之无愧,如果是为了收买我们的良心,那我们就拒不接受。部长很年轻,充满活力,有一股子运动员的劲头!他要激励他的同僚,使政府工作真正做到现代化。由于《巴黎晚报》是一家政府报纸,所以给它条件,让它现代化起来。部长甚至说了这么一句绝妙的话:让消遣报变成冲锋号!

儒勒　(哈哈大笑,然后突然收住笑容)他把我当成消遣报啦?

穆东　这不过是一句戏言而已。然而,我不能不告诉您,我的某些同仁曾向我指出,《巴黎晚报》近来有些死气沉沉。报纸总的格调还是很好的,只是锐气大大不如以前,公众欣赏的那股锐气没有了。

儒勒　别忘了现在国际局势缓和了！佩里格尔刚才对我说的很对，现在什么事情也不发生。

穆东　当然！当然！您一定知道，我总是护着您的。可是，我明白部长的意思。部长对我说："咄咄逼人的气势，是今后法国政策的新面貌。"只要我们经受得住考验，部长给我们的照顾，一定会大大超过其他同行。现在机会来了，是表明我们具有那种"咄咄逼人的气势"的时候了。归纳起来说，部长的意思是：塞纳-马恩州就要举行部分选举了。共产党挑中了这个选区要跟我们较量一番。内阁准备接受这个挑战。竞选将围绕一个问题进行，就是赞成还是反对重新武装德国。您知道布努米夫人吧？她是政府支持的候选人。这位基督徒妇女是十二个孩子的母亲，她的十二个子女还都活着，她能觉察到法国公众心里想什么。她的宣传简单而富有感染力，无论我们的政治家，还是我们各大报的负责人，都应向她学习。请您看看这张宣传画。（从皮包里取出一张宣传画，把它打开。上面写着："通过重新武装走向博爱"。下面还有一行字："为了保卫和平，任何手段，甚至战争手段，皆可采取"）这多么直截了当！我倒希望您把它贴在墙上。

儒勒　（对女秘书）菲菲！拿图钉来！（女秘书把宣传画钉在墙上）

穆东　要是胜负凭才能而定，布努米夫人轻而易举即可当选。不幸的是，形势并不很妙。在开始的时候，我们只能掌握三十万张选票；共产党的票数会差不多，也许还要多点儿；像往常一样，一半左右的选民会弃权。此外，还有十来万人要投激进党议员贝尔德里叶的票。这样，可能会出现第一轮无人当选，那就要进行第二轮投票。而第二轮投票时共产党候选人很可能当选。

儒勒　（迷惑不解）啊！啊！

穆东　为了不出现他毫不隐讳地称之为一场灾难的这种局面,部长认为只有一个办法:那就是为了支持布努米夫人而让贝尔德里叶放弃竞选,不过,难办的是,贝尔德里叶不肯退出。

儒勒　贝尔德里叶？我认识他,他是苏联人的死敌,我们还在同一个桌上吃过饭呢。

穆东　我跟他更熟:他是我乡下别墅的邻居。

儒勒　他跟我谈话,有些看法非常合情合理。

穆东　您是说,他谴责苏联的政策？

儒勒　正是。

穆东　此人就是这样！他憎恶共产党但不愿意重新武装德国。

儒勒　惊人的矛盾！

穆东　他完全是感情用事。您知道事情的底细吗？一九四〇年,德国人掠夺了他的财产;一九四四年又把他流放了。

儒勒　还有什么？

穆东　就这些！他是什么也不想学,什么也不想忘。

儒勒　噢！

穆东　请注意,那次流放,没什么了不起,只有八到十个月。

儒勒　是啊,要不然他怎么回得来哟！

穆东　（耸肩）可不,问题就在于他对往事耿耿于怀,他就讨厌德国人,历史是不会重演的,他这种排德情绪一点道理也没有。下一次世界大战,德国人掠夺的将是俄国的土地,流放的将是俄国佬啊！

儒勒　没错！

穆东　您一定知道,这他都懂。

儒勒　这还动摇不了他固有的信念?

穆东　可不是嘛,越说他越来劲!他说,把人关进布亨瓦尔德集中营,即使是俄国人,他也同样不能容忍。(略现笑意)可是,一谈起德国人,他马上火冒三丈。(儒勒有礼貌地笑了笑)好吧,情况就是这样,您都知道了:贝尔德里叶怕德国人甚于怕俄国人。你们要是叫他反过来,即怕俄国人甚于怕德国人,他就会退出竞选。

儒勒　你们要是叫他……这你们具体指谁?

穆东　就是您。

儒勒　我?我怎么办得了这件事?我对他没什么影响。

穆东　应该取得对他的影响嘛。

儒勒　用什么办法?

穆东　他那十来万选民看《巴黎晚报》。

儒勒　还怎么着?

穆东　你们得咄咄逼人。要叫人害怕。

儒勒　害怕?我干的就是吓唬人的事。我那第五版,全部讲的是红祸。

穆东　问题正出在这一版上。(沉默片刻)我亲爱的巴洛丹,董事会委托我告诉您,您那个第五版,现在一钱不值了。(儒勒站起来)我的朋友,我恳求您坐下来。(用手按儒勒)请给我这个面子。(儒勒坐下)过去,读第五版,得益匪浅。我还记得你们那篇精彩的调查记,《战争,就在明天!》,读了吓得人出冷汗。还有你们的照片剪接术:斯大林骑着大马走进一片火海的巴黎圣母院!都是杰作!然而,最近一年多来,我发现你们松劲了,这有点可疑,还有许多该提的不提了,这是有罪的。

过去常讲苏联闹饥荒,现在不提了。为什么?你们认为俄国人现在吃饱了吗?

儒勒　我?我不会这样想。

穆东　有一天,我看到登了一张照片,图片说明是:"苏联家庭主妇在食品店门前排队"。我感到吃惊的是,好几个妇女脸上笑眯眯的,排队的人都穿着皮鞋。在莫斯科,有皮鞋!这显然是苏联发的宣传照片,你们却错当作法新社的照片登了出来。有皮鞋!我的老天,你们该把照片上她们的脚裁掉呀!在苏联,还有人穿皮鞋!

儒勒　可是我不能把她们的头也裁掉呀!

穆东　为什么不能裁掉!要我明白告诉您吗?我甚至怀疑过您的观点是不是变了!

儒勒　(自尊地)我的报纸是客观的,是政府报纸。只要政府不改变观点,我的观点就不会改变。

穆东　好。很好。您不感到担心吗?

儒勒　我为什么要担心?

穆东　因为人们开始放心了。

儒勒　开始放心了?亲爱的董事长,您不觉得有些夸大其词吗?

穆东　我从来不夸大其词。两年前,在罗加玛杜尔举行过一次露天舞会。不巧一声霹雳打在一百米外的地方,会场大乱,一百人死亡。我们的人去调查时,幸存者都说,他们还以为是苏联飞机来扔炸弹了。这件事证明,我们的报刊虽然搞的是客观报道,可那时候干得很不错。昨天法国舆论研究所发表了最近的民意调查结果。您知道了吗?

儒勒　还不知道。

穆东　调查者询问了一万人,这些人地位不同,各界的都有。对于

"您将死在何处?"这个问题,百分之十的人回答不知道;其他的人,就是说几乎全部,都说死在床上,寿终正寝。

儒勒　死在床上?

穆东　死在床上。这些人都是普通老百姓,都是我们的读者。啊!比起罗加玛杜尔那个时候来,差得太远了,这两年时间退步太大了。

儒勒　连一个人也没有说,他可能被烧死,被炸得粉身碎骨,化作一缕青烟?

穆东　都说死在床上!

儒勒　什么?就没有一个人提到氢弹、致人死命的辐射、放射云、死灰、硫酸雨?

穆东　都死在床上。已经是二十世纪中叶了,有了使人眼花缭乱的技术进步,他们认为还能死在床上,就像中世纪时候一样!啊!我亲爱的巴洛丹,出于友谊让我告诉您,您是罪魁祸首。

儒勒　(站起来)这与我牵连不上!

穆东　(也站起来)您的报纸太软了!温吞吞的!淡而无味!哭哭啼啼!就在昨天,你们还大谈什么和平!(向儒勒逼近)

儒勒　(后退)没有!

穆东　(进逼)有!就在第一版!

儒勒　(同样动作)那不是我!是莫洛托夫①谈的!我仅仅刊登了他的讲话。

穆东　(进逼)你全文刊载了。要登也该摘登呀!

儒勒　新闻报道要求……

穆东　整个宇宙都处在危险之中的时候,这些要求又算得了什么?

---

① 莫洛托夫(1890—?),一九五三年到一九五六年任苏联外交部长。

西方列强之所以团结,正是出于恐惧。如果您叫它们个个得到安全,它们到哪里汲取准备战争的力量呢?

儒勒　(被挤在办公桌前)战争?什么战争?

穆东　下次战争。

儒勒　可是,我不要战争,不要。

穆东　您不要?巴洛丹,那就请回答我:您认为您会死在什么地方?

儒勒　在我的……

穆东　在您的?……

儒勒　在一张……哎呀!我怎么知道呀?

穆东　您是个稀里糊涂的中立主义者,一个可耻的和平主义者,一个贩卖幻想的商人!

儒勒　(跳到前场照相用过的台子上,喊叫)让我安静点儿!安静!安静!

穆东　安静就是和平!您看,您要的就是和平吧。(沉默。儒勒跳到地上)算了吧,再坐下,我们都平心静气一点!(儒勒坐下)您的品质出众,无人不晓。昨天我还在董事会上说,您是客观报道的拿破仑。可是,在咄咄逼人的气势方面,您能不能也当拿破仑呢?

儒勒　我也能。

穆东　拿出行动来!

儒勒　怎么?

穆东　设法让贝尔德里叶退出竞选。发动一场可怕的、声势浩大的宣传攻势,把读者们病态的梦想打个稀烂;要叫读者看到,法国要实实在在地生存下去,这取决于德国的军队以及美国的优势地位。要设法使我们怕活比怕死更厉害。

43

儒勒　我……照办。

穆东　您如果怕接受这项任务，现在退缩还来得及。

儒勒　这任务我不怕。(对女秘书)叫希比洛马上来一趟。

女秘书　(打电话)叫希比洛来。

儒勒　啊！可怜的家伙们！可怜的家伙们！

穆东　说谁呢？

儒勒　读者！他们安安稳稳地钓鱼，他们天天晚上打纸牌，一星期搂着女人睡两回，希望老了平平安安死在床上。我这可要大扫他们的兴了。

穆东　亲爱的朋友，不要悲天悯人。想想您自己吧。您的处境可不妙啊。想想我吧，是我一直在维护着您。更要为国家多想一想！明天早晨十点钟，董事会开会。希望您能提交您的新方案。不必，不必，坐着。不必送了。

〔穆东下。儒勒跳起来，几乎是小跑着，在办公室里转来转去。

儒勒　他妈的！见他妈的鬼！妈的！

〔希比洛上。

第 八 场

〔儒勒，希比洛，女秘书。

儒勒　走近点！

希比洛　老板，我给您道谢了。

儒勒　别谢我，希比洛，先别谢我。

希比洛　不管您的决定是什么，我都要先谢谢您。您看，我没想到您这么快就叫我。

儒勒　你弄错了。

希比洛　是我错了。由于我缺少爱人之心,所以总错。由于揭露丑恶,最后使得我眼里到处都是丑恶,不相信人还有什么宽容厚道。直说吧,老板,凡是人,人本身,对我来说都变得可疑了。

儒勒　那你现在不担心了?

希比洛　一点也不担心了。从此刻起,我爱人,我信任人。

儒勒　你运气不坏。(在房里走来走去)我的朋友,我们上次的谈话,打开了我的眼界。你不是对我说过,干你那一行要不断创新吗?

希比洛　是啊,少不了这个。

儒勒　还要感觉敏锐,掌握火候,甚至还要有诗兴?

希比洛　太对了!

儒勒　总而言之——咱们别怕说过了头——要有某种天才,对吗?

希比洛　我本来不敢这么……

儒勒　你就别不好意思了!

希比洛　是啊!总得有那么点……

儒勒　好极了。(停顿)这表明,你不是我所需要的人。(希比洛站起来。呆若木鸡)坐着坐着!我是老板,这里由我走动!走到明天早晨都由我!

希比洛　您刚才是说?……

儒勒　坐下!(希比洛坐下)我刚才是说,你是无能之辈,糊涂虫,破坏分子。掌握火候?惟妙惟肖?就你?你让登的照片上,苏联女人都穿着皮大衣,鞋袜漂亮得像皇后,笑得嘴角都扯到耳根子上去了!希比洛,这是因为你把我的报社当作吃闲饭的地方,在我这儿吃空额,退休养老!你把《巴黎晚报》第五

45

版编辑室当成了养老院。你白白拿着七十张票子,同事们都埋头苦干,你却冷眼看他们的笑话。(对女秘书)他挣着……

希比洛　(发出凄厉的叫声)老板,别说这个了!

儒勒　(毫不留情)每月挣七十张票子,就是为了在我的报上,给苏维埃俄国涂脂抹粉!

希比洛　不是这样!

儒勒　我有时候寻思你是不是个潜伏分子!

希比洛　我向您起誓……

儒勒　一个潜伏分子!暗藏分子!空投下来的!

希比洛　别说了,老板!我觉得要发疯了。

儒勒　你不是向我承认过,你接受莫斯科的金钱吗?

希比洛　可是,那是我女儿……

儒勒　对,是你女儿!可后来呢?不会不给你送的。(希比洛要站起来)坐着别动!你自己挑吧,你是卖身投靠呢,还是无能之辈?

希比洛　我向您保证,我都不是!

儒勒　那你就用行动证明吧!

希比洛　怎么?

儒勒　明天,我要掀起一场反共运动。十五天之内,我要叫共产党跪倒在地。我需要第一流的反共理论家、打手、能砍能伐的人。你当不当?

希比洛　当,老板。

儒勒　你要是能马上想出个主意来,我就相信你!

希比洛　一个主意……为了这场运动……

儒勒　给你三十秒钟。

希比洛　三十秒钟就想个主意?

儒勒　现在剩下十五秒了。咱们看看你有没有点天才！

希比洛　我……斯大林一生,图画连载！

儒勒　斯大林一生,图画连载？那你还不如画穆罕默德的生平呢！三十秒钟过了。希比洛,你被解聘了！

希比洛　老板,我求求您,您不能……(停顿)我有老婆,有女儿。

儒勒　有女儿！那好啊！她可以养你。

希比洛　老板,听我对您说:您要是辞退我,我就回家打开煤气自杀。

儒勒　这算得了什么！(停顿)好吧,我把期限延长到明天。如果明天上午十点,你不带着响当当的主意来见我,你就可以卷铺盖了。

希比洛　明天上午？

儒勒　你可以想一宿。去吧！

希比洛　老板,主意一定会有。然而,我还想对你说句话:从今以后我再也无法相信人了。

儒勒　干你要干的这差事,要求的正是这个。

　　〔希比洛下,神态颓唐。

———幕落

第 三 幕

〔客厅。夜。

第 一 场

〔乔治,维罗尼克。

〔乔治越窗而入,差点碰倒一只花瓶,他赶紧扶住,没有倒下。哨声。乔治紧贴着墙。一个警察从两扇窗子之间探进头来,用手电筒照室内。乔治屏住气,一动不动。警察走了。乔治大喘了几口气。过了一会儿,只见他要打喷嚏,强忍着,没打出来。他捏着鼻子,又张开嘴,最后还是啊嚏一声打出来了。

维罗尼克 (声音从远处传来)谁呀?

〔乔治又打喷嚏。他向窗口奔去,正跨窗外的栏杆,近处哨声又起,他赶紧缩回室内。这时候,维罗尼克走进来,打开灯。乔治后退,直至墙根,背紧贴着墙面。

乔治 (举起双手)完蛋了!
维罗尼克 什么完蛋了?(瞧着乔治)哎呀!是个贼!
乔治 贼?在哪里?
维罗尼克 您不是贼吗?

乔治　我怎能是贼,我是来拜访您的。

维罗尼克　半夜三更来拜访?

乔治　是呀。

维罗尼克　那您为什么举着手呢?

乔治　正因为是半夜三更。一个夜来客,不邀而至,遇见人就该举手,这是惯例。

维罗尼克　那好!礼貌已经到了,把手放下来吧。

乔治　这不慎重吧。

维罗尼克　那么,您就高举着,随您便吧。(维罗尼克坐下)请找个椅子坐下,把胳膊肘放到椅背上,这样舒服些。(乔治坐下,仍高举着双手。维罗尼克打量他)您说得对,我是不应该把您当成贼。

乔治　谢谢。

维罗尼克　不客气。

乔治　不能这么说!光看外表,我不像好人;您愿意相信我,我很高兴。

维罗尼克　我相信您的手。瞧您那两只手,看上去多笨啊,您从来没有用十个手指头做过什么。

乔治　(含含糊糊地)我是靠舌头做营生的。

维罗尼克　(接着讲下去)反之,一个小偷的手又灵巧,又有劲,又机灵……

乔治　(恼火)您怎么会知道的?

维罗尼克　我搞过司法报道。

乔治　您干过这个?我可不想祝贺您。

维罗尼克　我干了两年。现在搞外交政策的报道。

乔治　记者?

维罗尼克　对。您呢？

乔治　我吗？可能,吸引我的,还是艺术行当。

维罗尼克　您是干什么的？

乔治　在生活里？我专门做说话的事。

维罗尼克　那在这个客厅里呢？

乔治　在这个客厅里也是来说话的。

维罗尼克　好！那么,请说吧！

乔治　谈些什么呢！

维罗尼克　这您自己该知道。就说说您需要说的吧。

乔治　对您说？哦！不。把您丈夫叫来。

维罗尼克　我离婚了。

乔治　（指指桌上的烟斗）是您抽烟斗吗？

维罗尼克　是我父亲。

乔治　您跟他住在一起？

维罗尼克　我住在父亲家里。

乔治　叫您父亲来。

维罗尼克　他在报馆。

乔治　噢！你们二位都是记者。

维罗尼克　对,但不在一家报馆。

乔治　那现在,房子里就咱们两个了。

维罗尼克　这使您不高兴吗？

乔治　这不明不白的,会牵累您的名声,对我也别扭。

维罗尼克　我并不觉得这对我有什么。

乔治　这我就更别扭了。

维罗尼克　那好,再见吧！等我父亲回来,您再来。

乔治　再见！晚安！（他懒洋洋地站起来。外面哨声又起。他又坐下)如果不打扰您的话,我想就在这儿等您父亲。

维罗尼克　不打扰我,只是我要出去。我可以留您一个人在我家里。不过,我还是想知道,您到我家干什么来了?

乔治　再正当不过了。(停顿)您听着。(停顿)

维罗尼克　什么?

乔治　(又打喷嚏,还跺脚)伤风了!伤风了!干一件事没干好,这就是唯一的后果,怪可笑的。我本来想凉快凉快,结果却着凉了。

维罗尼克　(递给他一条手帕)快擤擤鼻子!

乔治　(双手仍然高举)擤不了!

维罗尼克　为什么?

乔治　我手放不下来。

维罗尼克　站起来。(乔治站起来。维罗尼克身体悬挂在乔治的双臂上,仍无法使之落下)您瘫痪了?

乔治　这是疑心的结果。

维罗尼克　您疑心我?

乔治　凡是女人我都不那么放心。

维罗尼克　(生硬地)随您的便。(从乔治手中拿过手帕给他擦鼻涕)使劲擤,再使劲!对了。(把手帕叠起来,塞进乔治的口袋里)

乔治　(怒气冲冲)真别扭!我的天哪,这真别扭!

维罗尼克　放松点。

乔治　说起来容易。

维罗尼克　头向后仰,闭上眼,数数,一直数到一千。

乔治　我要是不闭上眼,你要干什么?你是不是要偷偷溜出去叫警察,要不就是到抽屉里拿手枪……

维罗尼克　您是不是要我也举起手来？（她举起双手，乔治的手慢慢落下）总算下来了！您感觉好点了吗？

乔治　好点了。自在多了。

维罗尼克　这么说，您可以回答我了？

乔治　当然可以。回答什么来着？

维罗尼克　一个钟头了，我问您，您来我们家，到底有什么事？

乔治　有什么事？那再简单不过了。不过，请把手放下来。瞧！这多难受啊！只要您那两只手举在头上，我就没法跟您说话。（维罗尼克放下手来）很好！

维罗尼克　我听您说。

乔治　您父亲不在，我深感遗憾！我喜欢女人，喜欢给她们身上挂满金银珠宝，抚摩她们。我什么都乐意给她们，就是不能对她们做解释。

维罗尼克　这多奇怪！为了什么？

乔治　夫人，因为女人听不懂。假定——这当然是打个比方啦——我对您说："我是个骗子手，警察正在追捕我，看见您家的窗户开着，我就跳进来了。"这看来很简单，也很清楚。那么，您听了怎么想呢？

维罗尼克　我怎么想？我也不知道，我……

乔治　您看，您连知道都不知道！

维罗尼克　那我就想，您是个骗子……

乔治　这就对了嘛！

维罗尼克　您要讲的，主要就是这个？（短暂的沉默）我觉得很遗憾。

乔治　那您更喜欢小偷儿了？

维罗尼克　可以那么说。因为他们总还要动动手啊。

乔治　您也搞工运中心主义那一套？（稍停）不管怎么说，经验是能说明问题的：您全理解错了，满拧。

维罗尼克　那您不是骗子？

乔治　不！这不是主要的！主要的是，我屁股后边有警察在追。换个男人，他绝对不会弄错的。（突然大叫起来）有警察在后边追我，明白吗？

维罗尼克　好了，好了！别喊了。

〔静场片刻。

乔治　您要干什么？

维罗尼克　拉上窗帘。（向窗前走去，拉窗帘）

乔治　拿我怎么办？

维罗尼克　拿您怎么办？我又能怎么办呢？您又不是一把吉他，让我拨弄您！您又不是一把曼陀林，让我弹弹您！您又不是一枚钉子，让我敲打您的头！

乔治　那又怎么样？

维罗尼克　不怎么样。我并不需要您。

乔治　不怎么样。再没有比这更含糊的回答了。不怎么样，那就是说，想怎么样就怎么样。一切都可能发生。您可以哭哭啼啼，也可以用帽子上的别针挖出我的眼睛。唉！我怎么就没碰上您父亲他老先生啊！您说他会怎么回答我呢？

维罗尼克　我马上把您送交警察。

乔治　（吓一跳）您马上把我送交警察？

维罗尼克　嗨！不是我！我是说，我父亲会这么回答您。

乔治　这回答好！这才像个男子汉！

维罗尼克　很可能，是呀，他要在家，您早就戴上手铐了。

乔治　不会！

维罗尼克　不会?

乔治　不会。只要是男人,我就能说服他。他们的头脑有逻辑性。依靠逻辑的力量,我能遥控他们的思想。可是您呢,夫人?您的逻辑在哪里?您的见识又在哪里?如果我没有理解错的话,您不打算把我交给警察,对吗?

维罗尼克　您真的理解我了。

乔治　正因为如此,您一定会把我交给警察的。您别辩解!您跟所有女人一样,感情容易冲动、爱狂热。您向我微笑,您可以对我关怀备至。然后呢,您看见我的耳朵就会害怕,看见我鼻孔里的一根鼻毛也会惊恐万分,于是,您就会叫喊起来。

维罗尼克　当我发现了您的时候,我喊了吗?

乔治　正是,您还没有喊出来。我了解女人。她们若要喊叫,迟早总会喊出来的,对任何人毫不留情。您那一声啊,还憋在嗓子里。只要警察一敲门,您就会痛痛快快地喊出来。真不幸,您不是个男的。是男的您就能是我的救星。可您是个女人,出于女人的天性,您会毁了我的命运。

维罗尼克　毁了您的命运?我?

乔治　一扇紧紧关闭的牢门,一个收紧了的绞索扣,一把落下来的铡刀:这就是女人。除此之外,还能是什么别的呢?

维罗尼克　(动怒)您走错门了。要讲毁人命运,您找三楼那位太太去。她搞得两个有妇之夫倾家荡产。我可是四门大开,我还……(停住不讲,笑了起来)您差点儿把我……

乔治　您说什么?

维罗尼克　一张弓上有两根弦:射男人用讲道理之弦;对女人呢,就采用激将法那根弦,假惺惺地认为我们女人都是一模一样的。因为你们觉得每个女人都想与众不同。"您是女人,因此您一定要把我交给警察。"您这么说,是想激我,您以为我会迫不及待地向您显示自己与一般女人不一样。我可怜的朋友,您这是枉费心机:我毫无不同寻常之意,我和别的女人一样,并且为此感到满意。

〔从大门外传来电铃声。

乔治　这……

维罗尼克　我真怕。

乔治　(举起双手)您会把我交给警察吗?

维罗尼克　您说呢?(看到乔治双手高举)放下来吧,您真叫我不知该怎么好了!

乔治　(把双手插到衣袋里)您到底怎么办?

维罗尼克　别的女人在这种情况下怎么办,我就怎么办。(稍停)她们会怎么办?

乔治　我哪儿知道。

维罗尼克　您认为她们会喊叫吗?

乔治　我对您说了,我不知道。

维罗尼克　刚才您可是镇静得多。(门铃声又响)您要再说一个字,我可就要感情冲动、要发疯了。

乔治　我难道落到这般地步,我的命运落入了一个女人手中?

维罗尼克　只要您表个态,我就把您的命运交到男人手里。

〔敲门声。喊声:"警察局的。"

乔治　(拿定主意)说定了我可没有什么好感激您的。

维罗尼克　行啊。

乔治　您可别指望我报答您……

维罗尼克　我还不至于蠢到那种地步。

乔治　我可说不定会以怨报德。

维罗尼克　行啊!

乔治　那么,把我藏起来吧!(突然惊慌起来)快!还等什么?

维罗尼克　(指了指她卧室的门)进去吧。

〔乔治不见了。维罗尼克去开大门。警长高伯莱的脑袋从门缝里伸进来。

第 二 场

〔维罗尼克,高伯莱警长。

高伯莱　当然了,夫人,您一定没看到一个身长一米七八、褐色头发的男人……

维罗尼克　(急速地)当然不会!

高伯莱　这我相信。

〔高伯莱鞠躬告退。维罗尼克关上门。

第 三 场

〔维罗尼克,乔治。

维罗尼克　您可以出来了。

〔乔治进来,身上裹着红毛毯。维罗尼克大笑起来。

乔治　(一本正经地)没什么好笑的。我想暖和暖和。(坐下)您可撒谎了!

维罗尼克　天哪!

乔治　这太不应该了!

维罗尼克　我为了您才撒谎的呀!

乔治　这并不解决问题。

维罗尼克　太不像话了！您可能从不撒谎吧？

乔治　我的情况不同：我不是正派人。要是所有的老实人都像您那样……

维罗尼克　怎么样？

乔治　社会秩序会成什么样子？

维罗尼克　嘀！

乔治　嘀什么！嘀是什么意思？

维罗尼克　这个秩序……

乔治　您见过更好的秩序吗？

维罗尼克　见过。

乔治　什么样的？在哪儿？

维罗尼克　说来话长。简单说吧，我说谎骗警察，因为我不喜欢这些人。

乔治　那您是欺骗嫖客的妓女，还是偷窃成性的女贼？

维罗尼克　我跟您说过了，我是新闻记者，是个正派人。

乔治　那么说，您是喜欢警察的啦。很明显，正派人是喜欢警察的。

维罗尼克　为什么我要喜欢他们呢？

乔治　因为他们保护您。

维罗尼克　他们根本不保护我，上星期还揍了我好几下。（挽起袖子）看看，这青一块紫一块的。

乔治　哎呀！

维罗尼克　这就是他们干的。

乔治　（惊讶地）他们搞错了吧？

维罗尼克　没搞错。

乔治　那您一定犯了法？

维罗尼克　我们游行来着。

乔治　谁,你们?

维罗尼克　我和别的示威者呗。

乔治　你们为了什么游行呀?

维罗尼克　我们有不满呗。

乔治　不可想象!您看看我,再看看您自己,我们两人中到底谁有权利表示不满!这样说来,我倒不是不满分子了。我没有一点不满,我从来没有抱怨过;我一辈子也没有参加过什么游行示威。站在监禁的边缘上,站在死亡的边缘上,我接受这样的世界。您刚二十岁,您是自由的人,可您竟拒绝这样的世界。(起了疑心)总之,您是赤色分子。

维罗尼克　是粉红的。

乔治　越来越红。那您父亲呢?他对您抱什么态度?

维罗尼克　他呀,我这可怜的父亲,他不高兴。

乔治　他是另一边的?

维罗尼克　他在《巴黎晚报》写稿子。

乔治　噢,我听了非常高兴。我看《巴黎晚报》。那么您父亲是个正人君子啦。他只有一个弱点:就是有您这么个女儿。(乔治打战,打喷嚏,把披在身上的毛毯裹得更紧)这一夜,多么富于诗意呀!一个生来爱管闲事的流浪汉救了我的命。然后,一个不信神只信人的女革命者使我获得自由。不是"慈善周"哪能遇见这么多好人。(停顿)您这回该满意了:您制造了混乱,背叛了您的阶级,欺骗了您的当然保护者,还侮辱了一个男人……

维罗尼克　侮辱?

乔治　可不是嘛!您把我当成一件东西,当成了接受您的恻隐之心的一件不幸之物。

维罗尼克　您要是上了囚车,可能就不是那么件"东西"了吧?

乔治　不能那么说。不过,我会恨您的,然后,我就躲进自己内心深处,聊以自慰。啊,您可是大大地捉弄了我一番!

维罗尼克　我?

乔治　(用力地)大大地捉弄了我!您眼光短浅,只看到鼻子底下一小块地方。但我呢,我要思考:考虑未来。未来是阴暗的,非常阴暗。我亲爱的,光救人还不够,还得给他们一条生路。您想过没有,我今后会怎么样?

维罗尼克　我猜,您还会去当骗子。

乔治　这回您可没猜对!

维罗尼克　什么?您要当老实人了?

乔治　我没这么说。我的意思是,从今以后,我再也没办法当骗子了。行骗要有点资本,要下点本钱:两身套服,一件夜礼服,最好还有一套燕尾大礼服,衬衣一打,衬裤六条,袜子六双,皮鞋三双,一套领带,一枚金别针,一只皮提包,一副玳瑁眼镜。可我现在,一个钱也没有,就这一身破衣烂袜。这您叫我怎么干?就穿这一身,我能去拜访法兰西银行行长吗?搞得我太惨了,压得我太深了,我再也爬不上去了。都是您的过错:您救了我,使我不蹲监狱,可是把我推进了下贱的深渊。到了监狱里,我还能保持本来面目,要是成了流浪汉,那可就丢脸了。我竟成了个流浪汉?所以,夫人,我一点也不感激您。

维罗尼克　我给您找个工作怎么样?

乔治　工作,一个月挣三万法郎,要干活,受人雇佣?这种差使,您自己留着吧,我不能出卖自己。

维罗尼克　置办您那套行头,需要多少钱?

乔治　我说不清。

维罗尼克　我身上还有点钱……

乔治　别再提了。钱，这是神圣之物；我从不接受赠予，我只是自取。

维罗尼克　那就请自取吧。

乔治　我没法自取您的钱，因为是您要给我的。(突然间)我建议，咱们搞一桩交易。这可是正正经经的交易。显然，我没有权利挑三拣四，让您为难。我可以接受您的采访，全世界独家采访。

维罗尼克　您？我？

乔治　您不是记者吗？向我提问吧。

维罗尼克　提什么呀？

乔治　问问我的艺术吧。

维罗尼克　我不是告诉过您了吗？我是报道外交政策的！此外，我的报纸对骗子的事不感兴趣。

乔治　嗬，是家进步报纸！这倒是怪讨厌的。(稍停)我是乔治·德·瓦列拉。

维罗尼克　(不无诧异地)就是……

乔治　对，就是那个赫赫有名的瓦列拉。

维罗尼克　(犹豫不决)当然……

乔治　恐怕你们的报纸挺穷的。

维罗尼克　对了，够穷的。

乔治　我只要两身套服、一打衬衫、三条领带、一双皮鞋就可以了。付实物也行。(他站起来)一九一七年，在莫斯科，一个黑人卫兵和一个白皮肤的俄罗斯女人，生下一个蓝皮肤的孩子……

维罗尼克　不行。

乔治　您不感兴趣?

维罗尼克　我没时间。刚才我不是说过了吗,我马上要出去。

乔治　以后谈,行吗?

维罗尼克　说实在的,也不行。您明白,凡是骗子,有天才也好,没天才也好……

乔治　见鬼去吧!(传来关门声)谁来了?

维罗尼克　噼哩啪啦……准是我父亲。

乔治　我……

维罗尼克　他要是看见您,一定报告警察。先进去躲躲吧。我来对付他。

〔门开了,乔治躲出去。

第 四 场

〔维罗尼克,希比洛。

希比洛　你还没走?

维罗尼克　我正要走,没想到你这么早就回来了。

希比洛　(心酸地)我自己也没想到!

维罗尼克　爸爸,你听着,我要告诉你一件事……

希比洛　简直是一群混账东西!

维罗尼克　说谁呢?

希比洛　全都是。做个人我都感到羞耻。给我拿点喝的来。

维罗尼克　(倒水,端水)你认为……

希比洛　忘恩负义,谎话连篇,胆小如鼠,坏事干尽,我们人人如此。要是人类还有什么可取之处,那就是提出保护动物。

维罗尼克　刚才,我……

希比洛　我真想当条狗！狗在爱慕和忠诚方面给我们做出了榜样。啊,不行,狗类都受人愚弄,它们傻乎乎地还爱我们呢。我要当猫。不,猫也不行:哺乳动物全都一样。我怎么就变不成一条大鲨鱼,跟在过往船只后面,等着吃水手呢！

维罗尼克　可怜的好爸爸,别人怎么惹你了。

希比洛　孩子啊,人家把我赶出门外了。

维罗尼克　嗨,不是每半个月就要赶你一次吗？

希比洛　这一回,可真完蛋了！维罗尼克,你是见证人,近十年来,我吃反共这碗饭。这碗饭既难吃又没有意思。多少次,我想换换口味,比方说,刺刺教士,整整共济会,骂骂亿万富翁,说说女人什么的！可是没用:就那么一份菜单,休想换花样。我什么时候对这份差事表示过不满来着？马林科夫还没骂完,又该攻击赫鲁晓夫了。可我什么时候抱怨过？每天我都编造一些新玩意儿吊人胃口。谁搞的底斯缪德破坏案？一起颠覆国家的阴谋是谁搞出来的？还有信鸽事件！是我,全都是我！十年来,我保卫着欧洲,从柏林到西贡,我攻击过越共,攻击过中国人,攻击过苏联军队,说什么他们又派飞机,又派坦克的。好啦！孩子,你看看,人是多么没良心。我的胃口刚刚有一点点衰退,老板就一脚把我踢出大门。

维罗尼克　真把你辞退了？

希比洛　把我当成坏蛋赶出来啦。除非到明天早晨,能想出个新花样来。

维罗尼克　(毫无同情地表示)别害怕,花样你会找到的。

希比洛　这回可难喽！你叫我怎么办？我不是提坦①,我是个平

---

① 提坦,希腊神话中的巨人。

平常常的人,拼死拼活地干一个月才挣七万法郎。十年间,我把我的能量全放尽了。这是真的,从前我是天马,可以行空。现在,翅膀让火烧坏了。我成什么了？一匹没用的劣马,只能宰了吃肉。(来回踱步)忠心耿耿地干了十年,你等着人家给你一句人话,对你有一点感激的表示,什么都没有。有的是警告和威胁。就是这些。唉！临了,我还真得恨起你们这些共产党来！(胆怯地)我的好女儿啊！

维罗尼克　爸爸？

希比洛　你能想出个——我这可完全是随便说说——你能想出个主意来吗？你有没有什么反对共产党的东西？

维罗尼克　噢,爸爸！

希比洛　听我说,孩子。我从来没有反对过你的交往,虽然你的这些交往连累了我。也许这就是我不幸的根源。自从你母亲生病以后,我一直没有管束你,你自由地干你的事。唯一的交换条件是,你的那些朋友一旦当政掌权,别惩治我就行。我对你那么宽容,你就不想报答报答我？你就忍心看着你的老父亲陷进泥潭？孩子,我只要你稍微出一把力,出一点点力就行了。共产党,你跟他们接近。帮我的忙,你心里一定很不好受吧？

维罗尼克　不行,爸爸。

希比洛　那么,就拉倒吧！

维罗尼克　因为他们都是我的朋友。

希比洛　这不又多了一条理由。他们要不是你的朋友,你怎么会了解他们的缺点呢？至于我,我的朋友全在我们报社编辑部里。好吧,我可以起誓,我要是想说他们的毛病呀,有的是！……嘿,我建议,咱们来个交换。你把你所了解的杜克洛①

---

① 杜克洛(1896—1975),一九三一年至一九六四年任法共中央书记。

的情况告诉我,我就揭露揭露儒勒的那些事儿。这样,你就有过硬的材料了!好不好?

维罗尼克　不,爸爸!

希比洛　我成了约伯①了,我亲生女儿看我在危难之中也不管我了。那你走吧!

维罗尼克　我走,我走。不过,我想告诉你……

希比洛　维罗尼克!你知道什么正在死亡吗?是人:工作,家庭,祖国,统统都完蛋了。瞧,这篇稿子:《人类的黄昏》。你有什么看法?

维罗尼克　你每月在《考验》杂志上都看得到。

希比洛　说得对。让他见鬼去吧!

维罗尼克　谁?

希比洛　人!为了每月那七万法郎,我屁股都坐烂了。可是,共产党也没有找我什么麻烦!每月就这七万法郎,我就是站到他们那边去,也是说得过去的!

维罗尼克　这些话可不是我要你讲的。

希比洛　不是你,我的女儿,不是你。你以后也别劝诱我了。我是一个老派的人;我太喜欢自由了,我太尊重人的尊严了。(突然站起来)尊重人的尊严,这是一件多么干净、多么美好的事啊!一个老手,一个有家小的人,就像一个不正派的人那样被一脚踢了出来,踢到大街上,手里只有一个月的薪水,连退休金都没有!……嘿,我想起来了,这说不定是个好题目:在苏联,劳动者年迈后无权领取退休金。(照镜子,端详自己的头

---

① 见《旧约·约伯记》:约伯接受上帝的考验,吃了许多苦头,但他长期忍受,不埋怨上帝。这里比喻长期受委屈的人。

发）他们白发苍苍,这可以写点什么呢?

维罗尼克　爸爸,他们有退休金。

希比洛　别吵吵,让我好好想想。(稍停)这样写不行。读者会理直气壮地对我们说:"苏联工人没有退休金,这有可能,然而这总不能构成重新武装德国的一个理由吧!"(停顿)维罗尼克,必须武装德国。可是,为了什么呢,嗯?为了什么理由哪?

维罗尼克　根本就没有理由。

希比洛　有,我的孩子,有一条!那就是,我一辈子当牛做马,跟俄国人没有两样。我受够了。现在我要别人也轮着受受这份罪。我敢起誓,要是重新武装了德国,嗨,他们就得受这份罪。重新武装吧,那就重新武装吧!重新武装德国、日本吧!在全世界各个角落去放火吧!你想想:就给七万小钱,叫我保卫全人类!出这么个价钱,就叫所有的人都活不成!

维罗尼克　那你也活不成啊。

希比洛　更好!我这一辈子,实际上是慢慢地埋葬自己,连送葬的人都没有一个呀!可是,对不起,我的死会引起轰动。这该是多么高的荣耀啊!儒勒那老家伙,要是在我头上作威作福,我呀,我要像火箭一样,爆发一阵再走!一个月只给你七万法郎,可每天要在你屁股上踹七十脚!要完蛋,咱们一块儿完蛋!战争万岁!(透不过气,咳嗽起来)

维罗尼克　喝点水吧。(倒水,送水)

希比洛　哎哟!

维罗尼克　在我房间里有个流浪汉。

希比洛　是共产党?

维罗尼克　根本不是!

希比洛　那么,你跟我说这个干什么?

维罗尼克　警察正搜捕他呢。

希比洛　那就给警察局打个电话,叫他们来人抓走,不就行了吗?

维罗尼克　爸爸,我想留一留他。

希比洛　你的那个宝贝,他干了什么坏事了?如果他偷了东西,就得办他的罪。

维罗尼克　他没偷也没抢。别那么气势汹汹的。你别管他。你就安安静静地想你的那个新花样吧。明天一早,他不声不响地就走了,以后我们就再也见不着他了。

希比洛　就这么办吧!他要是老老实实的,我就假装不知道他在这儿。不过,警察要是来找,可别指望我说假话!

维罗尼克　(把她卧室的门打开一半)我走了。您可以在这里待一宿,可别走出我的房间。再见。(又关上门)爸爸,明天见。你那个新花样嘛,别担心,反正总是老一套,你一定找得出来的。

第 五 场

〔希比洛独自一人。

希比洛　滚吧!　(维罗尼克下)总是老一套!当然啦,总是老一套!每回都必须把老一套重新装扮一番,可我又有什么法子呢?(双手抱头)斯大林的一生,图画连载……他们不要,这帮蠢货!我也说不清这是因为什么!(乔治打喷嚏,希比洛侧耳细听,然后又沉思起来)破坏……阴谋……背叛……恐怖……(每说一个词,都想一想,接着又摇摇头)饥荒……饥荒?哎!(停顿片刻)不行:用得太多了。从一九一八年起就翻过来掉过去地用这个。(拿过几份报纸翻看)俄国人到底做了些什么？（继续翻报纸）什么也不做？这不可能！在一个两亿人的国家里，每天哪能不出点不公正的事，不发生一两起恶性犯罪案件呢？要硬说没有，谁又会相信呢？铁幕，这就叫铁幕！（又思考起来）破坏……阴谋……（乔治打喷嚏。希比洛发火了）还叫不叫我安安静静地工作一会儿！背叛……阴谋……嗨，从另一头想想看：西方的文化……欧洲使命……精神权利……（乔治又打喷嚏）够了！够了！（重新冥思苦想）斯大林的一生，图画连载。（从外头传来哨声。他痛苦异常）唉！（又双手抱头。似有所悟）斯大林的一生，不配画连载……（乔治又打喷嚏）这小子，我非宰了他不可。

乔治　（幕后音）妈的！他妈的！

希比洛　别这么烦我了！我的天哪！别这么烦我了！（走向电话机，拨号码）喂！警察分局吗？我叫勒内·希比洛，新闻记者，住古尔登街十三号，一楼，左边那个门。有一个人潜入我家。看来是警察正在搜捕的那个家伙。对，派人来吧。

〔希比洛讲最后几个字的时候，门开了，乔治走进客厅。

第 六 场

〔希比洛，乔治。

乔治　这才是正常的反应呢！先生，您是个正常的人。让我握握您的手。（向前走，伸出手去）

希比洛　（向后一跳）救命啊！

乔治　（向希比洛扑过去）嘘！嘘！（用一只手捂住希比洛的嘴）难道我长得像杀人犯？真是天大的误会！我佩服您，可您却以为我要掐死您。是的，我佩服您：您刚才打的那个电话精彩极了。那些被虚假的自由主义所迷惑的好人们,正在失去行使他们自己权利的意识,他们都应当以您为榜样。别怕我跑掉。我想成全您,叫您出出名:明天,各报都会登出消息,说我是在您的家里被抓住的。您相信我,对吧?您相信我吗?(希比洛因嘴已被捂住,点点头表示同意)那好极了!(乔治放开希比洛,后退一步)让我好好端详端详您这位正直人的无上尊严吧!(稍停)要是我刚才跟您说过,为了摆脱追捕,我曾经自杀过呢?……

希比洛　您别打算软化我!

乔治　好得很!我要是从破衣服里掏出一包药面儿,一口吞下去,接着倒在您脚下咽了气呢?……

希比洛　什么?

乔治　您怎么说呢?

希比洛　我会说:"这个坏蛋畏罪自杀。"

乔治　您非常自信没做过任何亏心事!先生,看得出来,您从来没有对善良产生过怀疑。

希比洛　这倒不假!

乔治　……还有,您根本不听把罪犯说成是社会造成的那些蛊惑人心的道理。

希比洛　罪犯就是罪犯嘛!

乔治　越讲越精彩了!罪犯就是罪犯。说得多好啊!还有,我要是不讲讲我不幸的童年,看来您不会被软化。

希比洛　您没找对人:我小时候受够了折磨。

乔治　我是第一次世界大战的受害者,是俄国革命和资本主义制度的受害者,这些都与您关系不大,对吧?

希比洛　这样的受害者,不只是你,还有别人,我也是其中之一。

可人家并没有下贱到偷盗的地步。

乔治　您什么都有的说。任何东西都无法影响您的信念。哎！先生，您有这样毫不动摇的态度、不受诱惑的眼睛和铁石般的心肠，您一定是个反犹太主义者，对吗？

希比洛　我刚才怎么就没想起来，您是个犹太人，对吗？

乔治　不，先生，不是。跟您直说吧，我分享您的排犹主义。（希比洛做了个手势，他赶紧改口）您别生气，分享二字，说得太过分了；就说我捡点您的排犹主义掉下来的碎渣。我没有当诚实人的福气，所以也得不到您那样的自信。我怀疑，先生，我怀疑：这是心灵混乱的人所固有的。我是一个排犹的或然论者，如果您不反对的话。（说知心话的神色）还有阿拉伯人呢？您也厌恶他们，是不是？

希比洛　谈到这儿就够了！我既没有时间，也没有心思听您胡聊乱扯。请您立刻回到那间房子里去，乖乖地等警察来。

乔治　我这就走！我这就退出您的房子！只要对我说您厌恶阿拉伯人就行。

希比洛　是啊！

乔治　说明确点。请满足我，我起誓，这是我的最后一个问题了。

希比洛　他们应该待在自己家里。

乔治　精彩极了。先生，让我向您致意：您正直到了残酷无情的地步。经过这番简单的探讨，很明显，咱俩的观点一致，这我并不感到奇怪。所以，我觉得，只要警察给我们时间的话，像我这种什么坏事都干得出来的人，也能变成正直的人。

希比洛　您到底给我滚开不滚开？

乔治　我再说一句话。先生，就一句话，说完马上走。怎么？您是法国人，是法国农民的子孙；而我呢，一个没有国籍的人，是法国的临时户口;您是正直的化身,而我则是罪恶的代表。现在呢,不管它什么恶行和美德,我们手拉着手,共同谴责犹太人,共同谴责共产党人和各种颠覆的念头,不是吗?我们的一致,其意义应该是很深刻的。这个意义,我明白,先生,我这就讲给您听:那就是,我们俩都尊重私有财产。

希比洛　您也尊重财产?

乔治　我吗?我就是靠它过活呀,先生!我怎么能不尊重它呢?您看,先生,您女儿想要救我;您呢,您告发了我。可是,我觉得跟您比跟她更接近。从这里面我得出的实际结论是,您和我,我们俩有义务一起工作。

希比洛　一起工作?谁?我们俩?您疯啦?

乔治　我能帮您一个大忙。

希比洛　真是莫名其妙。

乔治　刚才,我把耳朵贴在门上,您与您女儿的谈话,我一字不漏地全听见了。您在想花样,对吧?那么,这个花样我能给您想出来。

希比洛　想出个花样来?是关于共产主义的?

乔治　是的。

希比洛　您……您了解全部情况喽?

乔治　一个骗子,应该什么情况都了解。

希比洛　那好!说吧,您的花样是什么?我可以要求法庭对您从宽处理。

乔治　那不行!

希比洛　为什么?

乔治　只有我这两只手是自由的时候,我才能帮助您。

希比洛　警察可……

乔治　警察,对,警察可要来了,马上就来,两分钟以后就到这儿。我还来得及自我介绍一下:我从小失去父母,成了孤儿。年纪那么小,走投无路,逼得我只能在天才和死亡之间做出选择。我选择了天才并没什么了不起,先生,我本来就有天赋,就像您向来正直一样。我的天才,您的正直,都是无情地充分表现出来的。您设想过没有,要是天才与正直结合在一起,灵感与固执结合在一起,见识与盲从结合在一起,那就能做出什么样的事业来呀?那时候,我们就会成为世界的主人。我有的是主意,我每分钟就能想出几打主意;不幸的是,我的主意说服不了人;因为我坚持得不够。您呢,您没什么主意,反而让各种主意掌握了您。它们把您牢牢地抓在掌中,翻搅您的脑子,遮住您的眼睛。正因为如此,这些主意才能说服别人。可那都是些石头梦。石头梦能迷惑那些向往石化的人。现在,假设从我脑子里冒出来一个新主意,假设这个主意掌握了您。那么,它马上就会呈现您的样子,一副可怜相,看上去这样无情,这样傻乎乎的,真像那么回事似的,以至于好像宇宙中少了它就不成。

〔门铃响了。希比洛正听得津津有味,门铃声把他吓了一跳。

希比洛　这是……

乔治　对。由您决定。要是把我交给警察,您就过个不眠之夜,明天早晨等着被解雇。(门铃声又响)您要是救了我,我的才华却能使您名利双收。

希比洛　(被乔治的话吸引了)谁能向我证明您确有天才?
乔治　(看着客厅的门)去问警官吧。

〔希比洛去开门的时候,乔治下。

第 七 场

〔希比洛,警官高伯莱。

高伯莱　希比洛先生吗?

希比洛　是我。

高伯莱　他在哪儿?

希比洛　谁?

高伯莱　乔治·德·瓦列拉呀!

希比洛　(故作惊讶)您找的是乔治·德·瓦列拉?

高伯莱　是啊!唉,又没希望了。这家伙简直是条泥鳅。您允许我坐下吗?(坐下)我看您家里没有三角钢琴,是吧?祝贺您。

希比洛　您不喜欢三角钢琴?

高伯莱　我见得太多了。

希比洛　在哪里?

高伯莱　在阔人家。(自我介绍)我是警官高伯莱。

希比洛　幸会,幸会!

高伯莱　我多么喜爱您这室内的陈设。我觉得要是离开您这地方,肯定会感到留恋的。

希比洛　您就像在自己家里一样。

高伯莱　您没有想到您这话说得有多好!您这间客厅和我那间一模一样。是不是一九二五式的?

希比洛　啊?

高伯莱　(用手画了个圈)这些家具,一九二五年的吧?

希比洛　啊?一九二五年?噢,对,是啊。

高伯莱　装饰艺术展览。我们年轻的时候……

希比洛　那年我结的婚。

高伯莱　我也是那年。咱们的妻子在那个时代由她们的母亲陪着,去选购家具;咱们可没有发言权,钱是岳父母付的。您喜欢这种椅子吗？一九二五式的。

希比洛　您知道,这种椅子后来就见不到了。(摇头)我当时曾想,这不过是临时布置布置而已……

高伯莱　当然是这样！什么不是临时的呀？过了二十年,有那么一天……

希比洛　发现自己就要离开人世了,临时的也就变成最后的了。

高伯莱　我们都要死,就跟我们都从一九二五年活过来一样。(突然站起来)那是什么？一幅名画？

希比洛　不是。是复制品。

高伯莱　那不是更好吗？我就讨厌名画、名牌车呀什么的。因为阔佬们就爱收集这些东西,这就逼得我们什么牌子都非认得不可。

希比洛　谁？说的是你们？

高伯莱　我们,治安警察。

希比洛　那又为什么呢？

高伯莱　为了谈话时多一点共同的话题。(走近那幅画)这一幅,是康斯坦布尔的。我没想到,您竟然喜欢康斯坦布尔的画。

希比洛　可它总比潮湿发霉的墙壁好得多吧。

高伯莱　(托起画框)啊！原来,康斯坦布尔画底下……

希比洛　可不是吗！

高伯莱　太潮了,对吧？

希比洛　因为这儿离塞纳河太近了。

高伯莱　用不着跟我说这个,我就住在热纳维里叶。(乔治连打喷嚏,并骂出声来)这是谁?

希比洛　是邻居。这个邻居,受不住潮湿,一潮湿就感冒。

高伯莱　您还算运气,感冒的是邻居。在我们热纳维里叶,感冒的是我。(又坐下)亲爱的先生,人真是奇怪的动物:我非常喜欢您这套房子,因为看到它使我想起我那个讨厌的家。

希比洛　这又该怎么解释?

高伯莱　这个嘛,由于工作的需要,我经常出入那些漂亮的地方。过去我是治安警察,叫我管犯罪青少年,抓诈骗犯,所以我常去帕西这样的阔地方。我到条件比我好的人家家里去调查,总觉得低人一等,亲爱的先生,人家处处叫你感觉出这一点。上下楼,得走用人用的楼梯;让你在钢琴和一盆花草之间等上老半天;见到戴皮手套的女士和满身香气的先生,你都得笑脸相迎,可人家总把你当用人看待。由于这些人家到处乱摆镜子,所以我等候的当儿,走到哪一堵墙壁跟前,都能看到我那副穷酸相。

希比洛　您就不能把镜子放放好?

高伯莱　放放好?不是镜子放的不是地方,是我待的不是地方。这类事儿,在您那儿也是少不了的吧。

希比洛　我吗?告诉您,我每天都得舐上司的屁股!

高伯莱　这不可能!谁逼您非这样不可?

希比洛　这不过是一种说法而已。

高伯莱　噢,我明白您的意思了。我跟您说,我舐警察局长的屁股一千多次了。您这房子之所以使我喜欢,就是因为它叫人感到这家人并不宽裕,谦卑中带股傲劲。这回呀,这回我是到一个与我社会地位相等的人家来调查。可以说,就跟在自己家里一样。我可以自由行动,我要是心血来潮,想把您关起来,或者揍您一顿,也没人敢反对。

希比洛　您是这样想的?

高伯莱　天哪!我可没那意思!您的面孔长得和和善善的,就和我这张面孔一样!每月六万法郎。

希比洛　七万。

高伯莱　六万,七万,都一样!一拿到十万,面孔就变了。(激动了)我可怜的希比洛啊!

希比洛　我可怜的警察官啊!

〔两人握手。

高伯莱　除了我们自己,谁能知道我们的苦衷有多深,我们的灵魂有多高尚。来,给我来一杯。

希比洛　可以。(斟了两杯酒)

高伯莱　(举杯)为西方文化的卫士干杯!(一饮而尽)

希比洛　胜利永远属于那些保卫阔佬而又不爱阔佬的人。(饮酒)对了,您有没有什么主意?

高伯莱　整谁的主意?

希比洛　整共产党的。

高伯莱　啊!您是搞宣传的!那么说来,您想不出主意。主意对您简直太狡猾了。您找不到它就跟我找不到我那个瓦列拉一样。

希比洛　瓦列拉,他真那么狡猾?

高伯莱　这个人吗?恕我用个夸大的字眼,这个人简直是个天才。对了,您不是对我说他逃到您家里来啦?

希比洛　我……我是说过,有那么一个人……

高伯莱　准是他,没错。他刚才要是在这儿,现在应该还在这儿:

这座房子所有的门窗都有人把着。走廊和楼梯都有我的人把守。好,就这么办!这回我要让您看看我是多么尊重他:我不搜查您这客厅,别的房间我也不进。您知道为什么吗?因为我可以肯定,他已经耍了花招,想叫人认不出他来,以便离开此地。谁知道他在哪里?装扮成个什么样子?没准儿您就是……

希比洛　我?

高伯莱　放心吧。庸庸碌碌的样子是装不出来的。这件事该结束了,亲爱的先生。您说点情况,我好写报告。您瞧见了这个人,便急忙打电话通知我们;而这个人趁这几分钟您没注意,就跑了,对吗?是这样吗?

希比洛　我……

高伯莱　很好!(停顿)现在我告辞了,我们的会见,时间虽然太短,却给我留下了美好的印象。我们应该再次会面。

希比洛　我也求之不得。

高伯莱　我会不时给您打电话。什么时候咱俩抽个空,一块儿去看场电影,就跟小青年们一样。请留步,别送了!(下)

第 八 场

〔希比洛,乔治。

希比洛　(去打开卧室的门)快把您出的主意告诉我,然后走您的吧。

乔治　不行!

希比洛　为什么?

乔治　我不在场,我的主意就蔫了。咱们俩不能分开。

希比洛　要是这样,我就不需要您了。请走吧!

乔治　你没听见警官的话吗?他说我是个天才,老爹!

希比洛　(无奈地)那又怎么样?您要什么?

乔治　要的不多。只要你把我留在身边,直到警察全部撤离这所房子。

希比洛　还有什么?不要钱?

乔治　钱不要。但是,你的旧衣服,让我穿一身走。

希比洛　好吧。那就留下吧。(稍停)现在,您的主意,谈谈吧。

乔治　(走到椅子前,坐下,倒了一杯酒,拿起希比洛的一支烟斗,不慌不忙地装烟丝,点着烟)好!告诉你……

——幕落

第 四 幕

〔儒勒,巴洛丹的办公室。

第 一 场

〔儒勒,塔维尼埃,佩里格尔,女秘书。

儒勒　几点了?

塔维尼埃　差两分十点。

儒勒　希比洛还没来?

塔维尼埃　没来。

儒勒　以前他每天都早到……

佩里格尔　他今天还没有迟到。

儒勒　不对!但他已经不提前来了。现在我没有帮手了!

〔电话铃声。

女秘书　(接电话)喂!是,是。董事长先生。(对儒勒)董事会开会了。董事长问有没有新主意。

儒勒　新主意?滚他娘的吧!告诉他,我出去了。

女秘书　(对话筒)不,董事长先生。他可能在排版车间。(对儒勒)看来,他可没好气儿。

儒勒　告诉他,我有件好事要告诉他,他听了准大吃一惊。

女秘书 （对话筒）他离开办公室的时候,说要告诉您一件惊人的好消息。好的。

儒勒 他怎么说?

女秘书 说董事会等着您的电话。

儒勒 老守财奴!吝啬鬼!什么惊人消息,去他妈的吧!（对女秘书）叫希比洛马上来。

女秘书 （打电话）叫希比洛到老板这儿来。（对儒勒）还没来上班。

儒勒 几点了?

女秘书 十点五分。

儒勒 （对其他人）我刚才说什么来着?先是不再早到,后来就迟到。（稍停）好!好,好,好!（坐下,摆出一副安详的样子）安安静静地等吧。（又换了一个姿势,仍然安详无事的样子）要绝对安静。（对塔维尼埃和佩里格尔）你们放松放松。（女秘书打字。儒勒喊叫）我说了,要安静!（猛然跳起来,站在地上）我这个人,不是等人的人。（踱步）杀人了!

塔维尼埃 哪儿杀人啦,老板?

儒勒 我知道哪儿?开罗,汉堡,瓦尔帕来索①,巴黎。一架喷气式飞机在波尔多上空爆炸。一个农民,在他的地里,发现了火星人的脚印。我搞的是新闻,孩子们,新闻不能等。（电话铃声）希比洛吗?

女秘书 （接电话）喂。是吗?好,部长先生。（对儒勒）是内政部长。他问有没有新情况。

儒勒 说我不在!

---

① 瓦尔帕来索,智利主要海港。

女秘书　部长先生,社长先生他不在。(对儒勒)他发火了。

儒勒　告诉他,我有个意外的消息要告诉他。

女秘书　社长先生刚才说,他有个您意想不到的事情要告诉您。好,部长先生。(挂上电话)过一个钟头,他再来电话。

儒勒　一个钟头!一个钟头就能找到这件意想不到的事情吗?……

佩里格尔　儒勒,你一定能找到。

儒勒　我吗?要是那样,我可首先会感到意外。(停止踱步)现在恢复平静吧。真见鬼了!咱们设法想点别的吧。(稍停)怎么样?

塔维尼埃　(吃惊地)怎么?

儒勒　想啊!

佩里格尔　好吧,老板。想什么?

儒勒　我不是说了吗,想别的!

佩里格尔　我们是想别的呢。

儒勒　把想到的大声说出来!

佩里格尔　(做思索状)我在寻思,房东是不是来修房顶。我的律师建议我告他一状!他说啊,官司准是我赢。可是我没有把握。

塔维尼埃　(做思索状)我那地铁车票本到底塞到哪儿去了?我把口袋都翻遍了,也没找到。可是,我还清楚地记得,早上在地铁售票处,我用右手拿着零钱,左手……

儒勒　有贼!

塔维尼埃　(被惊醒)怎么回事?

儒勒　我总算看透你们的心了。你们心里装着什么?房顶啊,地铁票啊!你们的思想是属于我的,我花钱买来的。你们要把它从我这儿偷走！（对女秘书）我要希比洛来，给他家里打电话。

女秘书　好,儒勒。（拨电话号码,等待。儒勒停住脚步,等待）没人接。

儒勒　我非把他赶出去不可！不行,不行,我什么也不听！非赶走他不可！可谁来代替他？

塔维尼埃　梯也里·摩尼埃怎么样？

儒勒　不行。

塔维尼埃　这个人特别,怕共产主义,怕得要命。

儒勒　他的怕就是传染不到别人身上。我就知道有这么两个人,读了他写的文章后,马上参加了共产党。（突然）涅克拉索夫呢？有什么消息没有？

佩里格尔　有人在罗马见到他。

儒勒　在罗马？这下可完蛋了。天主教民主党会留住他。

塔维尼埃　可是,塔斯社辟谣了,说他半个月来一直在克里米亚。

儒勒　为什么不可能呢？目前不要过多谈论这个人。等有了确实消息再说。特别不要说他在罗马。目前旅馆业生意不景气,所以,现在不能替意大利的旅游业做广告。知道了吧,孩子们,见了困难要上,明白吗？

塔维尼埃和佩里格尔　儒勒,都明白了。

儒勒　开展宣传攻势,需要的是什么？

佩里格尔　要有资本。

儒勒　这我们不缺。然后呢？

塔维尼埃　找个替死鬼。

儒勒　这也有。还有呢？

佩里格尔　找个题目做文章。

儒勒　要有题目,说到点子上了!题目。

塔维尼埃　要有个爆炸性的题目。

佩里格尔　爆炸性的!

塔维尼埃　恐怖加性感!

佩里格尔　弄点死人骨头,再搞点女人屁股!

儒勒　啊!有点眉目了,这个主题,我看出点名堂了!

塔维尼埃　老板,我们也看出来了……

儒勒　我找着了……

佩里格尔　我们也找着了,我们也找着了!

儒勒　你们也找着了?

塔维尼埃　可不是!

儒勒　那么,给我说说,找着了些什么?

佩里格尔　那个嘛,是呀,只是一个总的看法……

塔维尼埃　是个整体,很难……

佩里格尔　我觉得,还要找个人,为了……

塔维尼埃　是啊!为了……

儒勒　说了半天就这些!(坐下,神色颓唐。突然间)你们在开玩笑吧,孩子们?

塔维尼埃　(愤怒地)儒勒!你说我们?你怎么能这样想呢?

儒勒　你们要开玩笑,那就错了。我要出了事,你们跟着一齐完蛋。

〔电话铃声。

女秘书　(接电话)是吗?叫他马上上来。(对儒勒)是希比洛。

儒勒　终于来了!

〔四个人一动不动,眼睛死盯着玻璃门。门开的时候,儒勒示意塔维尼埃和佩里格尔出去。两人走出去,女秘书也随之下场。

第 二 场

〔儒勒,希比洛,乔治。

儒勒　我的好希比洛,你知道吗,你再不来,我就要等急啦。

希比洛　原谅我,老板。

儒勒　谈吧,谈吧! 这事就算了! 这位先生是谁?

希比洛　这是一位先生。

儒勒　这我知道。

希比洛　他的事情,过一会儿再告诉您。

儒勒　您好,先生。(乔治不答)他是聋子?

希比洛　他不懂法语。

儒勒　(对乔治指了一下扶手椅)请坐吧。(儒勒做了个请对方坐下的姿势。乔治无动于衷)他连手势也不懂?

希比洛　这是因为,您的手势也是法国式的。

〔乔治走开,从办公桌上操起一张报纸,报上可以看到一行大字:"涅克拉索夫失踪"。

儒勒　他看得懂?

希比洛　不,不,不。他光看图片。

儒勒　(双手放到希比洛的肩上)怎么样,老伙计?

希比洛　(不解其意)什么?

儒勒　您的主意呢?

希比洛　啊! 我的主意……(停顿片刻)老板,我感到非常抱歉。

儒勒　(愤怒地)你没有主意?

希比洛　就是说……(乔治站在儒勒身后,给希比洛打手势,叫他说出来)哦！有,老板。当然有。

儒勒　可你看上去并不很得意。

希比洛　是啊,(乔治指手画脚)但是我……我是个谦虚的人。

儒勒　主意,总该不错吧?

〔乔治又做了一个手势。

希比洛　(嘟嘟囔囔地)是啊！太不错了！

儒勒　你有怨气吗?希比洛,你这个人与众不同。(停顿)说出来瞧瞧。(希比洛沉默)你什么也不说。(乔治默默地怂恿希比洛,希比洛不语)我看出是怎么回事了:你是要加薪水。听我说,老朋友。我答应你,给你加。只要你的主意中我的意,就给你加。

希比洛　哦！不,不,不！

儒勒　你这是什么意思?

希比洛　我不要求加薪水。

儒勒　那也好,就不加。这你总该满意了吧?(有些恼火)你到底讲不讲?(希比洛用手指乔治)怎么啦?

希比洛　是他！

儒勒　主意?是他?

希比洛　是他。

儒勒　(不解其意)他就是主意?

希比洛　他就是主意。

儒勒　你的主意,就是他?

希比洛　主意不是我的。不,不！不是我的！

儒勒　那么,是他的主意了?

〔乔治示意希比洛否认。

希比洛　(按乔治的示意办)也不是。

儒勒　（指乔治）这人是谁？

希比洛　一个……一个外国人。

儒勒　哪国人？

希比洛　噢！（闭上双目）苏联人。

儒勒　（失望）我看出来了。

希比洛　（总算打开了话匣子）一个走出铁幕的苏联官员。

儒勒　是高级官员吗？

〔乔治示意希比洛说是。

希比洛　是……（又害怕起来）就是说，不是。中层的。很一般，一个小小的官员。

儒勒　总之，是个无用之辈，对吧？

希比洛　这就对了！

〔乔治作愤怒的手势。

儒勒　我的朋友，你让我拿你这个苏联官员干些什么呀？

希比洛　什么也不干，老板，绝对什么也不干。

儒勒　什么也不干？你带他来做什么？

希比洛　（恢复镇静）我想，他可以向我们提供……

儒勒　什么？

希比洛　情报。

儒勒　情报！什么样的情报？关于苏联打字机的情报吗？有关台灯或是电扇的情报？希比洛，我要求你去发动一场大规模的宣传攻势，可你却搞一些鸡毛蒜皮，连《和平与自由》这样的报纸也不要的玩意儿。你知道吗，从克拉甫申科以来，我见到过多少苏联官员一个个选择了自由？我的朋友，真的假的都算上，总共一百二十二名啦。我们接待过使馆的司机，婴儿的保姆，还有一个管子工，十七个理发师；我已经习惯了，只要有这种人找上门,我就打发给我的同行,《费加罗报》的罗比奈,这个人倒不嫌弃这类小新闻。结果呢,克拉甫申科式的人物普遍降价了。最近的一名,叫作德米多夫,是一个高级行政官员,还是个著名的经济学家。这个德米多夫勉勉强强提供了四张纸的情报,而且皮杜尔①本人也不再宴请他了。(走到乔治跟前)啊,先生,您跨出了铁幕!啊,先生,您选择了自由!那很好嘛!给他端份汤来。吃完,就以我的名义,把他送到救世军②!去。

希比洛　老板,太好了!

儒勒　嗯!

希比洛　您想不出我心里有多高兴。(对乔治,一副报复的神气)到救世军去!到救世军去!

儒勒　就这么些?你没有别的主意了?

希比洛　(搓手)没有了,一点儿也没有了。

儒勒　蠢材!你被解聘了!

希比洛　遵命,老板!谢谢,老板!再见,老板!(希比洛向门口走去。乔治把他拦住并拉到舞台中央)

乔治　可以吗?

儒勒　您会说法语?

乔治　我母亲是法国人。

儒勒　(对希比洛)嗨,这样来骗我!给我滚吧!

乔治　(拉住希比洛)出于谨慎,我没有让他知道。

儒勒　先生,我祝贺您,我们的美妙的语言,您说得这么好。不过,

---

① 皮杜尔,一九四六年和一九四九至一九五〇年为法国总理。
② 救世军,基督教(新教)的一个社会活动组织,仿效军队编制。

说法语也好,说俄语也好,您都浪费我的时间。如果您能立刻离开我的办公室,本人不胜感激。

乔治　本人也正想如此。(对希比洛)走,快,到《法兰西晚报》去。

儒勒　去《法兰西晚报》?为什么?

乔治　(朝门口走去)您的时间太宝贵了,不再打扰您了。

儒勒　(站到乔治面前)我的同行拉扎雷夫是我的好朋友。我可以担保,他不会为您做什么事情的。

乔治　这我毫不怀疑。我对任何人无所求,任何人也不可能帮我。但是,我,我可以给他的报纸做许多事情,可以为你们国家做许多事情。

儒勒　您?

乔治　是我。

儒勒　那您到底要做些什么事情?

乔治　这会浪费您的时间。

希比洛　是的,老板,是的,这会浪费您的时间。(向乔治)咱们走吧。

儒勒　希比洛!干你的事去吧。(对乔治)不管怎么说,我总能挤出五分钟来吧。再说,也不能不听对方讲讲,就把人家赶走啊。

乔治　这么说,是您请我留下来?

儒勒　是的,是我请您的。

乔治　好吧。(钻到桌子底下,在地上爬)

儒勒　您这是干什么?

乔治　藏没藏录音机?有没有窃听器?好。(站起来)您有胆量吗?

儒勒　我想是有的。

乔治　我要是一讲,您就有死的危险。

儒勒　有死的危险?那别讲了!不,还是讲吧!快讲。

乔治　看着我。仔仔细细地看。(停顿片刻)怎么样?

儒勒　什么怎么样?

乔治　您刊登了我的照片,登在贵报头版。

儒勒　您知道,照片嘛……(盯着乔治)我看不出来呀!

乔治　(右眼戴上黑眼罩)这样呢?

儒勒　涅克拉索夫!

乔治　您要一喊,可就没命了。在您的报社里,有七名带枪的共产党。

儒勒　他们都叫什么名字?

乔治　等会儿!不会马上出危险。

儒勒　涅克拉索夫!(对希比洛)你怎么不早跟我说啊!

希比洛　我向您发誓,我原先不知道,老板。我向您发誓。

儒勒　涅克拉索夫!我的老兄希比洛啊,你真有两下子!

希比洛　老板,承您夸奖!受之有愧!有愧!有愧!

儒勒　涅克拉索夫来了!咳,我太喜欢你了!(拥抱希比洛)

希比洛　(就势倒在扶手椅里)生米已成熟饭了!(昏厥过去)

乔治　(轻蔑地看了一眼希比洛)这回可没外人了!谈谈吧。

儒勒　我不想冒犯您。不过……

乔治　您就是想冒犯我,也办不到。

儒勒　有什么能证明,您就是涅克拉索夫?

乔治　(大笑)什么也没有。

儒勒　什么也没有?

乔治　什么也没有。您搜吧。

儒勒　我不……

乔治 （粗暴地）不是叫您搜吗？

儒勒 好！好！（搜乔治的身）

乔治 找到什么了？

儒勒 什么也没有。

乔治 这就是，这就是推翻不了的证据。一个骗子手，在这种情况下，会做什么呢？他会给您出示护照、户口簿、一张苏联的身份证。可是，您，巴洛丹，您要是涅克拉索夫的话，您决定跨出铁幕的时候，您能那么傻，把这些证件留在身上吗？

儒勒 天哪，当然不能。

乔治 因此就发生了要证明的问题了。

儒勒 这清楚了。（脸色又阴沉起来）但是，照您这么说，任何人都可以……

乔治 我的样子像任何人吗？

儒勒 已经有人在意大利看到您了……

乔治 有什么稀奇！明天会有人说在希腊看到我，也说不定是在西班牙，或者西德。但是，把这些骗子弄来，把他们都带到这里来，是真是假，马上会搞得你稀里糊涂。真正的涅克拉索夫在红色地狱里过了三十五年，他的眼睛是一双来自远方的人的那种眼睛。请看我的两只眼！真正的涅克拉索夫亲手结果了一百一十八条性命！请看我这两只手！真正的涅克拉索夫搞了十年恐怖统治！把那些冒名顶替我的人都带来！那时候，您再看看，我们当中，到底谁最可怕！（猛然向儒勒走去）您害怕吗？

儒勒 我……（后退，差一点碰上手提箱）

乔治 可怜虫！别碰手提箱！

儒勒 （叫出声来）啊！（看手提箱）里面有什么？

乔治　过一会儿您就知道了。离远点。(儒勒蜷缩到一个角落)您看,您害怕。已经害怕了!啊!我真想把你们统统吓死,那时候你们就会知道,我到底是不是涅克拉索夫!

儒勒　我害怕,不过,我还是拿不准。您要是骗了我怎么办……

乔治　会怎么样?

儒勒　报社就要关门了。(电话铃响。儒勒摘下话筒)喂!您好,亲爱的部长。是。是。当然如此!在我心里没有比这个攻势更主要的了。对。对。这可不是,我绝无坏的意思!请您再给我几个小时,再几个小时就行。是,搞出新东西来。电话里不好讲啊。不过,我请求您,不要生气……他挂上了!(挂上电话)

乔治　(讥讽地)您非常需要我就是涅克拉索夫。

儒勒　唉!

乔治　那我就是。

儒勒　您说什么?

乔治　您把您基本的教理都忘了吗?要从人们需要上帝这一点上证明上帝是存在的。

儒勒　您知道基本教理?

乔治　我们什么都知道。儒勒,您听见部长的话了。我要不是涅克拉索夫,您也就不再是巴洛丹了,不再是新闻界的拿破仑了。您是巴洛丹吗?

儒勒　是啊。

乔治　您还想当巴洛丹吗?

儒勒　想啊!

乔治　那么,我就是涅克拉索夫。

希比洛　(清醒过来)他瞎说,老板,他瞎说!

儒勒　(向希比洛扑去)笨蛋!无用之辈!傻瓜!你管什么闲事?

这个人是涅克拉索夫,他刚刚向我证明他确实就是。

希比洛　他向您证明了他确实是?

儒勒　毫无辩驳的余地。

希比洛　我起誓……

儒勒　你给我出去!马上出去!

乔治　走吧,我的好希比洛。到外边等我去吧。

〔儒勒和乔治把希比洛推出去。

希比洛　(一边出门,一边说)这一切都没我的责任。我什么事情也不管了!

〔希比洛一出去,门就又关上了。

第 三 场

〔乔治,儒勒。

乔治　开始干吧!

儒勒　您什么都了解,不是吗?

乔治　关于哪方面的事?

儒勒　关于苏联的,是吗?

乔治　那还用说!

儒勒　那里……是很可怕的啦?

乔治　(明白对方意图)啊!

儒勒　能否跟我谈谈……

乔治　不行。叫董事会全体董事来,我要提出条件!

儒勒　完全可以向我提……

乔治　不行。叫董事们来。

儒勒　(打电话)喂,我亲爱的董事长,那件意外的事情已经到了,它在等您呢。对,对,对。您看,我答应的事从不食言。(挂上电话)他火冒三丈,这个老浑蛋。

乔治　为什么?

儒勒　他曾想要我的命。

乔治　他叫什么名字?

儒勒　穆东。

乔治　他的名字,我记住了。

　　〔静场片刻。

儒勒　我本来想,一边等他们,一边……

乔治　把我知道的先拿点出来你看看。好吧!我可以详细地透露一旦爆发世界大战如何占领法国的那个有名的 C 字计划。

儒勒　有一个占领法国的 C 字计划?

乔治　去年,您的报纸就谈过这个计划。

儒勒　是吗?噢!对!可是,我……希望得到证实。

乔治　你们当时写的文章不是说 C 字计划包括一个枪决名单吗?不错!你们说得对。

儒勒　要枪决一些法国人?

乔治　十万。

儒勒　十万!

乔治　你们写过没有,写了还是没写?

儒勒　您知道,我们写的时候,也没有想到这一点。那您一定有名单了?

乔治　我记住了两万人的名字。

儒勒　举几个让我听听。要枪毙谁?赫里欧①,有吗?

---

① 赫里欧(1872—1957),法国激进社会党领袖,多次出任内阁总理。

乔治　当然！

儒勒　他呀，他对你们——咳，是对他们——可挺不错的呀。这倒挺有意思！还有谁？我想，所有的部长谁也跑不了？

乔治　还有当过部长的人。

儒勒　那就是说，四个议员里，就有一个。

乔治　对不起！四个当中有一个是因为当过部长而遭处决；可是另外三个也可能出于别的理由而被枪毙。

儒勒　我明白了：整个议会，除了共产党以外，都跑不了。

乔治　除了共产党？为什么？

儒勒　因为共产党也……

乔治　嘘！

儒勒　但是……

乔治　您心肠还不够硬，我都说出来您还受不了！咱们一步一步来，慢慢地透露。

儒勒　您知道贝尔德里叶吗？

乔治　贝尔德里叶？

儒勒　我们希望他能上名单。

乔治　嘀！这为什么呢？

儒勒　不为什么！是想叫他好好反省反省。没有他，也就算了。

乔治　因为我知道，有两个姓贝尔德里叶的。一个名叫勒内……

儒勒　不是这个。

乔治　幸好，因为这个人不在名单上。

儒勒　我们的那一位，名字叫亨利。是个激进社会党人。

乔治　亨利？那就对上了。名单上就是他。是个议员？

儒勒　不是。过去当过，现在不当了。这次又要参加塞纳-马恩省的部分选举。

乔治　那就是他了。您想,能饶得了他吗?他还是第一批杀的。

儒勒　您真叫我高兴。在新闻界,有谁?

乔治　人很多啊。

儒勒　那您举个例子,有谁?

乔治　有您!

儒勒　有我?(奔向电话机)佩里格尔吗?通栏六行大标题:"涅克拉索夫在巴黎。我报社长名列黑名单"。真有意思,嗯?可不,真有意思!(挂上电话。突然发作)我?被枪毙!这,这……这是不行的。

乔治　嗨!

儒勒　我是一家政府报纸!您说呢,就是苏联人占领了巴黎,也得有个政府啊!

乔治　当然要有。

儒勒　既然如此,那么?

乔治　他们会保留《巴黎晚报》,但人员要清洗。

儒勒　被枪毙!最可笑的是,这对我来说,并非完全令人不快之事。这增加分量,使人的地位提高。我高大了。(站到镜子前)被枪毙!被枪毙!这个人呀,要被枪毙了。哎,我现在对自己,已经是刮目相看了。您知道这使我想起什么吗?想起我接受荣誉勋位勋章的那一天。(转身面向乔治)那董事会的人呢?

乔治　您只要把名字一一说出来,我就马上告诉您,他们每个人的命运又将如何。

儒勒　他们来了!

〔董事们鱼贯而入。

第 四 场

〔儒勒,乔治,穆东,奈西亚,莱米尼埃,沙里维,贝尔热拉。

穆东　我亲爱的巴洛丹……
儒勒　先生们,这就是我的意外新闻!
众人　涅克拉索夫!
儒勒　对,是涅克拉索夫!涅克拉索夫向我提供了关于他的身份的无可辩驳的证据;他讲法语,并准备向全世界揭露一些使人目瞪口呆的情况。其中一项,就是他记下了两万人的名字。俄军总部准备,一旦俄国军队占领法国,就把这些人统统枪决。
董事们　(乱哄哄地)人名!人名!里边有我们吗?里边有我吗?
乔治　我希望一一了解这些先生的姓名。
儒勒　这自然。(指最近的一名董事)莱米尼埃先生。
莱米尼埃　久仰。
乔治　处决。
儒勒　沙里维先生。
沙里维　久仰。
乔治　处决。
儒勒　奈西亚先生。
奈西亚　久仰。
乔治　处决。
奈西亚　先生,我为此感到荣幸。
儒勒　贝尔热拉先生。

贝尔热拉　久仰。

乔治　处决。

贝尔热拉　这表明,先生,我是一个好法国人。

儒勒　我们的董事长,穆东先生。

乔治　穆东?

儒勒　穆东。

乔治　啊!

穆东　(迎上前去)久仰。

乔治　久仰。

穆东　您说什么?

乔治　我说:久仰。

穆东　(笑了)您说走嘴了吧?

乔治　没有。

穆东　您是不是要说:枪毙?

乔治　我要说的,就是我已经说的。

穆东　穆东,您瞧,就是穆—东。就是羊的意思①。

儒勒　第一个字母是 M,玛莉的 M。然后是字母 O……

乔治　不必多说了。穆东先生不在名单上。

穆东　您可能把我忘了吧?

乔治　我从不忘事。

穆东　那为什么,请问,不属于把我枪决呢?

乔治　这我不知道。

穆东　啊!没那么容易。不行。我们素昧平生,您竟这般侮辱我,还拒绝向我做出解释,这是为什么?我要求……

---

① "穆东"在法文里就是"羊"。

乔治　新闻界的黑名单是由情报部提供的,没有附加说明。

奈西亚　我亲爱的穆东……

穆东　这是个玩笑,先生们,这不过是开个玩笑而已。

乔治　一位苏联的部长从不开玩笑。

穆东　这真叫人万分扫兴了!那么,亲爱的朋友们,你们告诉涅克拉索夫先生,我所担任过的职务必然使我成为苏联政府要迫害的人。一九一四年的老战士,战争十字勋章的获得者,现在我主持四个机构的董事会;而且,我……(停下来)无论如何,你们倒说呀!(使人尴尬的沉默)巴洛丹,您打算发表这个名单吗?

儒勒　先生们,你们怎么决定,我就怎么办。

贝尔热拉　当然应当发表。

穆东　那也好!记住把我的名字加上。公众想不到会有人忘记把我写上。否则,读者会写信抗议的。

〔乔治拿起帽子,向门口走去。

儒勒　您去哪儿?

乔治　去《法兰西晚报》。

奈西亚　去《法兰西晚报》?不过……

乔治　我从不骗人,我的力量就在这里。要么就全文登载我讲的话,要么我就找别人去。

穆东　见鬼去吧!我们不要您也行!

奈西亚　我亲爱的,您疯了。

沙里维　完全疯了!

贝尔热拉　(对乔治)亲爱的先生,请您多多原谅。

莱米尼埃　我们的董事长太激动了……

沙里维　他的激动是正当的。

奈西亚　但是,我们要的是事实真相。

贝尔热拉　全部的真相。

莱米尼埃　就要真相。

儒勒　诸位要发表什么,我们就发表什么……

穆东　我告诉你们,这个人是个骗子。

〔一阵乱哄哄的声音,都不同意穆东的看法。

乔治　先生,我要处在您的地位,绝对不会说骗子一类的话,因为被排斥在黑名单之外的不是我,而恰恰是您。

穆东　(向各位董事)你们能听任他辱骂你们的董事长?(沉默)人的心是个坑,里边全是乌七八糟的东西。你们认识我二十年了。可是,这又有什么用?一个陌生人的一句话,就使你们不再信任我,信不过我这个朋友了!

沙里维　我亲爱的穆东……

穆东　躲开点!你们是利欲熏心,无可救药!你们想靠几条耸人听闻、但毫无根据的所谓内部新闻来蛊惑人心,你们想靠这个增加发行量;为了几个钱,你们不惜牺牲咱们二十年的交情!那好!去登吧,先生们,去登吧!我离开你们,我去设法证实这个人是个撒谎大王,是个作伪专家,是个大骗子手。祈求上帝吧,叫我在人们讥笑你们愚不可及之前,就能证实给你们看。再见了。等咱们再见面之日,你们就会追悔万分,负荆请罪。(下场)

第 五 场

〔前场人物,只少了穆东及女秘书。

奈西亚　噢!

沙里维　噢,噢!

莱米尼埃　噢,噢,噢!

贝尔热拉　噢!噢!噢!噢!

乔治　唉!先生们!我还有别的呢!

奈西亚　我们就等着往下看呢。

贝尔热拉　说吧!快说!

乔治　等一等,先生们!我要对你们做些解释,还要提几个条件。

莱米尼埃　我们听着。

乔治　为了避免误会,我首先声明,我蔑视你们。

奈西亚　对呀!这是当然的事情。

贝尔热拉　不这样才怪呢。

乔治　在我眼里,你们统统都是资本主义可恶的帮凶。

沙里维　说得好啊!

乔治　我之所以离开我的祖国,是因为我看出来,克里姆林宫的主子们背叛了革命的原则;不过,请不要误会,我始终是一个共产主义者,至—死—不—变!

莱米尼埃　这只能增加您的光荣。

奈西亚　您如此坦率,我们表示感激。

乔治　我不是不知道,要是把推翻苏维埃制度的方法告诉你们,我会使资产阶级社会的寿命延长一个世纪。

众人　说得好!太好了!太好了!

乔治　我这是万不得已,忍痛而为之。因为我的主要目标,是纯洁革命运动。如果真有必要,就是葬送这个运动也在所不惜:一百年后,它会死灰复燃,再获新生的。到那时候,我们再重新开始前进。我要告诉你们,那时候我们定会完全胜利。

奈西亚　过一百年,行啊!

沙里维　一百年后,即使世界遭受大难,我也不管了!

奈西亚　至于我,我一直认为我们正在走向社会主义。关键在于步子要慢。

贝尔热拉　从现在起,到那时为止,我们唯一关心的就是打倒苏联!

沙里维　打倒苏联,太好了!

莱米尼埃　打倒苏联!打倒苏联!消灭法国共产党!

〔女秘书托着盘子,送来几杯香槟酒。

奈西亚　(举杯)为我们亲爱的敌人干杯!

乔治　为您的健康干杯!(碰杯,饮酒)现在我提条件。我本人,什么也不要。

莱米尼埃　什么也不要?

乔治　什么也不要。只要在乔治五世大街上有一套房子,两名随身警卫,几套像样的衣服,还有一点零花钱。

奈西亚　可以。

乔治　我要向一位有经验的记者口授我的回忆录,以及我要揭露的秘密。

儒勒　您要卡蒂埃吗?

乔治　我要希比洛。

儒勒　完全可以。

乔治　我要求给他提薪。他现在挣多少?

儒勒　嗯……一个月七十张一百法郎的票子。

乔治　你们这不是要饿死人吗?增加两倍。

儒勒　我答应您。

乔治　现在就开始工作吧。

儒勒　那七名共产党呢?

乔治　什么共产党？

儒勒　就是在我们报馆的那几个,还有武器的呀！

乔治　噢！……对。

奈西亚　在《巴黎晚报》里有共产党？

儒勒　（对乔治）七个！对吧？

乔治　对,对,对。这数字是我告诉您的。

奈西亚　真难以相信！他们怎么钻进来……

乔治　哈！哈！哈！你们太天真了！

莱米尼埃　还有武器？什么武器？

乔治　常规武器:手榴弹,塑料炸弹,手枪。此外,在地板下边还应该有几支冲锋枪。

奈西亚　可真危险！

乔治　不,目前还不至于。咱们还是言归正传。

贝尔热拉　可是,这就是咱们的正题呀。

奈西亚　请允许我对您说,您首要的任务,是防止有人杀害董事会成员。

乔治　他们不想杀掉你们。

奈西亚　那么,为什么要藏武器呢？

乔治　嘘！

奈西亚　（吃惊地）嘘什么？

乔治　每件事,到了时候,您就知道了。

儒勒　无论如何,应该清理报馆里的人员。涅克拉索夫先生会把这七个人告诉我们的。

莱米尼埃　（满脸堆笑）我想,他肯定会告诉我们,而且会十分高兴地告诉我们。

贝尔热拉　这帮坏蛋！坏蛋！坏蛋！坏蛋！

莱米尼埃 今天上午就把他们赶出去！

儒勒 他们要朝我开枪怎么办？

贝尔热拉 通知警察局，派一车警官来。

奈西亚 稍有动静，就全抓起来！

沙里维 您真以为这些人动也不敢动吗？

莱米尼埃 无论如何，最好把这几个人的地址报告内政部。那里的层次可多呢！

奈西亚 我有个想法：巴洛丹，您打电话给各报馆同行，日报晚报都要打，把名单通知他们。把这几个家伙从咱们这个行业里清洗出去。

莱米尼埃 让他们统统见鬼去！

沙里维 让他们统统饿死，这帮强盗！

贝尔热拉 可是，他们的党会养活他们！

沙里维 他们的党？一旦得悉这几个人暴露了，党也就不管他们了！

奈西亚 您不怕他们来报仇，扔几个炸弹？

沙里维 可以叫共和国保安队保卫我们的大楼嘛。

莱米尼埃 必要的话，可以调部队来。

沙里维 保卫上六个月！

莱米尼埃 一年！两年！

贝尔热拉 啊哈！这些先生要跟我们斗一斗。好吧！我保证，他们不会那么顺手！

奈西亚 （转身向乔治）亲爱的先生，您说吧，我们听着。

乔治 我……恐怕名字记不全了。

儒勒 （叫女秘书）菲菲！把人员名单拿来。（菲菲送来名单，儒勒接过来，对乔治说）它可以帮助您回忆，您只要用手一指就行了。

〔儒勒将名单摊在他的办公桌上,做手势请乔治坐下。乔治坐在办公桌前。长时间的沉默。

贝尔热拉 请吧?

乔治 (情不自禁地)我可不是个告密者。

莱米尼埃 (一惊)您说什么?

乔治 (说走了嘴)我的意思是……

贝尔热拉 (怀疑顿起)您拒绝提供名单?

乔治 (又恢复了平静)我?我可以向你们提供成千上万个名字。可是,你们也太幼稚了,为了揭露几个敌人,不惜惊动其他所有的敌人。情况比你们想象的要严重得多哟。诸位想想,这个世界上,什么都是真真假假,假假真真;你们要知道,你们全都蒙在鼓里;要不是命运把我引到你们这里,你们死了都不知道是怎么回事。

贝尔热拉 不知道怎么回事?

乔治 唉!怎么才能跟你们说明白呢?我把真相一下子全告诉你们,你们还没有思想准备。我不能一下子全端出来。(猛然间)打量打量这个手提箱吧。(提起手提箱,放到儒勒的办公桌上)这个箱子有什么特别的地方呢?

儒勒 没有。

乔治 对不起。特别之处就在于它跟别的手提箱没有什么两样。

奈西亚 可以断定,它是在法国制造的。

乔治 它不是法国造的。不过,您可以到市政厅商场花三千五百法郎买上一个,和这个一模一样。

莱米尼埃 (吃惊)哦!

贝尔热拉 这真狡猾透顶了!

乔治　这东西平淡无奇，没有任何突出的特征，它真有那么可怕吗？它看上去太一般了，然而，正因为它太一般才变得可疑了。因为它不引人注意，所以没有人去调查它，也没有人给它建立体貌特征卡片。别看这会儿，你们一见了它就感到惊慌，可是，一转眼，你连它的形状，乃至颜色，都会忘得一干二净。（沉默）你们知道里边放的是什么吗？七公斤放射性粉末。在你们国家的每一个大城市里，都有一个共产党员，有这么一个手提箱。他们有的装扮成管理教区财务的神甫，有的是财政督察员，有的是舞蹈与形体教师，有时是养猫养鸟的一位老姑娘。手提箱放在储藏室里，和别的大小箱子堆在一起，旁边还有闲置的火炉子，柳条做的人体模特儿等杂物。谁能想到上这种地方去找呢？可是，到了那一天，同一个密码信号传到法国各大城市，同一个时间里，每一个手提箱都打开了。后果如何，可想而知：一天就得死十万人。

众人　（恐怖万状）啊?!

乔治　你们自己瞧瞧吧！（走过去要打开手提箱）

贝尔热拉　（大喊一声）别打开！

乔治　别害怕，箱子是空的！（打开手提箱）走近点，看看上面的商标，检查检查皮带，摸摸折叠的部分……

〔董事们一个个走过去，战战兢兢地摸手提箱。

贝尔热拉　（手摸着箱子）真的哎，是真的！

莱米尼埃　（手摸箱子）真是一场噩梦！

沙里维　坏蛋！

奈西亚　坏蛋！坏蛋！坏蛋！

贝尔热拉　我恨死他们了！

莱米尼埃　我们总不能像耗子似的让人家弄死啊！怎么办？

乔治 制造几台探测仪。还有几个月时间。(停顿)明白我的意思了吗?你们认识到了吗?这场斗争将是艰苦的;要是光想着惩办几个无足轻重的马前卒,说不定要坏大事。

沙里维 还是把那几个人的名字说出来吧。

莱米尼埃 我们答应您,绝不会惊动他们。

贝尔热拉 是啊,我们得知道对手是谁呀……

奈西亚 而且,必须正视存在的危险啊。

乔治 既然如此,就告诉你们吧。不过,你们必须一字一句地按照我的指示办:我刚想出一个法子,能叫那些人无法造成危害。

贝尔热拉 什么法子?

乔治 给他们增加薪水。(纷纷议论)到处宣传说他们工作得很好,你们非常高兴,因而决定给他们大幅度加薪。

贝尔热拉 您认为这些人能够收买过来吗?

乔治 当然不行。但是,这么一来,在他们头头的眼中,这些人就不会那么可靠了。这些无从解释的好处,使人感觉到这些人背叛了。

莱米尼埃 您有把握吗?

乔治 这再明白不过了。这么一来,你们就可以不必为他们伤脑筋了:莫斯科会来收拾他们的。(走到办公桌前,坐下,在名单上指了七个名字)

奈西亚 不!不!不不!我绝不同意给这些坏家伙加薪!

莱米尼埃 奈西亚,你这个人哪!

贝尔热拉 不是已经说得明明白白了吗?不过是为了更好地整这帮人嘛!

沙里维 我们拥抱他们,是为了闷死他们。

奈西亚 既然如此,就照你们的意思办吧!(乔治站起来,递过

名单)

儒勒　(看名单)萨米维尔？这不可能！

贝尔热拉　戈斯达涅夫人？谁能想到？

乔治　(做了一个手势，打断他们的话)这还算不了什么。我将把面纱一一掀开，叫你们看看世界到底是个什么样子。当你们对你们的儿子，你们的老婆，你们的父亲，统统有疑心的时候；当你们照着镜子，越看越觉得自己很可能不知不觉地也成了共产党的时候；到了那时候，你们才算看到了一点点真情实况。(坐到儒勒的办公桌前，请在场的人都坐下)请坐嘛，先生们，现在咱们就开始工作。要拯救法兰西，剩下的时间不是太多了！

——幕落

第 五 幕

〔乔治五世大街上的一套公寓住宅。客厅里。百叶窗紧闭。窗帘拉得严严实实。共有三个门。左边的门通卧室,中间的门通浴室。右首的门通前厅。大束大束的鲜花靠墙堆放着。大部分是玫瑰花。

第 一 场

〔花店伙计上,手里捧着一个玫瑰花花篮;两名警卫跟在后面,用手枪顶住他的腰。伙计放下花篮,双手举起,倒退着从右边的门走出去。左边的门开了,乔治身穿睡衣,出现在门口,连声打着哈欠。

第 二 场

〔乔治,两名警卫。

乔治　那是什么?
警卫甲　鲜花。
乔治　(打着哈欠,走近花束)又是玫瑰花!打开窗户。
警卫甲　不!

乔治　不？

警卫甲　危险。

乔治　你闻不出这些玫瑰花都臭了吗？

警卫甲　闻不出来。

乔治　算你走运。（乔治拿起一封信，随手打开）"一群法国妇女向您致以充满激情的敬佩之意"。人们都敬佩我，唵？

警卫甲　是的。

乔治　人们喜欢我吗？

警卫甲　是的。

乔治　马马虎虎，非常喜欢，还是喜欢得了不得呢？

警卫甲　了不得。

乔治　喜欢得这么强烈，那就应该恨得咬牙切齿。

警卫甲　恨谁？

乔治　恨别人呗。（向花束俯下身去）闻一闻仇恨的芳香吧。（闻花束）香得很，说不出是什么香，有一股腐烂味。（指花束）危险就在这里。（两警卫拔出手枪，枪口对准花束）不要开枪：这是一条千头蛇。一千个气得发红的小脑袋，就像临死前哀号似的喷发出一种味道。这些玫瑰散发毒药。

警卫乙　毒药？

警卫甲　（向警卫乙）通知毒品检验室。电话：古腾贝格—66—21。

　　　　〔警卫乙向电话机走去。

乔治　太晚了。这里的一切都已经毒化了，因为我是在仇恨中工作的。

警卫甲　（迷惑不解）仇恨？

乔治　对了！这是一种难闻的欲望！不过，你要想抓住线头幕后操纵,就得伸手自己去拿,即使在牛粪中,你也得去拿。现在条条线都握在我手里,这是我光荣的一天。仇恨万岁!因为我的无敌都应归功于仇恨。别用这种眼光瞧着我:我是诗人。你们的任务,是理解我,还是保卫我?

警卫甲　保卫您。

乔治　那就好了!保卫吧!保卫吧!几点钟了?

警卫甲　(看手表)十七点三十分。

乔治　天气如何?

警卫乙　(去窗户旁边看晴雨计)晴。

乔治　温度呢?

警卫甲　(去看挂在墙上的温度表)列氏二十度。

乔治　春日的下午多么美丽!天空晴朗,阳光映红了玻璃窗;人们穿着鲜艳的服装,安详地在香榭丽舍大街上来来往往,傍晚的落日余晖,使他们的面孔变得柔和温顺。是啊,看到这一切,我是多么快乐啊。(打哈欠)有什么安排?

警卫甲　(看一个单子)十七点四十分,希比洛来,帮您写回忆录。

乔治　然后呢?

警卫甲　十八点三十分,《费加罗报》一位女记者来访。

乔治　仔细搜身。防不胜防。然后呢?

警卫甲　跳舞晚会。

乔治　在谁家?

警卫甲　布努米夫人家。

乔治　这个人,她也举行舞会?

警卫甲　为了庆祝她的对手贝尔德里叶退出竞选。

乔治　我要好好庆祝一下:这可是我的杰作啊。下去吧。

　　　〔二警卫下。乔治关好门,打哈欠。

第 三 场

〔乔治一人。

乔治 （走到镜子前,照镜子,伸出舌头）睡不好觉,舌苔太重,食欲不振,这都是因为正式宴会太多了。——何况我又不怎么出去走动。（打哈欠）有点烦闷：这是正常的；人的权势到了顶峰的时候,总是孤家寡人。小人物们,我看得见你们的心,可你们看不见我的心。（电话铃响）喂！我就是。坏蛋？啊,是您,亲爱的先生,您认为我是个坏蛋。蒙您厚意告知,这是第三十七次了。请您注意,我已经完全了解您的看法。从现在起,就不劳驾您……他倒先把电话挂上了。（踱步）坏蛋,叛党分子,说得早了点儿。到底谁是坏蛋？不是我。我乔治·德·瓦列拉从来没有当过共产党,从来没有背叛过任何人。也不是涅克拉索夫,他这会儿正在克里米亚休养,并没想到要害谁。打匿名电话的这个人,说了等于白说。（走到镜子前）还我童年吧！嗬！那漂亮的油漆的木雪橇,我爸爸把我抱上去,走吧！铃儿叮叮当当,鞭子一甩啪啪响,好大的雪呀……

〔希比洛已进来一会儿了。

第 四 场

〔希比洛,乔治。

希比洛 你在那儿做什么呢？
乔治 练基本功！

希比洛　什么基本功？

乔治　自己骗自己！

希比洛　你也骗自己？

乔治　先得骗我自己！我生来太喜欢厚颜无耻了；少不了受骗的首先是我自己。希比洛，我要死了，你正赶上我临终的时刻。

希比洛　啊？

乔治　死的是瓦列拉，以便转生为涅克拉索夫。

希比洛　可你不是涅克拉索夫呀！

乔治　怎么不是，从头到脚都是，从成年追溯到童年都是。

希比洛　你从头到脚都是个可恶的骗子手；你自取灭亡。我要是没作精心安排，非让你把我也拖进去不可。

乔治　喔！好啊！（盯着希比洛）你要反戈一击，把我们毁了，说吧！你到底想干什么？

希比洛　我们去坦白！

乔治　蠢货！现在一切都那么顺当！

希比洛　刚才我已经打定主意，现在是来通知你：明天早晨，十一点正，我要扑到儒勒的脚下，坦白一切。你还有十七个小时，可以准备逃跑。

乔治　你疯啦？贝尔德里叶退出竞选，《巴黎晚报》发行量翻了一番，你每月挣上了二十一万法郎，可现在你竟要自首？

希比洛　是啊。

乔治　可怜虫，你也替我想想！我现在握有最高的权力，我是大西洋公约的幕后军师，手中掌握着战争与和平的大权；希比洛，我在书写历史，我在书写历史。可你偏偏选择这么个关头，往我脚下扔香蕉皮，要我摔跤！你知道吗？我一辈子朝思暮想的，就是这么个机会。使用我的权势吧，你将是我的浮士德。

你要钱吗?要美女?要青春?

希比洛 (耸耸肩)青春……

乔治 为什么不能要?这也不过是钱的问题。(希比洛向门口走去)你上哪儿?

希比洛 我去自首。

乔治 你可以去自首,别害怕,你可以去自首。不过用不着那么着急。我们还有时间谈谈嘛。(把希比洛拉回房间中央)你简直怕得要死,我的朋友。出什么事了吗?

希比洛 出事啦,穆东这就要你的命啦,连我也跑不了啊。他找到德米多夫做帮手。德米多夫可是个真正的克拉甫申科式的人物,塔斯社已经证实了。穆东现在正在寻找你呢。他们一旦找到你——他们一定能找到你的——德米多夫就会戳穿你的骗局,那我们就全完蛋了。

乔治 就这么点儿事情?你那个德米多夫,叫人把他带到我这儿来。我来对付他。我把他们全包了:企业家、银行家、法官、部长、美国殖民者、苏联难民。我要叫他们都给我跳舞。还有别的吗?

希比洛 有啊。还有更严重的呢!

乔治 那好!我正闲着没事哪。

希比洛 还有,涅克拉索夫在电台发表声明。

乔治 我吗?我发誓,我没有发表过任何声明。

希比洛 不是说你。我说的是涅克拉索夫。

乔治 涅克拉索夫,就是我。

希比洛 我说的是在克里米亚的那一个。

乔治 你瞎掺和些什么?希比洛,你是法国人。各人自扫门前雪,何必管克里米亚发生的事呢?

希比洛　他说他已经痊愈,本周末就要返回莫斯科。

乔治　那又怎么样?

希比洛　怎么样?我们就要完蛋!

乔治　完蛋?就因为一个布尔什维克在话筒前胡扯了几句废话,我们就完蛋了?你呀,希比洛,你这个反共先锋,竟信任起这种人来了?你真使我失望。

希比洛　星期五,所有大使和外国记者,都将应邀到莫斯科歌剧院观剧。他们将亲眼看到涅克拉索夫坐在政府要人的包厢里!到那时候,我就不会像今天这么使你失望了。

乔治　啊!因为,星期五……

希比洛　对!

乔治　已经宣布了吗?

希比洛　是的。

乔治　那么,他们看到的将是我的替身。你知道,在那边,和所有的部长一样,我有个和我长得一样的替身。我们怕人暗害,所以在正式场合都由替身出面。嗨,把这记下来,明天发表。等一等,还得加上点有趣的小花絮,那就更真实了。要编一些别人编不出来的逸事。这样说吧:我和我的替身简直别提多像了,十步之外,别人根本辨别不出来谁真谁假。不幸的是,我的替身第一次来见我,我就看出来,他的一只眼睛是假的。你想想,我当时不知如何是好啊!我只好放出风声,说我的右眼害了病,治不好了。这就是我这个眼罩的来由。你这样写大标题:"替身是独眼,涅克拉索夫本人跟着戴眼罩"。记下来了吗?

希比洛　这有什么用?

乔治　(以命令的口吻)给我记!(希比洛耸耸肩,掏出铅笔,记录)文章用这样挑衅性的语言结尾:那位自称是涅克拉索夫的人,走进政府要人的包厢时,如果他有胆量,就请他摘下眼罩来。在同一时间,我也当着眼科和内科医生的面,摘下我的眼罩。他们会发现,我的两只眼睛都是好好的,没有毛病。而那个人,要是他只有一只眼,那就无可辩驳地证明,他不是我。写了吗?

希比洛　写是写了。可是,用处不大。

乔治　为什么用处不大?

希比洛　我要自首!我是个老实人,你明白吗?老实人!老实人!我是老实人!

乔治　谁说你不老实来着?

希比洛　我!我!我自己!

乔治　你自己?

希比洛　我每天对自己重复一百次,说我是个不老实的人!乔治,我撒谎就和我说话一样容易了。我欺骗读者,欺骗我的亲生女儿,欺骗我的老板!

乔治　你认识我以前,就没有撒过谎吗?

希比洛　那时候,即使我撒谎,也有上级的批准。我编的谎言是有控制的,经检验放行的,都是些假的重大新闻,于公众有益的谎言。

乔治　那你现在的谎言呢,对公众就无益了吗?其实都一样,你说呢?

希比洛　是都一样。可是,现在的谎言没有政府的保障。世上只有我一个人知道你是什么人。这压得我喘不过气来。这次我的罪过不是骗人,而是独自一个人骗人。

乔治　那你就去吧!还等什么?快跑去自首吧!(希比洛迈步)

还有个问题,一个简单的问题。说完了你想干什么就干什么,我不干涉。你对儒勒怎么说?

希比洛　全说。

乔治　全说什么?

希比洛　你很清楚!

乔治　天哪,我不清楚。

希比洛　那我告诉你!我就说:我欺骗了他,你不是真正的涅克拉索夫。

乔治　不明白。

希比洛　这不是一清二楚的嘛。

乔治　你那真正的三个字怎么讲?(希比洛耸耸肩)你是真正的希比洛吗?

希比洛　是,我就是希比洛啊!我是个倒霉的家长,被你这个无赖拉下了水。我现在又在给我这满头白发抹黑。

乔治　说话要有证据。

希比洛　我有证明文件。

乔治　我,我也有。

希比洛　我的是真的。

乔治　我的也不假。我有州警察局发的居住证,你要看吗?

希比洛　它一钱不值。

乔治　为什么?请你说说。

希比洛　因为你不是涅克拉索夫。

乔治　你那几个证明文件,都管用吗?

希比洛　当然管用。

乔治　为什么?

希比洛　因为我是希比洛。

乔治　你看,要证明一个人的身份,并不靠证明文件。

希比洛　说对了！并不靠证明文件！

乔治　那么,你给我证明证明你就是希比洛吧。

希比洛　大家都会告诉你我是。

乔治　大家？多少人算大家？

希比洛　一百,二百,我可说不清,一千……

乔治　一千个人认为你是希比洛,凭他们一句话,你就想叫我相信他们的话。可是两百万读者认为我是涅克拉索夫,你却信不过他们的话。

希比洛　这不是一码事……

乔治　公众到处在议论,把我当成自由的英雄、西方的先锋,你想让他们不说话吗？你想用你那微弱的个人信念对抗鼓舞着善良公民的集体信仰吗？你连自己的身份都弄不清楚,还想冒冒失失地使二百万人一下子丧失希望。干吧,叫你们老板破产吧。再加把油,把那位部长也搞下台。我知道这使谁高兴。

希比洛　谁？

乔治　共产党！没错！难道你是为他们干事情的？

希比洛　（忧心忡忡）瞧你说的,乔治！

乔治　他们花钱收买人干败坏舆论的勾当,你并不是第一个！

希比洛　我向你起誓……

乔治　你怎能叫我再相信你,你刚才不是向我供认自己极不老实吗？

希比洛　（慌乱不堪）你应该相信我：我是个不老实的老实人,而不是不老实的人！

乔治　就算是这样吧。可是,那么……可是,那么……嘿！嘿！我可怜的朋友,你有什么事情,要我帮你一把吗？

希比洛　还有什么事情？

乔治　怎么跟你说呢？这么说吧，一方面是四千万法国人，我们的同时代人，他们深信自己生活在二十世纪中叶；另一方面呢，有这么个人，就他一个人，他固执地宣称，说自己是查理五世皇帝。这样一个人，该叫他什么好？

希比洛　疯子。

乔治　而你正是这样一个人，你想否认建立在公认基础上的事实。

希比洛　乔治！

乔治　儒勒会怎么对待你，你知道吗？当他看到他最老的职员扑在他的脚下，恳求他亲手把他的报纸埋葬掉，他会怎么对待你？

希比洛　他会把我赶走！

乔治　他吗？才不会呢！他会叫人把你关起来。

希比洛　（吓呆了）哟？

乔治　喏，看看这份电报，是麦卡锡给我的，他请我担任长期的证人。这是佛朗哥的贺电，这是联合果品公司的贺电，还有阿登纳的友好信，包尔若参议员的亲笔信。我提供的内部情况一发表，纽约交易所的行情马上上涨。不论在哪里，军火工业都繁荣兴旺。可下了大本钱了。涅克拉索夫，已不仅仅是我了，他已变成军火工厂股东应得红利的统称了。老兄，这就是现在的客观事实！这就是现实！你能抗得过它？你开动了这个机器，这是真的；硬要叫它停下来，它就会把你轧得粉身碎骨。再见了，我可怜的朋友。我一直是爱你的。（希比洛一动不动）你等什么？

希比洛　（哽咽声）我还能有救吗？

乔治　治好你的精神病？

希比洛　是呀。

乔治　就怕来不及了。

希比洛　乔治,你要是给我治治呢?你愿意不愿意给我治治啊?

乔治　唉!我可不是精神科医生。(稍停)不过,说实在的,主要还是功能恢复的问题。你可想让我把你的功能矫治一下?

希比洛　那就请吧!

乔治　开始吧,拿出诚实的样子来。

希比洛　我可不知道怎么装法。

乔治　坐到沙发上,靠着沙发背。把脚放到软垫子上。把这枝玫瑰花别在扣眼里。拿着这支雪茄烟。(拿过一面镜子,递给希比洛)

希比洛　(照镜子)唉!

乔治　现在你是不是感到比刚才诚实一些了?

希比洛　可能是诚实点了。

乔治　好。把你个人那些确信无疑的想法撂到一边,对自己说这些想法都是错误的,因为谁也不这样看。这些想法会使你远离人世。赶紧回到人群里来吧。不要忘记,你是一个好法国人。现在看着我,用读我们报纸的千千万万法国人的眼光看。你看到谁了?

希比洛　涅克拉索夫!

乔治　现在我出去,再进来。你要使自己处于诚实状况。当然,我指的是集体的诚实。我一推门,你就对我说:"您好,尼基塔……"

〔乔治出去。希比洛摆好架势,喝酒,吸烟。乔治进门。

希比洛　您好,尼基塔。

乔治　你好,希比洛。

希比洛　我说对了吗？

乔治　还算不坏。(绕着希比洛坐着的沙发走了一圈,突然俯下身去,用手蒙住希比洛的眼睛)你猜是谁？

希比洛　别闹,放开我,尼基塔！

乔治　越来越好了。起来吧。

〔希比洛站起来,背向乔治。乔治搔希比洛的痒。

希比洛　(身子歪扭着,笑个不止)行了！……尼基塔！

乔治　你的病快好了。(稍停)今天就治到这儿。现在开始工作！第八章:"与斯大林悲剧性的会晤"。

希比洛　(一边记录)与斯大林悲剧性的会晤。

〔电话铃声。

乔治　(接电话)喂！是啊！戈斯达涅夫人？请等一等。(对希比洛)这个名字,好像哪儿听见过。

希比洛　《巴黎晚报》的打字员。

乔治　啊！是那七个里头的一个吧？他们想要把这几个人赶出门外,我反而使他们加了薪。她找我干什么？

希比洛　儒勒就要把她辞退了！

乔治　(对着电话)叫她上来。(挂上电话,又向希比洛走去)与斯大林悲剧性的会晤。副标题是:"坐着轿子逃出克里姆林宫"。

希比洛　尼基塔！这可能吗？

乔治　再自然不过了。后面有人追我。我藏到博物馆一间摆满马车的展览厅里。一个角落里,有一乘轿子……

一警卫　戈斯达涅夫人到。

乔治　叫她进来。千万别用手枪吓唬她。

第 五 场

〔乔治,希比洛,戈斯达涅夫人。

希比洛 (向夫人走去)您好,戈斯达涅夫人。

戈斯达涅夫人 您好,希比洛先生。没想到在这里碰到您。(指乔治)他是涅克拉索夫吗?

希比洛 对。这就是我们的尼基塔。

乔治 向您致敬,夫人。

戈斯达涅夫人 我想了解一下,您为什么要叫人将我解雇?

乔治 什么?

希比洛 已经把您解雇了?

戈斯达涅夫人 (向乔治)先生,您心里非常清楚。别装模作样了。

乔治 我向您保证……

戈斯达涅夫人 巴洛丹先生刚才把我叫去。董事会的先生们都在场,他们个个脸色难看。

乔治 后来呢?

戈斯达涅夫人 后来?我就被他们解雇了。

乔治 那又为什么?出于什么原因呢?

戈斯达涅夫人 我刚想问问,就感到他们像要扑上来似的。他们每一位都冲着我喊:"问涅克拉索夫去!涅克拉索夫会告诉你!"

乔治 浑蛋!浑蛋!

戈斯达涅夫人 我不想惹您生气。不过,您要是向他们说了我的坏话,您比他们还要浑蛋。

乔治　我什么也没说呀！我什么也没做呀！我认都不认得您。

戈斯达涅夫人　他们叫我找您。这就是说您是知道点情况的。

乔治　夫人,今天以前,您见没见到过我？

戈斯达涅夫人　从来没有。

乔治　您瞧！

戈斯达涅夫人　这又能说明什么呢？说不定您想占我的位子。

乔治　我占您的位子干什么呢？这是开玩笑,夫人。这是一个不好的玩笑！

戈斯达涅夫人　我是个寡妇,还有个病女儿。我要是丢了工作,就要露宿街头了。这里面没有什么玩笑好开的。

乔治　您说得对。(对希比洛)真他妈的浑蛋！

戈斯达涅夫人　您为什么非跟我过不去？

乔治　我对您没什么！恰恰相反,希比洛可以作证,我想过要给您加薪。

戈斯达涅夫人　给我加薪？

乔治　是啊。

戈斯达涅夫人　撒谎！您刚刚还说根本不认识我呢！

乔治　多少了解一点。我知道,二十多年来,您是多么忠心耿耿地工作……

戈斯达涅夫人　我来报馆才五年。

乔治　对您都说了吧。一些重大政治原因……

戈斯达涅夫人　政治,我从不过问政治。我那可怜的丈夫在世时,不喜欢听人谈政治。我没受过什么教育,先生。不过,我可不是十足的傻子,我才不上您那一套的当呢。

乔治　(摘下电话耳机)请接《巴黎晚报》。(对戈斯达涅夫人)这是个误会！仅仅是个误会！(对电话讲)喂,《巴黎晚报》吗？

我要找社长。对。我是涅克拉索夫。(对戈斯达涅夫人)一定会恢复您的职位,我可以担保。而且还要向您道歉。

戈斯达涅夫人　我不需要道歉,我需要的是恢复工作。

乔治　喂!他不在办公室?他在家里?什么地方?好。他一回来就告诉他,马上给我打电话,我有急事找他。(挂上电话)都会安排好的,夫人,都会安排好。在这之前,请允许我……(用手在皮包里掏着)

戈斯达涅夫人　我不要人家的施舍。

乔治　看您想到哪里去了?绝不是施舍,当然不是。只不过是朋友的馈赠罢了……

戈斯达涅夫人　您不是我的朋友。

乔治　今天不是。但是,当您恢复了职位之后,我就是了。这您可以等着瞧,您就看吧!(突然想到什么)哎呀!(停顿)别的几个人呢?

戈斯达涅夫人　别的几个人?

乔治　您知道不知道,是不是还有别人也被解雇了?

戈斯达涅夫人　人家这么说。

乔治　谁?几个人?

戈斯达涅夫人　我不清楚。人家辞了我,我收拾收拾东西,就出来了。

乔治　(对希比洛)你看,他们会把这些人全都辞退的!这帮子黄鼠狼!豺狼!屎壳郎!我还以为把他们吓住了。哎,我的老兄,希比洛,要吸取教训:仇恨比恐惧更有力量。(拿上帽子)这场戏该收场了。夫人,请跟我们来。我欺负穷人?我?我能干这种事吗?我这还是平生第一次。我要抓住儒勒的脖子。

〔乔治开门。一个警卫出现。

警卫　不行！

乔治　怎么不行？我要出去！

警卫　不可能。有危险！

乔治　那么，你们陪着我好了！

警卫　这也禁止。

乔治　要是我非出去不可呢？

警卫　（一丝冷笑）嘿！

乔治　滚！我不出去了。(对希比洛)带着这位夫人去找儒勒。告诉他，这回我可不是和他们开玩笑。如果被辞退的人员，二十四小时之内不恢复工作，我就把回忆录余下的部分交《费加罗报》。去吧,夫人,可能我损害了您,不过,这不是我的本意。我保证,您受到的损失,会得到补偿。（希比洛与戈斯达涅夫人下）希比洛,你不对我说再见就走了？

希比洛　再见。

乔治　跟谁再见？

希比洛　再见,尼基塔。

乔治　见过了儒勒,就给我挂个电话。

乔治　（独自一人）辞退……（踱步）啊！这不是我的过错！仇恨是一种我没有体验过的感情。我不得不摆弄一些可怕的力量,我也弄不清楚这些力量究竟是什么。我会适应的,我……辞退了！……这几个人都靠那点儿工资过活——顶多再有一两万积蓄……今天,我要使他们又有金又有银。我要叫董事们在大门口拿着玫瑰花迎接他们,一抱一抱的玫瑰花……

第 六 场

〔乔治，警卫。

警卫　（走进来）《费加罗报》的女记者来了。

乔治　叫她进来吧。请等一等。这个女的长得漂亮不漂亮？

警卫　还过得去。

〔乔治向镜子走去，戴上黑眼罩，端详了片刻，又摘下来，放进口袋里。

乔治　领她进来吧。

〔维罗尼克上。

第 七 场

〔乔治，维罗尼克。

乔治　（望见维罗尼克）哦！（举起双手）

维罗尼克　看得出来，您认识我。

乔治　（放下双手）是啊。您现在在《费加罗报》了？

维罗尼克　对。

乔治　我原来还以为您是共产党的同情者。

维罗尼克　人是能变的。涅克拉索夫在哪里？

乔治　他……出去了。

维罗尼克　那我就等一等吧。（坐下）您也在等他？

乔治　我吗？不是。

维罗尼克　那您到这里来干什么？

乔治　噢！您知道，我这个人哪，从来不干什么。（稍停。又站起来)我现在感到他今天晚上不会回来的。您最好明天再来。

维罗尼克　好吧。(乔治显出松了一口气的神情。维罗尼克从提包里掏出笔记本)趁现在您在这儿,请把您所知道的情况给我谈谈吧。

乔治　我一无所知。

维罗尼克　算了吧!他不在家,您能随随便便地留在他的客厅里,要是与他没有点亲密关系,警卫能让您留下吗?

乔治　(不知该如何回答)亲密关系?当然,这……这完全符合逻辑。(稍停)我是他的表弟。

维罗尼克　哦!真的!

乔治　我母亲的姐姐,一直留在俄国,涅克拉索夫是她的儿子。一天早晨,我在街头长凳上看见有张报纸,拿过来一看,才知道我表哥刚到……

维罗尼克　您就跟他联系上了,您和他谈了你们是一家子,他伸开双臂欢迎您……

乔治　还把我留下,当他的秘书。

维罗尼克　秘书?呸!

乔治　您别着急呀!当秘书是闹着玩儿的。过上十天半月,把钱一拿,我就溜之大吉。

维罗尼克　溜掉之前,您就帮他干坏事!

乔治　坏事?你呀,你这个黄毛丫头,你不是《费加罗报》的!

维罗尼克　我吗?我当然不是!

乔治　你又撒谎了?

维罗尼克　嗯。

乔治　还是那家进步报社派你来的吧?

维罗尼克　不是。是我自己来的。(沉默)怎么样?给我谈谈这个人吧。你们在一起,都干些什么?

乔治　他喝酒。

维罗尼克　说些什么?

乔治　什么也不说。

维罗尼克　就这些?

乔治　就这些。

维罗尼克　他没有说过他的妻子?他的三个儿子?他把老婆孩子都丢在那边了。

乔治　你让我安静点好不好!(稍停)他信得过我,我不愿出卖他。

维罗尼克　您不愿出卖他,可是要诈骗他。

乔治　我是要诈骗他的。但是,这不妨碍我对他有感情。我对我的受害者从来都是同情的;干这一行,就得这样。要是我不能讨人喜欢,又怎么行骗?如果别人不讨我喜欢,我又怎么讨人喜欢呢?我干的每一件事情,都是从一见倾心开始的。

维罗尼克　对涅克拉索夫,您也是一见倾心吗?

乔治　稍有好感而已。就那么一点点。

维罗尼克　对这个无耻之徒吗?

乔治　我不许你……

维罗尼克　你为他辩护?

乔治　我不为他辩护。但是,你用的字眼,我听了不痛快。

维罗尼克　他不是个无耻之徒吗?

乔治　也可能是的。不过,你没有权利去咒骂一个你根本不认识的人?

维罗尼克　我太了解他了。

乔治　你了解他?

维罗尼克 （温柔地）那好,既然这就是您!

乔治 （重复维罗尼克的话,然而并没有真正理解她的意思）对!是的,既然这就是我。（一跳而起）不是我!不是我!不是我呀!（维罗尼克微笑着注视他）你从哪儿知道的?

维罗尼克 我父亲,他……

乔治 他对你说的?

维罗尼克 不是。

乔治 那又是谁?

维罗尼克 他和别的公开撒谎专家一样,私下里,他骗人的技术很不高明。

乔治 你父亲老糊涂了!（在房内踱步）好吧!我想叫你高兴高兴,现在就假设我是涅克拉索夫吧。

维罗尼克 谢谢。

乔治 我要真是涅克拉索夫,你拿我怎么样?你是不是要把我交给警察?

维罗尼克 上次,那天夜里,我把你交给警察了吗?

乔治 你是不是要在你的报纸上把我的真名揭露出去?

维罗尼克 现在这样做,那就太愚蠢了。我们没有真凭实据,别人不会相信的。

乔治 （放心了）总而言之,我的对手,被我逼得毫无办法。

维罗尼克 是的,现在我们毫无办法。

乔治 （发出笑声）左派,右派,中派,我把你们统统攥在手心里。你会气死的。我漂亮的孩子!对你实说了吧:涅克拉索夫,真的就是我。你还记得吗?那次,在你的房间里,你接待了一个流浪汉。自那以来,我走了多么漫长的道路!一步登天,我连东南西北都不知道了!（乔治停下来注视维罗尼克）说真的,你来这里到底想干什么？

维罗尼克　我是来对你说,你是个无耻之徒。

乔治　夸大的字眼就别用了,我是扛得住的。每天早晨,《人道报》像骂脏耗子一样地骂我。

维罗尼克　这样说并不对！

乔治　你说出这样的话,我爱听。

维罗尼克　你不是脏耗子,你是无耻之徒。

乔治　唉！你真气人！（走了几步,又返回来,向维罗尼克走去）一位苏联高级官员,专门来到巴黎,为他国家的人民和他的党的敌人提供武器,我完全同意你的意见,这是个无耻之徒,甚至——我比你骂得还要狠——简直是不齿于人类的狗屎堆。可是,我既没当过部长,又不是共产党员。我离开苏联的时候,才出生六个月。我父亲是白俄;我从谁那里都没得到好处。你认识我的时候,我是一个有天才的骗子,孤身一人。我干的事产生了我这个人。可是我现在还跟从前一样。昨天,我倒卖假房产和假证券;今天呢,我卖的是假造的苏联情报。这又有什么区别呢？（维罗尼克不答）反正你特别不喜爱阔佬。既然如此,我骗骗他们,又有什么了不起的罪呢？

维罗尼克　你真以为你骗的是阔佬吗？

乔治　我制作衣服的费用、旅馆的开销是谁付的？我那部加古尔汽车又是谁给买的？

维罗尼克　他们为什么肯为你花钱呢？

乔治　因为我把我的谎言鬼话卖给他们了。

维罗尼克　可他们又为什么要买呢？

乔治　因为……老天啊,这是他们的事,我可一点儿也不知道。

维罗尼克　他们从你这儿趸来,又转手卖给穷人。

乔治　卖给穷人？嗨，谁还想得到穷人？

维罗尼克　《巴黎晚报》的读者，你以为都是百万富翁吗？（从提包里抽出一张报纸）"涅克拉索夫说：'俄国工人是全世界最苦的人。'"这是你说的吧？

乔治　是我说的。昨天。

维罗尼克　你这话是对谁说的？对富人还是对穷人？

乔治　这我哪儿知道？对大家说的！对谁也没说！这是一个没什么意义的玩笑而已。

维罗尼克　当然，在这里，在玫瑰花中间，可以这么说。总而言之，住乔治五世大街的人，没有一个真正见过工人。但是，在比扬古尔，这一切又意味着什么，你知道吗？

乔治　我……

维罗尼克　"不要触动资本主义，否则就会陷入野蛮社会之中。资产阶级世界诚然有其缺点，然而它是最好的社会形式，不可能有比它更好的了。贫困只能听天由命；在贫困中自求生计，请相信贫困是不会有头的。上帝没让你们出生在苏联，还不谢天谢地。"

乔治　他们不会相信这一套。他们不是傻瓜。

维罗尼克　幸亏如此，否则，他们一个个岂不都要喝酒醉死，或者打开煤气自尽。但是，即使一千个人里只有一个人上了你的当，你就够得上是个杀人凶犯。我可怜的乔治，你落入别人的圈套了！

乔治　我？

维罗尼克　难道不是吗！你以为白拿阔佬的钱。可你不是白拿，你是挣他们的钱。那天夜里，我建议给你找个工作。你拒绝了，看你当时那副高傲劲儿："我？要我干活！"怎么样，现在你可有了东家了吧？东家给你的活儿还不轻嘞！

乔治　不是这么回事！

维罗尼克　算了吧，算了吧，你很明白，人家给你钱，是叫你使穷人绝望，看不到出路。

乔治　听我说……

维罗尼克　（接着往下说）过去，你还可以说自己是个无罪的骗子，没有害人之心。半个不老实的人，半个诗人。可是，现在，你知道人家把你变成什么了？一个干浑蛋事的人！你要是不甘心看不起自己，必然要变成一个十足的坏蛋。

乔治　（嘟嘟囔囔）这帮王八蛋！

维罗尼克　这一回，谁牵着谁的线？

乔治　牵线？

维罗尼克　是啊。

乔治　喔……（领会了对方的意思）哦，是我。总是我牵呀。

维罗尼克　那就是说，你真心实意地要使穷人绝望了？

乔治　不。

维罗尼克　那么，还是别人牵着你的线操纵你喽？

乔治　谁也操纵不了我。世界上就没人办得到。

维罗尼克　总之，你只有一种选择，要么你是受骗者，要么你是罪犯！

乔治　这还不容易：犯罪万岁！

维罗尼克　乔治！

乔治　我使工人绝望？那又怎么样？人人为己嘛。叫工人别绝望好了。我污蔑苏联？我是有意这么做的：我就是要在西方消灭共产主义！说到你的那些工人，比扬古尔的工人也好，莫斯科的工人也好，我把他们都……

维罗尼克　乔治,你看,你已经开始变坏了。

乔治　善也罢,恶也罢,我都不在乎。不论是善和恶,我都负责,好汉做事好汉当。

维罗尼克　(给乔治看《巴黎晚报》的一篇文章)这篇稿子,你也负责吗?

乔治　当然。讲的是什么?(读报纸)"涅克拉索夫先生说,他与罗贝尔·杜瓦尔和查理·麦斯特尔是很好的朋友。"我从来没有说过这话!

维罗尼克　我也不相信你说过。正是为了这事,我才来找你。

乔治　罗贝尔·杜瓦尔?查理·麦斯特尔?从来也没听说过这两个名字。

维罗尼克　他们是我们那里的记者。他们写了文章,反对重新武装德国。

乔治　这又怎么样?

维罗尼克　人家这不是要你说,他俩被苏联收买过去了。

乔治　要是我真的这么说呢?

维罗尼克　那就要把他们送上军事法庭,指控他们犯了叛国罪。

乔治　你放心吧。谁也别想从我嘴里捞到什么。你相信我吗?

维罗尼克　我相信你。不过,要当心:你编造的东西,已经不能满足人家啦;现在,人家开始自己杜撰谎言,再把它加在你的头上,说是你说的。

乔治　你指的就是那条小消息?准是一个下边的人劲头上来搞的。我叫人整他一顿。我马上找儒勒。我一定命令他公开辟谣。

维罗尼克　(没有信心)你尽量办吧。

乔治　你要谈的,就这么些了?

维罗尼克　就这么些了。

乔治　再见。

维罗尼克　再见。(一只手还扶着门把手)但愿你不要变得太坏。
（下）

第 八 场

乔治　(独白)这个小姑娘一点政治也不懂。这就叫初出茅庐！(朝着房门)你以为,我会上你的圈套？谁想叫我干什么,我就偏不干。我从来就是这么个脾气。(穿过房间,去找常礼服)就让比扬古尔那里的人绝望绝望吧！我要再找几个骇人听闻的口号！(去找衬衫和假领。哼哼唧唧地唱起来)叫比扬古尔人绝望吧！叫比扬古尔人绝望吧！(电话铃声。乔治去接电话)是你呀,希比洛……怎么样？……唵？……瞧你这个办事的！这不可能……你见到儒勒本人了吗？……你对他说是我的意思啦？……蠢货！是你不会说话！一到他跟前你就发抖。应当威胁他。今天晚上他去布努米大妈家吗？好,由我亲自跟他谈吧。(挂上电话)竟有人拒绝我？(倒在沙发上。短暂的颓丧)我有的是政治,装满两靴子！满满两靴子！(猛然又站起来)有人正寻找我呢！有人正寻找我呢！怎么办？我预感到他们找得到的！要较量一番,我奉陪。我欣然接受:趁这个机会,好好树树我的权威。(笑起来)我要把这帮子人一个个都砸到地底下去。(电话铃声)喂？又是你……对不起,您是哪一位？啊！太好了！有多巧！我正在想您呢。浑蛋？可不是吗,亲爱的先生,最浑的浑蛋。我说呀,乃无耻之徒。说我使人辞退了几个低级职员,说我把好几名记者交给了警察,说我还叫穷人们绝望。这仅仅是开始,我今后要揭露的情况,还会引起一连串的自杀呢。您哪,当然,您是个老实人。我在这儿就能看清楚:你的衣服破旧了,您一天坐四回地铁,您看上去像个穷光蛋。这是因为,善没有善报啊!我吗?我有金钱、荣誉、美女。您要碰上我那辆加古尔牌车,请躲远点。我故意贴着人行道开车,好溅那些好人一身泥。(挂上电话)这一回,电话可是我先挂的。(笑起来)那个丫头说得有理,我马上就变坏了。(冲着一只只花篮踢了好几脚,把玫瑰花篮——踢倒)凶狠!恶毒!坏透了!

——幕落

第 六 幕

〔一间小客厅。它与另一间大客厅相连。小客厅里摆着冷餐桌。左边,是一扇半开的窗户,窗外夜色朦胧。正面,一个双扉门敞开着,通向后面的大客厅。窗与门之间,放着几个大桌子,铺着雪白的台布。桌上摆着一盘盘各式小糕点和三明治。宾客从正面门进进出出,大客厅里熙熙攘攘,有的人只经过小客厅门口,没有进来,有的则进来取菜。右边,也有一个门,没有打开。厅内除扶手椅和桌子外,家具很少。其他家具看来事先已经挪走,好让来宾能够自由穿行。

第 一 场

〔布努米夫人,博杜安,沙布衣,来宾多人。

博杜安　（叫住布努米夫人,向她介绍沙布衣）**沙布衣**。

沙布衣　（介绍博杜安）**博杜安**。（博杜安和沙布衣掏出证件,同时出示）

博杜安、沙布衣　国土保安监察员。

博杜安　总统府特派……

沙布衣　照管涅克拉索夫。

博杜安　他到了吗?

布努米夫人　还没有。

沙布衣　让他从正门进来,恐怕不够谨慎。

博杜安　您要是允许,我们就下命令……

沙布衣　让他从便门进来……

博杜安　(指着右边的门)可以从这儿直接进来。

布努米夫人　为什么要如此防范呢?

沙布衣　(秘密地)不能排除会有人行刺。

布努米夫人　啊!

博杜安　您别害怕,夫人。

沙布衣　有我们呢!

博杜安　有我们呢!

〔两人走出。几个宾客走进,其中有贝尔德里叶,儒勒和奈西亚。

第 二 场

〔布努米夫人,贝尔德里叶,儒勒·巴洛丹,奈西亚,来宾多人,摄影师数名,佩里格尔。

奈西亚　(一只胳膊搂着贝尔德里叶的腰)这是我们的神童。我为贝尔德里叶干杯!

众人　为贝尔德里叶干杯!

贝尔德里叶　女士们,先生们,我过去是一头固执的老蠢驴。我为给我开了窍的这位天赐之士干杯。

儒勒　(微笑)谢谢。

贝尔德里叶　(未听见儒勒的话)为涅克拉索夫干杯!

儒勒　（不悦。对奈西亚）涅克拉索夫！（耸肩）没有我，他能成什么气候？（走开）

奈西亚　（对贝尔德里叶）对巴洛丹也该有所表示吧。

贝尔德里叶　我为巴洛丹干杯，他……他有勇气，敢于发表涅克拉索夫揭露的情况。

数名来宾　为巴洛丹干杯！

儒勒　（不悦）人们还不了解报纸的威力有多大。

贝尔德里叶　我借此机会，请求诸位原谅，原谅我的固执己见，原谅我愚不可及的固执，以及我……（说着哭了起来，众人围上去）

布努米夫人　我的好人贝尔德里叶啊……

贝尔德里叶　（挣脱众人）我要请诸位原谅！我要请诸位原谅！

布努米夫人　让我们忘掉过去吧。拥抱我吧。（拥抱贝尔德里叶）

儒勒　（对摄影师）拍照！（佩里格尔走过来，手里端着一杯酒。儒勒一下子抓住他的胳膊，以致他杯子里的酒洒了出来）喂，喂，喂。

佩里格尔　老板，又有主意啦？

儒勒　对，有个主意。把我的话统统记录下来。（对众人）亲爱的朋友们……（众人安静下来）您也是，我也是，贝尔德里叶也是，咱们今天出席的，都是将来要被枪决的人。今天这个晚会本身就已经非常值得纪念了，让我们把它变成一个真正显示人类良知的时辰，好不好啊？让我们成立一个"待决犯俱乐部"吧！

众人　好极了！待决犯俱乐部万岁！

儒勒　就在这个晚会上，我们选出一个临时执委会，以便草拟章程。我冒昧自荐担任主席职务。(掌声。向佩里格尔)头版头条,明天见报,加上我的照片。(穆东走进来)这是怎么回事?穆东也来了?(走到奈西亚和布努米夫人旁边)你们看见了没有?

第 三 场

〔前场人物,加上穆东及德米多夫。

布努米夫人　啊呀!

奈西亚　谁请他来的?

布努米夫人　还带着个德米多夫。

奈西亚　就是那个俄国佬?他们胆子可真大!

布努米夫人　我的上帝!暗害呀!

奈西亚　您说什么?

布努米夫人　不能排除暗害的可能性。

奈西亚　他们来是为了……

布努米夫人　啊!我什么也不知道。不过那边有两位警官,我去通知他们一声。

　　〔上面谈话进行时,穆东已来到来宾中间。他对每一个人不是微笑打招呼,就是伸出手去。可是,大家都不理睬他。他走到布努米夫人面前躬身致敬。

穆东　夫人……

布努米夫人　不,先生,不!我们,我们都要死了。我们祝您长寿,但不向您致敬!

众来宾　(往外走)待决犯万岁!(实际上向着穆东喊)打倒未来的行刑队!(众下)

第 四 场

〔穆东，德米多夫。

〔德米多夫走向冷餐桌，大量地取菜。

穆东　对我们有点冷淡。

德米多夫　（一边吃着）我倒没注意到。

穆东　您从来什么都看不到！

德米多夫　什么叫从来！我到你们这里，为的是揭露苏联的制度，不是来观赏西方风土人情的。（又吃又喝）

穆东　他们把我当成共产党了。

德米多夫　这倒真奇怪。

穆东　不，这并不奇怪。这是一出悲剧，而并不奇怪：应该设身处地地为他们想想。（突然）费奥多尔·彼得罗维奇！

德米多夫　嗯？

穆东　那个名单是假的，是不是？

德米多夫　什么名单？

穆东　要枪毙的人的名单……

德米多夫　我一无所知。

穆东　（一惊）什么？

德米多夫　只有见到了涅克拉索夫，我才能知道。

穆东　那么，也可能真有这张名单喽？

德米多夫　是啊，如果那个涅克拉索夫真的就是涅克拉索夫的话。

穆东　那我就完了。（德米多夫耸耸肩）真倒霉！如果俄国人不枪毙我，这就是说我为他们干事了。

德米多夫　可不是嘛！

穆东　不过,这是不可想象的,真的！费奥多尔·彼得罗维奇,您总不能相信……

德米多夫　我什么都不相信。

穆东　我一辈子所作所为可以为我作证。我干的全是反共的事。

德米多夫　你知道些什么呢？

穆东　(沮丧)问题就在这里！我知道些什么呢？我老老实实对您说吧,我有时候也觉得有人在操纵我；我记得有几件令人不安的事情……(稍停)我过去有个秘书是个共产党,我一发现,就把他赶走了。

德米多夫　引起了一场轩然大波吧？

穆东　当然。是啊。

德米多夫　您已经为他们办了事了。

穆东　您,您也这么看？我一直不敢往这方面想。(稍停)前几次闹罢工,在我们这一行里,只有我什么好处都没给罢工者。结果呢,三个月之后,工会选举……

德米多夫　全体职工都投劳动总工会的票。

穆东　您怎么也知道？

德米多夫　这是老一套。

穆东　总而言之,我使他们招到了新会员。(德米多夫点头表示赞同)唉！(稍停)费奥多尔·彼得罗维奇,您看看我,我是不是有正直人的表情。

德米多夫　一个西方正直人的表情。

穆东　是不是一个体面老头的表情？

德米多夫　体面的西方老头的表情。

穆东　凭我这张脸,我能是个共产党吗？

德米多夫　为什么不能？

穆东　我是凭实干一步一步升上去的呀！全靠自己埋头苦干！

德米多夫　也靠运气。

穆东　（回忆起自己的这些经历，不禁莞尔一笑）是啊，我的运气不错。

德米多夫　好运就来自他们。

穆东　（吃了一惊）他们？

德米多夫　说不定就是他们让您发家的，因为您可能已经成为他们的人了，自己还不知道呢。说不定他们早就策划好了，使您的一举一动都产生莫斯科所希求的效果，可自己一点也意识不到。

穆东　难道我这一辈子，从头到尾，都叫人家利用了吗？（德米多夫点头赞同。突然间）请您坦率地回答我：要是大家都把我当成一个革命分子，要是我在各种情况下所做的事都和共产党的要求一样，我和共产党的积极分子又有什么区别呢？

德米多夫　您吗？没有区别。您是一个客观上的共产党。

穆东　客观上的！客观上的！（掏出手帕，擦前额）啊！我着魔了！（突然注视手帕）这是怎么回事？我们俩说着话，我怎么就摆弄起手帕来了？它怎么到了我手里的？

德米多夫　是您自己从口袋里掏出来的。

穆东　（精神恍惚）我自己掏！……啊！这比我预料的还要坏！他们都安排好了，叫我自己发出信号！什么信号？发给谁？也许就给您！谁能说您不是他们的特务？（德米多夫耸耸肩）您看，我发疯了。费奥多尔·彼得罗维奇，我求求您，快把附在我身上的共产党赶走吧！

德米多夫　怎么赶呀？

穆东　扯下这个无赖的假面具！

德米多夫 他要是个骗子,我就揭穿他。

穆东 (又不安起来)他要真是涅克拉索夫呢?

德米多夫 那我就当着大家的面痛骂他一顿。

穆东 (摇摇头)痛骂他……

德米多夫 凡是在我之后离开苏联的人,我都认为他们是苏联当局的同谋。

〔高伯莱在远处出现。

第 五 场

〔穆东,德米多夫,高伯莱。

穆东 不管他是什么,就把他说成是个骗子。我看这样要有效得多。

德米多夫 不。(穆东这时做了个手势)不要坚持了,我是收买不了的。(穆东叹气)怎么?还等什么?咱们找他去!

穆东 我叫来了一名治安警官。要是那个自称涅克拉索夫的果真是骗子,这家伙准是属于国际诈骗集团的。那就要把他抓起来,关一辈子。(看见高伯莱)很好,高伯莱!请进来吧。(高伯莱走过来)我一指哪个人,您就仔仔细细地瞧瞧他。要是个惯犯,马上就把他抓起来。

高伯莱 当着大家的面?

穆东 那当然了。

高伯莱 这个人长得英俊吗?

穆东 不赖。

高伯莱 (懊恼的神情)人们又该比了。

穆东 比什么?

高伯莱　拿他的脸和我的脸比呗！

穆东　您这是要拒绝？……

高伯莱　我是来者不拒。不过，我更喜欢逮捕长相丑陋的人，没什么别的原因。

第 六 场

〔穆东，德米多夫，高伯莱，博杜安，沙布衣。后两人刚走进来。

博杜安　（向穆东亮证件卡）国土保安部的。证件？

穆东　我是查理·穆东。

沙布衣　那更要看了！可疑分子。

〔穆东耸耸肩，拿出他的身份证。

博杜安　好啦。（向德米多夫）你，我们认识。走吧，不要忘记，你是法国的客人。

沙布衣　你们俩走开点。我们有话要跟高伯莱警官说。

穆东　（对高伯莱）我们到各厅转转，看那个人来了没有。请您在这里等我们。

〔德米多夫与穆东下。

第 七 场

〔博杜安，沙布衣，高伯莱。

博杜安　（挡住高伯莱的去路）同事，你来这里凑什么热闹？

高伯莱　我是被请来的。

沙布衣　请来的？就你这副尊容？

高伯莱　凭你们那副模样可以被邀请,为什么凭我这副就不行呢?
沙布衣　我们不是来做客的,我们是执行任务。
高伯莱　那我也是!
博杜安　你是不是找个什么人?
高伯莱　这你们用不着管。
沙布衣　喂,同行……
博杜安　让他去,这小子故弄玄虚。(对高伯莱)爱找谁你就找谁去。不过别想坏我们的事。
高伯莱　(目瞪口呆)坏你们的事?
沙布衣　不许捉弄涅克拉索夫。
高伯莱　(目瞪口呆)啊?
博杜安　老兄,你要是不想打破饭碗,就别招惹这个人。
高伯莱　(一直想弄清对方是什么意思)涅克拉索夫?
沙布衣　对,是涅克拉索夫。别动他!
高伯莱　我用不着听你们的。我属于司法警察,我只听我的头头的。
沙布衣　这可能。不过,你的头头得听我们的头头的。再见,同行。
博杜安　(微微一笑)再见!再见!

第 八 场

〔先是高伯莱独自一人,后来进来几位男宾。
高伯莱　(嘟嘟囔囔)趁早给我滚蛋!(若有所思)涅克拉索夫,这个名字,我在报上见过……

第 九 场

〔高伯莱,乔治,希比洛,两名警卫,一名男来宾。

乔治 (对两名警卫)去玩玩吧。(两人出去,乔治立刻把门关上,对希比洛说)站直点!要有点高傲劲嘛,天哪!(把希比洛的头发弄乱)还要有点不拘小节的样子。就这样!

希比洛 咱们进去吧。(乔治拉住他)你怎么了?

乔治 高山症。我只要一进去,他们就会扑倒在我的脚下,他们就会吻我的手。这使我头晕目眩。把这么多的爱和这么多的恨集于一个人身上,这可能吗?希比洛,你说是不是这样:人们爱的不是我,恨的也不是我。我只是个形象而已,这样我就放心了。

〔穆东与德米多夫走到正中的门口。

希比洛 我……(发现穆东)转过身去!

乔治 怎么了?

希比洛 叫你转过身子,要不咱们就完蛋了!(乔治转身,面朝观众)穆东和德米多夫刚刚过去。他们在找你哪。

乔治 德米多夫,我不在乎。儒勒和奈西亚还算有点分量。这两个笨蛋,自以为牵着线在操纵我呢。

希比洛 听我说,尼基塔……

乔治 住口!我要叫他们看看,到底谁听谁的。戈斯达涅夫人明天必须恢复工作,不然……(恼火地跺脚)唉!真他妈的见鬼!

希比洛 又怎么了?

乔治 今天晚上,对我来说是决定性的一仗,可我总感觉情绪不那么对劲儿,不是稳赢的劲儿。这是怎么回事?

〔一男宾跌跌撞撞走了进来。他靠着餐桌,取了一杯酒,喝了一口,又高高举起杯子,像是在祝酒。

来宾　瞄准!放!法兰西万岁!(倒地)
高伯莱　(跑过来)可怜的家伙!(单腿跪在那人身旁)
来宾　(睁开眼睛)丑八怪!快结果我算了。

〔来宾又昏睡了。高伯莱气势汹汹地把这个宾客塞到餐桌底下,又把桌布放下来遮住他。乔治把这一切都看在眼里。

乔治　(对希比洛)高伯莱!(一下子转过身去,背朝高伯莱)
希比洛　在哪儿?
乔治　在你后边。开始就不妙。
希比洛　(胸有成竹)这回我可好了。
乔治　你?
希比洛　他跟我不错。(向警官走去,双臂张开)来,让我拥抱你!
高伯莱　(吓了一跳)我不认识您!
希比洛　你可真叫我伤心!我是希比洛。想不起来啦?
高伯莱　(疑虑仍然未消)认得。
希比洛　怎么样?咱们拥抱吧!
高伯莱　不。
希比洛　(发出难过的责备声)高伯莱!
高伯莱　你和以前不一样了。
希比洛　算了吧,你!
高伯莱　您换装了。
希比洛　就这个?我是奉社长的命令来的。人家借给我这套衣服,让我装装门面,神气点儿。

高伯莱　您的脸可不是借来的!

希比洛　我的脸又怎么了?

高伯莱　您这张脸值二百张票子。

希比洛　你疯啦?脸总得配得上衣服啊。(一把拉住高伯莱)我可不离开你了。你渴吗?

高伯莱　渴是渴。不过,什么也咽不下去。

希比洛　嗓子眼,嗯?卡住了?这我也有过。唉,这里不是咱们这号人待的地方。你知道咱们该怎么办吗?厨房又亮堂,又通风,又宽敞,迷人的小姐儿来来去去;嗨,走吧,到那儿喝一杯去。

高伯莱　我也这么想……

希比洛　来一杯,警官,来一杯。到了那儿,咱们可就跟在自己家里一样啦。(拖着警官下)

第 十 场

〔先是乔治一人,后来走进博杜安及沙布衣。

乔治　(独自一人)喔唷!

沙布衣　(出现在门口)喂!

博杜安　(在另一个门口)喂!

乔治　干什么?

博杜安　我们是国土保安部门的警官。

沙布衣　我们向您表示欢迎……

博杜安　欢迎您来到我们保卫的国土。

乔治　谢谢二位。

沙布衣　您千万别担心。

博杜安　全包在我们身上了。

沙布衣　有了危险,有我们在呢。

乔治　有了危险?还会有危险?

博杜安　还不能排除暗害的可能性。

乔治　暗害谁?

博杜安　(微笑)您啊!

沙布衣　(坦率地大笑起来)暗害您呀!

乔治　哎哟哟!那你们说……

博杜安　嘘!嘘!我们暗中保护您!

沙布衣　我们暗中保护您。

〔两人退下。这时候,布努米夫人偕众来宾上。

第十一场

〔乔治,布努米夫人,奈西亚,儒勒,贝尔德里叶,男、女宾客多人,摄影师数名,佩里格尔。

布努米夫人　这就是我们的救星!

众人　涅克拉索夫万岁!

一男宾客　先生,您是个真正的男子汉。

乔治　先生,您也绝非冒牌货。

一女宾客　您真是风度翩翩!

乔治　为的就是讨您欢心。

又一女宾客　先生,要是能和您生一个孩子,我将引以自豪。

乔治　夫人,我们会安排的。

布努米夫人　亲爱的朋友,您讲几句话吗?

乔治　好的。(提高嗓门)女士们,先生们,一切文明都不是不朽的。当今的欧洲,考虑的不再是什么自身自由的问题,而是自身命运的问题了。希腊的奇迹处于危险之中:让我们去拯救它。

众人　为拯救希腊奇迹,我们万死不辞!为拯救希腊奇迹,我们万死不辞!

〔掌声四起。布努米夫人把贝尔德里叶推到乔治身旁。

布努米夫人　(对乔治)这是一位敬佩您的人。

乔治　您敬佩我吗,先生?就凭这一点,我就喜欢您。您是谁?

贝尔德里叶　先生,我很感激您,我这一生都感激您。

乔治　(吃惊)我,我为什么人办了好事吗?……

贝尔德里叶　您使我退出了竞选。

乔治　噢,贝尔德里叶呀!(贝尔德里叶想吻他的手。乔治没有让他吻)让我们拥抱吧!

〔两人拥抱。

布努米夫人　照相!(闪光灯连续闪亮。布努米夫人挎着乔治的一只胳膊,贝尔德里叶把夫人的另一只胳膊挎住)现在我们三个人,来张集体照。

儒勒　(急速地)我可以吗?(挽住贝尔德里叶的手臂)

乔治　别来,我的小儒勒,别来。你等一等嘛。

儒勒　为什么您总是有意地不让我跟您照相?

乔治　因为你总是左动右动,哪能照得好,准浪费胶卷。

儒勒　就让……

乔治　不行,我的老兄。我有我的公众:人们买你的报纸,就是为了把我的照片剪下来,他们有权利……

儒勒　你有你的公众,这是可能的。可是,我有我的摄影师,你禁止他们给我照相,我觉得这是不行的。

乔治　那就快点照吧！（闪光灯亮）好啦！行啦！够啦！过来，我跟你谈谈。（拖儒勒走到前台）

儒勒　你找我干什么？

乔治　你辞退的那七名雇员，我要你恢复他们的工作。

儒勒　又来了！不过，老兄，这事与你无关。这纯属我们的内部事务。

乔治　报社的一切事情都与我有关。

儒勒　谁是社长？是你还是我？

乔治　你。但你倘若总这么干下去，你这个社长也当不长。我要求董事会要你的脑袋。

儒勒　好吧！奈西亚在这里，他星期四接替穆东当选董事长，你可以向他告状嘛。

乔治　（挽住奈西亚一只手臂，把他拉到儒勒面前）我亲爱的奈西亚……

奈西亚　我亲爱的涅克拉索夫……

乔治　我可以请您帮个忙吗？

奈西亚　那还用请吗？

乔治　您还记得那个可怜的戈斯达涅夫人吗？

奈西亚　天哪，我可记不住。

乔治　就是您辞退的那个女秘书。

奈西亚　啊！对，对，对！她是个共产党。

乔治　我亲爱的奈西亚，她是寡妇。

奈西亚　不错，共产党员的寡妇。

乔治　她有一个残废女儿。

奈西亚　残废？一个好厉害的小辣椒。共产党的一根苗子。

乔治　她就靠那点工资过日子呢。总不能叫她打开煤气自杀吧！

奈西亚　那不就少了两个共产党员了吗？（稍停）您要怎么样？

乔治　您恢复她的工作。

奈西亚　可是，我亲爱的涅克拉索夫，我一个人做不了主。（稍停）请您相信，我一定把您的要求提交给董事会。（乔治大为恼火，可是他克制住自己）就这些吗？

乔治　还有。（从衣袋里掏出一张《巴黎晚报》）这是什么意思？

奈西亚　（读报）"涅克拉索夫声称：记者杜瓦尔和麦斯特尔都是他个人的朋友。"怎么啦？这是您自己说的呀！

乔治　恰恰相反。

奈西亚　您没说这话？

乔治　根本没有。

奈西亚　哎呀呀！（严厉地对儒勒）我亲爱的儒勒，您怎能干出这样的事。您可知道，咱们报纸的格言是不掺假的真实啊！

儒勒　（叫住走过的佩里格尔）佩里格尔！（佩里格尔走过来）我非常吃惊：把涅克拉索夫没说过的话，硬安在他头上了！

佩里格尔　（拿过报纸看了看）啊！啊！这一定是塔皮诺娅那个小东西干的。

儒勒　原来是塔皮诺娅那个小东西！

佩里格尔　她一定以为这一招很不错呢。

儒勒　佩里格尔，在我们这里，不许这么胡闹。真实不能掺假。把塔皮诺娅给我赶出去！

乔治　我不要求这样做。

儒勒　赶出去！赶出去！

乔治　不，儒勒，我告诉你不能这样做。不能再开除人了！

儒勒　那就狠狠斥责她一顿。告诉她，要不是涅克拉索夫亲自替她说情，她的饭碗就砸了。

乔治　是这样。(稍停)有关我的问题,只要一条辟谣声明就够了。

儒勒　(吃了一惊)一条什么?

乔治　辟谣声明,明天就登出来。

儒勒　辟谣?

奈西亚　辟谣?

佩里格尔　辟谣?

　　　　〔三人相对而视。

儒勒　但是,尼基塔,这说不定是最愚蠢的了。

佩里格尔　人家会产生怀疑,问我们到底搞些什么名堂?

奈西亚　除了法庭强迫之外,您见过哪家报纸自己辟谣否定自己发表的消息?

儒勒　这么一来,我们马上就把公众的注意力都吸引到这条不幸的小消息上来了。

佩里格尔　我可以肯定,没人注意这条小消息。

儒勒　(对奈西亚)亲爱的董事长,您注意到了吗?

奈西亚　我?丝毫也没注意。可是,每天的报纸,从第一行到最末一行,我是一字不漏。

儒勒　这种小动作一开了头,那可再也刹不住了。难道每天都要从前一天的消息中挑点什么来辟辟谣吗?

乔治　很好。那您打算怎么办?

奈西亚　您指哪方面的问题?

乔治　我说的那几句话呗!

儒勒　干脆,再也不提它了。把这条消息淹没在次日的一大堆新闻里。这才是最好的办法。你真以为读者会记住他们一天天看过的东西吗?我的老兄,要是读者记性真那么好,我看连气象预报也用不着登了!

奈西亚 (搓着手)好啦,就这么解决吧。

乔治 不行。

奈西亚 不行?

乔治 不行!我要求你们,必须刊登辟谣声明。

奈西亚 您要求?

乔治 是的。就凭我给你们帮的这么多忙……

奈西亚 我们可是都给您钱了。

乔治 我获得很大名声,我就以这个名义要求……

儒勒 你的名声,我可怜的尼基塔,我本来还不想跟你说破。你的名声已经下跌了。星期四,售出二百万份,创造了最高纪录。自那以后,发行量回跌到一百七十万份。

乔治 这还远远高出你们往常的发行量。

儒勒 等到下星期再看吧。

乔治 下星期又怎么样?

儒勒 还会回到九十万份的。那时候你会是怎么样呢,由于你发行量急剧上升,接着又急剧下跌,然后,无声无息:死了。

乔治 不会那么快,我还保留着好些惊人的情报没有透露呢!

儒勒 太晚了。靠的就是冲击作用。读者看够了。即使明天我们说,俄国人吃自己的孩子,也引不起读者多大反应啦。

〔穆东与德米多夫上。

第 十 二 场

〔前场人物,再加上穆东与德米多夫,博杜安,沙布衣。

穆东 (高声地)先生们!(众人安静下来并转身看着穆东)诸位

全被出卖了。

〔一阵喧哗声。来宾们很激动。

奈西亚　穆东,您到这里干什么来啦?

穆东　揭露一个叛徒。(指了指德米多夫)这位是德米多夫,苏联经济学家,在克里姆林宫里工作过十年。请听听他怎么说吧。(指着乔治,对德米多夫说)好好看看他,他就是自称涅克拉索夫的那个人,您认识他吗?

德米多夫　我得换副眼镜。(摘下眼镜,又戴上另一副,环视周围)他在哪儿?

乔治　(急忙走到德米多夫面前,拥抱他)终于见到了!找得我好苦啊!

〔穆东往后拉乔治。

穆东　(对德米多夫)您认识他吗?

乔治　大家都出去一下,我有个机密的事要告诉他。

穆东　不弄个水落石出,我们决不出去。

〔国土保安部的警官走了进来。

博杜安　(突然出现在穆东面前)哦!不,先生。您得出去。

穆东　可是,我……

博杜安　我是国土保安部的。这是命令。

沙布衣　(对其他人)先生们,对不起,你们也一样要回避一下。

〔博杜安和沙布衣把大家都弄了出去。只剩下德米多夫和乔治。

第 十 三 场

〔德米多夫,乔治。

德米多夫　（不住地打量乔治，没有发现别人都出去了）这个人不是涅克拉索夫。

乔治　你别费那个劲了：现在就剩下咱们两个了。

德米多夫　你不是涅克拉索夫。涅克拉索夫是小个子，矮胖身材，腿还有点瘸。

乔治　他是个瘸子？真遗憾，我怎么早不知道呢？（稍停）德米多夫，我早就想找你谈谈。

德米多夫　我不认识你。

乔治　我却很了解你。关于你的情报，我得到不少。你是一九五〇年到的法国。那时候，你是列宁派布尔什维克，你常有孤独之感。有段时间，你接近了托洛茨基分子，于是变成托洛茨基派布尔什维克。那个集团破裂之后，你转向铁托，于是就自称为铁托派布尔什维克。后来，南斯拉夫与苏联和解，你又把希望寄托在毛泽东身上，声称自己是毛派布尔什维克。由于中国没有和苏维埃决裂，你又疏远了中国，并自称布尔什维克派布尔什维克。我说得对吗？

德米多夫　对。

乔治　这些巨大的变化都发生在你的头脑里，你一直是光杆一人。过去，《巴黎晚报》登过你的文章；现在，哪儿都不要你的文章了。你住在阁楼上，养着一只金翅鸟。金翅鸟也快死了，房东会把你赶出门去。到那时候，你就只好到救世军的驳船上过夜喽。

德米多夫　贫困吓不倒我。我只有一个目标：铲除苏联的官僚机构。

乔治　哈！你完蛋了，我可怜的老兄。西方已经把你吃干净了，你现在不值钱了。

德米多夫　（抓住乔治的脖子）你这条淫荡的毒蛇！

乔治　放开我,德米多夫,放开我！我告诉你一个办法,准能叫你摆脱困境。

德米多夫　（放开了乔治）说什么也没用。

乔治　怎么没用？

德米多夫　你不是涅克拉索夫。我来这里就是要揭穿你。

乔治　不能说出来,你这个可怜虫！说了,只对你的敌人有利。你对苏维埃的仇恨还不很深,因为你自己还不能窒息自己热爱真理的欲望。好好考虑考虑吧！穆东把你忘了,现在却把你找出来,为的是搞我。你干完了,他就又不管你了。直到有一天,人们在乱坟坑里找着你。你窝窝囊囊地死了,含恨而亡。你说说,到那时候,谁拍手称快呢？是全俄罗斯的官僚嘛！

德米多夫　你不是涅克拉索夫,涅克拉索夫是瘸腿的……

乔治　对,对。我知道。（稍停）德米多夫,我想参加布尔什维克派布尔什维克党。

德米多夫　你？

乔治　是我。你好好掂量掂量,这下子你迈了多大的一步呀！当一个党只有一个成员的时候,发展成两个党员的机会和可能是很小很小的。可是,要是有了两个党员,谁能挡住它明天发展成为拥有百万名成员的党呢？你接受我吗？

德米多夫　（被乔治的一番话说得有些飘飘然）我的党会有两个党员？

乔治　没错儿。两个。

德米多夫　（仍疑虑重重）你知道我们的原则是集中制。

乔治　这我了解。

德米多夫　（接着讲下去）我们的规矩是集权的民主。

乔治　这我知道。

德米多夫　领袖,是我。

乔治　我只是个基层的积极分子。

德米多夫　只要你搞一点儿派别活动,我就开除你!

乔治　你别担心,我忠于你。但是时间紧迫。今天我出名,明天也许人家就把我忘了。要利用这个机会,越快越好!现在全世界争看我的文章。今后,你说什么,我想什么。

德米多夫　就揭露这一代技术官僚是如何排挤老革命家的,你看怎么样?

乔治　好,每栏我都写这个。

德米多夫　你把奥尔洛夫写得越坏越好。

乔治　奥尔洛夫是谁?

德米多夫　我原来的顶头上司。一条豺狼。

乔治　此人明天就会成为全欧洲的笑柄。

德米多夫　好极了。(向乔治伸出右手)一言为定,涅克拉索夫。

〔乔治与他握手。众宾客战战兢兢地出现在门槛上。

第十四场

〔众宾客,乔治,德米多夫,穆东,博杜安,沙布衣。

穆东　喂,德米多夫?这个人是谁?

德米多夫　他吗?涅克拉索夫呀。

〔欢呼声四起。

穆东　你撒谎?刚才你们俩在一起的时候,到底搞了什么鬼?

乔治　我向他介绍苏联国内出现的地下抵抗组织活动的情况。

穆东　骗子手!

乔治　（向众宾客）我请诸位作证,诸位都看到了,这家伙为共产党干事!

众宾客　（对穆东）滚回莫斯科去吧!滚回莫斯科去吧!

穆东　你这个恶棍,逼得我走绝路,我死,也非得把你拉上不可。（掏出手枪,对准乔治）感谢我吧,诸位先生,我从世界上清除了一个坏蛋,一个客观上的共产党员!

布努米夫人　杀人啦!杀人啦!

〔博杜安与沙布衣向穆东扑去,夺下他的枪。两个警卫从右侧门跑上。

沙布衣　（指着穆东,对两警卫说）把这位先生带走。

穆东　（挣扎着）放开我!放开我!

众宾客　滚回莫斯科去!滚回莫斯科去!

〔二警卫架着穆东,把他从右侧门带下。

博杜安　（对众宾客）我们事先就料到会有人行刺。女士们,先生们,现在,一切危险都已排除；请诸位回到各个大厅里去。我们暂时让涅克拉索夫先生和我们待一会儿,研究一下安全保卫的措施。请大家放心,我们很快就让他回到你们中间。

〔众宾客纷纷下场。

第十五场

〔乔治,博杜安,沙布衣。

博杜安　先生,您说实话,我们是不是您的守护天神?

沙布衣　要是没有我们,这个浑蛋早把您当面撂倒了。

乔治　二位先生,我感谢你们。

博杜安　没什么。我们只是尽责而已。

沙布衣　我们能把您从危难中救出来,实在太高兴了。

〔乔治微微躬身,准备走出去。博杜安拉住他的胳膊。

乔治　怎么……

沙布衣　我们遇上点麻烦,怎么说呢……

博杜安　我们需要您助我们一臂之力。

乔治　(坐下)我能帮二位做些什么呢?

〔二警官也坐下。

沙布衣　是这样:我们俩正办一桩严重损害国民士气的案子。

乔治　法兰西民族的士气垮了?

沙布衣　还不到那个地步,先生。有我们在防着呢。

博杜安　不过,的确有人竭力破坏民族的士气。

乔治　可怜的法国呀!谁如此大胆……

沙布衣　两个新闻记者。

乔治　四千万人里头,才有两个?这个国家也有点太弱不禁风了吧。

博杜安　这两个人只是露在外面的招牌而已。政府打算,通过这两个人打击一下欺骗读者的可恶的新闻界。

沙布衣　打得要快、要狠。

博杜安　我们打算明天就逮捕这两个人。至迟后天。

沙布衣　不过要我们提供证据,证明这两名被告蓄意破坏国民士气……

博杜安　照我们俩看来用不着这么麻烦……

沙布衣　可是,司法方面认为非有证据不可。

博杜安　唉,这一回呀,运气总算帮忙……

沙布衣　您明白了吗?

乔治　我明白了吗?

博杜安　您难道还不明白吗?

乔治　天啊,我明白了。我尽力而为吧。

沙布衣　那就好了!请您给我们当证人。

博杜安　作为苏联的部长,一定是您雇用了这两个记者。

沙布衣　您要能证实这一点,我们感激不尽。

乔治　他们叫什么?

沙布衣　罗贝尔·杜瓦尔和查理·麦斯特尔。

乔治　麦斯特尔,杜瓦尔……杜瓦尔,麦斯特尔……说实话,我不认识他们。

博杜安　这不可能!

乔治　那为什么?

沙布衣　昨天您亲口说的嘛,登在《巴黎晚报》上,您与他们是很好的朋友!

乔治　这是捏造的,强加到我头上的,我从来没有说过这样的话。

博杜安　这倒可能。不过,文章登出来了。何况,退一步说,他们是共产党员。杜瓦尔在共产党里头影响还不小哩!

沙布衣　杜瓦尔这个人,您该认识吧!

乔治　在苏联,每个部长手下都有自己的人,别的部长根本不知道。您二位去找找宣传部门或者新闻部门的人吧,外交部门或许也知道。我呢,你们不是不知道,我管的是内政部。

博杜安　您有顾虑,这我们完全理解……

沙布衣　我俩要处在您的地位,也会有同样的顾虑。

博杜安　可是,既然杜瓦尔是共产党……

沙布衣　那就不一定要您亲眼看到过他的名字。

博杜安　从常识上看,您可以确信他是苏联特务。

沙布衣　那您就可以心安理得,出来作证,证明他是拿了卢布干事的。

乔治　很遗憾,我不能作证。

〔一阵沉默。

博杜安　很好。

沙布衣　好极了!

博杜安　法国是个自由之邦。在我们这里,说还是不说,每个人完全有自由。

沙布衣　我们不坚持了,我们不坚持了!

博杜安　但愿我们的上司也不坚持,那就好了。

〔一阵沉默。

博杜安　(对沙布衣)咱们的头儿会不坚持吗?

沙布衣　(对博杜安)谁知道?麻烦的是,涅克拉索夫先生树敌太多啦。

博杜安　(对乔治)那些看到您出名就感到不舒服的人……

沙布衣　(对乔治)他们还说,是莫斯科派您来的。

乔治　胡说八道!

沙布衣　当然。

〔两人站起来,立在乔治两边。

博杜安　可是,总得把造谣中伤压下去啊。

沙布衣　就得采取一个使您深深地陷进去的行动。

博杜安　不管怎么说,上个月,您还是我国的死敌呢……

沙布衣　……没有证据表明,您现在已经不是了……

博杜安　有人常指责我们,说我们玩忽职守……

沙布衣　……还说应该把您立即押送出境。

博杜安　好好想想吧。到那时候,可要把您交给苏联警察当局啦!

沙布衣　您交代完了之后,那头一刻钟就够您受的!

乔治　我相信法国的殷勤好客,你们真的忍心把我赶走?

沙布衣　(笑出声来)嘿!嘿!

博杜安　(笑出声来)殷勤好客!

沙布衣　(对博杜安)为什么不说是避难权呢?他以为现在还是中世纪呢?

博杜安　我们的确殷勤好客,但是,这是对英国爵士……

沙布衣　德国旅游家……

博杜安　美国大兵……

沙布衣　被剥夺居留权的比利时人……

博杜安　……咱们打开天窗说亮话。看来,您并不打算叫我们对苏联公民也同样殷勤、同样好客!

乔治　这简直就是讹诈!

沙布衣　不,先生,这是一个非此即彼的抉择。

博杜安　我说呀:两者挑一。(沉默)

乔治　那就把我送出边境吧。

〔停顿。

博杜安　(改变口气)怎么样?我的小乔治?要我们不客气吗?

沙布衣　要我们来硬的吗?

乔治　(惊跳而起)你说什么?

博杜安　坐下吧。

〔两人又使他坐下。

沙布衣　你这一套,吓不住我们,懂吗?

博杜安　我们这些人,真正厉害的见多了,硬汉子有的是。

沙布衣　谁都知道,一个骗子只不过是个无能之辈。

博杜安　一个娘儿们。

沙布衣　用什么轻轻戳你一下……

博杜安　你就会马上老老实实全招了。

乔治　你们这是什么意思？我听不懂。

沙布衣　嗨！你懂,你心里全明白！

博杜安　我们的意思是说,你就是乔治·德·瓦列拉,国际流氓。高伯莱警官正找你呢,我们可以立即把你交给他！

乔治　(竭力发出笑声)乔治·德·瓦列拉？这是误会,一个挺有意思的误会。我……

沙布衣　你别再做梦了。八天来,你的警卫偷偷地、仔仔细细地给你拍了一大堆照片。你的指纹,也叫他们取来了。我们只要把你的特征卡片拿来对照一下就行了。你这回完了。

乔治　他妈的。(沉默)

博杜安　你可要看到,我们这些人并不坏。

沙布衣　此外,捉诈骗犯,也不归我们管。

博杜安　那是司法警察的事。在我们国家,对司法警察,大家并没有什么好感。

沙布衣　至于警官高伯莱,你叫他怎么着,他就怎么着。

博杜安　我们只想整掉那两个记者。别的,什么也不要。

沙布衣　你要是成全了我们,你还能当你的涅克拉索夫,想当多久,就当多久。

博杜安　当然,还可能有些小事,也要请你帮忙。

沙布衣　有时候,我们指给你看一些人。

博杜安　你就说认识他们;不为别的,为了我们。

沙布衣　作为交换条件,我们为你保守秘密。

博杜安　除了我们,别人谁也不知道这底细,你心里要有个数。

沙布衣　注意,有人已经把这事对董事长说了。

博杜安　不过,关系不大:他不会知道的。

沙布衣　他说:"我不想知道。"

博杜安　这个人哪,该知道什么,不该知道什么,他心里全有数。

沙布衣　明白这里面的奥妙了吧,你这个小脑瓜子?

博杜安　星期四,我们来找你,带你去见预审法官。

沙布衣　他会问你,你认不认识杜瓦尔……

博杜安　你就说:认识。因为,你不能说别的。

沙布衣　再见,我的小伙伴,再见。

博杜安　星期四见,哥们儿,别忘记。

〔两人下。

第 十 六 场

〔先是乔治一人,后来德米多夫上。

乔治　好啊!好,好,好!……(走到镜子面前)永别了,我童年时代的俄罗斯大草原!永别了,荣誉、光荣!涅克拉索夫,永别啦!永别啦,可怜的、亲爱的大人物!别了,叛逆、无耻之徒!永别了,坏蛋!乔治·德·瓦列拉万岁!(掏衣袋)七千法郎。我轰动了全世界,可是才拿到七千法郎。什么狗差事啊!(对着镜子)乔治啊,我的老伙计乔治,你想象不到,我又找到了你心里有多么快活!(走上前台)女士们,先生们,涅克拉索夫既然死了,乔治·德·瓦列拉就该溜号了。(思索着)正门,出不去,警察把着呢。走便门(去开右侧的门)他妈的,我那两个警卫守着走廊。(从大厅这头走到那头)窗户行不行?(从窗口探身往下看)离地有十米,非粉身碎骨不可。看不见有水管子吗?(爬上窗台)离得太远了。哎,我的天,我要是有法子把我那两个卫兵支开就好了……

〔德米多夫上,一把抓住他的大腿,把他从窗台上扶下来。

德米多夫　别这样,积极分子!我禁止你这样做。

乔治　我是……

德米多夫　自杀。头三个月,谁都免不了有这个念头。你慢慢就会明白,过了这段时间也就习惯了。我是过来人啦。(悄悄地)我刚从大厅来,因为我多喝了几杯。积极分子,我可不能醉。注意着我点。我一醉呀,那可就吓人啦。

乔治　(听得津津有味)哦!是吗?

德米多夫　是啊。

乔治　真的吓人吗?

德米多夫　我见什么摔什么。有时候还杀人。

乔治　你说的这些真有意思!

〔众宾客及布努米夫人突然进来。

第十七场

〔乔治,德米多夫,布努米夫人,贝尔德里叶,以及所有宾客。

布努米夫人　(对乔治)哎呀,这回总算可以接近您了。我想,您还不走吧?我们现在就开始社交节目。

乔治　社交节目?

布努米夫人　是啊!

乔治　我知道有一种玩法,当年它把克里姆林宫里的人逗得眼泪都笑出来了。

布努米夫人　我对这个倒挺有兴趣的。到底是怎么回事啊?

乔治　那我就说说吧！是这样的：大家心情好的时候，我们有个习惯，就是给德米多夫灌酒。诸位恐怕想象不出来，他这一醉呀，那主意、点子一个接着一个，一个比一个逗人乐。他可是个真正的诗人。

布努米夫人　这太好玩了！咱们也来试试，好吗？

乔治　您给大家传话，其余一概由我安排。

布努米夫人　（对一男宾客）灌醉德米多夫，听说他一喝多了就逗死人了。

〔一个个往下传话。

乔治　（对德米多夫）我们的朋友都想和你碰碰杯。

德米多夫　行啊。（一名仆役用木盘托来斟满酒的杯子）这是什么酒？

乔治　不甜的马蒂尼酒。

德米多夫　不喝美国饮料。来伏特加！

布努米夫人　（对仆人）拿伏特加！

〔一仆人托着木盘，送来伏特加数杯。

德米多夫　（举杯）我为消灭苏联的官僚干杯！

布努米夫人及众宾客　为苏联官僚的灭亡干杯！

乔治　（从托盘上又拿了一杯，递给德米多夫）你把技术官僚忘了吧。

德米多夫　为消灭技术官僚干杯！

众宾客　为消灭技术官僚！

〔德米多夫一饮而尽。

乔治　（又递一杯）还有奥尔洛夫呢！（对众宾客）是他的顶头上司。

德米多夫　（一边喝着）为绞死奥尔洛夫干杯！

众宾客 为绞死奥尔洛夫！

乔治 （又递一杯）该为布尔什维克派布尔什维克党祝酒了。

德米多夫 行吗？

乔治 那还用说！你应该宣布出去。应该想到宣传的效果呀！

德米多夫 （边喝边说）为布尔什维克派布尔什维克党！

众宾客 为布尔什维克派布尔什维克党！

〔大部分宾客都显露醉态。有的戴上纸帽子，有的吹起芦笛，有的掷彩色纸条。在下面的场面里，德米多夫讲话时，都有芦笛声加强节奏。

德米多夫 （对乔治）现在，该为什么干杯了！

乔治 （又递一杯）为你的金翅鸟。

德米多夫 为我那只金翅鸟干杯！

众宾客 为他那只金翅鸟干杯！

〔乔治又递过去一杯酒。

德米多夫 该为什么干杯了？

乔治 我也不知道该为什么了，或许，为法兰西吧？这样更合乎礼貌。

德米多夫 不！（举杯）我为那些被坏心肠的牧羊人拴住不放的善良的俄国小老百姓干杯！

众宾客 为俄国老百姓干杯！

德米多夫 你们会把他们解救出来的，是不是？我那些可怜的小百姓，你们会把他们解救出来，不是吗？

众人 我们一定解救他们！一定解救他们！

〔芦笛声大作。

德米多夫 谢谢诸位。我为倾泻在我的人民头上的铁与火的洪流干杯！

众人　为这股洪流干杯！为这股洪流干杯！

德米多夫　（对乔治）我喝的是什么呀？

乔治　伏特加。

德米多夫　不对。

乔治　你自己看哪。（拿过酒瓶给德米多夫看）

德米多夫　快逃命吧！这可是法国伏特加呀！我是个叛徒啊！

乔治　得啦,德米多夫！

德米多夫　住嘴,我党的积极分子！俄国人,不管他是谁,只要喝了法国伏特加,那就是背叛了他的人民。该枪毙我。（向大家）快动手！还等什么？

布努米夫人　（设法使他安静下来）亲爱的德米多夫,我们可远没有想到这上面去呀！

德米多夫　（推开夫人）那么,把所有的俄国人都解放了,把他们统统都解放了！只要还有一个活着的,他就要指着我的鼻子说："费奥多尔·彼得罗维奇,你小子喝法国伏特加。"（回答一个想象中的对话者）"这要怪奥尔洛夫。我的老舅唉,在他手下,我可受不了啦！"（又喝一口）我为解放人的炸弹干杯！（大家默不作声,感到有些恐怖。德米多夫用威胁的口气对贝尔德里叶说）干呀,你干呀！

贝尔德里叶　为炸弹干杯！

德米多夫　（威胁的神态与口吻）什么炸弹？

贝尔德里叶　我,我哪里知道,为氢弹干杯！

德米多夫　你这个黄鼠狼！豺狼！你以为能叫我们相信,用一只爆竹,就能使历史停下不前进了吗？

贝尔德里叶　可是我没想叫历史停下呀！

德米多夫　我,我要求马上把历史停下来。因为我知道谁在写历史！是我的小小老百姓，还有看管他们的那些坏牧羊人。你们懂吗？奥尔洛夫在写历史，可我呢，我就像一只小鸟从窝里掉出来一样落到历史外边。(好像有个东西以很高的速度穿厅而过，别人看不见；可是，德米多夫两眼紧随)历史多快呀！让它停下！让它停下！(又拿了一杯酒)我为Z弹干杯！有朝一日，这种炸弹会炸掉整个地球。(对贝尔德里叶)喝呀！

贝尔德里叶　(声音已经半哽咽了)不喝。

德米多夫　你不愿意地球爆炸？

贝尔德里叶　不愿意。

德米多夫　你要是不把人类毁灭了，如何能使人的历史停下来呢？(对着窗户)请看！请看外面的月亮！从前，那也是一个地球。可是，月球上的资本家比诸位敢作敢为。他们一闻到烤焦了的气味，便放了一通钻弹，使月球的大气层膨胀起来；从此，太空才变得如此寂静。虽然几百万个月球还在太空运行，可是几百万座钟表，与历史在同一时刻，一下子就停住了。现在只剩下一个，以便使它留在太阳的旁边嘀嗒作响。诸位要是有胆量，这恼人的嘀嗒声，咱们可以使它不响。我举杯，为下一个月球，也就是地球，干杯！(乔治打算溜走)你到哪儿去，积极分子？为了月亮，干一杯！

乔治　为月亮干杯！

德米多夫　(喝酒，又恶心地吐出来)呸！(对乔治)积极分子，你感到了吗？我处在未来的月亮上，喝着法国的伏特加。女士们，先生们，我是个叛徒！历史必胜，我要死了；后辈儿孙将来会在书里读到我的名字：叛徒德米多夫在布努米夫人家中，喝过法国制的伏特加。我错了，女士们，先生们，在未来的世纪面前，我有愧。请诸位举杯。我感到孤身一人。(对贝尔德里叶)你这个豺狼,跟我一起喊:历史进程万岁!

贝尔德里叶　(非常害怕)历史进程万岁!

德米多夫　把我像牛粪一样碾得粉碎,并且像我推翻这张桌子一样把一切古老的社会打得稀巴烂的历史进程万岁!

〔德米多夫一下子把冷餐桌推翻。大家恐怖万状。

第 十 八 场

〔前场人物,再加上两名警卫,高伯莱,希比洛。

乔治　(打开右侧的门,叫两警卫进来)他发疯了!把他管住!

〔二警卫向德米多夫扑去,打算把他制伏。乔治正想逃跑;不巧,与右侧门进来的高伯莱迎面相遇;高伯莱肩上背着酩酊大醉的希比洛。

高伯莱　(把希比洛放到扶手椅上)老兄,躺好了,等一等,我去给你找块湿毛巾敷一敷。

希比洛　我的好高伯莱,你简直是我的亲妈。(放声哭起来)我背叛了我这个妈。我把她拉到厨房里使她没能抓住一个骗子!

高伯莱　(一下站起来)哪个骗子?

希比洛　乔治·德·瓦列拉!

〔这时候,乔治转了个弯,避开希比洛和高伯莱,走到右侧便门。

高伯莱　乔治·德·瓦列拉?在哪儿?

〔乔治已经走到右侧门口。

希比洛　(用手指乔治)那儿!那儿!那儿!

高伯莱　他妈的!(拔出手枪,追逐乔治而下,还放了几枪)

众宾客　(惊恐万状)行刑的人来了!行刑的人来了!

德米多夫　（出神地）来了！来了！这就是历史。

〔博杜安和沙布衣追高伯莱下；德米多夫摆脱了两警卫，奔去追赶两警官；两警卫明白过来，也奔出追逐。

——**幕落**

第 七 幕

〔希比洛家一九二五年式客厅。

第 一 场

〔乔治,维罗尼克。

〔夜间。乔治跨窗而入。维罗尼克走进来,打开灯。她的衣着与第三幕相同,也正打算出门。乔治站在她身后,双手高举,面带微笑。

乔治　晚上好。

维罗尼克　(转过身来)啊!涅克拉索夫。

乔治　他已经死了。叫我乔治吧。把窗帘拉上。(放下双手)小姑娘,你从来也没有告诉过我,你叫什么。

维罗尼克　维罗尼克。

乔治　温柔的法兰西啊!(顺势坐到扶手椅上)上一回,我坐的也是这把椅子,你也正要出去,警察围着房子转。一切又重演了。上次,我多么年轻啊!(注意静听)有警笛声?

维罗尼克　没有。他们追捕你?

乔治　从我二十岁起就开始了。(稍停)我刚把他们甩掉。噢,马上会回来的。

维罗尼克　要是他们进来呢？

乔治　他们肯定要来的。高伯莱是出于习惯,国土保安人员是闻着味来的。不过十分钟之内来不了。

维罗尼克　你让国土保安部门也盯上了？

乔治　博杜安警官和沙布衣警官,你认识吗？

维罗尼克　不认识。不过我了解国土保安警察。你危险了。

乔治　（开玩笑地）有一点！

维罗尼克　别留在这儿啦！

乔治　我要跟你谈谈。

维罗尼克　谈你的事？

乔治　你朋友们的事。

维罗尼克　我明天来见你,在哪儿都行,什么时间都行。现在,快跑吧！

乔治　（摇头）我一离开你,你就再也见不着我了。他们这就会把我抓起来。（维罗尼克做了个手势）你别不信。这种事情,只要是干这一行的,都有预感。再说,你叫我去哪儿呢？我没有一个肯藏我的朋友。半夜里穿着夜礼服,人家不大注意；可是,明天,中午大太阳地里……（突然心生一计）你父亲的旧西服,在哪儿放着？

维罗尼克　都送给看门的了。

乔治　新的呢？

维罗尼克　除了他身上穿的那一件,别的还没做好呢。

乔治　你看：我的运气有多坏。维罗尼克,我的星辰陨灭了,我的天才黯淡无光了。我完了。（踱步）今夜,准有个人被捕,这你不必怀疑。是谁呢？被捕的是哪一个呢？你能告诉我吗？高伯莱追寻瓦列拉,国土保安人员找的是涅克拉索夫。谁先抓到我,我就变成他们要的那个人。要打赌,你押在哪一边呢?是司法警察呢,还是国土保安警察?是乔治呢,还是尼基塔?

维罗尼克　我押在国土保安警察身上。

乔治　我跟你一样。(稍停)通知一下麦斯特尔和杜瓦尔。

维罗尼克　通知他们什么?

乔治　听我说,我的孩子,尽量把我的话听明白。(非常耐心地)国土保安部会把我怎么样?把我关起来?他们没那么傻:涅克拉索夫是法国的客人。他们会为我租一幢郊外的别墅,当然是四周无邻的,有着漂亮的向阳房间。会让我住在最好的房间里,我将日夜卧床不起,因为,涅克拉索夫,这个可怜虫,身体太虚弱了。他过去受够了苦。然而,你父亲仍然可以按照我揭露的那些耸人听闻的消息继续往下搞。他基调已掌握住了,没有我也能自己往下编。(学报贩子的喊叫声)"麦斯特尔和杜瓦尔秘密到过莫斯科。涅克拉索夫付给他们美金!"我想,这就是所谓创造心理气氛吧:要是把他们两个拖到泥坑里,再指控他们犯了叛国罪,公众就会感到这是很自然的了。

维罗尼克　我父亲写的那些文章,法庭不会理睬的。法庭要的是证人。

乔治　你以为我不会出庭作证吗?

维罗尼克　你?

乔治　不错,是我。用担架抬着我出庭。我不喜欢吃拳头,小姑娘。要是天天给我来上一两顿,很快我就要腻了。

维罗尼克　你认为,他们真会揍人?

乔治　他们难道会感到不好下手!哎!你可以瞧不起我,我太像个艺术家了,以至于在肉体方面缺乏勇气。

维罗尼克　我怎能瞧不起你?再说,谁跟你说要你肉体的勇气了?只要明白自己到底喜欢什么就行了。

乔治　那还用说,我当然明白!

维罗尼克　你不愿意当个告密者,对吗?

乔治　不愿意。不过,我也不愿意叫人家打得鼻青脸肿。你说说,我该选哪条路?

维罗尼克　你这个人太傲气了,你不会招认的。

乔治　我还有傲气吗?

维罗尼克　你一身都是傲气!

乔治　但愿老天爷能听你的!没关系:我要是知道杜瓦尔和麦斯特尔没事了,我就大大地放心了。

维罗尼克　知道了又怎么样?

乔治　我要是受够了,就可能咬他们。我知道,无论如何,他们不会坐牢的。

维罗尼克　你要是咬了他们,他们就要判罪了。

乔治　既然不会关他们,判个什么罪关系不大。

维罗尼克　(无能为力地)我可怜的乔治呀!

乔治　(没有听维罗尼克)你现在明白了吧,黄毛丫头。我要走了;你呀,快去给他们报个信儿,叫他们快逃跑。

维罗尼克　他们不会逃跑。

乔治　警察紧跟而来,眼看就要蹲五年班房,还不逃走?你发疯了?

维罗尼克　他们不愿意逃跑,因为他们是无罪的。

乔治　那么说,刚才你催我走,是因为我犯法了?你这逻辑真够可以的!照你的法子办,全法国的罪犯都没事,可以去捕鳟鱼,而没犯法的人呢,却常年蹲在监狱里。

维罗尼克　现在的情况,差不多就是这样。

乔治　别再说空话了,小妞儿。事实上,你是看着他们两个往下掉!

维罗尼克　让他们来抓吧。然后等着瞧。

乔治　早瞧见过了:你们上街去,大喊大叫,贴标语,开大会,游行示威,真是大大地热闹一番。可你们的两个同志呢,他在哪儿?在牢房里。他妈的:你们要的就是把他们俩关的时间越长越好。(发出笑声)可我这个可怜的白痴,为了通风报信,自投狼嘴。可不是给他们通风报信嘛!可是你们这些人却无所谓。我干了件大蠢事,可我不责备你们:人人为己嘛。不过,我还是有点讨厌你们,这是因为,我要去坐牢了,所以我觉得该拉一把被你们当作牺牲品的两个可怜的小伙子。(维罗尼克拨电话号码)你要干什么?

维罗尼克　(对着电话筒说)罗贝尔,是你吗?有一个人在电话里要跟你谈谈。(对乔治)是杜瓦尔。

乔治　他们电话可能有人监听。

维罗尼克　没关系。(把电话筒递给乔治)

乔治　(对着电话筒说)喂,杜瓦尔吗?老朋友,请听我讲,您明天就要被捕,至迟过不了后天。而且很可能要判罪。您甚至连收拾行李都来不及了:挂上电话,就赶快溜吧!什么?啊!啊!什么?(放下电话筒)他倒骂了我一通!

维罗尼克　(对电话筒)不,罗贝尔,不是,你安静些;不是个挑衅者。不是,看你想到哪里去了?会向你解释清楚的。(对乔治)要不要我给麦斯特尔打电话?

乔治　什么也不干了,我全明白了。(大笑起来)我这辈子,帮人的忙,这还是头一次。看来也肯定是最后一次了。(稍停)我只能走了。晚上好,请多原谅!

维罗尼克　晚上好。

乔治　(突然发作)一句话,都是些大傻瓜!一点儿想象力都没有的可怜虫!连坐牢是什么滋味都不琢磨琢磨!我可尝过这滋味。

维罗尼克　你没有坐过牢。

乔治　不假。可我是诗人啊。从今天晚上起,监狱就像粘到我身上一样,我骨头里都好像有监狱味。五个人进监狱,出来至少有两个成了痨病鬼,这他们知道吗?

维罗尼克　杜瓦尔一九三九年十月十七日进了监狱,一九四四年八月三十日出来。得了痨病。

乔治　那么,他就更不能原谅了。

维罗尼克　不能这么说,我的小乔治。他和你一样,怎么对他有利他怎么办。

乔治　对他有利?还是对你们有利?

维罗尼克　对他,对我,对我们,都是一回事。你呀,除了一条命,就没什么了;你想救自己的命,这是非常自然的。杜瓦尔也爱惜自己的生命,但是他并不是天天想他的命,他有他的党,有他的工作,有他的读者。要想挽救他这一切,他必须留下。(稍停)

乔治　(粗暴地)可耻的利己主义者!

维罗尼克　你说什么?

乔治　人们皆大欢喜:他将戴上荆冠①殉难,你们将借此大大热闹

---

① 据《圣经》传说,耶稣临死前,被戴上"荆冠",备受凌辱与痛苦。

一番。我呢,一帮浑蛋,我在这里头,会变成个什么呢?一个叛徒,一个密探,一个告密者!

维罗尼克　你只要……

乔治　什么也没用!警察把我绑在行军床上,一天三顿"开导"我;有时为了歇口气,他们问我:"你到底作不作证?"我这时无法回答:脑袋瓜子胀得比南瓜还要大,里边就像有铃铛不停地摇。这当儿,我会想起这两位受折磨的人,两位纯粹的人,他们由于不愿意逃走,弄得我好不是滋味。我自己对自己说:"你要是顶不住,他们可要坐五年牢。"我要是真顶不住了?那好,你们便皆大欢喜。没有犹大①就没有耶稣,你说对不对?可怜的犹大,这儿也有一个你这样的人,他心里可难受啦。这个人,我理解他。我尊重他。要是我真能顶住……那可得挨不少揍啊,这还不都是为了你们? 可我得到什么报酬呢? 唾骂:你父亲在《巴黎晚报》上一篇又一篇地编造我的假谈话,你们的报纸庆祝杜瓦尔获释,同时大肆宣扬中伤诬蔑者涅克拉索夫遭到可耻的失败。你们把获释的朋友抬到肩上,庆祝胜利。就在这个时候,兴高采烈的人群从我身上踩过。我像一个小孩一样被人家操纵。大家都耍弄我!在那边,我是仇恨的工具;在这儿,我是历史的工具!(稍停)维罗尼克!你能不能把我的处境给你的朋友讲清楚? 也许他们会发善心,同意逃走。

维罗尼克　我怕他们不同意。

乔治　浑蛋!啊!我本想当你的面抹脖子,用我的血弄脏你家的地板。你真走运,现在我没这勇气了。(又坐下来)我什么都

---

① 犹大,耶稣十二门徒之一,后来出卖了耶稣。

不明白了。过去,我有自己小小的人生哲学,它支持我活下去。如今,我什么也没有了,连我的原则也丢光了。啊!我真不该搞政治!

维罗尼克　走吧,乔治,走吧。我们什么也不要求你做;你也不欠任何人的账。走吧。

乔治　(走到窗前,半打开窗帘)夜深了。大街上连个人影都没有。我得贴着墙溜,一直晃到天亮。然后呢……(稍停)你想知道真情吗?我来这里就是准备被捕的。一个人一旦入了修道院,他在外面看到的最后一张人脸对他来说会很重要,会长时间留在他的记忆里。我希望我最后看到的就是你的脸。(维罗尼克微笑)你应该多笑笑。一笑你就更好看了。

维罗尼克　对我喜欢的人我就微笑。

乔治　我没什么讨你喜欢的地方,而你也并不招我喜欢。(稍停)我要能使这两位有魄力的汉子不去坐牢,可这反而给你们帮了个倒忙!(踱步)我的天才,快来帮帮我吧!让我看看你还存在吧!

维罗尼克　天才,你知道……

乔治　安静!(转过身子,背向维罗尼克,鞠躬)谢谢!谢谢!(转回身向着维罗尼克)我遗憾地通知你,你那两位好朋友不会被捕了。再见,本来准备热闹一番,还有给殉道者的棕榈枝,如今全不必了。戈斯达涅夫人就会复职。谁又能断定,贝尔德里叶的那十万张选票下星期天不会投到共产党候选人的名下呢?我要叫你们看看,我这个人是不是会让人任意摆布,让人牵着走?

维罗尼克　(耸肩)你没啥好办法了。

乔治　找个人把我藏起来。明天,你来见我,我给你个全世界独家专访。

维罗尼克　又来了!

乔治　你不要?

维罗尼克　不要……

乔治　可是,我想出个好标题:"我是怎样变成涅克拉索夫的——乔治·德·瓦列拉亲述"。

维罗尼克　乔治!

乔治　我可以在你的伙伴家住两个礼拜,你们可以大量拍照,各种各样的照,戴眼罩的,不戴眼罩的都要。巴洛丹、奈西亚、穆东那帮人,我一个个都了解。我要透露一些驳不倒的秘密。

维罗尼克　第一篇文章一出来,他们就该派警察来抓你了。要是我们不把你交出去,他们就会在报上宣布,说你的那番话统统是编造的。

乔治　第一篇文章出来后,你以为他们还敢逮捕我?这我见得多了。怎么着?如果他们还要逮捕,就把我的地址告诉他们。你们那二位无谓地去受难,叫我心里总不好受。要是非得有个人去受难的话,为什么不可以是我呢?

维罗尼克　你瞧,你还是充满了傲气。

乔治　是啊。(片刻停顿)专访的事,你同意吗?(维罗尼克拥抱乔治)要保持分寸。(笑出声来)我最后还是赢了吧。你那家进步报纸,竟要登一个骗子的文章。这对我来说,跟以前差不多,没什么变化:原先我口述,让爸爸写,以后由我说,让女儿写。

〔博杜安与沙布衣跨窗而入。

第 二 场

〔乔治,维罗尼克,博杜安,沙布衣。

沙布衣　您好,尼基塔!

博杜安　高伯莱警官正在找您。

沙布衣　不过,别怕,有我们保护你呢。

维罗尼克　全完了!

乔治　谁又料得到呢?我又找回了我的天才;看来我的星辰没有陨落。

博杜安　尼基塔,跟我们走吧。你现在很危险。

沙布衣　这个女的跟共产党素有交往。

博杜安　说不定就是派来暗杀你的。

乔治　我是乔治·德·瓦列拉,就是那个骗子,我要求把我交到高伯莱警官手里。

沙布衣　(对维罗尼克)可怜的尼基塔!

博杜安　(对维罗尼克)你的俄国朋友们,不久前把他的妻子,还有成年的儿子,都关起来了。

沙布衣　(对维罗尼克)痛苦使他神志不清,使他失去理智。

〔博杜安走到门口,把门打开。两名护理入。

第 三 场

〔人物同前场,加上两名护理。

博杜安　(对护理)就是他。手脚要轻点。

沙布衣　尼基塔,你需要休息。

博杜安　这两位先生带你到一个漂亮的疗养所去。

沙布衣　还有个阳光充足的花园。

乔治　（对维罗尼克）你看,给我找个多好的地方。这主意比去郊区别墅还刁。

博杜安　（对护理）带走。

〔两名护理走上前来,但身后的房门仍然开着。他们抓住乔治。高伯莱上。

第 四 场

〔人物同前场,加上高伯莱。

高伯莱　先生们,女士们,自然喽,诸位没有见到一个身高一米七八的男子……

乔治　（大声地）在这儿,高伯莱！我是乔治·德·瓦列拉！

高伯莱　瓦列拉！

乔治　我承认行骗一百二十次！这回,年底前您肯定可以当上首席警官。

高伯莱　（惊喜,向前走）瓦列拉！

博杜安　（挡住高伯莱）同行,搞错了。他是涅克拉索夫！

高伯莱　（躲过博杜安,向乔治奔去,一把抓住乔治的一只胳膊）多少年了,找你找得好苦啊！

沙布衣　（抓住乔治的另一只胳膊拖他）告诉你,他是个疯子,自己说自己是瓦列拉！

高伯莱　（拉乔治的胳膊）放开他！这是我的财产,这是我的命,这是我的人,这是我逮住的东西。

沙布衣　（用力拽）你他妈的给我松手！

高伯莱　没门儿。

博杜安　你再闹,我们就要求停你的职!

高伯莱　那你们就试试吧!事情会传开闹大的!

乔治　高伯莱!使劲!我跟你走!

博杜安　(对护理)把这两个都给我带走。

〔两名护理向乔治及高伯莱扑去。

维罗尼克　救人啊!

〔沙布衣用手捂住维罗尼克的嘴。维罗尼克猛烈挣扎。这当儿德米多夫露面,他怒不可遏。

第 五 场

〔前场人物,加上德米多夫。

德米多夫　我的积极分子在哪里?

乔治　德米多夫,快救我!

德米多夫　我的党员!他妈的!把我的党员还给我!

博杜安　(对德米多夫)你掺和什么?

德米多夫　我掺和什么?去你的吧!(德米多夫把博杜安打倒在地。其他的人扑向德米多夫)布尔什维克派布尔什维克党万岁!坚持住,我的战士!打倒警棍!(把一名护理打倒在地)好啊!你们想分裂布尔什维克派布尔什维克党!(又把沙布衣打倒在地)好啊!你们想阻挡革命的前进!(把高伯莱打翻在地。乔治与维罗尼克互相使了个眼色,从窗户逃走。德米多夫一拳又把另一名护理撂到地上,然后环顾四周,呼叫着从大门跑出)坚持住,积极分子,我来啦!

高伯莱　（神情沮丧地爬起来）我早就说过,我抓不住他。（一头栽倒,昏厥过去）

——幕落

第 八 幕

〔巴洛丹的办公室。黎明。灰白色的光线。灯亮着。

第 一 场

〔奈西亚,沙里维,贝尔热拉,莱米尼埃,儒勒。
〔奈西亚头戴一顶纸做的贝雷帽;贝尔热拉吹着芦笛;沙里维与莱米尼埃疲惫地坐在椅子上;每个人的夜礼服上都绕着好几圈五颜六色的纸条。儒勒在一旁踱步。人人神情疲倦,脸色阴沉。待决犯联谊会的标记别在每人胸前。这标记是个相当大的胸徽,观众可以看清上面的"待决犯"三个金字。——这一幕演出过程中,舞台逐渐由暗转亮。儒勒离去之后,整个办公室阳光耀眼。

沙里维　我脑瓜子疼!

莱米尼埃　我也疼!

贝尔热拉　我也疼!

奈西亚　(生硬地)亲爱的朋友们,我也疼。有什么办法呢?

沙里维　我要睡觉。

奈西亚　不行,沙里维,那不行。我们在这儿等涅克拉索夫,你也得跟我们一块儿等!

沙里维　涅克拉索夫啊!他还在跑呢!

奈西亚　他们保证,黎明之前一定把他弄回来。

沙里维　(指着窗户)黎明前?黎明到了!

奈西亚　可不。一切马上就会结束了。

沙里维　(走近窗户。又厌恶地退了回来)真难看!

奈西亚　你说什么?

沙里维　黎明!二十五年没有再见过它,它怎么老成这个样子!

〔静场片刻。

奈西亚　亲爱的朋友们……(贝尔热拉吹芦笛)看在上帝的面上,贝尔热拉,别吹你那芦笛了!

贝尔热拉　这是一把小号。

奈西亚　(耐住性子)亲爱的朋友,小号就小号吧。能不能请您为我把它扔了?

贝尔热拉　(生气地)扔掉我的小号?(想了想)我可以扔掉,不过您得把您那纸帽子摘下来。

奈西亚　(吃惊)我的?……亲爱的,您醉了。(用手摸了摸脑袋)啊!……(气恼地扔掉纸帽子,然后站起来)先生们,注意点儿仪表举止!我们在开会呢。把这些纸条都给我揪下来扔掉。(贝尔热拉把芦笛放在办公桌上,其他人掸自己的衣服)好了!(儒勒一直不停地踱来踱去,心事重重。此刻,他走到办公桌前,打开一扇柜门,取出一瓶烈性酒和一个杯子。他想倒酒喝)啊!不行,亲爱的朋友!您不能喝。我一直以为您从不喝酒。

儒勒　我喝酒是为了忘却。

奈西亚　忘却什么?

儒勒　忘却我现在虽然掌握着我此生得到的一条最精彩的新闻,

然而却禁止我发表它。"涅克拉索夫其人,就是瓦列拉"。怎么样?你们看,这不寻常吧!两个名人合二而一,大标题一个顶俩。在新闻界里,这是绝无仅有的一场双人会①!

奈西亚　您哪,亲爱的,您头脑不清楚了。

儒勒　我做梦呢!(踱步)当一回左派报纸,就当一天!就这么一天!多么吸引人的标题呀!(停下来,自我欣赏地)我看到了:第一版整版还登不下,只得延伸到第二版,又移到第三版……

奈西亚　你少说点行不行!

儒勒　行,行!(痛苦地)对马海战以后,日本一家大报的社长,也遇到了类似的良心问题:他最后剖腹自杀了。

奈西亚　没有什么可遗憾的,我的朋友。涅克拉索夫,他是涅克拉索夫,他刚才跑掉了。因为,他以为自己成了共产党行刺的对象。(直勾勾地望着儒勒的眼睛)这就是真相。

儒勒　(叹了一口气)真相哪有梦想美好。(敲门声)请进!

第 二 场

〔前场人物,以及博杜安与沙布衣。

〔两名警官头上缠着绷带。沙布衣一只胳膊用三角巾悬吊着。博杜安挂着双拐。

众人　可来了!

奈西亚　他在哪儿?

---

①　德国风俗,聚会吃核果时,如有人巧得双仁核,即与另一人分食。日后两人再次相遇,先说"菲利普你好"的,可得对方的礼物。

博杜安　我们在希比洛家撞见了他……

沙布衣　正和一个女共产党员谈情说爱……

儒勒　和一个女……准能引起轰动！

〔他正要去打电话，奈西亚挡住他。

奈西亚　（对二警官）接着讲！

博杜安　他正打算向《解放者》报出卖情报。

沙布衣　"我是怎样变成涅克拉索夫的——乔治·德·瓦列拉亲述"。

儒勒　卖给《解放者》？

贝尔热拉　乔治·德·瓦列拉亲述？

沙里维　我们险些吃大亏呀！

奈西亚　当然，你们二位一定把他抓住了吧？

沙布衣　当然。

众人　（除了正在沉思的儒勒）好！二位先生！太好啦！

沙里维　把他关到哪个城堡里去！

莱米尼埃　把他发配到魔鬼岛！

贝尔热拉　给他戴上铁面具！

博杜安　可是……（犹豫不决）

奈西亚　说吧。嗨，快说呀！

沙布衣　我们刚把他抓住，这时来了二十几个共产党徒……

博杜安　向我们冲过来，把我们狠狠地揍了一顿。

沙布衣　（指指头上的绷带）瞧，全是伤。

奈西亚　是啊，是啊……可是，涅克拉索夫呢？

沙布衣　他……跟着他们，逃走了……

莱米尼埃　蠢货！

沙里维　傻瓜！

贝尔热拉　白痴！

博杜安　（指着他的双拐）先生们，我们是因公受难哪！

奈西亚　受得还不够。非常遗憾，他们没有打断你们的脊梁骨。我们要向总理告你们！

贝尔热拉　还要到让-保尔·达卫那儿告状！

奈西亚　出去！

〔两警官下。

第 三 场

〔前场人物，少了博杜安及沙布衣。

贝尔热拉　（悲伤地摘下胸徽，仔细端详）完了！（把胸章扔掉）

莱米尼埃　（与前者动作相同）完了！

沙里维　（与前者动作相同）这回我们可要寿终正寝了！（沉默）

儒勒　（自言自语，神色忧郁）他走运哪！

奈西亚　谁？

儒勒　我那《解放者》报的同行。

奈西亚　（粗暴地）够了！（拿起儒勒的酒瓶及酒杯，摔到地上。然后对儒勒、沙里维、莱米尼埃三人说）拿出胆量来，亲爱的朋友们！让我们用清醒的头脑考虑未来！

贝尔热拉　未来没有喽。明天就是咱们送命的日子。《解放者》要把瓦列拉的自白登出来；当天，各家晚报，我们那些竞争对手，都会兴高采烈地全文转载。这样一来，咱们可就栽大跟头，传为笑柄啦。

沙里维　亲爱的朋友们，不光是笑柄，要招人家恨啊！

莱米尼埃　人家要指责我们为共产党效劳！

贝尔热拉　那我们就破产了,名誉扫地了。

沙里维　我想睡觉!我想睡觉!(打算出去,奈西亚阻止他)

奈西亚　你怎么那么热衷于上床啊?着什么急嘛,反正你肯定能在床上得个好死。(贝尔热拉又吹起他的芦笛)还有您,亲爱的朋友,我最后一次求求您,把芦……不,把小号搁一搁吧!

贝尔热拉　我总还有权利到音乐中寻求安慰吧!(在奈西亚的逼视之下)好,好吧!(扔下芦笛)

奈西亚　(向众人)还没有输定。但是,必须想一想。怎么才能挽救咱们的报纸?

〔长时间的沉默。

儒勒　要是可以让我……

奈西亚　请说吧!

儒勒　给《解放者》来个措手不及,今天下午这一期,咱们就把消息登出去。

奈西亚　嗯?

儒勒　(念出他想好的大标题)"艺超亚森·罗苹①:瓦列拉骗过全法国"。

奈西亚　请您住口。

儒勒　咱们会销三百万份。

众人　够了!够了!够了!

儒勒　那好!那好!(叹气)真是坦塔罗斯②受刑,功亏一篑啊!

〔停顿。

奈西亚　经过考虑,我采纳巴洛丹的建议。不过我要加以补充,使

---

① 亚森·罗苹,法国侦探小说中著名的侠盗。
② 典出希腊神话。坦塔罗斯杀子飨众神,触怒宙斯,被罚永受饥渴之刑,水到唇边不得饮,果到嘴边不能食。用作文学典故,含可望而不可即及功亏一篑之意。

之完善;因为我们的揭露一发表,必然激起公愤……

贝尔热拉　那可怎么办?

奈西亚　用牺牲某个人的办法去平息它。咱们就说,我们的诚挚之心被愚弄了。咱们里头要找一个人,叫他出来承担全部责任。我们在报纸上揭露,说他处理此事极为轻率,简直是犯罪;把他骂一顿然后赶走。

〔沉默。

沙里维　您说谁合适?

奈西亚　董事会不管具体的新闻业务。每一位董事都没有罪责。

众人　说得好!(鼓掌)

儒勒　(停止鼓掌)在这种情况下,我看不出来……(突然停住。众人都盯着他。他来回走动。别人的目光随着他的步子移动)你们为什么都看我?

奈西亚　(走到他身边)我亲爱的巴洛丹,拿出勇气来!

贝尔热拉　咱们的报纸,我们大家差不多都把它当成您的儿子。

沙里维　父亲用自己的死保儿子的命,这并非没有先例。

儒勒　啊?好啊!你们这是要……(停顿片刻)我接受。

众人　好极了!

儒勒　我接受。不过,这作用不大:我是个什么人?一个微不足道的雇员而已。公众甚至连我的名姓都说不上来。为了引人注目,我有个建议,最好还是牺牲你们的董事长。

贝尔热拉　(吃了一惊)哎!

莱米尼埃　哎!哎!

沙里维　巴洛丹的话并不是一点没有道理!

奈西亚　亲爱的朋友……

沙里维　嗨!您最好来个高姿态!

奈西亚　您好接替我当董事长,是不是?我很遗憾。不过,是巴洛
　　　丹把瓦列拉介绍给我们的。
沙里维　那倒不错。然而,您毫不查核就把他的话信以为真。
奈西亚　你也信了。
沙里维　可我不主持董事会。
奈西亚　那会儿,也不是我主持。是穆东。
沙里维　(向奈西亚走去)穆东那时有所怀疑,亲爱的可怜人!
莱米尼埃　(向奈西亚走去)所以说,咱们上了当不能怪他。
贝尔热拉　而正是您,奈西亚,是您施展阴谋诡计,把他赶跑的。
　　　〔奈西亚后退几步,正好碰上手提箱。
沙里维　(不禁大叫)当心!
奈西亚　(一回头)什么?
众人　箱子!(众人惊恐地打量着手提箱。过了一会儿,大家突
　　　然都发起火来)
奈西亚　(对手提箱)去你妈的蛋!(在手提箱上踢了一脚)
贝尔热拉　(对手提箱)什么放射性粉末!我他妈的才不在乎你
　　　呢!(又踢一脚)
沙里维　(指着手提箱)就是它,祸根就是它!
莱米尼埃　处死瓦列拉!(又踢一脚)
众人　处死它!处死它!(众人你一脚他一脚地踢手提箱。穆东
　　　上,后面跟着希比洛)

第 四 场

　　　〔人物同前场,再加上穆东与希比洛。
穆东　好哇,先生们,锻炼身体哪;诸位这个年龄还行。

奈西亚　穆东！

众人　穆东！穆东！

穆东　我的朋友们,是我,穆东,你们的前董事长。诚实的希比洛都跟我说了。希比洛,请进来,别害怕！

希比洛　(走进来)我请诸位原谅我。

儒勒　糊涂虫一条！

穆东　安静！好样的希比洛,您没什么可抱歉的。您帮了我们一个了不起的大忙。报纸要能得救,全靠您了。

沙里维　能得救吗？

穆东　我若是没把握,能到诸位这里来吗？

贝尔热拉　您有法子啦？

穆东　有。

沙里维　(拉住穆东的手)我们过去有罪……

贝尔热拉　您怎样才能原谅……

穆东　我从不原谅。当别人能使我忘却的时候,我就忘却。《巴黎晚报》是一笔文化财富；它要是消失了,那法国就要贫困了。正因为如此,我才不计较个人恩怨。

沙里维　那您的建议是什么？

穆东　我不提任何建议,我提的是要求。

贝尔热拉　那就要求吧！

穆东　(提出第一个要求)毋庸讳言,我仍然是你们的董事长。

奈西亚　对不起,亲爱的朋友,是通过正式投票表决才……

穆东　(对其他人)请诸位只考虑报纸的前途。奈西亚要能挽救它,我就告辞了。

沙里维　奈西亚？他无能！

奈西亚　我要说……

众人　（除儒勒和穆东外异口同声）辞职！辞职！

〔奈西亚耸耸肩，并离开人群。

穆东　（提第二个要求）你们开除了七名无辜的同事。我要给他们复职，并赔偿其损失。

莱米尼埃　理所当然！

穆东　现在来谈正题。先生们，一年来，报纸滑到邪路上去了。我们一心想扩大发行量；同人们疯狂地追求耸人听闻的新闻，忘记了我们严肃而崇高的格言是："赤裸裸的真实性"。（讲话时，手指墙上的标语）

莱米尼埃　唉！

穆东　问题出在哪里？先生们，照我说就是因为我们把报纸的经营委托给一个冒险家，一个既无原则又无操守的家伙。我点他的名：巴洛丹。

儒勒　现在咱们算明白了！是呀，您一直就憋着要整我！

穆东　先生们，请诸位选择：要他，还是要我！

众人　要您！要您！

儒勒　我是报纸的心脏，每一行字里都跳动着我的脉搏。可怜虫们，要是没有我这个客观报道的拿破仑，你们能干些什么？

穆东　滑铁卢战败之后，法国又怎么样了？法国活下来了，先生。我们还要活下去。

儒勒　活得不好！大家不要上当！（指穆东）这家伙是路易十八①，要搞复辟。我走了，我到圣赫勒拿岛②去。不过，你们要提防新的七月革命③！

---

① 路易十八，路易十四的孙子。拿破仑失败后，回到法国，复辟了波旁王朝的统治。
② 圣赫勒拿岛，大西洋上一小岛。拿破仑被放逐到该岛上，最后在那里去世。
③ 指一八三〇年七月推翻波旁王朝的三天起义，革命后由奥尔良公爵路易－菲利浦执掌政权。

穆东　出去！

儒勒　我愉快地走！先生们，你们活该倒霉！从今天早晨起，时事新闻掌握在左派手里，每日引起轰动的消息也左倾了！左倾，使人们重新战栗吧！既然他们都左倾了，我也要到他们那边去。我要办一家进步报纸，把你们挤垮！

希比洛　老板！老板！我对不起您。谎言使我透不过气来，我……

儒勒　往后站，你这个犹大！你给我上吊去！（下）

第 五 场

〔前场人物只少了儒勒一人。

穆东　没什么可遗憾的。这是一次公共卫生大扫除。（指着窗户）请看：巴洛丹一离开咱们，太阳就出来了。今后，我们要说真话。先生们，咱们要到处宣传事实真相。我们所从事的，是多么崇高的事业啊！我们的报纸和太阳一样，它们共同的使命就是给人带来光明。（走近众人）请诸位发誓，要讲真话。要全部讲真话。只讲真话。

众人　我发誓。

穆东　希比洛，走近点儿。对于这位伟大的正直人士，我们的救星，我要求诸位同意，把报社的领导职责托付给他。

希比洛　给我？（瘫了）

穆东　下面谈谈我的计划。刚才我和部长通了电话。当然，他放弃对杜瓦尔和麦斯特尔的追捕。因为能否占上风还是未知数。

沙里维　部长发火了吧？

穆东　他开始很生气;不过,我总算把他的怒气平息了。我们俩商定要采取几项措施。明天拂晓,有三千人聚集在苏联大使馆门前。到十点钟,示威人数增加到三万。要三次冲破警戒线,还要打碎十七块窗玻璃。下午三点,多数党一名议员,要在议会提出质询,他将要求查抄苏联大使馆。

沙里维　你们不怕引起外交事件……

穆东　我就是要这个。

沙里维　我们要冒引起冲突的危险!

穆东　哪儿会呀,苏联和法国没有共同边界。

奈西亚　这一切是什么意思呢?为什么要这么大做文章?

穆东　为的是把《解放者》将引起的震动预先压下去。亲爱的朋友们,这么一来,开始跳舞的信号,可就由咱们发出了。民众的愤怒,反苏的示威,要由咱们今天这一期挑起来。(摇晃希比洛)

希比洛　(恢复了神态)唉?

穆东　动手干吧,我的朋友。第一版要全部重编。先给我放个眉题:"乔治·德·瓦列拉卖身投靠共产党"。大标题要占半个版面:"涅克拉索夫在布努米夫人家举行的招待会上被苏维埃人员绑架"。最后还有副标题,你这么写:"在苏联使馆的地窖里蹲了十二小时之后,这个可怜的人可能已被装入木箱运回莫斯科"。懂了没有?

希比洛　懂了,董事长先生。

穆东　文章要占六栏,由你尽情发挥。

沙里维　人家信吗?

穆东　不信。不过,《解放者》的文章也就没人信了。这是主要的。(对希比洛)对了,我的朋友,在涅克拉索夫的文件里,警察又发现一个补充名单……

沙里维　什么名单？

穆东　要枪决的犯人名单,那还用说！(对希比洛)在第一版上,你把几个主要的名字登出来,有吉贝尔·培戈,乔治·杜哈麦尔；还有穆东,你们的董事长。(弯腰拾起一枚"待决犯"证章,别在一个扣眼上)

沙里维　我可以睡觉了吗？

穆东　当然可以,亲爱的朋友。我一个人值班就行了。(往门口推同事们。奈西亚显露出抗拒的神色)您也走吧,奈西亚,您也走。我敢肯定,你脑袋一沾枕头就不干蠢事了。(站在门槛上,回过头来对希比洛说)希比洛,有什么事,可以来找我,我就在我的办公室里。

〔众人下。

第　六　场

〔希比洛一人,后塔维尼埃及佩里格尔上。

〔希比洛站起来,在室内踱步。开始步子较慢,后来越走越快。最后脱下上衣,一下子扔到扶手椅上。他打开房门,大声呼叫。

希比洛　塔维尼埃,佩里格尔,来开头版碰头会。(塔维尼埃及佩里格尔跑上。看见希比洛,两人停下来,惊愕得目瞪口呆。希比洛直直地看着他们)喂,我的孩子们,你们喜欢我吗？

——幕落

五 幕 剧

阿尔托纳的隐居者

（一九六〇年）

沈志明 译

说　　明

我原以为格拉赫这个姓氏是我自己杜撰的。我弄错了,其实我在哪儿见过,后来记不清了。我对自己的差错特别感到遗憾的是,这个姓氏恰好是一位反对纳粹国家社会主义的很勇敢、很出名的人物的姓氏。

黑尔姆思·冯·格拉赫为法德友好、为和平真可谓鞠躬尽瘁,奋斗一生。一九三三年,他在被放逐的德国人中是主要人物,他本人和他家族的财产被没收了。接着他又把他最后的精力放在救助流落异地的同胞上。两年后,死于他乡。

现在要更改剧中人物的名字已经来不及了,谨请他的生前好友和亲属原谅,并请他们接受我的歉意。

人　物

莱妮

尤哈娜

魏纳尔

父亲

弗朗茨

纳粹党卫队员和美国人

某妇女

克拉吉斯中尉

某副官

第 一 幕

〔一间宽敞的客厅，摆满了似乎讲究、但式样难看的家具，多半是德国十九世纪末的产品。里端有一节楼梯通向二楼楼梯小平台，平台处有一道紧闭的门。右侧两扇落地长窗向着一座树木扶疏的花园，透进来的阳光，由于从浓密的树叶里穿过，几乎是绿色的。舞台后部左右两侧各有一扇门。墙上挂着三张弗朗茨的大幅照片，每个镜框的右下角镶着黑纱。

第 一 场

〔莱妮，魏纳尔，尤哈娜。
〔莱妮站着，魏纳尔坐在一把扶手椅上，尤哈娜坐在一张长沙发上。他们都没有说话。静场片刻后，德国式大摆钟敲了三下。魏纳尔急忙起立。

莱妮 （哈哈大笑）立正！（稍停）亏你三十三岁啦！（不快地）你再坐下吧！

尤哈娜 为什么？不是到时候了吗？

莱妮 时候到了？现在开始等待，等着就是啦。（魏纳尔耸耸肩膀。她向魏纳尔）我们等吧，你心里很清楚。

尤哈娜　他怎么会清楚呢？

莱妮　因为这是惯例，每次开家庭会议……

尤哈娜　以前常开家庭会议吗？

莱妮　这是我们的家庭节日。

尤哈娜　好一个家庭节日。能讲一讲吗？

莱妮　（接前句）魏纳尔总是早到，老兴登堡①总是迟到。

魏纳尔　（对尤哈娜）什么也别信她的。父亲总是像军人一样准时。

莱妮　对极了。我们每次在这儿等他的时候，他却在办公室里一边抽雪茄，一边看表。到三点十分，他迈着军人的步子走进屋。迟到十分钟：一分钟不多，一分钟不少。科室人员会议他迟到十二分钟；遇到他主持董事会的时候，迟到八分钟。

尤哈娜　为什么要劳这份神？

莱妮　好让我们有时间战战兢兢。

尤哈娜　要是去船厂呢？

莱妮　领导总是最后一个到。

尤哈娜　（惊愕）什么？谁规定的？（笑）现在谁也不信这一套了。

莱妮　五十年了，老兴登堡始终坚信这一套。

尤哈娜　也许不错，但现在……

莱妮　现在嘛，他什么也不信啦。（稍停）不过他照例要迟到十分钟。老规矩不时兴了，老习惯仍留了下来。他的习惯还是在俾斯麦活着的时候养成的哩。（向魏纳尔）我们是怎么等他的，你不记得了吗？（对尤哈娜）他每次都发抖，还一个劲地

---

① 兴登堡（1847—1934），德国元帅，魏玛共和国总统（1925—1934），一九三三年任命希特勒组阁。此处的"兴登堡"是莱妮给自己父亲起的绰号。

问,这回谁要倒霉啦。

魏纳尔　你不发抖,莱妮?

莱妮　(冷冰冰地一笑)我?我怕得要死,但心想:"到头来他自食其果。"

尤哈娜　(嘲讽地)他自食其果了吗?

莱妮　(笑吟吟地,但话很刻薄)他正在自食其果。(回转身向着魏纳尔)谁要倒霉,魏纳尔?咱们俩谁要倒霉?我们又成了小孩啦!(突然暴躁地)我讨厌对刽子手毕恭毕敬的受害者。

尤哈娜　魏纳尔不是受害者。

莱妮　您瞧瞧他吧!

尤哈娜　(指着镜子)请您自己照照吧!

莱妮　(吃一惊)我?

尤哈娜　您并不那么胆壮,话却说得很多。

莱妮　为了给你们解闷嘛。我早就不怕爸爸了。再说,这回我们也知道他要对我们说什么。

魏纳尔　我可是一无所知。

莱妮　一无所知?别装了,伪君子,你把什么不顺心的事全藏在心里!(对尤哈娜)老兴登堡快完蛋了,尤哈娜。难道您不知道吗?

尤哈娜　不知道。

魏纳尔　瞎说!(颤抖起来)我告诉你这是瞎说。

莱妮　别发抖呀!(突然暴躁起来)完蛋!是的,他快完蛋了!像一条狗一样的完蛋!而你早就得到了消息,证据就是你什么都对尤哈娜讲了。

尤哈娜　你搞错了吧,莱妮。

莱妮　得了吧!他还能对你保密呀!

尤哈娜　偏偏他对我保了密。

莱妮　那么谁告诉您的？

尤哈娜　您呀！

莱妮　（大吃一惊）我？

尤哈娜　三个星期以前，诊视完毕后，一个医生到蓝色客厅来找您。

莱妮　对，是希贝特。那有什么？

尤哈娜　他刚走，我就在走廊里碰见了您。

莱妮　后来呢？

尤哈娜　没啦。（稍停）从您脸上可都看出来了，莱妮。

莱妮　这我倒不知道，谢谢。我当时欣喜若狂吗？

尤哈娜　您好像惊恐万状。

莱妮　（大叫）不可能！（镇定下来）

尤哈娜　（和缓地）到镜子那儿照照您的嘴巴，恐怖还在哪儿呢？

莱妮　（干脆地）镜子，留给你们自己照吧。

魏纳尔　（拍着安乐椅扶手）够了！（他怒冲冲地瞧着她们）即使父亲真的快死了，那也不要声张，这才合乎道理。（对莱妮）他怎么啦？（莱妮不回答）我问你他怎么啦。

莱妮　你心里有数。

魏纳尔　没有的事！

莱妮　你比我还早知道二十分钟。

尤哈娜　莱妮，您怎么能这样？

莱妮　希贝特医生到蓝色客厅去之前，先去了玫瑰客厅，在那儿他碰见了我哥哥，什么都对他讲了。

尤哈娜　（惊愕）魏纳尔！（他蜷缩在扶手椅里，一言不发）我……我不明白。

莱妮　您还不了解我们格拉赫家族的人,尤哈娜。

尤哈娜　(指着魏纳尔)三年前我在汉堡认识了格拉赫,对他一见钟情:那时他自由自在,直爽,快活。现在你们使他完全变了样。

莱妮　你这个格拉赫在汉堡的时候害怕说真话吗?

尤哈娜　我明白告诉你,他不怕。

莱妮　那么他在这里却怕。

尤哈娜　(转向魏纳尔,不胜悲伤)你欺骗了我!

魏纳尔　(迅速而高声地)别再说了。(指着莱妮)瞧瞧她笑的样子,她在造舆论哪。

尤哈娜　替谁?

魏纳尔　替父亲。咱们是他们选定的受害者。他们第一个目标是要把咱们俩分开。不管你是怎么想的,请别责怪我,否则你就落入他们的圈套了。

尤哈娜　(温柔,但严肃地)我没有什么好责怪你的。

魏纳尔　(样子古怪,心不在焉)那好,再好也没有了!再好也没有了!

尤哈娜　他们要我们干什么?

魏纳尔　别害怕,他们会对我们说的。

〔静场。

尤哈娜　他怎么啦?

莱妮　谁?

尤哈娜　父亲。

莱妮　喉癌。

尤哈娜　致命吗?

莱妮　一般是致命的。(稍停)他能拖。(和和气气地)你以前对他有好感,是吗?

尤哈娜　我一直对他有好感。

莱妮　他讨女人的喜欢。(稍停)多受罪啊!这张过去多么讨人喜欢的嘴……(见尤哈娜不解其意)你也许不知道吧,喉癌就是有这个很大的不方便……

尤哈娜　(领会)别说啦。

莱妮　好极了!你也成为一位格拉赫女将了。(莱妮去取十六世纪的一本又厚又沉的《圣经》,她吃力地把《圣经》搬到独脚小圆桌上)

尤哈娜　这是什么?

莱妮　《圣经》。每次开家庭会议,就把《圣经》放在桌上。(尤哈娜瞧着《圣经》,不胜诧异;莱妮略有不快,补充道)是啊,以备我们起誓时用。

尤哈娜　没有什么好起誓的。

莱妮　难说。

尤哈娜　(以笑来使自己镇静)你们既不信神也不敬鬼呀。

莱妮　这倒是。但我们既去教堂做礼拜,又以《圣经》起誓。我对你说过,这个家族已失去了存在的意义,但还保留着良好的习惯。(她看看时钟)三点十分了,魏纳尔,你可以起立了。

第 二 场

〔前场人物,加上父亲。

〔就在此刻,父亲从落地窗门上场。魏纳尔听见开门的声音,转过身来。尤哈娜想站起来,但迟疑了一下,最后不得已地站起身。这时父亲快步走过去,双手按着尤哈娜的双肩,让她坐下。

父亲　请坐,我的孩子。(尤哈娜坐下,父亲俯下身去吻她的手,然后一下子直起身子,看着魏纳尔和莱妮)其实,我没有什么新东西可告诉你们。这也好。咱们就开门见山,别拘礼了吧!(稍停)我得了不治之症。(魏纳尔扶着他的手臂,父亲几乎是粗暴地挣脱了他)我说了,别搞这套。(魏纳尔悻悻然转过身去坐下。稍停,用眼睛看着他们三人,用嘎哑的声音说)你们大家都相信我快死了吧!(目不转睛地瞧着他们,似乎为了证实自己的判断)我快完了,我快完了。这是明摆着的事。(镇定下来,颇诙谐地)孩子们,上天可真跟我作对啊!不过我好坏就是这个样子了。好在我这身体从未难为过别人。六个月以后,我将成为一具僵尸,给你们招各种麻烦,而带不来什么好处。(见魏纳尔有所表示,笑起来说)坐下,我会体体面面地去世的。

莱妮　(关切和谦恭地)您将……

父亲　像我这样一个教钢铁漂洋过海的人,你想我会容忍几个增殖的细胞为非作歹吗?(沉默片刻)把我的家业安排停当,六个月绰绰有余。

魏纳尔　那么六个月以后呢?

父亲　以后?你还要什么?全没了。

莱妮　什么也没有了吗?

父亲　一起人为的死亡,让自然规律最后再屈服一次。

魏纳尔　(喉咙哽噎)谁能办到?

父亲　你,要是你有能耐的话。(魏纳尔吓了一跳,父亲笑)得了,我自己安排一切,你们只要管一下丧葬就行了。(沉默)这件事就到此为止。(长久的沉默。和颜悦色地向尤哈娜)我的孩子,我请你再忍耐一会儿。(向莱妮和魏纳尔,改变语气)你们要一个接一个地起誓。

尤哈娜　(不安)那么多的繁文缛节!您刚才还说不搞这一套呢?有什么好起誓的啊?

父亲　(很随和的样子)事情不多,我的儿媳。况且结缘的亲眷用不着起誓。(转向儿子,从他郑重其事的样子看不出究竟是当真还是开玩笑)魏纳尔,你站起来。我的儿啊,你当过律师。弗朗茨死的时候,我把你招来帮我办事,你当时毫不犹豫地抛弃了律师的职业。这值得给予报偿,你将成为这栋房子的主人和企业的领导。(对尤哈娜)你看,没有什么好担心的吧:我使他成为一个今世之王。(尤哈娜沉默不语)不赞成吗?

尤哈娜　这不该由我来回答。

父亲　魏纳尔!(不耐烦地)你拒绝吗?

魏纳尔　(阴郁而慌乱地)您愿怎样,我遵命。

父亲　这是天经地义的。(他瞧着儿子)不过你不情愿吗?

魏纳尔　是的。

父亲　一个最大的造船企业!我把它给了你,这么做却使你很伤心。这为什么?

魏纳尔　我……算是我当之有愧吧。

父亲　这很可能。但我没有法子:你是我唯一的男性继承人。

魏纳尔　弗朗茨倒具备各种条件。

父亲　可惜他缺一样:他已经死了。

魏纳尔　请想一想,我曾经是一个不错的律师,而我当一个没能力的老板,我于心不甘。

父亲　你也许不会太差。

魏纳尔　只要我跟别人面对面,我就没法给他下命令。

父亲　为什么?

魏纳尔　我觉得自己比不上他。

父亲　那你眼睛朝上看,别瞧他好啦。(摸摸自己的前额)比如说这儿,这儿只有骨头。

魏纳尔　需要有您的尊严。

父亲　你没有吗?

魏纳尔　我哪儿来的尊严啊?您不遗余力地按您自己的形象去塑造弗朗茨。而您只教我唯命是听。这难道怪我吗?

父亲　这是一回事。

魏纳尔　怎么?是一回事?

父亲　服从与命令,不管你处在什么地位,你都是在传达你接受的命令。

魏纳尔　您也接受命令吗?

父亲　不久前我才不再受命于人了。

魏纳尔　那么以前谁给您下命令呢?

父亲　不知道。也许是我自己。(微笑)我告诉你一个诀窍:你要指挥别人的时候,就把自己当作另外一个人。

魏纳尔　我不把自己当作任何人。

父亲　等我死了以后。我死后一个礼拜,你就把你自己当作我。

魏纳尔　决策!决策!什么事都得自己决断。一个人。以十万人的名义。亏您活得下去。

父亲　很久以来我不做任何决断了。我只是签署信件。明年得由你签署啦。

魏纳尔　您别的什么也不干了吗?

父亲　近十年来什么也不干了。

魏纳尔　那还需要您干吗？谁都能干喽？

父亲　谁都行。

魏纳尔　譬如说我行吗？

父亲　你行。

魏纳尔　事情不总是十全十美的，有那么多的机构层次，要是哪儿出了毛病……

父亲　那就调整调整，反正有格尔贝在嘛。他是一个了不起的人，为我们干了二十五年。

魏纳尔　好吧，我有运气。由他去主管。

父亲　由格尔贝？你疯了！他是你的雇员，你雇用他，让他告诉你该下什么命令。

魏纳尔　（稍停）哦，父亲，您一生中从未让我挑过重担。现在您把我推到企业主的位置上，就因为我现在是您唯一的男性继承人，而您原先只想把我变成花盆。

父亲　（苦笑）花盆！那我呢？我是什么？挂在桅杆顶上的一只帽子。（他的样子忧伤、温和、苍老）欧洲最大的企业……这可是一大摊子事啊，是不是，好大一摊子事……

魏纳尔　那好。要是我闲着没事，我就重温我的辩护业务。随后我们外出旅行。

父亲　那不行。

魏纳尔　（诧异地）这是我所能干的最不引人注目的事啊。

父亲　（命令式地、斩钉截铁地）不行。（瞧着魏纳尔和莱妮）现在听我说。遗产是不可分的。绝对禁止向任何人出卖或转让你们各自的那份遗产。禁止出卖或出租这幢房子。不许离开这栋房子，你们要在这儿住到死。起誓吧！（向莱妮）你先开始。

莱妮　（微笑）说老实话,我提醒您,誓言对我没有约束力。

父亲　（也微笑）起誓吧,起誓吧,莱妮,我信得过你,给你哥哥做个榜样。

莱妮　（走近《圣经》,伸出手）我……（她强忍住笑）哎呀！要么算了。爸爸,原谅我,我憋不住要笑。（偷偷对尤哈娜一个人说）我每次都这样。

父亲　（和善地）笑吧,孩子,我只要求你起个誓。

莱妮　（笑着）我对《圣经》起誓永远遵守您的遗志。（父亲笑着瞧她。对魏纳尔）轮到你啦,一家之长！

〔魏纳尔心不在焉。

父亲　魏纳尔？

〔魏纳尔猛地抬起头,走投无路似的看着父亲。

莱妮　（一本正经地）哥哥,快让我们大家解脱吧,起个誓,这事就完了。

〔魏纳尔转向《圣经》。

尤哈娜　（以彬彬有礼和平静的语气）请等一等。（父亲瞧着她,故作惊讶以吓唬她；她还了一眼,毫不心慌）莱妮的起誓是一出闹剧！大家笑个不停；可是轮到魏纳尔起誓时,谁也不笑了,这是为什么？

莱妮　因为您丈夫对什么都很认真。

尤哈娜　那就更该笑啦。（稍停）您在暗算他,莱妮。

父亲　（威严地）尤哈娜……

尤哈娜　父亲,您也在暗算他。

莱妮　这么说来,您也在暗算我。

尤哈娜　父亲,我希望我们开诚布公地说清楚。

父亲　（感到有趣）我和您？

尤哈娜　您和我。(父亲笑笑。尤哈娜捧起《圣经》,费劲地搬到一个较远的家具上)首先谈谈,然后怎么起誓都行。

莱妮　魏纳尔!你让你妻子替你辩护吗?

魏纳尔　难道有人攻击我吗?

尤哈娜　(向着父亲)我想知道为什么您要主宰我的命运?

父亲　(指着魏纳尔)我主宰他的命运,因为他的命运是属于我的。但我没有权力主宰您的命运。

尤哈娜　(微笑)您以为我们俩的命运能分开吗?您是结过婚的人,您爱他们的母亲吗?

父亲　恰到好处。

尤哈娜　(微笑)我明白啦。她就是因为这个缘故死的。而我们,父亲,我们之间的爱超过了"恰到好处",一切有关我们的事,我们都是共同决定的。(稍停)要是他被迫起誓,要是为了遵守他的誓言,他把自己关在这栋房子里,那么他就只能是一个人,并且是违背我的意志做出决定。这样您就把我们俩永远分开了。

父亲　(微微一笑)你不喜欢我们这栋房子吗?

尤哈娜　一点也不喜欢。

〔静场。

父亲　它哪儿使你不顺心,我的儿媳?

尤哈娜　我嫁给了汉堡的一个律师,当时他除才干之外一无所有。三年之后,我来到这座冷冷清清的堡垒,成为船舶制造商的妻子。

父亲　难道这是一个悲惨的命运吗?

尤哈娜　对我来说,是的。我当年爱魏纳尔,是因为他自力谋生,而您知道他现在已经丧失了自主性。

父亲　让谁剥夺了呢?

尤哈娜　您。

父亲　十八个月以前,你们是共同决定搬到这儿来住的啊。

尤哈娜　那是您要我们来。

父亲　要是有什么不对的话,您也有份。

尤哈娜　我那时不愿意让他在您我之间进行选择。

父亲　您错了。

莱妮　(和颜悦色)魏纳尔本该选择您。

尤哈娜　只有百分之五十的可能性。但他会百分之百地厌恶他所做出的这个选择。

父亲　为什么?

尤哈娜　因为他爱您。(父亲不快地耸耸肩膀)您知道没有希望的爱是什么滋味吗?

〔父亲脸色变了,莱妮察觉。

莱妮　(迅速地)尤哈娜,您呢,您知道吗?

尤哈娜　(冷淡地)不知道。(稍停)魏纳尔,他知道。

〔魏纳尔站起身,朝落地窗门走去。

父亲　(对魏纳尔)你上哪儿去?

魏纳尔　我告辞。你们可以更自在一些。

尤哈娜　魏纳尔!我之所以争辩,为的是咱们呀!

魏纳尔　为咱们?(很生硬)在格拉赫家里,女人是不随便插嘴的。(欲离开)

父亲　(温和而带命令的口吻)魏纳尔!(魏纳尔立即站住)回来坐下。

〔魏纳尔慢慢回到自己的位置上,背朝他们坐下,双手捧着头,表示拒绝参加谈话。

魏纳尔 让尤哈娜讲。

父亲 好吧,我的儿媳,继续讲下去。

尤哈娜 (用不安的目光看着魏纳尔)改时间再谈吧,我很累了。

父亲 不,我的孩子,您既然开了头,就应该说完。(稍停。尤哈娜不知所措,默默地望着魏纳尔)您的意思是说我死后您不愿住在这儿,我理解得对吗?

尤哈娜 (几乎是恳求的语调)魏纳尔!(魏纳尔不吭气。她突然改变态度)是的,父亲,这正是我想说的意思。

父亲 你们住哪儿?

尤哈娜 住我们原来的房子。

父亲 你们回汉堡去吗?

尤哈娜 我们回去。

莱妮 如果魏纳尔愿意的话。

尤哈娜 他一定愿意。

父亲 而企业呢?你同意他掌管企业吗?

尤哈娜 要是您喜欢的话,要是魏纳尔有兴致当个傀儡老板的话,我同意。

父亲 (好像在思考)住在汉堡……

尤哈娜 (抱有希望地)我们对您没有任何别的要求。您就不能向我们做出这唯一的让步吗?

父亲 (和蔼可亲,但已做出决定)不行。(稍停)我的儿子要住在这里,住在这里,死在这里,就像我一样,就像我父亲和我祖父一样。

尤哈娜 为什么?

父亲 为什么不呢?

尤哈娜 房子必须要有人住吗?

父亲　是的。

尤哈娜　(一时暴躁)那就让它坍掉算了!

　　　　〔莱妮哈哈大笑。

莱妮　(彬彬有礼)要不要我放上一把火?我小时候曾梦想过这么做。

父亲　(看看四周,风趣地)可怜的房子,难道它那样令人憎恶吗?……使魏纳尔厌恶吗?

尤哈娜　使魏纳尔和我厌恶,它太难看了!

莱妮　我们知道。

尤哈娜　我们现在四个人。到年底我们只剩三个人。难道我们需要三十二间堆满东西的房间吗?魏纳尔到船厂上班,我一个人害怕。

父亲　因此你们要离开我们?这可不是正当的理由。

尤哈娜　不是。

父亲　还有其他理由?

尤哈娜　有。

父亲　谈谈看。

魏纳尔　(喊将起来)尤哈娜,我不许你……

尤哈娜　那你自己讲吧!

魏纳尔　有什么用?你很清楚我会听他的话!

尤哈娜　为什么?

魏纳尔　他是我父亲。嗳!咱们结束了吧!(站起身来)

尤哈娜　(走到魏纳尔面前站住)不,魏纳尔,不!

父亲　他说的对,我的儿媳。咱们结束了吧!一幢房子,就是一个家。我请您住这幢房子,是因为您进了我们的家。

尤哈娜　(笑着)家庭倒是个好借口。您莫不是要我们为家庭而牺牲?

父亲　那还为谁?

魏纳尔　尤哈娜!

尤哈娜　为您的大儿子。

〔静场许久。

莱妮　(平静地)弗朗茨死在阿根廷快四年了。(尤哈娜朝她冷笑)我们收到他一九五六年去世的死亡证明书,您到阿尔托纳市政府去查吧,那里的人会出示给您看的。

尤哈娜　死了?我倒想知道,他现在在这里过的日子该怎样称呼?不管死也罢,活也罢,肯定无疑的是,他现在就住在这里。

莱妮　不对!

尤哈娜　(朝二楼的那扇门做了个手势)就住在上面。在那扇门后面。

莱妮　胡说八道些什么呀!谁告诉您的?

〔稍停。魏纳尔平静地站起来。一谈及他哥哥,他的眼睛就发亮,他已镇定自若。

魏纳尔　你想会是谁呢?是我。

莱妮　晚上睡觉时悄悄说的?

尤哈娜　为什么不可以?

莱妮　呸!

魏纳尔　她是我的妻子,她有权知道我所知道的事情。

莱妮　爱情的权利?你们多么无聊!我愿为我爱的男人赴汤蹈火,但如果有必要,我会一辈子不对他讲真话。

魏纳尔　(粗暴地)听听这个瞎子居然给我们大讲颜色。你想骗谁?骗鹦鹉吗?

父亲　(命令的口吻)你们三个都住嘴!(抚摸着莱妮的头发)头

盖骨是硬的,头发是软的。(她猛地挣脱,他戒备着)弗朗茨住在上面已经十三年了,他足不离户,除了照料他的莱妮外,谁也见不着他。

魏纳尔 还除了您。

父亲 除了我?谁对你说的?莱妮?你信她的话?你们俩,一旦要害我的时候,倒是配合得不错。(稍停)我有十三年没有见着他了。

魏纳尔 (呆若木鸡)这是为什么?

父亲 (非常自然地)因为他不愿意见我。

魏纳尔 (惊诧不解)噢,原来如此!(稍停)原来如此!(回到原位)

父亲 (向尤哈娜)我感谢你,我的孩子。你看,在家庭内部,我们丝毫不想隐瞒真实情况。不过,每次只要可能,我们总设法由外边的人说出事实真相。(稍停)是的,弗朗茨住在上面,他有病,只身一人。但这能改变什么?

尤哈娜 差不多能改变一切。(稍停)父亲,您该高兴了:一个姻亲,一个外来的女人,替您说出事实真相。据我所知,一九四六年发生了一起丑闻,我不知道详情,因为我丈夫当时在法国的监狱里。似乎是法律进行了追究。弗朗茨失踪了,你们说他去了阿根廷,其实他一直藏在这里。一九五六年格尔贝到南美进行了一次闪电式旅行,带回来一张死亡证明书。不久您便命令魏纳尔抛弃他的职业,您把他安置在这儿,作为您未来的继承人。我没说错吧?

父亲 没错,继续讲下去。

尤哈娜 我没有什么好讲的了。弗朗茨是谁,他干了些什么,他现在干什么,我都不知道。我唯一能肯定的是,如果我们留下来，就得给他当奴隶。

莱妮　（粗暴地）不！我一个人服侍他就够了。

尤哈娜　应该认为您一个人是不够的。

莱妮　他只愿意见我一个人。

尤哈娜　这有可能。但父亲在背后保护着他，以后就该由我们来保护他。或者监护他。也许我们又是狱卒，又是奴隶。

莱妮　（怒气冲冲）难道我是他的女看守吗？

尤哈娜　我怎么说好呢？难道不是你们——你们俩——把他关在里面的吗？

〔静场。莱妮从口袋里掏出钥匙。

莱妮　上楼敲敲门，看他开不开门，喏，给您钥匙。

尤哈娜　（接过钥匙）谢谢。（看看魏纳尔）我该上去吗，魏纳尔？

魏纳尔　随你便。上去也罢，不上去也罢，你会明白这是骗傻瓜的花招……

〔尤哈娜犹豫了一下，慢慢走上楼梯。她敲门，一次，两次。突然她神经质地烦躁起来，拳头像下雹子似的落在门上。她转向客厅，准备下楼。

莱妮　（平静地）你不是有钥匙吗？！（稍停。尤哈娜迟疑不决，她害怕。魏纳尔惶惶不安。尤哈娜控制住自己，把钥匙塞进门锁里，钥匙虽然能转动，但打不开门）怎么样？

尤哈娜　里面有插销，他大概插上了。（走下来）

莱妮　谁插上的？我吗？

尤哈娜　也许还有一扇门。

莱妮　你明知道没有别的门。这间房子与别处不通。要是有人插上门闩，只能是弗朗茨自己。（尤哈娜走到楼梯下）怎么样？是我们把这个可怜虫关在里面的吗？

尤哈娜　要禁闭一个人有很多办法,最好的方式是设法让他自己把自己关起来。

莱妮　怎么能办到呢?

尤哈娜　骗他。

〔尤哈娜瞧着莱妮,莱妮显得张皇失措。

父亲　(向着魏纳尔,很快地)你为这类案件担任过辩护吗?

魏纳尔　什么案件?

父亲　非法监禁。

魏纳尔　(喉咙哽住)有过一次。

父亲　好。假若检察院受理这样的案件,是不是要到这儿来搜查呢?

魏纳尔　(上了钩)为什么要来搜查呢?十三年来从未搜查过。

父亲　那是因为我在。

〔静场。

莱妮　(向尤哈娜)再说,您对我说过,我开车开得太快。我很可能撞到树上去。那么剩下弗朗茨怎么办呢?

尤哈娜　如果他没有丧失理智,他雇用人好了。

莱妮　他没有丧失理智,但他不肯雇用人。(稍停)到头来别人只能用鼻子闻出我哥哥死了!(稍停)人家只能破门而入,发现他直挺挺地躺在地板上,四周全是贝壳。

尤哈娜　什么贝壳?

莱妮　他喜欢吃牡蛎。

父亲　(友好地向尤哈娜)我的儿媳,听她的话吧。假如他这么个死法,那将成为千古丑闻。(她不作声)千古丑闻,尤哈娜……

尤哈娜　(生硬地)跟您有什么关系?那时候您反正已在九泉之

下了。

父亲　（微笑）我嘛,当然喽。但你们不会。让咱们再回到一九四六年这起案子吧。还有时效吗？回答！这可是你的本行哪。

魏纳尔　我不了解犯罪的内容。

父亲　轻者:殴打伤人;重者:谋杀未遂。

魏纳尔　（喉咙哽住）没有时效了。

父亲　那好,你要知道,等待我们的罪名将是:参与谋杀案,伪造文书和使用伪造文书,非法监禁。

魏纳尔　伪造文书？伪造了什么？

父亲　（笑）死亡证书呀！这张证书花了我不少钱哩。（稍停）你怎么看,律师？该上刑事法庭了吧？

〔魏纳尔沉默不语。

尤哈娜　魏纳尔,事已至此。现在由我们做个抉择:要么我们成为他们所偏爱的疯子的用人,要么我们坐在被告席上,你挑哪个？我主意已定:上刑事法庭。有期徒刑蹲监狱总比无限期服劳役要强吧。（稍停）你说呢？

〔魏纳尔不作声。尤哈娜做了个失望的动作。

父亲　（热烈地）孩子们,我实在感到吃惊。讹诈！圈套！一切都是假的！什么都是逼出来的。我的儿子,我只求你对你的兄长有点恻隐之心。有的情况靠莱妮一个人是对付不了的。除此之外,你们完全自由,像空气一样。你们会看到,一切都将有个好结局。弗朗茨活不长久,我怕他是活不长了。总有一天晚上你们把他埋在花园里。他的死标志着最后一个真正的冯·格拉赫家族的人消失了……（魏纳尔有所表示）……我的意思是说最后一个魔鬼。你们俩人,既健康又正常。你们会有正常的孩子,他们将来爱住哪儿就住哪儿。你留下吧,尤哈娜！看在魏纳尔孩子们的分上留下吧。他们将继承这个企业，这可是万贯家财啊，你无权剥夺他们。

魏纳尔　（吓了一跳，他目光冷峻，眼睛发亮）唵？（大家都看着魏纳尔）您是说为了魏纳尔的儿子们吗？（父亲一惊，做了一个肯定的表示，扬扬得意）瞧，尤哈娜，好一个假惺惺的花招。对魏纳尔和他的孩子们，哼，爸爸，您才不在乎呢！您才不在乎呢！您才不在乎呢！（尤哈娜走近魏纳尔。稍停）即使您能活到那一天，看见我的第一个儿子出世，您也会讨厌他的，因为这是我身上掉下来的肉，因为自从我出世的那一天起，我的肉体就使您厌恶。（向着尤哈娜）可怜的爸爸！多么糟糕！倘若是弗朗茨的孩子，他才宝贝哩！

尤哈娜　（急切地）别说了！你听听自己在说些什么？你要是心一软，我们就完了。

魏纳尔　正相反，我倒得救了。你要我怎么办？要我丢下他们不管吗？

尤哈娜　是的。

魏纳尔　（笑着）好极了！

尤哈娜　向他们说你不同意。不要喊，不要笑。就说：不。

〔魏纳尔转向父亲和莱妮。父亲和莱妮默默地看着魏纳尔。

魏纳尔　他们在看我。

尤哈娜　那又怎么样？（魏纳尔耸耸肩膀，准备去坐下。她显出很厌倦的样子）魏纳尔！

〔魏纳尔不再看尤哈娜。长时间的静场。

父亲　（掩饰着他的扬扬得意）怎么样，我的儿媳？

尤哈娜　他没有起誓。

父亲　他会起誓的。弱者总是为强者服务的,这是规律。

尤哈娜　(感到受了刺伤)您认为,谁是强者?是上面那位既不疯、又不癫,却连吃奶的孩子都不如的人呢,还是曾被您抛弃而能独立谋生的魏纳尔?

父亲　魏纳尔是弱者,弗朗茨是强者,这是不以人们意志为转移的。

尤哈娜　强者活在世上干些什么呢?

父亲　一般说来,他们什么也不干。

尤哈娜　我明白。

父亲　这些人天生就和死神有很深的交情,他们手中掌握着别人的生死命运。

尤哈娜　弗朗茨是这样吗?

父亲　是的。

尤哈娜　十三年之后,您知道他现在怎么样啦?

父亲　我们这里四个人的命运由他掌握着,可是他自己想也没有想到。

尤哈娜　那他想什么?

莱妮　(讥讽,粗鲁,但很真诚)想螃蟹①。

尤哈娜　(嘲讽)成天想吗?

莱妮　这是很吸引人的啊。

尤哈娜　陈词滥调!像你们的家具一样,都是老掉牙的东西了。请问,您不相信这一套吧。

父亲　(微笑)我只有六个月可活啦,我的儿媳,六个月时间太短,

---

① 弗朗茨经常产生幻觉,在他的幻觉中人人都成了螃蟹。螃蟹成堆是互相倾轧的象征。

来不及相信什么了。(稍停)魏纳尔可是相信的。

魏纳尔　您错了,爸爸。这是您的想法,而不是我的,是您把它灌输给我的。既然久而久之您已经把它遗忘,要是我也摆脱它,您不会感到不快吧。我是一个平平常常的人。既非强者,亦非弱者,一个普普通通的人。我尽力干活。至于弗朗茨,我不知道是否还能认出他来,但我确信他也是一个普通人。(向尤哈娜指着弗朗茨的相片)他比我多点儿什么?(瞧着弗朗茨的相片,出了神)他甚至长得也不好看!

莱妮　(嘲讽)说的是,他不好看!

魏纳尔　(还是出神地,但声音已减弱)我什么时候生下来就是为他服务的?奴隶还起来造反呢。我的哥哥决不能决定我的命运。

莱妮　你情愿你妻子决定你的命运吗?

尤哈娜　你把我也算作强者?

莱妮　是的。

尤哈娜　多么奇怪的想法啊!请问为什么?

莱妮　你从前当过演员,不是吗?一位明星?

尤哈娜　的确是,但后来我失败了。怎么着?

莱妮　怎么着?于是你嫁给了魏纳尔。从此你啥也不干,光想着死。

尤哈娜　要是你想侮辱他,那是枉费心机。在他认识我的时候,我早已永远离开舞台和银幕,我当时失去了理智,幸亏他救了我,他可以为此而感到骄傲。

莱妮　我打赌他并不感到骄傲。

尤哈娜　(向着魏纳尔)该你说话了。

〔静场。魏纳尔不回答。

莱妮　你真把他给难住了,这个可怜虫。(稍停)尤哈娜,要是你不失败,你也会看中他吗?有些婚礼其实是葬礼。

〔尤哈娜欲反驳。父亲打断莱妮的话。〕

父亲　莱妮!(抚摸她的头,她怒冲冲地躲开)你表现得比平时好,我的女儿。要是我自信的话,我会认为我的死使你恼火。

莱妮　(很快地)这是当然的事,爸爸。很明显,您的死将使事情复杂化。

父亲　(笑了起来,向着尤哈娜)不要责怪莱妮,我的孩子。她的意思是想说我们是一类的:你,弗朗茨和我。(稍停)我喜欢你,尤哈娜。有时候,我感到我死的时候你会哭的。只有你一个人哭。(对尤哈娜微微一笑)

尤哈娜　(生硬地)要是您还关心活人,要是我有幸讨您的喜欢,您怎敢当着我的面侮辱我丈夫呢?(父亲点头不语)您是站在死神一边吗?

父亲　这一边,那一边,并没有什么区别。六个月,我是一个前途无望的老人。(望着空处,自言自语)我们的企业要不断发展,只靠私人投资已经不够,必须要有国家插手。弗朗茨在上面待十年,待二十年,他会很痛苦……

莱妮　(不容置辩地)他并不痛苦。

父亲　(没有听见她的话)我要死了。眼前我虽然继续活着,但却已置身于生活之外了。(静场。他坐下,蜷缩着,眼光凝视前方)弗朗茨的头发将变成灰白……像囚犯那样虚胖……

莱妮　(激烈地)您不要说了。

父亲　(没有听见她的话)这是难以忍受的。(样子很痛苦)

魏纳尔　(慢腾腾地)如果我们留下,能减轻您的痛苦吗?

尤哈娜　(迅速地)注意!

魏纳尔 注意什么?他是我的父亲,我不愿意他痛苦。

尤哈娜 他是为那个人痛苦。

魏纳尔 反正一样。(他去取过《圣经》,放回刚才莱妮放的桌子上)

尤哈娜 (表情不变)他在做戏给你看。

魏纳尔 (怀着恶意,用话里有话的语气)你呢?你不是也在对我演戏吗?(向父亲)您说,能减轻您的痛苦吗?……

父亲 我不知道。

魏纳尔 (向父亲)我们看吧。

〔静场片刻。父亲和莱妮都没有做任何表示。他们等待着,防备着。

尤哈娜 提一个问题。只提一个问题,然后你爱怎么办就怎么办。

〔魏纳尔瞧着尤哈娜,神情阴郁,固执。

父亲 魏纳尔,等一等。(魏纳尔离开《圣经》,咕噜了一声,表示同意)什么问题,我的儿媳?

尤哈娜 为什么弗朗茨隐居起来?

父亲 要回答这个问题,说来话长。

尤哈娜 那就给我讲讲事情的经过吧。

父亲 (略带讥讽)嗨,因为战争呗。

尤哈娜 大家都经历了这场战争。怎么别人不躲呢?

父亲 躲起来的人,你见不着他们呀。

尤哈娜 这么说,他打过仗?

父亲 一直打到战争结束。

尤哈娜 在哪条战线上?

父亲 在俄国。

尤哈娜 什么时候回来的?

父亲　一九四六年秋天。

尤哈娜　很晚了,为什么?

父亲　他所在的团被歼灭了。弗朗茨是徒步走回来的,到一处躲一处,穿过波兰和被占领的德国,一天有人按门铃。(远处传来铃声,隐隐约约)原来是他。

〔弗朗茨在舞台后部出现,站在他父亲背后,处在半明半暗处。他穿着便服,样子年轻:二十三或二十四岁。

〔尤哈娜,魏纳尔和莱妮,在这个倒叙和以下的倒叙中,看不见被追述的人。追述中有关的人——在第一、第二个倒叙场面中的父亲,在第三个倒叙场面中的父亲和莱妮——在需要与被追述的人对话时才转向他们。演出倒叙场面的人物其语气和表演均应保持一定的距离,即采用"间隔效果"①,以区别过去与现在,甚至在暴烈的行动中也是如此。此刻,谁也看不见弗朗茨,即使父亲也看不见他。

〔弗朗茨右手拿着一瓶打开口的香槟酒,只在他喝酒的时候,观众才能看见酒瓶。一个香槟酒杯放在蜗形脚桌子上,被一些小摆设遮盖。当他要喝酒的时候,才拿起酒杯。

尤哈娜　他回家后立即闭门不出了吗?

父亲　是的,马上闭门不出;一年之后,他便只待在自己的房间里不出来了。

尤哈娜　那么在这一年中,您每天见到他吗?

父亲　差不多。

---

① 德国戏剧家布莱希特的用语,指演员与角色、观众与剧情要保持一定距离。

尤哈娜　他干些什么？

父亲　喝酒。

尤哈娜　他说些什么？

弗朗茨　（从远处传来死板的声音）你好！晚安。是。不。

尤哈娜　别的什么也不说吗？

父亲　什么也不说。但有一天，他讲了一大套。我什么也没听懂。（苦笑）当时我正在书房里，正收听着无线电广播。

〔无线电收音机发出噼噼啪啪的响声，固定节目前的预告曲，这些声音好像被捂住似的。广播员的声音：亲爱的听众，现在报告新闻。纽伦堡消息，盟国法庭判处戈林①元帅……

〔弗朗茨走过去关掉收音机。在他走动的时候，始终处在半明半暗的地方。

父亲　（惊愕地转过身来）你干什么？！（弗朗茨用毫无生气的眼睛瞧着父亲）我想知道怎么判的。

弗朗茨　（整个舞台回响着玩世不恭、阴沉忧郁的声音）绞刑，把他吊到断气为止。（喝酒）

父亲　你怎么知道的？（弗朗茨沉默。父亲转身向尤哈娜）你那时不看报吧？

尤哈娜　很少看。我才十二岁。

父亲　他们全部落到了同盟国的手里。"我们是德国人，因此我们有罪；我们有罪，因为我们是德国人。"每天，每一页报纸上都是这类言论。缠得你受不了。（向弗朗茨）什么八千万罪

---

① 戈林(1893—1946)，纳粹德国战犯。希特勒上台后任空军部长。为秘密警察"盖世太保"的创立者和"国会纵火案"的主谋。曾制订迫害犹太人和其他种族的计划。一九四六年被纽伦堡国际军事法庭判处死刑，执行前畏罪自杀。

犯,胡说八道!最多不过三四十个,把他们吊死好了,但应给我们恢复名誉,应该结束这场噩梦了。(命令的口吻)你把收音机给我打开。(弗朗茨喝酒,站着不动。很冷淡)你喝得太多了。(弗朗茨瞧着他,眼光冷峻之极,父亲只好不作声,神态不自在。静场片刻之后,父亲接着说,表现出渴望了解的心情)把一国人民推到绝望的境地,他们能得到什么好处?我,我干了什么啦,要承受全世界的蔑视?我的立场是众所周知的。你,弗朗茨,你一直战斗到底了吗?(弗朗茨无理地笑了起来)你是纳粹分子吗?

弗朗茨　活见鬼,我根本不是。

父亲　那么你选择吧:要么由人家去惩罚那些该负责任的人,要么让他们的罪责转嫁到全体德国人的头上。

弗朗茨　(没有动作,迸发出一阵既粗野又冷漠的笑声)嘿!(稍停)其实这都一样。

父亲　你疯了吗?

弗朗茨　毁掉一国人民有两种方式:一种是把他们全部否定,另一种是强迫他们背弃自己推崇的领袖们。第二种方式最坏。

父亲　我不背弃任何人,因为纳粹分子不是我的领袖。我勉强接受他们是领袖而已。

弗朗茨　你对他们听之任之。

父亲　那你说我该怎么办?

弗朗茨　什么也不干。

父亲　讲到戈林,我还身受其害呢!你到我们船厂去看看。挨了十二次轰炸,没有一个厂棚是完好的。他就是这样保护我们船厂的。

弗朗茨　(粗鲁地)我就是戈林。他们要吊死他,就吊死了我。

父亲　你从前是讨厌戈林的啊!

弗朗茨　我服从了。

父亲　服从了你部队里的长官,这是事实。

弗朗茨　那么他们服从谁呢?(笑)希特勒,我们恨他,别人却喜欢他,区别在哪里呢?你给他提供舰艇,我给他提供炮灰。你说说看,就算我们崇拜了他,我们不也就是这点事吗?

父亲　是呀!罪过人人有份吗?

弗朗茨　他妈的,才不是呢!除了甘愿接受战胜者审判的死狗外,谁也没有罪过。好厉害的战胜者!我们早在一九一八年就领教过了①,就是这些人,有着同样虚伪的美德。之后,他们把我们搞成什么样子?他们自己又变成什么样子?听我说,总是由战胜者来安排历史发展。他们担起了此任,给了我们希特勒。这些审判官,他们就从来没有抢劫、屠杀、强奸过吗?广岛上的原子弹是戈林扔的吗?现在他们控告我们,将来谁控告他们?他们大讲我们的罪孽,那是为了使他们暗地干的勾当合法化:有步骤地消灭德国人民。(把酒杯摔碎在桌子上)在敌人面前所有的人都是无辜的。所有的人:您、我、戈林,以及所有其他的人。

父亲　(喊叫)弗朗茨!(弗朗茨周围的灯光减弱,熄灭,弗朗茨退下)弗朗茨!(静场片刻。父亲缓慢地转向尤哈娜,和蔼地笑了笑)我根本不懂他讲的是什么意思。你呢?

尤哈娜　我也不懂。后来呢?

父亲　讲完了。

尤哈娜　可是,还得选择呀:要么人人无罪,要么人人有罪?

---

① 第一次世界大战时德国是战败国。

父亲　他不选择。

尤哈娜　（沉思片刻后说）这没有什么意义。

父亲　也许有吧……我不知道。

莱妮　（激情地）别再往下问了，尤哈娜。我哥哥当时很少关心戈林和军用飞机，因为他是步兵。对他说来，既有犯罪者，也有无辜者，但两者不一样。（向着正想开口的父亲）我是知道的，因为我天天见他。无辜者当年二十来岁，这就是士兵；犯罪者五十来岁了，这就是他们的父亲。

尤哈娜　我明白了。

父亲　（失去了轻松和善的样子。他一讲到弗朗茨，声音就带有激情）你什么也没有明白，她在撒谎。

莱妮　爸爸！您明明知道弗朗茨恨您。

父亲　（有力地，向着尤哈娜说）弗朗茨过去爱我胜过爱任何人。

莱妮　那是在战前。

父亲　战前，战后。

莱妮　既然如此，为什么您说：过去爱我？

父亲　（愣住）这个……莱妮……刚才我们讲的是过去的事啊。

莱妮　不要改口啦。您已经说出了您的想法。（稍停）我哥哥十八岁就当兵了。如果爸爸愿意讲讲这是为什么，尤哈娜，您就会更清楚这个家族的历史了。

父亲　你自己说吧，莱妮，我不会剥夺你这份乐趣的。

魏纳尔　（竭力使自己镇静）莱妮，我可要提醒你，你只要道出一件有损爸爸荣誉的事，我马上离开这间屋子。

莱妮　你那么害怕相信我的话吗？

魏纳尔　谁也别想在我面前侮辱我父亲。

父亲　（向魏纳尔）冷静点，魏纳尔，我自己来说。从战争一开始，国家就向我们订货。舰队的军舰是我们造的。一九四一年春天,政府通知我说想购买我们某些不使用的土地,就是小山岗后面的那片荒地。你是熟悉这个地方的。

莱妮　所谓政府,就是指希姆莱①。他当时正在找地皮准备建立一个集中营。

〔沉闷的静场。

尤哈娜　您知道这一点吗?

父亲　(冷静地)知道。

尤哈娜　您接受了?

父亲　(用同样的语气)接受了。(稍停)弗朗茨发现了这项工程。有人向我报告,他不时沿着铁丝网徘徊。

尤哈娜　后来呢?

父亲　没事。没人提起这事。可是一九四一年六月里有一天,他自己打破了沉默。(父亲转身向着弗朗茨,注意地瞧着他,但同时继续对魏纳尔与尤哈娜讲话)我一下子就看出他干了一桩蠢事,而且时机非常不巧:戈培尔②和窦尼兹③海军上将正在汉堡,并且要参观我新建的设施。

弗朗茨　(声音年轻、温和、亲切,但不安)爸爸,我想跟您谈谈。

父亲　(瞧着弗朗茨)你到那边去过了?

弗朗茨　是的。(突然不胜惶恐)爸爸,他们简直不像人了。

---

① 希姆莱(1900—1945),纳粹德国战犯。秘密警察头子,总揽法西斯特务组织,其地位仅次于希特勒。德国战败后被捕,服毒自杀。
② 戈培尔(1897—1945),纳粹德国战犯。希特勒上台后任宣传部部长,为希特勒亲信之一。苏军占领柏林后自杀。
③ 窦尼兹曾先后担任纳粹德国的潜艇部队司令、海军司令和北方地区军政长官。希特勒死后组织新的帝国政府,后被英国逮捕。一九四六年由纽伦堡国际法庭判处十年徒刑。

父亲　看守吗?

弗朗茨　囚犯。他们的样子太可怕了,我觉得恶心:污秽不堪,满身虱子,遍体鳞伤。(稍停)老是胆战心惊的样子。

父亲　这副样子是别人给造成的。

弗朗茨　谁也不能把我搞成这副模样。

父亲　不能吗?

弗朗茨　我顶得住。

父亲　谁向你证明他们顶不住呢?

弗朗茨　他们的眼睛。

父亲　你处在他们的地位,你的眼睛也会那样。

弗朗茨　不会。(非常自信地)决不会。

〔父亲认真地望着他。

父亲　瞧着我。(托起弗朗茨的下巴,盯住他的眼睛)你这个念头从哪儿来的?

弗朗茨　什么?

父亲　害怕被关押。

弗朗茨　我并不害怕。

父亲　那你愿意被关押?

弗朗茨　我……不。

父亲　哦,(稍停)这块地皮,我不该卖吗?

弗朗茨　您卖了它,那是不得已,没有别的办法。

父亲　我可以不卖。

弗朗茨　(惊愕)您可以拒绝吗?

父亲　当然。(弗朗茨反应强烈)怎么?你信不过我吗?

弗朗茨　(表示出信任的样子,控制自己的情绪)我知道您会给我解释清楚的。

父亲　有什么好解释的呢?希姆莱要安置俘虏。若是我拒绝卖我的地,他也能买别人的。

弗朗茨　向别人买?

父亲　一点不错。往东一点或往西一点,还是这些俘虏,照样在这些"卡脖"①们手下受苦,而我却在政府内部树了敌。

弗朗茨　(固执)您不该插手这件事。

父亲　为什么呢?

弗朗茨　因为您是您啊。

父亲　好让你落个一身干净,你这个小清教徒。

弗朗茨　父亲,您真叫我害怕:别人受苦,您并不怎么难过。

父亲　当我有办法消除别人痛苦的时候,我就会为他们难过了。

弗朗茨　您永远不会有办法的。

父亲　因此我不为他们难过。那是浪费时间。你替别人的痛苦难过吗?算了吧!(稍停)你并不爱别人,弗朗茨,否则你不敢鄙视这些囚犯。

弗朗茨　(被父亲的话刺伤)我没有鄙视他们呀!

父亲　你鄙视他们,因为他们脏,因为他们害怕。(他站起身走向尤哈娜)他还相信人类的尊严哩。

尤哈娜　他错了吗?

父亲　这个嘛,我的儿媳,我可就一无所知了。我能对您讲的只有一点,那就是格拉赫一家人都中了路德②的毒,这位先知先觉的人使得我们傲气十足。(他慢慢走回他原来的位置上,向

---

① "卡脖"指看管战俘的德国刑事犯。纳粹利用刑事犯当看守,他们杀人成性,凶残无比。
② 马丁·路德(1483—1546),宗教改革运动的著名活动家,德国新教(路德教)的创始人。

尤哈娜指着弗朗茨）弗朗茨在小山岗上徘徊，在进行思想斗争。但他一旦良心上接受了某种信念，你即使把他剁成泥，也难以让他改变主张。我在他那个年纪，也跟他一样。

尤哈娜　（嘲讽）您也有过良心吗？

父亲　有过。但我把它丢了，要不起啊。这是王孙公子才要得起的玩意儿。弗朗茨可以有，因为一个无所事事的人满可以自认为以天下为己任。而我，我得工作呀！（向弗朗茨）你要我对你说什么好呢？说希特勒和希姆莱是罪犯吗？那么好吧，就算我对你说了这句话。（笑）这纯属个人见解，而且毫无用处。

弗朗茨　怎么？那我们就无能为力了吗？

父亲　是的，如果我们甘愿无所作为的话。如果你成天在上帝的审判台前谴责世人，你就对世人毫无贡献。（稍停）从三月份以来，我的工人已达八万。我要扩大，还要扩大。我的船厂，一夜之间就冒了出来。我具有无比巨大的权力。

弗朗茨　当然，因为您为纳粹服务。

父亲　因为他们为我服务。这批人是贱民掌权。但是他们发动战争为的是替我们寻找市场，我犯不着为一宗地皮的事跟他们闹翻。

弗朗茨　（固执地）您不该管闲事。

父亲　小王子！小王子！你想把世界扛在肩上吗？世界沉着哪，而且你并不了解这个世界。放下吧。办好咱们的企业，今天它是我的，明天就是你的；我的身体和我的血液，我的权势，我的力量，你的前途。二十年以后，你将成为船王，你的船将游弋四海，那时谁还记得住希特勒？（稍停）你是一个脱离实际的人。

弗朗茨　并不像您想象的那样。

父亲　嗳！（仔细地打量着他）你干了什么？干坏事啦？

弗朗茨　（高傲地）没有。

父亲　干好事啦？（沉默许久）天知道！（稍停）怎么样？事情严重吗？

弗朗茨　严重。

父亲　我的小王子，不用害怕，我会处理的。

弗朗茨　这次不行。

父亲　这次和以前几次一样。（稍停）怎么啦？（稍停）你要我来盘问你吗？（思考）这关系到纳粹党人？好。集中营？好。（豁然开朗）波兰人！（站起来，烦躁不安地走动。向尤哈娜）那是一个犹太教教士，波兰人。他前一天越营逃跑了。集中营长官已把事情向我通报了。（向弗朗茨）他在哪儿？

弗朗茨　在我的房间里。

〔静场片刻。

父亲　这个人，你在哪儿碰到的？

弗朗茨　在花园里，他连躲也不躲，他一时异想天开，逃了出来，现在他害怕了。要是他们抓住他？……

父亲　我知道。（稍停）要是谁也没有见着他，事情就好办了。我可以用卡车把他送到汉堡去。（弗朗茨仍很紧张）有人看见他了吗？啊？谁？

弗朗茨　弗里兹。

父亲　（向尤哈娜，用谈话的口气）他是我们从前的司机，一个真正的纳粹分子。

弗朗茨　他今天早晨开汽车走了，说什么他要去阿尔托纳汽车库。他还没有回来。（略带几分自豪感）我是那么不讲实际吗？

父亲　（微笑）比往常更不实际。（改变声调）为什么你把他藏在你房间里？要赎我的罪吗？（沉默）回答，是为了我吧！

弗朗茨　为了我们。您，就是我。

父亲　得。（稍停）要是弗里兹揭发了你……

弗朗茨　（立即接口）他们要来的，我知道。

父亲　到楼上莱妮的房间里去，把门插上，这是命令。一切由我来处理。（弗朗茨狐疑地瞧着父亲）怎么啦？

弗朗茨　犯人……

父亲　我说了，一切由我处理。犯人在我家里。走吧。

〔弗朗茨退下。父亲重新坐下。

尤哈娜　他们来了吗？

父亲　四十五分钟之后到的。

〔一个纳粹党卫队员在舞台后部出现，他背后有两个人，一动不动，默不作声。

党卫队员　希特勒万岁！

父亲　（在静默中）万岁！您是谁？有何贵干？

党卫队员　我们刚才在您儿子的房间里发现，他跟昨天晚上躲在他屋里的一个逃犯待在一起。

父亲　在他的房间里？（向尤哈娜）弗朗茨不肯躲到莱妮的房间里去，这好小子。他承担了一切风险。（向党卫队员）噢，以后呢？

党卫队员　您明白了吗？

父亲　很明白，我的儿子干了一件冒失的事。

党卫队员　（吃惊而愤怒）一件什么？（稍停）我跟您讲话时，您得站起来！

〔电话铃响。

父亲　（拒不站起）不。（拿起话筒，也不问是谁打来的，就把话筒递给党卫队员，后者从他手上夺过话筒）

党卫队员　（听电话）喂？啊！（两个靴跟互撞，立正）是。是。遵命！（边听边吃惊地打量着父亲）好！遵命！（两个靴跟互撞。挂上话筒）

父亲　（严厉地，毫无笑容）他干了一件冒失的事，是不是？

党卫队员　没有别的。

父亲　你们要是动了他一根头发……

党卫队员　他先向我们扑过来。

父亲　（惊讶，不安）我的儿子？（党卫队员做了一个肯定的表示）你们打他了吗？

党卫队员　没有。我向您发誓。他被擒住了……

父亲　（思考的样子）他扑向你们！他不会这样的，肯定是你们先向他挑衅。你们干什么了？（党卫队员沉默不语）那个囚犯！（父亲站起身）在他的眼前？在我儿子的眼前？（盛怒，神态可畏）我看你们真过于卖力！叫什么名字？

党卫队员　（一副可怜相）海曼·阿尔德里希。

父亲　海曼·阿尔德里希！我敢保证您这一辈子都能记住一九四一年六月二十三日这一天。走吧。

〔党卫队员下。

尤哈娜　他记住了吗？

父亲　（微笑）我想他记住了。他没有活多久。

尤哈娜　弗朗茨呢？

父亲　他立即被释放了，条件是要他参军。当年冬天他在俄国战线当了中尉。（稍停）怎么啦？

尤哈娜　我不爱听这个故事。

父亲　我没说这个故事好听呀！（稍停）这是一九四一年的事，我的儿媳。

尤哈娜　（冷冷地）后来呢？

父亲　总得活下去。

尤哈娜　波兰人没有活下来。

父亲　（无动于衷）没有。这不是我的过错。

尤哈娜　难说。

魏纳尔　尤哈娜！

尤哈娜　您当时有四十五分钟的时间。为了救您的儿子，您都干了些什么来着？

父亲　您清楚得很。

尤哈娜　戈培尔当时在汉堡，您给他打了电话。

父亲　是的。

尤哈娜　您告诉他逃跑了一个囚犯，您恳求他宽恕您的儿子。

父亲　我也请求饶囚犯的命。

尤哈娜　这还用说。（稍停）您打电话给戈培尔的时候……

父亲　怎样？

尤哈娜　您不可能知道司机已经告发了弗朗茨。

父亲　怎么会不知道！他不断地监视着我们。

尤哈娜　对。但有可能他什么也没有看见，他开车出去也许为别的事。

父亲　这可能的。

尤哈娜　自然喽，您什么也没有问过他。

父亲　问谁？

尤哈娜　问这个弗里兹呗。（父亲耸耸肩）他现在在哪儿？

父亲　在意大利，躺在木头的十字架下。

尤哈娜 （略停）我明白了。这么说，我们永远也搞不清了。如果不是弗里兹出卖那个囚犯，那必然是您了。

魏纳尔 （怒冲冲地）我不允许你……

父亲 不要老是嚷嚷，魏纳尔。（魏纳尔不作声）您说得对，我的孩子。（稍停）当我拿起电话的时候，我心想，有一半的运气。
〔静场片刻。

尤哈娜 一半的运气使一个犹太人被杀。（稍停）这件事从来没使您睡不着觉吗？

父亲 （平静地）从来没有。

魏纳尔 （向父亲）父亲，我无保留地赞成您。所有人的生命都具有同等的价值。但倘若必须选择的话，我想首先选择儿子的生命。

尤哈娜 （温和地）问题不在于你的看法如何，魏纳尔，而是要知道弗朗茨当时怎么想的。他当时怎么想的，莱妮？

莱妮 （微笑）您可是了解冯·格拉赫家族的啊，尤哈娜。

尤哈娜 他默不作声吗？

莱妮 他连嘴巴都没有张就走了，也从未给我们写过信。
〔静场片刻。

尤哈娜 （向父亲）您对他讲：一切由我来处理。因此他一如既往地相信你。

父亲 我实践了我的诺言：囚犯，我已经得到保证不惩罚他。我能想象他们竟会在我儿子的面前把他杀了吗？

尤哈娜 父亲，那是在一九四一年。在那时，为谨慎起见，什么都得想到。（她走近弗朗茨的照片，一张一张打量着。稍停。她一直瞧着弗朗茨的放大照片）他是一个小清教徒，路德的受害者，他情愿用血来偿还您卖掉的土地。（她转身向着父亲)您把一切都包揽下来了。给富家子弟留下的只是一场游戏,当然,那是要冒生命危险的,但危险由游戏的对方承担。弗朗茨明白人家让他随心所欲,是因为他无足轻重。

父亲　(神情开朗,指着尤哈娜)这才是他需要的女人呢!

〔魏纳尔和莱妮一下子朝父亲转过脸去。

魏纳尔　(怒气冲冲地)什么?

莱妮　爸爸,多低级呀!

父亲　(向魏纳尔和尤哈娜)她一下子就明白了。(向尤哈娜)对不对?我本该妥协一下,同意判他两年徒刑。办了件傻事啊!什么都比逍遥法外要强。

〔静场片刻。父亲沉思。尤哈娜一直看着大照片。魏纳尔站起身。抓住她的双肩,把她转向自己。

尤哈娜　(冷冷地)干什么?

魏纳尔　不要同情弗朗茨了,他不是甘心失败的那号人。

尤哈娜　怎见得?

魏纳尔　(指着大照片)瞧!十二枚勋章。

尤哈娜　又是十二次失败。他去找死,倒霉,死神比他跑得快。(向着父亲)把他的事讲完吧。他打了仗,一九四六年回到家里,一年之后,发生了一件丑事。到底怎么回事?

父亲　是我们莱妮搞的一场恶作剧。

莱妮　(谦虚地)父亲过奖了。我提供机会,仅此而已。

父亲　我们家住了些美国军官。她激起了他们的情欲,等到他们欲火如炽的时候,她就在他们耳边低声说道:"我是纳粹分子。"并且骂他们是臭犹太人。

莱妮　为的是给他们熄熄火。这很有趣,不是吗?

尤哈娜　非常有趣,火熄了吗?

父亲 熄了几回。但有几次他们大发雷霆。其中有一个人捅了篓子。

莱妮 （向着尤哈娜）一个美国人,他如果不是犹太人,就是反犹太人,除非他是个反犹太人的犹太人。这个人其实不是犹太人,但他恼了。

尤哈娜 怎么啦?

莱妮 他想强奸我,弗朗茨来搭救我,他们在地上扭打,那家伙占了上风,我操起一个酒瓶,狠狠给了他一下。

尤哈娜 他死了吗?

父亲 （很冷静）哪儿的话!他的脑壳撞碎了酒瓶。（稍停）住了六个月的医院。自然,弗朗茨承担了一切。

尤哈娜 用瓶子打的那一下子,他也承认是他干的?

父亲 全认下了。（两个美国军官出现在舞台后部。父亲转身向着他们）这是一个冒失行为。（稍停）请原谅我用这个词,这是一件严重的冒失行为。（稍停）我请你们代我向霍布金斯①将军致谢。请告诉他,我的儿子一经获得签证,就马上离开德国。

尤哈娜 到阿根廷去吗?

父亲 （两个美国人下场的时候,父亲转身向着尤哈娜）这是条件。

尤哈娜 我明白。

父亲 （很轻松的样子）美国人真通情达理。

尤哈娜 像戈培尔在一九四一年一样。

---

① 霍布金斯(1890—1946),罗斯福实行"新政"期间历任政府要职,左右白宫事务,协助罗斯福执行对外扩张政策。

父亲　比戈培尔强！强得多！华盛顿打算重振我们的企业，并委托我们重建商船队。

尤哈娜　可怜的弗朗茨！

父亲　我有什么办法？这关系到重大的利益，比那位美国上尉的脑壳重要得多。即使我不出面干预，占领者也会掩盖丑闻，息事宁人的。

尤哈娜　这完全可能。（稍停）他拒不出走吗？

父亲　没有马上拒绝。（稍停）我搞到了签证。他本应在某个星期六动身。但星期五的早上莱妮来对我说，他永远不再下楼了。（稍停）起先我以为他死了呢，后来我从女儿的眼睛中看出：她赢了。

尤哈娜　赢了什么？

父亲　她从来没有说过。

莱妮　（微笑）您不知道吧，在我们家里，我们玩"输家算赢家"的游戏。

尤哈娜　以后呢？

父亲　我们过了十三年。

尤哈娜　（转向弗朗茨的大照片）十三年。

魏纳尔　干得不坏啊！请相信，我作为鉴赏家，非常钦佩这一手。可怜的尤哈娜，瞧你们已把她掌握在你们手里了。开始，她还不爱听你们的；最后，她却不厌其烦地问这问那了。好啦，现在，她像了。（笑）"你是他所需要的女人！"妙极了，爸爸！真是天才！

尤哈娜　别说了！你坏了咱们的事。

魏纳尔　咱们已经完了。咱们还剩下什么呢？（抓住她的上臂，把她拉到自己跟前，瞧着她）你的眼神到哪儿去了？你的眼睛像泥塑木雕似的,有眼无珠。(粗暴地推开她)多么庸俗的恭维!你中了他们的圈套!亲爱的,你真叫我失望!

〔静场片刻。大家都望着魏纳尔。

尤哈娜　时候到了。

魏纳尔　什么时候?

尤哈娜　处决,我心爱的宝贝!

魏纳尔　处决谁?

尤哈娜　处决你。(稍停)我们落入他们的手掌之中了,当他们向我讲述弗朗茨的时候,他们是想方设法含沙射影攻击你。

魏纳尔　他们大概是引我上钩,对吗?

尤哈娜　他们不引诱任何人。他们想叫你相信他们是在引诱我。

魏纳尔　请问为什么?

尤哈娜　为的是要提醒你,什么都不属于你,连你的老婆都不属于你。(父亲轻轻地搓着双手。稍停。她突然粗声粗气地)把我从这儿弄走!(沉默片刻)我求求你!(魏纳尔笑。她变得僵硬、冷酷)我最后一次求你,咱们走吧!最后一次,你听见了没有?

魏纳尔　我听见了。你没有别的问题要向我提了吗?

尤哈娜　没有。

魏纳尔　好。我愿意干什么就干什么吗?(尤哈娜已精疲力竭,她做了个手势)很好。(手按《圣经》)我发誓遵循我父亲的遗志。

父亲　你留下啦?

魏纳尔　(手仍旧按着《圣经》)既然您要求我留在这儿,这幢房子就是我的,我生于此,死于此。(低下头)

父亲　(站起身,向魏纳尔走去,亲切地赞许)好极了。

〔父亲向魏纳尔微笑。魏纳尔起先闷闷不乐,后来带着感激的心情对父亲谦恭地笑笑。

尤哈娜　（看着所有的人）这就叫家庭会议。（稍停）魏纳尔,我走了。你跟不跟我走,由你选择。

魏纳尔　（不看她）不跟。

尤哈娜　好吧。（沉默片刻）我希望你不要太怀念我。

莱妮　我们大家会怀念您的,尤其是父亲。您什么时候离开我们?

尤哈娜　我还不知道。当我确信我输定的时候,我就走。

莱妮　您还不信服吗?

尤哈娜　（微笑）噢,不,还不到时候。

〔静场片刻。

莱妮　（自以为猜透了尤哈娜的心思）如果警察进来,会以搞非法监禁的罪名把我们三个人统统抓起来。至于我,还会控告我犯了谋害罪。

尤哈娜　（不动声色）难道我像是去报告警察的人吗?（向父亲）请允许我告辞。

父亲　晚安,孩子。

〔她欠身告辞,退场。魏纳尔笑起来。

魏纳尔　（笑着）好啊……好啊……（他突然不笑了,走近父亲,怯生生地碰碰父亲的手臂,温顺而不安地望着他）您高兴了吧?

父亲　（震惊地）不要碰我!（稍停）家庭会议到此结束,找你的妻子去吧!

〔魏纳尔颇为失望地瞧了父亲片刻,然后转过身去,退下。

第 三 场

〔父亲,莱妮。

莱妮　您不觉得您还是太严厉了吗?

父亲　对魏纳尔?必要的时候,我会温和的。但恰恰是严父出孝子。

莱妮　不要逼人太甚。

父亲　唔!

莱妮　他老婆倒是挺有主意的。

父亲　戏剧性的虚张声势罢了,气恼使她重新演戏,而演员是要下台的。

莱妮　愿上帝保佑您……(稍停)晚上见,爸爸。(她等着父亲离去。父亲一动不动)我该下护窗板啦,然后该服侍弗朗茨了。(恳求)晚上见。

父亲　(微笑)我走,我走!(稍停。有些畏畏缩缩的样子)他知道我的事吗?

莱妮　(诧异)谁?哦,弗朗茨!肯定不知道。

父亲　噢。(挖苦地)你让他免受这份罪,是吗?

莱妮　他?您钻到火车轮子底下去他也无所谓……(无动于衷)实话告诉您,我忘了向他提起您的事。

父亲　在你手帕上打个结,免得忘。

莱妮　(拿出一块手帕,打了一个结)喏。

父亲　你不会忘了吧?

莱妮　不会,但要等机会。

父亲　有机会,也设法问问他是否能让我见他一下。

莱妮 （厌烦地）又来了！（生硬,但没有火气）他不会见您的。为什么要逼我天天向您重复您十三年前就清楚的事？

父亲 （激烈地）我清楚什么了,小丫头？我清楚什么事？你撒起谎来就像你喘气一样容易。我不知道你是否向他转交了我的信件并转告了我的请求,有时我甚至怀疑你是不是让他认为我已经死了十年了。

莱妮 （耸耸肩膀）您到底要知道什么？

父亲 我要知道真相,或你是怎么撒谎的。

莱妮 （指着二楼）真相！真相就在上面。上楼吧,您到楼上就知道真相啦。上楼啊！去啊！

父亲 （怒气已消,好像有点害怕）你疯了！

莱妮 去问他,您就什么都弄明白了。

父亲 （表情不变）我甚至不知道……

莱妮 暗号!?（笑）噢！您知道暗号。很多次我发现您暗中盯着我。我听见您的脚步声,我看到您的影子,我没吭声,但忍不住要笑。（父亲正想反驳）我错了吗？那么,我很乐意亲自把暗号告诉您。

父亲 （低沉地,情不自禁地）不必啦。

莱妮 先敲四下门,然后敲五下,再敲两次三下。什么东西拦着您呢？

父亲 他会对我怎么样呢？（稍停。声音低沉）要是他赶我走,我可受不了。

莱妮 所以您情愿认为是我不让他投入您的怀抱。

父亲 （痛苦地）莱妮,应该原谅我。我常常错怪人。（他抚摸她的头,她抽缩着）你的头发很柔软。（他漫不经心地抚摸着,仿佛在深思）他听你的话吗？

莱妮　（骄傲地）当然喽。

父亲　你就不能慢慢地,巧妙地从事……我请你着重强调这一点,关键的一点:我首次见他也是最后一次见他。我只待一个小时。如果这使他太累,时间少一点也行。特别要告诉他,我并不着急。（微笑）就是说,不太着急。

莱妮　只见一次?

父亲　只见一次。

莱妮　只见一次面,您就死了,那见他干啥?

父亲　为了看看他。（莱妮放肆地笑了）也是跟他告别。

莱妮　要是您悄悄地去世了,没见上,与不见又有什么不一样呢?

父亲　对我来说吗?完全不一样。如果我见着他,我的账就到此为止,然后我就可以结算了。

莱妮　有必要这么麻烦吗?账目自己会清的。

父亲　你想有这么容易吗?（沉默片刻）我必须亲自把它一笔勾销,否则一切都会土崩瓦解的。（几乎是怯生生地一笑）不管怎么样,这一辈子,我是活过来了,我不愿意前功尽弃。（稍停。几乎是怯生生地）你肯跟他谈谈吗?

莱妮　（粗暴地）我为什么要跟他谈?我站岗已经站了十三年。现在只剩最后六个月,我却放松警惕了,行吗?

父亲　难道你站岗为的是提防我?

莱妮　提防所有想毁他的人。

父亲　我想毁掉弗朗茨?

莱妮　是的。

父亲　（激烈地）你疯了?（他平静下来。竭力想说服,几乎在恳求莱妮）听着,怎么做才对他有利,在这点上我们的意见可能有分歧。但我只要求见他一次。即使我想要伤害他,我哪儿来得及呢？（莱妮粗鲁地大笑）我向你保证……

莱妮　我要您保证了吗？别来这一套。

父亲　那么让我们把话说清楚。

莱妮　冯·格拉赫家族互相之间没什么可说的。

父亲　你以为你控制着我，是吗？

莱妮　（语气和微笑不变）我控制您，有这么一点，不多，不是吗？

父亲　（讥讽地撇撇嘴，轻蔑地）亏你想得出来！

莱妮　爸爸，咱们俩究竟谁需要谁？

父亲　（温和地）莱妮，咱们俩究竟谁怕谁？

莱妮　我不怕您。（笑着）别吓唬人啦！（她挑衅地望着父亲）您知道什么东西使我立于不败之地吗？我感到幸福。

父亲　你？你知道什么是幸福吗？

莱妮　您呢？您知道吗？

父亲　我明白你的意思：如果幸福进了这双眼睛，便是最高级的折磨。

莱妮　（几乎失去理智）对喽！最高级的！最高级的！我转呀，转呀！要是我停下来，我就完蛋了。这便是幸福，无以复加的幸福！（得意扬扬地和调皮地）我，我见弗朗茨。我要什么有什么。（父亲温和地笑。她突然不说了，目不转睛地瞧着父亲）不，您从来不吓唬人。我想您有一张王牌。那么，请亮出来吧！

父亲　（和气地）马上吗？

莱妮　（变得严厉起来）马上。您可别留着，等到我不提防的时候，突然拿出来。

父亲　（仍然和气地）要是我不肯拿出来呢？

莱妮　我强迫您拿出来。

父亲　怎么个强迫法？

莱妮　我就硬干。(她吃力地捧起《圣经》,把它放在一张桌上)弗朗茨决不会见您,我发誓。(把手伸过去)我向《圣经》起誓,您死以前绝对见不着他。(稍停)喏!(稍停)摊牌吧!

父亲　(平静地)噢!这一次你没有忍不住大笑啊!(他抚摸她的头发)每当我抚摸你的头发的时候,我就想到地球,外表贴着一层丝绸,柔软美丽,里面却是烈火一团。(他轻轻地搓着双手,和善地、温和地笑笑)我走啦,我的孩子。(下)

第 四 场

〔先是莱妮单独一个人,随后尤哈娜上场,再后是父亲。

〔莱妮的眼睛盯着里边左侧父亲刚从那儿出去的那道门。然后她恢复常态,朝右面的落地窗走去,打开窗,放下护窗板,然后关上窗门。室内顿时昏暗。她慢慢沿着楼梯上到二楼。敲弗朗茨的房门:四下,五下,两次三下。当她敲两次三下的时候,舞台后部右侧的门开了,尤哈娜不声不响地出现,她在窥探。传来转锁扣的声音和起铁门的声音,楼上门开,从弗朗茨房间里射出一束电灯光。但弗朗茨没有露面,莱妮进屋,关上房门。听得见她关锁扣和上铁闩的声音。尤哈娜上场,走近一张蜗形脚桌子,用食指在桌上敲两次三下,以加深印象。显而易见,她没有听见莱妮敲的前五下和四下。她又重复敲两次三下。此刻大吊灯上所有的灯泡一下全亮了,她吓了一跳,差一点叫出声来。这时父亲出现在左侧,是他开的灯。尤哈娜用手和前臂挡着眼睛。

父亲　谁？（尤哈娜把手放下）尤哈娜！（父亲朝她走去）我很抱歉！（走到屋子中间）在警庭审讯人的时候，他们用聚光灯照被告，刚才我一下子把这么强的光刺进你的眼里，你对我怎么想呢？

尤哈娜　我想您应该把灯关上。

父亲　（一动不动）还有呢？

尤哈娜　还有，我想您并不是警察，但您打算像警察审人那样来审问我一下。（父亲微笑，放下双臂，装作沮丧的样子。尤哈娜生气地说）您从来不进这间屋的，要不是监视我，您来干什么？

父亲　可是，我的孩子，你也是从来不进来的啊。（尤哈娜不答话）不会审问你的。（他打开两盏台灯——灯罩是粉红色麻纱的——然后关了大吊灯）您瞧，这是两盏半明半暗的粉红色灯光。现在你是不是自在一些了？

尤哈娜　不。让我走吧。

父亲　听完我的回答以后，我就让你走。

尤哈娜　我什么也没有问哪。

父亲　你问过我到这儿来干什么吗，我要回答你这个问题，尽管这对我来说并没什么可骄傲的。（沉默片刻）多年来，几乎是每天，当我肯定莱妮不会发现我的时候，我便坐在这张扶手椅上，等待着。

尤哈娜　（不禁感到好奇）等什么？

父亲　等弗朗茨在他房间里走动，我就可以听见他的脚步声。（稍停）他的鞋底与地板碰击的声音，这就是我与我儿子保持的全部联系。（稍停）半夜里，我下床。大家都睡了，但我知道弗朗茨没有睡：他和我，我们患的是同样的失眠症。这是一种在一起的方式。而你呢,尤哈娜!你偷偷地候着谁呢?

尤哈娜　我谁也不候。

父亲　那么,今天是碰巧了,再巧不过的巧合,而且是最合适不过的巧合了,因为我非常希望跟你单独谈谈。(尤哈娜恼了,父亲赶紧地说)不,不,没什么秘密,没什么秘密,只对莱妮保密而已。你可以把我说的都告诉魏纳尔,而且我坚持要你这样做。

尤哈娜　既然如此,最简单的方法是把他叫来。

父亲　我只要求跟你谈两分钟,两分钟以后,如果你还坚持叫魏纳尔来的话,我就去把他叫来。

〔尤哈娜对父亲的最后一句话感到吃惊,她站住,面对面瞧着他。

尤哈娜　那好吧。您想说什么?

父亲　跟格拉赫家族年轻小家庭里的我的儿媳谈谈。

尤哈娜　这个格拉赫年轻小家庭已经支离破碎了。

父亲　你说这话是什么意思?

尤哈娜　没什么新的意思,是您把这个小家庭砸碎的。

父亲　(抱歉地)我的天啊!那是我不当心的缘故。(关怀备至地)但我以为你有办法使它破镜重圆。(尤哈娜急速地走到舞台后部的左侧)你要干什么?

尤哈娜　(打开大吊灯所有的灯泡)审讯开始了,我打开聚光灯。(她走过来站在吊灯下)我该站在哪儿?这儿行吗?现在,在千真万确的实情和天衣无缝的谎言的冷光之下,我宣布我不会招供,理由很简单,因为我根本无供可招。我孤独一人,没有力量,而且很清楚自己是无能为力的。我要走了。我到汉堡等魏纳尔。如果他不来……(做了个失望的手势)

父亲　（庄重地）可怜的尤哈娜，我们只给你带来痛苦。（语气骤然变为推心置腹和快快乐乐的）不过，要紧的是，你要打扮得漂亮些。

尤哈娜　您说什么？

父亲　（微笑）我说，你要漂亮些。

尤哈娜　（几乎大怒，粗暴地）漂亮！

父亲　这并不费劲啊。

尤哈娜　（表情不变）漂亮！是不是要我在与您永别的那天给您留下一个更好的印象？

父亲　不，尤哈娜，我是说你到弗朗茨房间里去的那天。（尤哈娜大惊失色）两分钟已过，我要去叫你的丈夫来吗？（尤哈娜示意不要）那好，这将成为我们的秘密。

尤哈娜　魏纳尔会知道一切的。

父亲　什么时候？

尤哈娜　几天以后。是的，我将去找他，您的弗朗茨，我要见见你们家的这个霸王，宁找阎王，不求小鬼。

父亲　（稍停）我很高兴，你愿意试试你的运气。（搓起手来，然后把手放到口袋里）

尤哈娜　对不起，我看您高兴不了。

父亲　为什么？

尤哈娜　因为我们的利益是互相对立的。我希望弗朗茨能重新过正常人的生活。

父亲　我也这么希望。

尤哈娜　您？只要他一踏出门去，警察就会把他抓走，你们家就名声扫地了。

父亲　（微笑）我想你想象不到我的势力有多大。我的儿子只要肯下楼，我保管立刻什么事也没有了。

尤哈娜　要使他赶紧跑回楼上躲在房间里永不出来，这倒是一个最好的办法。

〔静场。父亲低下头，看着地毯。

父亲　（声音低沉）有百分之十的可能性他会给你开门，有百分之一的可能性他会听你说话，只有千分之一的可能性他会回答你的问题。如果你获得这千分之一的可能性……

尤哈娜　怎么啦？

尤哈娜　你是否愿意告诉他我快死了？

尤哈娜　莱妮没有？……

父亲　没有。

〔父亲抬起头。尤哈娜目不转睛地望着他。

尤哈娜　原来是这样？（一直看着他）您没撒谎吧。（稍停）千分之一的可能性。（吸了口冷气，但立即恢复常态）还要问他是否愿意见您？

父亲　（害怕，急速地）不，不！只不过告诉他一声，老头快死了。别的不用说。说定了？

尤哈娜　（微笑）我对《圣经》起誓。

父亲　谢谢。（她始终望着他。他喃喃自语，仿佛在向她解释自己的行为，但低沉的声音又仿佛在对自己说话）我很想帮助他。今天不必去试了。莱妮很晚才下楼，他一定会很累的。

尤哈娜　明天？

父亲　行。明天中午以后。

尤哈娜　要是有事，到哪儿找您？

父亲　你找不到我。（稍停）我要到莱比锡去。（稍停）如果你没搞成……（做手势）我过几天就回来，不管你成不成功。

尤哈娜 （惴惴不安）您让我一个人干？（恢复常态）为什么不可以呢？（稍停）好吧，我祝您一路顺风，但我求您千万不要对我寄以希望。

父亲 请等一等。（带歉意地微微一笑，但很严肃）我担心使你不耐烦了，我的孩子。但我得向你重复一遍：要打扮得漂亮点。

尤哈娜 又来啦！

父亲 弗朗茨十三年没有见人，没有见过生灵。

尤哈娜 （耸耸肩膀）除莱妮以外。

父亲 莱妮不是生灵。我怀疑他是否注意她。他打开门后，将会怎么样呢？他害不害怕？他是不是永远沉沦在孤寂之中？

尤哈娜 我涂脂抹粉一番起什么作用？

父亲 （温和地）他从前喜欢美貌。

尤哈娜 这个工业家的儿子要美人干什么？

父亲 他明天会告诉你的。

尤哈娜 他什么也不会说。（稍停）我不美。这不是很明显吗？

父亲 如果你不美，那么还有谁美呢？

尤哈娜 谁都不美，有的只是打扮成美人的丑八怪。我决不再打扮了。

父亲 也不为魏纳尔打扮了？

尤哈娜 也不为魏纳尔打扮。不要扯到他。（稍停）您明白我这话的意思吗？以前人家把我打扮成……一个美女，我每演一部电影就成了一种美女。（稍停）请原谅我，这是一种画出来的美人头，谁要碰它一下，这头就掉了。

父亲 应该是我请你原谅，我的孩子。

尤哈娜 别说了。您是不可能知道的，或许您知道了，这无关紧要。（稍停）我认为我从前漂亮……反正人家对我说我漂亮，我相信了他们的话。难道我知道我在世上将要做些什么？一个人的生活是需要证实其价值的。糟糕的是人家把我看错了。(突然)都是些无稽之谈,这也有必要证实吗？

父亲　没有必要。

尤哈娜　我想也是。(稍停)我就这个样子去见弗朗茨,就穿这件衣裳,脸也就这个样子。随便哪个女人,对任何一个男人来说总是有吸引力的。

〔静场。在他们头顶上,弗朗茨开始走动。脚步很不规律,时而缓慢而不均匀,时而快速而有节奏,时而原地踏步。

〔她不安地望着父亲,好像在问:"是弗朗茨吗？"

父亲　(回答这个讯问的眼神)是的。

尤哈娜　您就这样整夜整夜地待着……

父亲　(脸色苍白、痉挛)是的。

尤哈娜　那我罢手不试了。

父亲　您以为他是疯子？

尤哈娜　一个该捆起来的疯子。

父亲　不是什么疯癫症。

尤哈娜　(耸耸肩膀)那是什么？

父亲　不幸。

尤哈娜　谁能比一个疯子更不幸呢？

父亲　他。

尤哈娜　(粗鲁地)我不上弗朗茨那儿去了。

父亲　去吧,明天中午以后。(稍停)我们没有别的机会了,你没有,他没有,我也没有。

尤哈娜　(转身向着楼梯,慢慢地)我将登上这个楼梯,去敲那扇门……(稍停。停下脚步)好吧,我明天打扮得漂漂亮亮。为的是保护我自己。

〔父亲向她微笑,搓着双手。

——幕落

第 二 幕

〔弗朗茨的房间。左侧凹墙内有一扇门(门向着楼梯口平台)。锁扣。铁门闩。房间尽里头在床的两边各有一扇门:一扇门通浴室,一扇门通工作室。一张很大的床,床上既无被单,又无床垫,一条叠好的毯子放在床绷上。一张桌子靠着右边的墙。只有一把椅子。左边是一堆杂七杂八损坏了的家具和破损的小摆设:这一堆东西便是原来房中的家具和摆设的残余。尽里边墙上挂着一张巨大的希特勒像(靠床右侧上方)。右边还有几个搁架,格架上放着一些带盘(录音机磁带)。墙上有些牌子——用手写的印刷体,写着"不要打搅","不许害怕"。桌上放着牡蛎,香槟酒瓶,高脚酒杯,一把尺,等等。
〔四周墙壁和天花板上霉点斑斑。

第 一 场

〔弗朗茨,莱妮。
〔弗朗茨身穿一套破烂的士兵制服。从制服的几个破洞明显地露出肉来。
〔他坐在桌子上,背对着莱妮,身子的四分之三向着观众。

〔桌上,牡蛎和香槟酒瓶。

〔桌下,藏着录音机。

〔莱妮面向观众,连衫裙外面套着白围裙,她在扫地。

〔她静静地干活,不紧不慢,如同能干的家庭主妇,脸上没有任何表情;当弗朗茨说话的时候,她几乎像睡着的样子,但不时向弗朗茨投以短促的目光。看得出她在窥视他,等他把话讲完。

弗朗茨 躲在天花板后面的居民们,请注意!躲在天花板后面的居民们,请注意!有人欺骗你们。二十亿假证人!每秒钟提供二十亿份伪证!听听人们的怨言吧:"我们被我们的行为出卖了,被我们的言论出卖了,被我们混账的生活出卖了。"十足类①,我证明他们言不由衷,行非所欲。我们要申辩:没有犯罪。尤其不要根据供词,哪怕是签字画押的供词去判罪,因为那年头人们说:"被告已认罪,因此可免罪。"亲爱的听众,我的时代是一场大拍卖:对人的贱价处理是由上面决定的,首先从德国开刀,干个彻底。(他自斟自饮)只有一个人说得对,那就是受了伤的提坦②,他是目击者,多少世纪以来的见证人,守信的见证人,世俗的见证人,直至世界末日来临。我。人类死了,我是见证。时代啊,我要告诉你我所处的时代的味道,然后请你宣布被告无罪。至于事实怎样,我不在乎。我留给这些假证人去诉说,让他们去分析什么偶然的原因和根本的原因。有过这种味道。以前我们满嘴全是。(他喝

---

① 在弗朗茨的幻觉中,人像螃蟹那样横行,故他把人称为十足类。此处的听众,所谓"躲在天花板后面的居民",指未来世纪的人。

② 提坦是希腊神话中的巨神族。此处弗朗茨以提坦自诩。

酒)我们喝酒为的是解掉这种味道。(沉思)这是一种怪味,嗯,什么?(他突然惊恐似的站起来)我以后再谈这个问题。

莱妮　(以为他讲完了)弗朗茨,我有话对你说。

弗朗茨　(叫嚷)螃蟹们别作声!

莱妮　(声调自然)听我说,这事关重大。

弗朗茨　(向螃蟹们)你们不是选择了甲壳吗?好极了!那就不再赤身露体了!但为什么还留着你们的眼睛?这是我们最丑的东西。唵?!为什么?(他装作等待。咔嗒声。他吓了一跳。他的声音变得无情、急促、刺耳)怎么回事?(他转身向着莱妮,用怀疑和严厉的眼光望着她)

莱妮　(平静地)带盘。(她蹲下去,取出录音机,放到桌上)带子录完了……(她按一个键盘,带子倒转,人们听到倒过来的弗朗茨讲话声)现在,你听我说。(弗朗茨一屁股坐在椅子上,一只手抽搐地抓前胸。莱妮中断讲话,转身向着弗朗茨,看到他在痉挛,好像很痛苦。不动声色地)怎么啦?

弗朗茨　什么怎么啦?

莱妮　心脏吗?

弗朗茨　(痛苦地)跳得厉害。

莱妮　讹诈大王,你要什么?再来一盘磁带?

弗朗茨　(突然平静下来)千万别来!(他抬起头,笑起来)我死了,累死了,莱妮,累死了。给我拿掉!(莱妮去卸磁带)等等!我要听听我的声音。

莱妮　从头听起?

弗朗茨　从哪儿开始都行。(莱妮开动录音机。听到弗朗茨的声音:"只有一个人说得对……"弗朗茨听了一会儿,脸绷得紧紧的。他对着录音机说)我根本没想说这些。谁在说话?一句真话也没有。(侧耳细听)我受不了这声音。这声音不复存在了。停下,我的上帝,停下啊,你简直使我发疯了!……(莱妮不慌不忙地关了录音机,倒回磁带。她在磁带上写了一个号码,然后把它和别的磁带搁在一起。弗朗茨瞧着她,神情沮丧)好。一切得重新开始!

莱妮　和过去一样。

弗朗茨　不,我在前进。总有一天,言辞自然而然地向我涌来,我将说出想说的话。然后,休息!(稍停)你说这存在吗?

莱妮　什么?

弗朗茨　休息。

莱妮　不存在。

弗朗茨　我也是这么想的。

〔静场片刻。

莱妮　听我说话,好吗?

弗朗茨　嗳!

莱妮　我害怕!

弗朗茨　(吓一跳)害怕?(不安地望着她)你是说,害怕?

莱妮　是的。

弗朗茨　(粗暴地)那么,滚开!(拿起桌上的尺,用尺的一头敲打一个挂牌:"不许害怕!")

莱妮　好吧。我不再害怕了。(稍停)听我说,好吗?

弗朗茨　我成天听你说,头都痛了。(稍停)说吧。

莱妮　我不完全知道就要发生的事情,但……

弗朗茨　将发生什么事情?在哪儿?在华盛顿?在莫斯科?

莱妮　就在你脚底下。

弗朗茨　在底层?(突然明白)爸爸快死了。

莱妮　谁说父亲来着？他活得长,等着埋我们呢。

弗朗茨　再好没有。

莱妮　再好没有？

弗朗茨　好不好,坏不坏,我不在乎。怎么啦？到底出什么事了？

莱妮　你有危险。

弗朗茨　(蛮有把握地)是的。我死之后！如果世界失去了我的踪迹,恶魔把我吃了,那还有谁来拯救世人呢？莱妮？

莱妮　谁愿意救就救呗。弗朗茨,从昨天开始,你就处在危险之中,你有生命危险。

弗朗茨　(无所谓地)那么,你保护我吧,这是你的事。

莱妮　当然。但你要帮我的忙。

弗朗茨　没有时间。(发脾气)我在撰写历史,你净用些屁大的事来打搅我。

莱妮　他们要害死你,这也是桩屁大的事？

弗朗茨　是的。

莱妮　要是他们过早地害死你呢？

弗朗茨　(皱眉头)过早？(稍停)谁要害我？

莱妮　占领者。

弗朗茨　我明白了。(稍停)他们想让后人听不见我的声音,用伪造的文件来欺骗三十世纪的人。(稍停)他们为此派人来了吗？

莱妮　我想已派了。

弗朗茨　谁？

莱妮　我还不清楚。我想是魏纳尔的妻子。

弗朗茨　那个鸡胸驼背的女人？

莱妮　是的,她到处刺探。

弗朗茨　给她吃点耗子药。

莱妮　她鬼着呢！

弗朗茨　这可麻烦了。（不安）我需要有十年的时间。

莱妮　给我十分钟吧。

弗朗茨　你真烦人。（朝房间尽头的墙走去，用手指掠着架上的磁带盘）

莱妮　要是他们偷了你的磁带？

弗朗茨　（突然转过身来）什么？

莱妮　磁带。

弗朗茨　你疯了。

莱妮　（冷冰冰地）假设他们乘我不在的时候来这儿，或者干脆把我除掉再下手呢？

弗朗茨　那又怎么啦？我不开门。（感到很有意思）他们也想除掉你，是吗？

莱妮　他们想的。没有我，你怎么办呢？（弗朗茨不回答）你会饿死的。

弗朗茨　饿肚子不要紧。大不了死掉就是了。我，我演说。死亡，这是我肉体的事情，我甚至感觉不出来；我要继续讲话。（停了一下）好在用不着你来给我合眼。他们破门而入，见到的是什么呢？一具被暗杀的德意志尸体。（笑）我会腐烂发臭，像悔恨一样使人难受。

莱妮　他们才不会破门哪。他们会敲门，你还活着，你会给他们开门的。

弗朗茨　（故作惊讶）我？

莱妮　你。（稍停）他们知道暗号。

弗朗茨　他们不可能知道。

莱妮　自从他们盯我的梢以后,你可想而知,他们已经探得暗号了。喔,爸爸,我肯定他是知道的。

弗朗茨　啊!(沉默)这里边也有他?

莱妮　天知道!(稍停)我对你说,你会给他们开门的。

弗朗茨　以后呢?

莱妮　他们取走录音带。

〔弗朗茨打开桌子的一个抽屉,取出一支军用手枪,笑着给莱妮看枪。

弗朗茨　还有这个吗?

莱妮　他们不会强抢的,他们会说服你自己交出来。(弗朗茨哈哈大笑)弗朗茨,我求求你,咱们换个暗号吧。(弗朗茨不笑了。望着莱妮,样子阴险而不知所措)好吗?

弗朗茨　不。(他逐渐编出一套拒绝的理由)一切都是相互依存的。历史是一句神圣的名言,哪怕你改动一个逗号,就什么,也不复存在了。

莱妮　那好。咱们不要触动历史。你会把磁带奉送给他们,外加录音机。

〔弗朗茨朝磁带走去,用不知所措的神情望着录音带。

弗朗茨　(先是犹豫、痛苦)磁带呀……磁带呀……(稍停。他思索了一会儿,然后猛地举起左臂一挥,把磁带盘全部打落在地板上)我就这样奉送!(他说话慷慨激昂,仿佛向莱妮吐露一个重要的秘密。其实他是一面编造一面说出来的)这只是一个预防措施,记住。要是到三十世纪还没发现窗玻璃的话。

莱妮　窗玻璃?这真新鲜。你从来没有向我谈起过。

弗朗茨　我不是什么都说的,小妹子。(他搓着双手,兴高采烈,活像第一幕中的父亲)设想一下,这是一种黑色窗玻璃,比乙醚更细,灵敏极了,透口气,哪怕稍稍透口气,也会反映进去。整个历史都刻写在里面,自从开天辟地,一直到我弹这个响指。

〔他弹了一个响指。

莱妮 在哪儿?

弗朗茨 窗玻璃?到处都有。这儿也有。这是背面。他们将发明一些仪器使它振动,于是一切均将重现。唵?什么?(突然陷入幻觉)我们所有的行为,(语调又变得急促,像着了魔似的)都是电影,我对你说:团团围着的螃蟹瞧着熊熊燃烧的罗马和翩翩起舞的尼禄。(向希特勒像)他们将看到你,小老头。因为你跳过舞,不是吗?你也跳了一阵子。(用脚踢了几下磁带盘)烧!烧掉算了!这些东西,对我有什么屁用?你给我弄走。(突然)一九四四年十二月六日晚上八点十分你干什么来着?(莱妮耸耸肩膀)你记不起了?他们可清楚,他们把你的一生都展现出来,莱妮;我发现了叫人毛骨悚然的真相:我们生活在软禁之中。

莱妮 我们?

弗朗茨 (面对观众)你,我,所有这些死人:所有的人。(笑)你站直。人家瞧着你哪。(阴郁,自言自语地)任何人都不是孤立的。(莱妮苦笑了一声)你快笑吧,莱妮。三十世纪像个小偷一样悄悄地来了。有一根操纵杆在动,黑夜在颤抖。你得跳入三十世纪的人群中去。

莱妮 活着?

弗朗茨 作为死了一千年的人。

莱妮 (无动于衷地)唔!

弗朗茨 死而复活:窗玻璃反映得清清楚楚,连思想也被反映出来。唉？什么？（稍停。神情不安，看不出是真的不安还是装出来的）要是我们已经置身其间该有多好？

莱妮　哪儿？

弗朗茨　置身于三十世纪中。你能肯定这个喜剧是第一次上演吗？我们是活着还是死而复生？（笑）你站直。如果十足类瞧我们，请相信他们一定觉得我们是丑八怪。

莱妮　你怎么知道？

弗朗茨　螃蟹只喜欢螃蟹，这是再自然不过的。

莱妮　如果是人呢？

弗朗茨　到三十世纪？如果那时还剩下一个人，就把这个人保存在博物馆里……你认为到那时他们就不保留我们的神经系统了吗？

莱妮　这样就能产生螃蟹吗？

弗朗茨　（很干脆地）是的。（稍停）他们的躯体与我们不一样，因而思想也不一样。什么思想，唉？究竟什么思想呢？……你是不是估计一下我的任务的重要性及其异乎寻常的艰巨性？我在尚未有幸结识的法官面前为你辩护。瞎子们干的事：可以估计到，人们脱口而出的一句话，会像瀑布似的一世纪接一世纪地往下传。这句话是什么意思呢？你知道有时当我想对他们说黑的时候我却说了白吗？（突然他瘫倒在椅子上）天啊！

莱妮　还有什么？

弗朗茨　（疲惫不堪）窗玻璃！

莱妮　怎么啦！

弗朗茨　现在一切都是直接的。我们应该时刻留神我们的言行。我早就想找到这种窗玻璃！（强烈地）为窗玻璃解释！为窗玻璃辩护！一刻不停地进行！男人们，女人们，被追捕的刽子手们，冷酷无情的受害者们，我是为你们而牺牲的。

莱妮　要是他们自己什么都看得见，他们还要你说服干吗？

弗朗茨　（笑着）嗨！莱妮，他们是螃蟹嘛；他们什么也不懂。（用手帕擦擦头，看看手帕，气恼地把手帕扔在桌上）盐水。

莱妮　你怎么啦？

弗朗茨　（耸耸肩膀）血汗症。我得了血汗症。（重新站起来，很有精神，装作快乐的样子）莱妮，听我指挥！我要直接利用你。试一试声音。说话声要大，发音要清楚。（声音很大）在法官面前作证，民主的十字军不愿意让我们重建我们家园的院墙。（莱妮不作声，生气）来呀，如果你服从我，我就听你说话。

莱妮　（对着天花板）我作证，一切都毁了。

弗朗茨　再大声一点。

莱妮　一切都毁了。

弗朗茨　慕尼黑还剩下什么？

莱妮　两块砖。

弗朗茨　汉堡呢？

莱妮　一片荒无人烟的废墟。

弗朗茨　最后剩下的德国人，他们在哪儿？

莱妮　在地窖里。

弗朗茨　（对着天花板）唉，你们呢，你们想得到吗？十三年之后！荒草遍街，我们的机器上长满了牵牛花。（装作倾听）一种惩罚？干了什么蠢事？在欧洲不能有竞争，这才是原则和学说。喂，我们的企业还剩下什么了？

莱妮　两个船坞。

弗朗茨　两个！战前我们有一百个！(他搓双手。向着莱妮,声音自然)今天就到这儿吧！声音太弱,但你使劲叫的时候,还可以。(稍停)现在你说吧。刚才你要说什么？(稍停)有人想消磨我的斗志？

莱妮　是的。

弗朗茨　打错了算盘,我斗志如钢。

莱妮　我可怜的弗朗茨！他要把你怎样就能把你怎样。

弗朗茨　谁？

莱妮　占领者派来的人。

弗朗茨　哈！哈！

莱妮　他来敲门,你去开门,你知道他要对你说什么吗？

弗朗茨　管他说什么,我不在乎。

莱妮　他会对你说,你把自己当作证人,可你是被告。(沉默片刻)你如何回答？

弗朗茨　我赶你出去。他们收买了你,你才是想挫伤我的斗志呢。

莱妮　你如何回答,弗朗茨？你如何回答？十二年来你拜倒在这个未来的法庭面前,我承认它拥有一切权利,为什么不承认它有审判你的权利？

弗朗茨　(喊叫)因为我是为被告辩护的证人！

莱妮　谁挑选了你？

弗朗茨　历史。

莱妮　有时也会发生这样的事情,是不是,一个人自以为被历史选中了,其实历史召唤的却是他的邻人。

弗朗茨　这种事情不会发生在我身上。你们大家一律被宣告无罪,甚至包括你,这是我的报复。我要让历史从老鼠洞里钻过去。(他打住话头,不安地)嘘！他们在窃听。你老激我,激我，害得我最后发脾气。(对天花板)请原谅，亲爱的听众，我言不由衷了。

莱妮　(激烈而带讽刺的语气)瞧，好一个斗志如钢的人！(鄙视地)你把时间泡在原谅自己上了。

弗朗茨　我想看看你怎么样。今晚他们要吱吱叫啦。

莱妮　螃蟹会吱吱叫吗？

弗朗茨　这类螃蟹会叫的，叫起来令人非常不舒服。(向着天花板)亲爱的听众，请记录我的更正……

莱妮　(发作)够了！够了！让他们见鬼去吧！

弗朗茨　你精神失常了吗？

莱妮　拒绝法庭的审判吧，我求求你，这是你唯一的弱点。对他们说："你们不是我的审判官！"这样你谁都用不着怕了，不管是在今世还是在来世。

弗朗茨　(粗暴地)滚开！(拿起两个牡蛎壳，来回搓着)

莱妮　我还没打扫完呢。

弗朗茨　很好，我上三十世纪去。(站起身，仍然背向着莱妮，把写着"不要打搅"的牌子翻过来，牌子反面写道："明天中午以前不在家"。他重新坐下，又拿起牡蛎壳来回搓)你老瞧着我，害得我的后脖子火辣辣地痛。我禁止你看我。你要留下，就干你自己的事吧！(莱妮不动)请你垂下眼睛，好不好！

莱妮　你对着我说话，我就垂下眼睛。

弗朗茨　你简直使我发疯了！疯了！疯了！

莱妮　(轻声笑，但不快乐)你自找的。

弗朗茨　你要看我？那就看好了！(他站起身，正步走)一，二！一，二！

莱妮　立定！

弗朗茨　一,二!一,二!

莱妮　停下,好不好!

弗朗茨　怎么啦,我的美人,你怕大兵吗?

莱妮　我怕瞧不起你。

〔她解下围裙,扔在床上,准备退场。弗朗茨突然停下了。

弗朗茨　莱妮!(莱妮已走到门口。他有点心慌意乱的样子,声音是温和的)别留下我一个人。

莱妮　(她转过身,热切地)你要我留下?

弗朗茨　(语调不变)我需要你,莱妮。

莱妮　(她向他走去,不禁动情)我亲爱的!(走近弗朗茨,犹豫地伸出一只手,抚摸他的脸)

弗朗茨　(他让她抚摸了一会儿,猛然向后跳了几步)保持距离!保持应有的距离。尤其不要动感情。

莱妮　(微笑)清教徒!

弗朗茨　清教徒?(稍停)你是这么想的吗?(弗朗茨走近莱妮,抚摸着她的双肩和脖子。莱妮任他抚摸,但心绪慌乱)清教徒是不会抚摸女人的。(他抚摸她的乳房,她微微打战,闭上眼睛)而我,我会。(莱妮贴着弗朗茨的身子。突然,弗朗茨挣脱开)滚开!你叫我厌烦啦!

莱妮　(后退一步,异常冷静)不见得老叫你厌烦吧!

弗朗茨　我一直讨厌你!一直!从第一天开始!

莱妮　跪下!你还不赶快向他们请求宽恕?

弗朗茨　宽恕什么?什么也没有发生啊!

莱妮　昨天呢?

弗朗茨　没有,我对你说!什么也没有!

莱妮　没有什么,只是兄妹通奸,乱伦。

弗朗茨　你总是夸大其词!

莱妮　你不是我的哥哥吗?

弗朗茨　是的,当然是。

莱妮　你没有跟我睡过觉吗?

弗朗茨　少得很。

莱妮　哪怕你只干过一次……你就这么害怕说这几个字吗?

弗朗茨　(耸耸肩膀)字眼!(稍停)什么?要找字眼来形容我这行尸走肉所遭受的不幸。(笑)你认为,我同你发生了两性关系?噢,小妹子!你在我这儿,我搂你,人类与人类性交,如同这个星球上每天夜里人类亿万次进行着的事情一样。(对着天花板)但我要宣布,格拉赫的大儿子弗朗茨从来没有想占有他的妹妹莱妮。

莱妮　胆小鬼!(对着天花板)躲在天花板后面的居民们,时代的见证人是一个作伪证的证人。我,莱妮,与哥哥通奸的妹妹,我爱弗朗茨出自情欲。我爱他,因为他是我的哥哥。只要你们还有一点儿家庭的感情,你们就可以最终判处我们。但我不在乎。(向着弗朗茨)可怜的误入歧途的人哪,这才是应该向他们讲的哪。(向着螃蟹们)他要我的肉体,但并不爱我,他羞得无地自容,因为他在黑暗里跟我睡了觉……结果呢?是我赢了,我想占有他,我占有了他。

弗朗茨　(向着螃蟹们)她疯了。(他向螃蟹们使了一个眼色)等她不在的时候,我再向你们解释。

莱妮　我禁止你这么做!我快死了,我已经死了,我不许你替我辩护,我只有一个法官:我自己,而我宣告我无罪。啊!为被告辩护的证人,在你自己面前作证吧!如果你敢说:"我为我所欲,我欲我所为",那么你将立于不败之地。

弗朗茨　（他的脸突然待住了,神情冷淡,咬牙切齿地,用怀疑的口吻厉声说）我到底干了什么了,莱妮?

莱妮　（喊叫）弗朗茨！要是你不替自己辩护,他们就会要你的命。

弗朗茨　莱妮,我到底干了什么了?

莱妮　（不安,向弗朗茨让步了）哦……我已经对你讲过了……

弗朗茨　乱伦?不,莱妮,你说的不是乱伦。（稍停）我到底干了什么了?

〔长时间静场:他们面面相觑。莱妮首先转过脸去。

莱妮　好。我输了,忘掉它吧。我自己来保护你,也不要你帮忙了,反正我习惯了。

弗朗茨　滚开！（稍停）如果你不服从,我就以沉默表示抗议。你知道我能坚持两个月不说话。

莱妮　我知道。（稍停）而我做不到。（她向房门走去,抬起铁闩,转动锁扣）今晚,我给你端晚饭来。

弗朗茨　不用了,我不会开门的。

莱妮　那是你的事啦,我的任务是给你端来。（弗朗茨不回答。出房门时,莱妮向着螃蟹们说）要是他不给我开门,我可爱的螃蟹们,那我现在就祝你们晚安！

第 二 场

〔弗朗茨一人。

〔他转过身子,等待片刻,走过去放下铁闩,关上锁扣。在做这些动作的时候,他的脸仍然绷着。当他最终感到

> 安全时,他放松下来,显得放心的样子,几乎是轻松了。但从这时开始,他的神经好像最不正常。整个这一场戏他都对着螃蟹们说话。这不是一场独白,而是同看不见的人物的一场对话。

弗朗茨 证人靠不住。必须是我在场的情况下并根据我的指示进行庭议。(稍停。他感到放心,样子疲惫,软绵绵的)嗳?她叫人厌倦吗?干那个事,是的,她挺叫人厌倦的。但火一般的感情呀!(打哈欠)她的主要作用在于让我醒着。(打哈欠)本世纪已经有二十年漆黑一片,半夜里睁大眼睛不是很舒服的。不,不,其实只是半醒半睡而已。我单独一个人的时候,老打瞌睡。(昏昏欲睡)我不该把她打发走。(步履蹒跚,突然挺直身子,迈着军人的步子走到桌边,拿起几个牡蛎壳,扔向希特勒像,大叫)胜利!万岁!胜利!万岁!胜利!(立正,两个鞋跟互撞)元首,我是一名士兵。要是我睡着了,事情就严重了,非常严重:放弃职守。我向你发誓,永远醒着。嘿,你们这帮人,探照灯对着我吧!把灯开得亮亮的,对准我的脸,朝我的眼里照,这样使我不困。(等候)浑蛋!(向椅子走去,声音软绵绵的,声调和缓)好,我要坐一会儿……(坐下,晃着头,眨眨眼睛)玫瑰花……啊!太客气了……(猛然站起来,由于太猛以至碰翻了椅子)玫瑰花?如果我接受这束玫瑰花,他们就给我来个狂欢节。(向螃蟹们)一个厚颜无耻的狂欢节!朋友们,听我的,这一套我太清楚了。人家想把我往洞里引,这是莫大的诱惑!(走到床头柜旁,从药管里取出几片药,塞到嘴里嚼起来)亲爱的听众,请记录我新的预告信号:D.P.C.,意思是,我大声疾呼内心的痛苦。大家都在听,吱吱叫吧,吱吱叫吧,要是你们不听我说,我就睡着啦。(弗朗茨往一只玻璃杯里倒香槟酒,喝了一口,把另一半酒洒在军上衣上,双臂自然沿两胁下垂,用指头夹着酒杯),就在这期间,世纪溜跑了……他们使我昏头昏脑。望出去一片迷雾,白色的。(眨巴着眼睛)白雾贴近田野徐徐飘荡……白雾保护着他们。他们匍匐前进。今晚要流血。

〔远处传来枪声,嘈杂声,马蹄声。他昏昏入睡,双眼闭拢。副官海尔曼打开工作室的门,走向已经转身对着观众的弗朗茨。弗朗茨眼睛仍紧闭。海尔曼敬礼,立正。

第 三 场

〔弗朗茨,副官海尔曼。

弗朗茨　(用含糊不清的声音说,眼睛仍闭着)有游击队?
副官　二十来个。
弗朗茨　死了人吗?
副官　没有,两名受伤。
弗朗茨　在我们这边?
副官　在他们那边。我们把他们关在粮仓里。
弗朗茨　你们是知道我的命令的。走吧。

〔副官望着弗朗茨,神色犹豫,怒气冲冲。

副官　是,中尉。

〔副官敬礼,转身,从工作室的门下,随手带上门。静场,弗朗茨的头垂到胸前。他怪叫一声,惊醒了。

第 四 场

〔弗朗茨一个人。

〔他惊醒过来,茫然若失地望着观众。

弗朗茨 不!海因里希!海因里希!我对你说不!(他吃力地站起来,从桌上拿起一把尺,往左手的指头上敲打。好像得到了一次教训)当然是我同意的!(用尺敲打着)我负全部责任。莱妮,她怎么说来着?(把莱妮的话当作自己的话)我为我所欲,我欲我所为。(不知所措)三〇五九年五月二十一日庭讯,中尉弗朗茨·冯·格拉赫。不要把我的时代扔入垃圾箱。在没有听完我的申辩前,不要扔。法官先生们,邪恶,邪恶,这是唯一的原材料。人们把它送进我们的提炼厂加工。善良就是最后的成品。其结果:善良变成邪恶。但别以为邪恶能变成善良。(他微笑,表情温厚,头低了一下)唉?(喊叫)是昏昏欲睡吗?不是!是智力衰退。人家想从头部打击我。各位法官,你们留神:如果我智力衰退,我的时代就会被吞没,世纪的羊群里就少掉一只癞皮羊。如果二十世纪迷失了方向,节肢动物们①,四十世纪该怎么办呢?(稍停)没救了吗?永远没救了吗?就按你们的意愿办吧。(他回到舞台前端,准备坐下)唉!我万不该把她打发走。(有人敲门。他听着,站起身。听出这是约定的暗号,高兴得喊起来)莱妮!(他跑到门口,拉起门闩,打开锁扣,动作干净利落。他完全清醒了。开门)快进来!(后退一步,让她进屋)

---

① 蟹属节肢动物。

第 五 场

〔弗朗茨,尤哈娜。

〔尤哈娜出现在门口,非常漂亮,化了妆,穿着长裙子。弗朗茨往后退了一步。

弗朗茨　(嘶哑的叫声)啊!(后退)怎么回事?(她欲回答,但他阻止了她)什么也别说!(后退,坐下。久久地望着尤哈娜,跨坐在椅子上,像着了迷似的。他示意尤哈娜进来,用克制的语气说)请。(沉默片刻)她将进来……(弗朗茨说这番话的时候,尤哈娜走了进来)……但以后我仍将是一个人。(向着螃蟹们)谢谢,同志们!我非常需要你们的援助。(似乎心醉神迷)她不会说话,只是失神而已,我要瞧着她!

尤哈娜　(她看上去也有些昏乱,而后,又恢复了镇静。她微笑着说话,为的是控制自己不要害怕)我需要跟您谈谈。

弗朗茨　(他倒退了几步,离尤哈娜远一点,但眼光一直没有离开她)不!(拍桌子)我早知道她会把事情全搅个乱七八糟。(稍停)现在有一个人了。在我家里!快走开吧!(尤哈娜不动)我要叫人把你当作野妓赶走。

尤哈娜　叫谁?

弗朗茨　(叫喊)莱妮快来!(稍停)头脑狭隘,但清醒,您找到了突破点:我只有一个人。(他突然转过身去。稍停)您是谁?

尤哈娜　魏纳尔的妻子。

弗朗茨　魏纳尔的妻子?(站起身,望着她)魏纳尔的妻子?(他惊愕地打量着她)谁派您来的?

尤哈娜　谁也没派。

弗朗茨　您怎么知道暗号的？

尤哈娜　通过莱妮。

弗朗茨　（笑了一声）通过莱妮！我信您才怪呢！

尤哈娜　她敲你的门，让我碰上了。我记住了她敲几下，怎么敲。

弗朗茨　有人提醒我说您到处在刺探。（稍停）嘿，夫人，您冒着害死我的危险前来。（尤哈娜笑）笑吧！笑吧！我很可能一激动就要倒下的，那您该怎么办？人家不允许我接待客人，因为我心脏不好。要不是有个无法预见的情况，这个器官肯定是要垮的：幸好您很漂亮。喔！等一等，这回完了。上帝才知道我把您当作什么啦……也许当成一个幻影。赶紧趁这个幸运的错觉，趁现在还没有犯下罪行的时候，快离开吧。

尤哈娜　不。

弗朗茨　（叫喊）我要……（向尤哈娜走去，咄咄逼人，但又站住了。他瘫倒在椅子上。他自己号脉）至少跳一百四十下。快滚开，他妈的，您看得清清楚楚，我快完蛋了。

尤哈娜　也许这是最好的解决办法。

弗朗茨　唵？（他把手从胸前移开，不胜惊讶地望着尤哈娜）她说得对：您是被人收买的。（他站起来，悠然自得地走动）不能那么快就解决了我。慢慢来！慢慢来！（他突然回头向尤哈娜走去）你说最好的解决办法？为了谁？为了世上所有作伪证的人吗？

尤哈娜　为了魏纳尔和我。（她瞧着他）

弗朗茨　（感到很吃惊）我妨碍你们吗？

尤哈娜　您折磨我们。

弗朗茨　我甚至还不认识您哩。

尤哈娜　您认识魏纳尔。

弗朗茨　我甚至连他的模样都忘了。
尤哈娜　有人强迫我们留在这里,以您的名义。
弗朗茨　谁?
尤哈娜　父亲和莱妮。
弗朗茨　(感到很有意思)他们打您了,把你们拴起来了?
尤哈娜　没有。
弗朗茨　那怎么啦?
尤哈娜　用讹诈手段。
弗朗茨　这很可能。他们善于搞这一手。(笑了一声。又用诧异的语调)以我的名义。他们要干什么?
尤哈娜　把我们作为后备力量,万一出了什么事,我们可以接班。
弗朗茨　(感到很新鲜)您丈夫给我做汤,您给我打扫房间吗?您会补衣服吗?
尤哈娜　(指着弗朗茨身上破烂的军服)针线活并不招人喜欢。
弗朗茨　您错了!这是些很难补的窟窿。要是我妹妹有仙女般的手艺……(突然一本正经地)不需要接班。把魏纳尔给我带得远远的,别让我再见到您!(他走近椅子,刚要坐下,又转过身来)还在那儿待着?
尤哈娜　是的。
弗朗茨　您没有明白我的意思,我还给你们自由。
尤哈娜　您什么也没有还给我们。
弗朗茨　我告诉您你们自由啦。
尤哈娜　空话!去您的吧!
弗朗茨　要实际行动?
尤哈娜　是的。
弗朗茨　那好。该怎么办呢?

尤哈娜　最好的办法是干掉您。

弗朗茨　又来啦！（笑了笑）老实说，别指望这个。

尤哈娜　（稍停）那么，您自己想想办法吧！

弗朗茨　（惊呆）唵？

尤哈娜　（热烈地）应当帮帮我们，弗朗茨。

〔静场片刻。

弗朗茨　不。（稍停）我不是本世纪的人。我要一下子拯救所有的人，但我不帮助任何个别人。（激动不安地走动着）我不许你们把我卷入你们的破事。我是一个病人，您懂吗？有人利用我的病使我处在最卑贱的从属地位，您既年轻又健壮，您居然求一个残废的人，一个受压迫的人来援助您，您应当感到羞耻。（稍停）夫人，我很脆弱，安静对我来说至关重要，这是医疗上的要求。即使有人在我面前掐死您，我连手指也不会抬一下。（讨好地）我使您讨厌吗？

尤哈娜　讨厌透了。

弗朗茨　（搓手）好极了。

尤哈娜　但还没有讨厌到使我想走的程度。

弗朗茨　好。（他拿起手枪瞄准尤哈娜）我数到三。（尤哈娜微笑着）一！（稍停）二！（稍停）嘭！人没了。变没了！（向螃蟹们）多么安静！她不吭声了。这就尽善尽美啦，同志们。"打扮漂亮点，但别说话。"一个形象。这个形象是否映入你们的窗玻璃？没有！那映进去什么了？什么也没有改变；什么也没有发生。一击打空，房间里挨了一下，虚无缥缈。虚无缥缈，一个不划任何窗玻璃的金刚钻；失神；美人。可怜的甲壳动物们，你们将看到火光一闪。你们借用我们的眼睛察看存在的事物。而我们，在人的时代，我们用同样的眼睛，能看到不存在的东西。

尤哈娜　（平静地）父亲快死了。

〔静场。弗朗茨扔下手枪,突然站起来。

弗朗茨　死不了!莱妮刚告诉我说他身体结实得很。

尤哈娜　她撒谎。

弗朗茨　（自信地）她对所有的人都撒谎,就是对我例外,这是比赛规则。（突然）您快去躲起来,否则您会羞得无地自容:一套如此拙劣的把戏,而又如此迅速地被戳穿了!唵,什么?——不到一个小时,机会变得好得多了——您居然不利用这个空前难得的机会!我的弟媳妇,您属庸人之辈,魏纳尔娶了您,我现在不再感到奇怪了。

〔弗朗茨转过去背向着尤哈娜,坐下,拿两个牡蛎壳互相敲打。脸色沉了下来,一副孤僻相:好似尤哈娜并不在他旁边。

尤哈娜　（第一次显得尴尬）弗朗茨!（稍停）……他六个月以后就要死了!（沉默。她克制着胆怯的心情,走近弗朗茨,碰碰他的肩。弗朗茨没有反应。尤哈娜把手放下,默默地望着他）您说得对,我确实不会利用我的这次机会。永别了!（准备退场）

弗朗茨　（突然地）等一等!（尤哈娜慢慢地转过身来,但弗朗茨仍背向着她）那边,在瓶子里有药片。瓶子在床头柜上,给我拿来。

尤哈娜　（尤哈娜走向床头柜）苯海索片,是这个吗?（弗朗茨点点头。尤哈娜把药瓶向弗朗茨扔过去,他在空中用手接住）您为什么吃苯海索片?

弗朗茨　为了能奉陪您。（吞下四片）

尤哈娜　一次四片？

弗朗茨　刚才吃了四片，一共八片。（弗朗茨喝了口水）人家讨厌我活着，我知道，夫人。您是某个杀人犯的工具。现在是讲讲清楚的时候啦，唵，什么？要很谨慎小心。（他吞下最后一片药）有过迷漫之雾……（手指放在前额上）……这儿。我在这儿安了一个太阳。（他喝，竭力控制自己，转过身来。面容正经，严厉）这件衣裳，这些首饰，这条金链子，谁劝您戴的？谁让您今天戴的？是爸爸派您来的吧。

尤哈娜　不是。

弗朗茨　但他给您出了好主意。（尤哈娜欲说话）不用争辩！我很了解他，他行事就像是我授意的一样。说实在的，我不太清楚我们俩之间谁学了谁。当我要预卜他要什么花招的时候，我先把我自己的脑子清洗干净，我相信凭空而出的想法，自行冒出来的第一批想法，一定是他的想法。您知道这是为什么吗？他是按照他的形象来塑造我的，要么就是他自己变成了他所塑造的形象。（笑）您莫名其妙吧？（懒洋洋地做了一个横扫的手势）这是反应问题。（学着父亲的口气）"特别注意要漂亮点！"我在这儿就听见他说了。他喜爱美色，这个老疯子：那么他是知道我不会把任何东西置于美色之上了，除了我自己的疯狂之外。您是他的情妇吗？（尤哈娜摇摇头）那是因为他老啦！那么是他的同谋吗？

尤哈娜　在来您这儿之前，我是他的对头。

弗朗茨　对头变盟友了？他最喜欢搞这种名堂。（突然严肃地）就剩六个月了？

尤哈娜　过不了。

弗朗茨　心脏病？

尤哈娜　喉头。

弗朗茨　癌？（尤哈娜示意说是）一天吸三十支雪茄！笨蛋！（沉默）癌？那么，他会自杀的！（稍停。他站起来，拿起牡蛎壳，向希特勒像猛扔过去）他会自杀的，老元首，他会自杀的！（沉默。尤哈娜望着他）有什么事？

尤哈娜　没有什么。（稍停）您爱他。

弗朗茨　如同爱我自己一样，比爱霍乱差一点。他想干什么？见一次面？

尤哈娜　不。

弗朗茨　这样对他更好。（叫喊）他活着，他完蛋，我一概不在乎！瞧瞧他把我搞成这个样子。（拿起药瓶，准备拧开盖子）

尤哈娜　（温和地）请把药瓶给我。

弗朗茨　与您有什么相干？

尤哈娜　（伸出手）给我。

弗朗茨　我必须吃兴奋剂：我讨厌别人改变我的习惯。（尤哈娜仍伸着手）给您，但不要再对我提起这件愚蠢的事了，同意吗？（尤哈娜做了一个含糊的表示，看上去是同意了）好。（弗朗茨把药瓶给了尤哈娜）而我，我会忘记一切。眼下，我就忘记我想要的东西，这是一种力量，唵？（稍停）就这样，安息吧，怎么样？对我讲话呀！

尤哈娜　讲谁？讲什么？

弗朗茨　除了我们家，讲什么都行。讲讲您自己。

尤哈娜　没有什么好讲的。

弗朗茨　这由我来决定。（仔细打量着她）一条美人计，这就是您的使命。（仔细端详她）很内行，职业的。（稍停）是演员吗？

尤哈娜　从前是。

弗朗茨　以后呢？

尤哈娜　我嫁给了魏纳尔。

弗朗茨　因为您不红？

尤哈娜　不怎么红。

弗朗茨　配角？二流明星？

尤哈娜　（做了一个不屑回顾过去的手势）算了吧！

弗朗茨　明星？

尤哈娜　随您说吧。

弗朗茨　（带嘲笑的赞赏）明星！但您没能出人头地？您想要什么？

尤哈娜　想要什么？什么都想要。

弗朗茨　（慢吞吞地）什么都想要，是的。总是这一套。要么什么都想要，要么什么都不想要。（笑着）这不会有好结果的，唵？

尤哈娜　的确是这样。

弗朗茨　那么魏纳尔呢？他什么都想要吗？

尤哈娜　不。

弗朗茨　那您为什么要嫁给他？

尤哈娜　因为我爱他。

弗朗茨　（温和地）不是吧。

尤哈娜　（很抵触地）什么？

弗朗茨　凡是想什么都要的人……

尤哈娜　（表情不变）怎么啦？

弗朗茨　他们不可能爱。

尤哈娜　我现在什么也不想要了。

弗朗茨　除他的幸福之外，我希望如此！

尤哈娜　是的。（稍停）请帮帮我们的忙！

弗朗茨　我能为你们干些什么?

尤哈娜　我们期待您复活。

弗朗茨　(笑着)喔!您刚才还建议我自杀呢!

尤哈娜　非此即彼。

弗朗茨　(恶意地嘲笑)现在一切都清楚啦!(稍停)我被控告犯杀人罪,只有在剥夺了我终身的权利之后,这场官司才算了结。您知道这件事,对吗?

尤哈娜　我知道。

弗朗茨　那您还希望我复活?

尤哈娜　是的。

弗朗茨　我明白了。(稍停)要是杀不了夫兄,就把他关进监牢。(她耸耸肩膀)我应当在这儿等待警察呢,还是去自首投监呢?

尤哈娜　(不高兴地)您不会进监狱的。

弗朗茨　不会吗?

尤哈娜　当然不会。

弗朗茨　那么说,他肯处理我的事了。(尤哈娜点头称是)他倒没有泄气?(充满怨恨地讽刺)他为我真是做到家了,大好人哪!(做手势指指房间和他自己)而这一切便是结果。(暴躁地)你们统统见鬼去吧!

尤哈娜　(失望之极)哦!弗朗茨!您是一个胆小鬼!

弗朗茨　(突然站起来)什么?(他平静了下来,做出玩世不恭的样子)就算是吧,那又怎么样?

尤哈娜　这些是什么?(用手指尖轻轻掠过弗朗茨身上戴的勋章)

弗朗茨　这些?(拉下一枚勋章,剥去锡纸,勋章原来是巧克力做的，他把它吃了）喔！所有的勋章都是我得来的，全部属于我，我有权利吃。英雄主义，这正是我要的东西，至于英雄……反正您也知道是怎么回事。

尤哈娜　不知道。

弗朗茨　有各式各样的英雄：警察与小偷，军人与百姓——百姓中英雄不多——懦夫与闯将，真是应有尽有。只有一个共同点：勋章。我，我是一个怯懦的英雄，所以我佩戴巧克力勋章，这更得体。您想要吗？不必客气，我抽屉里还有一百多个。

尤哈娜　要。

〔弗朗茨摘下一枚勋章，递给尤哈娜。她接过巧克力勋章，吃了。

弗朗茨　（突然暴躁地）不行！

尤哈娜　什么？

弗朗茨　我不能听任我弟弟的老婆来审判我。（用力地）夫人，我不是一个懦夫，监狱并不使我害怕，我现在就在蹲监狱。别人强加给我的这种监禁，要是您，您三天都受不了。

尤哈娜　这说明什么呢？您自个儿挑的。

弗朗茨　我？我从来不挑什么，我可怜的朋友。我是被选定的。我出世前九个月，人家就取好了我的名字，确定了我的职业，安排了我的性格，规定了我的命运。我对您说，别人强加给我这种隔离监禁，您应该理解为，如果没有重大的理由，我是不会屈从的。

尤哈娜　什么理由？

弗朗茨　（他后退一步，沉默片刻）您的眼睛闪闪发亮。不，夫人，我不坦白交代。

尤哈娜　弗朗茨，您已经无路可走了，要么阐述您站得住脚的理由，要么任凭您弟弟的妻子最终判处你，二者必居其一。

〔尤哈娜走近弗朗茨，想取一枚勋章。

弗朗茨　死神，是您吗？不，还是摘十字勋章吧，这是瑞士巧克力做的。

尤哈娜　（她取下一枚十字勋章）谢谢。（她离开他一点）死神？我像死神吗？

弗朗茨　有时像。

尤哈娜　（她朝镜子里瞥了一眼）您使我莫名其妙。我什么时候像？

弗朗茨　当您漂亮的时候。（稍停）您当了他们的工具，夫人。他们做了安排，让您来责问我，如果我向您交代了，我就有生命危险。（稍停）算我倒霉，我愿冒一切风险，请问吧！

尤哈娜　（稍等片刻）您为什么藏在这儿？

弗朗茨　首先，我并没有躲藏。如果我真想逃避法律追究的话，我早就可以跑到阿根廷去了。（指着墙）原来这里有一扇窗。这儿，朝向我们以前的花园。

尤哈娜　朝向以前的？

弗朗茨　是啊。（他们相视片刻。弗朗茨接着说）我让人把它堵上了。（稍停）出事了吧。在外面，出了一些我不愿看到的事吧。

尤哈娜　什么事？

弗朗茨　（用挑战的目光瞧着尤哈娜）杀害了整个德国。（弗朗茨一直望着她，恳求和威胁的神情交织在一起，好似为阻止尤哈娜说出：他们已到达了危险区）请听我说，因为我见到了废墟。

尤哈娜　什么时候？

弗朗茨　我从俄国回来的时候。

尤哈娜　那已过去十四年了。

弗朗茨　是的。

尤哈娜　那您认为什么也没有变化吗？

弗朗茨　我知道一切都越来越糟糕。

尤哈娜　是莱妮告诉您的？

弗朗茨　是的。

尤哈娜　您看报纸吗？

费朗茨　她念给我听。城市被夷为平地，机器被砸烂，工业被洗劫一空，失业人数直线上升，肺病蔓延，出生率急剧下降，我什么都知道。我妹妹抄下了所有的统计数字，（指着桌子的抽屉）在这个抽屉里放着呢；历史上最残忍的谋杀案，我有一切证据。少说二十年，最多再过五十年，德国人要死绝。别以为我在抱怨，我们战败了，人家掐我们的脖子，这是无可非议的。但您也许能理解，我不愿亲眼看见这场大屠杀。我不愿去饱览被毁坏的教堂和被烧掉的工厂，我不愿去看望那些拥挤在地窖里的家庭，我不愿与残废者、奴隶、叛徒和妓女为伍。我想您对这些现象已经习惯了，但我坦白告诉您，我可受不了。照我看，所谓懦夫者，就是那些能容忍这种惨象的人。这场战争，我们本应该打赢，想尽一切办法打赢。我说想尽一切办法。嗯，怎么？否则就完蛋。请相信，我完全有朝自己脑袋开枪那种军人气概，但既然德国人民接受别人强加的这种苟延残喘，我才决定留下一张嘴以便高声抗议。（他突然神经质起来）不！无罪！（高喊）抗议！（沉默）就这些。

尤哈娜　（慢吞吞地，不知如何是好）别人强加的苟延残喘……

弗朗茨　（眼睛始终没有离开尤哈娜）我说完了，就这些，全部讲完了。

尤哈娜　（心不在焉地）是的，就这些，全部讲完了。（稍停）就只为这个理由，您闭门不出？

弗朗茨　就只为这个理由。（沉默。尤哈娜思索着）怎么啦？结束您的工作吧，我使您害怕了吗？

尤哈娜　是的。

弗朗茨　为什么，好心人？

尤哈娜　因为您害怕了。

弗朗茨　怕您？

尤哈娜　怕我要说的事。（稍停）我倒想不知道我已知道的事情。

弗朗茨　（克制自己极度的焦虑不安，用挑战的语气）您知道些什么？（尤哈娜犹豫不决，他们两人互相打量）唵？您知道些什么？（尤哈娜不回答。沉默。他们面面相觑：因为他们彼此都害怕。有人敲门：五下，四下，两次三下。弗朗茨隐隐一笑。他站起身，走过去打开一扇尽里的门。观众可以瞥见一个浴缸。向尤哈娜低声地）一会儿就完事。

尤哈娜　（低声地）我不躲。

弗朗茨　（一只手指放在嘴唇上）嘘！（低声地）您硬要逞强的话，您的小计策就会前功尽弃。

〔尤哈娜犹豫了一下，终于下决心躲进浴室。门外有人又在敲门。

第 六 场

〔弗朗茨，莱妮。

〔莱妮拿着托盘。

莱妮　（惊讶地）你没有闩门？

弗朗茨　没有。

莱妮　为什么？

弗朗茨　（冷冷地）你盘问我吗？（很快地）给我托盘，你待在这儿。（从莱妮手中接过托盘，放到桌上）

莱妮　（目瞪口呆）你怎么啦？

弗朗茨　托盘太沉了。（他转过身，瞧着她）你责怪我的殷勤吗？

莱妮　不，但我害怕。每当你变得殷勤的时候，我总感到要坏事。

弗朗茨　（笑）哈哈！（莱妮进屋，随手把门带上）我没有叫你进屋啊。（稍停。他拿起一只鸡翅膀，吃起来）好啦，我要吃晚饭啦。明儿见。

莱妮　等等。我要请你原谅，是我跟你吵了架。

弗朗茨　（鸡翅膀塞满了嘴）吵架？

莱妮　是的，刚才。

弗朗茨　（含糊其词地）噢，是的！刚才……（迅速地）那好吧！我原谅你。

莱妮　我对你说过我怕要瞧不起你，这是不对的。

弗朗茨　好极了！好极了！一切都好极了。（吃鸡）

莱妮　你的螃蟹们，我承认他们，我服从他们的法庭。你要我告诉他们吗？（向着螃蟹们）甲壳动物们，我崇敬你们。

弗朗茨　你怎么啦？

莱妮　我不知道。（稍停）我也想告诉你，我需要你存在下去，你，我们家族姓氏的继承人，唯有你对我的爱抚使我动心而不使我感到羞辱。（稍停）我一文不值，但我生在格拉赫家，这就是说，非常高傲，我只能跟一个姓格拉赫的男人发生关系。乱伦，我只能这样，这是我的归宿。（笑）一句话，这是我加深家庭关系的方法。

弗朗茨　（专横地）够了！明天再谈心理学吧！（莱妮吓了一跳,她对弗朗茨的疑心又上来了,她观察着他）我们俩和解了,我向你保证。（沉默）喂,鸡胸驼背的女人……

莱妮　（没有任何思想准备）哪个鸡胸驼背的女人？

弗朗茨　魏纳尔的老婆。她长得还算漂亮吧？

莱妮　一般。

弗朗茨　我明白了。（稍停。一本正经地）谢谢你,小妹子。你已经尽力而为了,已经竭尽全力了。（一直把莱妮送到门口。她顺从着,但很不放心）我不是一个好侍候的病人,唵？再见！

莱妮　（装出笑容）这么郑重其事！我明天还要见你的,不是吗？

弗朗茨　（温和地,几乎是温存地）我衷心希望明天能见到你。

〔弗朗茨打开门,低下头,吻莱妮的前额。她昂起头,突然在弗朗茨嘴上吻了一下,退场。

第 七 场

〔弗朗茨一人。

〔他关上门,扣了锁,拿出手绢,擦擦嘴唇。然后回到桌子边。

弗朗茨　同志们,你们别搞错了,莱妮不会撒谎。（指着浴室）撒谎的女人在那里边。我要搞得她下不来台。嗯,什么？不用害怕,我办法很多。今天晚上你们将看到一个伪证败露的狼狈相。（他发现他的手在颤抖,眼睛盯着双手看,竭力控制自己）好了,我的小手,别抖啦！停！停！（手渐渐停止颤抖。

他朝镜子看了一眼,拉拉上衣,紧紧腰带。他变了样。从本幕开始以来,第一次见他完全控制了自己。他走向浴室的门,打开门,向里边点了点头)干活吧,夫人!

〔尤哈娜走出来。弗朗茨关上门,很严厉地窥测着她。在整个下一场中,可以明显地看出弗朗茨千方百计想压倒尤哈娜。

第 八 场

〔弗朗茨,尤哈娜。

〔弗朗茨关好门。他回来站在尤哈娜面前。尤哈娜向房门口跨出一步,又停下来。

弗朗茨　别动,莱妮还没有离开客厅。

尤哈娜　她在那儿干什么?

弗朗茨　整理屋子。(尤哈娜又走了一步)留神您的鞋跟!(弗朗茨轻轻敲着门,模仿女人高跟鞋的声音。弗朗茨讲话的时候,眼睛始终看着尤哈娜。看得出他是在掂量他冒的风险有多大,他的话都是预先考虑好的)您想走了吗,但您不是有秘密要告诉我吗?

尤哈娜　(从浴室出来以后,好像觉得很不自在)不,没有。

弗朗茨　啊!(稍停)那就算了!(稍停)您什么也不说了?

尤哈娜　我没有什么好说的。

弗朗茨　(突然站了起来)不,我亲爱的弟媳妇,没有那么便宜。起先想把秘密捅给我,后来改变了主意,末了一去不复返,故意留下团团疑云,来毒死我,办不到!(他走到桌旁,拿起两只酒杯和一瓶酒,边往酒杯中倒酒,边说)是德国吗?德国变富了吗？我们繁荣昌盛了吗？

尤哈娜　（被激怒）德国……

弗朗茨　（很快地堵住双耳）用不着说了！用不着说了！我不会相信您的话！（尤哈娜望着弗朗茨,耸耸肩膀,默不作声。弗朗茨走来走去,从容潇洒）总之,这是一次失败。

尤哈娜　什么失败？

弗朗茨　您的鲁莽行动。

尤哈娜　哦,（略停,声音低沉）应该是这样：要么治好您,要么杀掉您。

弗朗茨　对！对！（和颜悦色地）您会找别的办法。（稍停）至于我,您给了我瞧您的乐趣,我要感谢您的慷慨大方。

尤哈娜　我并不慷慨。

弗朗茨　那么您费了那么大的劲又怎么解释呢？还有对着镜子下的这番工夫？花了您好几个小时吧。为了一个男人,下这么多的钓饵！

尤哈娜　我每天晚上都这样打扮。

弗朗茨　为了魏纳尔。

尤哈娜　为了魏纳尔。有时也为了他的朋友。

弗朗茨　（笑着摇摇头）不对。

尤哈娜　我在自己的房间里就蓬头垢面吗？我不梳洗吗？

弗朗茨　那也不是。（他停止看尤哈娜,眼睛转到墙上,一边想象尤哈娜的样子,一边描绘着）您的身子直挺挺的,笔直笔直的,这样头就能露出水面。头发是披散的,嘴唇没涂口红,没扑一点香粉。魏纳尔可以享受体贴、温存、亲吻。至于您的微笑,则从来享受不到,您不再微笑了。

尤哈娜　（微笑）幻想家！

弗朗茨　隐居者掌握了一种特殊的光,能使他们互相认得出来。

尤哈娜　他们大概不常见面。

弗朗茨　是啊,您瞧,有时能见面。

尤哈娜　您认出我来了?

弗朗茨　我们互相认出来了。

尤哈娜　我也是一个隐居者?(她站起身,照照镜子,转过身来,很美,第一次露出撩人的媚态)我倒没有想到。(向弗朗茨走去)

弗朗茨　(赶紧地)留神您的鞋跟声!

〔尤哈娜笑着把皮鞋脱下,一只一只向希特勒像扔过去。

尤哈娜　(走近弗朗茨)魏纳尔当律师时,我见到过一个委托人的女儿,她戴着手铐脚镣,瘦得只有三十五公斤,浑身是虱子。我像她吗?

弗朗茨　如同姐妹。我猜想她什么都想要,这注定要失败的。结果她什么也没有得到,于是她把自己关在房间里闭门不出,装作什么也不想要的样子。

尤哈娜　(恼火)还要议论我很久吗?(后退一步,指着地板)莱妮应该已经离开客厅了。

弗朗茨　还没有。

尤哈娜　(看看手表)魏纳尔快回来了。八点了。

弗朗茨　(暴躁地)不!(尤哈娜惊讶地望着他)这儿从来没有时间概念,这里是永恒。(平静下来)耐心点,您很快就自由啦。

〔静场片刻。

尤哈娜　(又似挑逗,又似好奇地)怎么?我隐居起来了吗?

弗朗茨　是的。

尤哈娜　出于高傲?

弗朗茨　当然喽！
尤哈娜　您还有什么？
弗朗茨　您还不够漂亮。
尤哈娜　（微笑）这是恭维！
弗朗茨　我说出了您的想法。
尤哈娜　而您？您怎么想的？
弗朗茨　对我自己吗？
尤哈娜　对我。
弗朗茨　您着了魔。
尤哈娜　疯了？
弗朗茨　疯到极点。
尤哈娜　您跟我扯些什么？您的事还是我的事？
弗朗茨　咱们的事。
尤哈娜　您，您着了什么魔呢？
弗朗茨　这能说得出吗！空虚。（稍停）不如说，伟大……（笑）它使我着了魔，但我没有得到它。
尤哈娜　这才说对啦。
弗朗茨　您监视您自己，嗯？您要使自己措手不及吗？（尤哈娜表示同意）您抓住了您自己？
尤哈娜　亏您想得出来！（她顾影自怜地照照镜子）我看见过这个。（她指着镜子中的面影。稍停）我以前经常去城区的电影院。当女明星尤哈娜·泰斯悄悄出现在银幕上的时候，我听见一阵小小的嘈杂声，他们很激动，每个人都由于别人的激动而激动。我看着……
弗朗茨　看见什么？
尤哈娜　什么也没看见。我根本没有看见过他们所看见的东西。

（稍停）你呢？

弗朗茨　喔，我也跟您一样，没有获得自己。人家在全军面前给我授勋章。魏纳尔觉得您漂亮吗？

尤哈娜　我很希望他觉得我不漂亮。只有一个男人觉得我漂亮，您想想看，这有啥意思？

弗朗茨　（慢吞吞地）我，我觉得您漂亮。

尤哈娜　那您就这样认为吧，但不要再说了。自从观众不捧我了，没有一个人，您听见了没有，没有一个人说我漂亮……（她平静了一点，笑）您把自己看成是整整一个军团啦。

弗朗茨　为什么不呢？（不停地看着尤哈娜）应该相信我的话，这是您的运气，您要是相信我的话，我就成为拥有数不清的成员的一个大军团。

尤哈娜　（神经质地笑笑）这是一笔交易："加入我的疯狂之中，我也加入您的疯狂之中。"

弗朗茨　为什么不呢？您什么也不会丧失。至于我的疯狂，很久以前您已经加入了，（指房门）当我给你开门的时候，您看见的不是我，而是我眼底的某种形象。

尤哈娜　因为您的眼睛是空的。

弗朗茨　是这样。

尤哈娜　我甚至不记得不复存在的女明星的形象是什么样了。您说话的时候，一切都消失了。

弗朗茨　是您先讲话的。

尤哈娜　因为我受不了。必须打破沉默。

弗朗茨　打破了。

尤哈娜　不管怎么说，总算说话了。（稍停）您怎么啦？（神经质地笑笑）您的眼睛像摄影机的镜头。别看了。您死了。

弗朗茨　为您效劳。死亡是死亡的镜子。我的伟大反映出您的美貌。

尤哈娜　我是要讨活人们的欢心。

弗朗茨　取悦那些渴望死去的疲惫不堪的芸芸众生吗？您给他们观看了纯真安详的长眠的脸庞。电影院是公墓啊，亲爱的朋友。您叫什么？

尤哈娜　尤哈娜。

弗朗茨　尤哈娜，我并不想要您，我不爱您。我是您的见证，我是所有人的见证。我要世世代代为您作证，我说：您很漂亮。

尤哈娜　（仿佛入迷）好。

〔弗朗茨使劲敲桌子。

弗朗茨　（声音严厉）承认您说了谎吧，照实说：德国奄奄一息。

尤哈娜　（近乎痛苦地打了一个哆嗦。清醒过来）啊！（打了个寒战，面孔抽搐，片刻间变得丑陋）您把一切都搞糟了。

弗朗茨　一切，我搅和了形象。（突然）您居然想让我枯木重生？您这是徒劳的。叫我下楼与你们生活在一起，我和全家人一起吃饭，这样您就可以跟您的魏纳尔一起到汉堡去。最后结果会怎么样呢？

尤哈娜　（恢复了常态。微笑）到汉堡去。

弗朗茨　到了汉堡，您永远也美不起来了。

尤哈娜　是的，永远也不行了。

弗朗茨　可是在这儿，您天天都是美的。

尤哈娜　是的，要是我天天来的话。

弗朗茨　您会来的。

尤哈娜　您开门吗？

弗朗茨　我开门。

尤哈娜　（学弗朗茨刚才说的话）最后结果会怎么样呢？

弗朗茨　这里是永生呀！

尤哈娜　（微笑）这里是两人说疯话……（她思索。迷惑消失，看得出她想起了原来的策划）好，我一定再来。

弗朗茨　明天吗？

尤哈娜　可能明天来。

弗朗茨　（温和地，尤哈娜沉默不语）您说德国奄奄一息，说啊！否则，镜子就粉碎啦。（恼火起来，双手又抖起来了）说啊！说啊！说啊！

尤哈娜　（慢慢地）反正是两人说疯话，好吧！（稍停）德国在奄奄一息。

弗朗茨　是真的吗？

尤哈娜　是的。

弗朗茨　会把我们掐死吗？

尤哈娜　是的。

弗朗茨　好。（注意倾听）她走了。（捡尤哈娜的鞋子，跪在她面前，替她穿鞋。她站起身。他站直身子，一鞠躬，两个脚跟咔嚓并拢）明天见！（尤哈娜快步走到门口，弗朗茨跟在后面，转开锁扣。开门。尤哈娜向他点头示意，微微一笑。她要离开时，弗朗茨叫住她）等一等！（尤哈娜转过身，弗朗茨突然怀疑地瞧着她）谁赢了？

尤哈娜　赢什么？

弗朗茨　第一个回合。

尤哈娜　您猜猜。

〔尤哈娜退场。弗朗茨关上门。插铁闩，上锁扣。他如释重负，走到台中央，站住。

第 九 场

〔弗朗茨一人。

弗朗茨　喔唷！（脸上浮起一阵笑容,片刻间面色难看。他害怕）我疾呼内心的痛苦！（痛心疾首）吱吱叫吧！吱吱叫吧！吱吱叫吧！（开始颤抖）

——幕落

第 三 幕

〔魏纳尔办公室。家具陈设很时髦。有一面镜子。两道门。

第 一 场

〔父亲、莱妮。

〔有人敲门。台上空无一人。继续有敲门声。父亲上场。他左手提着一个公文皮包,雨衣搭在他的右臂上。他关上门,把雨衣和公文包放在一把扶手椅上,后又改变了主意,回到门口,把门打开。

父亲　(向幕后的人高声喊)我看见你了!(沉默片刻)莱妮!

〔片刻后莱妮上场。

莱妮　(有点满不在乎)我在这儿哪。

父亲　(抚摸她的头发)你好,你躲着哪?

莱妮　(稍稍后退)您好,爸爸。我是躲着呢。(瞧着父亲)气色多好啊!

父亲　旅行活络了我的血气。(咳嗽,短促的干咳使他很难受)

莱妮　莱比锡有流感吗?

父亲　(没听明白)流感?(明白了)不,我咳嗽。(莱妮带着恐惧的神情看着父亲)这碍您什么事吗?

莱妮　(转过头去,望着空处)我希望这不碍我什么事。

　　　　〔静场片刻。

父亲　(诙谐地)这么说,你在监视我?

莱妮　(和蔼地)我在监视您。大家轮着来嘛。

父亲　你时间抓得挺紧,我才到呀。

莱妮　我很想知道您一到就干些什么。

父亲　这很清楚嘛;我是来看魏纳尔的。

莱妮　(看一眼手表)您知道得很清楚,魏纳尔此刻应该在船厂。

父亲　我等他回来。

莱妮　(装作惊讶)您?

父亲　为什么不可以呢?(坐下)

莱妮　确实,为什么不可以呢?(跟着坐下)要我陪您吗?

父亲　我一个人等。

莱妮　好。(站起来)您干了些什么?

父亲　(诧异地)在莱比锡?

莱妮　在这儿。

父亲　(表情不变)我干了些什么?

莱妮　是的,我在问您。

父亲　我的孩子,六天前我就离开这儿了。

莱妮　星期天晚上你干什么来着?

父亲　啊!你真烦人。(稍停)什么也没干哪。我吃了晚饭,睡觉了。

莱妮　为什么一切都变了?

父亲　什么变了?

莱妮　您自己明白。

父亲　我刚下飞机,什么也不知道,我还什么都没看见呢。

莱妮　您看见了我。

父亲　那倒是。(稍停)你永远也不会变的,莱妮。不管发生什么事,你总是老样子。

莱妮　爸爸!(指着镜子)我也一样,我瞧见了我自己。(她朝镜子中的自己走去)当然,您把我的头发弄乱了。(整理头发)当我自己见到自己的时候……

父亲　你认不出自己来了。

莱妮　一点也认不出了。(她垂下双臂)得了!(以一种令人吃惊的清醒对着镜子看着自己)多么轻浮!(不转身)昨天,吃晚饭的时候见到尤哈娜,她打扮得浓胭厚脂的。

父亲　噢?(眼睛豁然开朗了一下,但很快恢复了常态)还有什么?

莱妮　就这些。

父亲　女人每天都要打扮一番。

莱妮　她可从来没有打扮过。

父亲　她大概想重新博得丈夫的欢心。

莱妮　她的丈夫!(轻蔑地撇了撇嘴)您没有看见她那双眼睛哩。

父亲　(微笑)喔,没看见。她眼睛怎么啦?

莱妮　(简简单单地)您自个儿瞧吧。(稍停冷笑)嘿!您会谁都认不出来了。魏纳尔说话扯大了嗓门,他大吃大喝。

父亲　可不是我使你们变的啊。

莱妮　除了您还有谁?

父亲　没有谁,是我这患喉病的老人异想天开的结果,好吧:父亲要与世长辞了……你还有什么好抱怨的?我已经提前六个月通知你们了。你们有足够的时间想办法,你得感谢我才是。

莱妮　我很感谢您。(稍停。声音变了)星期天晚上,您赠送给我们一枚定时炸弹。埋在哪儿?(父亲耸耸肩膀,微笑)我反正能找到。

父亲　一颗炸弹!为什么你要?……

莱妮　世上的大人物不乐意孤独地去世啊。

父亲　难道我要把全家炸了不成?

莱妮　全家,才不呢。您爱这个家还没有爱到如此程度。(稍停)弗朗茨。

父亲　可怜的弗朗茨,我死后,倘若这个世界还在,难道我只带他一个人进坟墓吗?莱妮,我非常希望你阻止我带他进坟墓。

莱妮　包在我身上。(她向父亲跨一步)如果有人企图接近他,您就该立即离开人世,而且孤零零一个人走。

父亲　好吧!(沉默。坐下)你没有别的话要对我说吗?(她示意没有了。父亲用带命令的口气,但语调不变地对莱妮说)你走吧。

〔莱妮看了父亲一眼,低一下头表示告辞,退场。父亲站起身,走去打开了门,朝走廊里看一眼,好像要证实一下莱妮是否藏在那儿,然后关上门,用钥匙锁好,在钥匙上挂上手帕,以堵住锁眼。他回过身来,穿过屋子,走到尽里边的门口,把门打开。

第 二 场

〔父亲,尤哈娜后上场。

父亲　(用力地)尤哈娜!

〔一阵咳嗽打断了他的声音。他转过身,现在他只身一人,不再控制自己了,显然很痛苦。他走近办公桌,拿起一只凉水瓶,给自己倒一杯水,喝了。尤哈娜从尽里的门上场,看着父亲的背影。)

尤哈娜　谁啊……(父亲转过身去)喔,是您啊?

父亲　(嗓子还是堵着东西似的)噯,是我。(吻尤哈娜的手。他的嗓音清楚了)您没有想到是我吧?

尤哈娜　我把您给忘了。(恢复常态,笑笑)您一路上好吗?

父亲　很好。(她瞧着门钥匙上挂着的手帕)这没有什么,堵死一只眼睛。(稍停。他望着尤哈娜说)您没有擦胭脂抹粉。

尤哈娜　没有。

父亲　那么您不上弗朗茨那儿去了?

尤哈娜　谁那儿我也不去,我等我的丈夫。

父亲　但您看到他了吗?

尤哈娜　谁?

父亲　我的儿子。

尤哈娜　您有两个儿子,我不知道您讲的是哪一个。

父亲　大儿子。(沉默)说啊,我的孩子?

尤哈娜　(一惊)父亲?

父亲　记得我们的协议吗?

尤哈娜　(装作惊讶的样子)不错,您可以这么问!多么好笑!(几乎是推心置腹地)在楼下一切都是滑稽可笑的,甚至连您,这个快死的人,都是滑稽可笑的。您怎么能够保持那样富有理性的神情呢?(稍停)好吧,我见到了他。(稍停)我肯定您蒙在鼓里。

父亲　(他料到尤哈娜会承认见了弗朗茨,但听到尤哈娜这样回答却不禁有些不安)您见到弗朗茨了?(稍停)什么时候?星期一?

尤哈娜　星期一和这星期的每一天。

父亲　每天!(大惊)五次?

尤哈娜　大概是吧,我没有算过。

父亲　五次!(稍停)这简直是奇迹。(搓手)

尤哈娜　(虽没有提高嗓门,但却带命令口吻)请您听着。(父亲把双手插到口袋里)请不要为此高兴。

父亲　原谅我,尤哈娜。在回来的班机上,我直出冷汗,我以为一切都完了。

尤哈娜　现在呢?

父亲　我听说您每天见他。

尤哈娜　是我一切都完了。

父亲　为什么?(尤哈娜耸耸肩膀)我的孩子,他肯给你开门,证明你们俩关系很融洽。

尤哈娜　我们是很融洽。(语气显得不顾廉耻而且生硬)我们狼狈为奸。

父亲　(困惑不解)唵?(沉默)总之,你们成了好朋友?

尤哈娜　除了成为朋友外,什么都成了。

父亲　什么都成了?(稍停)您的意思是……

尤哈娜　(惊讶地)什么?(哈哈大笑)情人?您认为我们没有朝这方面想吗?对您的计划说来,这样做有必要吗?

父亲　(带几分不快之意)我的儿媳,恕我直言,这就是您的不是了,因为您决心叫我什么也不明白,所以您什么也不给我讲清楚。

尤哈娜　没有什么要讲清楚的。

父亲　(不安)至少他没有……生病吧。

尤哈娜　生病？（她明白其意。以极度鄙视的口吻）噢！疯了？（耸耸肩膀）我怎么会知道呢？

父亲　您亲眼见到他如何生活的啊。

尤哈娜　要是他疯了，我也疯了。为什么我不会疯呢？

父亲　不管怎么样，您总可以告诉我他是否痛苦吧。

尤哈娜　（感到有趣）这个嘛！（告以真情）在上面，言辞的意义和我们的不一样。

父亲　噢，在上面，一个人痛苦，怎么个说法？

尤哈娜　不痛苦。

父亲　啊？

尤哈娜　他忙着哩。

父亲　弗朗茨很忙？（尤哈娜点头称是）忙什么？

尤哈娜　忙什么？您想说为谁忙吧？

父亲　是的，这就是我的意思。为谁？

尤哈娜　这与我无关。

父亲　（温和地）您不愿意跟我说说他的情况吗？

尤哈娜　（极其厌倦的样子）用什么语言？每时每刻都要为您进行翻译，这太累了。（稍停）父亲，我要走啦。

父亲　您撂下他不管了？

尤哈娜　他谁也不需要。

父亲　自然，这是您的权利，您是自由的。（稍停）您答应过我一件事。

尤哈娜　我遵守了诺言。

父亲　他知道了……（尤哈娜点点头）他说了什么？

尤哈娜　他说您抽烟太多了。

父亲　还有呢？

尤哈娜　别的什么也没说。

父亲　（深深感受到了屈辱）我早知道了！这个臭姑娘,她什么都骗他！十三年当中她都向他胡扯了些什么啊……

　　　〔尤哈娜微微一笑。父亲突然不说了,瞧着尤哈娜。

尤哈娜　您瞧,您不明白吧！（父亲望着尤哈娜,脸沉了下来）您知道我在弗朗茨那儿干了什么吗？我对他撒谎。

父亲　您？

尤哈娜　我只要一开口就欺骗他。

父亲　（大惊失色,几乎毫无办法）可是……您是厌恶撒谎的呀！

尤哈娜　我一直厌恶撒谎。

父亲　那是怎么回事呢？

尤哈娜　就是这么回事,我撒谎。我以沉默不语来欺骗魏纳尔。用滔滔不绝的话语骗弗朗茨。

父亲　（冷冰冰地）这可不是我们原先商定的啊。

尤哈娜　不是。

父亲　您刚才说的对,我……我确实不明白。您这样做对您自己不利。

尤哈娜　对魏纳尔不利。

父亲　这是你们的利益。

尤哈娜　我什么也不知道了。

　　　〔静场。一时不知所措的父亲恢复了镇静。

父亲　您倒向另一个阵营了？

尤哈娜　不存在什么阵营。

父亲　好。那么,请听我说,弗朗茨非常值得同情,我看出您本想成全他,可是您不能再这样走下去了。倘使您屈从于对他的恻隐之心……

尤哈娜　我们没有什么恻隐之心。

父亲　你们是谁？

尤哈娜　莱妮和我。

父亲　莱妮，那是另一码事。而您，我的儿媳，不管您把您对他的感情叫作什么，不要再欺骗我的儿子了；否则您会使他毁得更快。（尤哈娜微微一笑。父亲以更有力的语气）他只有一个愿望：自我逃避。要是您用谎言把他填满了，他就会沉沦至深渊之中。

尤哈娜　我还没有来得及给他造成很大痛苦。我对您说我要走了。

父亲　什么时候？到哪儿去？

尤哈娜　明天，随便到哪儿。

父亲　魏纳尔跟你走吗？

尤哈娜　不知道。

父亲　是逃跑？

尤哈娜　是的。

父亲　为什么？

尤哈娜　两种语言，两种生活，两种真理，您不觉得这对一个人来说负担太重了吗？（笑）譬如，杜塞尔多夫的那些孤儿，我无法不管他们。

父亲　胡扯些什么？谎言吗？

尤哈娜　在楼上都是实情，这是一些被遗弃的孩子，他们在集中营里快饿死了。也许是这样，也许是那样，反正他们是存在的，因为他们一直盯着我，直盯到楼下。昨天晚上，我差一点没问魏纳尔我们是否能救救他们。（笑）其实这不是什么了不起的事，但在上面……

父亲　怎么样？

尤哈娜　我是我自己最可怕的敌人。我的嘴巴在说谎,我的身体却揭穿了我自己的谎言。我谈到饥荒,我说我们将饿死。现在请瞧瞧我,我像是吃不饱的人吗？如果弗朗茨瞧见我……

父亲　他看不见你吗？

尤哈娜　他还没有细看我呢。(她像对自己讲)一个叛逆者。他受到了某种启示,非常自信,于是侃侃而谈,别人听着他。然后,突然间他在镜子里看见自己,胸前挂着一个牌子,上面只写着一个词,而这个词只在他不说话的时候才看得见:"背叛"。这就是每天在您儿子房间里等待着我的噩梦。

父亲　这是所有人的噩梦。白天,黑夜,它每时每刻都缠着人们。

〔静场。

尤哈娜　我能向您提一个问题吗？(父亲点了点头,尤哈娜接着说)你们家的事与我有什么相干？为什么您要把我弄进来？

父亲　(冷冰冰地)我的儿媳,您神志不清了吗,是您自己要介入的。

尤哈娜　您怎么知道我决意介入呢？

父亲　我不知道。

尤哈娜　您责备我撒谎,您自己别撒谎呀。不管怎样,谎话不要说得太早,六天时间挺长的,您使我有时间好好想了一想。(稍停)家庭会议其实是为我一个人开的。

父亲　不,我的孩子,是为魏纳尔开的。

尤哈娜　魏纳尔？得了吧！您把攻击目标对准了他,为的是让我出来保护他。是我想到要跟弗朗茨谈的,这我承认。或者更恰当地说,是我想出了这个主意,您把这个主意藏在屋子里,您非常巧妙地引导我,最后这个主意一下子跳到我的眼前来了。是这样的吧?

父亲　我确实希望你去见见我的儿子,其理由您是很清楚的。

尤哈娜　(大声地)其理由我是不清楚的。(稍停)当您使我们面对面地在一起的时候,我是知情的,他却不愿知道,您是否预先告诉过我只要一个字就能把他置于死地?

父亲　(问心无愧地)尤哈娜,我对儿子的情况一无所知啊。

尤哈娜　确实一无所知,但您却知道弗朗茨千方百计想自我逃避,以及我们用谎言帮助他自我逃避。算了吧!您肯定是在演戏:我告诉您只要一个词就能把他置于死地,而您听了甚至不动声色。

父亲　(微笑)我的孩子,什么词?

尤哈娜　(当面嘲笑他)富足。

父亲　什么?

尤哈娜　这个词或别的什么词都行,只要能表达出我们是欧洲最富裕的国家。(稍停)您好像并不感到奇怪。

父亲　我不感到奇怪。十二年前,我从他脱口而出的一些话里了解到我儿子的恐惧。他以为有人要消灭德国,因此闭门不出,避免目睹我们的毁灭。当初,倘使有人能够向他展示前途,他是会病愈的。如今,挽救他比较困难了,因为他养成了习惯;莱妮惯坏了他,闭门修行的生活给他提供了某种方便。但别担心,治他的病,唯一的妙药就是说实话。开始他会不乐意,因为您使他的赌气成为无的放矢了;一个星期之后,他会主动向您道歉的。

尤哈娜　(暴躁地)无稽之谈!(粗暴地)我昨天已经见了他,这您还感到不够吗?

父亲　不够。

尤哈娜　在他楼上,德国比月亮还死气沉沉。要是我使德国复活了,他非朝自己嘴里打一枪不可。

父亲　（笑）亏您想得出来！

尤哈娜　我对您说,这是明摆着的。

父亲　他不再爱他的国家了吗？

尤哈娜　他非常热爱。

父亲　那么！尤哈娜,这就不合人之常情了。

尤哈娜　啊！在这方面,确实不合。（有点精神失常地笑）人之常情！这儿,（指着父亲的头）在这颗脑袋里有人之常情。而在我的脑袋里,装着他的眼睛。（稍停）一切都停下吧！您可怕的机器会在您手里爆炸的。

父亲　我什么也阻挡不住了。

尤哈娜　那么,我走好了,不再见他了,永世不再见他了。至于真情实况,请放心,我是要说的。但不是对弗朗茨说,而是对魏纳尔说。

父亲　（生气地）不行！（他恢复平静）这只会使他痛苦。

尤哈娜　难道从星期天以来我对他有好处吗？（远处传来汽车的喇叭声）他回来啦,一刻钟之后,他什么都会知道。

父亲　（强制命令地）等一等！（尤哈娜停下,发愣。父亲走到门口,取下手帕,开了锁,然后转身向尤哈娜）我向你提一个建议。（尤哈娜默不作声,全身紧张。稍停）对你丈夫什么也不要谈起。最后再去见一次弗朗茨,告诉他我想见他一面。如果他同意,我便解除魏纳尔的誓言,然后你们俩高兴什么时候走就什么时候走。（沉默）尤哈娜！我给你自由。

尤哈娜　我知道。

〔汽车开进花园。

父亲　怎么样？

尤哈娜　这个代价不行。

父亲　什么代价？

尤哈娜　要弗朗茨死。

父亲　我的孩子！你怎么了？你说的话和莱妮的话一样。

尤哈娜　您明白就好。我们是孪生姐妹。不要奇怪，是您使我们变得一样的。如果世间的女人先后都去了您儿子的房间，她们都会像莱妮一样起来反对您。

〔刹车声。汽车停在门前台阶上。

父亲　我请你暂且不要做出任何决定！我答应你……

尤哈娜　没有必要。要花钱找个杀人的人，请找男的去。

父亲　那么你什么都告诉魏纳尔吗？

尤哈娜　是的。

父亲　好得很。但是如果我什么都告诉莱妮呢？

尤哈娜　（目瞪口呆，大惊失色）告诉莱妮，您？

父亲　为什么不呢？反正这个家要毁了。

尤哈娜　（近乎歇斯底里发作）把家毁了吧！把地球毁了吧！最后我们都清静！（发笑，起先笑声阴沉，后来情不自禁地放声笑起来）清静！清静！哈哈，清静！

〔走廊里响起脚步声。父亲急速走向尤哈娜，猛然抓住她的双肩，一边摇着她，一边紧紧盯着她。

〔尤哈娜终于平静下来。在门打开的时候，父亲离开了尤哈娜。

第 三 场

〔除上场原有人物外，加上魏纳尔。

魏纳尔　（步子急速地进屋,看见父亲)啊！是您！

父亲　你好,魏纳尔。

魏纳尔　您好,父亲。您这次出门满意吗？

父亲　嘿！（下意识地搓搓手)满意,是的,满意。也许非常满意。

魏纳尔　您想找我谈谈？

父亲　找你？不,我没有想找你。你们待在这儿,我走了,我亲爱的孩子们。（在门口）尤哈娜,我的建议仍然有效。（下)

第 四 场

〔尤哈娜,魏纳尔。

魏纳尔　什么建议？

尤哈娜　我会对你讲的。

魏纳尔　我不喜欢他到这儿来管闲事。（走过去从柜子里取出一瓶香槟酒和两个酒杯,把酒杯放在办公桌上,打开酒瓶塞子）喝香槟吗？

尤哈娜　不喝。

魏纳尔　好吧,我一个人喝。

　　　　〔尤哈娜把酒杯都推开了。

尤哈娜　今晚别喝了,我需要你。

魏纳尔　你使我很惊讶。（他瞧着尤哈娜。突然地）不论怎样,这和喝酒没有关系。（他砰的一声拔出瓶塞,尤哈娜轻轻地叫了一声,魏纳尔笑了起来,斟满两杯,望着尤哈娜）我敢说,你害怕了。

尤哈娜　我神思不定。

魏纳尔　（似乎挺满意)我说你害怕嘛。（稍停）怕谁？怕爸爸吗？

尤哈娜　也怕他。

魏纳尔　你要我保护你吗？（轻蔑地一笑，但更放松了）我们的角色倒过来了。（他一口气喝干一杯）跟我说说你的心事吧。（沉默）这么困难吗？来！（尤哈娜不动，魏纳尔拉她贴近自己，她全身紧张）把头靠在我的肩上。（他似乎用力地把尤哈娜的头扳低下来。稍停。他照照镜子，微笑着）别紧张了！（沉默片刻）说吧，我亲爱的！

尤哈娜　（抬起头看着魏纳尔）我见了弗朗茨。

魏纳尔　（怒冲冲地推开尤哈娜）弗朗茨！（他转过身去不理尤哈娜，走到办公桌旁，又倒了一杯香槟，喝了一口，然后从容不迫地回过身来向着尤哈娜，镇静，笑盈盈地）再好不过了！我们全家人你都认识了。（尤哈娜瞧着魏纳尔，神色慌张）我哥哥，你觉得他怎么样？虎背熊腰吧，嗯？（尤哈娜仍然目瞪口呆，摇摇头）噢！（感到有趣）噢！噢！那么他是弱不禁风的喽？（尤哈娜难以开口）怎么啦？

尤哈娜　他没你个儿高。

魏纳尔　（表情不变）哈！哈！（稍停）他那身漂亮的军官服呢？还一直穿着吗？

尤哈娜　军服已不漂亮了。

魏纳尔　破烂不堪了？告诉我，这个可怜的弗朗茨身体很糟糕吧。（尤哈娜紧张地默不作声。魏纳尔拿起酒杯）为他的康复干一杯。（举起酒杯，可是发现尤哈娜两手是空的，他走过去拿过另一杯酒来，递给尤哈娜）让我们来碰杯！（她犹豫不决。魏纳尔命令她）拿着！

〔尤哈娜强硬起来，接过酒杯。

尤哈娜　（挑战地）我为弗朗茨干杯！

〔尤哈娜想把酒杯往魏纳尔的酒杯上碰。魏纳尔赶紧缩回自己的酒杯。

〔他们面面相觑片刻,彼此都不知说什么好。然后魏纳尔哈哈大笑,把自己酒杯里的酒泼在地板上。

魏纳尔　(带着一种高兴的冲动)难以想象!简直难以想象!(尤哈娜惊愕不已。魏纳尔走向尤哈娜)你绝没有见到他,我一点也不相信。(他当面嘲笑尤哈娜)我的小宝贝,门锁扣呢?铁门闩呢?他们有暗号,这是没错的。

尤哈娜　(恢复了冷冰冰的神态)他们有一个暗号,但我得到了暗号。

魏纳尔　(一直笑哈哈的)怎么?莫非你问了莱妮?

尤哈娜　我向父亲打听的。

魏纳尔　(吃一惊)啊!(沉默许久。他走到写字台旁,放下酒杯,思索起来。然后回过身去对着尤哈娜,神态仍然是愉快的,但看得出他竭力在控制自己)是这样!很可能就是这样。(稍停)父亲决不做没有目的的事,他到底用心何在?

尤哈娜　我正想知道哩。

魏纳尔　他刚才向你建议什么来着?

尤哈娜　如果弗朗茨同意会他一面,他就解除你的誓言。

魏纳尔　(变得阴沉,多疑,在下面的对话中,他的疑心越来越重)一次会面……弗朗茨会同意吗?

尤哈娜　(很有把握地)会的。

魏纳尔　以后呢?

尤哈娜　没事了,我们就自由啦。

魏纳尔　什么自由?

尤哈娜　自由离开啊。

魏纳尔　（干笑，苦笑）去汉堡吗？

尤哈娜　随我们去哪儿。

魏纳尔　（表情不变）好得很！（苦笑）啊，我的妻，这是我一生中所遭受的最阴险的一次暗算。

尤哈娜　（惊愕）魏纳尔，父亲可一刻也没想到……

魏纳尔　他的小儿子？当然没有想到。弗朗茨将接收我的办公室，坐在我的扶手椅里，喝我的香槟酒，把他的牡蛎壳扔到我的床底下。除此以外，谁会想到我呢？我算个什么呢？（稍停）老头改变了主意：事情就是这样。

尤哈娜　这么说，你什么也不明白？

魏纳尔　我认为他要我哥哥来领导他的企业，我还认为你欣然同意当他们的中间人：只要你能把我从这儿弄走，哪怕人家把我从这儿踢出去，你也无所谓。（尤哈娜无情地瞧着魏纳尔，她让他讲下去，甚至不想插话做任何解释）他们断送了我的律师生涯，把我软禁在这座倒霉的破房子里，让我重温童年时的美好回忆；有一天，浪子愿意下楼了，人家就杀猪宰羊，大摆宴席，以资庆祝，而后一脚把我踢出门外。于是乎皆大欢喜，我老婆带头拍手称快！多么美好的故事呀。你将来可以到汉堡去大讲特讲。（他走到写字台旁，又给自己倒一杯香槟酒，喝了下去。显然略有醉意。到本幕结束前他的醉意越来越浓）至于行装，你最好还是慢点打，因为你该明白，我还不知道自己让不让别人任意摆布呢。（大声地）我掌握着企业，我要保住它，要人家瞧瞧我的厉害。（他走过去坐在写字台旁，声音平静，怨恨，并带有很大的疑心）现在让我一个人待一会儿，我要好好想一想。

〔静场片刻。

尤哈娜 （从容不迫，声音冷淡，平静）我讲的和企业没有关系，没有人跟你争企业。

魏纳尔 除了我父亲和兄弟外，没有别人。

尤哈娜 弗朗茨不会领导船厂。

魏纳尔 为什么？

尤哈娜 他不愿意。

魏纳尔 他不愿意还是不能够？

尤哈娜 （勉强地）两者都有。（稍停）而父亲是知道的。

魏纳尔 他要怎样？

尤哈娜 他想在临死之前再见一次弗朗茨。

魏纳尔 （松了口气，但还不放心）这叫人捉摸不透。

尤哈娜 非常叫人捉摸不透，但这跟你并不相干。

〔魏纳尔站起身，走到尤哈娜跟前。他直盯着她看，尤哈娜也瞧着魏纳尔。

魏纳尔 我相信你的话。（他喝酒。尤哈娜转过头去，心中不快）一个无能之辈！（笑）而且还是一个矮小瘦弱的男子。上星期天，爸爸还谈论皮下脂肪过多哩。

尤哈娜 （马上接口）弗朗茨只剩下皮包骨头了。

魏纳尔 是的，不过肚子鼓鼓的，像所有的囚犯一样。（他照照镜子，挺胸凸肚，几乎是下意识地）无能之辈，衣衫褴褛，半疯半癫的人。（他转过身向着尤哈娜）你见了他……常见吗？

尤哈娜 每天。

魏纳尔 我真不知道你们有什么可说的。（他又泰然自若地走动起来）"无家不出废物。"我记不得谁说过这话。可怕啊，但这是实话，嗯？不过，到目前为止，我以为我自己是废物。（把两手搁在尤哈娜的双肩上）谢谢，我的妻，你解救了我。（他准备去取酒杯,尤哈娜阻止他)你说的对,不该再喝香槟了!(他一手把两个杯子扫到地上,杯子落地,粉碎)让人替我把酒给他送去。(笑)至于你,你再也不要去见他,我不许你见他。

尤哈娜　(始终冷冷地)好极了,那就带我离开这儿吧。

魏纳尔　我对你说你解救了我。你看,我起先是胡思乱想了。从今以后,万事如意。

尤哈娜　对我来说并不如意。

魏纳尔　为什么?(他瞧着尤哈娜,脸色变了,双肩微微拱起)即使我向你发誓我将洗心革面,并且使他们每个人规规矩矩,也不行吗?

尤哈娜　那也不行。

魏纳尔　(突然地)你们睡过觉了!(冷笑)告诉我,我不责怪你。听说,此人只要吹一声口哨,娘儿们就纷纷送上门去。(他恶狠狠地瞧着尤哈娜)我问你呢。

尤哈娜　(非常严厉地)如果你强迫我回答,我就不会原谅你。

魏纳尔　回答我,用不着原谅。

尤哈娜　不。

魏纳尔　你们没有睡过觉。好!不过你非常想跟他睡觉。

尤哈娜　(没有发作,但带着憎恨的口吻)你真下流!

魏纳尔　(笑嘻嘻,但恶意地)我是格拉赫家族的一员啊。回答!

尤哈娜　不。

魏纳尔　你怕什么呢?

尤哈娜　(仍然冷冰冰的)在认识你以前,死亡和狂热都引诱过我。在弗朗茨的楼上,同样的情形又发生了,我不愿意。(稍停)他的那些螃蟹,我比他更相信是存在的。

魏纳尔　因为你爱他。

尤哈娜　因为这些螃蟹确实存在。疯子吐真言,魏纳尔。

魏纳尔　真的吗?什么真言?

尤哈娜　只有一句话是真的:厌恶活着。(重新变得有火气)我不愿说!我不愿说!我宁愿欺骗自己。如果你爱我,那就救救我。(指天花板)这顶盖子把我压死了。带我到一个一切都属于大家的城市去吧,到一个大家都互相撒谎的城市去吧。吹吹外边的风,从远方吹来的风吧。这样我们又能言归于好,魏纳尔,我向你发誓。

魏纳尔　(突然非常暴躁和蛮横地)我们言归于好?嘿!怎么谈得上失掉了你呢,尤哈娜?我从来没有得到过你。算了吧!你的关心对我有屁用。你给我的全是些假货!我本想娶个妻子,却只得到她的尸体。要是你疯了,活该!反正我们要在这儿待下去。(学尤哈娜的语调)"保护我吧!救救我吧!"怎么个办法?逃之夭夭?(他控制住自己。狞笑,冷淡)刚才我发了火,原谅我。你会尽力当好一个正派的妻子。这是你在生活中的角色,但一切乐趣都是为了你自己。(稍停)怎样才能使你忘掉我哥哥呢?我们逃到什么地方为止?火车,飞机,轮船,多么费事!多么劳累!你将用有眼无珠的眼睛看待一切:一个无用的遇难者,这改变不了你一丝一毫。而我呢?你想过没有,我会怎么想呢?我不战就宣告失败,连手指都不抬一下就逃跑了。一个懦夫,嗯,一个胆小鬼,你就爱我这个样子,你就这样安慰我啊!像母亲爱抚孩子一样!(大声地)我们要留在这儿!直到我们三个人当中有一个死了为止:你,我哥哥,或是我。

尤哈娜　你把我恨之入骨了。

魏纳尔　等我征服你以后,我会爱你的。我要斗下去。你放心好了。(笑)我将取胜。你们这些女人,你们只爱权势。而权势,是由我掌握着哩。

〔魏纳尔搂着尤哈娜的腰,粗野地抱着她,吻她。尤哈娜用握紧的拳头打他,挣脱开,笑起来。

尤哈娜　(哈哈大笑)哦!魏纳尔,你想他咬人吗?

魏纳尔　谁?弗朗茨?

尤哈娜　你愿意仿效的兵痞!(稍停)要是我们留下的话,我每天都到你哥哥那里去。

魏纳尔　我巴不得这样。而你每天夜晚在我床上跟我过夜。(笑)自然而然就比较出来了。

尤哈娜　(慢吞吞地,很伤心地)可怜的魏纳尔!(向门口走去)

魏纳尔　(突然不知所措)你上哪儿去?

尤哈娜　(恶意的一笑)我去比较比较。

〔尤哈娜开门,退场,魏纳尔没有做任何阻止的动作。

——幕落

第 四 幕

〔弗朗茨的房间。布景和第二幕相同,但所有挂着的纸牌子都不见了。地板上没有牡蛎壳了。桌子上有一盏台灯。只有希特勒像犹在。

第 一 场

〔弗朗茨一人。

弗朗茨 躲在天花板后面的居民们,请注意!躲在天花板后面的居民们,请注意!(沉默。冲着天花板)喂?(嘀咕着)我感觉不到他们啊。(大声地)同志们!同志们!德国在对你们讲话!殉难的德国在对你们讲话!(稍停。垂头丧气地)今天听众这么麻木。今天有一种奇怪的感觉,但又无法证实:今晚历史要停止前进了,一下子停了!地球爆炸已在计划之中,科学家们的手指已在电钮上,永别了!(稍停)不过我倒挺想知道地球爆炸之后,幸存的人类会成为什么样子。(恼火,近乎暴躁)为了讨好他们,我不惜出卖肉体,他们连听都不听。(兴冲冲地)亲爱的听众,我恳求你们听着,如果我说话你们不听,如果伪证哄骗了你们……(突然)等一等!(在口袋里掏东西)我抓住了罪魁祸首。(掏出一只手表,拴住皮表带的一头,不胜厌恶)有人送给我这个古怪的礼物,我错不该接受。(瞧着表)十五分钟!她晚了十五分钟!简直不能容忍!这表,我要把它砸了!(把表戴在手腕上)十五分钟!现在十六分钟了。(发作)如果人家用针刺般的嘀咕声来烦我,我怎么能够保住我经久不渝的耐心呢?这不会有好下场。(稍停)我不开门,这很简单;我让她在楼道口等上整整两个小时。

〔有人敲三下门。他急忙去开门。

第 二 场

〔弗朗茨,尤哈娜。

弗朗茨　(后退,让尤哈娜进屋)十七!(用手指指手表)

尤哈娜　请问什么意思?

弗朗茨　(用电台报时的声音)现在四点十七分三十秒。您把我弟弟的照片带来了吗?(稍停)怎么啦?

尤哈娜　(不情愿地)带来了。

弗朗茨　给我看看。

尤哈娜　(表情不变)您要照片干什么?

弗朗茨　(放肆地大笑)要照片干什么用?

尤哈娜　(犹豫一下之后)在这儿!

弗朗茨　(瞧照片)哟,我都认不出他来啦。简直是一个运动员啊!祝贺,祝贺!(把照片放进口袋里)我们的孤儿们怎么样?

尤哈娜　(有些尴尬)什么孤儿们?

弗朗茨　哎呀!杜塞尔多夫的孤儿们呗。

尤哈娜　噢……（突然）他们统统死了。

弗朗茨　（对着天花板）螃蟹们，他们共七百人哪。七百个无家可归的可怜孩子……（停了下来）我亲爱的朋友，我不管这些孤儿了。尽快让人把他们埋了！这件事就了结了！（稍停）喏，喏，由于您的过错，我成了一个坏德国人。

尤哈娜　由于我的过错？

弗朗茨　我本该知道这玩意儿会把一切都搞乱的。为了把时间概念从这个房间里赶跑，我花了五年时间，而您只用了一会儿工夫就把时间概念领回来了。（指着手表说）这个温存的动物围着我的手腕轻声鸣叫。当我听到莱妮敲门，我就赶紧把表塞到口袋里。这个表是统一的时间，是电台报时的时间，是时刻表和天文台的时间。你要我拿它干什么使？难道我是统一的人吗？（瞧着手表）我觉得这个礼物可疑。

尤哈娜　那您把它还给我。

弗朗茨　才不呢！我留着它。我只是想知道您为什么送我这个礼物。

尤哈娜　因为我还活着，您也还活着。

弗朗茨　什么叫活着？等您来？一千年以来我什么也不等。我这盏灯是不灭的，莱妮想什么时候来就什么时候来，我瞌睡的时候，就随便睡一会儿，一句话，我从来不知道时间。（略带情绪地）现在呢，日夜颠倒了。（看一眼手表）四点二十五分，天暗下来，白日黯淡下来，我讨厌傍晚。您要是走开，那将是一片黑暗；您待在这儿，就光辉灿烂！您一走，我会害怕的！（突然）那些可怜的孩子们，准备什么时候埋他们入土啊？

尤哈娜　我想是星期一吧。

弗朗茨　在教堂的废墟上设一个露天的点蜡烛的停尸室，一大群衣衫褴褛的人守着七百个小棺材！（瞧着尤哈娜）您今天没有打扮？

尤哈娜　是的。

弗朗茨　忘了？

尤哈娜　没有。我原不打算到这里来。

弗朗茨　（暴躁）什么？

尤哈娜　今天是和魏纳尔待在一起的日子。（稍停）是的，今天是星期六。

弗朗茨　他要一个白天干什么，他每天夜里不都是和您在一起。星期六？……哦，是的，英国式工作周①。（稍停）当然还有星期日喽。

尤哈娜　当然！

弗朗茨　如果我听明白了您的话，今天是星期六喽。但是，夫人，手表上看不出来，应该给我送一个日历记事本来。（冷笑一下，突然）两天见不着您？我受不了。

尤哈娜　您以为我会牺牲唯一能和我丈夫待在一起的时间吗？

弗朗茨　为什么不可以呢？（尤哈娜笑而不答）他对您有权利吗？很抱歉，但我也有啊。

尤哈娜　（近乎暴躁）您？没有任何权利。一点儿也没有！

弗朗茨　是我去找您的吗？（大嚷）您什么时候能明白这种无聊的等待已经使我背离了我的职责。螃蟹们困惑不解，他们起了疑心，因为伪证获胜了。（近乎辱骂）您这个达利拉②！

---

① 星期六下午（或全日）和星期日均休息的工作制，最初在英国采用，现已普及。
② 典出《旧约·士师记》，达利拉是力士参孙的情妇，受非利士人的收买，骗取了参孙力大无穷的秘密，剪去了他蕴藏力量的头发，不费吹灰之力就把他降服，交给了他的敌人。

尤哈娜　（恶意地大笑）呸！（向弗朗茨走去，傲慢地望着他）那么您就是参孙①喽？参孙！参孙！（停止笑）我以前可不是这么看的啊！

弗朗茨　（令人生畏地）参孙就是我。千秋万代压在我身上，如果我直起腰，今后的世世代代就统统要垮掉。（稍停。语调自然，辛辣地嘲笑）况且参孙是一个可怜的人，我确信无疑。（从房间的这一头走到那一头）完全处在受人支配的地位！（沉默。坐下）夫人，您使我为难。

〔静场片刻。

尤哈娜　我不再难为您啦。

弗朗茨　您这是什么意思？

尤哈娜　我什么都对魏纳尔说了。

弗朗茨　哟！这是为什么？

尤哈娜　（话里有刺）我也说不好。

弗朗茨　他听后没生气？

尤哈娜　他很生气。

弗朗茨　（不安，神经质地）他要离开我们？他要把你带走？

尤哈娜　他留下不走。

弗朗茨　（放心）一切顺利。（搓手）一切非常顺利。

尤哈娜　（辛辣地嘲笑）这样您眼睛一直看着我。但您到底看到了什么呢？（她走近弗朗茨，双手捧着他的头，强迫他看她）对，就这样，现在您还敢讲一切顺利！

---

① 《旧约·士师记》记载，参孙是以色列犹太族英雄，被非利士人诱捕后，给剜去双眼，锁在监里推磨。但他的头发逐渐长出，又恢复了力气。一日，非利士人宴饮，以侮辱参孙取乐，参孙便抱住大殿的两根柱子，一手一根，用力摇动，使大殿倒塌，他自己也与非利士人同归于尽。

弗朗茨 （瞧着她，挣脱开）我明白了，是的，我明白了！您怀念汉堡。安逸的生活。男人的赞赏和他们的追求。（耸耸肩膀）这都是您所关心的。

尤哈娜 （伤心，但冷酷地）参孙仅仅是个可怜虫而已。

弗朗茨 是的，是的，是的。一个可怜虫。（横着走起来）

尤哈娜 您干什么？

弗朗茨 （声音刺耳，深沉）我学螃蟹哩。（对自己刚才说的话大吃一惊）唵，什么？（回过身来向着尤哈娜，声音自然）为什么我是个可怜虫？

尤哈娜 因为您什么也不懂。（稍停）我们会遭地狱之苦。

弗朗茨 谁？

尤哈娜 魏纳尔，您和我。（沉默片刻）他是出于忌妒才留下来的。

弗朗茨 （吃惊）什么？

尤哈娜 出于忌妒。明白吗？（稍停。耸耸肩膀）您甚至不知道忌妒是什么意思。（弗朗茨笑）他准备让我每天上您这儿来，甚至星期天也来。在船厂，在他那间部长式的大办公室里，他折磨着自己。晚上，我付出代价。

弗朗茨 （真的感到稀奇）我请您原谅，亲爱的朋友。他忌妒谁呀？（尤哈娜耸耸肩膀。弗朗茨拿出魏纳尔的照片，看了看）忌妒我？（稍停）您对他讲过……我成什么样子了吗？

尤哈娜 我对他讲过。

弗朗茨 那他怎样？

尤哈娜 他忌妒您。

弗朗茨 这简直是反常！我是一个病人，也许是一个疯子；我躲藏着。战争毁了我，夫人。

尤哈娜　战争没有毁坏您的傲气。

弗朗茨　这就足以使他忌妒我吗？

尤哈娜　是的。

弗朗茨　告诉他，我的傲气已化为乌有。就说我自吹自擂是为了自卫。喏，我干脆把自己贬得一文不值好了，告诉魏纳尔，我也忌妒。

尤哈娜　忌妒他？

弗朗茨　忌妒他的自由，忌妒他健壮的肌肉，忌妒他的笑容，忌妒他有妻子，忌妒他健全的知觉。（稍停）嗯？他的自尊心能够得到多大的抚慰呀！

尤哈娜　他不会相信我的话。

弗朗茨　那他活该！（稍停）您呢？

尤哈娜　我？

弗朗茨　您相信我的话吗？

尤哈娜　（拿不定主意，恼火）不。

弗朗茨　夫人，有人走漏了风声，我对你们每分每秒的私生活了如指掌。

尤哈娜　（耸耸肩膀）莱妮对您瞎说。

弗朗茨　莱妮从不谈起您。（指着手表）是这个多嘴婆，它什么都说。您一走，它就唠叨开了：八点半，在家吃晚饭；十点，各人回房，您跟您丈夫单独在一起；十一点，睡前梳洗。魏纳尔睡觉，您洗个澡，十二点，您进他的被窝。

尤哈娜　（放肆地笑）进他的被窝？（稍停）不。

弗朗茨　你们分床睡？

尤哈娜　是的。

弗朗茨　你们在哪个床上亲热呢？

尤哈娜 （激怒，放肆）有时在他床上，有时在我床上。

弗朗茨 （低声埋怨）哦！（他看照片）八十公斤！他像个运动员，大概压得您够呛吧！您喜欢这样吗？

尤哈娜 我之所以选择他，就因为我喜欢体格魁梧的运动员，而不喜欢瘦骨嶙峋的侏儒。

弗朗茨 （嘀哩咕哝地瞧着照片，然后把它放进口袋）我已经六十小时没有合眼了。

尤哈娜 为什么？

弗朗茨 我一睡着，您不就跟他睡觉了！

尤哈娜 （冷笑）那您就永远别睡觉吧。

弗朗茨 这就是我的意图。今天夜里，当他搂住您的时候，您会知道我醒着哪。

尤哈娜 （暴躁地）很抱歉，但我可要剥夺您这肮脏的、怪僻的乐趣。今晚您好好睡吧，魏纳尔不会碰我。

弗朗茨 （茫然）噢！

尤哈娜 这使您失望吗？

弗朗茨 不。

尤哈娜 只要由于他的错我们留在这儿，他再也别想碰我。（稍停）您知道他是怎么想的吗？他以为是您勾引了我！（辱骂地）您！（稍停）你们俩多相像啊！

弗朗茨 （拿出照片来）不像！

尤哈娜 一路货！两个格拉赫，两个想入非非的人，一对异想天开的兄弟！我，我是什么？什么也不是，一件折磨人的工具罢了。每个人都想在我身上找到别人抚摸的痕迹。（走近弗朗茨）瞧瞧这个肉体。（抓起弗朗茨的手，硬把它放在她的肩膀上）以前，我在男人中间混的时候，他们想占有这个肉体，并不需要搞假正经。(她推开弗朗茨,离开了他。稍停。突然)父亲想跟您谈谈。

弗朗茨 (无所谓的样子)喔!

尤哈娜 如果您见他,他就解除魏纳尔的誓言。

弗朗茨 (平静、没有表情)然后呢?你们就离开这儿?

尤哈娜 这全取决于魏纳尔。

弗朗茨 (表情不变)您希望我见他吗?

尤哈娜 希望。

弗朗茨 (表情不变)我应该不再与您见面了吗?

尤哈娜 当然!

弗朗茨 (表情不变)那我以后该怎么办呢?

尤哈娜 您再回到您的永生中去。

弗朗茨 好吧。(稍停)去告诉我父亲……

尤哈娜 (突然地)不!

弗朗茨 哎?

尤哈娜 (怀着激烈的热情)不!我什么也不对他说。

弗朗茨 (表面上无动于衷,内心感到他胜利了)我应当给他一个答复啊!

尤哈娜 (表情不变)用不着答复,反正我不转达。

弗朗茨 那您为什么向我转达他的要求呢?

尤哈娜 因为我憋不住。

弗朗茨 您憋不住?

尤哈娜 (小声笑,目光中仍充满着憎恨)请注意,我想杀您。

弗朗茨 (非常和蔼可亲)喔!很久就有这个想法了吗?

尤哈娜 才五分钟。

弗朗茨 现在没有了?

尤哈娜　（微笑，平静）现在我只想抓你的面颊。（两手抓他的脸。弗朗茨听任她摆布）就这样。（放下手，离开弗朗茨）

弗朗茨　（仍旧和蔼可亲）五分钟！您走运了。我，我整宿都想杀您。

〔静场。尤哈娜坐在床上，望着空间。

尤哈娜　（自言自语）我再也不走啦。

弗朗茨　（窥视尤哈娜）永远也不走啦？

尤哈娜　（不看弗朗茨）永远。

〔她茫然一笑，张开两手，好像从手上掉落什么东西，瞧瞧她的双脚。弗朗茨仔细打量她，改变了举止，他又变得怪僻，装得一本正经，恢复到第二幕中的神情。

弗朗茨　跟我在一起，寸步不离。

尤哈娜　在这间屋子里？

弗朗茨　是的。

尤哈娜　从此不出屋？（弗朗茨点点头）隐居？

弗朗茨　就是隐居。（他边说话边走动。尤哈娜用眼睛跟着他。弗朗茨说话的时候尤哈娜恢复镇静，并且强硬起来。因为她明白，弗朗茨只想保护他的精神失常状态）我十二年来生活在高山之巅冰封雪地的屋脊上。我把多如蚂蚁的玻璃珠子统统倒在漆黑的深渊中。

尤哈娜　（开始有所警惕）什么玻璃珠子？

弗朗茨　世界啊，亲爱的夫人。您生活的世界啊。（稍停）这个不公道的破烂世界复活了，被您复活了：您一离开我，它就老缠着我，因为您在里面。您把我压在撒克逊瑞士山脉①的脚下，

---

① 撒克逊瑞士山脉位于德国易北河两岸。

我在海拔五米的一个猎人小屋里胡言乱语。在浴缸里水从您皮肉的四周重新涌出,现在易北河在流动,草木在生长。女人是不讲信义的,夫人。

尤哈娜　(阴沉、僵硬地)倘若我背弃了某个人,这个人也不是您啊。

弗朗茨　是我!等于是我!您这个两面人物!二十四小时中有二十小时您在我地板底下跟其他人一起观看,感觉,思想,您使我屈居在庸人的天地之下。(稍停)如果我把您锁在屋里,那就绝对太平了:世界回到苦海之中。您将只是现在的您,(指着她)就这样!螃蟹们便会恢复对我的信任,我将继续对它们讲话。

尤哈娜　(嘲讽地)您有时也对我讲话吗?

弗朗茨　(指着天花板)我们一起对它们讲话。(尤哈娜哈哈大笑。弗朗茨望着她,张皇失措)您拒绝吗?

尤哈娜　有什么可拒绝的?您对我讲了个噩梦;我听着,不就是这些吗?

弗朗茨　您不离开魏纳尔吗?

尤哈娜　我对您说过不离开他。

弗朗茨　那么离开我吧。喏,这是您丈夫的照片,(把照片交还尤哈娜,尤哈娜接过照片)至于手表,当报时信号响第四下①的时候,它将进入永恒。(解下手表,看着表面)去吧!(把手表扔到地上)从今以后,永远是四点半,作为对您的纪念,夫人。永别了。(走到门口,打开锁扣,抬起门闩。长时间静场。他低头鞠了个躬,请尤哈娜出去。尤哈娜不慌不忙走到门口,关

---

① 指广播电台的报时信号"嘟,嘟,嘟,嘟",共四下。

　　　　　　上锁扣,放下门闩。她向弗朗茨走去,平静,没有笑容,但很有权威的样子)好吧!(稍停)那您将干些什么?

尤哈娜　　干我星期一以来所干的事:来来往往。(做手势)

弗朗茨　　要是我不开门呢?

尤哈娜　　(平静)您会开的。

　　　　　〔弗朗茨弯下身子,捡起手表,放到耳朵上听,脸色和声音都变了,说话时情绪激动,从尤哈娜这次接话后,他们之间产生了一种默契。

弗朗茨　　我们很走运,表还在走。(看表面)四点三十一分。永恒加一分钟。表针,转吧,转吧!应该活下去。(向着尤哈娜)怎么活法?

尤哈娜　　我不知道。

弗朗茨　　我们将是三个躁狂型的疯子。

尤哈娜　　四个。

弗朗茨　　四个?

尤哈娜　　如果您拒绝见你父亲,他会告诉莱妮的。

弗朗茨　　他完全做得出来的。

尤哈娜　　会出什么事吗?

弗朗茨　　莱妮不喜欢闹得太复杂。

尤哈娜　　她会怎么样?

弗朗茨　　她会采取简单化的做法。

尤哈娜　　(把弗朗茨桌上的手枪拿在手里)用这个?

弗朗茨　　用这个或别的办法。

尤哈娜　　在这种情况下,女人朝女人开枪。

弗朗茨　　莱妮只能算半个女人。

尤哈娜　　您不乐意死吗?

弗朗茨　老实说不乐意。(指着天花板)我没有找到他们能理解的语言,您呢?

尤哈娜　我不愿意魏纳尔孤零零一个人。

弗朗茨　(转身笑,概括地)我们既死不了,又活不成。

尤哈娜　(学着他的表情)既不能待在一起又不能分离。

弗朗茨　我们莫名其妙地被卡住了。(坐下)

尤哈娜　莫名其妙。

〔尤哈娜在床上坐下。静场。弗朗茨背对着尤哈娜,把两个牡蛎壳互相搓着。

弗朗茨　(背朝尤哈娜)必须找到一条出路。

尤哈娜　没有出路。

弗朗茨　(用力地)必须找到一条出路!(怪僻地、失望地搓着牡蛎壳)嗯,什么?

尤哈娜　扔下您的牡蛎壳吧,真叫人受不了。

弗朗茨　住嘴!(把牡蛎壳向希特勒像扔去)看见我使的力气没有?(他回身一半朝尤哈娜,并给她看他发抖的双手)您知道什么使我害怕吗?

尤哈娜　出路?(弗朗茨点点头,仍然全身紧张)您怎么啦?

弗朗茨　别急!(站起身,不安地走动)您别催我。所有的道路都堵死了,哪怕不太好的道也不通了。畅通无阻的路只剩一条,因为此路无人行走,即最坏的道路。咱们走这条道吧。

尤哈娜　(喊出)不!

弗朗茨　您瞧您明明知道有出路。

尤哈娜　(充满激情)我们这样很幸福嘛。

弗朗茨　地狱般的幸福?

尤哈娜　(激动地接词)是地狱般的幸福,您不情愿,我也不情愿,但我请求您,我恳求您,让咱们维持现状吧。不作声,不行动,等待吧。(抓住他的手臂)咱们不要改变。

弗朗茨　别人要改变的啊,尤哈娜,别人要使我们改变。(稍停)您以为莱妮会让我们这样活下去吗?

尤哈娜　(激烈地)莱妮,由我来对付她。如有必要开枪,我先下手。

弗朗茨　让我们把莱妮排开吧,我们俩单独在一起,面对面的,那又会怎么样呢?

尤哈娜　(情绪依然激昂地)什么也不会发生!什么也不会改变!我们将……

弗朗茨　可能您会毁了我。

尤哈娜　(表情不变)决不会。

弗朗茨　只要我和您一起,您就肯定会慢慢地把我毁了。我的疯狂已经开始瓦解,尤哈娜,疯狂是我的藏身之地。当我重见天日的时候会怎么样呢?

尤哈娜　(表情不变)您病就好了。

弗朗茨　(短暂的发作)啊!(稍停。苦笑)那我就不中用了。

尤哈娜　我决不会加害于您,我不想给您治病,因为您的疯狂便是我的笼子,我在里面转来转去。

弗朗茨　(带着辛酸、惆怅的感情)您转来转去,小松鼠?松鼠的牙齿可厉害了,您会把笼子的铁条咬断的。

尤哈娜　不对!我连想都没有想过。我俯首帖耳屈从您的各种要求。

弗朗茨　说得好。但说过头了,您的谎言成了招供。

尤哈娜　(紧张)我从不对您撒谎!

弗朗茨　您专门撒谎。讲起来滔滔不绝,一本正经,活像一个勇敢的小战士。只不过您撒谎撒得很拙劣。撒谎要使人相信,首先自身必须是一个假象,我就是这样的。而您,您是真实的。当我望着您的时候,我看出真实是存在的,但真实不在我这一边。(笑)如果杜塞尔多夫还有孤儿的话,我敢打赌,他们准像鹌鹑那样胖乎乎的!

尤哈娜　(用机械的、执拗的声调)他们死了!德国消灭了!

弗朗茨　(粗暴地)住嘴!(稍停)怎么样?您现在知道这条最坏的出路啦?您没法让我闭上眼睛,结果反而让我睁开了眼。而我,每天戳穿您,我成了您的同谋,因为……因为我依恋您。

尤哈娜　(有点恢复常态)因此每个人都在做与他愿望相反的事情。

弗朗茨　确实如此。

尤哈娜　(用傲慢、被挫伤的声调)那怎么办呢?出路何在?

弗朗茨　每个人都要甘愿做他被迫做的事情。

尤哈娜　这么说我必须乐意毁掉您喽?

弗朗茨　我们必须互相帮忙以求得真理。

尤哈娜　(表情不变)您从来不要真理。您已经虚假到了无可救药的地步。

弗朗茨　(冷淡、疏远)嗳!我亲爱的,早该替我辩护啦。(稍停。热情了一点)我立即抛弃变魔术的把戏,当……(犹豫不决)

尤哈娜　当什么?

弗朗茨　当我爱您胜过爱我的谎言的时候,当您不顾我的真理而爱我的时候。

尤哈娜　(嘲讽地)您还有一套真理?什么真理?是您对螃蟹们讲的真理吗?

弗朗茨　(冲着她直吼)什么螃蟹?你疯了吗?什么螃蟹?(稍

停。他转过头去）喔！是的。这么说，是的……（突然一下子改变语气）螃蟹就是人呀！（稍停）嗯，什么？（坐下）我曾经到什么地方找过？（稍停）我以前……是知道的。是的，是的，是的。我操心的事太多了。（稍停。用果断的语调）正人君子们，和善和俊美的人在世纪的阳台上，而我，我在院子里爬着，我好像听见他们在说："兄弟，这是什么玩意儿？"这玩意儿，就是我……（站起身，行军礼，立正。用有力的声音）我，螃蟹。（转向尤哈娜，亲昵地对她说）喂，我说不行，有些人不会对我的时代做出评断。说到底，他们是些什么人？我们儿子的儿子。难道可以允许娃娃们判他们老祖父们的罪吗？我反其道而行之，我大声疾呼："喏，我就是人类，我死后世界毁灭，我也不管；世界毁灭之后，就是螃蟹们，是你们呀！"统统现原形了，挤在阳台上的全是些节肢动物。（郑重其事）你不是不知道，人类一开始就起错了步，而我使人类令人难以置信的厄运达到无以复加的地步：我把人类的尸体交给了甲壳动物们的法院。（稍停。横走，慢慢地横走）好。照这么说，甲壳动物也是一部分人。（轻轻地笑，精神失常的样子，后退着朝希特勒像走去）一部分人，您明白这个意思吧！（突然生气）尤哈娜，我否认他们的审判权，我不让他们管这个案子，我把它交给您办。审判我吧！

尤哈娜　（有些吃惊，但主要还是用顺从的口吻）审判您？

弗朗茨　（大嚷）您聋了吗？（从焦急不安转为暴躁）嗯，怎么办？（恢复常态。冷笑，近于自命不凡的神态，阴沉）您来审判我，毫无疑问，您审判我吧。

尤哈娜　昨天您还是见证人，人类的见证人啊。

弗朗茨　昨天是昨天。（把手放到额头上）人类的见证人……

（笑）您认为人类见证人是什么样的人？其实，夫人，这就是人类自己。连三岁小孩也猜得出来。被告为他自己作证。我承认有恶性循环。（语气阴森傲慢）我是人类，尤哈娜；我是任何一个人又是全人类，我是整个时代，（突然谦卑得可笑）其实任何人都和我一样。

尤哈娜　那么我就办另一个人的案子啦。

弗朗茨　谁的？

尤哈娜　随便谁的。

弗朗茨　被告看来具有典型性，可以杀一儆百，我本该替被告辩解，但如果您愿意，我可以自控有罪。（稍停）当然，您是自由的。但要是您不听我的申辩，或者害怕了解我而撒下我的案子不管，那您实际上自觉不自觉地已经做出了判决。您决定吧。（稍停。指着天花板）我把脑袋里想的都对他们说了，但从来没有给我回音。我对他们吹牛皮，说笑话，我正在寻思他们是信以为真呢，还是都记了下来，以便有朝一日找我算账。一座沉寂的金字塔，这个一千年也不吭一声的东西压在我的头上，真叫我受不了。他们是不是不知道我？他们是不是把我忘了？要是没有法庭，我会怎么样呢？真太瞧不起人了！——"你愿干什么就干什么，我们才不在乎哩！"——噢，怎么？我就那样微不足道吗？一个没有被认可的生命，只能被大地吞没。这是《旧约全书》中说的，喏，听听《新约》：您是未来和现在，人间和我；除您之外，一切都不存在，因为您使我忘记时间的流逝，我能活下去。您会听我说话，我将碰到您的目光，我要听您回答我的问题；有一天，也许几年之后，总有一天您会承认我无罪，我会知道的。那该是多么隆重的节日呀，钟鼓齐鸣，您将成为我的一切，一切都将宣告我无罪。（稍停）尤哈娜！这可能吗？

〔静场片刻。

尤哈娜　可能。

弗朗茨　人家还能爱我吗？

尤哈娜　（悲伤地一笑，但是真心诚意地）不幸，能爱您。

〔弗朗茨站起身，如释重负，几乎是快活的。他走向尤哈娜，用双臂搂着她。

弗朗茨　我再也不会孤单了……（他准备吻她，但突然把她推开，又是原来怪僻而冷漠的神情。尤哈娜望着弗朗茨，明白他犯孤僻病了，于是也生硬起来。弗朗茨带着恶意的嘲讽意味，但只针对自己）我请求您原谅，尤哈娜，腐蚀我自己选择的审判官未免太早了一点吧。

尤哈娜　我不是您的审判官。对自己心爱的人，人们是不会审判的。

弗朗茨　如果您不再爱我了？这难道不就是判决吗？不就是终判吗？

尤哈娜　我怎么会呢？

弗朗茨　当您知道我是谁的时候。

尤哈娜　我已经知道了。

弗朗茨　（兴奋地搓着双手）啊，不！您根本不知道！根本不知道（稍停。完全是疯子的神态）总有那么一天，这一天跟哪一天都一样，我说出了我的经历，您听着。突然间，爱情的大厦倒塌了，您厌恶地看着我，我感到重新变成……（他趴在地上，横爬着）……螃蟹！

尤哈娜　（厌恶地瞧着弗朗茨）别爬了！

弗朗茨　（趴在地上）您会这样瞪我的，就像这样瞪我！（他敏捷地爬起来)被判了刑,嗯？被最终判了刑！(改变语气,用装腔作势和乐观的腔调)当然,我也可能被宣告无罪。

尤哈娜　(蔑视、紧张)我不敢肯定您是否真心愿意。

弗朗茨　夫人,我衷心希望把事情了结,不管结果如何。

〔静场片刻

尤哈娜　您赢了,好样的！如果我离开您,我就是给您判了刑；如果我留下,您就在我们之间制造猜疑；这种猜疑已经在您的眼睛里流露出来了。好吧,咱们就按计划办吧：让我们一起堕落,小心翼翼地互相使对方变坏,我们把我们之间的爱情变成一种折磨人的工具。我们喝酒,是吗？您喝您的香槟酒,我喝我的威士忌,威士忌酒由我自备。每人一瓶酒,面对面,各喝各的酒。(恶意的微笑)人类的见证,您知道我们将成为什么样子吗？我们将成为一对夫妻,和天下所有的夫妻一样！(给自己斟了一杯香槟,举杯)我为我们干杯！(一饮而尽,把酒杯向希特勒像扔去。酒杯砸到像上,碎了。尤哈娜走到破家具堆前捡了一张椅子,把椅子支起,坐下)怎么样？

弗朗茨　(尴尬地)尤哈娜……难道……

尤哈娜　该我审问了。怎么样？您有什么好说的？

弗朗茨　您没有明白我的意思。如果只有我们两个人,我向您发誓……

尤哈娜　哪还有什么别人？

弗朗茨　(痛心地)莱妮,我的妹妹。我之所以决心讲真话,是为了使我们摆脱她。我会讲出……应该讲的事情,决不姑息自己,但以我的方式,一点一点地讲出来,这需要几个月,几年,管他呢！我只要求您相信我,如果您答应只相信我一个人的话,您将取得我的信任。

尤哈娜　（久久地瞧着弗朗茨。语气缓和一些）好。我只相信您一个人。

弗朗茨　（有点郑重其事，但很真诚地）只要您遵守这个诺言，莱妮就对我们无可奈何。（坐下）刚才我很害怕。我把您搂在怀里，我想得到您，我正想……但突然间我仿佛见到我的妹妹，我心想："她要干掉我们的。"（从口袋里取出一块手帕，擦额头上的汗）喔唷！（用温和的声音）现在是夏天了吧？天该热啦。（稍停。望着空处）您知道他曾经把我变成一部可怕的机器吗？

尤哈娜　您父亲？

弗朗茨　（表情不变）是的，一部指挥机器。（小声笑。稍停）又是一个夏天了！机器还在运行。但一如既往，空转着。（他站起身）我要向您讲述我的一生，不过您别以为我干过许多伤天害理的事，不，我没干过这样的事。您知道，我所责怪自己的是：一生无所作为。（灯光渐渐暗下来）无所作为！无所作为！一辈子无所作为！

第 三 场

〔弗朗茨，尤哈娜，一个妇人。

一个妇人的声音　（轻声地）士兵！

尤哈娜　（没有听见这个女人的声音）你们发动了战争。

弗朗茨　哪儿的话！

〔台上灯光开始暗淡下来。

妇人的声音　（声音较响）士兵！

弗朗茨　（站在台的前景，观众只能看见他。尤哈娜坐在扶手椅上,在暗处)战争,我们没有发动战争,而是战争发动了我们。人家打仗的时候,我却玩得痛快,我是穿着军服的老百姓。可是一天夜里,我成了终生士兵。(他从背后的桌子上拿起一顶军官帽,猛地戴在头上)一个到处乞讨的可怜的战败者,一个无能之辈!我从俄国回来,躲躲藏藏地穿过了德国,我走进一座夷为废墟的村庄。

妇人　(观众始终看不见她,但她的声音更响了)士兵!

弗朗茨　唵?(突然转过身去。他左手拿着一只手电筒,右手从枪筒中拔出手枪,准备射击;手电筒没有打开)谁叫我?

妇人　找找吧。

弗朗茨　你们多少人?

妇人　像你这样站着的,一个没有。躺在地上的,有我。(弗朗茨突然打开手电筒,照着地上。一个穿黑衣服的女人靠着墙,半躺在地上)把手电筒关上,你照得我睁不开眼睛。(弗朗茨关上手电筒。台上灯光暗淡,他们周围有一抹光线,观众可以看到他们)哈哈!开枪吧!开枪啊!你以杀害一个德国女人来结束你参加的战争吧!

〔弗朗茨发现他无意之间把枪口对准了这个妇女,恐惧地把手枪放进口袋。

弗朗茨　你在那儿干什么?

妇人　你不是看见了,我在墙脚下。(很自豪地)这是我家房子的墙,全村最结实的一堵墙,唯一没有倒塌的墙。

弗朗茨　上我这儿来。

妇人　把手电筒打开。(弗朗茨打开手电筒,一束灯光照在地上。他照亮了一条把那个妇人从头裹到脚的毯子)瞧。(她把毯子的一角掀开。弗朗茨把光束朝她指给他看的地方照去,但观众见不着。他发出一声低沉的咒骂声,突然把手电筒熄灭了)瞧这儿,原先我还有两条腿。

弗朗茨　我能帮你干什么?

妇人　你坐一分钟。(弗朗茨靠近妇人坐下)我请我们的一个士兵在我家墙脚下待一会儿!(稍停)我没有别的什么要求。(稍停)我原希望这个人是我的兄弟,但是他已经死了。死在诺曼底,算了;你也行。我想对他说:"瞧瞧!(指着村子的废墟)这是你的杰作。"

弗朗茨　他的杰作?

妇人　(直截了当,向弗朗茨)也是你的杰作,小伙子。

弗朗茨　为什么?

妇人　(觉得再明显不过)你让人家打败了。

弗朗茨　别胡说八道啦。(他突然站起身,面对着妇人。他见到一张标语,这标语早先在暗处看不见,现在聚光灯亮着才看见了。标语贴在墙上,离地一米七十五厘米高,靠妇人的右侧,上面写着:"有罪的是你们!")又是标语!他们到处贴啊!(准备扯下标语)

妇人　(仰面瞧着他)留着!我说,留着它,这是我的墙!(弗朗茨离开标语)有罪的是你们!(她念着,指着弗朗茨)你,我的兄弟,你们大家!

弗朗茨　你也同意他们的看法吗?

妇人　完全同意。他们对上帝说我们是吃人肉喝人血的,上帝相信了他们,因为他们打胜了,但人家始终改变不了我的看法,真正吃人肉喝人血的,是战胜者。士兵,你承认吧:你不想吃人。

弗朗茨　(疲惫不堪地)我们毁坏了城市和村庄,摧毁了一些京城!

妇人　他们打败了你们,因为他们毁坏的城市比你们还多。(弗朗茨耸耸肩)你吃过人吗?

弗朗茨　你的兄弟呢?他吃过人吗?

妇人　肯定没有,他保持着文雅的举止。像你一样。

弗朗茨　(沉默之后)有人跟你谈过集中营吗?

妇人　什么样的集中营?

弗朗茨　你知道得很清楚,灭绝人的集中营。

妇人　有人跟我讲起过。

弗朗茨　假设有人对你说,你兄弟死的时候是集中营的看守,你会感到骄傲吗?

妇人　(残暴相)会的。好好听我说,小伙子,如果我兄弟的良心上有成千上万条人命,如果这些死者里有像我一样的妇女,有像在这片瓦砾下腐烂的儿童,我会为他感到骄傲,因为我确信他已经在天堂,他有权认为:"我,我已经尽力而为了。"但我了解他,他爱我们,但更爱他的荣誉,更爱他的品德。结果呢?喏!(她做了个手势,指着周围一片瓦砾,语气激烈地)必须搞恐怖,你们本应该摧毁一切!

弗朗茨　我们已经做了。

妇人　差远了,永远不够!集中营不够多!刽子手不够多!你们放掉了不属于你的东西,就是对我们的背叛,每当你饶过敌人营垒中的一条性命,哪怕是还在摇篮里的一条性命,就意味着你夺去了我们自己人的一条命:你原想不怀着仇恨打仗,其结果是使我染了这种仇恨,使我心碎。你的道德在哪儿,坏士兵?败兵,你的荣誉在哪儿?有罪的是你!上帝不是根据你的所作所为来判你罪的,而是根据那些你不敢干的事情:根据你应该犯而没有犯的罪。(灯光渐暗,台上一片漆黑,唯有标语可见。妇人的声音重复回响,远去)有罪的是你!是你!是你!

〔标语消失。

第 四 场

〔弗朗茨,尤哈娜。

弗朗茨的声音 (在黑暗中)尤哈娜!

〔灯光。弗朗茨光着头站在桌旁。尤哈娜坐在扶手椅上。妇人已消失。

尤哈娜 (吓了一跳)什么事?

〔弗朗茨向尤哈娜走去,久久地望着她。

弗朗茨 尤哈娜!(望着她,竭力驱散他的回忆)

尤哈娜 (向后仰着,有点冷淡)她后来怎么样了?

弗朗茨 那个妇人?这要看情况而定。

尤哈娜 (没有想到)看什么情况?

弗朗茨 看我的梦是怎么做的。

尤哈娜 原来不是一个回忆啊?

弗朗茨 是的,但也是一场梦。有时我想着她,有时我忘了她,有时……不管怎么说,她死了,这是一场噩梦。(两眼发呆,自言自语地)兴许是我把她杀了。

尤哈娜 (没有感到意外,但感到害怕和厌恶)嗨!

〔弗朗茨笑起来。

弗朗茨 (做扣扳机的动作)像这样!(得意扬扬地微笑)要是您,您会让她受痛苦吗?条条路上都有罪恶,预先制好的罪恶,只待犯罪者去完成。真正的士兵路过，就当仁不让。（突然）您不喜欢这个故事？我不喜欢您的眼睛！唉！随您给这个故事编一个您喜欢的结局吧。（他大步离开尤哈娜，走到桌边，转过身来）"有罪的是你！"您觉得怎么样？她说得好吗？

尤哈娜　（耸耸肩膀）她一定疯了。

弗朗茨　是的，但何以见得？

尤哈娜　（有力而明确）我们打败了是因为我们缺人，缺飞机。

弗朗茨　（打断尤哈娜的话）我知道！我知道！这是希特勒的事。（稍停）我跟您讲我。战争是我的命运，我到底应珍惜它到什么程度？（尤哈娜欲开口）考虑考虑！好好考虑考虑！您的回答将起决定性作用。

尤哈娜　（不自在，恼火，板着脸）这是经过深思熟虑的。

弗朗茨　（略停）假设我犯了纽伦堡国际法庭审判的种种滔天罪行……

尤哈娜　哪些罪行？

弗朗茨　我怎么知道！种族灭绝和所有乌七八糟的事情。

尤哈娜　（耸耸肩膀）您为什么会犯这些罪呢？

弗朗茨　因为战争是我的命运，我们父辈搞大我们母辈的肚子，她们就生产士兵。我不知道为什么。

尤哈娜　一个士兵也是一个人啊。

弗朗茨　首先是一个士兵。怎么？您还爱我吗？（尤哈娜说话）别急着回答，他娘的！（尤哈娜默默地望着弗朗茨）怎么样？

尤哈娜　不爱。

弗朗茨　您不再爱我啦？（尤哈娜做了否定的表示）我使您厌恶了？

尤哈娜　是的。

弗朗茨　（哈哈大笑）好,好,好！请放心,尤哈娜;跟您打交道的是一个童男。保证洁白无邪。(尤哈娜依然怀疑和无情)您满可以向我笑笑,因为我多愁善感才扼杀了德国。

　　　　〔浴室门打开。克拉吉斯进场,随手关门后,慢步走到弗朗茨的椅子旁坐下。弗朗茨和尤哈娜均未注意到他。

第 五 场

　　　　〔弗朗茨,尤哈娜,克拉吉斯。

弗朗茨　那时我们在斯摩棱斯克有五百人,被牵制在一座小村庄里,少数被打死。上尉们也丧了命,只剩下我们两个中尉和一个副官。奇怪的三头执政：克拉吉斯是一个牧师的儿子,一个理想主义者,成天想入非非……海因里希副官是个脚踏实地的人,但他是个十足的纳粹。游击队切断了我们的后路,他们用火力封住了道路。我们只有三天的给养。我们抓到两个俄国农民,把他们关进一个谷仓,并称他们为俘虏。

克拉吉斯　（疲惫不堪）真是畜生。

弗朗茨　（没有回头）啊？

克拉吉斯　海因里希！我说他真是畜生！

弗朗茨　（含糊其词,仍未回头）噢……

克拉吉斯　（一副倒霉相）弗朗茨,我的处境狼狈极了！（弗朗茨突然转向他）他决定要拷问这两个乡下佬。

弗朗茨　喔！喔！（稍停）而你,你不愿意他碰他们？

克拉吉斯　我错了吗？

弗朗茨　问题并不在这儿。

克拉吉斯　问题在哪儿？

弗朗茨　你不许他进谷仓吗？（克拉吉斯表示是的）那么他就不应该进去。

克拉吉斯　你知道他不会听我的。

弗朗茨　（装作气愤而惊异的样子）唵？

克拉吉斯　我找不到理由。

弗朗茨　唵？

克拉吉斯　找不到说服他的理由。

弗朗茨　（不胜惊愕）你居然还想说服他！（粗暴地）像狗一样对待他，要他在地上爬！

克拉吉斯　我做不到。要是我鄙视一个人，只要一个人，哪怕是一个刽子手，我就会不再尊重任何人了。

弗朗茨　如果你的一个下级，只要一个下级拒绝服从你，就不会有任何人服从你了。尊重人，才不在乎这个哩，但如果你把纪律抛到九霄云外，那就会一败涂地，随便杀人，或两者同时发生。

克拉吉斯　（站起身，走到门口，把门打开一点儿，朝外面瞧一眼）他在谷仓外面，正在窥测呢。（又把门关上，转身向着弗朗茨）救救他们吧！

弗朗茨　如果你挽救了你的权威，你就救了他们。

克拉吉斯　我想……

弗朗茨　什么？

克拉吉斯　海因里希对你唯命是听。

弗朗茨　因为我对他如同对待一堆狗屎，这是合乎逻辑的。

克拉吉斯　（感到为难）如果由你来下命令……（恳求）弗朗茨！

弗朗茨　不！俘虏属你管辖。如果我替你下命令，势必使你失去权威。如果你失去权威后的一小时我阵亡了，那么海因里希将独揽指挥大权。那事情就糟透了：他指挥不了我的士兵，因为他太愚蠢;你的俘房也该倒霉了,因为他太残忍。(弗朗茨穿过房间,走近尤哈娜)克拉吉斯这一来可要倒大霉了,因为尽管他是中尉,海因里希准能使他坐牢。

尤哈娜　为什么?

弗朗茨　克拉吉斯希望我们战败。

克拉吉斯　我不是希望,而是要我们战败。

弗朗茨　你没有权利!

克拉吉斯　战败会导致希特勒垮台。

弗朗茨　那德国也垮台了。(笑)完蛋了!完蛋了!(回过身来向尤哈娜)他是言不由衷的好手:他,人为纳粹分子服务,心却谴责纳粹分子,聊以自慰。

尤哈娜　他没有为纳粹分子服务!

弗朗茨　(向着尤哈娜)行了!你们是一路货色。他的双手为纳粹服务,他的声音为纳粹服务。他对上帝说:"我不愿意干我所干的事情!"而他却干着。(回过头去对克拉吉斯)战争找上了你的门,你如果拒绝战争,就等于你宣判自己无能:你毫无代价地出卖了灵魂,道德家!而我打仗,是要战争付出代价。(稍停)首先打胜,然后再来对付希特勒。

克拉吉斯　那就太晚了。

弗朗茨　我们走着瞧吧!(回过身来向着尤哈娜。咄咄逼人地)夫人,人家欺骗了我,所以我下决心不再受骗上当。

尤哈娜　谁欺骗了您?

弗朗茨　您问这个?路德。(笑)懂了!明白了!我打发路德见鬼去了,于是我出发上前线。战争是我的命运,我从心眼里盼望战争。我总算行动了!我重新做了一番整顿,我终于跟自己取得了一致。

尤哈娜　行动就是杀戮吗？

弗朗茨　（向着尤哈娜）行动就是行动，书写自己的名字。

尤哈娜　写在什么地方？

弗朗茨　（向着克拉吉斯）到什么地方就写在什么地方，我把我的名字写在那块平原上。我要为战争负责，就像这场战争是我一个人打的。如果我得胜，我将再次入伍。

尤哈娜　（非常冷淡地）弗朗茨，那两个俘虏呢？

弗朗茨　（转过身去向着尤哈娜）俺？

尤哈娜　您声称对一切负责，您对他们负责了吗？

弗朗茨　（稍停）我已经使他们脱身了。（向着克拉吉斯）怎样给他下这个命令而又不使你丧失权威呢？等一等。（思索了一下）好！（走到门口，打开门，叫喊）海因里希！

〔他回到桌旁，海因里希跑步进场。

第 六 场

〔弗朗茨，尤哈娜，克拉吉斯，海因里希。

海因里希　（行军礼，立正）您有什么吩咐，中尉。（他对弗朗茨讲话时，脸上露出隐约的笑容，充满信任，近乎温和）

弗朗茨　（不慌不忙地向副官走去，从头到脚打量了他一番）副官，你不修边幅。（指着悬挂在扣眼上的一个纽扣）这是什么，这个？

海因里希　这个……哦……这是一个纽扣，中尉。

弗朗茨　（和颜悦色地）你的纽扣会丢的，朋友。（一下子把他的纽扣拽下来，拿在左手上）把它钉上。

海因里希　（抱歉的样子）中尉，现在谁也没有线呀！

弗朗茨　你回嘴,浑蛋!(飞起左手给他一个嘴巴子,接着又打了一下)捡起来!(故意让纽扣落到地上。副官弯下身子捡扣子)站直!(副官捡完扣子,毕恭毕敬地站着)从今天起,克拉吉斯中尉和我,我们决定每星期交换担任职务。过一会儿你开车把他送到前沿去;我,直到星期一,我行使他的职权。出去!(海因里希行军礼)等一等!(向着克拉吉斯)有几个俘虏,是吗?

克拉吉斯　两个。

弗朗茨　很好,由我负责。

海因里希　(双眼闪闪发亮,他以为弗朗茨将接受他的建议)中尉!

弗朗茨　(粗暴、诧异的样子)什么事?

海因里希　他们是游击队员。

弗朗茨　有可能!怎么啦?

海因里希　如果您允许的话……

克拉吉斯　我已经不许他管俘虏了。

弗朗茨　听见了吗?海因里希?这已经解决了。出去吧。

克拉吉斯　等一下。你知道他问我什么吗?

海因里希　(向着弗朗茨)我……我开了个玩笑,中尉。

弗朗茨　(皱眉头)跟上司开玩笑?(向着克拉吉斯)他问你什么来着?

克拉吉斯　"如果我不服从您,您怎么办?"

弗朗茨　(用平淡的声调)啊!(他转身向海因里希)今天,副官,由我来回答你。如果你不服从的话……(拍拍他的手枪,套子)……我就毙了你。

〔静场片刻。

克拉吉斯 （向着海因里希）开车送我到前沿去。（和弗朗茨交换了一个眼色,随海因里希退场）

第 七 场

〔弗朗茨、尤哈娜。

弗朗茨　杀掉自己的士兵,这好吗?

尤哈娜　你并没有把他们杀掉啊。

弗朗茨　我没有尽力使他们不死。

尤哈娜　俘虏不肯招供。

弗朗茨　您怎么知道?

尤哈娜　他们是些乡下佬嘛!他们没有什么可说的。

弗朗茨　谁证明他们不是游击队呢?

尤哈娜　一般说来,游击队员不肯开口。

弗朗茨　一般说来,是的!（语气肯定,样子疯癫）德国不折不扣等于罪过,唵,什么?（摆出上流社会人物的风度,过分潇洒,近乎滑稽可笑）我不知道是否说明了我的意思。您已经属于另一代人。（稍停。激烈,无情,真挚;不看尤哈娜,眼睛发呆,差不多笔直站着）生命短促,但有个好死!前进!前进!走到恐怖世界的尽头,还要穿过地狱!一座火药库:我要让它在黑暗中爆炸,把一切都炸个稀巴烂,只剩下我的国家;等等,我也许只不过是一束令人难忘的绚丽的焰火,刹那之间什么也不存在了:一片黑暗,只有我的名字铭刻在青铜像上。（稍停）应该承认我发了不少牢骚表示不满。道德准则,我亲爱的,没完没了的道德准则。至于那两个素不相识的俘虏,您以为我喜欢我的士兵胜过他们吗?应该说我的回答是否定的!

那我岂不是一个吃人肉喝人血的人了吗?且慢,我最多不过是一个吃素的人。(稍停。夸张其词,斩钉截铁地)干得不彻底的人等于什么也没干;我什么也没干,什么也没干的人不算是人。人?(好像点名时自己点到自己)到!(稍停。向着尤哈娜)这就是第一条罪状。

尤哈娜　我恕您无罪。

弗朗茨　我说应该进行辩论。

尤哈娜　我爱您。

弗朗茨　尤哈娜!(房门口有人敲门:五下,四下,两次三下。他们面面相觑)唉,太晚了一点。

尤哈娜　弗朗茨……

弗朗茨　您恕我无罪已经太晚了一点。(稍停)爸爸已经都讲了。(稍停)尤哈娜,您将看到人头落地。

尤哈娜　(瞧着弗朗茨)杀您的头?(有人又在敲门)您听凭宰割?(稍停)这么说您不爱我喽?

弗朗茨　(默默地笑着)我们的爱情,我一会儿再对您说……(指着门)让她在场,不怎么好。但记住这一点:我请您帮助我,但您不肯伸出帮助之手。(稍停)如果还有一次机会……现在请进去吧!

〔他把她带到浴室门口,她进去。他关上门后,去给莱妮开房门。

第 八 场

〔弗朗茨,莱妮。

弗朗茨　(急忙摘下手表,放进口袋里。莱妮进屋。手里拿着一个盘子,盘子上是一小块撒满白糖的蛋糕。蛋糕上插着四支小蜡烛。她左手腋下夹着一份报纸)为什么这么晚还来打搅我?

莱妮　你知道时间啦?

弗朗茨　我知道你刚离开我。

莱妮　时间对你来讲过得倒挺快。

弗朗茨　是的。(指着蛋糕说)这是什么?

莱妮　一个小蛋糕,我本该明天给你送来当餐后甜食的。

弗朗茨　那?

莱妮　你瞧,我今晚给你端来了,还插上蜡烛。

弗朗茨　蜡烛,为什么?

莱妮　数一数。

弗朗茨　一,二,三,四。怎么是四支?

莱妮　你三十四岁了。

弗朗茨　是的,二月十五日以后就三十四岁了。

莱妮　二月十五日是你的生日。

弗朗茨　那今天呢?

莱妮　值得纪念的日子。

弗朗茨　好。(接过盘子,放到桌上)"弗朗茨"。是你雕上我的名字的?

莱妮　你想还会是谁呢?

弗朗茨　信息女神!(凝视自己的名字)"弗朗茨"三个字用玫瑰白糖写成,比起青铜像上的更漂亮,但不那么讨人喜欢。(点亮蜡烛)蜡烛啊,慢慢燃烧吧,蜡烛成灰时,我也就消耗殆尽了。(漫不经心地)你见到爸爸了吗?

莱妮　他来看过我。

弗朗茨　到你的房间里？

莱妮　是的！

弗朗茨　他待的时间长吗？

莱妮　挺长的。

弗朗茨　到你的房间去，这可是破格的待遇啊。

莱妮　我要付出代价的。

弗朗茨　我也是。

莱妮　你也是。

弗朗茨　（切下两片蛋糕）这是我的躯体。（往两只酒杯中倒香槟酒）这是我的血浆。（把蛋糕递给莱妮）吃吧。（莱妮微笑着摇摇头）有毒吗？

莱妮　为什么放毒？

弗朗茨　你说得对，为什么放毒？（递给她一只杯子）你愿意为我的健康干一杯吗？（莱妮接过杯子，疑心地观察着酒杯）一只螃蟹吗？

莱妮　口红。

〔他从她那儿夺过杯子，砸碎在桌子上。

弗朗茨　这是你的口红！你碗碟没洗干净。（递给她另一杯满满的酒，她接过酒杯。他为自己往第三只杯里斟香槟）为我干杯吧！

莱妮　为你。（举杯）

弗朗茨　为我！（把酒杯往莱妮的酒杯上碰）你祝愿我什么？

莱妮　祝愿你什么也得不到。

弗朗茨　什么也得不到？噢！之后呢？好主意！（举杯）我为了什么也得不到而干杯！（喝酒，放下杯子。莱妮身子摇晃，弗朗茨用双臂把她扶住，扶她走到扶手椅旁）坐下，小妹子。

莱妮 （坐下）请原谅,我累了。(稍停)难办的还在后面呢。

弗朗茨 正是这样。(擦额上的汗)

莱妮 （好像对自己说话）我一阵一阵发冷。又是一个霉烂的夏天。

弗朗茨 （惊愕地）天气很闷。

莱妮 （很诚心地）啊?也许是。(瞧着弗朗茨)

弗朗茨 你瞧我?

莱妮 是的。(稍停)你变成另一个人了。这理应看得出来。

弗朗茨 难道现在看不出来吗?

莱妮 看不出来。我看到了你。这使人失望。(稍停)谁也没有过错,亲爱的,你本来应该爱我,但我认为你现在做不到了。

弗朗茨 我很爱你。

莱妮 （暴躁地大嚷,怒不可遏）住嘴!（她克制自己的感情,但声音始终非常严厉）爸爸告诉我说你认识了我嫂子。

弗朗茨 她有时来看看我。一个非常善良的女人,我替魏纳尔高兴。你以前跟我胡诌些什么呀?她根本不是鸡胸驼背。

莱妮 不,她是的!

弗朗茨 不,不是!（用手做直上直下的手势）她是……

莱妮 是的,她的腰背挺直,尽管如此,她依然是鸡胸驼背。(稍停)你觉得她美吗?

弗朗茨 你呢?

莱妮 像死神一样美。

弗朗茨 你说得很巧妙,我也这么对她说过。

莱妮 我为她干杯!（一饮而尽,然后把酒杯扔掉）

弗朗茨 （用旁观的语气）你忌妒了?

莱妮 我什么感觉也没有。

弗朗茨　是的,还为时太早。

莱妮　实在还太早。

〔稍停。弗朗茨拿了一块蛋糕吃起来。

弗朗茨　（指着蛋糕笑着说）这可不好嚼呀!（左手拿着蛋糕,右手打开抽屉,取出手枪,一边吃蛋糕,一边把手枪递给莱妮）给。

莱妮　你给我手枪干什么?

弗朗茨　（指着自己）开枪,但不要惊动她。

莱妮　（笑着）把枪收到你抽屉里去吧。我还不会使哪。

弗朗茨　（手臂向前伸直,手枪放在手心上）你不会害她吧?

莱妮　难道我照料过她十三年吗?我乞求过她的垂青吗?我咽过她的唾沫吗?我给她吃过饭,洗过澡,穿过衣?我为了保护她而反对过所有的人吗?她不欠我任何情义,我才不碰她哩。我希望她稍稍受点痛苦,但这是出于对你的爱。

弗朗茨　（可以说用一种肯定的语气）而我,我的一切都多亏你吗?

莱妮　（恶狠狠地）一切!

弗朗茨　（指着手枪）拿枪吧。

莱妮　你倒非常想挨一枪。不过你会给她留下什么印象呢!守寡对她来说多合适呀,她天生是当寡妇的。（稍停）我不想杀死你,我的心肝,在这个世界上最使我害怕的莫过于你的死,不过我不得不使你大大痛苦一阵:我的想法是把一切都告诉尤哈娜。

弗朗茨　一切?

莱妮　一切。我要把你在她心中砸得粉碎。（弗朗茨的手紧张地握住手枪）向你可怜的妹妹开枪吧,我已经写好了一封信;万一我遭到不幸,尤哈娜今晚就能收到这封信。（稍停）你以为我在报复吧?

弗朗茨　难道你不报复?

莱妮　怎么样正确我就怎么做,不管是死,是活,按理你是属于我的,因为唯有我一个人按你的本来面目爱你。

弗朗茨　唯有你一个人?(稍停)昨天我可能会杀人,而今天我隐约看到了一个机会,她有百分之一的可能接受我的要求。〔把手枪放进抽屉)之所以让你活着,莱妮,是因为我决定死死抓住这个机会不放。

莱妮　好得很。让她知道我所知道的事情,再看谁战胜谁吧。

〔莱妮站起身,向浴室走去。当她经过弗朗茨后面的时候,她把手中的报纸扔在桌子上。弗朗茨吓了一跳。

弗朗茨　什么?

莱妮　这是《法兰克福日报》,报上讲到我们的事哩。

弗朗茨　讲你和我?

莱妮　讲我们家。他们写了一系列的文章:《重建德国的巨头们》。有什么样的地位就受到什么样的尊敬。论资排辈,他们从格拉赫家族讲起。

弗朗茨　(他下不了决心去拿报纸看)爸爸也是一个巨头?

莱妮　(指着文章)反正他们是这么说的,你自己看吧!他们说爸爸是巨头之最。(弗朗茨发出嘶哑的骂声,拿起报纸。他打开报纸。他面朝观众坐着,背向浴室,头被打开的报纸遮住了。莱妮敲浴室的门)请开门!我知道你在里面哪。

第 九 场

〔弗朗茨,莱妮,尤哈娜。

尤哈娜 （打开门）太好啦。我不喜欢躲躲藏藏。（和蔼可亲地）您好。

莱妮 （和蔼可亲地）您好。

〔尤哈娜惴惴不安，推开莱妮，径直向弗朗茨走去，望着看报的弗朗茨。

尤哈娜 报纸？（弗朗茨连头也不回。她转身向着莱妮）你进行得好快哟。

莱妮 我着急啊。

尤哈娜 急于杀他？

莱妮 （耸耸肩膀）不，不。

尤哈娜 那你就赶紧吧，我们已经走到前头去了。从今天起我深信他将忍受现实。

莱妮 这就怪了，他也深信您将忍受现实。

尤哈娜 （微笑）我将忍受一切。（稍停）父亲把事情告诉您了？

莱妮 是的。

尤哈娜 他威胁过我。是他告诉我怎样到这儿来的。

莱妮 啊！

尤哈娜 他没有对您讲起吧？

莱妮 没有。

尤哈娜 他在耍弄我们。

莱妮 那还用说。

尤哈娜 难道您认了？

莱妮 认了。

尤哈娜 您有什么要求？

莱妮 （指着弗朗茨）您从他的生活中出去。

尤哈娜 我永远不出去。

莱妮　那我把您赶出去。

尤哈娜　试试吧。

〔静场。

弗朗茨　(放下报纸,站起身,向尤哈娜走去。很贴近她)尤哈娜,您答应过我,只相信我一个人的话。现在是实现您诺言的时候了,今天我们爱情的成败全在于此。

尤哈娜　我只相信您的话。(他们互相看着。尤哈娜充满信任地向弗朗茨微笑,但弗朗茨脸色苍白,由于不断抽搐而扭作一团。他竭力向尤哈娜微笑,然后转过身,走向他自己原来的位子,又拿起报纸)怎么样,莱妮?

莱妮　我们是两个。有一个是多余的。谁是多余的人应当自己承认。

尤哈娜　那我们怎么进行?

莱妮　应当进行严肃的较量,如果您赢了,您取我而代之。

尤哈娜　您会作弊的。

莱妮　用不着。

尤哈娜　为什么?

莱妮　您肯定输。

尤哈娜　您说怎么较量吧。

莱妮　好。(稍停)他跟您讲过海因里希副官和俄国俘虏吗?他谴责自己由于救了两个游击队员的命而置他的伙伴们于死地,是吗?

尤哈娜　是的。

莱妮　您对他讲过他做得对,是吗?

尤哈娜　(嘲讽地)您什么都知道!

莱妮　不必奇怪,因为他也这么哄过我。

尤哈娜　怎么？您认为他在撒谎？

莱妮　他对你说的没有一点是假的。

尤哈娜　可是……

莱妮　可是他的故事没有讲完。尤哈娜，较量开始。

弗朗茨　了不起！（他扔下报纸，站起身，脸色苍白，眼睛发呆）一百二十个船坞！如果把我们的船只每年航行的航程加在一起，就等于从地球到月亮的距离了。德国站起来了！德国万岁！（他迈着机械的大步子走向莱妮）谢谢你，妹妹，现在，你走吧。

莱妮　不。

弗朗茨　（命令的口吻，大嚷）我说了，请你走。（想拖莱妮出去）

尤哈娜　弗朗茨！

弗朗茨　怎么？

尤哈娜　我要知道故事的结局。

弗朗茨　故事没有什么结局。除了我，所有的人都死了。（稍停）

莱妮　瞧瞧他。一九四九年某一天，他向我什么都承认了。

尤哈娜　承认了？承认什么了？

弗朗茨　鬼话。能跟她谈正经事吗？我说说闹着玩的！（稍停）尤哈娜，您答应过只相信我的话。

尤哈娜　是的。

弗朗茨　相信我吧，上帝啊！请相信我吧！

尤哈娜　我……有她在场您就不一样了。（莱妮笑）您要设法使我相信您啊！对我说她在撒谎，说啊！您没有作过孽，是吗？

弗朗茨　（几乎是骂骂咧咧的）没有。

尤哈娜　（暴躁地）说出来呀！得让我听见！您说：我没有作孽！

弗朗茨　（声音不由自主）我没有作孽！

尤哈娜　（不胜恐怖地看着弗朗茨，开始大叫）哈！（忍住叫喊）我都认不出您来了。

弗朗茨　（执拗地）我没有作孽。

莱妮　你听凭别人作孽。

尤哈娜　谁？

莱妮　海因里希。

尤哈娜　对两个俘虏吗？

莱妮　那两个只是开始。

尤哈娜　还有别人？

莱妮　万事起头难嘛！

弗朗茨　我要把事情说清楚。我见到你们两个在一起，就晕头转向了。你们让我受不了……尤哈娜，等我们单独在一起的时候再谈吧……事情发展太快了……我将恢复理智，我将说出全部真相，尤哈娜，我爱您胜过爱我的生命……

〔弗朗茨抓住尤哈娜的胳膊。她大声嚷着挣脱了。

尤哈娜　放开我！

〔尤哈娜走到莱妮一边，弗朗茨面对着她，呆若木鸡。

莱妮　（向着尤哈娜）较量进行得很不顺利。

尤哈娜　较量失败了。把他留给您吧。

弗朗茨　（茫然不知所措）你们俩，都听我说……

尤哈娜　（带着憎恨的心情）您严刑拷打过人！您！

弗朗茨　尤哈娜（尤哈娜望着他）别这么看我！不要这样。别这么看我！（稍停）我知道了！（他哈哈大笑，四肢着地爬起来）倒退！倒退！（莱妮吼斥。弗朗茨站起来）小妹子，你从来没见过我横爬吧？（稍停）你们走吧，两个人全走开！（莱妮走近桌子，欲开抽屉）现在五点十分。告诉爸爸，我约他七点在开家庭会议的地方会面。出去。（长时间的静场。灯光暗下来。尤哈娜第一个出去,头也不回。莱妮有点犹豫,跟着退场。弗朗茨坐下,重新拿起报纸)一百二十个船坞:简直是一个帝国!

——幕落

第 五 幕

〔布景和第一幕相同。时间是七点钟。天色暗下来。起先觉不出天黑,因为落地窗门的护窗板紧闭着,室内半明半暗。时钟敲七下,敲到第三下的时候,左边落地窗门的护板从外面打开,透进光线。父亲推门进来。同时二楼弗朗茨的房门也开了,弗朗茨出现在楼道口。两人相视片刻。弗朗茨手提一只黑色正方小箱子:他的录音机。

第 一 场

〔父亲,弗朗茨。

弗朗茨 (站着不动)您好,爸爸。

父亲 (声音自然,亲切)你好,孩子。(他踉跄了一下,扶住一张椅子的靠背)等等,我放点光线进来。(把另一扇落地窗打开,推开护窗板。第一幕快结束时出现的绿光透进室内)

弗朗茨 (下了一级楼梯)您说吧,我听着呢。

父亲 我没有什么可对你说的。

弗朗茨 怎么?您可是缠着莱妮要她转达您的请求……

父亲 我的孩子,我到这间屋里来,是因为你叫我来的啊。

弗朗茨 (他不胜惊愕地看着父亲,然后哈哈大笑)确实如此。(他又下了一级楼梯,停下)好一盘棋!您先用尤哈娜整莱妮,后来又用莱妮整尤哈娜,三步棋就把人将死了。

父亲　谁输了?

弗朗茨　我,黑方之王。您赢腻味了吧?

父亲　除了一件事外,我对什么都腻味了,我的儿子。这件事就是:我们永远赢不了。我尽量想捞回赌注罢了。

弗朗茨　(耸耸肩膀)您最后总能得到您想要的东西。

父亲　这是最可靠的输的办法。

弗朗茨　(尖刻地)这倒是真的。(突然)直说吧,您有什么事?

父亲　此刻!看看你。

弗朗茨　我在这儿哪,请看吧,趁您还活着的时候,看个够吧。我专门拣好听的给您说。(父亲咳嗽)别咳嗽。

父亲　(带几分谦卑)我尽量不咳,(他还是咳嗽)不很容易……(控制自己)不咳啦。

弗朗茨　(望着父亲,慢吞吞地)这么愁眉苦脸啊!(稍停)笑笑吧!今天值得庆祝,父子重逢,大摆酒宴吧。(突然地)您成不了我的审判官。

父亲　谁说这个来着?

弗朗茨　您的眼神。(稍停)两个罪人:其中一个以他们共同践踏的道德准则的名义审判另一个,这出滑稽戏叫什么?

父亲　(平静而不动感情)正义。(沉默片刻)你是一个罪人?

弗朗茨　是的。您也是。(稍停)我不承认您有权审我。

父亲　那你为什么还要找我谈话?

弗朗茨　为了告诉您,我已经失去了一切,您也将失去一切。(稍停)对着《圣经》起誓,您不审判我,请起誓,否则我马上回我房间。

父亲　（一直走到《圣经》旁,打开书,把手伸过去）我起誓!

弗朗茨　那好!（走下楼梯,直走到桌旁,把录音机放在桌上。他转过身。父亲和儿子面对面）岁月对您不起作用吗?您还是老样子。

父亲　不。

弗朗茨　（走近父亲,仿佛被吸引过去。带着明显的傲慢神情,但不咄咄逼人）我重新见到您,完全无动于衷。（稍停。他抬起手。几乎是不由自主地把手搁在父亲的手臂上）老兴登堡,唉,什么?（他朝后仰一仰。生硬地,恶狠狠地）我严刑拷打过人。（沉默。激烈地）您听见了吗?

父亲　（面不改色）听见了。接着讲。

弗朗茨　讲完了。游击队搞得我们筋疲力尽;他们和村庄的老百姓串通一气,我企图使村民开口招供。（沉默。冷漠而神经质）最后总是同样的结果。

父亲　（语气沉重,缓慢,毫无表情）总是如此。

　　〔静场片刻。弗朗茨高傲地瞧着父亲。

弗朗茨　我想,您会审判我?

父亲　不。

弗朗茨　再好不过了,我亲爱的爸爸。我还要告诉您,我是施刑者,因为您是告密者。

父亲　我没有告发过任何人。

弗朗茨　波兰犹太教士?

父亲　连他也没有。我冒了风险……令人讨厌的风险。

弗朗茨　我说的就是这个意思。（弗朗茨回忆过去）令人讨厌的风险?我也冒过这样的风险。（笑）嗨!非常令人讨厌的风险!（弗朗茨笑。父亲借机咳嗽）您怎么啦?

父亲　我跟着你笑哪。

弗朗茨　您咳嗽！别咳啦,他妈的,您把我嗓子都撕破了。

父亲　对不起。

弗朗茨　您快死啦？

父亲　你知道了。

弗朗茨　（准备走近父亲,但突然后退）这下可轻松了！（他的手发抖）大概难受得要命吧。

父亲　什么。

弗朗茨　该死的咳嗽。

父亲　（不快地）不,不。

〔又一阵咳嗽,然后平息下来。

弗朗茨　您的痛苦,我感觉得到。（眼睛发呆）我曾经缺乏想象力。

父亲　什么时候？

弗朗茨　在那边。（沉默许久。他的目光从父亲身上移开,瞧着尽里的门。他说话时,又回到过去的岁月；只有在直接对父亲讲话时,他才置身于现在）上司都成了肉酱；副官和克拉吉斯在我的手中；士兵统统跪在我的脚下。唯一的指令：坚持下去,我坚持了。我可以叫人死,也可以让人活：你,去死吧！你,留在这儿！（稍停。弗朗茨站在舞台前,庄严而凄凉）我有至高无上的权力。（稍停）唵,什么？（仿佛在听一个看不见的人说话,然后转身向着父亲）有人问我："你怎么行使你的权力？"

父亲　谁问？

弗朗茨　这是在黑夜的空气里发出的声音。每天夜里。（模仿看不见的对话者发出的唧哝声）你怎么行使权力？你怎么行使权力？（大嚷）笨蛋！我要坚持到底,直到权力用尽为止！（向着父亲,突如其来地）您知道为什么吗？

父亲　知道。

弗朗茨　（有点张皇失措）啊？

父亲　你一生中有这么一次认识到你无能为力。

弗朗茨　（大声笑着说）老兴登堡始终头脑清楚,祝他万岁！是的,我认识到了。（停止笑）在这儿,由于您的缘故！您向他们出卖了犹太教士,他们拼命揪住我,而另一些人把他掐死了。我能干什么呢？（举起左手的小拇指,瞧着）连小指都没有动一下。（稍停）奇异的经历,但我劝将来的头领们别重复我的经历,因为这种创伤是医治不好的。您立我为王子,父亲。您知道谁立我为王吗？

父亲　希特勒。

弗朗茨　对喽！这是羞愧所造成的。在这个……事件之后,权力变成我的天职。您也知道我很崇敬他吗？

父亲　希特勒。

弗朗茨　您不知道吧？哦！我恨他。在此前后都恨他。但那一天,我完全着了希特勒的魔。两个领袖人物,那只能是要么互相厮杀,要么互相结合。我曾经跟希特勒相结合。犹太教士流血而死,在我无能为力之时,我感到自己有一种莫名的赞同。（回忆过去）我有至高无上的权力。希特勒使我变成另一个人,心如铁石而又神圣的人：变成了希特勒自己。我成了希特勒,超越了我自己。（稍停。向着父亲）没有给养了,我的士兵们围着谷仓转。（回忆过去）四个德国人会把我压在地上,我的下属会把俘虏们的血全放了。不行！我不能再次陷入可耻的无能为力。我起誓。天色已晚,恐怖还未实施……我必须抢在他们前面,要是有人掀起恐怖的话,那便是我。我要搞邪恶,要以一个令人难忘的行为来显示我的权力,而且是别出心裁的：把人活活地变成虫;我要一个人对付俘虏,我将对他竭尽侮辱之能事;他们一定会开口招供的。权力是一座我能见底的深渊。光挑选去死的人还不够劲;用一把小刀子和一个打火机,我就能决定对人类世界的统治。(精神失常)多么令人神往!君主们统统进地狱,这是他们的光荣,我也去。

〔弗朗茨在舞台前处于幻觉状态。

父亲　(平静地)他们招了吗?

弗朗茨　(从回忆中醒悟过来)唵,什么?(稍停)没有。(稍停)没招就死了。

父亲　输者其实是赢者。

弗朗茨　唉!一切都得学会,我的手不灵。还不灵。

父亲　(凄楚地一笑)这不是个理由,人类的统治是由输者决定的。

弗朗茨　(大声吼叫)我本来满可以像他们一样!我也满可以被乱拳打死而一声不吭!(冷静下来)然而我对此并不在乎!我保住了我的权威。

父亲　很久吗?

弗朗茨　十天。十天之后,敌人的坦克进攻了,我们全死了,俘虏也死了。(笑)对不起,当然除我以外,我没有死!根本没有死!(稍停)我所说的事没有什么是可靠的,唯一可肯定的是我严刑拷打过人。

父亲　之后?(弗朗茨耸耸肩膀)你就赶大路?躲躲藏藏?最后回到我们家?

弗朗茨　是的。(稍停)片片废墟证明我是对的,我喜欢见到我们的房屋遭洗劫,我们的儿童骨断肢残。我认为我闭门不出是因为不忍眼看德国的末日。这不对,其实我希望我们的国家灭亡,而我闭门不出是因为不愿意看到德国的复兴。(稍停)审判我吧!

父亲　你已经让我对《圣经》起过誓了……

弗朗茨　我改变了主意,结束了算啦!

父亲　不。

弗朗茨　我对您说我解除您的誓言。

父亲　施刑者能接受告密者的审判吗?

弗朗茨　不存在上帝,不是吗?

父亲　我怕的是上帝不存在,不过有时没有上帝还真麻烦。

弗朗茨　好吧,不管你是不是告密者,反正您是我天然的审判官。(稍停。父亲摇摇头)您不审判我吗?一点也不肯?那么,您脑袋里一定装着别的什么东西!那就更糟糕。(突然地)您等待什么?

父亲　什么也不等;你已在我眼前了。

弗朗茨　您等!我知道您耐心地等待着,长时间地等待着。我见到在您面前出现过冷酷无情的人,心黑手狠的人。他们对您破口大骂,您却忍气吞声,您等待着,到头来好好先生们的毅力丧失殆尽了。(稍停)说话啊!说话啊!随便讲点什么!真叫人受不了!

〔静场片刻。

父亲　今后你想怎么样?

弗朗茨　回到楼上去。

父亲　什么时候再下楼。

弗朗茨　永远也不下来啦。

父亲　你不见任何人了?

弗朗茨　我只见莱妮;她侍候我。

父亲　尤哈娜呢?

弗朗茨　（生硬地）吹了！（稍停）这个女人缺乏魄力……

父亲　你爱过她吗？

弗朗茨　孤独曾经压得我喘不过气。（稍停）如果我像现在这个样子她要我的话……

父亲　你愿意保持这个样子吗？

弗朗茨　您呢？您要我吗？

父亲　不要。

弗朗茨　（被深深触动）甚至父亲也不要我了。

父亲　甚至父亲也不要。

弗朗茨　（声音变了）原来如此？那我们干吗在一起呢？（父亲不答。弗朗茨深感焦虑地）啊，我原不该再见您。我早就预料到了！我早就预料到了。

父亲　预料到什么？

弗朗茨　预料到会落在我头上的事情。

父亲　你什么事也不会有。

弗朗茨　事情还没有发生哩。您在那儿，我在这儿，如同在我梦中一样。您就像我在梦里看到的那样等待着。（稍停）很好。我也一样，我也可以等待。（指着他的房门）在您和我之间，我关上这扇门。耐心等待六个月。（用一个指头点着父亲的头）过六个月这个脑袋里将空空如也，这双眼睛什么也看不见，虫子们将吃掉您的嘴唇，吃掉使嘴唇鼓鼓的趾高气扬。

父亲　我没有瞧不起你。

弗朗茨　（嘲笑地）真的！在我对您讲了这一切之后？

父亲　你没有给我讲什么新鲜事呀。

弗朗茨　（惊愕）你说什么？

父亲　你在斯摩棱斯克的那些事，我知道已经有三年了。

弗朗茨 （激烈地）不可能！人全死了！没有见证人。死的死,埋的埋,全完了。

父亲 除了那两个后来被俄国人释放的家伙。他们来见过我。时间是一九五六年三月。弗里斯特和舍德曼,你记得他们吗？

弗朗茨 （狼狈不堪）不记得。（稍停）他们要干什么？

父亲 要钱,以换取他们保守机密。

弗朗茨 后来呢？

父亲 我不会要挟人。

弗朗茨 他们守……

父亲 守口如瓶。你已经把他们给忘了,接着讲吧。

弗朗茨 （眼睛发呆）三年？

父亲 三年。我几乎立即宣布说你死了；第二年我把魏纳尔叫了回来,这样做比较审慎。

弗朗茨 （没有听父亲说话）三年！我对螃蟹们发表演说,我骗了他们！而三年之中,我在这儿早已暴露无遗了。（突如其来地）是不是从这时候起您千方百计想见我？

父亲 是的。

弗朗茨 为什么？

父亲 （耸耸肩膀）不为什么？

弗朗茨 他们坐在您的办公室里,您听着他们,因为他们认识我,突然间其中一个对您说道："弗朗茨·冯·格拉赫是一个刽子手。"晴天霹雳。（试图开玩笑）我想这出乎您意料之外吧？

父亲 不。不太意外。

弗朗茨 （大嚷）在我离开您的时候,我是干干净净的,洁白无瑕,我曾经想营救那个波兰人……不感到意外吗？（稍停）您是怎么想的？您当时什么也不知道,但一下子,您知道了！（声音更响)您是他妈的怎么想的?

父亲　(带着深厚的温情但又忧郁)我可怜的孩子!

弗朗茨　什么?

父亲　你问我是怎么想的,我告诉你。(稍停。弗朗茨挺直整个身子,突然扑倒在父亲的肩上恸哭起来)我可怜的孩子!(父亲笨拙地抚摸弗朗茨的后颈)我可怜的孩子!

〔静场片刻。

弗朗茨　(突然直起身子)行了!(稍停)意外打动了我的感情,我有十六年没有哭了,十六年后我又哭了。别可怜我,这反而使我恼火。(稍停)我不大喜欢自己。

父亲　为什么你要喜欢自己呢?

弗朗茨　对啊。

父亲　与此有关的是我。

弗朗茨　您喜欢我,您?您喜欢斯摩棱斯克的刽子手?

父亲　斯摩棱斯克的刽子手,是你。

弗朗茨　好,好,您别感到不好意思。(故意笑得俗不可耐)所有的情趣都是天生有的。(突然地)您在折磨我!每次您透露出您的想法,都是因为这些想法有助于您计划的实现。我对您说您在折磨我:先给我几下子,然后可怜我,当您认为我到时候了……得了!这件事您已经反复考虑了很久,您太专横,以至于非按您的方式解决不可。

父亲　(忧郁的嘲笑)专横!这在我早已成为过去的事。(稍停,他自个儿笑了笑,轻松了一点,但仍然阴郁。然后他转身向着弗朗茨。非常温和,但极其坚定)但对这件事,我是专横的,由我来解决吧。

弗朗茨　(猛地朝后一跳)我不许您插手。这跟您有什么关系?

父亲　我要你不再痛苦。

弗朗茨　（冷酷、粗暴、好似在指责别人）我不痛苦,我使别人痛苦过。也许您能领会两者细微的差别?

父亲　我领会。

弗朗茨　我把什么都忘了,连他们的喊叫声都忘了。我脑子里现在是空空的。

父亲　我已料到了,但这更难受,不是吗?

弗朗茨　为什么?

父亲　十四年来你摆脱不了一种你自己造成的但你自己又感受不到的痛苦。

弗朗茨　谁请您谈论我?是的,这更难受,我好似一匹马,痛苦骑在我身上。但我并不欢迎痛苦这个骑士。（突然地）那么有什么解决办法?（瞧着他的父亲,圆睁双目）您滚吧!（转身背着父亲,吃力地登上楼梯）

父亲　（没有做阻止弗朗茨的表示。但当弗朗茨走上二楼楼梯平台时,他用很响亮的声音说）德国就在你的房间里!（弗朗茨慢慢转过身来）德国活着,弗朗茨!你再也无法忘怀了。

弗朗茨　我知道,尽管败了,但德国还勉强活着。我自己会安排的。

父亲　正因为德国失败过,所以今天成为欧洲最强大的国家。你怎么办?（稍停）我们既是祸根,又是赌注。人家宠爱我们,所有的市场都向我们开放,我们的机器开动着:这是一座炼铁炉,停不下来。得天独厚的失败,弗朗茨,我们既有黄油又有枪炮,还有士兵,我的儿子!明天还有炸弹。到那时,我们只要像马那样抖动一下鬃毛,你就会看到我们的保护人像跳蚤一样乱蹦乱跳。

弗朗茨　（最后的辩解）我们统治着欧洲,而我们是战败者。要是我们是战胜者,那会怎么样?

父亲　我们不可能战胜。

弗朗茨　那场战争,应该打败吗?

父亲　本来就应该玩输家算赢家的游戏,自古以来一直如此。

弗朗茨　您就是这么做的吗?

父亲　是的,从双方一交手我就如此。

弗朗茨　那些热爱国家而且为了胜利牺牲自己军人荣誉的人们……

父亲　(平静而冷酷)他们很可能延长屠杀和影响重建。(稍停)实际上他们并没有作什么恶,只不过杀了个别人而已。

弗朗茨　这是一个很好的思考题;这下我回到房间里有事可干了。

父亲　你在房间里一刻也待不住啦。

弗朗茨　那您就错了:既然这个国家否认我,我便否定这个国家。

父亲　你已经尝试了十三年,并无很大成效。现在你全知道了,你怎么还能旧戏重演呢?

弗朗茨　我怎么能丢得开我演的戏呢?要么德国灭亡,要么我就是一名普通法的罪犯,二者必居其一。

父亲　正是这样。

弗朗茨　怎么办呢?(瞧着父亲,突然)我不愿意死。

父亲　(平静地)为什么不愿意?

弗朗茨　我倒正要问您为什么呢。您已经留名在世了。

父亲　你知道这我根本不在乎!

弗朗茨　爸爸,您撒谎,您要造船,您已经造出了。

父亲　我造船是为了你。

弗朗茨　哟!我以为您生下我是为了船哩。不管怎么说,船造出来了。您死了,船队载着您的名字。我呢?我能留下什么?

父亲　什么也没有。

弗朗茨　（精神失常）所以我要活一百年。我，我只有这一条命。（惊慌）我只有这条命。别想夺走我这条命。请相信我讨厌我这条命，但我觉得它比虚无要强。

父亲　你活，你死，总而言之，都是虚无。你什么也不是，你什么也不干，你什么也没干出来，你什么也干不了。（长时间静场。父亲慢慢走近楼梯，靠着灯站到弗朗茨下面，仰着头对他说）我请你原谅。

弗朗茨　（一下子吓呆了）请我，您？这是一个花招！（父亲等待着。弗朗茨突然问）原谅什么？

父亲　对不起你。（稍停。带着微笑）父母都是笨蛋，他们阻挡太阳。我以为世界是不会变的，而世界变了。你记得我给你描绘过的前程吗？

弗朗茨　记得。

父亲　我不断跟你讲前程，你，你也看到了你的前程。（弗朗茨点头表示同意）其实这个前程只是我的过去。

弗朗茨　是的。

父亲　你以前就知道了吗？

弗朗茨　我一直知道。起初，我非常喜欢。

父亲　我可怜的孩子。我原想你在我之后领导企业。其实企业在领导我们，企业在选择它需要的人才，企业把我淘汰了，我拥有所有权，但我指挥不了了。而你，我的公子，企业一开始就把你拒之门外，企业要个公子哥儿来干吗？企业自己培养和招聘着它的管理人员。（在父亲说这番话的时候，弗朗茨慢慢走下楼梯）我把我的本事全给了你，给你灌输了我那贪婪的权欲，但这一切都无助于你，真遗憾！为了达到目的，你曾冒过最大的风险,但你瞧,企业把你的行动全变成了欺人之谈。你的烦恼最后促使你犯罪,到头来在你的罪行中,企业把你清除了,你的失败导致了企业的壮大。我不喜欢搞什么良心责备,弗朗茨,这无济于事。如果当年我能想到你可能在别的地方或以别的方式有所作为……但我把你培养成了一个君王,用现在的话来说,毫无用处的人。

弗朗茨 (带着微笑)我注定如此?

父亲 是的。

弗朗茨 注定无能?

父亲 是的。

弗朗茨 注定要犯罪?

父亲 是的。

弗朗茨 由于您?

父亲 由于我灌输给你的感情欲望。告诉你的螃蟹法庭,有罪的只是我一个人,我承担一切罪过。

弗朗茨 (带着同样的微笑)这才是我想听您说出来的话哩。(他下完最后几级楼梯,然后与父亲并排站着)现在我接受了。

父亲 接受什么?

弗朗茨 接受您期待着我的事情。(稍停)唯一的条件是两个人一起去,而且马上去。

父亲 (突然变得尴尬)马上?

弗朗茨 是的。

父亲 (声音变哑)你是说今天?

弗朗茨 我是说,此刻。(沉默)这是您所希望的吗?

父亲 (咳嗽)不要……这么快。

弗朗茨 为什么不呢?

父亲　我跟你刚刚重逢。

弗朗茨　您没有跟任何人重逢,您自己也在内。(神态平静,老实,这是他第一次有这样的表情,但完全绝望了)我只不过是您诸多形象中的一个形象,其他形象还在您的头脑里。不幸的是我这个形象形成了肉身。在斯摩棱斯克的一天夜里,我这个形象有过那么……什么呢? 有过一分钟的自主。而现在除了这件事外您承担一切罪过。(稍停)我在这儿过了十三年,我抽屉里一直放着一支上了子弹的手枪。您知道我为什么没有自杀吗? 我心里想:"木已成舟,改变不了。"(稍停。非常真诚地)死不解决任何问题,因为不能解决我的问题。我原希望……您会感到好笑,我原希望根本没有出生在这个世界上。我在楼上并不成天撒谎。晚上我在房间里踱来踱去,我想念您。

父亲　而我,我就在这儿,坐在这张扶手椅上。你来回走着。我听着你。

弗朗茨　(麻木,无表情地)啊!(紧接着说)我曾经想:"如果有办法把这个叛逆的形象追回来,把它还给我,并使它融化在我之中,那么恐怕只有他了。"

父亲　弗朗茨,其实只不过有过我罢了。

弗朗茨　说得轻巧,请证明您的话。(稍停)只要我们都活着,我们总是两个人,不是一个人。(稍停)梅塞戴斯牌汽车当时有六个座位,但您只带我一个人。您说:"弗朗茨,应该锻炼你,我们开快车。"我当年八岁,我们沿易北河的那条道开出去……"鬼桥"还在吗?

父亲　一直在。

弗朗茨　那是条险道,每年都死人。

父亲　在那儿死的人一年比一年多。

弗朗茨　您一边对我说:"我们到了",一边加大油门。我害怕得要死,但又高兴得要命。

父亲　(微微一笑)有一次我们差一点翻车。

弗朗茨　有过两次。如今车速更快了吧?

父亲　你妹妹的那辆波尔舍牌汽车每小时能开一百八十公里。

弗朗茨　咱们就用这一辆吧。

父亲　这么快就去!……

弗朗茨　您还盼望什么?

父亲　暂缓一缓。

弗朗茨　您已经缓期了,(稍停)您很清楚不能再缓。(稍停)我没有一刻不在恨您。

父亲　现在呢?

弗朗茨　现在,不。(稍停)您的形象将同所有埋在您头脑里的其他形象一起化为乌有。您是我的起源,也将是我的归宿,咱们善始善终吧。

〔静场片刻。

父亲　好。(稍停)我生了你养了你,现在我将毁掉你。我的死包括了你的死,最终其实是我一个人去死。(稍停)等一等。我也没有想到一切会发展得这么快。(微笑,但掩盖不了内心的焦虑)真有意思,一条生命在空旷的天空下报销了。这……这不说明什么。(稍停)不会有人审判我。(稍停)你知道,我,我也不喜爱我自己。

弗朗茨　(把手搁在父亲的手臂上)这和我有关。

父亲　(表情不变)到头了。我是一片云彩的影子,等下过一场骤雨,太阳又将照耀我生活过的地方,我才不在乎哩,赢者输了。这个压死我的企业,是我创建的。没有什么可遗憾的。(稍停)

弗朗茨,你乐意开快车吗?这能锻炼你啊。

弗朗茨　我们开波尔舍牌车,好吗?

父亲　当然。我去车库把车开出来。等我一下。

弗朗茨　您一会儿给个信号吧?

父亲　开车灯为号?好。(稍停)莱妮和尤哈娜在平台上。跟她们告别吧。

弗朗茨　我……好吧……叫她们吧。

父亲　回头见,我的孩子。(下)

第 二 场

〔先是弗朗茨一人,后莱妮、尤哈娜上。

〔传来父亲在后台的喊声。

父亲　(在幕后)尤哈娜!莱妮!

〔弗朗茨走近壁炉,望着他的照片。突然扯下黑纱,扔到地上。

莱妮　(刚出现在门口)你在干什么?

弗朗茨　(笑着)我活着,不是吗?

〔尤哈娜跟着进屋。弗朗茨走到台前。

莱妮　你穿便服了,中尉?

弗朗茨　爸爸马上开车送我去汉堡,明天我就搭船走。你们再也见不着我了,尤哈娜,你赢了。魏纳尔自由了。像空气那样自由。祝您一切顺利。(他站在桌子旁边,用食指点着录音机)我把录音机送给您,还有我最好的讲话录音:一九五三年十二月十七日的录音。那天我很有灵感。您以后再听。哪一天您想了解我的辩护词,或干脆你只是想听听我的声音,你再打开。您接受吗？

尤哈娜　我接受。

弗朗茨　永别了。

尤哈娜　永别了。

弗朗茨　永别了，莱妮。（像父亲那样抚摸莱妮的头发）

莱妮　你们用哪一辆车？

弗朗茨　你的车。

莱妮　你们从哪儿走？

弗朗茨　走易北河岸。

〔两盏汽车的前灯在屋外亮着，亮光通过落地窗透进室内。

莱妮　我明白了。父亲在给你打信号哪。永别了。

〔弗朗茨退场。汽车开动的声音。声音越来越响，后又逐渐减轻。灯光射到另一扇窗，然后消失。汽车开走了。

第 三 场

〔尤哈娜，莱妮。

莱妮　现在几点了？

尤哈娜　（靠时钟比较近）六点三十二分。

莱妮　六点三十九分我的波尔舍牌汽车将跌进水里啦！永别了！

尤哈娜　（感到恐惧）为什么？

莱妮　因为"鬼桥"离这儿只有七分钟的路程。

尤哈娜　他们要……

莱妮　是的。

尤哈娜　（刻薄、全身紧张）你杀害了他！

莱妮　（也很刻薄）你呢？（稍停）有什么办法？他不想活了。

尤哈娜　（始终竭力控制自己，几乎忍不住了）七分钟。

莱妮　（走近时钟）现在还有六分钟，不，五分半钟。

尤哈娜　难道我们不能……

莱妮　（始终刻薄地）追上他们？不妨试试。（沉默）现在你准备怎么办？

尤哈娜　（装出无情的样子）由魏纳尔决定，你呢？

莱妮　（指着弗朗茨的房间）上面需要有一个隐居者。现在轮到我了。尤哈娜，我再也不见你啦。（稍停）劳驾告诉海尔德，要她明天早上敲那扇门，我有事吩咐她。（稍停）还有两分钟。（稍停）我并不恨您。（走近录音机）辩护词。（打开录音机）

尤哈娜　我不愿意……

莱妮　七分钟！得了，他们死了。

〔莱妮说完话立即按录音机的键。弗朗茨的声音立刻响起来。弗朗茨的说话声回荡的时候，莱妮穿过屋子，登上楼梯，走进弗朗茨的房间。

弗朗茨的声音　（从录音机发出）

千秋万代啊，我的时代，孤独而丑陋，他是被告。委托人亲手剖腹。你们以为是白色淋巴液的东西，其实是血，因为被告是饿死的，所以没有红血球了。但我要告诉你们引起器官千疮百孔的秘密：如果人类不被凶恶的世仇所暗算，不被发誓要毁他的食肉动物所暗算，不被没毛而恶毒的畜生所暗算，不被人类自己所暗算，这个世纪本来会是美好的。一加一等于一，这就是我们的奥秘。野兽隐藏着，我们意外地突然在我们同类的眼睛深处看到了野兽的目光，于是我们就大打出手：所谓预防性的正当自卫。我意外瞥见了这只野兽，我打了一阵，结果倒下的是一个人，在他死前的眼睛里我看到了野兽。活着的野兽：就是我。一加一等于一,多么大的误会哟!我嗓子眼里的这股油哈喇和寡味是谁的?是什么味?是人的?是野兽的?是我自己的?这是我们时代的滋味。幸福的千秋万代啊,你们不知道我们的憎恨,你们怎么会理解我们由杀生欲望而产生的那股残酷力量。爱,恨,一加一……请恕我们无罪吧!委托我诉讼的人最先懂得羞耻:他知道他是赤身露体的。美丽的孩子们,你们是我们所生,是我们痛苦的产儿。我们这个时代是一位妇女,她生儿育女,难道你们会给你们的母亲判罪吗?唵?回答啊!(稍停)第三十世纪不肯回答。或许在我们这个世纪之后就不再存在什么世纪了。或许一颗炸弹把一切光明全都扑灭。一切都将死亡:眼睛,法官,时间,黑夜。啊,黑夜的法庭,你过去是,将来是,现在是,我曾经是那样一个人,我曾经是那样一个人!我,弗朗茨·冯·格拉赫,这儿,在这个房间里,我啊!我啊!我以肩负这个时代为己任,我说过:我将为这个时代负责。今天负责,永远负责。唵,什么?

〔莱妮已进入弗朗茨的房间。魏纳尔出现在花厅门口。尤哈娜见到魏纳尔,向他走去。两人面无表情,他们互相没有说话就退场了。从"回答啊"这句话开始,舞台上空无一人。

——幕落

五幕剧

凯 恩

——根据大仲马原著改编

（一九五三年）

郭安定 译

人　物

凯恩

安娜·丹比

爱莲娜·科菲尔德伯爵夫人

艾梅·高斯维尔伯爵夫人

科菲尔德伯爵

威尔士亲王

索罗门

第 一 幕

第 一 景

〔科菲尔德伯爵家的客厅。

第 一 场

〔爱莲娜,管家,仆人。

管家 (发号施令)牌桌都支好了吗?

仆人 两桌惠斯特牌,另一桌是波斯顿牌。

管家 通知乐师了吗?

仆人 乐师九点半准时在大厅里聚齐。

爱莲娜 (在写信)别忘记给男士们准备雪茄烟……都很好。管家先生,晚会进行中,请您不要走开。

〔管家下。

仆人 (通报)高斯维尔伯爵夫人到。

爱莲娜 噢!请进,快请进来!

〔艾梅上,仆人下。

第 二 场

〔爱莲娜,艾梅。

爱莲娜　您真好,这么早就到了。咱们俩有好多话要说呢!

艾梅　我是有意赶在所有的人之前到的。您可不知道我这个赶喽!亲爱的,如今人们不再相互探望,仅仅是碰碰面罢了。天哪,我累坏了!新市场有赛马会……我当然不能不去。

爱莲娜　我觉得,您并不喜欢看赛马。

艾梅　可不,我是不喜欢这玩意儿。人们拥在一起看马儿跑,我觉得荒唐透了。马总是要跑的,有什么稀奇?那是它们的天性嘛。长了四只傻蹄子,不跑干什么?再说,男人们除了骑马,还会干什么?把一打男人放到一打马身上,立刻热闹了:骂骂咧咧,大吼大叫,扬鞭抽打,又蹦又跳,接着就撒开蹄子跑起来。要是没有一匹马驮着背上的男人最先到达终点,那倒是怪事。可是,为了展示马儿的奔驰,用得着调遣那么多上流社会人士吗?不过,爱莲娜,我是为了尽职责才去的呀!其实您也有同样的职责;只不过您越来越疏于尽责了。

爱莲娜　亲爱的,我不是英国人,因而没有……

艾梅　您不是英国人,可您是大使夫人啊。在我们欢庆的场合,丹麦大使的夫人要是不露面,我们怎么能够断定丹麦人和我们相安无事呢?仅仅这个星期,我就听了四出歌剧,参加了两场舞会,出席了四次晚宴。您说有什么办法?我也不是铁打的;看到女友们逃避义务,爱莲娜,恕我心直口快,我心里真不是滋味。

爱莲娜　昨天我到德鲁里·莱茵剧院看戏去了。

艾梅　去德鲁里·莱茵,当然聊胜于无。不过,那费不了多大气力。坐在包厢里,可以浑身放松,闭上眼睛,甚至打打瞌睡。而我,在那段时间,正跟瘸腿的莱赛斯特老公爵跳舞呢。回到家里,连我也一瘸一拐了。对了,昨晚德鲁里·莱茵演的是什么戏?

爱莲娜　《哈姆莱特》。

艾梅　还是这出!真烦人,剧作家都死了,他们变不出新花样啦。

爱莲娜　变化还是有的;每次演出都有新演员出场嘛。

艾梅　话是这么说,不过您知道,要是看上十几遍奥瑟罗拿枕头闷死苔丝狄蒙娜,奥瑟罗能变,苔丝狄蒙娜也能变,可用的总还是枕头啊。我第一次看《哈姆莱特》的时候,刚刚十五岁。哈姆莱特一声喊:"老鼠!"吓得我立刻把双脚缩上座位,用裙裾紧紧裹住脚踝。然而到了今天,惊恐效应已不复存在了。不论哪位演员,哪怕是扬或是肯布尔喊出那声"老鼠",我也不会动一动。我知道,那是波洛涅斯藏在幕布后面。

爱莲娜　昨天晚上您要是去了,一定会跳上座位。

艾梅　把裙裾裹住脚踝?

爱莲娜　还会吓得叫起来!

艾梅　那么,是凯恩演的?

爱莲娜　正是凯恩。

艾梅　他怎么那么神呢?

爱莲娜　说不清楚。我……我当时觉得,眼前就是哈姆莱特本人。

艾梅　嘀,真有那么了不起吗?一个男子汉,一举手就能把他叔父杀死;却拖了整整五幕戏才下定决心!您那位哈姆莱特呀,真是个蠢货,有什么可看的!到了戏院,碰上些平常不屑于理睬的人,真叫人憋气。我看呀,您还不如说是去看凯恩……

爱莲娜　凯恩?舞台上难道是凯恩吗?昨晚我见到的男子,正是哈姆莱特其人。

艾梅　不错,就像前天此人是罗密欧,上个月是麦克白一样。对他的情妇来说,那该有多快活呀;当然,如果他有情妇的话。这位情妇,某个晚上可以被丹麦王子搂着睡觉;第二天又倒在威尼斯的摩尔人的怀抱里。最水性杨花的女人也会心满意足。爱莲娜,您不会捶打我吧?

爱莲娜　当然不会。到底怎么回事?

艾梅　嗨!疯子们讲的故事。博您一笑而已。

爱莲娜　我会开怀大笑的。讲吧。

艾梅　这里不会有别人听见吧?

爱莲娜　艾梅,您怎么啦,大惊小怪的。

艾梅　您知道人们说些什么吗?

爱莲娜　人们是谁呀?

艾梅　上流社会呗。

爱莲娜　那么,让我猜猜。人们说:哪个丈夫被妻子欺骗,要不就是哪位妻子受到丈夫冷落。对不对?

艾梅　不完全如此。

爱莲娜　那么,人们不完全如此说的,会是谁呢?

艾梅　(拉住爱莲娜的双手)爱莲娜,亲爱的朋友……(稍停)说的是您呀。

爱莲娜　我!怎么可能!

艾梅　人们说,莎士比亚搅昏了您的脑袋。

爱莲娜　果真如此,英国人应该庆幸才对呀。

艾梅　是这样,肯定是这样。

爱莲娜　如果莎士比亚是他们的上帝,为什么此翁就不能成为我的上帝呢?

艾梅 问题就在这里;他们开始捉摸,您去教堂是不是去朝拜上帝。

爱莲娜 那我去朝拜谁呢?

艾梅 牧师。

爱莲娜 扬?

艾梅 说到哪儿去了!

爱莲娜 马克瑞迪?

艾梅 可能吗?

爱莲娜 肯布尔?

艾梅 哈!哈!哈!(稍停)是凯恩。

爱莲娜 噢!真荒唐。这话是从哪儿传出来的?

艾梅 谁知道?从天上掉下来的流言蜚语呗。

爱莲娜 从天上掉下来,正好落到我们最好的女友们耳朵里。(摸了一下艾梅的耳朵)这只漂亮的耳朵,有多少流言蜚语钻了进去呀!(凑上去做倾听状)真的,这是一个海螺,我听到了大海的咆哮。那么,是说我爱上他了?

艾梅 爱得发狂。

爱莲娜 我会为他做出什么事来?

艾梅 什么都做得出来。

爱莲娜 不胜荣幸。我有意大利血统:敢爱敢恨,从不含糊。那么,人们是谴责我喽。

艾梅 人们可怜您。

爱莲娜 遗憾。我倒宁愿受责骂。

艾梅 好好考虑考虑吧!爱上了个凯恩。

爱莲娜 轻点儿,亲爱的。我并没有承认什么。但是,为什么就不能爱凯恩呢?

艾梅 那是个戏子呀!

爱莲娜　戏子又怎么样？

艾梅　这种人不能进我们的客厅……

爱莲娜　更不应在我们的闺房里受到接待……艾梅,我是在威尔士亲王家里遇上凯恩先生的。

艾梅　亲王可以随心所欲………老实说,爱莲娜,此人很不正派。

爱莲娜　是吗？

艾梅　天哪,只有您一个人蒙在鼓里！知道吗,他有一千零二个女人！

爱莲娜　一千零二个？

艾梅　一千零二个。

爱莲娜　一个不多,一个不少？

艾梅　正是。他说,再来一个,他就和唐璜并驾齐驱了。

爱莲娜　看样子,我将是第一千零三个了？

艾梅　可不是吗……除非从现在起……

爱莲娜　我看,这可怜的男人,现在该厌倦了吧。

艾梅　可是,爱莲娜,这种事并不那么累人呀。再说,此人十年前就声名狼藉了。十年搞了一千个女人,就是说,三天换一个;每年还有两个月休整。

爱莲娜　这种情况有什么罪过吗？我想,这些女人都是出于自愿。凯恩先生只不过是巧于安排罢了。

艾梅　嗨！别开玩笑了。此人罪大恶极,狂妄自大,因出身低贱而怨气冲天;为了和威尔士亲王争豪华比阔气,这个浪子大把大把往窗户外面扔钱;他负债累累,要不是利用了某些贵妇的善心,早就进班房了;这个神气活现的暴发户,可惜他那些俗不可耐的情趣泄露了他出身低贱的老底……

爱莲娜　凯恩,俗不可耐？

艾梅　每天晚上,一脱下理查或是亨利的行头,他就穿上水手服装,往小酒馆跑。

爱莲娜　果真如此?

艾梅　果真如此。

爱莲娜　啊!现在看起来,您说得有道理:此人很糟糕。

艾梅　您也看明白了吧。

爱莲娜　一个卑鄙无耻之徒!

艾梅　说得好极了。

爱莲娜　寡廉鲜耻!

艾梅　唉!

爱莲娜　您就把这么一个男人塞给我当情夫吗?您真是爱我爱到家了!

艾梅　爱莲娜!我可从来没有相信呀!

爱莲娜　当然,亲爱的。请相信:我不相信您会相信的。在这一点上,我和您完全一样。无论走到哪里,我都为您辩护。

艾梅　您为我辩护?老天,这指的是什么?

爱莲娜　指的流言蜚语呀,从天上掉下来的流言蜚语,知道吧。对了,代尔木斯爵士日子过得怎么样啊?

艾梅　代尔木斯爵士……可是……我怎么知道?我……不太熟悉他。

爱莲娜　啊!我到处打听他的消息。他不是挺招人爱的吗?我可真喜欢他,这善良的年轻人,这英俊的小伙子,那么漂亮,那么彬彬有礼、风度翩翩,娇嫩得提高嗓门都怕把他震碎了。他那长长的睫毛,亲爱的,紧贴着面颊忽闪忽闪地颤动,该有多少柔情蜜意啊。他具有所有的优良品格,只少了一条:不善保密,喜好张扬。

艾梅　喜好张扬？

爱莲娜　对,不太审慎。可是,谁会相信他的话呢？大家都认为他是一个自命不凡的花花公子,一个傻乎乎的纨绔子弟。您说呢？

艾梅　我？唉,我什么也没说。

爱莲娜　那么,我同样什么也没说。(两人笑起来)什么也没说,时间过得还挺快。

艾梅　说了些无关紧要的事,时间就过去了。(拿起扇子)噢！这扇子真好看！

爱莲娜　别人送的。

艾梅　谁送的？

爱莲娜　一个搞过一千个女人的唐璜,一个浪子,一个负债累累的男人……

艾梅　是……

爱莲娜　不,亲爱的,是威尔士亲王。

艾梅　嘀！

爱莲娜　人们也会说我对威尔士亲王有意思吗？

艾梅　要说的话,那是他对您起了意。亲爱的大使呢？他不在吗？

爱莲娜　您的愿望就是命令:他来了。

第 三 场

〔前场人物,伯爵。

伯爵　再见,欧洲的列位君主,今天晚上,我只认识一位王后。

〔伯爵亲吻艾梅的手。

艾梅　可惜我无法相信您的话！

伯爵　为什么您不相信我的话?

艾梅　因为我了解外交官。他们嘴上说白,心里想的是黑。

伯爵　那么,我就说黑。好,美丽的伯爵夫人,我这样说:您身上的连衫裙做工粗劣,使您的腰身要多难看有多难看。(说着笑了起来)

艾梅　有什么证据,表明您心里不是这么想的呢?

伯爵　(语塞)但是,伯爵夫人……

艾梅　如果我是那种使您不安的人,您一定会这样做:利用我对外交官的疑虑,把您心里的话直说出来,又让我相信,您说的不是心里话。这便是外交手腕的二次方了。

爱莲娜　是呀。假如我的嫉妒心很重,他打算恭维您而不引起我的警觉,就得根据我们俩不同的幼稚程度来斟酌。他说您不好看的时候,一方面要让您知道他说的是假话,同时又要让我相信他说的是真话。这就是外交手腕的三次方了。

艾梅　还有四次方呢!请设想,他认为您是个轻浮的女人,并且打定主意,要挑动您的嫉妒心。他说我丑,正是引导您得出结论,认为他是故意这么说,叫您以为我不招他喜欢。至于五次方嘛……

伯爵　饶了我吧,女士们,别说了行不行!我发誓:搞外交并没有这么复杂。要是必须这么弯弯绕,干脆让女人当大使好了。

艾梅　那么,伯爵,我到底是美还是丑,您说呢?

伯爵　夫人,我真不知说什么好了……

艾梅　您这个办法最高明,我相信您的沉默。

爱莲娜　高斯维尔爵士来吗?

艾梅　恐怕不会来了。他正给梅维尔爵士帮忙,攀那桩门不当、户不对的婚姻呢。

爱莲娜　梅维尔爵士？他要结婚？

艾梅　他破了产，不得不这么做。

爱莲娜　娶的是哪位千金？

艾梅　一袋黄金。

爱莲娜　就是一只口袋，也得有个名字吧。

艾梅　您想知道也可以告诉您。不过，这是个毫不起眼、谁也记不住的姓氏。安妮……安娜……

伯爵　丹比。

爱莲娜　丹比？对了，这个姓好像在哪儿听说过，有点印象。但是，到底有件什么事来着？

伯爵　安娜·丹比，亲爱的，就是那位姑娘，在德鲁里·莱茵戏院租了包厢，正好在咱们对面。

爱莲娜　对，她那双眼睛，简直要把凯恩吞下去。不过，她人倒是挺可爱的。

艾梅　真有那么好？

爱莲娜　总而言之，长得不错。要挑毛病的话，就是还不够稳重。她一场演出都不落；正是那股执着劲，引起了我的注意。

伯爵　可以肯定，她也注意到您了。

爱莲娜　她注意我干什么？难道我把上半身探到包厢外面去了吗？难道每次独白我都拼命鼓掌，把手套都拍破了吗？

艾梅　大概是因为她喜爱莎士比亚吧？

爱莲娜　喜爱莎士比亚？可能吧。但愿这小妮子结婚以后变得懂事一些。

艾梅　这么一来，这个勾引女人的家伙倒真叫人捉摸不透了。（对伯爵）先生，我是否可以冒昧请求您，此人下次演出时，在您的包厢里，给我留个座位？

伯爵　什么？您也想见识此人？

艾梅　正是,而且要从近处观看。从您那台口边上的包厢,他的表情变化,可以一目了然。

伯爵　好极了。那么,今天晚上您就可以在近处一睹他的容颜。

艾梅　今天晚上？

伯爵　他参加我们的晚宴。

爱莲娜　先生,您邀请了他？事先竟不给我打个招呼？

伯爵　邀请……邀请……难道能邀请这种人吗？我是召一个丑角来侍候各位。正餐吃完后,他将表演福斯塔夫①。

爱莲娜　您竟不给我打个招呼！

伯爵　爱莲娜,这是为了讨亲王的喜欢,亲王喜欢拿他开心逗乐。女士们,我本来打算给殿下一个意外的惊喜,可你们早早地就引诱我把秘密吐露出来;还说我是外交家呢。(管家上,送上一封信)可以吗？(看信)这世道可真奇怪,大官请戏子,竟遭到拒绝！

爱莲娜　是凯恩？

伯爵　就是他。

爱莲娜　他拒绝了。

伯爵　可不吗！难以置信。

爱莲娜　您的信没有什么不恰当的提法吧？

伯爵　听听他的回信,您自己判断判断。(大声读信)"大人:非常抱歉。您打算赏给我的荣誉,肯定是给予一名戏子的。尽管您万分客气不直说出来,我敢打赌,今晚我要是不来助兴,在晚餐末尾饰演胖小丑福斯塔夫,或者长着驴头的波顿②,诸位

---

① 福斯塔夫,莎士比亚的《亨利四世》及《温莎的风流娘儿们》中的喜剧人物。
② 波顿,莎士比亚的《仲夏夜之梦》中的人物。

定会感到扫兴。想到能够让诸位心旷神怡,我本人深感欣慰。不幸的是,您无法请戏子而不请其人;而其人今晚正好有事无法推迟。大人,恳请您发善心,把我最深沉的歉意及最诚挚的敬意置于伯爵夫人的足下。"

艾梅　好啊!多么放肆无礼!

伯爵　(不悦)不对,亲爱的朋友,不能说是放肆无礼。

艾梅　不对?

伯爵　不对。真要是放肆无礼,我就该生气了。而我当大使的尊严不允许我发脾气……爱莲娜,您怎么了?

〔爱莲娜见亲王进来,躬身屈膝行礼。

仆人　威尔士亲王殿下驾到。

〔仆人下。

第 四 场

〔前场人物,亲王。

亲王　(上,注视众人,发出笑声)哈!哈!

伯爵　(见亲王直乐感到好笑)嘻!嘻!

亲王　(兴头越来越大)哈!哈!哈!

伯爵　嘻!嘻!嘻!

爱莲娜　大人,您可真开心呀。

亲王　(行吻手礼)女士们,请原谅。我忍不住笑出来,因为一桩惊人的绯闻在伦敦街头不胫而走,传得沸沸扬扬。

爱莲娜　大人,讲给我们听听,我们就原谅您。

亲王　嗨呀!要是没人听我讲,我就跑到泰晤士河边,对着芦苇讲啦。

爱莲娜　我预先声明,我不信,一个字也不相信。

艾梅　大人,讲吧,讲故事用不着管谁信谁不信。

亲王　梅维尔爵士……(哈哈大笑)哈!哈!

伯爵　(笑)嘻!嘻!

亲王　梅维尔爵士……(他笑,大家也笑)

艾梅　饶了我们吧,大人,饶命吧!

亲王　(上气不接下气)没人肯嫁的货色!

伯爵　没人肯嫁的货色?我还以为……

亲王　以为他要结婚?我想,他自己也这么以为,和您一样。证明就是:他添置衣物家具,修整房屋、车辆,购置马匹,清理债券债务。可是,就在今天晚上,迎亲的人前往新娘家……(大笑)噗啊!……

伯爵　噗啊?……

艾梅　噗啊?……

亲王　飞啦!门开着,笼子里什么也没有啦!

〔又笑起来。

爱莲娜　可怜的姑娘,别人给她安排婚事,她不愿意!(亲王仍笑个不停)您还笑呢,亲王!女孩子要是遇上不幸怎么办?

亲王　跟心上人跑出去旅行,也算不幸?

爱莲娜　跟心上人?

艾梅　知道不知道诱拐者是谁?

亲王　知道不知道?此公大名鼎鼎!

艾梅　亲王,亲王,快说呀,求您了。

伯爵　女士们,不要催逼殿下,你们可能让殿下为难了。

亲王　我吗?不,亲爱的朋友,我绝不攻击资产阶级。女士们,此人是个戴着王冠的国王,而我直到现在还不慌不忙,等待王冠往我头上戴呢。——上帝保佑我哥哥健康长寿。

爱莲娜　那么,到底是谁呢?

亲王　是个唐璜!是个福布拉斯骑士!是三个王国的黎塞留①!……他的名字叫:埃德蒙·凯恩!

爱莲娜　凯恩!

亲王　此时此刻,女士们,这个男人和那个女子,正在去利物浦的路上呢。

爱莲娜　这……这不可能。

艾梅　为什么不可能,爱莲娜?你刚才不是说,这小妮子两眼像要把他吞掉似的……

伯爵　他拒绝邀请,原因就在这里?

亲王　他拒绝邀请?他本应来这里?

伯爵　大人,我邀请他来,本打算让您高兴高兴。

亲王　他拒绝邀请倒成了件好事;否则,人家说不定把您当成同谋,弄不好还会破坏丹麦同英国的关系,那可就……女士们,应当庆祝一下,此事给我们的家园带来平静;对公职人员的道德来说,也是件善举。我敢打赌:今天晚上,半个伦敦城都会灯火通明。

艾梅　真有那么吓人?

亲王　看吧!

艾梅　有人说,某些贵妇人对此人恩宠有加,把他提高到和自己平起平坐的地位。

亲王　夫人,更确切地说,是她们心甘情愿地往下滑,滑到那家伙

---

① 指法国元帅黎塞留(1696—1788),红衣主教黎塞留(1585—1642)的侄孙,其人多风流韵事,常常闹得满城风雨。

的水平。

爱莲娜　大人,我无法接受……

伯爵　爱莲娜……

爱莲娜　大人请包涵,求您暂时仍把我当个外省女人;本来,我在伦敦只过了一个冬天;而我们丹麦的男子都有尊敬妇女的野蛮习惯。不过,用不着担心,我的奢望到明年秋天就会像落叶一样凋零;到那时,我也会附和你们这些饱学之士嘲笑女性;为了讨你们喜欢,我将污蔑我所有的女友。(猛回头,面朝艾梅)第一个就是您!

亲王　夫人,是我应当请求您原谅,并向您致谢。

爱莲娜　大人,您感谢我?

亲王　我领略过您优美的风度与迷人的微笑。我之所以要感谢您,是因为今晚您提供了机会,让我欣赏您发脾气时的神态。伯爵真是福气不浅。就此刻我所看见的情形,我就愉快地相信,您一定经常训斥伯爵。

伯爵　(自鸣得意)可不是!经常地,隔三岔五!

爱莲娜　算了吧!有那么经常吗!

亲王　至于我们那些贵妇,我不想说她们的坏话,我只是同情与怜悯她们而已。如果说我们的宫廷变得柔弱无力,女人气十足,那绝对不是她们的过错。她们迷恋凯恩,其实是追逐一个男人的幻影。

爱莲娜　幻影?凯恩难道不是一位实实在在的男人吗?

亲王　不是,夫人。他不过是个戏子。

爱莲娜　戏子是什么意思?

亲王　一座海市蜃楼罢了。

爱莲娜　那亲王们又是什么?他们就不是海市蜃楼了?

亲王　夫人,那只有走到他们跟前,触摸到他们,才能弄清楚。

仆人　凯恩先生到。

爱莲娜　凯恩!

伯爵　凯恩。

亲王　凯恩?事情复杂了。(搓弄双手)不过,我就喜欢复杂。

伯爵　请进。

第 五 场

〔前场人物,凯恩。

凯恩　女士们……先生……(发现亲王在场)请殿下接受我崇高的敬意!(所有的人都原地不动)请原谅我言行前后不一。贵府盛情邀请,因事未能同意前来赴会,深感抱歉。后来,一个意外情况打乱了我原定的计划,并使我不得不前来请求帮助。

伯爵　先生,坦率地讲,后来我们已不指望您来了。

凯恩　唉,先生,我已预料到了。可能,有那么一会儿您赏脸要我来赴会,不幸我没有抓住机会;很遗憾,我在诸位都不希望我到场的时候来了。(稍停。众人不动)是呀,我再次身处虚伪做作的情境;有什么办法,我吃的就是这碗饭;虚伪造作的情境,我见得多了,每天晚上,我所碰到的男人,都巴望我让五百个魔鬼抓去;我向之表白爱情的女人,把匕首藏在背后,准备捅了我。诸位可不知道我们的剧作家还能想象出些什么。有时候,我向一位兄弟吐露心迹,谁知他正是我的情敌,可他不动声色,就像此刻诸位的表情。有时候,我所爱恋的女子认为我犯有罪过,逼得我只好在她丈夫和国王的胡子底下证明自己的清白。就在昨天,丹麦国王——先生,那便是贵国了——双眼狠狠地盯住我,那眼神令人难以忍受。不过,我还是忍受了;正是这位君主害得我成了孤儿。我和丹麦肯定没有缘分:今天,丹麦大使又向我投来咄咄逼人的目光,我简直承受不住啦。可是,先生,无论如何我要忍受,也一定能忍受;您知道这是为什么吗?因为我已经慢慢地获得了耐毒性。我们这些当戏子的,在台上要表现出轻蔑的表情,那就得做出个样子来,让园子里一千来人都看得清清楚楚,鲜明、强烈、耀眼。亨利四世的轻蔑表情,福斯塔夫只能老老实实地承受,连睫毛都不敢眨一眨。我之所以能忍受您的斥责,而没有钻到地缝里去,其原因就在这里。您的指责尽管吓人,却有缺陷,那就是不真实。我常常琢磨,真实的感情是否就是表演拙劣的感情?好吧,先生,还有您,大人;请相信:再过一会儿,咱们就要一道开怀大笑。编剧们每天晚上把我抛进这样那样虚伪的境况之中,可是每天晚上他们又把我从里面拉出来。不要紧,此时的情境尽管不佳,我也能让大家都摆脱出来;我毕竟经历过那么多形形色色的情境呀。

伯爵　我看只有一个法子,先生,那就是请您尽快告辞。到处流传着您的风言风语,亲王大人已经给我们讲了,您一定会感到……

凯恩　感到我留在这里不合适,对吗?先生,我深信不疑,的确不合适。然而,正是那些流言把我带到您家来的。

艾梅　这些流言不是事实吗,先生?

凯恩　不,夫人,是事实。安娜·丹比小姐的确去过我的住所。

爱莲娜　那么,先生,您说这些,是要我们干些什么呢?是不是希望我丈夫把您的艳遇通报给外国宫廷?

凯恩　夫人,流言所说,全都真实,只有一点不是事实:丹比小姐没有找到我,又走了。

亲王　可是,人们说……

凯恩　说她留下来了!啊,大人,那是因为跟踪的探子看到她进去,而没有耐心等她出来。(激动起来)探子立了功,结果是小姐受到牵累。

亲王　多么慷慨激昂!为了保护女性的名誉,您可真卖力气!不过,在我的印象中,您并不总是操这份心。

凯恩　大人,我表演过,因而也就体验过形形色色的激情。每天早晨,我挑出一种,与我的衣服搭配好;这种激情全天都要附在我身上。今天,我选择了一种崇高的感情。(向伯爵)先生,我只对您一个人抱有希望。

伯爵　对我一人?真见鬼,您到底要我做什么?您要是清白无辜,辟谣好了。

凯恩　辟谣?啊!先生,看来您并不了解人们是怎样看我们的!(转向爱莲娜)夫人,如果为了辟谣,我仅仅对您说:"不对,我不认识丹比小姐,我不可能爱上她。"您会相信吗?

爱莲娜　没有别的证据吗?

凯恩　没有别的证据,只有我的保证。

艾梅　爱莲娜,我认为您不会相信他!

艾莲娜　不会,我不相信。

凯恩　先生,您瞧。科菲尔德伯爵夫人没有能够透过戏子奇特怪诞的表演,看到一个男子汉的荣誉感。说到凯恩的荣誉,诸位会发笑。然而,大使先生,您享有世袭的荣誉,光凭出身您便有权受到敬重;您要是出来讲话,说出……不行,光使人敬重还不足以迫使那些传播流言蜚语的人沉默下来……这不够,还要受到人们的崇拜。夫人,全伦敦城都崇拜您。请您出来,为我辟谣吧!

爱莲娜　但是,凯恩先生,要我为您辟谣,也得让我相信您说的都是真话呀。

凯恩　(递给爱莲娜一封信)看一看这封信,您就能够在所有的人面前证实,丹比小姐的名誉没有受到玷污。

伯爵　先生,您自己念吧,我们听着。

凯恩　十分抱歉,先生,属于谁就该给谁:荣誉给予上流社会的男人,聪明和才能留给演戏的;女人拥有的应当是内心细腻的情感。这桩秘密关系到一位女子的幸福与前途,甚至她的生命,因而只能透露给一位女性。夫人,读信吧,我恳求您。

亲王　我的地位是否可以给我分享秘密的权利?

凯恩　在秘密面前,所有的男人都是平等的。

亲王　(把凯恩拉到一边)凯恩,你玩的是什么把戏?

凯恩　把戏?唉,大人,今晚您想看什么把戏?我是演戏的。(对爱莲娜)夫人,我再次请求您。

伯爵　真不明白……

艾梅　(拉住伯爵的胳臂)就这样吧,伯爵。您是外交官;您的妻子一旦知道了秘密,您马上就能猜出来。

亲王　(拉住伯爵的另一只胳臂)您一猜到,就告诉我们。(两人把伯爵拉到更远处)

爱莲娜　凭这么一封信就足以为您辩护了?(接过信,读了起来)"先生:我前往府上,但是没有见到您,未能获得被您所了解的荣幸。不过,当您一旦了解,我今后的全部生命,将取决于您愿意向我提供的劝告和建议,我敢肯定,您一定不会拒绝明天同我见上一面。安娜·丹比。"谢谢,先生,万分感谢您。

不过,您是如何回信的呢?

凯恩　（压低声音）夫人,翻到下页。

爱莲娜　（低声念信）"爱莲娜,我不知怎样才能见到您,我不敢给您写信;今天机会来了,我立即把它抓住。您知道,您能摆脱周围的人而给予我的时间是多么稀少,是何等一闪而过,是如何使人焦虑不安,以至于这些时刻在我的生活里,只能留下回味的余地……"（停止读信）

凯恩　（低声）求求您,夫人,读完吧。

艾莲娜　（又读）"我经常琢磨,像您这样一位上流社会的女子,要是真的喜爱我,怎样才能不时给我一个小时会面的时间,而又不至于损害自己的名声。我终于想出一个办法。如果这位女子真喜欢我,愿意花一个小时同我会面,以换取我用整个生命做出的回报,她可以按照下面的办法行事:坐车出门,经过德鲁里·莱茵戏院时,在订票处门前下车,借口索取预定的戏票走进去。订票处的那个人忠诚可靠;我的化妆室开了一道暗门;我命令此人,明天晚上,若有穿黑衣、披头巾的女子前来找我,立即开启暗门放她进来。"（高声）给您信,先生。

〔递信,凯恩接住。

凯恩　伯爵夫人,万分感激您。（鞠躬）伯爵先生……高贵的太太……亲王大人……

〔朝出口走去。

艾梅　（趋前）怎么样,爱莲娜?

亲王　怎么样,夫人?

伯爵　怎么样,伯爵夫人?

艾莲娜　（不紧不慢）指控凯恩先生诱拐安娜·丹比女士,是没有道理的。

亲王　（目送凯恩离去）啊！凯恩先生，您给我们布下一座迷魂阵；告诉您，我一定要破这个谜。

凯恩　（走到门口，扭过头来，行礼）谢谢您啦，伯爵夫人。

——幕落

第 二 幕

第 二 景

〔凯恩的化妆室。

第 一 场

〔凯恩、索罗门。

索罗门　主人？

凯恩　嗯？

索罗门　可以跟您说句话吗？

凯恩　待会儿，待会儿说！几点了？

索罗门　六点。

凯恩　你看，她不会来了！

索罗门　不一定吧！

凯恩　等着瞧！等着瞧吧！

索罗门　第一个来的准是她。

凯恩　其他的，我统统不喜欢。一个女人，你要是不喜欢就是不喜欢，再没比这更加明明白白的事了。门好开吗？

索罗门　今天早晨刚刚膏了油。

凯恩　咱们设想一下：要是她来了，门开不开，怎么办？

索罗门　绝不可能！（走向暗门，打开，又关上）就是一个小孩子，用一个手指头也能打开。

凯恩　好。那么，现在只要等着就行了。我就烦等人。（外面传来街头乐师的小提琴声。凯恩将钱包递给索罗门）把钱包扔给他，叫他离远点。（索罗门取出钱，将其中一半抛给乐师，把另一半放回钱包，又把钱包放回凯恩的口袋）你这是干吗？

索罗门　分成两份，一份留给您，一份送给他。

凯恩　你这是怎么回事？我从来不喜欢分一半。

索罗门　那么，就应当全部留下。

凯恩　你呀，你是不是想阻止我行善？

索罗门　不错，当您拿别人的钱行善的时候。

凯恩　这些钱……

索罗门　这些钱是上个月挣的；不过，快三年了，我们所花的钱，要在今后六年里才能挣出来。

凯恩　原来是债主的钱？

索罗门　可不是！

凯恩　那就更应该都散出去；这不是拯救债主们的灵魂吗？

〔向窗户走去，拟扔钱包；索罗门拦住他。

索罗门　您踩着我的身子走过去吧！（抓住凯恩不放）主人，我们就剩下这点钱了！

凯恩　都在这里？

索罗门　所有现金都在这里。

凯恩　那么，我们连一分钱都没有了？

索罗门　连一分钱的影子都没有啦。

凯恩　那我正好穿紧身裤！你知道我对你那现金有什么不满吗？

告诉你,它们太占地方,沉甸甸地压在口袋里,把衣服都搞得变了形。索罗门,你看,我的大腿有多么美。

索罗门　你要是什么也不穿,我看就更美了。

凯恩　(严厉地)索罗门,这是什么话?你疯了?

索罗门　我没有疯,可就是讨厌您那不管不顾的劲头。

凯恩　我为什么要为钱而操心呢?钱有什么用?

索罗门　买什么东西都要给钱呀!

凯恩　我买任何东西都不给钱,你要我拿钱做什么用?

索罗门　我要您拿钱做什么用?只要您听我讲一讲,您立刻就会明白。

凯恩　我的好索罗门,我随时可以听你讲。

索罗门　再好不过了。

凯恩　可是今天不行。

索罗门　(伤心地)我本该料想到这一点。那就明天吧?

凯恩　好,明天。

索罗门　不过,此时此刻听我讲,是最好不过的机会;看您,从这个沙发走到那个沙发,连着打哈欠,显然是心烦意乱……

凯恩　我在等一个女人,你这个坏蛋……

索罗门　我知道您在干什么。

凯恩　(接着)……不错,我心烦意乱,因为爱情原本就叫人心烦意乱。

索罗门　请让我把您目前的财务状况总结一下;听我一说,保证您就不会心烦意乱了;时间将会过得很快,就像做一场梦。

凯恩　不过,我要是愿意心烦意乱呢?

索罗门　那是为什么?

凯恩　因为我热爱的就是爱情。说真的,我所爱恋的那个女人,你让我什么时候好好地捉摸捉摸她的魅力呢？

索罗门　天哪！等她来了再捉摸也不迟啊。

凯恩　她来了，我就一分钟也顾不上看她了；那时得忙着刺探、揣摩人家的心理。别说了，让我静一会儿！（躺在长沙发上，闭上双眼）爱莲娜！

索罗门　（轻轻走近凯恩，在他的耳边大喊）您已走投无路了！

凯恩　（大吃一惊）什么？

索罗门　走投无路。

凯恩　不许说这个！现在你让我怎么和她谈情说爱？（稍停）走投无路！当然，这是个好消息。三十五年来总是这样，你以为我不明白吗？我不止二十次打算上吊；想绝食而死总有一百回。在小时候，我就……

索罗门　（喊叫）啊，别说了！说什么都行，就是别提您的童年。我犯不上……

凯恩　不提我的童年？我的童年让你怎么了？

索罗门　您的童年叫我喜欢，令我尊敬，引我怜悯；不过，您的童年，那些情况，我都能背出来了，要是我一提钱您就说童年，那咱们可就一事无成了。要知道，现在不是跟一个小孩子打交道，您已经是男子汉啦。当年，小男孩要什么没什么，一心想着从贫困里逃出来；而现在的男子汉，过着豪华的生活，已经十年了……主人，我所要维护的，正是您豪华的生活。请您听我讲一讲。

凯恩　（生气）豪华的生活？你这是什么意思？

索罗门　（做了个姿势）喏，就是这一切：您的私邸，您的车马，还有您那六名仆从……

凯恩　傻瓜！这一切豪华都属于别人。私邸做了抵押，立马就要完蛋;车马没有付款;仆人六个月没拿到薪水。这个长沙发,它合法的所有者是苏格兰古董商格里哥尔·麦克佩森;这件室内长袍……你想了解小男孩与男子汉的相同之处,那好,告诉你:他们都有窟窿。小男孩破衣烂衫,上面窟窿挨窟窿;男子汉一无所有,入不敷出,收支账上窟窿摞窟窿。要是那些债权人拿定主意收回赊购之物,我就赤条条地待在皮卡迪利①大街上,肩膀上还少了十年的分量。

索罗门　听您这么说,人家还以为您巴不得落到那种地步呢。

凯恩　可不,那我就无拘无束,一身轻松了。在老鲍伯剧团里,他们还给我留着位子呢。总有一天,我会重新戴上面具,拿起丑角的木刀,穿上破旧的戏衣。

索罗门　什么时候?

凯恩　我想什么时候就什么时候;我一无所有,因而一无牵挂。一切都是暂时的;我日子过得浑浑噩噩,简直是一场令人难以置信的骗局。一文不名,袋里无钱,两手空空。不过,我只要伸出手来,打一个响指,就能招来一群地下的精灵,给我送来东方的飞毯、金银珠宝,要不就是鲜艳的花束。(说着打起响指;接着,传来敲门声)怎么回事?

索罗门　(前去开门)鲜花……

凯恩　怎么样?你看是不是?我是变魔术的还是巫师?把花放好,是给她的。(稍停)你在扮鬼脸,是不是?

索罗门　每一枝不会少于一埃居。

凯恩　你说什么?

索罗门　嗨!花儿呀!

---

① 皮卡迪利,伦敦市中心的一条大街。

凯恩　哪儿有花？

索罗门　那边。

凯恩　那是幻影。我付过钱了吗？

索罗门　这回没有。

凯恩　谁是这些花儿的合法所有者？

索罗门　苏和广场的花店老板。

凯恩　此人是傻瓜？动不动上当受骗？要不就是个浪荡家伙？

索罗门　此人是个守财奴，吝啬得不能再吝啬，从不白白给人一分一厘。

凯恩　你看，我什么也没付出，也什么都没收到。鲜花还在花店里，你不过被视觉的幻象耍了一回。敬礼，玫瑰花的影子！走进幻术中去！我喜欢在海市蜃楼里面称王称霸；你们越是虚幻，我就越喜爱你们。索罗门，你看：花儿一朵接一朵都开了，开得热情奔放，身不由己。它们要是我掏钱买的，我早就腻烦了。可是，我现在仍然那么待见它们，原因就是：它们直到凋零、枯萎，都不属于我。享受吧，索罗门。

索罗门　（吃惊）唵？

凯恩　享受！

索罗门　让我享受？享受什么？

凯恩　享受一切不属于你的东西：闲情逸致呀，他人的妻女呀，这些鲜花呀！（向索罗门扔去一朵玫瑰）享受吧！但是不要拥有！

索罗门　享受而不拥有，那不是负债吗？

凯恩　负债就负债吧！你看：有人把这束鲜花送给我，不是因为此人喜爱我吗？只要你尚未偿还债务，债务就是爱情的回忆，就是仁慈善良的证据。啊，花店老板多么仁慈，多么善良！而且过分了,太过分了。真的,他惯坏了我,我该责备他了!你知道吧,他每天都为我祈祷,求上帝保佑我活在世上!(稍停)索罗门,你喜爱我吗?

索罗门　这您还不知道!

凯恩　既然如此,你看到别人喜爱我就该高兴才是。那么,你就不必责备我债台高筑;相反,应该帮我增加债务才对。

索罗门　没门儿!

凯恩　什么?什么没门儿?

索罗门　债务增加不了啦!

凯恩　为什么?

索罗门　信用没有了。

凯恩　没有了?可是,昨天还……

索罗门　那是昨天。从今天起……

凯恩　这么说,一夜之间,人心大变!

索罗门　人心没变,是债主的心变了。他们串通一气,商量好不再借钱给您,也不让您赊购任何东西。

凯恩　为什么直到现在你才告诉我?

索罗门　一个钟头了,我一直设法向您递话!

凯恩　让那些家伙见鬼去吧!放账的有的是。

索罗门　就您的事,人家发出了通告,全伦敦都传遍了。

凯恩　说些什么?

索罗门　"连一个子儿都不要借给演戏的凯恩。"

凯恩　这些人到底要干什么?

索罗门　要您还钱。

凯恩　真是一群鲨鱼!(来回踱步)还要不要我干我的本行了?这帮家伙认为,在茅草棚子里就能排出理查三世来吗?加油:

把本世纪最伟大的演员杀死。这样一来,你们就会看到,你们的夜晚又将回到漆黑一片!(向索罗门)唉!你在那儿干什么呢?人家要勒死我,要掐死我,可你竟然张口呆望。快去!找钱去!

索罗门　到哪儿去找呀?

凯恩　自己想办法吧!我的任务是花钱,你的任务是找钱。(思路突然一变)可是,你说……过来!到底发生了什么事?这个故事究竟是怎么回事?他们不再借钱给我,那是因为不再相信我。如果他们对我失去了信心,那是因为我自己失掉了……快去,马上去售票处,把收入账本要来。

索罗门　收入账跟您有什么关系?收多收少都不属于您。

凯恩　我想了解一下,门票是否卖少了……这是因为,索罗门,票房收入要是真的下降,那就说明,我的身价也下降了。

索罗门　昨天,有六百人没买着票。

凯恩　前天呢?

索罗门　前天是七百五。

凯恩　你看!你看!为什么差这么多?

索罗门　那是因为,我国政府与荷兰政府之间发生了争端!

凯恩　让政治见鬼去吧!它使监狱人满为患,却弄得剧场上不了座。索罗门,你敢对我发誓,说大家仍然喜欢我?

索罗门　喜欢得发狂。

凯恩　听我说,我的朋友,我的兄弟,你每天上午教我演戏,晚上又给我提词;说实话,我的身价是不是下降了?不要害怕伤害我;我要在听到喝倒彩之前就自动退出舞台。

索罗门　现在您演得比从前还要好。

凯恩　比从前还好?可是,以前是不是有时候演得跟现在一样好呢?

索罗门　哎呀,我的圣母!

凯恩　明白了!(焦躁地踱步)我还没有走下坡,不过再也升不上去啦。就是说,我不行了。无论在剧场还是在情场,只有一条规律:不进则退。不过,仁慈的上帝,人们还要求我什么?要求我更上一层楼?然而,拿什么上呀?剧作家都是些矮子!你们想要一个超级凯恩,那就给我一位超级莎士比亚吧。索罗门,我好比是阿拉丁,我的天才就是我的神灯。要是有一天它会熄灭……

索罗门　您的神灯不会熄灭;它永远光彩夺目,直到您离开人世。

凯恩　神灯……碰一碰木头①,可怜的索罗门!碰一碰木头!(两人触摸一把椅子的扶手。凯恩连嗓音都变了)怎么样?现在该怎么办?

索罗门　第一条:厉行节约。

凯恩　关于这一条,我的态度很明确:不干。看看其他条目吧。

索罗门　节约并不难呀!

凯恩　活见鬼,你要我节约什么呢?

索罗门　您并不太喜欢同人们聚会,那就不要请客吃饭了。

凯恩　好长时间我都不请客了。

索罗门　今天晚上您就要大摆宴席。是服装师告诉我的。

凯恩　今天晚上?噢,那说不上摆宴席!去的地方叫黑公鸡,老板是彼得·帕特;你不会不知道,那是个无业游民与流浪汉的黑窝,经常出抢劫和杀人案的地方,就在泰晤士河边上。

索罗门　您去那儿做什么?

---

① 法国旧时的迷信,认为触摸一下木头,就会有好运气,愿望或承诺就会实现。

凯恩　有个婴儿受洗,我请请客。

索罗门　有多少人参加?

凯恩　说不清;二三十人吧。

索罗门　还得把路上碰到顺便带去的流浪汉打进去。

凯恩　唉,索罗门先生,您要怎么样?不许我款待朋友吗?

索罗门　那些游民成了您的朋友?

凯恩　你这个笨蛋,他们不是游民,是民间艺人!是老鲍伯剧团的人,没有一个孬种。从前,我和他们一起忍受艰难困苦;我要过饭,在十字路口跳过舞;是他们教会我七种柔功,他们教会我"尼亚加拉""太阳一个接一个"等花样;我怎么能忘记他们?那是我全部的童年,索罗门。你要我背弃自己的童年吗?

索罗门　看在上帝分上,让您的童年安静安静吧!

凯恩　那好。只要你不提我的债务,我就不谈我的童年。今晚来吧,索罗门,热情邀请你。老鲍伯生下第十二个孩子,我是孩子的教父。那么,就来吧。

索罗门　(面色阴沉)那么,又多了一张嘴。

凯恩　彼得·帕特还会赊账,我敢担保。我说,索罗门,你能不能笑一笑?你怎么老是一副不讨人喜欢的牧师面孔?来点微笑好不好?还有什么事?你没有全倒出来!准是还有一桩金钱的故事没讲,对吗?

索罗门　那……

凯恩　啊!住口!住口!你非要扫我的兴不可。索罗门,有位伯爵夫人要来,我需要有充分的耐心。(稍停)此外,还有什么?说吧!

索罗门　还有珠宝商。您给人家签过一张四百英镑的欠条,拿了人家一条项链,送给了凡妮·赫斯特。

凯恩 这类事情,都是不假思索做的。

索罗门 不错。然而,您没有维护您大名的荣誉。

凯恩 我的大名?什么时候我签上了大名?

索罗门 快六个月了。

凯恩 六个月来,我演过哈姆莱特、罗密欧、麦克白、李尔王,你竟说我没有维护我大名的荣誉!

索罗门 我说的是,您没有付钱。

凯恩 原来是这么回事!你疯啦?你专门挑选我爱上爱莲娜的时候,让我掏钱给凡妮买项链,不是吗?我要付了钱,就是不忠实。

索罗门 您说得有道理。不过,珠宝商可是靠别人不忠实来吃饭的。

凯恩 珠宝商怎么说?

索罗门 律师刚才告诉我,珠宝商要求拘捕您。

凯恩 拘捕我?我跟你打赌,他绝不会得逞。

索罗门 律师们说,他的要求肯定会获得批准。

凯恩 真要拘捕,又会怎么样?

索罗门 扣押财产是肯定的,说不定还要坐牢呢。

凯恩 那咱们就看看伦敦的百姓答应不答应。凯恩坐牢?两个大陆所有的剧院都会关门,以示哀悼!(声调变得沮丧)这可好,笨蛋,你终于把我搅乱了。

索罗门 搅乱了什么?

凯恩 我的兴致,我的心情!我当然明白,我完蛋了,我烧焦了,我沉底了,我毁灭了!不过出于礼貌,我没有说出来罢了。

索罗门 我刚才想到……

凯恩 又想到什么?

索罗门　想到您可以……请求威尔士亲王帮帮忙。

凯恩　见鬼去吧！他背的债比我还要多。

索罗门　说不定他可以替您向国王求求情。

凯恩　我会考虑的。现在，你给我闭上嘴！

索罗门　借钱……

凯恩　（粗暴地）从今天起，我禁止你当着我的面再说出这个淫秽的字眼。我该对爱莲娜说些什么呢？我怎么敢张开双臂拥抱她呢？你把我弄脏了。

索罗门　（顺着自己的思路说下去）要是国王替您付一半欠债——仅仅一半就行，再加上您挣的钱……

凯恩　叫我挣钱！我宁愿饿死！

索罗门　然而……

凯恩　别说啦！你以为给我钱是叫我演戏吗？其实，我是个牧师；每天晚上都要做弥撒，每星期都能收到献品，如此而已。钱是个臭东西，索罗门。你可以去偷，可以去抢；或者，顶多当作遗产继承下来。要是你挣了钱，只有一个法子处置它（走到窗前。蹩脚的小提琴又奏起了老调子）。那就是：从窗子扔出去！

〔把钱包抛到窗外。

索罗门　（大叫一声）啊！天哪！

凯恩　（先是被自己的行为弄得不知所措，然后耸了耸肩）：算了吧！要它干什么！（以温和的口气）借给我一个先令好吗？今天晚上，还得买雪茄呢。

索罗门　行啊，主人。

〔有人敲门。

凯恩　又有人！咱们是不是掉进风车里了？我可是谁也不想见。

〔索罗门去开门。

索罗门　客人……

凯恩　（不耐烦地）唵？谁呀？

索罗门　威尔士亲王。

凯恩　告诉亲王殿下，此刻我无法见他。

第 二 场

〔亲王、凯恩、索罗门。

亲王　（上）凯恩先生，您真的无法见我？

　　　　〔索罗门下。

凯恩　（紧接话茬）我无法见到您而不感到万分高兴与更大的快乐。

亲王　理当如此。不过，这不能阻挡我打扰你，也不能阻挡你想把我打发到魔鬼那儿去。

凯恩　殿下从来不打扰我。

亲王　你出于习惯奉承人。可是，你把牙咬得那么紧，连词儿都吐不出来了。

凯恩　莫非发音发得不好？那可就严重了。（练习发音，又清晰地念了一遍）殿—下—从—来—不—打—扰—我。

亲王　从来不打扰？

凯恩　从来不！

亲王　要是你等着和一位女士约会呢？凯恩，果真如此的话，就应当说出来，我立即回避。

凯恩　大人，我谁也不等。

亲王　你说谎！这些鲜花是做什么用的？

凯恩　是女赞赏者们送的。

亲王　这件豪华的便装呢？

凯恩　每天晚上，我都要打扮得漂漂亮亮，以取悦整个英格兰。难道在台下我就没有权利脱下外衣，取悦一下我自己吗？

亲王　这件室内长袍是哪里做的？

凯恩　是帕金斯做的。

亲王　明天我就找他定做一件一模一样的。

凯恩　又来了！

亲王　你说什么？

凯恩　殿下仿效我的口味，这是第六次了……

亲王　这有什么不好？

凯恩　这件室内长袍，到下星期，整个欧洲，到处都会流行起来。

亲王　我要是你，会为此感到自豪。

凯恩　大人，很久以来，我的音容笑貌已经不属于我自己，而属于所有的人；很久以来，我的姿态与身段为联合王国所有的演员所剽窃。过去，我至少有几件衣裳留给自己；那时，我不时关上门，独自对着镜子，端详真凯恩的形象；这一形象唯有我自己一人了解。可是，时至今日，我对着镜子看，里面总是一幅时装版画。感谢殿下大恩大德，我成了公众人物；连我的私生活也在光天化日之下暴露无遗。

亲王　该抱怨就抱怨吧！谁让我是你的朋友呢。（稍停）今晚扮演什么角色？

凯恩　罗密欧。

亲王　罗密欧？这么大岁数？我可怜的老凯恩呀！罗密欧自杀的时候，也就是十八岁吧？

凯恩　差不多。

亲王　可是你,已经比他多活了二十年,对不对?

凯恩　二十年来,是我拦住他,他才免于一死。

亲王　你那位朱丽叶,她多大了?

凯恩　你说的是麦克莱希夫人。

亲王　真吓死人!当年,就是她,破了我那国王哥哥的童身。你们俩加一起足有一百岁!那分量,快要把舞台压塌了!一对老夫老妻,爱来爱去,真不知观众怎么受得了!

凯恩　什么叫才华?要是不能叫观众以为我刚刚十八,那还算能耐?

亲王　你还凑合说得过去;可是那位麦克莱希呀……

凯恩　我要是无法让观众觉得我的女搭档年方二八,那还称得上天才吗?

亲王　你有什么妙法?

凯恩　我会使出浑身解数,把全场的视线都吸引到我身上;于是,观众都会通过我的眼睛来观看我的搭档。

亲王　你的搭档开口说话呢?

凯恩　观众一听她说话,就等着我接茬儿。再说,朱丽叶这个角色,略欠饱满,还有不少大段独白。我请人做了修改,大大减轻了分量。

亲王　可她总不能不说话呀!一说话,露了馅儿,那该怎么办?

凯恩　观众由我包了。人们要是盯上了她,我马上打断她的话。

亲王　噢,明白了。你看表干什么?

凯恩　看看是不是到了喝蛋黄甜奶的钟点。我习惯喝这种奶,滋音润喉咙。

亲王　果真如此?离上场还有一个半小时就喝?恐怕到了台上,那效用早过去了吧!还有神经呢?

凯恩　什么神经？

亲王　我是说，为了保养神经，你又用点儿什么？我觉得，今天晚上，你神经相当紧张。

凯恩　那是因为，您前来探望，我喜出望外。

亲王　别瞎编了！拉倒吧，凯恩先生。你焦躁烦恼，事出有因；你那个秘密，人家早就看透啦！

凯恩　对于殿下来说，在下无秘密可言。

亲王　到昨天为止，此话不假。

凯恩　到昨天为止？

亲王　你说，你给科菲尔德伯爵夫人的信……

凯恩　噢！大人，那封信里是丹比小姐的秘密。

亲王　不过，当时我似乎从远处认出了你的笔迹。于是，我心里马上产生了疑问：信中吐露的隐衷，说不定就是你这老家伙那颗不可救药的心里藏不住的秘密。（念台词）"我经常琢磨：真心爱我的女人，怎么才能……"

凯恩　大人哪！

亲王　（继续念）"……怎么才能给我一个小时会面的时间，而又不至于损害自己的名誉……"

凯恩　大人，这话是谁告诉您的？

亲王　谁？啊哈！你猜吧！又有谁能知道呢？（稍停）凯恩先生，您怎么了？

凯恩　（气得脸色苍白）：没什么，有点儿生气。

〔坐下。

亲王　您可以坐下，我说话算话。

凯恩　（不自然地笑）在殿下您面前坐下？不敢！我只不过是落在沙发上面罢了。

亲王　怎么说话又结结巴巴啦？

凯恩　（笑）是啊！您见过舞台上这种场面吗？我是奥瑟罗；有人告诉我，苔丝狄蒙娜欺骗了我，我一气之下倒在椅子上。嘘声四起，观众要求我们情感表达得更加高贵，更加激越。大人，我什么才能都有。麻烦的是，这一切全是虚构出来的，假设今天晚上，有个假王子诱拐了我的一个假情妇，您看我会不会怒不可遏，大喊大叫。然而，当真正的威尔士亲王走到我面前说："你向这个女人吐露衷情，而正是这个女人，昨天同我在一起，嘲笑你，拿你寻开心"，这时候，我就会气得发呆，说话也结巴起来。我一直认为，造化乃艺术的低劣摹本。（恢复镇定）这么说，大人，科菲尔德伯爵夫人都告诉您了？

亲王　你承认了？你承认同这个女人约会，今天晚上，在你的化妆室里，你此刻正在等她，对吗？那么，我要做一个好王子了；既然你承认了，我就不再折磨你。告诉你吧，科菲尔德夫人什么也没有说。（凯恩沉默不语）她什么也没说，一个字都没说。我刚才不过是跟你开了个玩笑。（稍停）那么，凯恩呀，还要我给您下保证吗？

凯恩　我坚信殿下您的话，就如同我坚信圣经一样；然而，有一样东西必须除外，那就是女人。大人，我们俩在一起，欺骗过多少当丈夫的男人！

亲王　欺骗过一些当丈夫的男人，就算是这样；可是，怎么能骗你呢，我的朋友？

凯恩　不能骗我？大人哪，还记得珍妮吗？还有梅伊和劳拉。（稍停）那封信，要不是人家背给您听，您怎么会知道它的内容？

亲王　什么？可怜的疯子，是你自己让我看的呀！没错，就是你！

>　　第一次是在三年前,你把信寄给布利斯女士之前;第二次,是一年前,你准备把信塞进波托卡伯爵夫人的写字桌里;那第三次……噢,对,第三次,全说了吧,那次我记在脑子里,接着自作主张,以我本人的名义,寄给了拉普朗特夫人。

凯恩　（笑）原来如此!

亲王　（笑）对呀!仅此而已!

凯恩　（笑）是让您看过这样的信!这一次原来您一无所知!您什么也没有听说!

亲王　（笑）什么也没有!我是撞大运呢。（责备的口吻）嗬!好你个凯恩!老是那么一封信!也不害臊?

凯恩　（完全恢复平静）我不还是原来的那个人吗?不过,这一次,有所不同。

亲王　有什么不同?你毕竟写了信嘛!

凯恩　写是写了,不过没有给您看。

亲王　那是因为你爱上了她?

凯恩　爱得死去活来。

亲王　（笑）好一个罗密欧!

凯恩　不,不,我不是罗密欧。罗密欧为爱而死。我呢,是爱得死去活来。过一会儿,上了舞台,我将经历一场虚构的爱情;然而,此时此刻我实实在在感受到的爱情,与我生气时有点近似;做不出来,唱不出来,说不出来。只得结结巴巴地述说它,而它则弄得我昏头涨脑,迷迷糊糊。

亲王　那就治一治吧。

凯恩　要能治就好了!

亲王　不能治?

凯恩　大人,这一回呀,我可不是寻欢作乐。

亲王　凯恩,要是我要求你放弃这个女人呢?

凯恩　您原来是为此而来?

亲王　正是。

凯恩　这么说,您是要……

亲王　(笑起来)要插一腿?上帝呀,绝非如此!我心上有三个女人,她们就像放进一只口袋里的几只猫,乱抓乱咬,弄得我满身都是血。要是再加上一个,怎么受得了?我这番话,是提醒你。看你那气色,怪可怜的。还有,昨天晚上,你的举止,像个恶魔。如此放纵情欲,已经不是你这个年龄该干的事了。凯恩,放纵情欲使你昏头涨脑,这是你自己说的;何况,英国也不甘心就这样失去它的最佳演员。

凯恩　要是英国想留住我,那它就不要约束我的感情。要想表现形形色色的感情,必须把所有的情感都体验一番。过去我只体会过爱情的欢乐,现在才经受了爱情所造成的痛苦。大人,您要是再来看我演的《奥瑟罗》,您就必然能够估量,这件事给我带来多么大的益处。

亲王　凯恩,我还是劝你,放弃这个女人。

凯恩　什么?

亲王　即使不是出于明智,也要出于服从。

凯恩　啊!对不起,大人。刚才我还以为是跟那位快乐的老搭档说话呢。这位老搭档呀,我可没少跟她出去夜游;不止一次,我把她背了回来。现在才明白,我错了:我明明是跟威尔士亲王谈话!服从?当然,这是我的首要职责。但是,如果殿下您要求我服从您的意志,如果您至少因为我不再和您分享乐趣便感到痛苦,那么,您这些乐趣就很难得到我的尊重了……

亲王　(生硬地)凯恩!(稍停)要是我以国王的名义要求你呢?

凯恩　以国王的名义？陛下他连我谈恋爱也要管吗？

亲王　陛下希望,你不要扰乱大使夫人们的平静。科菲尔德伯爵是位杰出的人物,他效忠自己国家的利益,同时照顾到我国的利益。可以想象,世上没有不透风的墙……凯恩,你要知道,一有什么风吹草动,他就会被召回国去。可是,谁又能代替得了他呢？要知道,我们同丹麦有大笔的生意要做呀！

凯恩　可不是。奶酪。

亲王　什么？

凯恩　我是说,这大笔的生意,不就是我国商人从丹麦购进奶酪吗？啊！真是一架奇怪的天平,大人！天平的一个盘子上摆着奶酪;另一个盘子呢？您是不是要把我的心放上去呢？

亲王　要是我放上金子呢？

凯恩　放在心那一头？

亲王　不。是放在奶酪那一头。你债台高筑……

凯恩　大人,这您比谁都清楚,因为债是咱俩一起借的。

亲王　如果你服从了,国王全都给你还上。就这样吧,凯恩,我了解你的心;你再怎么说,我也不信那颗心比六千杜卡托①还贵重。拿着。

〔递给他一张纸。

凯恩　这是什么？

亲王　放弃文书。

凯恩　（读）。"今收到六千杜卡托,以放弃追求……"呸！为了六千杜卡托！大人,我毫不怀疑,您对我的爱情作了准确的估价;不过我相信,您更加看重我的承诺！对您来说,我把灵魂

---

① 杜卡托,威尼斯古币名。

卖给魔鬼还不够,还要在契约上签字画押。

亲王　（笑）凯恩,在其他情况下,你只要口头保证就可以了。然而,一旦牵涉到女人,就不能相信你的话,对吗？多少回咱俩一块儿哄骗那些女人的丈夫来着？多少回你跟我的情妇勾搭,欺骗了我来着？有了这张字据,我心里就踏实了。你要是再纠缠爱莲娜,我就毫不迟疑地把字据拿给她看。来吧,签上字,今天晚上我就派人送钱去。（稍停）怎么样？

凯恩　如果国王陛下关心全国的高利贷者,那就请他从您开始,大人,先还您的债。您的债权人比我的债主等的时间还长呢。

亲王　凯恩先生！你竟用这种方式跟我说话？

凯恩　大人,您竟用这种方式对待我？

亲王　算了,算了！算我不对。不过,你的那些爱情,从来没有叫我看得多么郑重。就拿布利斯夫人来说吧,你宁可拿她换六千杜卡托。至于蒙塔古夫人……

凯恩　大人,布利斯夫人只要求奥瑟罗用双手抚弄她美丽的双肩,只要求罗密欧亲吻她那樱唇；凯恩这个名字,我还真拿不准她是否听人讲起过。至于蒙塔古夫人,我只不过是她一个无关紧要的玩意儿。我和她交往的初期,你若是给我六千杜卡托,我绝对不会离开她；因为,为了把我拴在身边,她一下子就给了我七千杜卡托。

亲王　如此不顾廉耻！你可真不应该。

凯恩　大人何必如此。您声色俱厉地责备我出卖自己,然而就在同一时刻,您却在试图收买我。我是什么人？不就是您要造就的那种人吗？

亲王　是我要？

凯恩　您,还有所有其他人！圣母呀！这是因为,所有的正人君子，无不需要为自己制造某种假象。在两次欺诈行为之间，他们喜欢设想，人们生生死死，为的不是奶酪，而是别的什么东西。那他们又该怎么做呢？找一个小男孩，把他变成一种装点门面的假象。一种假象，一种幻影，这就是正人君子所造就出来的凯恩。在奶酪商人的掌声中，我震动了一国又一国，使大家笑口常开；我是假王子，假大臣，假将军。除此之外，啥也不是。啊，并不尽然，我还是全国的光荣。不过，有个条件，那就是我不许斗胆想要活得实实在在。再过一会儿，你信不信，当我拉过一个老婊子，搂在怀里不松手，全英国就会喊叫起来，欢呼喝彩；可是，当我亲吻心爱女子的双手，人家就会扔石块打我。您明白吗？我多么希望，以我真实的分量，立足于众人之中。够了，我不愿意再充当神灯的幻象。二十年了，我指手画脚地取悦你们；你们理解吗？我并非不愿意堂堂正正地做人呀！

亲王　谁拦着你了？

凯恩　人们给我做人的权利了吗？我们这些戏子，是化外之民。我能参与政事吗？能花钱买个上尉的证书吗？有权同人决斗吗？可以出庭作证吗？您看，我连卖奶酪都做不到。你们什么也不让我做，那就只有一条路：搞女人。只有上了你们那些女人的床，我才是个男子汉；只有上了女人的床，我才能同你们平起平坐。既然如此，就别到女人床上找我啦！

亲王　听我说，傻瓜！问题不在你那里，有问题的是她！你们的故事，已经闹得伦敦满城风雨。昨天晚上，你没注意高斯维尔伯爵夫人那双眼睛闪闪发亮吗？这个喜欢搬弄是非的女人，看透了你的把戏；只有上帝才知道，此时此刻，她正在散布些什么流言蜚语？

凯恩　感谢您提醒了我。从今以后，大人，我小心就是了。（突然）所有的大使夫人，没有一个没有情夫；可是，谁也不打算责备她们！

亲王　都有情夫？对！不过……

凯恩　不过，情夫不能是凯恩！她们的情夫，只要是大人老爷，不管有没有毛病，只要是有产者，不管放不放高利贷，人人都会鞠躬致敬。然而，要是这些女人中哪一位垂青一个演戏的，尽管戏演得全国第一，也会有人出来干预；人们宁可塞给她一个跟班仆役。（稍停）既然如此，丑闻就丑闻吧。

亲王　你疯了吗？她将被……

凯恩　被休弃？被赶出宫廷？被人戳脊梁骨？那更好啊；跟她在一起的，就只有我了。您以为，我就不能代替整个宇宙吗？

亲王　你自以为愿她好，可是却在毁灭她。

凯恩　谁对您说我愿她好来着？

亲王　你不是爱她吗？

凯恩　我爱她，也愿她坏。我们这些人，就是这样爱别人的。

亲王　"你们"，指的是哪些人？

凯恩　我们，演戏的人。把荣誉带给我所钟情的女人，您以为这不是我经常梦想做到的吗？可是，既然人们禁止我这样做，我便接受使她蒙受耻辱的风险。如果必须毁灭我且又毁灭她，那也好啊。至少在她身上打上了我的烙印！

亲王　凯恩，原来你恨她！

凯恩　我？我可以豁出这条命……

亲王　以便毁坏她的名声。可这对你又有什么好处？为了治疗你病态的骄傲，一个女人就必须自动放弃她的骄傲；为了挽救你，这个女人必须毁掉自己；只有这个女人拒绝我们给她的荣誉,而选择你给予她的耻辱,你才能感到自己是和我们一样的人;当你所爱的女人跟在你屁股后面,从而毁掉自己的高贵,你才感觉向贵族复了仇;这就是说,通过爱莲娜,你抓的是我们,抓住我们这些真正的人不放。(笑)你纠缠的,原来是我们这些人!

凯恩　即使如此,又怎么样?

亲王　不过,凯恩,这需要她真的爱你才行啊!

凯恩　唵?

亲王　可怜的凯恩!(稍停)那么说,你以为她会爱你喽?

凯恩　绝对没有问题,大人。(看表)我请求殿下您……

亲王　请求我走开?(大笑)我敢同你打赌:她绝对不会来找你的。

凯恩　我告诉您:她绝对会来找我。

亲王　你敢打赌?

凯恩　敢!

亲王　赌注是什么?

凯恩　要是她来了,您替我还债。

亲王　一言为定。要是不来呢?

凯恩　我就在契约上签字。

亲王　如此说来,凯恩先生,无论来不来,两种情况下,我都要替你还债喽!(稍停)凯恩,她不会来啦!马尔伯勒夫人家里开舞会,今天上午我示意这位夫人邀请她参加,连同科菲尔德伯爵。现在,她正在梳妆打扮呢……

凯恩　您以为她宁愿去跳舞……

亲王　而不来你的化妆室?当然如此,我毫不怀疑。凯恩,你以为,我们的妇女真离不开你们这些人吗?

凯恩　您只要留下跟我待在这里,直到听到敲门的声音,您就不会固执己见了。

亲王　那我就陪你,直到你上场。(敲门声。凯恩扭头朝暗门方向看去)嗨!不是那边,凯恩先生,敲的是这边的门。

〔亲王指化妆室入口。

凯恩　请进!

索罗门　(上)一个字条,给您的。(下)

凯恩　(接过信,读完)大人,您赢了。马尔伯勒夫人的客厅,比起一个演员的化妆室来,对丹麦大使夫人更具有魅力。(稍停)那么,您就嘲笑我吧!不,不必劳驾,您的嘲笑比我的自嘲差远了。谁爱谁呢?还是您有道理:我也不待见她;一切都是幻术。难道我能指望得到她的青睐?那好,我越是明白无法得到她的青睐,便越想得到她。您称之为仇恨的就是这个,对吗?为什么不能称之为仇恨呢?要是我真的进入她的卧室,心荡神驰,我会按铃把她的仆人都叫进来,当着他们的面,好好折腾她一番。您刚才所说的,可能只是我对自己估价的百分之一。我知道,同她相比,我什么也不是。什么也不是。和她那老糊涂丈夫相比,我仍然什么也不是。然而,为什么我什么也不是呢?我真傻,竟弄不清楚为什么整个英国把我拾得这么高,同时又把我压得那么低。(突然喊叫)你们既赞赏我,又蔑视我,简直要把我大卸八块,我到底是国王,还是小丑?由您选择吧!……我可能狂妄到了极点,我不可能不把自己排在第一位,在你们所有人当中也是第一位。你们谁能比得上我有才华?不过,话说回来,大人,请您相信,我又怀着深深的自卑。我的才华,什么也不是。只不过是说说话,做做动作,要不就是一段魔术,仅此而已。每天晚上,我都把自身隐匿起来,我就是这么个人。此刻也一样,我巴不得自己无影无踪!真奇怪,有那么多的自尊心,又把自己看得那么不值钱。(亲王做了个手势)不必担心;在您眼前,只是演员凯恩,正在扮演凯恩这个角色。而您呢?您是何人?您在扮演威尔士亲王的角色,对吗?那好,让我们来看一看,到底谁的表演更受欢迎!是的,您演得已经相当好了。可是,要当心科菲尔德伯爵夫人。咱们三个人当中,数她戏演得好,(笑)这出戏该起个什么名字?《随您的便》,可以吗?要不就叫《雷声大雨点小》?就这么办:亲王和伯爵夫人生出许多孩子,老伯爵则获得一大堆勋章。至于小丑,那么,就替他把债务还清。大人,把您那张纸给我。

亲王　(不慌不忙)不给。

凯恩　为什么?不是叫我签字吗?(有人敲暗门。两人侧耳静听;凯恩恢复了自信,接着哈哈大笑起来)。没错,今天是愚人节。(敲门声又起,凯恩前去开门)恐怕我们这次谈话算是白费了。

〔暗门自动开启。出现一蒙面女子,此人是安娜。

亲王　我也一样担心。(告别)晚安,凯恩先生。夫人,向您致敬。

〔亲王下。

第 三 场

〔凯恩、安娜。

凯恩　到这时候,我已经不指望您来了;不过,我一直盼望您还能来。爱莲娜,谢谢您,我的信任得到了您的回报。

安娜　您说得真是动人!不幸的是,我……我并不是爱莲娜。

凯恩　那么,您是谁?谁请您进来的?……(把来者的面纱撩开)啊,丹比小姐!

安娜　(神情沮丧)是我。不过,看来,我来得不是时候。

凯恩　是谁叫您从这个门进来的?

安娜　啊!我本不该……看得出来,您很不高兴。(急促地)可是,这不完全是我的错。我去您家里,得知您上了剧场;我来到这儿,发现所有的门都锁住了,唯有售票处的门开着;我走近售票窗口,像是要买票。我问人家,可不可以见您一面。

凯恩　您一直戴着面纱?

安娜　不戴不行呀!我的监护人和梅维尔爵士到处找我呢。

凯恩　唉!真是一场误会,一场误会。谁也没有错。(笑)另外那位女子正在梳妆打扮,准备前往舞会!在亲王面前,她将很难证明自己的清白。啊!真是愚人节。

安娜　那么,您不会怨恨我吗?

凯恩　我,怨恨您?不,恰恰相反。您帮我赢了一场赌博,还挽救了我免受羞辱。

安娜　我真有这么大本领?

凯恩　可不。您感到奇怪吗?

安娜　不奇怪。我总是给人带来好运。今后我们熟悉了,您就会进一步明白。那么,我就不走了……

〔安娜坐下。

凯恩　您,那么,唉,好吧!您就待会儿吧。我喜欢有人陪着我。您有什么事要我办吗?

安娜　(像背书一般)先生,就在刚才,我还拿不准主意,是该来请教您,还是去梅菲尔修女院避难。

凯恩　(念哈姆莱特的台词)去修女院!进修女院去吧!(笑)这

么说，您是天主教徒了？

安娜　是。

凯恩　爱尔兰人？

安娜　对。

凯恩　我喜欢爱尔兰人，他们喝酒很痛快。您喝酒吗？

安娜　我不喝酒。

凯恩　您不喝，就委屈您啦，我可就自斟自饮了。（喝酒）为爱尔兰干杯！（喝酒）也为丹麦干杯。在您跟前，我有点不拘小节，是吗？有人说，我常喝得酩酊大醉，对吗？

安娜　有人说过。

凯恩　几个星期前，我已经戒掉了。不过，此刻我觉得酒瘾又犯了。您将有幸亲眼见到大明星凯恩酩酊大醉。

安娜　凯恩先生，您……今天晚上，您不该喝。

凯恩　为什么？因为您在我的化妆室里？按说，您算是溜门撬锁进来的；现在又得寸进尺，要我放弃我那点儿嗜好。算了吧，我喝酒，对您毫无损害：酒一下肚，我就风流起来。

安娜　我说这话，不是为我自己。要知道，您……您今晚有演出！

凯恩　小姐，要是我没有弄错，您来是向我讨主意，而不是给我出主意的，对吗？（喝酒）何况，不必担心，酒鬼是最好的演员。而观众又是那么傻里傻气，他们只看到激情之火。就拿您来说吧，我不下二十次看到您拼命给我鼓掌；那热情劲儿就甭提了！您那一双大眼睛，闪闪发光！

安娜　这么说，您注意到我了？

凯恩　当然；不过，您让我发笑，因为我醉了，我可怜的小姐，醉得就像一只大酒桶。

安娜　这我心里有数。

凯恩　别顺着竿儿爬了。

安娜　（从手提包里取出一个笔记本）十二月十五日,您醉了;当您向王太后鞠躬的时候,绊了一下,踉踉跄跄,差点儿跌倒在地;还称太后为波洛涅斯。十二月十八日,又醉了一次,您把哈姆莱特的独白念得那么富有激情,感动得我热泪盈眶。

凯恩　您看,没问题吧!

安娜　没问题倒是没问题;可是,那天晚上,演的却是《李尔王》。

凯恩　（一惊）仁慈的上帝!观众们是怎么说的?

安娜　反正,是呀,说来说去,李尔王也是个疯子。既然如此,他把自己当成哈姆莱特也就不那么奇怪了。十二月二十二日……

凯恩　够了!别说了!您明明知道我喝醉了,还使劲鼓掌,那是干什么?

安娜　为了给您鼓劲呀!

凯恩　鼓劲?还给我鼓劲?

安娜　我看到,您每吐一个字,都费那么大劲;您看上去是那么脆弱。我从头到尾都为您担心,怕您在什么地方忘了台词,说着说着僵在那儿,让台上台下所有的人盯着您,看您出洋相。啊,在这种时刻才见出艺术家的功力来。我呀,简单说吧,那几晚我离开包厢的时候,浑身都湿透了。幸亏您有一位称职的提词人!

凯恩　那么说,您是给提词人鼓掌啦!

安娜　也给您鼓掌嘛。看到一个男人同他自己的舌头搏斗,那是非常感人的。同时,我感觉到,您心情不好,有什么不痛快的事。

凯恩　（恼火）心情不好!瞧您说的!凯恩会心情不好!我可是头一次听到这种话。人们通常都是嫉妒我,而不是可怜我。刚才出去的那个家伙,他嫉妒我的一切:我的成就,我的才华;

乃至那些喜欢我的女人,他都眼红。您知道他是谁吗?威尔士亲王。

安娜　这么说来,您并没有不愉快的事?

凯恩　您呢?您愉快不愉快?您堕入情网了没有?女人啊,女人就是这个样子!存在或不存在,小家伙,对我来说都无所谓。我只是演戏;此时此刻我这个样子,也是在演戏。隔上一段时间,凯恩就要给他自己演上一出戏;为什么我就不能一个人过一过自己最隐秘的狂欢节呢?(喝酒)您真有运气:您将参加一次凯恩的狂欢节!从头到尾,无一遗漏。从崇高到污秽。(大笑,然后改变声调)我痛苦得像条狗。

安娜　凯恩!

凯恩　(练习发音,用三种不同的音调)我痛苦得像条狗!我痛苦得像条狗!我痛苦得像条狗!您觉得哪种声调更好?亲爱的丹比小姐,在舞台下我就这样折磨自己,才能把什么都学会。(喝酒)您走吧……

安娜　为什么要我走?

凯恩　我预感到,我马上就要变得面目可憎。

安娜　要叫我憎恶您,可不是容易的事。(笑)我不走。

凯恩　那也好!您可以留下来,但我已经提醒过您,对吧?如果罗密欧变成了福斯塔夫,可不要惊奇。对,您是来向我讨主意的。向我讨主意!我的意见是,您最好立刻去修女院。(稍停)我是不是吓着您了?

安娜　没有。

凯恩　果真没有?那好,您说得对。凯恩是一支没上真子弹的手枪:听见枪响,打不着人。人们可以嘲弄他,听见没有,嘲弄他;接着发生了什么?什么也没发生。仅仅倒在椅子上,结结巴巴说些什么！（笑起来）只是一些词儿，一些词儿，都是词儿！您知道吗？（喝酒）小姐，听了我这番话，您可能还是弄不清楚。您结识演员凯恩，是在一个不怎么适当的时刻。今天晚上，伟大的凯恩不太喜欢女人，要是哪个女人落到他手里……（注视安娜）您很美……美丽使人感到屈辱。屈辱，明白吗？美丽、高贵，有了这二者，就不会受到伤害。（走近安娜）您知道我内心隐秘的梦想吗？把一个美丽的女人关闭在四堵墙中间，嘲弄她，奚落她。（猛地）后退！您不懂得怎样扮演您的角色。您往后退干什么？

安娜　因为后退我才感到安全。

凯恩　您愿意不愿意在我的床上睡觉？

安娜　不愿意。

凯恩　那您就错了。我会像对待小妹妹一样对待您。（念哈姆莱特的台词）"我可否跪在您的双膝之间？"

安娜　（接下去念台词）："大人，您在寻开心。"

凯恩　（停住，惊讶）您从哪里学到的？

安娜　这是奥菲利娅一角的台词，我都会背了。

凯恩　那好！（稍停）总而言之，您想干什么？

安娜　我想演戏。

凯恩　演什么戏？演小红帽，还是大恶狼？演小女婿，还是小妇人？要不就是演妈妈，演三个小猪崽的故事？

安娜　我想当一名演员。

凯恩　（哈哈大笑）请原谅，不过这真太可笑了：一位奶酪商的女儿打算演戏！您父亲在坟墓里也不得安生的，丹比小姐，您，想当戏子，这可是三教九流最末一个行当呀。您的想法好古怪！是谁把这个念头塞进您脑子里的？

安娜　就是您。

凯恩　我？

安娜　您的榜样向我表明,通过努力,可以掌握一些光荣而体面的本领。

凯恩　体面！(喝酒,然后跌跌撞撞地站起来)您看我像个体面男人吗？不幸的姑娘,您只要待在家里,就已经有了体面;体面是奶酪商人的特权。至于光荣,不错,我倒是享受到了光荣。不过,接下来又会怎么样？假如贵府街道上左邻右舍的大妈大嫂们背后说您行为不端,这叫作不体面。然而,假如整个英格兰都把您当成婊子,您就获得了光荣。我若是有空,一定会让您挽着我的胳臂,一块儿到伦敦的大街上转一圈;所经之处,您一定会听到人们品头论足:"嗬,快看,凯恩就这副模样呀？我还以为比这强得多呢。瞧,这么胖！看样子还挺自以为了不起。再说,他已经不年轻了！看那头发,肯定是假发套。我真想上去揪它一把,看看到底是真发还是假发。"从前,谁要是犯下了罪过,任何公民碰上他,都可以当场砍杀,像打死一条狗,而不必先提出警告。光荣,就是这种玩意儿。丹比小姐,回家去吧;在我这里,您没有什么好做的。

安娜　(微笑)凯恩先生,昨天晚上,我已经弃家出走。对一个女子来说,这不是比不体面还要不体面吗？

凯恩　您要怎么样？难道您觉得这还不够吗？

安娜　我的天,既然走了这一步,就应当一不做二不休,您说是吗？

凯恩　(吃惊)好,好吧,既然非要这样……您是来向我讨主意的,我也给您出了主意。

安娜　我讨的不是这种主意。

凯恩　那是什么主意呢？

安娜　我想知道，您认为我能不能演戏？

凯恩　那也得先听您念念台词呀。

安娜　莎士比亚所有的女性角色，我都会演。

凯恩　真是这样？（稍停）谁给您排练的呢？

安娜　您呀。

凯恩　又是我？

安娜　我念女角的台词，您来接词，咱们试试。我听您的戏，真说不清有多少次。您会如何评论，我都能预料到。

凯恩　那咱们就看看如何吧。您想演什么？

安娜　苔丝狄蒙娜、朱丽叶、奥菲利娅，您说吧，都行。

凯恩　那就演奥菲利娅吧。

〔安娜念台词；凯恩喝酒。

安娜　（演奥菲利娅）"这是给您的茴香和漏斗花；这是给您的芸香；我还留了一点点给自己。我们不妨叫它安息日的慈悲草……"嗯，唉！……想不起词儿来了。

凯恩　想不起来没关系。您想听我的心里话吗？

安娜　当然。

凯恩　我所有的心里话吗？

安娜　当然。（凯恩的神情使她胆怯起来）总之，差不多吧。

凯恩　（念哈姆莱特的台词）"到修女院去！到修女院去！"

安娜　那么……没希望了？

凯恩　一点希望都没有。

安娜　我演得……真那么差？

凯恩　（露出轻蔑的神情）比差稍强一点吧，要下功夫还可以。

安娜　那就行，好好练……我有毅力，您知道，我有坚强的毅力。我想要干什么，必定能成功。

凯恩　当然喽！卖奶酪,发家致富,需要有毅力;奶酪商的女儿,通过遗传,获得父辈的毅力。您打算一步一步地得到才能,就像您父亲当年一个子儿一个子儿地挣钱获利。您会花大力气,下大功夫！而我呢,我还没干就累了。于是,您会进步！多多进步！永远进步,不停地进步。您能练得不错,再进一步是良好,然后是优良,接着再向前,达到完美,比完美还要美好。到了后来,又怎么样呢?(学安娜的声调)"我想要干什么,必定能成功。"(回到自己正常的声调)小家伙,只要有毅力,上天去摘月亮都可以;月亮不就是挂在天空里的一块奶酪吗?但是,演员是变不成的。您以为认认真真地去演就行了?我演得怎么样,认真不认真?我有没有毅力?当演员就像当亲王,都是天生的,命里注定。您再有毅力,也抗不过命运。

安娜　凯恩先生,我非演戏不可。

凯恩　为什么非演戏不可?

安娜　挣钱吃饭呀。

凯恩　您家里难道还没有钱?

安娜　我离家出走,全都抛弃了。

凯恩　全都抛弃了。于是,便来到穷棒子们当中,寻找一个渺小而正派的职业！要节衣缩食,像爸爸当年那样！要勤劳、勇敢,不怕吃苦受累,像爸爸当年那样！多干活,少花钱;一幅多么富有教益的图画！所缺少的,就是一本复式簿记了。莎士比亚,马洛①,本·琼森②,诸位请看,奶酪姑娘要把乃父的品德

---

① 马洛(1564—1593),英国戏剧家。他革新了中世纪戏剧,作品为英国文学中的奇葩。

② 本·琼森(1572?—1637),英国剧作家、诗人、评论家;十七世纪初英国文坛的盟主。

融进戏剧中去！到修女院去，丹比小姐，到修道院去！把您的品德献给仁慈的上帝，观众才不管那一套呢？演戏不是为了挣钱吃饭，演戏是为了骗人，也欺骗自己，为了做出自己做不出的事来；同时因为人们按老套子生活，过得腻烦了，要换换花样。人们对自己太了解了，便要演演戏，以便看不出自己的真面目来。演英雄，是因为自己是懦夫；演圣人，因为自己居心不良；演杀人凶手，是因为自己内心特想杀死邻居；之所以演戏，是因为人们生下来就是骗子；之所以演戏，是因为人们热爱真理又憎恶真理；之所以演戏，是因为人们要是不演戏就会变成疯子。那就演戏吧！我什么时候演戏，连我自己也说不清楚。我有没有停下来不演戏的时候？请看我，我是憎恨女人，还是在表演憎恨女人？此时此刻，我是做戏吓唬您、恶心您呢，还是我真真实实地心怀鬼胎，想让您偿还别人的欠债？回家吧，去数您的金便士；让我们留下来数我们自己用硬纸做的金路易！

安娜　（温和地）凯恩先生，您能不能演一演善良的人？

凯恩　（目瞪口呆）演一演善良的人？当然，为什么不能呢？这当然不是保留角色，不过我并不讨厌即兴创作。（稍停）假如我是个善良人……假如我善良……（做戏）您见到过人生闪光的一面，这一面照得您眼花缭乱。现在我要给您展示一下这闪光的勋章背面，这上面有一顶花冠，还有一顶荆冠。

安娜　（笑）您一旦成为善良人，就怪逗人的！

凯恩　（仍然沉着冷静）您天真憨直，您青春焕发，反而使我承担的任务变得微妙而棘手了。对于我这个年龄的男人来说，有些事情是难以启齿的；而对于您这样的妙龄少女，有些事情是不易理解的。如果我纯真的思想在表达上有所不当，您不会见怪,对吗?

安娜　(演戏的腔调)我希望,埃德蒙·凯恩不至于说出任何安娜·丹比无法入耳的言辞。

凯恩　(演戏的腔调)小姐,对不起。此时此刻,我要么沉默,要么和盘托出。

安娜　(拉下面纱)说吧!先生。

凯恩　(改变腔调)你愿出卖自己吗?

安娜　(自然的语调)不这样就不行吗?

凯恩　绝对不行。必须睡觉……您看……(屈指数来)跟导演,男主角,还有剧作者。请注意,我还没提其他附加的人。

安娜　关于剧作者,我算走运:莎士比亚已经不在人世。至于导演,也好办,反正他得听男主角的。

凯恩　男主角的事还有待解决呢。喏,假如你来拜见全民族的光荣、伟大的明星凯恩,请求他保护,假如他真保护了你,你明天就会成为朱丽叶,或者苔丝狄蒙娜。凯恩要是不愿意保护你,你再恳求也是白搭;你的演艺生涯必定胎死腹中。然而,演员凯恩到底如何行事?说不定你会设想,可以用情感来感化他;看在你那双漂亮的大眼睛的分上,他会鼓动人家聘用你。你是这么想的吧?然而,这么想,就大错特错了。演员凯恩太了解女人了,他也太了解热烈的情感了。他活着,靠的就是热烈的情感。至于女人嘛……

安娜　人家说,他有时也靠女人养活……

凯恩　不对。他要死在女人手里。现在呢,你面前这个男人爱发脾气,心灰意冷,可能还挺恶毒;不过,他还颇有高雅的气度!你在他面前,既天真无邪,又工于心计!一场较量势均力敌。结果如何?哈哈!结果会是什么样子?来,表演表演试试。

看看你有没有即兴发挥的才能。我当凯恩,你当你自己。下场。好。现在上场。不,不对,不要撩起面纱。就这样,太好啦。(表演)您有什么事?

安娜　凯恩先生,我想演戏。

凯恩　(自然语气)不对。像这样。你一点儿机会也没有了。你面前的这个男人,虚荣心十足,知道吗?他心情忧郁而又目空一切。必须奉承他,拍马屁,知道吗?再来。要有所创造。

安娜　我不会创造。

凯恩　让话语从心灵里流淌出来。

安娜　(即兴表演)我来到他的家……我有没有勇气说出是什么把我带到这里来?……啊,上帝,我的上帝,快赐给我力量,我支持不住,就要憋死啦。

凯恩　(自然语调)不坏。(表演)您要求我做些什么?

安娜　(心醉神迷)啊!这是他的声音。(对凯恩)对不起,先生,原谅我情不自禁。这是情有可原的。要知道,不论您多么谦虚,都会明白:您的声望,您的才华,您的天才……

凯恩　很好。

安娜　所有这一切都令我胆战心惊,尽管您的接待使我放下心来。不过,还是前者压倒了后者。人们说,您既善良又演技高超……如果您仅仅是戏演得好,我就不会来找您了。

凯恩　我并不善良。

安娜　什么?

凯恩　我说我并不善良。

安娜　您这话是出自内心,还是演您的角色?

凯恩　(怒冲冲)我也说不清。我只告诉你:我并非善良之辈。走近一点。你不是想演戏吗?

安娜　先生,您猜得很准确,我指望您多多帮忙。这关系到我的幸福,我的前途,还可能关系到我的生命……

凯恩　女人都是一路货色。只要有张好看的脸蛋,只要身材苗条一些,就自以为能演戏了。撩开面纱。(安娜听命)不赖!长得不赖。这说明什么?说明你能给男人带来不幸。可是,你打算怎样让我明白,你能不能给观众带来幸福呢?伸出腿来看看。

安娜　(表演)噢!先生!

凯恩　怎么?你不好意思?

安娜　(自然语气)我吗?没什么不好意思!

〔安娜撩起裙子。

凯恩　哼!……你疯了?你本应拒绝我的要求!

安娜　为什么要拒绝?我不是想演戏吗?

凯恩　现在演的不是你那个角色了。这么说:真讨厌!

安娜　真讨厌!

〔安娜说着,扑哧一声笑了出来。

凯恩　这哪行!

安娜　(寻找正确的腔调)真讨厌!真讨厌……真讨厌!

凯恩　好。走走步子。走好点儿。要像王后一样。对一个卖奶酪的女人,已经不错了。做出受委屈的样子。

安娜　为什么要这样?

凯恩　因为我让你受了委屈,仁慈的上帝呀!我不是说过吗,我憎恶女人。你看,我走到你跟前,伸出手来,抓住你的双肩。你要叫一声。

安娜　啊!

凯恩　我要打掉你的傲气。说不定我恨哪个女人,要在你身上出气。你还是处女吗?

安娜　不是了。

凯恩　怎么会不是?你当然是处女。说:我是。

安娜　(毫无自信)我是。

凯恩　(不耐烦)你到底是还是不是?

安娜　随您的便吧。

凯恩　你是处女,我吓得你惊慌失措。

安娜　噢!不,凯恩先生,不行。

凯恩　当然行。来吧,站到原来的地方。(向安娜走去)小傻瓜,你欺骗我,是不是?你那出戏编排得还真不错:未婚夫粗暴,出逃、暗楼梯,无巧不成书。你想演戏,又不想付出。没那么便宜的事。一个女人要想得到嘲弄我的快乐,至少得是位伯爵夫人。你要为此付出代价的。不仅仅是替你自己付出,还要为同一时刻企图欺骗可怜的男子的所有女人付出代价。你知道吗?你那固执、倔强的小脑袋,我一看就烦。你也是一身傲气,对吗?你们女人都骄傲得发狂。你的傲气,都该留在更衣室里。我要你干什么你就得干什么,要不就别想上台。任你选择。(双臂抱住安娜)痛快点,选择吧?

安娜　(声音清晰而平静)选好了:您要我做什么我就做什么。

凯恩　什么?(放开安娜,又喝了一杯酒)我可怜的孩子,你不会即兴表演。

安娜　我的话是从心里流淌出来的呀!我不是说了吗?我想当演员呀!要不,咱们从头再来。(走近凯恩,神态诱人)您要我做什么都行……

凯恩　(机警地)不,别这样。待在原来的地方。(稍停)来吧!我给你排练排练;只要有一点儿才能,我就要你。别害怕,没有别的条件。

安娜　什么也不要我做？

凯恩　那不可能！喏,不是要演戏吗？

安娜　(失望)啊！好吧。

凯恩　什么叫"啊！好吧"？我不是讲得明明白白了吗？

安娜　跟您打交道,真是吃不准。

凯恩　小坏蛋,跟你打交道,也是吃不准。那么,去吧,你赢了。

安娜　您是不是又在演戏,扮演一位善良的人？

凯恩　演戏,还是没演戏,我也弄不清楚。我喝醉了,这我倒是清楚的。这个机会,你可要抓住。

安娜　我会抓住的。(吻凯恩的双颊,急速地跑开)明天见！

〔安娜下。

第 四 场

〔凯恩、索罗门。

凯恩　(独自一人,一边穿衣,一边哼着曲子。当意识到自己在哼曲子时,没有好气地发出一声"唉！"停止哼曲子)爱莲娜……爱莲娜……(不耐烦)不对！(声音变得低沉)爱莲娜。今天晚上,你把我折磨得够呛。(朝穿衣镜望了一眼)爱莲娜！你折磨得我够呛。(一个音节一个音节地发音吐字)爱—莲—娜—你—折—磨—得—我—够—呛。(穿上那双尖翘头鞋,披上斗篷,戴上直筒帽)爱莲娜。(照镜子)朱丽叶！朱丽叶！(念台词)"是的,我信任我的朱丽叶。是的,她就是我的太阳,她就是云……"

〔舞台铃响。

索罗门　（上）快,快。快上场。

凯恩　（照了照镜子）索罗门,我有多大年纪了?

索罗门　（训练有素）主人,您才十八。

凯恩　（念台词）"快看,我充满嫉妒心的幸福之感,放射出一道光线,穿过地平线,一直延伸到我们身边。快看,天空映出光亮,星星开始暗淡。走就能生存;留下来,则必死无疑。"（酩酊大醉）留下来必死无疑!真是白痴!（大笑）今天晚上人多吗?

索罗门　客满。

凯恩　这些傻瓜!他们来看一位四十八岁的罗密欧,他的朱丽叶还给他戴上了绿帽子。（大笑）这帮人,我才不在乎呢!管他什么样的罗密欧,我都无所谓!（索罗门毕恭毕敬地搀扶着他,把他推向上场门。临出场时,凯恩才面朝观众）我就恨这帮观众。

　　　　　　　　　　　　　　　　　　　　——幕落

第 三 幕

第 三 景

〔黑公鸡小酒馆里。

第 一 场

〔酒客三五成群。卖艺者耍把戏。凯恩走进酒馆,帽檐低低地压在眼睛上;他在一张桌前坐下,脸色阴沉,招呼要酒。

凯恩　拿酒来!

彼得·帕特　(观看卖艺者表演)马上就来!还没着火,有那么急吗?

凯恩　(发怒)马上拿酒来,混账东西!要不就打断你的脊梁骨!

彼得·帕特　(高兴地)啊!是您老啊?贵客驾到,对吧?

凯恩　不对。

彼得·帕特　啊?

凯恩　不对就是不对,我不是什么贵客。

彼得·帕特　凯恩先生!

凯恩　他不在,直到月底都不在。

彼得·帕特 我不是叫您了吗？我认识您！

凯恩 你过去见过我这副嘴脸吗？

〔凯恩脸色阴沉,近似疯狂。

彼得·帕特 噢！没看见过,幸亏没看见过。

凯恩 你看,你不认识我吧。快拿香槟酒,再招一个婊子来,跟我碰杯。

彼得·帕特 不过……

凯恩 不过什么？

彼得·帕特 （指艺人们）那群人等着您呢,是您约他们来的。

〔凯恩朝艺人们望去,神情沮丧,竟没有认出他们来。

凯恩 见鬼去吧。给我拿酒来。

〔彼得·帕特下,示意一名妓女去陪凯恩。

妓女 来啦！

凯恩 你叫什么？

妓女 法妮。

凯恩 法妮,乏妮子,乏得没法子……（转了话题）干那事,可以赊账吗？

〔彼得·帕特端香槟酒回来,示意妓女答应下来。

妓女 可以,先生。

凯恩 叫我罗密欧。（给妓女斟酒。艺人们围了上来,静静地望着他）你们是些什么人？你们要干什么？（艺人们不悦,七嘴八舌地责怪他）是你们啊？（站起来,向艺人走去）我可怜的朋友们,我的弟兄们,原谅我吧,我喝醉了。今晚不是庆祝洗礼吗？

艺人甲 （仍然不悦）对,是来吃洗礼饭的。是您请客呀！不过,您既然把我们全忘了……

凯恩　我会忘记患难之交吗？拥抱我吧！（互相拥抱）我打心窝里喜欢你们每一位。（转向彼得·帕特）饭呢？准备好了吗？

彼得·帕特　当然。

凯恩　那咱们就吃吧。（问艺人们）那位当爸爸的幸福人，到哪儿去啦？

艺人乙　老鲍伯？唉，出事啦！

凯恩　你是说，他……

艺人乙　还不至于。不过，脚崴了。得在床上待六个礼拜。

凯恩　那也不错，好好休息休息。我还真羡慕他。我哪里都待不住，连床上都待不住。

艺人丙　不过，待在床上，过日子可就……

凯恩　可就怎么啦？

艺人丙　整个戏班子，可就要挨饿，活不下去啦。

凯恩　他不在就演不成了？

艺人丁　就是演不成，这您不是不知道。

凯恩　你们饿得要死，现在有机会好好吃一顿；可是，刚才你们尽管空着肚子，还是要走，因为我那模样，好像是认不出你们来了。啊！我终于又找到了卖艺人的那股傲气，我从前的那股子傲气。别着急……（找钱包，找了半天才想起来，自己已经身无分文。发起火来）活见鬼，怎么没了……（从桌上拿起水壶，递到法妮手里）朱丽叶，往我头上浇水。（法妮犹豫）叫你浇，你就浇嘛！我得解解酒。（法妮倒水；凯恩抖动身子）好，现在你去吧。（眼睛盯着法妮）不好，你瘦得叫人掉泪；那就留下来，跟我们吃饭吧。（对其他人）六个礼拜吃不上饭……我也有过，你们知道吗？那是在十六年前。噢，不对，那次是三个礼拜。彼得·帕特，拿支笔来，还有墨水。

彼得　拿来啦!

凯恩　(坐下写字)把这封信给德鲁里·莱茵剧院的经理送去。我对他宣布,明天要为一位受了伤的老朋友举行义演,演出《奥瑟罗》的最后一幕。

一艺人　啊!真棒!够朋友。

一女艺人　这才叫同甘共苦。

彼得　(叫唤)菲利普!

〔一名伙计上。凯恩把信递给他。

凯恩　拿着,要他给个回话。怎么样?大家都准备好了吗?

一艺人　都准备好了。

凯恩　那好!咱们这就吃饭。

〔众人下。

第 二 场

〔彼得、安娜。

〔先是彼得一人在场;片刻后安娜上。

安娜　先生,我要开一个房间。

彼得　已经订好了。

安娜　怎么?

彼得　有人命令我,把旅馆里最好的房间留下来,给一位太太,她今天晚上就要到。这位太太,我估摸着,就是您了。没猜错吧?

安娜　没错,就是我。快带我去房间吧,朋友。我担心随时会有人进来。

彼得　多莉!多莉。(一妇人上场)一号房间,干净的那间。带客人去吧。夫人,您还要点什么?

安娜　谢谢,我什么也不需要。

〔安娜下。

第 三 场

〔彼得、索罗门。

索罗门　(上)凯恩走了没有?

彼得　没有。他正和艺人们一起用餐呢。

索罗门　快派个人去找他来。就说我等他,有话跟他讲。

彼得　(对一伙计)听见没有?

〔伙计下。索罗门来回踱步。凯恩上。

第 四 场

〔索罗门、凯恩。

凯恩　什么事?

索罗门　主人,是件不幸的事!

凯恩　没错儿!除此以外,我还能有什么事?怎么啦?快说吧!

索罗门　珠宝商起诉成功,要对您进行追究。

凯恩　(大笑)太可笑了。

索罗门　您说什么?

凯恩　知道吗?今天晚上,我本来有机会偿还全部欠债。

索罗门　天哪!

凯恩　可是被我拒绝了,知道吗?(大笑)

索罗门　主人啊!郡长和检察官都到了您的公馆,等着呢!

凯恩　既然我不在家,你说这与我有什么关系?

索罗门　他们说,要一直等到您回来。

凯恩　那再好不过。行,我就不回去了。

索罗门　我的主人!

凯恩　又有什么事?

索罗门　愿意替您还债的那个人……还能追得上吗?

凯恩　(生硬地)不行!(稍缓和)拉倒吧,我们老索罗门,别总是这么愁眉苦脸的。到了这儿,咱们还能缺什么?有好酒,好菜,敞开赊账,没有限制。此外,还有这么多朋友。朋友们喜欢我,使我把全世界都抛到九霄云外。在朋友们心目中,我是一个顶天立地的男子汉,你明白吗?这一点,他们毫不含糊,最终一定会说服我,同意他们的看法,走吧。索罗门,上桌子吧,我要变个活法。至于郡长嘛,让他等着吧。看看我们俩当中,谁先挺不住。

第 五 场

〔前场人物。安娜风风火火地进来。

安娜　我来啦!

凯恩　啊?

安娜　我是说:我来啦!

凯恩　那还用说!我看得见。见鬼,您到这儿干什么来啦?

安娜　我在我自己的房间里,听到您说话的声音。

凯恩　在您自己的房间?您在这窑子里开了房间?

安娜　(兴味盎然)噢!原来这儿是窑子?

凯恩　嗨……不完全是。

安娜　是窑子不是窑子,我住的房间,是您给我预订的。

凯恩　我预订的?我给您订了房间?(对索罗门)你先去吃饭,我这就去。(索罗门下)这是怎么回事?为什么我走到哪儿,都会看见您?

安娜　(拿出信)您要是不想见我,就不该给我写这封信!

凯恩　(被激怒)什么,什么,我根本没有给您写过信呀!

安娜　(念信)"有人一直跟踪您;您的藏身之地已被发现;搜捕您的请求已经获准,命令即将下达。今夜请前往港口,找到黑公鸡酒店;会有人来接您,陪您到我这里。不必担心,请信任我。对于您,我既尊敬又爱恋。凯恩。"

凯恩　(重复最后一句)既尊敬又爱恋!(耸肩)

安娜　(毫不让步)既尊敬又爱恋。是您自己写的。

凯恩　我对您说了,不是我写的……况且,这事干得多么愚蠢!我要是想见您,没有必要这样藏藏掖掖的嘛!

安娜　您在信尾还附了一句:"有人跟踪我。所以我不去接您了;前往接您的,可能是位蒙面人。"

凯恩　蒙面人!(大笑)我的运气真不好:出了戏院还得演戏。戏院、剑术格斗、神秘的局面、蒙面的阴谋家,我见得太多,受不了啦。我为什么来这里,您知道吗?是喝酒、吃饭来啦。这就是生活。我有权利这样生活,不对吗?(怒)既尊敬又爱恋!还有个蒙面人!(突然)看着我,这封信是您自己写的。

安娜　不是。

凯恩　算了吧!您干得出这种事。

安娜　我干不干得出,是另一码事。然而事实是,信不是我写的。

凯恩　给我瞧瞧。(读信)是男人的笔迹。那好,这么说,是有人在算计您,您陷入了困境。

安娜　算计我？

凯恩　没错！肯定是您的监护人耍的花招，要不就是您的未婚夫。

安娜　我的监护人，绝不可能；他没有这样的想象力。

凯恩　梅维尔爵士的鬼点子却不少。事情很清楚：把您引诱到这里来，在现场捉住您，就像当着众人把一朵鲜花掐下来一样。

安娜　不会。

凯恩　怎么不会？

安娜　因为您会保护我。

凯恩　毫无疑问，我会保护您。不过，请问，为什么我每走一步就非撞上您不可？为什么昨天晚上，整个伦敦流言四起，说我诱拐、劫持了您？为什么刚才您从一道暗门走进我的房间？为什么此时此刻我们在一个窑子里相会，而您又迫使我在这种地方与一帮蒙面之徒扭打撕扯？

安娜　首先，这里并不是窑姐儿的窝。另外，要来的人不一定就是蒙面之徒。

凯恩　总而言之，为什么在我人生的每一个十字路口，你们都要安排一出悲剧？当然，我说悲剧，指的是滑稽悲剧。啊，奶酪商家女孩子的脑袋里，难道有那么多浪漫情调？

安娜　浪漫情调？凯恩，看您想到哪儿去了！我一点儿不浪漫。

凯恩　是吗？

安娜　我并不浪漫，可是我受不了厌倦无聊。（乖巧地）此刻，我感觉很开心，一切都那么有意思。您没有这种感觉吗？（无拘无束地）您站着干吗？坐呀！来，给我弄点香槟酒。

凯恩　（不情愿地坐下）那边还在等我呢。

安娜　我知道。（稍停）在监护人家里，我无聊透顶，没法不生病。

凯恩　您不能谈谈您的经历吗？

安娜　您先谈谈您的不是更好吗?

凯恩　不。

安娜　那我就说上五分钟,让您有个大概的了解。刚才说了,我烦闷无聊,日渐孱弱枯萎,变得郁郁寡欢,无精打采;内中原委,您会理解的。

凯恩　我理解。您需要有个丈夫了。

安娜　医生换了一个又一个;他们异口同声说我需要娱乐。医生们说:这个姑娘活不长了,应该让她参加舞会、晚会,让她看戏。舞会,您知道,我……您喜欢跳舞吗?

凯恩　我嘛……不喜欢。

安娜　应当告诉您我失过足。噢!那仅仅是因为烦闷。比起舞会,人们更乐意让我看戏,因为在戏园子里能够把我看得更牢。

凯恩　(怒)您是个傻瓜!

安娜　我怎么是傻瓜?

凯恩　我认为您失身就很傻。这种事……可不是您这样的姑娘该干的。真不知您是怎么想的!那家伙是谁?

安娜　不必再提了!已经过去很久了……再说,那种事也怪讨厌的,于是我马上又变得贞洁了。我常去看戏,到德鲁里·莱茵剧场。头一回去的时候,台上正好是位年轻、俊美的美男子。天哪!他那声音真动听;谈起爱情来叫人心醉。可他的朱丽叶却是个丑八怪!那位美男子,当然是罗密欧了。演出结束,我觉得刚刚过了一秒钟。这一秒钟里,我没说一句话,气儿都来不及喘,连鼓掌都没工夫。

凯恩　您错了:演员们需要观众鼓励。那天罗密欧是谁演的?

安娜　又过了两天,我被领去看《威尼斯的摩尔人》。啊!多么伟岸的男子汉！他嫉妒得叫人喜爱。要是他用枕头把我闷死，我也会心甘情愿，满心喜欢的。因为，我感觉，这类事情，那么微妙，难以言传。死在毛茸茸的羽毛下面，多么美妙的梦幻。苔丝狄蒙娜演得糟透了，岁数又那么大。而那位男子汉，让我说个够吧，比罗密欧还能打动我的心；因为，我一直倾心于成熟的男性。

凯恩　嗯！奥瑟罗是谁扮演的？

安娜　又过了一天，我自己要求再去看戏。这一回上演《哈姆莱特》。这个可怜的年轻人，思虑过多。可是，人长得漂亮。遗憾的是，他跟那只白色小母鹅打交道。要是我，我会这样回答：我喜欢人们之间多一些交谈。不过，她没活成，也算解脱了。可是，可怜的小伙子也死了。死得那么别扭。这一回，我可哭了。啊！我哭个没完没了。而且，您该满意了，我使劲鼓掌。

凯恩　谁演哈姆莱特？

安娜　是肯布尔。

凯恩　（跳起来）什么？

安娜　（露出笑容）噢，不是他；凯恩，我记错了。是您，当然是您。罗密欧是您演的；奥瑟罗也是您演的；哈姆莱特还是您演的。不过，您也得承认，肯布尔演得也不错。

凯恩　嗯！

安娜　我派人打听您，听说您是个酒鬼，淫荡下流，债务缠身；一会儿忧郁，一会儿狂暴。我当时就感到，此人需要有位女子在身边。

凯恩　（学安娜的语气）我需要娱乐。

安娜　您需要一位女子在身边。一位商人的女儿，性格坚强，说一不二；尽可能不要浪漫；这样，就会把您的生活安排得井井有条。

凯恩　好一个井井有条！这样一来，倒是井井有条了；然而我的才华怎么办？

安娜　您没明白我的意思。井井有条归我负责，发挥才华，任您去办。噢！凯恩，一切都会清清爽爽，到处都干干净净；事情都由我安排布置，您该干什么还干什么；眼皮底下的事，您甚至理会不到就办好了。每天晚上，从九点到午夜，您去大喊大叫；然后，回到家里，您会得到宁静、豪华……（垂下眼帘）还有感官享受……

凯恩　过来，小妹妹。要不要我说实话？你比起我来，更加疯狂，更加浪漫。

〔吻安娜的前额。

安娜　那么说，您不愿意？

凯恩　是不愿意。你井井有条，我杂乱无章，用不了一个星期，这个家就吵翻天啦。

安娜　您最终会接受的，我敢肯定。您生性软弱，这您自己也知道；而我呢，想干什么……

凯恩　都能干成，我知道。（一伙计跑上）什么事？

伙计　凯恩先生，剧院给您的回信。

凯恩　瞧瞧。（草草看信）好，就这样！（对伙计）你再跑一趟。告诉剧院，明天早上就张贴海报；我负责给她找替补。（伙计下）你想干什么，一定能干成，还想不想扮演苔丝狄蒙娜啦？

安娜　苔丝狄蒙娜？

凯恩　明天晚上，我为朋友举行义演。是刚才决定的，可剧院说来不及通知麦克莱希夫人；她住在乡下家里，星期五才回来。您愿不愿意代替她演？

安娜　不过……我从来没有……

凯恩　明天中午，你来我的化妆室，我帮你排练，直到大幕拉开。

安娜　凯恩，那我是跟您……搭档啰？

凯恩　跟我，没错。

安娜　您看怎么样！这表明我会嫁给您的。

凯恩　是啊，是啊！可在这之前，我得先设法把你从马蜂窝里拽出来。

安娜　什么马蜂窝？噢！我倒忘记了。这事有多逗呀！我还真琢磨不出您打算怎么办呢。

凯恩　（呼唤）彼得！给我找个警察来。

〔彼得上，然后跑下，带回一名警官。

第 六 场

〔凯恩、安娜与警官。

凯恩　警官先生，这位是丹比小姐。伦敦最富有的女继承人。在选择配偶的事情上，有人要对她施加暴力。我召您来，是要把她托付给您。

警官　这世道变成什么样了！先生，您是何许人，竟以如此权威的口吻，要我办事？

凯恩　（朗诵）到底是何人请求法律保护，这并不重要；因为法律面前人人平等。

警官　凯恩！我怎么会认不出您来？您的演出，我看过不下百次，我是您最热情的仰慕者之一……这么说来，小姐，您要求我的保护啦？那好，您已经得到此项保护。不过，可否告诉我，以什么方式……

凯恩　安娜,和警官先生上楼去,到您房间里去谈吧;把一切都告诉警官先生。我留在这里,等那个家伙。

安娜　希望您好好揍他一顿。

凯恩　那没问题。特别是当我认准了的时候。

安娜　我也留下来,等着看个究竟。

凯恩　还是到你房间去吧。

安娜　(高兴得叫起来)真好!

凯恩　好什么?

安娜　我真高兴。您刚才像丈夫一样跟我说话,把"您"改成了"你"。

〔安娜同警官下。

第 七 场

〔凯恩一人,稍后梅维尔爵士上场。

凯恩　蒙面。为什么要蒙面?一名被雇用者没有必要蒙面……没错!……一定是未婚夫本人,英格兰贵族院议员梅维尔爵士!此人劫持绑架、伪造笔迹,当场被擒。接下来呢?接下来……狠狠地揍这小子一顿!狠狠揍一位爵士,这可是我梦寐以求的事情!亲王啊,为了向贵族报仇,我凯恩今后不必再通过女人行事啦,既然没能抚摸那位贵妇人的肩膀,现在就给一位爵士来个大背拐。把一位爵士撂到后背上,叫人感到活得痛快。狠揍一位爵士,这回可要由我来执行法律了。我的上帝,我的上帝,祈求您老人家,叫这家伙快来吧。瞧,他来了!

〔梅维尔爵士蒙面上场。

梅维尔爵士　对不起,朋友,劳驾让我过去。

凯恩　对不起,朋友,不能让您过去。

梅维尔爵士　这是什么意思?

凯恩　意思是:我不喜欢戴面具的人。

梅维尔爵士　不喜欢?

凯恩　不喜欢。

梅维尔爵士　那又为什么?

凯恩　因为这一套在女王玛利亚时代就不时行了。

梅维尔爵士　总有些特殊情况,需要蒙面。

凯恩　是不是您的面孔丑陋无比?(梅维尔爵士硬要过去;凯恩边说话边阻拦)您是满脸麻子?还是得了软下疳毁了脸面?或者是鼻子烂掉了一块?您是双颊布满酒渣斑点?还是长了西葫芦大小还带有一撮毛的疣瘤?是不是有刀伤?是不是有人割掉了您的鼻子和耳朵?果然如此,倒很遗憾,那我可就没什么事好做了。

梅维尔爵士　快让我过去,浑蛋。

凯恩　不行就是不行,小白脸。

梅维尔爵士　你要什么?要钱?

凯恩　我要看看你那副光溜溜的小嘴脸。(改变声调)你要是自己不摘下面具,我可就要动手啦。

梅维尔爵士　该死的狗东西!

〔梅维尔向前扑过去。凯恩用左手抓住他的右臂。

凯恩　怎么样?你摘不摘?你还有一只手能活动,就用这只手摘下面具来。要是我不得不用我这只手替你摘,说不定会刮破你的脸。你不摘?那好。(摘下爵士的面具)进里边去吧,里边亮堂。我抓住一只蟑螂,我要看看它长什么样。

〔两人进屋。

梅维尔爵士 凯恩！

凯恩 （假装惊愕）噢！原来是梅维尔爵士！真没想到,真不好意思！爵士,您看,刚才我还把您当成蟑螂,要把您捻死呢。您一定知道,我经常把波洛涅斯当成老鼠,便形成这样一种职业癖性。

梅维尔爵士 这是圈套！

凯恩 您扫清了我最后的疑云。（朝其他人）既然他能说话,就不是蟑螂。先生,平静点,别着急,什么消息都不会从这里走漏。

梅维尔爵士 那么,您说怎么办吧？

凯恩 您勾引女人,却栽到我头上,真是欺人太甚。您必须讲清楚,否则没完。

梅维尔爵士 这里只有一点困难,先生。那就是,英格兰贵族院议员不得同一名卖艺者争斗。

凯恩 （举起圆凳,又放了下来）当然,刚才是我昏了头,没想到您是爵士,我是走江湖卖艺的；所以,我们之间,不能争斗。您是金雀花王室①的直系后裔,您的身份正直线下降②；我呢,没有显赫的姓氏可承袭,地位却冉冉上升。可这并不妨碍您是爵士,我还是卖艺的,我们之间不能打架斗殴。您坐在最高法院的席位上,您制订法律又破坏法律；只要通报您的大名,王宫的大门就会为您开启。不过,您的姓氏太伟大,也太沉重,压得您喘不过气来,叫您背不动,简直要把您压扁了。于是,

---

① 金雀花王朝,一一五四至一三九九年统治英国；又称安哲文王朝（或译"昂儒王朝""安茹王朝"）。
② 血缘关系的"一脉相承"和"降低身份"在法语中是同一个词,这里是凯恩玩的文字游戏。

当您想喘口气,或者干点什么不体面的事,就想到利用我的名姓。至于我这个人,您看,我比您挑剔得多;不管出于什么原因,哪怕天塌下来,我也不冒您的大名。我的名姓属于我自己,大人,它不是什么人给的,是我自己凭本事闯出来的。当然,这并不妨碍……(说话时,一会儿指自己,一会儿指梅维尔爵士;接着摇晃食指,表示两人打不起来)您说得对!您有道理!咱们打不起来:您降得太低;我一剑刺出,从您的脑袋上扎过去,碰不着您。而我升得太高,您一剑又一剑,连我的脚后跟都难以触及。(稍停)大人,在这一切之中,您忘记了一件事。那就是:您现在落到了我的手心里。咱俩不会打架,这是明摆着的事。可我要是揍您呢,那您有什么好说的?唵?您要知道,街头卖艺人可不好惹,他们出手很重。知道吗,我可以把您砸得粉身碎骨,就像摔碎这个玻璃杯一样,(大笑)……如果我不是更喜欢用它来干杯的话。彼得,斟酒。(彼得倒酒)祝安娜·丹比小姐幸福,祝她选中一位如意郎君……愿这位如意郎君带给她幸福,与她神形完全相配的幸福,与我的祝福完全一样的那种幸福。

所有在场的人　凯恩先生万岁!

凯恩　(对梅维尔)先生,您现在可以自由退席了。

——幕落

第 四 幕

第 四 景

〔凯恩的化妆室。

第 一 场

〔安娜、索罗门。

安娜　（念苔丝狄蒙娜的台词。接着,以同样的声调说）几点钟了?

索罗门　又问一次!

安娜　什么又问一次?

索罗门　您问钟点,我说又问一次,因为连这一回,您已经问七遍了。现在是六点半。

安娜　（哭）索罗门,他不来啦!

索罗门　（掩饰内心的不安）他不能不来,今晚有他的戏。

安娜　要是他拿定主意,今晚不演了呢?

索罗门　噢!这事我清楚。请相信,他早就拿定主意了。

安娜　您这么看!

索罗门　一喝醉酒,他就指着那些伟大的神明发誓,说今后再也不登台;说要重操旧业,回到街头去卖艺。可是,从未兑现!

安娜　这一回,可能是真的了吧。

索罗门　难说!他答应为卖艺者义演;这个人可是从不食言的。

安娜　不会出什么事吧?

索罗门　算了吧!他会出事?他简直是好运气的化身。这人的不幸,恰恰在于他总有好运。

安娜　您这么说,是给我吃定心丸;看得出来,您心里也是七上八下的。

索罗门　不是这么回事。还是练您的角色吧。

安娜　他到底干什么去了呢?

索罗门　要我说实话吗?肯定是在哪儿醒酒呢。

安娜　能在哪儿?他家里没人。

索罗门　我怎么说得清!有一回,离这里十里地开外,去剑桥的大路边,发现他睡在一个土坑里;谁也说不清他是怎么钻到那里边去的。睡得可香啦,就跟小耶稣一般。

安娜　您这是干什么呢?

索罗门　我看表呀!

安娜　您看,您心里也不安稳了吧!

索罗门　别管这个,还是准备演戏吧。

安娜　(背台词)"大人,上床来吧。"(恢复说话语调)您喜欢他吗?

索罗门　谁?

安娜　他呀!

索罗门　所有跟他相好的女人,哪一个也不如我喜欢他。

安娜　那好。我答应您:今后什么也不会改变!您还跟我们住在一起。

索罗门　跟你们？什么时候呀？

安娜　在我们结婚以后。(念台词)"大人,上床来吧。"

索罗门　这么念不行,太生硬了。费那么大劲干什么？

安娜　我有劲呀！

索罗门　您演的那个角色可没有劲。她呀,是个可怜又可爱的尤物,只是一口气儿。

安娜　一口气儿？这话我不相信。那个小东西一定有手腕,要不怎么能让将军看上她呢？

索罗门　她是个受害者,是个殉难的女子。

安娜　漂亮女人能当上殉难者,您见过这样的女人吗？殉难者都是些丑女人:总得让她们占上点什么呀！

索罗门　净说些不着边际的话。

安娜　谁能证明您说的话都着边际呢？您理解女人的心吗？

索罗门　那些来过这间化妆室的女人,我要是不理解她们的心,事情就不好办了。

安娜　莎士比亚呢？您也理解吗？

索罗门　我给他提词儿,足有十年啦。

安娜　理由倒挺充足的。

索罗门　麦克莱希夫人,怎么样？她总该理解莎士比亚吧？她演苔丝狄蒙娜慢慢悠悠的;大幕拉开,一看她那个样子,就叫人感觉是活不长了。

安娜　这个老婆子！她慢慢悠悠,是因为怕底气不足,露出马脚。我年轻,有激情！我怎么演都恰到好处。(背台词)"上床来吧……"(突然停下来)您尽扫我的兴！他为什么不来？只有他自己知道。他当时是这么说的:"中午,来我的化妆室。准时到。"

索罗门　他那是喝醉了。

安娜　可是他醒了之后,又说了一遍。

索罗门　他一分钟也没有醒过来。

安娜　早晨六点钟,他醒过来了。您当然没有看见,我们俩坐在车子里,他送我去姑妈家,天气晴朗,天刚亮,他握住我的双手,称我是他的小蜜糕。

索罗门　要是必须给被他叫过"小蜜糕"的女人发津贴,国家准得破产。

安娜　索罗门先生,您真是个呆子。"小妹妹"呢?被他称作"小妹妹"的女人多吗?

索罗门　嗬!那可不多。姐姐也好,妹妹也好,他要的不是这类女性。

安娜　(自负地)可我,我就被他称作"小妹妹"。

索罗门　这没什么可夸耀的。

安娜　我告诉他,说我失过身。该不该说这个?

索罗门　您当然没有失过身。

安娜　真的没有。

索罗门　没有,您知道,这能看得出来。

安娜　(不高兴地)是吗?真能看出来?

索罗门　当然看得出来。不过,说来说去,这并不重要,他不在乎这个。(后台传来咒骂声。一片响动)他来了。

安娜　可来了。

索罗门　您要是听我的劝告,就赶快走,从暗门出去。

安娜　为什么?

索罗门　听见没有?他那暴躁的狗脾气。

安娜　可他需要我呀!

索罗门　需要您？

安娜　我答应给他配戏,演苔丝狄蒙娜。

索罗门　恐怕更像是他答应您与他同台演出吧？（安娜做了个手势）无论如何,他早就忘到九霄云外去了。他马上就进来,先要一块地毯……

安娜　要地毯做什么？……

〔凯恩猛然闯入。

第 二 场

〔安娜、索罗门、凯恩。

凯恩　索罗门！地毯！

索罗门　什么？

凯恩　一条地毯,一张狮子皮,什么都行……（望见安娜）您又来了！

安娜　您对我说过……

凯恩　什么？说过什么？

安娜　让我今天晚上演苔丝狄蒙娜。

凯恩　真的？那我真是喝糊涂了！小姐,是这样,苔丝狄蒙娜演不成了。

安娜　（伤心）啊！怎么回事？

凯恩　今天晚上,谁也不演了,就是这样。索罗门,听见了没有,我从此再也不演戏了！

索罗门　行,主人。

凯恩　今晚不演,永远不演。

索罗门　行,主人。

凯恩　你就这么轻易地同意了？

索罗门　主人,其实我心里很不是滋味。

凯恩　地毯呢,怎么还不拿来？还不去找？

安娜　（不耐烦）您要地毯,有什么用处？

凯恩　翻跟头！我就是从翻跟头起家的。将来也要用这玩意儿结束我的演艺生涯。快去,到伦敦的四面城墙上贴海报,说小丑凯恩将在摄政王大街和圣詹姆斯表演柔功,只要求看客从窗户往外扔出八畿尼①作为酬报。哈！哈！所有的人都想看看,哈姆莱特如何在掌上行走,奥瑟罗又是怎样做鲤鱼翻身！这样一来,只要八天时间,就能发财;而在那座可恶的剧场里,不知要多少年才能挣下足够的钱,好醉倒在德旺夏厅堂深处,在一块咸牛肉和一罐生啤酒之间。光荣！天才！艺术！艺术！我的老索罗门呀,这回我算是明白透彻了！你知道我是什么吗？莎士比亚的受害者！这个老吸血鬼！耗干了我,好让他永垂不朽！

安娜　凯恩！您的艺术不能丢啊！怎么可以……

凯恩　我的艺术！哈！哈！小姐,大家都知道,您是卖奶酪的。奶酪是一个个既腼腆又营养丰富的动物。而艺术却十分贪婪。您难道看不见,它是怎样生吞活剥把我吃到嘴里！我已经告诉您,我现在终于大彻大悟了:我干的是骗子的勾当,我为莎士比亚火中取栗！让莎士比亚见鬼去吧！既然他写出了剧本,就让他自己去表演好了。

安娜　（温柔地）凯恩！发生了什么事？

凯恩　什么事？我的私宅被警察包围、我的卧室挤满执达吏;我夜

---

① 畿尼,英国古钱币单位。

间泡小酒馆,整个白天待在车子里。我四肢酸痛,而人家还要拿镢头砸我的脑袋、关我的禁闭。明白了吧!而这一切,仅仅是为了一笔四百镑的鬼账!

安娜　你看,我不是说过吗?只要把生活安排得有些条理,就没事了。

凯恩　有些条理!(笑起来)看来现在正是对我大谈条理的时候。而我恰恰相反,要的是乱七八糟!我想鞭打某位贵妇人,当着他那王爷丈夫的面,一五一十地抖搂她那些丑事!要是这还不行,就放火烧剧场!通通舍弃,通通丢掉,从空无一物达到有条有理,这才是我要干的事。火烧剧场,凯恩死于烈焰之中。这该是怎样的殊荣!仁慈的上帝呀,我怎么头疼起来了!(话锋突然一转)先说说,您是从什么时候开始,"你、你"地称呼起我来啦?

安娜　从昨天。

凯恩　昨天?(忧心忡忡)昨天咱俩在一起干什么来着?

安娜　好多事情呢。

凯恩　(更加忧心忡忡)啊?!

安娜　你拉住我的两只手……

凯恩　两只手?还有……

安娜　就这些。

凯恩　两只手!索罗门,你看,我真老了,该退休了。要是干不了那事,你叫我还怎么演戏呢?那么说,是我拉住你的两只手,建议你扮演苔丝狄蒙娜?

安娜　是的。

凯恩　那么,我还要演。

安娜　我还以为你真的不演了呢。

凯恩　今天晚上还得演。为了帮助老鲍伯！不过,这是最后一次了。

索罗门　是,主人。(稍停)主人啊,今天晚上您要是还演,能不能……从票房账上……

凯恩　唵?

索罗门　把那四百镑提出来?

凯恩　票房账,它不属于我,索罗门！我帮人家的忙,你倒要我让人家出钱?真是馊主意！今晚演什么?

索罗门　《奥瑟罗》的最后一场。

凯恩　可真够快活的！脑袋瓜子疼,还必须大喊大叫！(对安娜)来吧,躺到长沙发上,让我闷死你。

安娜　我希望索罗门出去一下。

凯恩　你不愿意当着他死,是吧?索罗门,这就是羞耻之心！没有比一具尸体更加赤裸裸的了,这话不假。(对索罗门)下去吧。

〔索罗门下。

第 三 场

〔安娜、凯恩。

凯恩　看着我。知道吗?你演的是一位秀美的女死者,死了还要好看。唵?

安娜　怎么?怎么回事?

凯恩　是我这可恶的脑瓜子。真希望它是装上去的假玩意儿！就像理查的驼背,用完可以卸下来。

安娜　您很疼吗?

凯恩　那还用说！我这是在付代价！瞧我有多蠢：昨天要是满足了你，而不是喝得像摊烂泥，此刻我就会像眼珠子那样灵敏，像燕雀一般快活。

〔凯恩边说话边把一条毛巾泡在水盆里。

安娜　让我来吧。（把毛巾敷在凯恩的额上）好一些吗？

凯恩　挺凉快的！我的面色很难看吧？

安娜　您容光焕发！像海盗一般剽悍。

凯恩　（惊喜）像个海盗？为什么就不能像海盗？我早就该当海盗了！

安娜　我也早该追随您。

凯恩　打扮成个男孩子，你便成了龟岛之主凯恩大帝宠幸的小水手。

安娜　（温柔地）最后两个人一起被绞死……

凯恩　对于两个情人，那该是多么美妙的结局：悬在天地之间，脸对脸地吐出舌头。这是所有爱情故事的象征！（稍停）很好。那么，你就躺下来，我来告诉你怎么个死法。把枕头递过来。

〔安娜躺倒在长沙发上。凯恩手里拿着枕头。这时，暗门开启，出现了爱莲娜的身影。爱莲娜见此情景，哈哈大笑起来。

第 四 场

〔凯恩、安娜、爱莲娜。

爱莲娜　凯恩头顶睡帽，手里抱着枕头！您就是这样给女崇拜者们治病吧！我是不是把你们吵醒了？（凯恩没好气地揪下睡帽）我是来祝贺你们的。今天上午，全伦敦城都准备为您和小姐办喜事。然而,看这样子,婚礼好像已经举行过了;因为在这间化妆室里,我觉出有点儿过日子的味道。

凯恩　（不失尊严）爱莲娜,我正在排练《奥瑟罗》的最后一幕。

爱莲娜　啊,是这样! 那么,凯恩太太演的是苔丝狄蒙娜啰? 可真精彩:一对儿艺术家,真正的两口子。此外……太太,新婚之夜颠鸾倒凤,今天上台首演就是这么一出戏,您就不胆战心惊? 您是否有点疲劳过度? 因为人家告诉我,您二位昨天晚上……

安娜　在窖子里过夜。是的,夫人,此话属实。

爱莲娜　凯恩,您的妻子真是魅力无穷;不过,她的气质里,有那么点杂货铺的味道。对于争风吃醋,我毫无兴趣。能亲眼见到二位生活幸福,实在非常高兴;好,我这就走了。

凯恩　请留一下,夫人。小家伙,到你的化妆室去。

安娜　我没有化妆室。

凯恩　索罗门,给她找一间。索罗门!（索罗门上）给小家伙找一间化妆室。

安娜　我不愿意留下你一个人跟夫人待在一起。

爱莲娜　噢,已经你呀你呀地叫起来了,真不错!

凯恩　在剧场里,大家都以你相称。（对安娜）快去吧! 你要是不马上离开,今晚的戏就别演了。

安娜　（被索罗门推着出去,一边大声说）您要是非让夫人代替我,干脆就演《驯悍记》好了。

　　　〔二人下场。

第 五 场

　　　〔凯恩、爱莲娜。

凯恩　（沮丧）来啦！

爱莲娜　（神经质地笑着）可不是吗，来了！来了！谢谢，凯恩。昨天，为了您，我说不定会做出一生里最疯狂的举动；是您，及时地制止住我……

凯恩　（焦躁）昨天晚上您要是来，只要您来……

爱莲娜　是啊！责骂我吧。我背叛了丈夫的信赖，我把道德与节操踩在脚下，冒着万千的风险来与您会面；而我却看到您的化妆室改成了卧室，看到一个女人躺在长沙发上；而您呢，凯恩，看您戴着睡帽那副打扮。现在，我倒成了被告，不得不为自己的清白辩护！

凯恩　爱莲娜，丹比小姐同我之间，什么事情都没有发生。（爱莲娜没有回答）我对您发誓！（爱莲娜仍然一言不发）爱莲娜，您难道不相信我？

爱莲娜　唉！我真傻。能不相信您吗？（稍停）不过，今晚您要是跟她同台演戏，我这一辈子也不会再见您了。

凯恩　夫人，太晚了，来不及换人了。

爱莲娜　那好。她可以肆意辱骂我而不受惩罚；过一会儿，开了戏，我在包厢里，眼巴巴地看着她投入您的怀抱。您以为我受得了吗？

凯恩　（恳求）爱莲娜，我们演的是《奥瑟罗》，最后一场。我只是把她闷死，没有别的动作。闷死她，您明白吗？而且离得远远的，双臂伸直。还拿着个枕头！您看，一点儿接触都没有。如果……如果这个小家伙没有运气得到您的欢心，那就眼睁睁地让我闷死她，这您该开心了吧。咳，昨天您要是来了，这一切就都不会发生，不是什么事都没有了吗？

爱莲娜　不过，您也太固执了。您知道您该受什么惩罚吗？我什

　　　　么也没说,甚至没有回答您的无理指责,我可不像您。您的焦
　　　　躁让我难过。我希望您尽快平静下来。凯恩,昨天我没来,那
　　　　是因为我不能来,并非我不想来。
凯恩　（生硬地）当然！参加舞会,也是义务！
爱莲娜　不错,对于大使夫人,的确是义务。凯恩,我是跳舞去了；
　　　　那是因为我丈夫命令我必须去。这么一说,您该放心了吧？
凯恩　命令您？
爱莲娜　是的！他命令我去。他所受的训练嘱咐他务必讨好威尔
　　　　士亲王。
凯恩　这倒是。我没想到威尔士亲王。可是,科菲尔德伯爵就不
　　　　能独自前往？您就不能找个借口？
爱莲娜　说我偏头疼？头晕乏力？啊！您不了解我丈夫,他这个
　　　　人很厉害。
凯恩　嗬！真没看出来。
爱莲娜　要是不善于藏而不露,还能当外交官吗？嗨！刚才我一
　　　　言未发,事出有因；本来不想告诉您,现在逼得我只好和盘托
　　　　出了:我那个丈夫,起疑心啦。
凯恩　疑心？关于……咱俩的事？
爱莲娜　可不是嘛,就是咱俩的事。啊！我不想说出来是有道理
　　　　的,瞧您一听就那么紧张。现在明白了吧？我不能不顺着他。
　　　　要是我不跟他去跳舞,他会一本正经地独自前往,然后突然返
　　　　回,叫你措手不及。天哪！他回来要是找不到我……凯恩,您
　　　　就是这样爱我的吗？您希望我被抛到河里吗？希望他杀了
　　　　我吗？
凯恩　（难过）夫人……
爱莲娜　告诉您,他这个人可是做得出来……

凯恩　爱莲娜,恳求您饶恕我。

爱莲娜　你们这些男人,都是一路货色:你们不公平,苛求,残酷。把名声交到你们手里还不够;为了爱你们还必须不顾一切风险,随时准备毁坏自己的名声!既然如此,凯恩,一不做二不休,把您的不公平,您的残酷,把您给我造成的痛苦推到顶点吧!但是,野蛮的家伙,您应该承认:我自甘蒙羞受辱,完全是为了让您得到满足。

凯恩　爱莲娜(跪在爱莲娜膝下)您可知道,当时我有多么痛苦!就跟死了没有什么两样!

爱莲娜　但是,人们都说,您一夜狂欢作乐!

凯恩　好一个狂欢作乐!爱莲娜,我醉成一摊泥。在生活里,只有遇上最不顺心的事,只有心情最坏的时候,才会如此贪杯。我还跟一名脚夫厮打起来,我臭骂了一通某位贵族院议员。啊!我当时真想动刀子,要是杀人真能解脱我的痛苦,解脱我那……撕心裂肺的痛苦。

爱莲娜　您疯了!仅仅为了一件事先料不到的耽搁……

凯恩　当然,看来仅仅是耽搁了……

爱莲娜　那还有什么?

凯恩　我妒火中烧,爱莲娜!我的血管里掺和着浓浓的烧酒。

爱莲娜　妒火中烧?您嫉妒了?

凯恩　我嫉妒,痛苦,像魔鬼缠身,我感到屈辱,一钱不值!

爱莲娜　仁慈的上帝呀!您嫉妒的是谁呢?

凯恩　这您心里明白。

爱莲娜　我发誓,真不明白。

凯恩　不必发誓啦,我再也不会相信你们的誓言。女人都有一种本能;用不着我们开口,她们就明白我们爱上了她们。

爱莲娜　告诉您吧,先生:追求我的年轻人不在少数。

凯恩　这些人不算数;爱莲娜,昨天晚上,威尔士亲王去了没有?

爱莲娜　去啦,那还用说。

凯恩　他跟您说话了?

爱莲娜　说了好长时间。

凯恩　说的都是些什么?

爱莲娜　您希望我们说些什么?……其实什么也没说。

凯恩　什么也没说?啊!我担心的正是什么也不说!

爱莲娜　那么,什么都说了。行了吧?

凯恩　什么都说了,什么也没说,其实是一回事。嘴巴东拉西扯,其实什么也没说;眼睛不说话,却表达了一切。他盯着您瞧,是不是?

爱莲娜　他一直盯着我。

凯恩　此外……他举止如何?

爱莲娜　看您问的!和平常一样,爱说俏皮话,轻松自如,挺有魅力。

凯恩　还挺有魅力!

爱莲娜　此人难道没有魅力?

凯恩　哎呀!

爱莲娜　咳,您真烦人。我来这儿,就是为了谈论威尔士亲王吗?您究竟是爱我,还是爱他?

凯恩　夫人,他爱上您了。

爱莲娜　他爱上我?凯恩,您真让我羞愧。威尔士亲王!他根本就没有注意到我。

凯恩　(带有责备之意)爱莲娜!

爱莲娜　那好吧……全告诉您得了:从前,他送我这把扇子的时候……似乎有那么点……后来,就把此事放下,不再想它了……没良心的东西,我只想您一个人!

凯恩　威尔士亲王,昨天还来这间化妆室,要求我同您一刀两断。

爱莲娜　(神情欢快)威尔士亲王?可能吗?他说什么来着?快说,快讲给我听。

凯恩　哎呀,夫人!您看见了吧?

爱莲娜　我看见什么啦?

凯恩　您的声调,您的动作,无不表明:这个新闻叫您喜出望外。

爱莲娜　凯恩,您疯了?……我只是要求您尽快把这件奇事讲给我听;因为,总之,威尔士亲王从哪儿打听到……他怎么知道我对您好?噢!凯恩,要不就是您告诉他的?

凯恩　是我?

爱莲娜　真没想到您能干出……

凯恩　夫人,是他猜测的,他猜想我爱您。

爱莲娜　那么,是什么时候?又怎么能想到这里?

凯恩　那天晚上,我把丹比小姐的信给您看……

爱莲娜　凯恩,您看,我多么信任您。光是今天晚上,就两次了,您说什么我就信什么。将来什么时候您要是对我产生了怀疑,但愿能想起我今天是怎么信任您来着。

凯恩　夫人,我不需要想起什么;我绝对不会对您产生任何怀疑。

爱莲娜　那好!假设这位可怜的亲王真的爱我——您一定明白,我接受这一假设,仅仅是为了顺着您的意思往下说——在这种情况下,您说我该怎么办?

凯恩　我不说;我只知道一件事:我不能看见您和他在一起,否则就要发疯。

爱莲娜　我的奥瑟罗!该怎么办呀?现在已经太晚,今天晚上推不掉了……

凯恩　您要推掉什么？原本有什么安排？

爱莲娜　昨天,蒙他垂怜,给我们在台口订了包厢。

凯恩　是今天晚上的吗？

爱莲娜　是。

凯恩　那就是说,我在台上演,他在您的包厢里看？

爱莲娜　是啊,您正好把那个尤物抱在怀里。

凯恩　咳！夫人,我那不过是逗人一乐;在台上嘛,总是要做戏的。

爱莲娜　那您的意思是说,我……

凯恩　不,夫人,我什么意思也没说。不过,我有一项请求,恳切希望您不要拒绝:在我演出的整个过程中,不要和他讲话,不要向他微笑,也不要听他说话！还有,夫人,从头到尾,您都要注视着我。我的要求,您可能觉得不合情理;但是,我极为重视。一旦发现你们两人有丝毫情投意合的迹象,我就会控制不住自己。

爱莲娜　那又会发生什么事,先生？

凯恩　可以设想,我会失去记忆;我会伤心地立在舞台中央,一句话也说不出来！还可以设想,我会放声大哭,抽泣不止。(爱莲娜扑哧一笑)不要笑,我可就要完蛋了！

爱莲娜　您想到没有？这不是要求我对御弟粗暴无礼吗？要我转过身子不理他？叫他明白我讨厌他？不过,凯恩,他的自尊心要是受到伤害,吃亏的将是丹麦。

凯恩　丹麦！丹麦！总是丹麦！还有丹麦的奶牛！告诉您吧,夫人,我已经受到了伤害。

爱莲娜　您？

凯恩　不错,是我。就在昨天晚上。深深地受到伤害！有人说三道四,叫我明白:您并不喜爱我;您对我不过是心血来潮;您看上一个戏子,是因为闲得发慌,还因为我这种人无足轻重,损害不了贵妇人的名誉。还说我们之间不过是一场游戏,我只是给您解解闷罢了。

爱莲娜　这是谁说的?

凯恩　威尔士亲王。

爱莲娜　咳!他吃醋了。

凯恩　这就是说,您承认他爱您喽?

爱莲娜　我什么也用不着承认。

凯恩　爱莲娜,我的爱情需要您把您的爱情也表示出来。

爱莲娜　您的爱情?不对,是您的傲气。您并不需要我向您表示出爱情,而是要求我做给亲王看。他昨天羞辱了您,宣称我并不爱您,现在您就期待我点破他的假话。我的爱情?啊!此时此刻您并不太在乎;在您眼里,亲王的看法才真正有分量。

凯恩　爱莲娜,您的表示只有我一个人明白,只对我一个人有价值。一名女观众全神贯注地看戏,双眼不离开男演员,特别是这位男演员名叫凯恩——这难道不是非常自然的事吗?有谁能为此而责怪您?亲王凑到您耳边搭话,您不搭理他,也同样非常自然,他会认为您没有注意听,或者您正在为可怜的苔丝狄蒙娜而战栗。您满足了我的要求,我的病就会烟消云散。您是知道的。我全心全意地爱您,没有一丝保留。我的爱要是得不到回报,我就活不下去了。您是贵妇人,我是街头卖艺的。然而,夫人,靠您的青睐,我向卖艺者表明,他们可以像爵士一般被人所爱;这对您来说,也是一份荣誉,是我送给您的荣誉。

爱莲娜　就算如此吧!不过也要礼尚往来,各有所得才行。

凯恩　可以,您提吧,有什么要求。

爱莲娜　把小丹比送回家去,仍然同老麦克莱希合演。

凯恩　（非常为难）爱莲娜！老麦克莱希不在伦敦，来不及通知她了！

爱莲娜　咳！这有什么关系。想想办法，安排一下。让提台词的扮演，不就行了吗？

凯恩　提词的演戏！叫索罗门扮成少妇？那观众……

爱莲娜　您要是真有天才，就能叫观众把提词人当成最迷人的苔丝狄蒙娜。

凯恩　（诉苦般）我不是魔术师，我只会演戏。

爱莲娜　凯恩先生，您又来这一套了！您的要求得寸进尺；然而，当人家反过来斗胆向您提出最简单、最正当的要求，您却一口回绝。既然如此，我就直说了吧：要是那个小妮子与您同台演戏，我马上转向亲王，脸对脸，同他说说笑笑。啊！醋坛子先生，我要弄得您脸色煞白……我还要……

〔敲门声。

凯恩　（吃惊）啊呀！天哪！（高声）谁呀？

亲王的声音　是我！

爱莲娜　（压低声音）威尔士亲王的声音。

〔爱莲娜边说边试着开启暗门。

凯恩　（高声）您是哪位？

亲王①　威尔士亲王，错不了！

伯爵的声音　还有科菲尔德伯爵！

爱莲娜　（低声）天哪，是我丈夫！全完了！

凯恩　（低声）别出声！拿上您的面纱，快出去！（高声）对不起，亲王……我碰上点为难的事情……（低声对爱莲娜）快，

---

① 似应为"亲王的声音"，但原文如此。

赶快！

爱莲娜　这门怎么开呀？

凯恩　（高声）……就是说，有人跟在我屁股后面，追着我讨那四百英镑的债款……

亲王的声音　我明白！

凯恩　（高声）这帮家伙毫不犹豫地冒用殿下尊贵的大名。闯了进来，找到了我。大人，劳您大驾，亲笔写个条子，签上您的大名。

亲王的声音　你在里边干什么呢？

凯恩　（高声）我正把钥匙拿下来，给您留空呢……（低声对爱莲娜）再见，爱莲娜……我爱您，您能满足我的愿望吗？

爱莲娜　（低声）您也能满足我的要求吗？

凯恩　（低声）我……

爱莲娜　有来有往，一言为定。

〔爱莲娜下，暗门关闭。从正门的钥匙孔里，塞进一个纸卷来。

凯恩　（走过去取出纸卷）钞票，四百英镑，还有王室名片。请进，我的亲王，果然是您驾到！

〔凯恩打开正门，亲王与伯爵进来。

第 六 场

〔凯恩、亲王、伯爵。

亲王　（走进来，东张西望）伯爵先生，有一件事，用不着怀疑：我们走进罗密欧的化妆室之前，把朱丽叶吓跑了。

伯爵　真的？

凯恩　　大人，您真是异想天开；您看吧，找啊！

亲王　　演员的化妆室，都有机关装置，像安娜·拉德克利夫①的城堡……有隐形翻板，通往地道；墙板后有暗门，打开便是外人不知道的走廊；还有……

凯恩　　（对伯爵）阁下，该怎么感谢您。大驾屈尊，光临一名卑微戏子的化妆室？

亲王　　花花公子先生，伯爵不是冲着您的功绩来的，只不过是出于好奇罢了……伯爵尽管是外交家，却从未涉足剧场的后台；于是，便想来看看……

凯恩　　想看演员如何换装，这好办，殿下。伯爵先生，我们这些观众的宠臣，有一条礼节必须严格遵守，比起诸位大人，国王的宠臣，要严格很多。那就是说，钟点一到，必须就位；稍一疏忽，就会嘘声四起，口哨乱吹；您听，第二遍铃响了，您是否允许我？……

伯爵　　上帝呀！还真像那么回事。您该做什么就做什么，如同我们没来一样……要是我们妨碍您……

凯恩　　不，一点儿也不……

索罗门　　（上）主人，我来了。

凯恩　　大人，请您先把钞票收回。

亲王　　那怎么行！这是还账，我欠了您一笔诺言账嘛。

凯恩　　欠我的账？

亲王　　昨天，打赌。

凯恩　　提到昨天的事，我的亲王，赌注可要比这大得多。

亲王　　这我知道，凯恩。现在不是刚开头吗？（对伯爵）伯爵，我

---

① 安娜·拉德克利夫(1764—1823)，英国小说家，专写惊险恐怖的故事。

们俩打过赌；不过，谁输谁赢，尚未见分晓。

伯爵　既然如此，大人，为何还要给钱？

亲王　这是因为，是输是赢，反正一样。凯恩先生总是变着法子要我掏钱。

凯恩　要这么说，我可就收下啦。索罗门，我的朋友，你知道这笔钱该怎么花吧？

〔凯恩走到屏风后面。

伯爵　（低声对亲王）先生，您觉得，他刚才是跟一个女人在一起？

亲王　（同样低声）我能肯定……

伯爵　说不定是安娜小姐。

亲王　很难弄清楚……

伯爵　（一眼看到他妻子忘记拿走的扇子）那好！我一定要弄清楚，我向您保证。

〔伯爵把扇子装入口袋，未让亲王觉察。

亲王　但是，怎样才能弄清楚？

伯爵　暂时保密；外交机密。

凯恩　（在屏风后面）殿下，有什么新闻？

亲王　重要的一条没有……唯一可说的，是昨天晚上，在黑公鸡酒铺里，有个人蛮横无理，辱骂梅维尔爵士，还威胁他。

伯爵　为了什么呀？

凯恩　梅维尔爵士，以此人是戏子为由，拒绝同他决斗。我似乎听到人们是这么谈论的。

亲王　伯爵，您对这事有什么看法？

伯爵　（对亲王）大人，我不了解英国的习俗；我们丹麦人，只要认为受到污辱，跟谁都可以决斗。

凯恩　大人，果真如此，我祝哥本哈根万寿无疆！我保证，宁可去丹麦决斗而死。

伯爵　热烈欢迎您去丹麦。(对亲王)大人,咱们走吧,让凯恩先生化完妆。

凯恩　(低声对亲王)我非常希望跟殿下谈上几句话。

亲王　伯爵,您先走一步,我这就来。

伯爵　殿下知道包厢的号码吗?

亲王　知道,在前台口。过一会儿再告诉我吧。

伯爵　二位慢慢谈。(行礼)凯恩先生……

凯恩　(躬身施礼)大人慢走……

〔伯爵下。

第 七 场

〔凯恩、亲王。

亲王　混账东西,咱们那场赌,我赢了,还是输了?别扭捏了,说实话吧!

凯恩　您和我一样明白呀,大人。在舞会上,您没有见到科菲尔德夫人?

亲王　她是露了一面,这倒不假。不过,来得很迟。再说,那个蒙面女人……

凯恩　那蒙面女人……是个亲戚。

亲王　这么说,我赢了?(凯恩不回答)你不置可否?那么,是我输了。

凯恩　大人,无论是哪种情况,我都求您允许我不置可否。您输了,我沉默是为了维护这位女子的名声;您赢了,则是为了顾全我的尊严。

亲王　那好。我就自行考察吧。你有什么事？

凯恩　能否向您提个问题？

亲王　你拒绝回答我的问题，居然还有胆子向我提问题？算了，算了！问就问吧。

凯恩　我是您的什么人？

亲王　（摸不着头脑）啊？

凯恩　我问的是：我是什么人？是一个被保护者，还是一位朋友。

亲王　可是……见鬼！能这么粗鲁地提问题吗？被保护人还是朋友？我也说不清：谁去想这种事情！我的钱袋属于你；我的宫殿无论白天还是夜里，随时向你敞开大门；你需要我的权势，就帮你的忙。这还不够吗？

凯恩　这一切恩惠，大人，无不授受于亲王和臣民之间。

亲王　除此之外，你还要什么？

凯恩　假设这么着吧：我请求殿下为我牺牲点什么；而这一类的牺牲，只有在两个平等的人之间才能做出……

亲王　那又怎样？

凯恩　保护者的仁德能否进一步变成朋友间的忠诚？

亲王　那你就试验试验。

凯恩　大人……她的包厢，您就不要去了。

亲王　她的包厢？（明白过来）噢！……

凯恩　你年轻、英俊，又是亲王。整个英格兰，没有一个女子能够抗拒您的诱惑。此外，吃喝玩乐，风流韵事，种种爱好，还可以扩展到伦敦之外；苏格兰、爱尔兰任您游览作乐。您可以追求所有的女人……

亲王　（模仿凯恩的语调）"但是把爱莲娜给我留下。"是这个意思吧？（凯恩点头）这么说，她来过了，你坦白了。

凯恩　大人,正是因为她没有来,我才向您提出这个请求。我要是心满意足,您说,我还用得着担心男人们看上她?现在,我既然不得不放弃她,至少不要叫我看到别人和她在一起有多么幸福。

亲王　就是我退出来,别人也会把位子占上。

凯恩　咳!别人我就管不着了!跟上别人,她只能是自贬身价……(稍停)大人,今天晚上您就不要到她的包厢去了。

亲王　这就是你要求我做出的牺牲?

凯恩　对!正是。

亲王　那好吧,我不去就是了。

凯恩　(非常欢快)大人……

亲王　等一等!(从怀中取出一张纸)我的条件是:你要在这张纸上签个字。

凯恩　这是什么?

亲王　昨天你就应该签字的债据。

凯恩　签了字,我就保证不再见她?

亲王　是这样,您得到的是六千杜卡托。

凯恩　(反应强烈)我不能签这个字!

亲王　你露馅了,凯恩!你要是不签字,就表明你跟她见面了!

凯恩　没有,殿下!不过,她来看戏,我在台上连说带演,一眼看见您钻进她的包厢……咳!您理解不了我心灵里会是什么滋味。我将什么也看不见,什么也听不到,血往头上涌,我肯定会丧失理智。

亲王　那你就是她的情夫了。

凯恩　不是,我向您发誓……您如果对我有一丝一毫的友谊……如果您不想把我拖到事后我会后悔的某件丑闻中去……求求您,别到她的包厢去!您看,一谈此事,我就连自己也忘得一干二净。要开演了,可我还没有准备好。

亲王　我这就走。

凯恩　您答应我了?……

亲王　你承认是她的情夫吗?

凯恩　我不能承认没影儿的事情啊!

亲王　那就签字。

凯恩　不行,大人,我不能签。

亲王　再见,凯恩。

凯恩　大人……

亲王　我会为你鼓掌。

凯恩　在您自己的包厢里?

亲王　要掏心里话,不能半心半意,凯恩先生。否则,我答应你,也只能是半真半假喽。

凯恩　(躬身施礼)大人,那您就看着办吧。

亲王　谢谢你允许我……凯恩先生。

〔亲王下。

第 八 场

〔索罗门、凯恩。

索罗门(上场。手里拿着奥瑟罗的大衣)主人!……主人!……快,赶紧上场……

凯恩　来啦。(有人轻声敲门)索罗门,有人在敲暗门。给开开。

〔索罗门开门。走进爱莲娜的侍女。

第 九 场

〔吉德撒、索罗门、凯恩。

凯恩　吉德撒,您来了!有什么事吗?

吉德撒　(进来)我家女主人把扇子忘在这里,我来取一趟。

凯恩　扇子?索罗门,你看见过吗?

索罗门　没有,主人。

凯恩　那就找一找吧,吉德撒。

吉德撒　噢!天哪!这可怎么办?我家女主人非常看重这把扇子,是威尔士亲王送的礼物。

凯恩　可不是,我倒没想起来。好好找一找,吉德撒,好好找一找。威尔士亲王的礼物不能丢失在一个演员的化妆室里!(稍停)要不到车子里去找找,说不定忘在车里了。

吉德撒　您说得有理。

〔女侍下,暗门重新关闭。

第 十 场

凯恩　威尔士亲王赠送的扇子!……我想,一般情况下,人们都很珍视来自王室的礼品。(呼叫)大流士!怎么还不来,这个蠢发型师!他不来了?大流士!

索罗门　主人,注意保护您的钻石嗓子;我来替您叫他……(呼叫)大流士?

大流士　(手持假发套上)来啦!来啦!

凯恩　(坐下)蠢东西,你干什么去了?闲聊天,是不是?过来,给我整理头发。

舞台监督 （开门）凯恩先生,观众休息厅可以打铃了吗?

凯恩 可以了。我准备好了。

舞台监督 谢谢,大师!

〔舞台监督鞠躬后退出。

凯恩 索罗门,我的发型就要做好,快去看一眼,马上回来告诉我,还有谁在科菲尔德伯爵的包厢里。

〔索罗门下。扮成苔丝狄蒙娜的安娜上。凯恩见了,忍不住扑哧一笑。

第十一场

〔凯恩、安娜、大流士。

凯恩 看你那个扮相!可怜的小家伙,谁给你化的妆?谁给你穿的戏装?

安娜 我自己呀。

凯恩 真能叫死人笑出声来。过来,跪下,我设法给你整理整理。（给安娜上妆、整理头发）你怯场吗?

安娜 我不怯场。

凯恩 不要慌。你要是接不上词儿,我就插进话去;你要是不知道往哪儿站,我就拉你的胳臂,你跟过来就行了。一下子忘了词儿,没关系,说上一句"我爱您"。在爱情戏里,这句话总用得上。（稍停）今天没人拉我的胳臂,也没人提醒我接词儿。这样一来,我总有点儿怯场。大流士,把酒瓶子递过来。（喝酒）这东西是最佳药品。（又喝）我算是完蛋了。跟你打赌,我会让人喝倒彩,大流士。

大流士　（微笑）行,打就打。赌多少钱?

凯恩　（生硬地）不,不,不打赌了。今天赌得够多了。(索罗门上)怎么样?

索罗门　厅里已满,外面还在排队,一直排到干草市场。

凯恩　科菲尔德伯爵夫人坐在她的包厢里吗?

索罗门　伯爵夫人在包厢里。科菲尔德伯爵也在,另外还有一位夫人;威尔士亲王刚才也进去了。

凯恩　我早料到了!他呀,还算是我的朋友呢!……亲王啊,友谊只存在于地位平等的人之间。您出于虚荣,把我拉到您的车子上面;而我是因为愚蠢,才上了您的车。您的虚荣同我的愚蠢,可以说是不相上下。(对安娜)小家伙,如果我要求你放弃演出,你会很难过吗?

安娜　非常难过。

凯恩　然而,要你放弃,是为了成全我呢?

安娜　为了成全你!为了成全你,要我做什么都可以。

凯恩　谢谢你。(拥抱安娜,对大流士)去问一问吉西小姐,她能不能演苔丝狄蒙娜。她肯定在化妆室里,今晚上有她的戏。她要是不行,再去找普里金特小姐。

〔大流士跑下。

安娜　她不同意我演,是不是?

凯恩　是呀,她不同意你演。

安娜　为了她而牺牲我,您感到幸福吗?

凯恩　不能那么说!

安娜　我也是这么想的。您的神情,并不怎么兴高采烈。

舞台监督　（站在门口）凯恩先生,大幕马上就要拉开。

凯恩　我还没有准备好呢。

舞台监督　您刚才不是说,可以打铃了吗?

凯恩　快滚开,见鬼去吧!

舞台监督　(急跑而下,一边大声喊叫)先别拉幕!别拉幕!

大流士　(跑回)吉西小姐不会演这个角色。不过,她可以演《李尔王》里的考狄利娅。她问可以不可以对付?

凯恩　不能对付。普里金特小姐呢?

大流士　吉西小姐提醒您,普里金特小姐上星期四就病倒了。

凯恩　那好,我也不演了!

索罗门　主人!主人呀!您这是说的什么话呀?

凯恩　(不动摇)我不演了,我说的就是这话。

舞台监督　(返回时,正好听到凯恩的话)先生,人家要强迫您演。

凯恩　人家是谁?请说明白。

舞台监督　警官。

凯恩　叫他来一趟。

索罗门　主人,主人呀,看在上苍的分上吧!他们会把您关进监狱。

凯恩　关进监狱?那是正中下怀。反正我是不演了。

索罗门　您主意已定,怎么也变不了啦?

凯恩　世界上什么也不能改变我的主意!不演就是不演了。

舞台监督　票已经全部售出。

凯恩　退款呗!

舞台监督　您这样做,有失艺德。

凯恩　不演,不演,就是不演!

〔凯恩拿过一把椅子,举起摔碎。

舞台监督　您看着办吧,反正获利者不是我。

〔舞台监督下。凯恩倒在扶手椅上。嘈杂声不断传来。

安娜　（温柔地）凯恩！还有老鲍伯,比斯多尔,普姆,凯蒂……您心里难过,不好受,那可不是他们的错。凯恩！尽管您心情不好,但是您今晚要是不演,您的心情会更糟。您答应为他们义演;您要是真不演,可就食言了。您这一辈子,这可是第一次不守信用。

凯恩　那好,大流士呢?

索罗门　他跑开了。

大流士　（从衣帽间出来）我在这儿呢!

凯恩　舞台监督呢?

索罗门　（对大流士）找他去!

凯恩　我的大衣!（给他大衣）这是什么?我要您拿的是腰带。

大流士　（又回来）给您!凯恩先生,给您!

舞台监督　（进来）您叫我。

凯恩　是的,先生。我的剑!

索罗门　您的剑?

凯恩　是,可能我要的是剑;您感到惊奇吗?……您让我用什么自杀呢?（对舞台监督）先生,我要演。

舞台监督　噢!谢谢您,凯恩先生,谢谢啦。

索罗门　演出时间过了!观众好像已经开始砸板凳。

凯恩　先生,观众有他们的道理。我巴不得见到你们到场子里看戏。你们的票要是在大门口排队买的,而进到场子里又让你们白白等了那么长时间……你们将做何感想呢?

索罗门　圣母呀!我的主人……

凯恩　您想说什么?您是不是想说:演员首先应该向观众负责,应该献身于观众?

索罗门　是这个意思。

凯恩 你说得对。

舞台监督 我这边准备好了;凯恩先生,可以宣布演出开始了吗?

凯恩 可以了,先生。(向安娜)来,表演几下。好,说得过去。观众鼓掌的时候,别忘了屈膝还礼。来的人多吗?

舞台监督 客满!……大门口还在抢票呢。

凯恩 那么,拉犁的马,往前走,翻耕你的莎士比亚去吧。

第 五 景

〔德鲁里·莱茵剧场的舞台。

第 一 场

观众 (有节奏地呼喊)开演!开演!快开演!

亲王 (对爱莲娜)今晚谁演苔丝狄蒙娜?

爱莲娜 (生硬地)但愿跟凯恩配戏的是麦克莱希小姐。

亲王 您为什么希望是麦克莱希呢?

爱莲娜 (恢复镇定)因为他俩配合默契。跟其他人搭档,凯恩很可能闹出笑话来。

艾梅 (非常激动)您看见了吗?

爱莲娜 看见什么?

艾梅 梅维尔爵士,那儿,那儿,咱们对面的包厢。今天晚上,准有好戏看,我敢担保。昨天夜里凯恩打了他,为的是保护一个姑娘。

爱莲娜 算了吧!故事活灵活现,肯定少不了添油加醋。

〔科菲尔德伯爵昏昏入睡。

亲王 夫人,我真佩服您丈夫。周围如此嘈杂,他还睡得着?

爱莲娜　（怒气冲冲,推搡其夫）先生!

伯爵　（惊醒）怎么啦?

爱莲娜　先生,今晚亲王殿下赏光;您答应我不睡觉!

亲王　（设法平息爱莲娜的怒气）夫人,没什么关系!伯爵没有睡觉,他是在练功:外交不露神功。

〔伯爵笑了笑,又接着睡觉。

观众　开演!开演!快开演!

舞台监督　（对观众）绅士们,先生们:凯恩先生方才突感不适,深恐有负于诸位的深情厚谊,开演前特委托敝人敬祈诸位海涵。

〔舞台监督再次行礼,退下。乐队奏起《上帝佑吾王》。大幕拉开。

爱莲娜　（喃喃低语）还是让她上了!我饶不了他。

艾梅　您说什么,亲爱的?

爱莲娜　没说什么。

第 二 场

〔苔丝狄蒙娜躺在床上。床的两边各有一支火炬。奥瑟罗走上前去,望着妻子。

凯恩　（演奥瑟罗）缘由,缘由,噢,我的心灵,只有你才了解内中缘由;还有你,过分贞洁的星空,闭上你那几百万只冷冰冰的眼睛,还我一个伸手不见五指的夜色;让夜幕把罪人和她的屠夫一同埋葬;我这双手将要做的事,但愿能藏匿在阴影之中,而让遗忘解脱我的自责。噢,黑夜呀,侵蚀我的心灵,吞噬我的记忆吧。（目光转向苔丝狄蒙娜）让她死,毫无疑问。然而,不能留下痕迹。既不能有伤疤,也不能有什么印记。不能流血,这件雪白的大衣不应留下任何污迹。假如死神可以活活地将你拿去,同时,让你如同安睡一般保持温暖与白皙,我真愿意杀了你,以便更深沉地爱你。来吧,黑夜!让黑夜笼罩这一切。(走近火炬)首先,这个小精灵,捻线已燃到尽头……(喘气)就要熄灭!不过,我可以使你复燃,如果我有这个愿望。那另一支烛光,温暖着她细腻的肌肤,要是我把它熄灭,那就一切都将完结。(稍停)假如明天我又想见到她,那该怎么办?该到哪儿去找普罗米修斯的神火,重新把她点燃?今夜我将拆毁的,明天绝无可能重新造就,连我也无能为力。(猛然改变语调)我为什么要再见到她?让她死去,要不然她会欺骗更多的人。让她快死,永不复生。(俯身吻她)清白的,无辜的,纯真的,是她的气息,是她身上散发的香味!是她的秀发,她的睫毛,她的耳朵,她那一双美丽的胳臂。你的全身都是纯净的;纯净,饱含夜色,无声无息,像森林,像海洋。惩罚?对树木,对浪潮,还需要惩罚吗?可是你,苔丝狄蒙娜,你给我造成那么多伤害!你在哪里?你在哪里躲藏?(吻她)再一次!再来一次!再来一次!这是最后一下了:我最后一吻,温柔又要置人于死地;就像你本人,那么温柔,温柔得叫人死去活来……(哭泣)是的,我哭了,但你从中什么也得不到;我的痛苦,如同苍天,凡它所爱,都避免不掉惩处。

〔苔丝狄蒙娜醒来。观众掌声四起。

亲王　(对艾梅)您说说,怎么样?

艾梅　就那么回事!我更喜欢肯布尔?

亲王　那是为什么?

艾梅　肯布尔演的是莎士比亚。而我感觉,凯恩是借莎士比亚演他自己。

〔掌声持续不断。

安娜　（演苔丝狄蒙娜）是谁呀？
凯恩　（对安娜）过一会儿再说。
安娜　（演苔丝狄蒙娜）奥瑟罗？
凯恩　（对安娜）叫你别说嘛！让他们鼓掌,鼓个够。

〔凯恩躬身致谢。

观众　好！演得好！
凯恩　（躬身致谢。接着问索罗门）多长？
索罗门　鼓了足有三分钟。
凯恩　比上星期二长了三十秒。（躬身致谢。掌声停息下来）小母鸡,该你叫唤了。别害怕;今天晚上观众真神了。
安娜　（演苔丝狄蒙娜）是谁呀？奥瑟罗？
凯恩　（演奥瑟罗）是我,苔丝狄蒙娜。
安娜　（演苔丝狄蒙娜）上床睡觉吧,老爷！
凯恩　（演奥瑟罗）今晚你祈祷过了吧？
安娜　（演苔丝狄蒙娜）祈祷过了,老爷。
凯恩　（演奥瑟罗）所有的事,都求上帝宽恕了吗？
安娜　（演苔丝狄蒙娜）都求了,老爷。
凯恩　（演奥瑟罗）此刻要是想起还有什么罪过,没有得到上天圣宠的赦免,就赶紧祈求吧！
安娜　（演苔丝狄蒙娜）唉,老爷,您这话是什么意思？
凯恩　（演奥瑟罗）没别的意思。快点儿吧。

〔女的祈祷;男的围着床转。

爱莲娜　大人！
亲王　夫人！
爱莲娜　还能比那个小妮子演得更差劲吗？

亲王　夫人,除了不能比您更加美丽;其他方面,能不能就难说了。她是谁呢?

爱莲娜　我怎么知道啊?

〔凯恩在台上停下来,注视台下这两个人。两人停止谈话。

凯恩　(演奥瑟罗)祈祷完了?我不愿意在你灵魂还没准备好的时候,就动手杀人。

安娜　(演苔丝狄蒙娜)您说杀人?

凯恩　(演奥瑟罗)正是。我说了。

安娜　(演苔丝狄蒙娜)那么……(犹疑不决)……那么……

索罗门　(提词)上天垂怜我!

〔安娜没有明白过来。

安娜　(演苔丝狄蒙娜;猛然间)我爱你。

索罗门　(提词)不对!是"上天垂怜我!"

安娜　(演苔丝狄蒙娜;心情慌乱)我爱你!我爱你!我爱你!

凯恩　(演奥瑟罗)不,厚颜无耻的女人,你不爱我!

安娜　我……

凯恩　(演奥瑟罗)你不爱我,现在说谎已经没有用处。知道吗,在此大限临近的时刻,你应该说的还是那句话:"上天垂怜我!"

安娜　(对凯恩)噢!是说"上天垂怜我"?谢谢。(表演)上天啊,怜悯我吧!

凯恩　(演奥瑟罗)阿门!此乃吾之所愿。

爱莲娜　(对亲王)原来她对角色还一无所知。太过分了!

科菲尔德伯爵　(惊醒)谁对角色一无所知?

爱莲娜　那个小妮子。

伯爵　啊！是奥菲利娅？

爱莲娜　对！对！睡您的吧。

〔伯爵又入梦乡。凯恩一下子转过身来,面朝台口。

安娜　您既然这么说,希望您不至于杀死我。(凯恩未回答)您既然这么说,希望不至于杀死我。

凯恩　(演奥瑟罗;漫不经心)不行！不行！过一会儿就杀你！

梅维尔爵士　(对其友人)演不下去了。

〔爵士从衣袋内掏出一只哨子吹起来。凯恩吃了一惊,接着慢慢转向安娜。

凯恩　(演奥瑟罗)想想你的罪过。

安娜　(演苔丝狄蒙娜)我的罪过只有一条,就是太爱您了。

凯恩　为了这一条,你就得死。

安娜　您为什么咬嘴唇？……您咬嘴唇干什么？

〔安娜在犹豫中忘了下面的台词。

索罗门　(提词)为什么您的眼睛充满血丝？

安娜　为什么您的血丝充满眼睛？(意识到念错台词)哎呀！

〔观众席里发出轻微的惊讶声。

凯恩　(对安娜)白痴！改过来！

安娜　(对凯恩)我不会！

凯恩　我来！(演奥瑟罗,神采飞扬)我的血液有眼睛,因为我的心灵有怀疑；我的血管充斥着眼睛,透过皮肤观察你,看见你全身上下一丝不挂！要是我的眼睛充血,那是因为你这巫女将眼睛浸入我的血液！

〔掌声四起。凯恩敬礼致谢。

艾梅　(对亲王)莎士比亚的本子里有这些话吗？

亲王　(无动于衷)咳！怎见得没有？

凯恩 （对安娜）快！接下去！

安娜 （回答凯恩）您编词又发挥,叫我怎么接茬儿？

凯恩 （对索罗门）提词！

索罗门 （提词）我完啦。

安娜 （突然自作主张；上半身探出床外,紧紧抓住凯恩）我爱你！我爱你！

凯恩 （出乎意料）你疯了！放开我！（设法摆脱）

安娜 （演苔丝狄蒙娜；仍紧紧抓住不松手）想杀就杀了我吧；可是你永远阻挡不住我爱你。

〔两人扭作一团；女角喊叫："我爱你"；男角终于甩开女角,把她推回床上。

安娜 （有气无力地）我爱你。

科菲尔德伯爵 （突然醒来）好！（独自鼓掌,对爱莲娜说）演得真精彩,那个小妮子。

爱莲娜 （恼火）噢！睡您的吧。

〔观众中掌声四起。

凯恩 小傻瓜,算你抢了个满堂彩。（演奥瑟罗）我送给你的那块手绢……

安娜 （演苔丝狄蒙娜）怎么了,老爷？

凯恩 （演奥瑟罗）你把它送给了凯西奥。

安娜 （演苔丝狄蒙娜）没有！我用性命担保。可以把他找来对质。

凯恩 （演奥瑟罗）亲爱的,可不能发伪誓：你已经上了停尸床。

安娜 （演苔丝狄蒙娜）愿上天垂怜于我。

凯恩 （演奥瑟罗）阿门！再说一遍。

安娜 （演苔丝狄蒙娜）愿您也大发慈悲！我从来没有冒犯过您。

从来没有爱过凯西奥！从来没有送过他任何信物。

凯恩 （演奥瑟罗）难道你要我怀疑自己的感官？我亲眼看见那条手绢在他手里。

安娜 （演苔丝狄蒙娜）那么是他捡着的。

凯恩 （演奥瑟罗）难道你要我怀疑自己的理智？白费心思。我自己判决，亲自执行。处死你这婊子并非罪过，而是献祭的牺牲。

安娜 （演苔丝狄蒙娜）奥瑟罗！

凯恩 （演奥瑟罗）闭嘴，我什么也听不见，我已心如死灰。即使看到你清白的证明，我也不会相信。在进坟墓之前，谁也无法叫我改变主意。当初那疯狂的爱情，我就这样吹向天空。（吹灭第二个火炬）消失，出现，在你地狱深处隐藏的积怨。我心里爬满毒蛇。恰如激流奔腾，流向大海；我的思想将被无边无际深不可测的复仇意念所吞没，永远不会朝着爱情回流。你的同谋已经死去。听见没有？他死了。即使他有头发那么多条命，我的深仇大恨也会一根一根地揪下来，一根不剩。现在，轮到你了。

安娜 （演苔丝狄蒙娜）明天再杀我！让我活过今夜。

凯恩 （演奥瑟罗）没有缓刑。

安娜 （演苔丝狄蒙娜）只给我半个小时。

爱莲娜 众位神明！让她立即死去。

〔亲王发出笑声，艾梅和爱莲娜也跟着笑起来。凯恩转身面对前台口，双臂交叉在胸前。

索罗门 （给凯恩提词）太晚了。（凯恩站着不动）太晚了。

凯恩 （转向爱莲娜的包厢）太晚了。有人冒犯我，我就要杀人。

〔凯恩朝包厢方向迈了一步；安娜穿着衬衣下了床，跑过去拽他的衣袖。

安娜　（即兴发挥）那就快杀了我。奥瑟罗，来吧，拿出勇气，杀了我吧。

凯恩　（咆哮）别烦人，你。

安娜　（即兴发挥）不，不行，我活够了，我叫您现在就杀死我。我忍受不了您的蔑视，我宁愿去死。闷死我吧。给，拿这个枕头！

〔把枕头递到凯恩手中。爱莲娜哈哈大笑。凯恩向前台口冲过去。

凯恩　（声音很大）住嘴！

亲王　（先是一惊，继而恢复常态。对爱莲娜）夫人，上帝见谅。他是冲着我来的。

爱莲娜　大人，我求您转过脸去，朝着舞台，千万不要再看我。

凯恩　可以请求殿下不要出声吗？

爱莲娜　（对亲王说，眼睛看别处）如果您爱我，就什么也不要说。闹出事来，头一个受害者就是我。

亲王　那就听听凯恩先生说些什么吧。我很想看看他到底会走多远。

凯恩　您以为自己在哪里？在宫廷里？在女人的闺房里？走到哪儿您都是亲王，而在这里却是我当国王。告诉您，马上住嘴；否则就停演。先生，我们正在工作；如果有闲者必须尊重一件事情，那首先便是他人的工作。

亲王　（压低声音）凯恩，别闹了！你难道看不出来，你在毁掉自己？

凯恩　如果我就是想毁掉自己呢？

亲王　你真傻！

凯恩　您说什么？（观众中发出不满的声音；凯恩毫不退让）啊！你们还待在这里，你们这些人，我倒把你们给忘了。怎么了？谁惹你们生气了？你们花钱来看流血，你们想看流血，是不是？流的当然是鸡血。给你们流点儿人血看看，愿意不愿意？

〔凯恩朝包厢走去，准备拔剑出鞘，剑柄握在手中，露出一小段剑刃。观众有的笑，有的吹口哨。还有人喊："逮捕他！坐牢去！"警官沿着科菲尔德包厢的前沿向凯恩走去。亲王看见警官的动作。凯恩站在那里一动不动，低着头，神情沮丧，精疲力竭。

亲王　喂！（警官回过头来）先生，您要干什么？
警官　我去把他抓起来，大人。
亲王　先回去，等待命令。

〔警官退下。安娜又拿起枕头，站到凯恩身后，希望他还能接着演下去。

安娜　奥瑟罗，我亲爱的丈夫……（凯恩不回答）奥瑟罗！

〔凯恩浑身战栗。

凯恩　谁在叫我奥瑟罗？谁认为我在扮演奥瑟罗？（指自己）这就是奥瑟罗？算了吧，是杀人犯；我……我……我……是个结巴。（稍停）上帝呀！让我变成奥瑟罗吧，把他的力气和怒气赏给我。等一分钟，就等一分钟；这个角色我演得太多了，等一小会儿不成问题。一分钟，干什么呢？摇晃剧场的柱子，让顶上的枝形大吊灯掉下来，落到这些人的头上。（浑身猛烈使劲，似乎想从内变起，成为奥瑟罗）还缺少什么？这个黑家伙的衣服我有了，他的鞋子我也穿上了。啊！威尔士亲王，威尔士亲王，你真走运：我要真是个奥瑟罗，你就不敢这么颐指气使了（观众中喊叫声与口哨声四起）女士们，先生们，今天晚上不会发生杀人的事情。所有的罪犯,一律赦免。(安娜走近凯恩,手里拿着枕头)你给我滚,你演不了这个角色。(从安娜手中夺过枕头)把这东西给我。(转向爱莲娜)夫人,您为什么不扮演苔丝狄蒙娜?我会轻轻地把您弄死?(把枕头举过头顶)女士们,先生们,这件犯罪的武器,请看我怎么使用吧!(把枕头向前台口抛去,正好落在爱莲娜的脚下)给最美丽的一位女士。这个枕头是我的心,我那再懦弱不过的懦夫之心:让她把双脚放上去,做个脚垫。(对安娜)去把你的情人凯西奥找来:从现在起,他可以当着我的面无所顾忌地抚弄你。(捶胸)此人并没有什么危险。不该给奥瑟罗戴上一顶大大的大绿帽子,我是……是……是个小……小……的小丑。(众人笑。凯恩又转向威尔士亲王)喂,大人,我早就对您说过:一旦把我惹急了,那就没完没了啦。(哨声吹得更响,人们呼叫:"打倒凯恩!打倒演员!"凯恩向观众迈了一步,怒目而视。哨声停息)怎么回事,你们大家?都跟我过不去?多么荣幸!可这是为什么?女士们,先生们,请允许我提个问题:我到底怎么你们啦?我早就认识诸位,可是头一回见到各位这副杀人犯的嘴脸,难道这才是你们的真面目?你们每晚来这儿,往台上扔花束,一个劲地叫好。结果我以为你们真的喜欢我……现在请告诉我,你们到底是给谁鼓掌?啊?奥瑟罗?不可能。他是个杀人不眨眼的疯子。那就应该是凯恩啦。"我们伟大的凯恩,我们亲爱的凯恩,我们全民的凯恩!"看吧,你们的凯恩,就在这里!(从口袋里抽出手绢擦脸,弄得满脸黑印)对,站在你们面前的,就是此人,好好看看吧。你们怎么不鼓掌?(口哨声)原来你们只喜欢假货,无论如何,这很古怪。

梅维尔爵士　（在其包厢内）蹩脚的戏子！

凯恩　谁在说话？咳！是梅维尔！（走近梅维尔的包厢）刚才王爷们让我胆怯，我退让了。但我正告你：跳蚤吓不倒我。你要是不闭上臭嘴，我就用两个指头捏碎你。就这样。（做捏碎的动作。场内鸦雀无声）先生们、太太们，晚上好。罗密欧、李尔王、麦克白，让我给诸位带好。我这就随他们而去，你们的情况我会多多向他报告。我这就回到虚构之中，我高傲的怒气在召唤我。女士们，先生们，今天夜里，在我家中，倒插上门，我将成为奥瑟罗；而且真的要开杀戒。当然，这得你们喜欢我才行……然而，事情不能刨根问底，是吗？噢，忘了一件事：刚才不应该向诸位提起凯恩。凯恩早死了，小小年纪就离开了人世。（笑声）住嘴，杀人凶犯，是你们杀死了他！是你们把一个孩子抓来，叫他变成鬼怪！（观众惊吓得一片寂静）大家看，这多好！安安稳稳，死一般的沉默。为什么嘘声四起？台上并没有人，一个人也没有。或者说，可能有一个戏子，假借奥瑟罗的角色，表演的是凯恩其人，好吧，我坦白了吧：我这个人其实并不存在，只是伪装而已，为的是讨你们喜欢，先生们，女士们，为的是讨你们的欢心。再说，我……（欲言又止，做了个手势，表示"何必再说"）……就说到这里吧。

〔凯恩慢慢走开，沉默不语。台上其他人物惊讶得一动不动。索罗门从提词孔出来，向观众做了一个抱歉的手势，朝后台喊叫。

索罗门　拉幕！喂！拉幕！

一置景工　刚才我找值班医生去了。

索罗门　拉幕，不是叫你拉幕吗？……（向前走近观众）女士们，先生们……演出无法继续。英格兰的太阳失去了光辉：著名的、杰出的、无与伦比的演员凯恩精神病突然发作。

〔观众中一阵骚动。伯爵被惊醒,揉眼睛。

伯爵　结束了？那好,大人,您认为凯恩怎么样？

亲王　（以赞扬演员表演成功的语调）值得赞叹。

——幕落

第 五 幕

第 六 景

〔凯恩家的客厅。

第 一 场

〔舞台监督、大流士、索罗门。
〔清晨六时。索罗门独自一人,往两三个小杯子里倒烧酒。
〔舞台监督与大流士踮着脚走上场来。

索罗门　二位有何贵干?
舞台监督　来看看他。
索罗门　他在卧室里,由医生陪着。二位请登个记。
　　〔索罗门将登记单递过去,二人写上各自的姓名。
舞台监督　夜里怎么样?
索罗门　爬在柜顶上。
大流士　是真疯了?
索罗门　还要捆绑起来。
大流士　医生是不是在给他放血?

索罗门　快放光啦。

舞台监督　是哪种疯病?

索罗门　疯癫。

大流士　什么症状?

索罗门　乱打。

舞台监督　打什么?

索罗门　什么都打。

大流士　也打人吗?

索罗门　打得更凶。

大流士　是不是挨过狗咬?

索罗门　恐怕有可能。(停顿片刻。做出倾听的样子)嘘!

舞台监督　怎么啦?

索罗门　有种咆哮的声音。

大流士　是?……

舞台监督　凯恩?

〔索罗门点头表示肯定。

大流士与舞台监督　(急促地)再见,再见,可怜的索罗门。

〔两人踉踉跄跄跑下。

第 二 场

〔凯恩、索罗门。

〔凯恩上场,低垂着头,未看见索罗门。

索罗门　主人……

凯恩　(一惊)什么?(认出索罗门)我不是你的主人了。叫我埃德蒙先生吧。(稍停)还有人吗?我听见你在说话。

索罗门　是几个演员,主人。

凯恩　几个演员?那么说,就是没有人啦。(笑)没有人!没有人!你对他们都说了些什么?

索罗门　我对大家说,您疯了。

凯恩　说伟大的凯恩疯了?混账东西,事实完全相反。去告诉伦敦的居民,一位名叫埃德蒙的商人刚才恢复了理智。(用手指捏索罗门的下巴)我明白了:莎士比亚是一块奶酪。

索罗门　(惊恐状)怎么回事?

凯恩　一块奶酪。我切成一片一片地零卖来着。你为什么没跟我说这个?

索罗门　(惊恐状)我没跟您说什么?

凯恩　说我是卖奶酪的商人。(平静下来)你看,我的头脑完全清醒吧?唵?完全清醒,明白吗?

索罗门　嗯……

凯恩　再说一遍,乡巴佬!"您的头脑完全清醒。"

索罗门　您的头脑完全清醒。

凯恩　好。现在,您就走,到每个十字路口,把这条消息传扬出去。

索罗门　不去。

凯恩　(向索罗门冲去)怎么?不去?

索罗门　要是我说您头脑清醒……

凯恩　那又怎么样?

索罗门　他们会把您送进监狱。

凯恩　送进监狱?就因为我头脑清醒?这世界可真逗!算了!进监狱就进监狱吧。

索罗门　进了监狱,您就演不成戏啦。

凯恩　真是个美好的不幸!

索罗门　（温和地）您要为自己辩解！

凯恩　啊？

索罗门　主人,千万不要持无所谓的态度！要为自己辩解。他们一直是容许你……

凯恩　当然,我知道,我拥有丑角豁免权。

索罗门　然而,这一回……

凯恩　这一回怎么样？

索罗门　这一回严重了,人家要毁掉您。

凯恩　人家,指的是谁？

索罗门　梅维尔爵士,还有别人。此外,便是观众了。每当他们赞赏过了头,就要杀人了。恳求您:为自己辩解,对付他们。

凯恩　那没问题！你以为我会求饶吗？他们是会赦免小丑的。要是把我投入监牢,那就说明他们把我当成一个人来看待了。我宁愿如此。

索罗门　并不是要您求饶。

凯恩　那你要我做什么？

索罗门　如果您同意……有这么一天或者两天……

凯恩　做什么？

索罗门　假装……

凯恩　（拍打额头,示意理智不健全）假装这个？……

索罗门　对。（凯恩做了一个手势。索罗门急匆匆地说）在《李尔王》里,您演得那么精彩。

凯恩　（慢吞吞地）《李尔王》？（充满感情地对索罗门说）可怜的老兄,就是我想演,恐怕也不可能了。我演不了戏啦。

索罗门　（目瞪口呆）演不了啦？

凯恩　演不了啦。

索罗门　您什么时候？……

凯恩　噢,昨天夜里。我反复思考。要演戏,就得把自己当成另外一个人。我以前一直把自己当成凯恩,凯恩又把自己当成哈姆莱特,哈姆莱特又把自己当成福丁布拉斯①。

索罗门　啊!哈姆莱特……

凯恩　不错。哈姆莱特把自己当成福丁布拉斯。不过,嘘!此乃一桩秘密。福丁布拉斯与埃德蒙先生是同一种人:是什么就表露出什么,想什么就说什么。你可以问他们天气如何,现在几点,面包多少钱。但是,千万不要试图让他们演戏。咳!你是个疯老头,你什么也不懂。拉开窗帘。(索罗门拉开窗帘。一束强烈的光线射入室内)天气怎么样?

索罗门　您看不出来吗?阳光普照。

凯恩　这就是你们的太阳。我还得习惯习惯。凯恩的太阳画在布景上。索罗门,伦敦的天空就是一张画出来的景片;每天早晨,你拉开窗帘,我抬头望去……啊!记不清了,那时候我看见的都是些什么?人要是一假,周围的一切就都假了。在假太阳下,假凯恩假喊叫他假心灵的假痛苦。那是过去的事了;今天,这颗星辰是真的。多么昏暗呀,这真实的阳光。索罗门,说实话,它应该光芒四射,照得人睁不开眼才对!真的,我真完了,成了一个废人。唉,真是不堪设想。有的时候,我感觉马上就要明白一切,然而时机转瞬即逝。(稍停)借给我一百弗罗林,取一半给仆役,把他们立即辞退。另一半留给你。我就坐在这张沙发上等警察来。

索罗门　这是理查三世的宝座。

---

① 福丁布拉斯,《哈姆莱特》中的人物,挪威王子。

凯恩 （生硬地）我就坐在这里。你走的时候，把门开得大大的：我要听听，警察走进我家来，就像走进一座磨坊。

索罗门 就像高卢人走进罗马的元老院？

凯恩 唵？谁告诉你我是这样想的？

索罗门 我读过您的《布雷纳斯①》的手稿呀！

凯恩 你说的没错。是的，我那是想做个姿态。你知道，我浑身上下都是各种各样的姿态。不同钟点有不同钟点的姿态，不同季节有不同季节的姿态，一生里不同年龄有不同年龄的姿态。我学会走路、呼吸和咽气。幸亏这种种姿态都死了，甚于枯死了的树枝树叶。昨天晚上，我一口气把他们全杀死了。我要是再掏出一个什么姿态来，一准要碎，没用了。你从来也不做姿态吗？当然，你不做。所有的姿态，我都要从身上拽出来，一个不剩。要是办不到，我就把两条胳臂都砍下来。（笑）听见了没有？听见了吗？啊！蹩脚的戏子，你活得太艰难了。自在点，要求不能高。（突然暴躁起来）走！滚吧！要不就掐死你。（又镇静下来）不，别走。你并不妨碍我。（坐下）不对。（又站起来）你看，刚才坐下的那个家伙不是我，是理查三世。（又坐下）这一回，是夏洛克，威尼斯的犹太人。见鬼。这得慢慢来。我要模拟自然，直至自然成为第二天性。（稍停）喂，昨天晚上，你看见我了吗？

索罗门 别提了！

凯恩 我干了些什么？

索罗门 您辱骂威尔士亲王，还有一位英格兰贵族院议员，以及七百八十二名观众。

---

① 布雷纳斯为高卢人的领袖，公元前三九〇年率军劫掠罗马。

凯恩　是这样,是这样,我知道。那么,这该算什么呢?

索罗门　他们说,这是犯罪,是亵渎王权罪。

凯门　傻瓜,我问的不是这个。这算是姿态呢,还是行为?

索罗门　我不清楚。

凯恩　是个姿态,懂不懂?最后一次姿态。我把自己当成奥瑟罗;那个在包厢里发笑的女人,我当她是苔丝狄蒙娜。没有什么意义的姿态,我并不因此欠任何人的账:梦游者是没有责任的。

索罗门　是呀,我不是说了吗?您没有罪,所以应当辩解。

凯恩　(提高嗓门)你撒谎!那是一个行为。因为它毁掉了我的一生。坐十年牢,唔?这并不过分,因为我着实吓了他们一大跳。索罗门,索罗门,是行为还是姿态?问题就在这里。七百八十二个人眼瞅着我犯罪,还能不是有意识的行为?可我呢?犯罪出于我的本意,还是在梦里犯罪?难道我会拿身家性命去冒险?难道我没想到我还享有小丑的豁免权?真是一桩令人发笑的自杀。不过,人家给手枪装上子弹,伟大的凯恩便真的自杀了。(双手抱住脑袋)要是能倒退回去就好了!

索罗门　可以倒退回去。都交给我办,我承担一切。

凯恩　(又改变主意)浑蛋!倒退回去,意味着我将清醒地重做一遍我曾盲目地干过的事情。我必然一五一十地向他们诉说我的仇恨,把他们骂得狗血喷头,并且在他们的面孔上审视这一切所产生的效果。如果应当毁灭自己,那至少应当在光天化日之下。我一辈子活在黑暗里,现在,又死在黑暗里。你看,我从一个世界走到另一个世界;现在站到提词者与奶酪商人一边。可还是弄不太清楚。(猛然加大声音)我要是凯恩,是正把自己当作埃德蒙先生的那个凯恩,又会怎么样?我们这些演戏的,遇上不幸,就必须做出痛苦的表情来体会这种痛苦。(抓起一把扶手椅,重重地摔到地上)这些家具都太轻了。伪劣产品!当布景使的玩意儿!(发出笑声)进监狱!进监狱!牢房的门都是用青铜铸成。(倒在一张椅子上)索罗门,我怕监狱。(稍停)你听过那个青蛙的故事吗?青蛙自不量力,想变成牛那么大。牛,就是威尔士亲王。牛吗?不如称作公牛。我的毛病是骄傲。骄傲其实是自卑的背面。一个气泡,膨胀,不停地膨胀,最后爆裂了。昨天晚上,我已经爆裂了。(稍停)从监狱出来,我就卖奶酪去。多么走运:骄傲没了,也用不着自惭形秽了。我终于可以当个无关紧要的人。(索罗门拿过名单,漫不经心地握在手里)你拿的是什么?

索罗门　您不会对这玩意儿感兴趣。是从今天早晨起陆续来拜访您这位无关紧要的人的那些傻瓜的名单。(假装看名单)事前想不到自己的大名竟然跑到一起来的人,绝对不止两个。富人、贵人、有权有势的人……艺术家、工人、搬运夫……从首相修塞兰德公爵,到车夫威廉,都留下了大名。可怜的人呀!他们都把您当成了凯恩。

凯恩　给我。(读名单)名字真不少!谁的名字都有,就是我找的那个名字没有。她要是没派人来,那一准是她自己要来。索罗门,谁也别放进来,除非是……

索罗门　除非是她!

〔索罗门笑了起来。

凯恩　笑什么?

索罗门　因为我又找回了从前的您;埃德蒙先生不可能有此激情。

凯恩　你说得对。埃德蒙不会有此激情。(稍停)疯狂而没有希望的激情,这就是凯恩仍然残留在我身上的东西。这把火如果在我心中熄灭,剩下的就只有灰烬了。火还得烧,不能不烧。去吧,去……要是她来了,立即请进来。

索罗门　您尽管放心。

〔索罗门下。

凯恩　(独自一人)十点钟了,还没有她一个字。啊!夫人,您更加担心的是您那把扇子!要不就是她怨我恨我!责备我连累了她……(稍停)扇子!……要不就是伯爵捡走了!……可不是嘛!显然是他!准是他拿走的。她把扇子掉在我的化妆室,叫他捡走了。此时此刻,伯爵一定在拷问她,责骂她,可能还在打她呢;说不定她正在呼唤我去救她……索罗门!索罗门!

索罗门　(上)主人有何吩咐?

凯恩　备马,套车!

索罗门　备马?

凯恩　不备马,你就自己拉车!

索罗门　您要出门?

凯恩　对,出门。去吧。快跑!没看见我发烧,脑瓜子像着了火,血液像开了锅?……我将把车窗的帘子放下来,只要能到她房间的窗户下,我就……(发现索罗门还没走)怎么啦,还不走?

索罗门　这就走,这就去……啊!有人敲门。

凯恩　对,是敲门声。快去,开门。

索罗门　来的若是她,您就留下来,对吗?

凯恩　(笑出声来)真是个傻东西!

索罗门　我这就跑去开门。

〔索罗门下。

凯恩 （独自一人）哎！我怎么啦？真的，我心跳得像敲鼓。还用得着表演发疯？我已经疯了，我就是疯子。

〔索罗门领安娜上。

第 三 场

〔凯恩、安娜、索罗门。

凯恩 你可好！……索罗门！不是告诉你谁也不许放进来吗！

索罗门 主人，小安娜也能算在里头？何况，她就待一小会儿，她是来向您告别的！

凯恩 告别？你要走？

安娜 是的。

〔索罗门下。

第 四 场

〔凯恩、安娜。

凯恩 你要离开伦敦？

安娜 离开英国。

凯恩 咳！你……嗯，好极了。小家伙，你做得对。船要沉的时候，老鼠就该四散离去。（稍停）还等什么？快跑吧！你不是看见了吗？我正往下沉呢。

安娜 要是您真发了疯，我会留下来侍候您的。

凯恩 你说怎么办？我没有这个运气：我仅仅毁了名声，招来了耻辱，倾家荡产；除此之外，还该去坐牢。这么一个人，怎能在身边留住女人？

安娜　凯恩！您何必那么干呢？

凯恩　怎么干？

安娜　昨天那样干。

凯恩　噢！结束时的发挥？那是为了开开心,解解闷。这么说来,你心里从来没有把一切砸个稀巴烂的想法？

安娜　哟,没有！那是为什么呀！

凯恩　我也说不清那是为什么:为了试探一下会发生什么事吧。假设人生只是一场梦。你拧自己、掐自己,就会从睡梦里醒来。昨天晚上就是这种情况,我又拧又掐……怪漂亮的自杀,不是吗？荣誉与爱情,不过是吹牛皮;然而,请相信,监狱是货真价实的。进去好受不了,真的,特别是到了冬天。你到哪儿去？

安娜　去美洲。

凯恩　去美洲？到那儿去干什么？

安娜　纽约剧院的记者看了昨天晚上的戏,觉得我表演得还不错。

凯恩　这家伙,当我在台上五内俱焚的时候,却看上了你,真是厚颜无耻！毫无心肝！

安娜　不管怎么说吧,他在聘任书上签了名。

凯恩　他疯了。完全疯了。你呢,你真傻；你还没出师呢,对吧？我本来可以带带你,训练训练。

安娜　您做不到啦！不是要坐牢吗？

凯恩　天哪！你说得真对。你的监护人呢？一句话也不说就放你走？一点儿权威都没有。

安娜　自从我那些事捅出来以后,他便一心一意要把我发配到地球另一边。

凯恩　在某种意义上,我明白了。好,那么,就这样吧。

安娜　就这样。

凯恩　话说回来,你为什么非要走?

安娜　(吃惊)怎么?那是因为,您不爱我呀!……

凯恩　啊!因为……话说回来,这不假:我不爱你。

安娜　这么说,过去的事情,您都忘啦?

凯恩　今天你知道了吧,我这人没有头脑。不过,你也没有达到目的。

安娜　是没有。

凯恩　我本来以为,你要什么就能得到什么。

安娜　我以前也是这么想的。

凯恩　你看,这不是吹牛吗?我曾想:"这个顽皮的小女孩想什么就能干成什么;说不定过上一两天,一觉醒来,我会疯狂地爱上她。"当时看来不是没有可能。事实上却不是那么回事:还是在演戏。我对你完全失望了。当然,没有什么可遗憾的:我肯定不是个好丈夫。

安娜　我就盼望有个坏丈夫。

凯恩　我要是结了婚,难道就是为了身边有个人,好跟她谈论我这个人!

安娜　我善解人意。

凯恩　那当然好啊。你去倾听新苏格兰某位清教徒的絮叨吧;看来你是当牧师妻子的料。你什么时候出发?

安娜　两个小时以后。

凯恩　(粗暴地)什么?

安娜　乘华盛顿号邮船,位子已经定好了。

凯恩　走就走吧,祝你好运!

安娜　也祝您好运。

凯恩　我进了监狱,你会给我写信吗?

安娜　我给您寄包裹来。

凯恩　从纽约寄来?还没到就烂了。(稍停)要知道,我可以命令你留下来。

安娜　命令我?

凯恩　当然是命令你。然而,不要害怕:我不会下这道命令。不过,我有权这样做。因为,归根结底,发生这一切,全是你的错。要是你不上台,爱莲娜就不会跟我过不去,我也不会大吵大闹。可不是吗,从全面考虑,责任在你一个人身上。我知道,许多人处在我的位置上会对你说些什么。他们会告诉你:进入某一个人的生活,把它搅乱,然后远走高飞,那是件相当容易的事。是的,面对面地看问题,他们必然这么说给你听。这还没算上结尾时那令人恶心的无礼之举:你挑起了吵闹,你伤透了我的心,你损坏了我的前程。结果是:你应聘出国,去了纽约;我犯事被捕,进了监狱。总而言之,善人不得好报,恶人获得奖赏。话说到这里,当然,我并不打算扣住你不放。你也知道,我的生活里,并没有你的位置。但是,你要是多一点同情心——噢!这恐怕要求太高了——就用分寸感这个词吧,要不干脆说有点礼貌,你绝对不会打定主意抛弃我。毫无疑问,这是抛弃!是卑鄙的变节!是叛逆!

安娜　既然您不爱我!

凯恩　幸亏我不爱你。要是我爱上一个不负责任的女孩,一个心血来潮毁掉男人一生的女孩,那可就更好看了!

安娜　您这番话,说得不近情理。我刚才不是说了吗:只要您爱我,我就留下不走。

凯恩　可不是吗?为了让你乐于留下来,我就得匍匐在你双膝之下;并且戴上白手套,到你的监护人面前向你求婚。拖鼻涕的小妮子!四十岁的男人跪到一个小姑娘脚下,你见过吗?碰到这种情况,我要不是一个风雅汉子,你猜我会做何反应吗?(站起来,向安娜走去)我会打你的屁股,好好地打上一顿!然而,要是从前你该挨打的时候真的挨了打,这一切本来就都不可能发生。

索罗门　(跑上场来)主人!主人!她来了!

第 五 场

〔凯恩、安娜、索罗门。

凯恩　(受到打扰,不假思索地说)让她见鬼去吧!你是说……
安娜　是爱莲娜?
凯恩　肯定是她。不过,不要以为咱们的事就这么过去了。进那里边去。装腔作势的小姑娘;要是嫌闷得慌,就想想过一会儿我怎么打你的屁股。(把安娜送进一间卧室。对索罗门说)现在,把那一位领进来。

〔索罗门下。凯恩拿过镜子,改变表情,对着镜子端详。爱莲娜上。

第 六 场

〔凯恩、爱莲娜。

凯恩　爱莲娜!是您呀!您冒着可能出事的风险,还是来啦?……知道吗,我是多么急切地等待您呀?您原谅我吗?
爱莲娜　哪个女人能不原谅为了她而做出的疯狂举动?

凯恩　快让我看看！您的脸色这么苍白！又是那么美丽！此刻能见到您，我是多么幸福。昨天我昏了头，毁了前程，但只要您是因此而前来看望我，那我也就心满意足，没有丝毫遗憾了。

爱莲娜　说实话，我犹豫了很长时间。不过，我们面临共同的危险……

凯恩　共同的？

爱莲娜　有一封信可能被发现了……我吓得发抖，怕您已经被他们逮捕。

凯恩　啊！事情已经到了这种地步？

爱莲娜　是的，已经到了这种地步。一场可怕的诉讼正在威胁着您；凯恩，逃吧！一分钟也不能耽搁了……今天夜里必须离开伦敦；可能的话，离开英国……到法国，或者是比利时，才能脱离危险。

凯恩　让我逃？离开伦敦？爱莲娜，您还不了解我的为人。梅维尔爵士想扬名，那就让他如愿以偿；他的名姓还不够荣耀，不够显赫，那就叫他按其所值荣耀荣耀，显赫显赫。

爱莲娜　您忘了，法庭辩论的时候，还要提到另一个的名字。您那天的狂怒是针对两个人：亲王与梅维尔爵士。对您的动机，要进行调查，得出个结论来。

凯恩　是啊，是啊……您说得对……然而，此祸焉知非福？……爱莲娜，您爱我吗？

爱莲娜　那还用问？

凯恩　听我说：您也牵连进去了。

爱莲娜　我知道。

凯恩　不，您并不都知道；那把扇子，您忘在我化妆室里……

爱莲娜　怎么样？

凯恩　被人捡去了。

爱莲娜　谁?

凯恩　恐怕是伯爵。

爱莲娜　天哪!

〔停顿片刻。

凯恩　(温和地)爱莲娜,要我一个人逃吗?

爱莲娜　哎呀!凯恩!

凯恩　您说怎么办?

爱莲娜　真是荒谬。不,不行,不可能!

凯恩　马车已经备好。

爱莲娜　真残酷!名誉呢,不要了?

凯恩　由伦敦之王挽着离开英国,还有比这更大的荣誉吗?在这里,您不过是伯爵夫人;到了那边,您就成为流亡的王后了。

爱莲娜　那我丈夫呢?

凯恩　在他未来的痛苦面前,我深深地鞠躬。

爱莲娜　他会死的。

凯恩　要死的,非他即我。不如谁年轻就救谁。

爱莲娜　将来有一天,咱们恢复了理智,您怎能忍受造成他死亡的愧疚?

凯恩　轻轻松松地忍受。

爱莲娜　要是他先杀了您呢?

凯恩　这种假设没有可能。

爱莲娜　啊!您怎么知道?

凯恩　他深度近视。

爱莲娜　凯恩!我的孩子们怎么办?

凯恩　(非常惊讶)您的孩子们?可是,夫人,您还没孩子呀!

爱莲娜　我起过誓,要生!

凯恩　起誓?向谁起誓?

爱莲娜　向我丈夫,在上帝面前。

凯恩　是这么回事?在上帝面前,您会生的,让我来保证。

爱莲娜　您不理解我:我向伯爵承诺,给他生个儿子,男性继承人。

凯恩　上帝没有注意到您的誓言;他只关心维护人种的生存,而不理会某一家庭的延续。

爱莲娜　然而,我已经爱上这个儿子。我要是跟您走,那就要胎死腹中。啊!凯恩,我爱您不惜通奸;您不能要我杀害婴儿呀!

凯恩　一句话:您拒绝,对吗?

爱莲娜　我说拒绝了吗?拒绝也好,接受也好,总而言之,不外都是选择绝望。唉!我的朋友,我的头脑还是过于清醒。要毁掉我这一生,那就先把我的头脑搅乱吧。

凯恩　(温柔地)爱莲娜!(张开双臂,抱住对方)

爱莲娜　(试图挣脱)别这样!好好说话,用甜言蜜语把我灌醉;把您的才华都施展出来,恐怕也不一定够用。啊!我预感:斗争将十分激烈;我会使出浑身解数抗拒到底,直到搅得我天旋地转,无法自持,才能让步。表现给我看:您把我当成整个宇宙,而您又有能力充当我的一切。(凯恩没有回答。爱莲娜感到惊讶,又重复一遍)……叫我相信您能够充当我的一切。

凯恩　(不耐烦)啊!不必提词了!

爱莲娜　(惊得呆住)什么?

凯恩　(呆若木鸡)不……

　　　〔凯恩停住不说。

爱莲娜　您说什么?

凯恩　我说……天哪,您刚才在这儿,不知如何是好,把您最后一句话又重复了一遍。这倒叫我想起……想起什么来着？（笑起来）噢！对了，夫人，您那是等我接着说台词呢。

爱莲娜　您怎么竟敢？……

凯恩　我什么也不敢，因为我不演戏了，仅此而已。停！拉幕！

爱莲娜　您的话，我一点儿也听不懂。您是真疯了，还是想把我弄疯？（稍停）看着我。从您的眼神里，我明白了。

凯恩　您又明白了什么？

爱莲娜　您十分痛苦，像是下了地狱！

凯恩　不对。还没到那种程度，放心吧。

爱莲娜　爱情在折磨您；为了报仇，您非把它搞乱搞糟不可。凯恩，多么可怕，又有多美！给您，可怜的朋友，拉住我的手，放到您的双唇上；让我们纯洁的接触驱散您那些乱七八糟的思想，使您的神形都得到解脱。我的雄狮，您的吼声震天动地！不过，谁告诉您，我不答应跟您出奔？您缺乏耐心。（不耐烦）怎么！还要我等多长时间？吻吧！

凯恩　（没有握住对方递过来的手）爱莲娜，我说了，一切都已完结。您总不能独自一人把戏演下去吧？

爱莲娜　（突然说出）走就走吧！

凯恩　（不知如何是好）啊？

爱莲娜　不是你说的，马车已经备好了吗？那好，带我走吧。嘀！说我演戏！把你的命全搭上恐怕也抵不上这两个字的代价。我有激情，听见没有，我全心全意，真心实意；我会嫉妒，我不是好惹的；我既有丹麦女子的憨直，又有意大利女人的情意缠绵；我可以当天使，必要时又能变成雌虎。我要是爱上谁，不惜把贞洁与名声踏在脚下，不惜把家人、亲朋推入绝望之谷；他到哪儿，我就跟到哪儿，哪怕是坐牢，甚至上断头台，（用亮晶晶的眼神，望着凯恩）都行。

凯恩　（一动不动）您所爱的人，是我吗？

爱莲娜　是你吗？我恨你！还愣在那儿干什么？劫持我，带走我呀！（凯恩仍未动。长时间的沉默）看来，先生，您刚才说的是大实话：嘴上说爱我，其实是演戏。我实说吧，刚才您对我表示……忏悔的时候，我双眼盯着您看，您的话根本无法叫我相信。在这之前不是没有传闻。您知道人们到处说些什么吗？"大明星凯恩不过是一只充满了气的羊皮袋。"我这个丹麦女子，生性天真率直；恐怕全伦敦只有我一个人认真对待您，把您当回事。演戏？真的吗？我可没有跟您演戏。我冒着出丑的风险，前来分担您的苦难，准备和您一起接受毁灭的命运。现在，您已被逼到墙脚下。我对您说："一起走吧！"可是您待着不动，摇晃着双臂，眼睛呆滞无神，为自己的怯懦而惭愧；太怯懦了，连一点儿自尊心都鼓不起来。一个女人准备为您毁灭，伟大的神明啊，您又是如何对待她？别的女人，得到您的垂爱而获得幸福，可是她们却要别的男人供养与保护；每天晚上您都在德鲁里·莱茵剧院扮演情人；有时候，下午还要到私人邸宅去表演，那叫什么来着？是跑"堂会"吧？别怕，先生，我还给您自由。您一个人逃吧，您一个人到大陆上巡回演出，大出风头吧。千万不要以为我怨您恨您；相反，要道歉的是我。是我发了疯把您当成一个堂堂正正的男人；而您却只是个演戏的，当然这并不是您个人的过错。

凯恩　（发怒）演戏的就不是人啦？

爱莲娜　不是。我可怜的朋友威尔士亲王说得好：只不过是个倒影。

凯恩　啊！是他说的？

〔凯恩抓住爱莲娜,把她举起来。

爱莲娜　(受到惊吓)您干什么?您这是干什么?

凯恩　您不是看到了吗?我把您劫持了。

〔凯恩双手抱着爱莲娜,打算下场。

爱莲娜　等一等!等一等!

凯恩　还等什么?

爱莲娜　我……我想先定定神,清醒清醒。放开我。只待一会儿,一小会儿。然后就心甘情愿地跟您走。(凯恩将她放下)那么,我们还走吗?

凯恩　走,这就出发。

爱莲娜　您一点遗憾也没有?

凯恩　没有。您呢?

爱莲娜　一点也没有。咱们去哪里?马德里?罗马?巴黎?

凯恩　去阿姆斯特丹。

爱莲娜　唉!(停顿片刻)我就不喜欢阿姆斯特丹。

凯恩　我也不喜欢,先将就些日子吧。

〔凯恩又要去抱爱莲娜。

爱莲娜　我还有一句话。(凯恩停下来)学会扮演角色,需要多长时间?

凯恩　哪些角色?

爱莲娜　嗨!所有的角色:苔丝狄蒙娜、朱丽叶、奥菲利娅……

凯恩　噢,原来您还打算演戏?

爱莲娜　那您让我一天到晚干些什么呢?干等着您?

凯恩　您不演戏,爱莲娜,我也不演了。结束了。您跟着珠宝商埃德蒙先生出发。我有不少非常漂亮的珠宝,全是女性仰慕者赠送的。您知道,是堂会的收入。我打算开个店铺。不要担心,您什么也不会缺。缺的可能只是陪伴您的人。我的同行,珠宝商们,恐怕您不会喜欢;而上流社会,我怀疑他们是否肯向一名流亡的演员与一位名声不佳的女人敞开大门。但我们会自得其乐的,是不是?平日我到店铺里去,您留在家里坐在沙发上看小说。星期天,两人在家里过,手拉着手,眼望着眼;一星期看上三回戏,以翻新咱们爱情词语的储备。

〔凯恩又抱起爱莲娜。爱莲娜抓他,打他。

爱莲娜　放开我!放开我!救命啊!

〔凯恩又把她放下,哈哈大笑起来。

凯恩　(学爱莲娜的腔调)哪怕是坐牢,甚至上断头台!直至世界的尽头!(笑起来)您看,这不是演戏又是什么?

爱莲娜　(望着凯恩,不知如何是好;然后,也笑了起来)这个字眼儿硬了点儿。就说是撒娇吧。

凯恩　您从没想到跟我私奔吗?

爱莲娜　想到?当然想到过!我的确起过这个念头。

凯恩　念头,当然好办。可是,现实呢?

爱莲娜　先生,一个正派女人是不触及现实的。

凯恩　咱们直话直说吧。您是不是取信来的。

爱莲娜　(气愤)绝对不是!

凯恩　不是?太好了,仍由我保存。

爱莲娜　(有气无力)当然,我并不想……立刻向您要回。

凯恩　不立刻取回。当然啦,得做做姿态嘛。不过,时间不多了,他们很快就会来抓我。(去找信件)全在这儿。数一数。

爱莲娜　我信任您。

凯恩　不对,您不信任我。(数信)一、二、三、四、五、六、七。

爱莲娜　(做出并不在意的样子)总共有八封。

凯恩　第八封,您想想,我当着您的面撕碎了,还是应您的请求呢。给您,接住吧。(爱莲娜站着不动)怎么?还不要?信放在您一伸手就拿得到的地方,您认为什么时候合适,什么时候拿走就行了。

爱莲娜　去你的吧!

凯恩　又怎么啦?是不是我推进得太快了?要是在一出现代戏里,我一开始会拒绝把信还给您。不过,我跳过几段对话,否则戏就拖长了。您不相信?咱们试试看。(表演)取走您的信?绝对不给。这是您留在我身边唯一的纪念了。您背弃了我们的爱情;但是,您无法要求我毁掉爱情的回忆。(模仿爱莲娜的腔调)然而,理智要求这么做。您将会爱上别的女人;这些信现在是爱情纪念物;到那时候,就会变成战利品。

爱莲娜　(笑得流出眼泪)住嘴吧!别说了!真像;天哪,真像那么回事。我会这么说的!噢!这……怪可笑的!

凯恩　是可笑。错误正在这里:咱们的戏,比一般的要高上两三个调门。(微笑)咱俩干吗要一起唱高调呢?

爱莲娜　啊,凯恩!生活在超我的状态下也怪有趣的!(做幻想状)毕竟这也是一种真正的激情,也挺美的。

凯恩　(持怀疑态度)您这么认为?

爱莲娜　我就是这么认为。您才华横溢,什么都难不倒您。我没有那般本事,只好把赌注下到爱情上面。爱情是贫乏者的才华。(笑起来,并无恶意)以前我要是跟您出奔的话,您早就叫人家抓回来了!

凯恩　没那么严重吧!我倒不担心。要说风险?顶多是您陪我到多佛尔①罢了?

---

① 多佛尔,英国港口城市,濒英吉利海峡,对岸是法国。

爱莲娜　反正您是跟大使夫人过不去。

凯恩　不如说是跟大使先生过不去。我是个私生子,您懂吗?私生子最得意之举,乃是勾引达官贵人之妻。您呢?您想要诱惑的是伦敦之王。

爱莲娜　什么样的男人我都想诱惑。因为我长得丑,懂吗?

凯恩　您长得丑?

爱莲娜　可怜的朋友,女子没有不丑的。美丽,是一项劳作。您知道这得费多大劲?那么大一个白色活物,没有一天不需要涂脂抹粉、描画喷香!

凯恩　(微笑)这么做总有好处吧?

爱莲娜　当然有好处啰。(两人笑起来)够了,够了!给我一块面纱,凯恩,快给我找一块面纱。咱们就停留在情感喜剧上吧;我们女人很少到闹剧的领地去冒险。您倒是说话呀!说点什么都行。这样子冷场,我可是受不了。

凯恩　祝您好运,爱莲娜。

爱莲娜　(吃惊)好运?

凯恩　这不是明摆着吗?第五场没有我的戏,剧终时我不会返场向观众致敬。而您则不同,后面是您最好的场景,留下来任您发挥呢。

爱莲娜　我最好的场景?

凯恩　跟威尔士亲王搭档呀!

爱莲娜　啊?啊,对!有可能。

凯恩　所以我祝您好运,如此而已。

爱莲娜　这么说,你不再嫉妒了?(凯恩摇头)一点儿也不了?真有意思。

凯恩　一点儿也不了。你知道为什么吗?威尔士亲王就是我。我们三个人都是受害者。你是个女子;他出身太好;我出身太坏。结果呢:你通过别人的眼睛享受你的美丽,我则在掌声中发现自己的才华;至于他呢,此人是一枝鲜花;为了感觉到自己的亲王气息,需要有人去闻。美貌、权势、才华,加在一起构成一个幻影,同一个海市蜃楼。你说得对,我们只不过是倒影;三个人都靠别人对自己的爱而活着,而又不能去爱别人。你想获得我的爱情,我想获得你的爱情,他想得到咱们俩的爱情。真是舞蹈里说的交叉移位!瞧你,快笑出来了。可不是嘛,你说我是倒影;其实他在内心深处,是把我当人看待的;为了变成我这样子,他可以不惜代价。你看:他喝我喝的酒,喝得酩酊大醉;他勾引跟我来往的女人;连我的睡袍他也要照样来一件。他追求你,因为他认为我爱你。与此同时,我演亨利四世,以便成为亲王。三个倒影,每一个都认为另外两个是真实的存在,喜剧就这么出来了。嫉妒吗?啊!我不嫉妒。将要嫉妒的是你,因为亲王看重的是我。你笑什么?

爱莲娜　我想起莎士比亚。

凯恩　那有什么可笑的?

爱莲娜　怎么不可笑!在莎士比亚的戏里,我们三个人这种情况,早就都死了。你会在决斗中把亲王杀死。

凯恩　你丈夫又会派人暗杀我。

爱莲娜　接着是国王下令砍下他的头。

凯恩　你会倒在我们的坟墓上,结束自己的一生。

爱莲娜　(笑)真是一场大屠杀!(认真起来)喂!你说,为什么我们注定要一块儿演沙龙喜剧呢?

凯恩　(耸耸肩)因为,时至今日,爱情已经变成滑稽剧。

爱莲娜　难道就没有悲剧啦?

凯恩　有,在政治范围内。不过,这不属于咱们的领域。你没有什么可遗憾的:你很漂亮地脱出身来;上帝知道,舞台并不那么舒服。怨恨、激情、发怒,你都表演过了,甚至还有真诚。你很有才能。再见了,我的朱丽叶;再见了,我的苔丝狄蒙娜;再见了,我的鲍西娅①。

爱莲娜　再见了,福斯塔夫!

凯恩　不要使坏。你还怨我吗?

爱莲娜　不能怨埃德蒙先生。至于大明星凯恩嘛……

凯恩　怎么样?

爱莲娜　我永远不会忘记,他是为我而自杀的。

凯恩　为您?嗯!

爱莲娜　嘘!嘘!他自杀,是为了我。珠宝商,您怎能了解个中隐情?对于爱情,您又有多少领悟?

凯恩　不过,我吸进了他的最后一口气。

爱莲娜　他临死的时候,说了些什么?

凯恩　(彬彬有礼)说的是:他为您而死。

爱莲娜　您看,怎么样?

凯恩　他还委托我把信归还给您。(递信)您会接受的吧?

爱莲娜　接受。为的是了却死者的遗愿。谢谢您。(把信放入怀中,彬彬有礼)对于埃德蒙先生,我该表示什么祝愿?祝他得到热烈的爱情?

凯恩　珠宝商难以引起女人热烈的爱情。那就祝我去爱别人,给人以爱吧。让我也变一变。

〔凯恩吻爱莲娜的手。

---

① 鲍西亚,《威尼斯商人》中的角色,莎士比亚理想中的新女性。

伯爵的声音　告诉您,先生,我要进去。

索罗门的声音　我也告诉您,先生,您不能进去。

〔爱莲那与凯恩相对而视,笑了起来。

爱莲娜　天哪!我丈夫来啦。

凯恩　啊!怪不得语音那么优雅。他演的肯定不是咱们这出戏。您懂吗?此乃纯粹的悲剧。

爱莲娜　他还以为是在莎士比亚的戏里呢。

凯恩　可不,没人提醒他。(笑)您看吧,他是杀我来的!

爱莲娜　(笑)真可怕,我可不想看这个。(向安娜躲藏的房间走去)我躲进这个房间,等你们完事。

凯恩　不。那边去。(指另外一个房间)那间房子窗户是朝泰晤士河开的,谁也看不到您。

爱莲娜　但是,我禁止你们打斗。伯爵不年轻了,三下五去二把他打坏了可不好。

凯恩　真是个可怜的男子汉!不过,您不必担心。要是昨天,在梦中我也会向他挑衅,做着梦也能砍能杀。那他必死无疑。然而今天……再见吧,爱莲娜。

〔爱莲娜进屋,关上房门。

伯爵的声音　告诉您,我必须见到他。

凯恩　(开门)索罗门,你这是干什么?为什么不让科菲尔德伯爵进来?

第 七 场

〔凯恩、伯爵、索罗门。

索罗门　您不是叫我……

凯恩　谁也不放进来？不错。然而,我怎么能想到科菲尔德伯爵会大驾光临？

〔索罗门下。

伯爵　先生,还记得昨天我说的话吗？

凯恩　当然。是关于什么来着？

伯爵　我对您说:我们丹麦人,只要受到冒犯,不管是什么人,都要跟他决斗。

凯恩　对,我想起来了！啊,伯爵先生,这句格言说得真好,我听了真高兴。

伯爵　谢谢。我……

凯恩　多么豁达的见解！而我们英国人,就没有说这种语言的习惯。

伯爵　我受到冒犯,我是来决斗的。

凯恩　受到冒犯？啊！真令人吃惊。见解如此豁达,心胸如此高尚,再加上如此充满人道的平等观念,像您这样的灵魂,是不会受到冒犯的。因为他大彻大悟,包容一切。咳,是哪个坏蛋惹您老不高兴了？真不像话！我敢肯定,他此刻比您更加难受。

伯爵　告诉您,我要决斗。

凯恩　那好,如果无法使您改变主意,我竭诚愿意充当证人。

伯爵　充当证人！先生,我是来跟您决斗的！

凯恩　跟我？啊！不可能。

伯爵　说明白点好吗？

凯恩　不,不。非常遗憾。这不可能。

伯爵　为什么不可能？

凯恩　因为我这个人不跟人决斗。再说,我并没有冒犯过您呀。

伯爵　还没冒犯呢？都快气死我了。

凯恩　（委婉地责备）先生！请您承认,我并不是没有能力做这种事情。

伯爵　我理解您微妙的意思。不过,这对我又加了一层侮辱。

凯恩　那么,我真是冒犯您了？无论如何,既然您非这么说……我就给您赔个不是吧。

伯爵　赔个不是就完了？

凯恩　毕恭毕敬地……

伯爵　我不要赔不是！

凯恩　我非要赔不可。我起誓:诚心诚意地赔不是,您千万不要有什么顾虑;要知道,再赔我也赔不到哪里去。不行？那么,您必须带走点什么东西才能离开这里。带件小玩意儿,一束鲜花什么的都行。由于我不能用武器弥补,那就允许我送您点东西作为补偿。

伯爵　您错了,先生！一报还一报,不报是不行的。

凯恩　咳,不能这么说！不必客气,您既然受到冒犯,要求决斗我觉得合情合理。然而,既然您没有冒犯我,我不决斗您也应当觉得要求正当。

伯爵　这不是一回事！

凯恩　咱们打赌吧？我说您的愿望绝对实现不了。因为我性格温和,从不轻易发火。

伯爵　撒谎！

凯恩　还真说对了,我是个职业说谎者。

伯爵　胆小鬼！

凯恩　说实话,我并不这么认为。不过,怎么能保证万无一失呢？

伯爵　狗东西！

凯恩　不能这么说。狗，您知道，有四条腿！（友好地）算了吧，您说了这么多话；其实，一个字您也没有当真。

伯爵　先生，我之所以说这么多辱骂您的话，造成无法挽回的局面，目的很明确，就是要用烧红的烙铁给您打上耻辱的烙印。

凯恩　啊！既然您已经完全承认，我怎么还抓住不放，恨您怨您呢？

伯爵　（举手要打凯恩）看打！

凯恩　（在空中抓住伯爵的手）不必害怕，亲爱的朋友，我已经把那走入歧途的一刻忘得一干二净。（变得严肃）先生，这样行事没好处。我不可能跟您斗个你死我活，只有小孩子和贵族才打架。昨天夜里，我已经领悟到我已不是前者，也永远成不了后者。在我的生活里，我用剑刺过人，那是在演戏。我冒过死亡的风险，因为我出身低贱。后来，我对贵族怀恨在心，因为他们的血没有在我的血管里流动；于是，我想叫他们的血从他们的血管里流出来。然而，喜剧到此结束：埃德蒙先生不打算决斗。您看，先生，使您受到伤害就够不幸的了，何必非要我了结您的性命？

伯爵　那好。我不强人所难。但是，我的怒气必须发泄出来。

凯恩　发泄吧，发泄吧！这里铺的地毯很厚！能把您苦涩的胆汁吸干。

伯爵　好好想一想。即使不冲着您，也得冲着您的同谋。

凯恩　还有同谋？

伯爵　您心里有数。您怕我找您报仇，便把火往一个女人身上引。

凯恩　这事儿里头还有个女人？我认识这个女人吗？那么，让我猜猜。她年轻还是上了岁数？

伯爵　给您提个醒。认得这把扇子吗？

凯恩　这把扇子？

伯爵　它属于伯爵夫人。

凯恩　那又怎么样,先生？

伯爵　先生,这把扇子,是我昨天找到的……

索罗门　（急匆匆上）亲王紧急来函。

凯恩　等一会儿。

索罗门　（低声说）不行,马上看。

凯恩　（向伯爵）可以吗,伯爵先生？

伯爵　看吧,看吧。我不走远。

凯恩　（匆匆看信,接着说）您认识威尔士亲王的笔迹吗,先生？

伯爵　可能认识。但是,威尔士亲王的笔迹有什么用？……

凯恩　（把信递过去）请读吧。

伯爵　（念信）"我亲爱的凯恩,请在您的化妆室里仔仔细细找一找;我认为昨天我把科菲尔德夫人的一把扇子忘在您那里了。我借来这把扇子,是想照样制作一把,送给诺森伯兰公爵夫人。除此之外,今天我还要去找您论论理:昨天在剧场里,为了那名演戏的小姑娘,就没头没脑地跟我吵了那么一大架。我可是从来没有想到,我们之间的友谊,竟能被这样一些鸡毛蒜皮的小事所损害。您亲爱的乔治。"很好！这封信来得正是时候。啊！正是时候,不早不晚,凯恩先生。

凯恩　您否认此信出自亲王之手吗？

伯爵　我不否认。然而,正因为如此,我才半信半疑。

凯恩　要叫您全信不疑,该怎么办呀？

伯爵　刚才有个蒙面女子走进了府上;把她请出来,同我见上一面,就可以了。

凯恩　从昨天晚上起,就没有女人走进我的家门。

伯爵 （显得冲动）撒谎！（又平静下来）凯恩先生,好自为之,不要损害了这封信的好作用。我已经半信半疑;能不能解掉我那一半疑惑,现在就看您的了。

凯恩 这里没有女人。

伯爵 告诉您吧,是我亲眼看见的,有个蒙着面纱的女人走了进来。

凯恩 我……

〔安娜突然出现。

第 八 场

〔凯恩、伯爵、安娜。

安娜 哎,凯恩！还打不打屁股了？噢！对不起！我不知道您有客人。

伯爵 怎么样,先生,您看看！

凯恩 您刚才说的是：一个女人走进我家来。而她只是个小姑娘。我怎么会往她身上想呢？

伯爵 我说,她就是女人,长得相当美丽。谢谢您！（敬礼、朝门口走了一步,又改变主意,返了回来）大家在谈论,说要逮捕您。不要忘记;使领馆是不容侵犯的,而丹麦大使馆正是这样一座馆所。

凯恩 谢谢您,先生。

伯爵 再见。（鞠躬）夫人。

安娜 还没当上呢,先生。

伯爵 啊！快啦,用不了多久,小姐,我敢断言。

〔伯爵下。

第 九 场

〔凯恩、安娜。

凯恩　谢谢。

安娜　您刚才怎么不把我叫进来？

凯恩　你在听我们说话？我呀，想是想到了……可就是不愿意连累你。

安娜　算了吧！已经连累了，多一分少一分，又能怎么样？

凯恩　一句话，你是把自己的名声作为礼物，送给了我。

安娜　天啊，可不是吗？

凯恩　连我愿意不愿意娶你还没有弄清楚。知道吗，小东西，你的礼物，昨天还会使我喜悦得发狂！

安娜　今天就不行啦？

凯恩　昨天，我希望有一个女子——无论是哪一位——为了我而不顾自己的名声……

安娜　今天呢？

凯恩　（望着安娜）今天我重视更加实在的好处。（稍停）另一位！（朝爱莲娜躲藏的房间走了一步）回你的藏身处去。噢，别去了，留下吧。时至今日，全无所谓了！爱莲娜！（打开门）哎？

安娜　怎么啦？

〔凯恩进去又出来。

凯恩　活见鬼！跑啦！飞啦！窗户大开。真是出了奇迹。

〔凯恩大笑。

安娜　还笑呢！窗户底下就是泰晤士河。说不定……

凯恩　自杀？放心吧。这种女人是不会自杀的。然而，有没有可能……我倒想了解了解。

第 十 场

〔凯恩、安娜、索罗门。

索罗门 （上）有两位客人在前厅等候。先让哪一位进来？

凯恩 两人是谁？

索罗门 一位是警官，另一位是威尔士亲王。

凯恩 警官来干什么？

索罗门 逮捕您一人……

凯恩 亲王呢？

第 十 一 场

〔凯恩、安娜、索罗门、亲王。

亲王 （上）不能让他们把你抓走。

凯恩 谢谢，大人。还要谢谢您的那封信。不幸的是，爱莲娜……

〔凯恩伸出一只胳臂向窗户指去。

亲王 不必担心。她安然无恙。

凯恩 谁救了她？

亲王 有个朋友，从昨天晚上起就在暗中照料您；他把各种出事的可能都想到了，便在窗户下放了一只小船，在大门口停了一辆马车。

凯恩 她到哪儿去啦？

亲王 在她自己家里。我派了一名心腹，把她送回去了。收到我的信了吧？

凯恩　收到了,我的亲王。两次都是您救了我的命。该怎么补赎我对您的过错呢?

亲王　原谅我对你所做的错事,就行了。(稍停)本来判您坐牢六个月;我请求国王,国王同意改为流放一年。

凯恩　殿下把我发配何方?

亲王　您想去哪里都成!只要离开英国……巴黎……柏林……纽约……

凯恩　(望着安娜)那么,就去纽约!

安娜　(向凯恩走去)您说什么?

凯恩　一个小时之后就出发。指定坐哪条船?

亲王　由您自由选择。

凯恩　那么,索罗门,我选择华盛顿号邮船!派人订一张船票。

安娜　要两张才行。

凯恩　两张,为什么?

安娜　圣母呀,还有我呢!

凯恩　可是,我以为……你骗我啦?

安娜　是的。

凯恩　骗我干吗?

安娜　为了跟您结婚。

亲王　但愿美洲的空气带给您成功。

凯恩　我打算在那边结婚,大人。(把安娜推到亲王跟前)安娜·丹比小姐,看上去并不起眼;然而,她心里想什么,就能得到什么。

安娜　大人好。

〔安娜行屈膝礼。

亲王　(惊讶)凯恩先生,这是怎么回事?您还要带个女人走吗?

凯恩　国王陛下有此禁令吗？

亲王　没有，当然没有，如果意图是正当的话……

凯恩　殿下您似乎感到失望。

亲王　我吗？哪儿的话。到了你这个年龄，该是收心的时候了。不过，你……你还是令我吃惊。我一直以为你的灵魂中有一团烈火，一团激情；你偏爱过分之举，我把它归结为情感的深不可测……现在，恐怕我是看错了。咱们说实话：你难道不伤心吗？

凯恩　不伤心。

亲王　有点儿吧？连个小小的伤口也没有？

凯恩　连个小小的裂纹也找不到。

亲王　真有意思。我要是你呀，我就……感到内疚，这很自然！我真傻。你的确不爱她了？

凯恩　爱谁？

亲王　爱莲娜呀，瞧你这个人！

凯恩　难道我爱过她？

亲王　（发怒）你昏头了！记不清啦？你闭着双眼闯进这件风流韵事；当然，我也紧随其后，现在，你又来对我说……（转身朝向安娜）何况，小姐，她并不是合我口味的女人。要不是对您未婚夫的癖好怀有盲目信任的话……我琢磨来琢磨去：凯恩到底看上她什么了？后来，终于觉得：这个女人必然有一种秘密的魅力。（转向凯恩，发脾气）现在，你这个倒霉蛋，要是你不再爱她，叫我拿她怎么办？（注视安娜）小姐，只要端详一下您的面孔，就能明白，我们的大明星凯恩，一直是内行之中最内行的人啦。（对凯恩）十分迷人，我亲爱的。秀色可餐！

凯恩　殿下，对任何我有幸向您引见过的女人，您都是这样评价的。
亲王　先生,这一回有所不同。即使当初我自己认识了您的未婚妻,也会被她迷住的。
　　　〔向安娜走去。
凯恩　嗨!大人。这一个可是我的啦,我要跟她结婚!
安娜　(柔情地向凯恩)不必担心,我亲爱的。王爷们引诱的是牧羊女,而不是奶酪商的女儿。
亲王　这么说来,小姐,您总是心想事成的啦?
安娜　是的,大人。
亲王　不难相信您的本事。如果您想要勾引一位亲王,我毫不怀疑,您是一定能够做到的。
安娜　大人,我也毫不怀疑。我是如此相信自己,以致连试都不想试了。
　　　〔凯恩悬着的心放了下来,哈哈大笑。
亲王　(对凯恩)她对你太好了。(注视安娜)没有你们二位,我将多么烦闷忧愁呀。我真不该在国王跟前替你求情!你要是进了监狱,我会设法进去探望;小姐和我在外边,会不时谈论起你来。
凯恩　今后,您还会同爱莲娜谈论我的。
亲王　(相当生硬地)爱莲娜惹我厌烦,我要设法把科菲尔德伯爵尽快召回丹麦。至于你,你也要当心,我只有一句话对你说……
安娜　(温柔地)大人……
亲王　什么事?
安娜　(痛苦地)我本希望殿下不要增加我内心的痛苦。但是,事已至此,只好坦诚相告:凯恩还爱着她。

亲王　还爱着爱莲娜？

安娜　爱得发狂。

亲王　(恢复平静的神态,但仍半信半疑)他怎么不明说呢？

安娜　您还没有理解他的心态,他那是怕丢面子,竭力掩饰呢。

凯恩　(发怒)瞧你都说些什么！

安娜　(暗地里拧凯恩,示意他不要说话)还有就是,他不愿意叫我难过。

亲王　但他毕竟要娶你。

安娜　这不假。但是,难道能把自己喜爱的女人都娶过来吗？您可知道,当您走进来的时候,他正对我说:"你将是我的护士。"

凯恩　(发怒)我没有……

亲王　凯恩,她说的对吗？

凯恩　(安娜踢了他一脚。闷闷不乐)对,对,是这样。

亲王　(变得轻松)我的好凯恩,我又找回了从前的你！我早就知道,你的心胸像大海一样宽广。你还爱她！当然如此。你觉得她……

安娜　(赶紧接茬)非常迷人！

亲王　非常迷人。是这样。她有……

安娜　有一种说不出来的东西。这是凯恩的原话。

亲王　一种说不出来的东西。说得好！说得真好！凯恩,我伤害了你,是吧？恳求你,原谅我！你难以想象我有多么后悔。(随意而漫不经心地对安娜)你呀,小妮子,好好照顾他！英国把最珍贵的国宝托付给你了。(对凯恩)你不埋怨我吧？

凯恩　(更加恼怒)算了,算了吧！别再提了。喂,索罗门,你在干什么呢？快去,订两张邮船票。

索罗门　（双手提着手提箱上）三张。

凯恩　为什么要三张？

索罗门　你们俩上台演戏,总要有个提词的吧！

凯恩　（对索罗门及安娜。张开双臂拥抱他们）你们是我最好的朋友,真正的朋友。

亲王　（站在远处,准备下场）您呀,凯恩先生,您是个没良心的东西！

凯恩　（向亲王走去）啊,大人,这真是舞台上的绝妙好词。如果您没有异议,咱们就用这个词做结束吧。

〔凯恩上前与亲王拥抱。

——幕落

附　录
萨特谈"萨特戏剧"*

沈志明　选译

* 米歇尔·孔塔和米歇尔·里巴尔卡把萨特关于戏剧问题的论述和关于其戏剧的谈话汇集成册,题为《一种处境剧》。此附录除一篇选自《处境种种》第九集以外,均选自这个册子。

关于《苍蝇》

加利马出版社一九四三年发行《苍蝇》单行本。萨特为分赠报刊的样书撰写了"新书介绍",全文如下:

悲剧是厄运的镜子。我不认为写自由悲剧是不可能的,因为古代大写的命运只不过是颠倒的自由。俄瑞斯忒斯有犯罪的自由;从犯罪的角度,我描写他为自由所折磨,就像俄狄浦斯备受命运挟制。他在这种铁掌下挣扎,但我不得不让他以杀人告终,让他肩扛凶杀重负,并背负其罪渡到彼岸。因为,自由不是什么超人类状况的抽象力,而是最荒诞最无情的介入。俄瑞斯忒斯走自己的路,是无法辩解的,是不可辩驳的,是孤独无援的。英雄乎,常人乎,不在乎!

一九四三年四月《苍蝇》预演,萨特在答记者问时避而不谈剧本的政治内容,只是一般性地谈了他的创作意图。原载一九四三年四月二十四日《戏剧报》。

我想探讨与宿命悲剧相对立的自由悲剧,换言之,我这个剧本的主题可概括为:"一个人行了暴力,即使他自己也厌恶这个行为,但他肯承担全部的后果和责任,面对这种情况,他该怎么办?"

显然,以这种方式提出的问题不符合内心自由的原则,某些哲学家,并非微不足道的哲学家,如柏格森①,认为这种内心自由是

---

① 柏格森(1859—1941),法国哲学家,诺贝尔奖获得者(1927),对普鲁斯特等作家产生过相当大的影响。

唯一存在的自由，他们曾想从中寻找摆脱命运的源泉。这类自由始终停留在理论上和精神上，经不起事实的考验。而我想从一个处境自由的人着手，他不满足于想象中的自由，而不惜采取特殊的行动来获得自由，哪怕这个行动是极其残酷的，因为只有这样的行动才能使他获得他自己的最终自由。

我采用了古典悲剧的骨架和人物，冒着重复古典悲剧的危险，我要说我的主人公犯下了表面上最不人道的罪行。他的行为是伸张正义者的行为，他为了替父王报仇，杀死了谋害他父亲的篡权者。但，他把惩罚扩大到他的生母——王后身上，把她也杀了，因为她是谋杀父王的原罪同谋。

不能把他的行为和他的感情反应孤立开来，通过这个行为，他恢复了节奏平衡，超越了善与恶的观念。但如果这个行为不是完全彻底的，如果这个行为将导致接受悔恨——这种感情只是一种后退，因为等于受过去的束缚——那么他的行为仍将毫无结果。

信仰自由的人，思想境界很高，但只有在为他人重建自由之后，只有他的行为导致现存秩序的消亡和恢复原来应有的状况之后，他自己才有处境自由。

短促的戏剧内容要求特别紧凑的、富于戏剧性的情景。如果我的主人公由我杜撰，那么他的行为所引起的恐怖必定无情地把他打入冷宫，所以我借用舞台上已经出名的人物。我没有别的选择。

  法国解放时，萨特做了明确的补充，原载《十字街头报》一九四四年九月九日。

为什么借用古希腊人的嘴说话？还不是为了在法西斯制度下掩盖自己的思想？

真正的悲剧,即我心里想写的悲剧,是恐怖分子的悲剧:每次恐怖分子在街上暗杀了德国人,立即有五十来个人质被枪杀。

一九四七年《苍蝇》在德国的法国占领区上演,萨特在六月《果园杂志》第二期上发表了一篇短文。

一九四〇年我们失败以后,太多的法国人灰心丧气,悔恨交加。我创作了《苍蝇》,我试图表明悔恨不是法国人在我国军事失败之后所应选择的态度。我们的过去已经过去了。时间水一般地从我们手中流逝,我们没来得及抓住,仔细看看,以求甚解。但未来却是崭新的,尽管敌军依然占领法国。我们有办法掌握未来,我们在自由地创造一个失败者的未来,或反之,自由人的未来,因为自由的人不会相信一次失败就完蛋,激起世人生活愿望的美好事物没有终结。

今天在德国人面前摆着类似的问题,对德国人来说,我同样认为悔恨是毫无用处的。我的意思不是说应当从他们的记忆中抹掉过去的错误。不。但是我确信不是靠讨好人的悔恨来获得世界对他们的宽恕,而是要全力以赴地、真心诚意地投入自由和劳动的未来,坚定不移地建设这个未来,在他们中间出现尽可能多的满怀诚意的人。我不奢望这个剧本能指引他们走向这个未来,但我祝愿它能鼓舞他们达到这个未来。

一九四八年《苍蝇》用德语在柏林上演,围绕这次演出组织过一次讨论,其内容以《围绕〈苍蝇〉的讨论》为题,发表在《果园杂志》(1948年第5期)。这里我们只摘译萨特的发言。

整个辩论围绕着这个问题:《苍蝇》一九四三年在巴黎被占领时上演有什么意义? 今天在柏林演出又有什么意义? 〔……〕

这个问题特别有意思,因为首先围绕悔恨的问题,其次前后两部分紧密相连,中心议题是:一个在一九四三年可能是好的剧本,有价值的剧本,现今是否还有同样的价值,尤其在一九四八年是否还有一定的影响。应当根据当时的形势来解释剧本。从一九四一至一九四三年,很多人非常希望法国人沉溺于悔恨。首先纳粹分子就竭力主张如此,贝当①和他的新闻界也沆瀣一气。还要说服法国人,要我们自己说服自己,让我们确信我们曾是一些疯子,堕落到了不能再堕落的地步,人民阵线使我们吃了败仗,我们的精英统统拂袖而去了,等等,不一而足。这场宣传运动的目的是什么?肯定不是提高法国人,也不是改造法国人。不是的,其目的是让我们沉溺于懊丧和羞耻,最终使我们无力进行抵抗,满足于我们的懊丧,甚至从中寻找乐趣。这对纳粹分子来讲是求之不得的事。

我创作这个剧本是想用我唯一的手段,非常微弱的手段,为把我们从悔恨病中解脱出来,为把我们从耽于懊丧和羞耻中摆脱出来做出微薄的贡献。为此,必须使法国人民重整旗鼓,恢复勇气。那些反对维希政府的人对这个剧本的含义都心领神会,法国所有奋起反对纳粹统治的人都认为维希政府是堕落的。当时的地下刊物《法兰西文学报》就明确指出了这一点。②

我创作的第二个动机更多地涉及个人。那个时期存在暗杀纳粹分子的问题,不仅暗杀纳粹分子,而且矛头指向德国占领军所有的成员。参与暗杀的人在干的时候自然是心安理得的,他们绝不会想到什么良心。在他们看来,战争状态高于一切,向一个敌人扔一颗手榴弹就等于一个战斗行动。但,与之相关却产生另一个问

---

① 贝当在一九四三年出版的《新法兰西》(第167页)中写道:"你们受痛苦,你们还要受长期的痛苦,因为我们还没有为我们所有的错误付出足够的代价。"
② 地下刊物《法兰西文学报》第十二期上,刊登著名作家米歇尔·莱里斯撰写的未署名的文章,题为《俄瑞斯忒斯与国家》,赞扬《苍蝇》。

题,属道义上的问题,即所谓人质的问题。德国占领军当时负责执行处决。暗杀三个德国人,就有六个或十个人质被枪决,这在道义上是一个非常重要的问题。不仅这些人质是无辜的,而且应该重申,他们没有做过任何反对德国占领军的事情,人质的大部分甚至没有参加过抵抗运动。开始,人质多半是犹太人,他们还没有来得及想到公开抵抗,对抵抗不负任何责任,这种暗杀行为成了极为重要的问题。这类暗杀者应当知道,如果他不自首,人家就随意枪杀法国人。于是他承受第二种形式的悔恨,他必须经得起去自首的危险。应当从这些方面去理解我这个剧本的寓意。

所以当年上演的时候,没有人认为剧本是悲观主义的,相反是乐观主义的。我通过剧本对法国人说:你们用不着悔恨,甚至那些在一定程度上成为谋杀犯的人也不用后悔,你们应当承受你们的行为,即使你们的行为导致了无辜者的死亡。问题也在于:彼时被视为乐观主义的剧本怎么此时在德国受到截然不同的解释?具有完全不同的含义?怎么在另一个国家出现时竟表达绝望呢?怎么会变成彻底的悲观主义呢?

〔……〕

如果我们比较一下一九四三年的法国和一九四八年的德国,两种形势自然是非常不相同的,但也不乏共同点。在这两种情况下,人们都为一个过去的错误而苦恼。一九四三年有人千方百计劝法国人只应当朝后看。我们反其道而行之,主张真正的法国人应当向前看;决心为未来而奋斗的法国人应当行动起来参加抵抗,不要懊丧,用不着内疚。罪责问题在今日德国也提出来了,当然是纳粹制度的罪责。但这种罪过是过去的事情,现在所理解的这种罪过总跟纳粹分子的罪恶联系在一起。只想到这个过去,日日夜夜为之苦恼烦闷,这是贫乏的感情,纯粹是消极的。我没有主张应当取消责任感,相反,我说责任心是必要的,但要面向未来。当对懊丧有不同理解时,往往混淆概念,由此对罪过感的内容或认识产生误会。我设想我的罪过,我内心为之十分痛苦,这就导致我怀有所谓悔恨的情感,也许因为后悔了,便可聊以自慰。这一切只不过是被动的,眼睛朝后看,从中得不到任何有益的东西。反之,责任感能使人得到别的东西,某种积极的东西,即必要的恢复名誉,导致为有生命的、积极的未来而行动。

我也知道马克思有关民族耻辱的观点,这可能导致他采取革命行动。顺便提醒一下,这一说法,见之于马克思青年时代的作品,后来他几乎从未再涉及此主题。确切讲,马克思说的是什么意思?他所指的,是一个民族在现时的、当今的处境下所产生的耻辱。他的意思根本不能用于过去的处境。他想说,耻辱感随着一定的处境而产生。例如不自限于沮丧,不自限于消沉。

〔……〕

在一定程度上,我们能够理解俄瑞斯忒斯的案情和他的决定。如果我们仔细考察剧中的社会背景,我想是不成问题的,因为归根结底俄瑞斯忒斯只能在争自由和受奴役之间进行选择。如果我看到有人做了选择,看到他选择了自由,在我看来问题就解决了,因为主要的是他选择了自由。如果他选择了受奴役,那就有问题了,而且事情就严重了。俄瑞斯忒斯最终选择了自由,他决心在解放其人民的同时,获得自身的解放,并且想通过这次解放使自己同人民相结合。如果我们没有确切地理解这一点,大概是由于我们对阿耳戈斯的形势关注得不够。在舞台上,如同在生活中,剧本的这种自由选择始终意味着一次真正的解放,说到底,主要的是争取解放的意志,这就等于自由被确认了。持有这种看法,我们就可以不接受种种解释,辩证的解释也罢,心理分析的解释也罢,不仅可以不接受，而且可以把它们跟被压迫者的解释归在一起。

我从来没有想过要把俄瑞斯忒斯和基督相提并论。在我看来，俄瑞斯忒斯在任何时候都不是一个英雄。我甚至不知道他是否是一个很有天赋的人，但他是一个不愿听凭别人把自己同人民隔绝的人。在人民大众能够和应该意识到自身力量的时候，他一马当先冲向解放的道路，他第一个用自己的行为向他们指明了道路。当他一旦达到目的，他可以解甲归田，默默无闻地在人民的怀抱里休憩。〔……〕

关于《隔离审讯》

(又译《密室》《禁锢》《间隔》《禁止旁听》《没有出口》)

该剧于一九四四年五月二十七日首演,初演期间和以后,萨特并没有发表什么言论。一九六五年在灌制剧本唱片的时候,他录制了一个前言。同年《快报》周刊(10月11—17日)登载了详细摘要。全文如下。

当我们写剧本的时候,总有一些偶然的原因和某些深远的考虑。偶然的原因是,一九四三年底和一九四四年初,我写《隔离审讯》时正好有三个朋友,我想让他们演一个剧,演一个我写的剧。我不想突出任何一个,就是说,想让他们始终一起待在舞台上。因为我心想,如果有一个人走了,他会觉得其他两个在他不在的时候演了更重要的角色。总之,我想让他们待在一起。我琢磨如何使三个人在一起,不让其中任何一个离开,自始至终待在舞台上,永不散伙。

于是我想出把他们放到地狱里,使他们每个人都是其他两个的刽子手。这就是偶然的原因。

我应当补充一句,后来这三个朋友并没有演这出戏,如同你们所知,是由维托尔、塔尼娅·巴拉绍瓦和加比·西尔薇娅演出的。

但是当时有更为普遍的考虑,我想通过这个剧本表达另外的思想,不仅仅是偶然的机会提供我说一般的话。我想说:地狱即他人。但是"地狱即他人"一直被曲解。人们以为我想说我们跟他人的关系总是很坏的,关系始终恶劣的。然而我想说的完全不是这么回事。我的意思是说,如果跟他人的关系起了疙瘩,变坏了,那么他人只能是地狱。为什么?因为人要有自知之明,实际上他人最为重要。当我们捉摸自己,当我们试图了解自己,所用的其实是他人对我们的认识,我们运用他人掌握的手段,运用他人判断我们的手段来判断自己。不管我对自己怎么想,反正他人的判断已经进入我的脑海,不管我感觉自己怎么样,反正他人对我的感觉已经在我身上扎根。这就是说,我跟他人的关系之所以不好,是因为我自己完全依附于他人,于是我当然犹如处在地狱里。世界上有大量的人处在地狱的境地,因为他们太依附他人的判断。但是这绝不意味着我们不能跟他人有其他的关系,这只不过表明所有其他人对我们每个人说来是至关重要的。

我想说的第二层意思是,这些人跟我们是不相同的,你们在《隔离审讯》中听到的三个人跟我们没有相似之处,因为我们是活人,他们是死人。当然,这里"死人"有某种象征的意义。我想指出的是,确实有很多人囿于陈规陋习,苦恼于他人对自己的定见,但是根本不想改变。这样的人如同死人,从这个意义上讲,他们不可能冲破框框,超越他们的忧虑、他们的定见和他们的习惯,因而他们常常是他人对自身定见的受害者。由此清楚地看出他们是懦夫或坏人。一旦他们当上了懦夫,没有任何东西可以改变这一事实,正因如此,他们是死人,或者说他们是活死人。这是一种说法,意思是指那些老是苦恼于他人的定见,受人摆布,而不想改变现状的人。我这是极而言之,因为我们是活人,我想通过荒诞的形式指明自由对我们的重要性,即以行动改变行动的重要性。不管我们处在怎样的地狱圈内,我想我们有砸碎地狱圈的自由。如果有人不这么做,他们就是自愿待在里面,归根到底,他们自愿入地狱。

综上所述,跟他人的关系,禁锢和自由,通向彼岸的自由,这就是该剧的三个题材。我希望当你们听到剧中人说:地狱即他人,你们能想起上述的论点。

最后我要着重指出,当一九四四年这个剧本首次上演的时候,我感到一种非常罕见的幸福,对于剧作家来讲非同寻常的幸福,那就是这三个人物,加上地狱侍者,由上述三个演员和绍法扮演,真是让他们演活了。从此我一想起剧中的人物,维托尔、加比·西尔薇娅、塔尼娅·巴拉绍瓦和绍法的形象就浮现在我的脑海里。后来,这个剧由别的演员重演了。我想特别指出我看过克里斯蒂亚娜·勒尼埃的演出,她把伊奈司演得活灵活现。

关于《死无葬身之地》

一九四六年十一月八日该剧首演前,萨特向记者发表了讲话,原载一九四六年十月三十日《战斗报》。

这不是一个讲抵抗运动的剧本。我感兴趣的是,极限的处境以及置身于这种处境中的人的反应。我曾一度想把这个剧确定在西班牙战争时期。剧情发生在中国也未尝不可。剧中人提出的问题折磨过我们这一代许多许多人:"我如何经得住拷打?"对这个全球性的问题,他们的父辈是不用操心的。这正是剧中一个人物所注意到的,他的父亲被认为是英雄,因为被打死了,但也许会在酷刑下屈服。

由于我认为现代剧应当写当代题材,今天我不会重写像《苍蝇》这样的剧本。我选择了法国地下抵抗运动为背景,想着重表现在刽子手和他的受害者之间最后产生的这种内心深处的默契,这已超越了原则的冲突。民团的头头需要使抵抗运动分子屈服,迫使他们像他那样贪生怕死,这是唯一能使他聊以自慰的东西。

一九六〇年二月十五日《青年自由手册》第一期上刊登了萨特对该剧的评价。

这是一个不成功的剧本。总的来讲,我处理的这个主题简直叫人喘不过气来:受害者的命运完全是预先决定了的,谁都不会设想他们会招供,因此没有悬念,这是今天人们常用的词儿。我把命运早已确定无疑的人物搬上了舞台。一般在戏剧中有两种可能性:一是忍受,二是逃脱。而此剧的牌都亮在桌面上了。这出戏太凄惨,缺少出其不意。最好把它写成小说或拍摄成电影。

关于《恭顺的妓女》

该剧于一九四六年十一月八日首演。一九四八年二月在美国公演后获得巨大的成功,同年萨特为美国出版的同名译本写了一篇序言,全文如下。

当我请人上演这个剧本的时候,有人说我以怨报德,辜负了美国人的盛情,说我是反美分子。我不是反美分子,我甚至不知道这个词是什么意思。我反对种族主义,因为我知道种族主义意味着什么。我的美国朋友——在接待我的人中所有我喜爱的朋友——也都反对种族主义。我确信我没有写过使他们不高兴的或者暴露出我忘恩负义的东西。

有人说我光挑别人的毛病,看不到自己的瑕疵,所谓严于责人,宽于律己。确实,我们法国人有殖民地,我们的行为有待改进。但是涉及压迫问题,就谈不上什么严人宽己了,应当揭露任何地方出现的非正义。

作家在世界上干不出大事,他只能说说他的见闻。我谴责过反犹太主义。今天在这个剧本中谴责种族主义,明天我要在我的杂志上搞一个专辑谴责殖民主义。我不认为我的作品有多么重要或能改变什么,甚至不认为我的作品会给我带来很多的朋友。随他去吧,我做作家该做的工作。

在我面前放着有关的材料。我很高兴"一年两次出版社"①的读者将能判断我是否想侮辱美国，还是我仅仅就黑人和白人之间的某些关系做了一个概括，况且这种关系不是美国独家所专有。

正当莫斯科的《真理报》强烈指责我是美国宣传的代理人，而在纽约则有人指责我搞反美主义，这岂非咄咄怪事。但是发生这样的怪事，无非说明一点：要么我拙劣透顶，要么我走在阳关道上。

---

① 这篇序言曾转载在纪念"一年两次出版社"成立十周年的专辑上，专辑的题目是：《艺术与行动》。

关于《脏手》

该剧于一九四八年四月二日首次上演,预演时萨特接待了各报记者的采访。一九四八年三月二十三日《自由射手报》报道了他的谈话。

萨特:我犹豫了很长时间(在两个剧名之间:《情杀罪》或《脏手》)。《脏手》……我有时担心这个剧名会引起带倾向性的解释,因为把剧情确定在左派阶层。但最终还是保留了这个剧名,因为这不是一个政治剧,不带任何程度的政治色彩……

——但可以说是外围政治吗?

萨特:确切说是印证政治的。如果要为该剧题词,可以引用圣鞠斯特的这句话:"没有人无辜执政。"①换言之,搞政治的人(不管搞什么政治),没有不弄脏手的,没有不被迫在理想与现实之间妥协的。

——为什么选择剧情发生在一个极左的党里?

萨特:出于同情他们,因为我对他们比较熟悉,还因为在保守党里或在反动的党里不存在,或不尖锐地存在"目的"与"手段"这种复杂的问题。

---

① 圣鞠斯特(1767—1794),法国政治家。他的原话是:"人们不能无辜地统治。"这是一七九二年十一月十三日在国民公会上审判路易十六时说的话,他还说:"凡是国王都是背叛者和篡权者。"

一九四八年三月三十一日《战斗报》报道了萨特在预演前接待记者的谈话。

——您赞成理想主义和清白吗？

萨特：绝不。我不表态。一个好的剧本应当提出问题，而不是解决问题。在希腊悲剧中，所有的人物都有理，同时大家都没有理，为此他们互相残杀，他们的死亡也就是悲剧的高峰。况且雨果出狱以后，发现以前促使他杀害贺德雷的人只是出于策略上的理由，他们现在在执行的正是贺德雷提出的方针。他醒悟到自己毫无意义地杀害了贺德雷，他的行动只是跟自己作对，所以他情愿让人打死。

——您所描写的情境几乎在所有被占领的国家里都发生过。工人党面临的问题是：在抵抗运动的范围内，应不应该跟资产阶级政党合作？

萨特：确实如此。但问题更为广泛。这正是列宁首先在《共产主义运动中的左派幼稚病》中论述过的问题。战前社会党也面临这个问题，当时人民阵线使社会党执政。

——您的剧本没有影射戴高乐主义吗？

萨特：没有。所有的剧情全部确定在无产阶级政党内部。我再说一遍，我只关心一点：一个革命者能否以效果的名义冒损害理想的风险？他是否有权"弄脏自己的手"？

弗朗西斯·尚松写的《萨特言行》(1955)中引用了萨特关于《脏手》的一段谈话。

我的学生或朋友中有一些出身资产阶级的年轻人，他们现今二十五岁，我首先希望他们从雨果动摇不定的态度中找到某些他们自己身上的问题。我对雨果这个人物从来没有好感，始终不认为他是对的,而贺德雷是错的。但是我想在他身上体现某些青年的烦恼,尽管这些青年人具有地道的共产主义者的义愤,但不能加入共产党,因为他们受的是自由化教育。我的意思不是说他们错了或他们对了,否则我就会写成一个主题剧。我只不过描绘了他们。但是在我看来只有贺德雷的态度是健康的。

根据一九七三年的统计,《脏手》一剧自上演以来,在巴黎演出了六百二十五场,在外省演出三百场,在国外也有数量很多的演出。其间,萨特看到他的剧本在违背他的意愿下被利用成冷战的工具而非常不快,所以自一九五二年起,他决定凡是没有得到所在国共产党同意,一律不许上演《脏手》。一九六二年以后,萨特才同意在南斯拉夫、意大利和捷克上演。

一九六四年三月四日萨特会见《辩证理性批判》的意大利文译者,应他的要求谈了有关《脏手》的问题,现节译如下。

卡鲁索:首先我想问问您当年刚写完《脏手》的时候是怎么想的,就是说在该剧公开上演之前的想法。然后请您谈谈得知观众和批评界的反应之后的想法。最后,十六年之后的今天,您对这个剧的看法……

萨特:您这个问题提得很好,因为一个戏剧作品跟其他作品,例如小说相比,不那么取决于作者本人,往往发生出乎他意料的情况。确实,彩排的那天和上演之后,观众和作者之间就产生某种距离,造成了剧本的某种客观现实,而且经常出乎作者的意料和违背他的意愿……也有这种情形,观众——尤其是有倾向性的观众,他们对一时的影响很敏感——来看戏的时候抱着某种目的,而恰恰是这些目的使他们不能深刻理解剧本。

卡鲁索:观众抱有某种成见或抱着某种期望,这当然是难以避免的。

萨特：另外，客观上我们不能否认，在某个时候，由于当时的形势，剧本得承受观众所赋予的某种客观意义。毫无办法，整个法国资产阶级为《脏手》叫好，而共产党人加以抨击，这说明客观上产生了某种效果，就是说剧本客观上成为反共的了，而作者的意图却不算一回事。那么现在我想干什么？想试验一下，因为我们处的时代不同了，我们可以重新审视这个剧本的客观性。总之，如黑格尔所说，我对该剧有我主观的信念，有我自己的观点，在接受都灵的斯塔比尔剧团公演该剧之前，我力图重新检查我的观点。我的看法有了一点改变，但基本上跟原来相同，我继续认为，主观上，即在写剧本的时候，这不是一个反共的作品，恰恰相反，这至少是一个"同路人"的作品。但是如果这个剧本在都灵上演后仍然被认为是一个反共的作品，如果我跟左派力量之间的协议不能阻止右派报界和资产阶级继续说剧本是反共的，那么问题可以一劳永逸地得到解决：《脏手》永远不再上演。正因为如此，我非常重视斯塔比尔剧团的尝试，如我刚才说的，这是一个试验。

卡鲁索：您预料会怎么样？一九四八年您认为没有创作反共剧本。您现在的信念跟过去是否一致？或者，剧本的客观意义是否仍旧相同？

萨特：恰好不相同。我的观点基本没有变，也许现在我赋予剧作另一层意义，甚至另一种实际价值。请您记住，当年主要的误会在于剧中的政治暗杀被看作是共产党党内斗争的常规。譬如可以理解为，如果多列士跟党内一个同志发生意见分歧，他就会用暗杀的方式把对方清除掉。其实很明显，作品的含义完全不在这里。在地下武装抵抗的某个时期——举全国解放战线为例吧——出现了一些情况，非得把反对派从肉体上消灭不可，因为反对派构成了极大的威胁。这种情形在法国抵抗运动时期确实出现过，当然不只是在共产党内部。我个人认为这是不可避免的措施。总之,用公开活动的民主政党,甚至集中制的政党所用的手段,来跟比自己强大的敌人进行地下武装斗争是很难想象的,因为这完全是两码事。而恰恰政治凶杀突出表明了这是"左派"的剧本;尽管正面人物贺德雷在某个时候说过:"我不反对政治凶杀;在形势所迫时,政治凶杀总是会发生的。"①换言之,左派政党把政治凶杀作为在特殊情况下采用的手段和典型的行动,而我们可以绝对肯定地说,在一般情况下左派政党采用完全不同的方式。这就好比你描写抵抗运动时的一个破坏活动,便有人来问你:"你认为搞破坏活动的是共产党人吗?"实际上大家都知道共产党反对在工厂里搞破坏,认为这种方法是无效的。

〔……〕

他们(共产党人)始终认为搞破坏是错误的方法,因为这是个体行动。同样的理由,他们也反对政治暗杀,甚至在斗争非常艰苦的环境下仍然反对。但是在抵抗运动的历史背景下,一切都改变了,在这样的特殊情况下,一个共产党人作为一个"抵抗运动分子",在迫不得已的情况下,会出于无奈搞政治暗杀;谁都知道,在相同的情况下,敌方也发生过著名的政治暗杀。

卡鲁索:这是第一个需要澄清的误解……西蒙娜·德·波伏瓦在《势所必然》中按时间的顺序指出:最初资产阶级报刊感到为该剧捧场不大有把握,等着共产党人的反应,只是在共产党人大肆抨击之后,资产阶级报刊才拼命叫好。

萨特:确实是这样,共产党人先产生误会。这有两个原因,一

---

① 贺德雷的原话:"原则上我并不反对政治暗杀。所有的政党都搞这一手。"(见第四幕第三场)

个是深远的原因,另一个是偶然的原因。深远的原因,就是所谓斯大林主义。那个时代,持批评态度的"同路人"是不能见容于共产党的。唯唯诺诺的同路人可以容忍,持批评态度的同路人却被视为敌人。而您知道我以前是——现在仍旧是——持批评态度的共产党同路人。况且我认为一个知识分子的职责应当把纪律和批评结合起来,这是矛盾的,但解决这个矛盾,我们责无旁贷,我们应当使两者协调一致。没有纪律的批评不行,缺乏基本赞同态度的批评不行,但没有批评的赞同也不行(可以存在不持批评的赞同,但这不是知识分子特有的任务)。知识分子恰恰应以自身特性的名义,从客观进程出发,对他所见的事情做出客观的反应,他有责任阐述己见。

卡鲁索:那么偶然的原因呢?

萨特:现在看来是一个错误,尽管不太严重,就是组织革命民主联盟①,即我参加的一个左派组织(但后来是我出于左的理由使该组织瓦解了)。总之,我们在受到党的排斥以后,决意成立一个自治的左派组织,站在党的一边。我们犯了错误,我在论述梅洛-庞蒂②的文章(《梅洛-庞蒂还活着》)中已经讲过:首先,即使我们成功了,我们也只能吸引一些接近共产党人的支持者,因此减少了可能参加共产党的人。〔……〕其次,在这个组织的内部有些人想利用这个组织达到个人往上爬的目的。《脏手》上演的时候,该组织早已成立了,该剧不可避免地被认为带有革命民主联盟的标记,

---

① 革命民主联盟成立于一九四七年底和一九四八年初。《脏手》的首场演出是一九四八年四月二日。
② 梅洛-庞蒂(1908—1961),法国哲学家,曾参加领导萨特主编的《现代》杂志,一九五五年跟萨特产生意见分歧,脱离《现代》,一九六一年五月三日突然去世。萨特为旧友写了一篇动人的文章,登在《现代》上(1961年10月),以示悼念。

因此成为反共的了。

卡鲁索：您说雨果不值得同情，他自始至终是错误的。但左派观众不会谴责雨果最后的举动（自杀身亡），不能接受党内同志的论点。社会实践和政治现实主义有自身的需求：面向未来而不反顾过去。谁都不会赞成篡改档案和歪曲历史的意义。

萨特：当然。这无疑是，那个时代，共产党人敌视《脏手》的原因。我的剧本确实没有卫道的意图，就算持批评态度加入社会主义运动吧。恰恰是这种批评，矛头指向了其时盛行的斯大林主义方法。篡改历史是斯大林主义一贯的手法。例如，在斯大林主义制度下，无论什么审判都把被告的老账统统抖搂出来，即使涉及非常有名的共产党人。谁在某一点上不忠，必定被视为叛徒。今天不是这样了，但当时是的。比如，由于某些教条主义的原则，出于某些众所周知的辩证理性，某人没能成为革命家。之后，在一定程度上，他不再革命了。但，他一旦不再革命，他就从来没有革过命，这便是斯大林主义原则。更有甚者，老账一直翻到被告的娘胎；通过篡改一切，"了解到"此人一贯反革命。正是反抗篡改历史，雨果最后的辩词言之凿凿。他言之有理呀，但另一方面，同时存在社会实践的需求，即路易及其同志们不可能在恢复贺德雷政策的同时宣称贺德雷曾经是条狗。充其量他们可以说，在应该采取新策略时出了差错。

至于暗杀，请注意。贺德雷本人同意不让人家认为是政治暗杀。他断气时说："我跟小妞睡觉了。"这是胡说，但一箭双雕，既救了雨果又保住了党的团结。贺德雷也想避免党内分裂，就是说，为了消除一个危险的叛徒，一部分人赞成暗杀，而另一部分人则反对。

〔……〕

卡鲁索：……贺德雷几乎成了理想人物的化身，对这样的革命者观众赞赏备至。他是正面人物，但从第一幕到最后一幕，整个悲剧都在雨果身上。观众的注意力集中在雨果身上，通过雨果的眼睛来观察剧中发生的事情。

萨特：确实是的，但尽管如此，剧本的意义并不符合雨果的命运。我想达到两个目的。一方面，辩证地考察当时社会实践的需求问题。您知道，在我们法国，有过跟贺德雷类似的情形，即多里奥事件，虽说最后并未以暗杀告终。多里奥主张共产党跟工人国际法国支部接近，为此他被开除出党。一年之后，为了避免法国沦为法西斯，并根据苏联的具体指示，法共走上了多里奥指出的道路，但从来没有承认多里奥是对的，而党从此奠定了人民阵线的基础。使我感兴趣的是，在某个时期的社会实践中所存在的辩证的需要。

还有一点我想着重说明：我对雨果的态度深为谅解，但你要是认为我通过他体现我自己那就错了。而贺德雷却是我的化身，当然是理想的化身，不要以为我自认为是贺德雷，但从某种意义上来讲，我在感情上更多地接近他。如果我是一个革命者，贺德雷是我仿效的榜样，因此我是贺德雷，哪怕从象征意义上来讲是如此。

卡鲁索：但从另一个意义上讲，您也是雨果。

萨特：不。雨果是我的学生，或更确切地讲，是我从前的学生的化身。这些小伙子在一九四五年到一九四八年之间要想加入共产党真是困难重重，因为他们受的是小资产阶级的教育，他们面前的党非但不能帮助他们，而且由于当时的教条主义，要么利用他们的缺点，使他们变成激进分子，极端分子，要么排斥他们，因此他们所处的地位实在难以忍受。既然如此，我想表现青年知识分子的矛盾（青年知识分子存在种种缺点，但人们总还能帮助他们超越他们所处的阶段,因为造就革命的知识分子是可能的),但是他们正处在革命辩证法客观发展的阶段,以致对他们来讲不存在任何超越的可能性。雨果得到我的同情,只是指的这层意思:贺德雷本来可能使他成为有作为的人。但我有意安排了捷西卡-贺德雷的场面,显而易见,如果不发生这个事件(偶然事件),雨果本来可能放弃他承担的任务,而不打死贺德雷;如果贺德雷把雨果争取过来了,雨果很可能留下来继续当他的秘书,受到他的培养,他好歹能成为一个真正的革命者。但雨果是受路易和像路易这样的人招引入党的,就是说,路易的教条主义也许实际上并非是一种极左的教条主义,却被雨果理解成"极左的"了。

卡鲁索:总之,这是跟雨果的理想主义很吻合的一种教条主义。

萨特:自然是的。回过头再谈谈《脏手》被误解的原因。我认为还有另外一个原因,比其他原因更为客观。如果在一个悲剧性的情境中,一个年轻人(缪塞式的年轻人)跟一些成熟的人打交道,艰难地搏斗着,观众自然倾向年轻人。

有一个右派批评家,让-雅克·戈蒂埃,把雨果比作哈姆莱特式的人物。我认为,这不完全没有道理。我们看《哈姆莱特》的时候,确实同情主人公,因为他年轻,因为他陷入困境,等等。然而哈姆莱特错了,剧本的结局说明他错了:他本应该下决心杀掉篡权者,不应自找麻烦,搞那么多纠纷。但是事实上我们这些观众跟着他一起难受,我们不无同情地谅解他的处境,即使他错了。我从来没听人说过:哈姆莱特的优柔寡断使人厌烦,哈姆莱特看问题过于简单化,或诸如此类的意见。人们接受他的现状,他不是一个正面人物,但我们进入了他的角色。从这个角度出发,我认为资产阶级正是以这种方式看待《脏手》的。另外,不应当忘记雨果是出自他们阶层的人。结果怎么样？他来自他们的阶层，对左派失望，又不能脱逃，只能一死了之。这就是我们所听到的资产阶级对《脏手》的"宣传"。资产阶级一般都有这种看法，就像有的父亲对儿子说："想当初我也是革命者呢，我是过来人了。"此类事情不一而足。他们看着戏，交头接耳说："这个小伙子到这些人中间来干什么呢？"

〔……〕

雨果拒绝谎言是很彻底的。至于我，我认为在社会实践的需求所允许的范围内应当尽可能地减少谎言。但谎言不应该受到谴责，当然不应该先验地受到赞同（例如马基雅弗利式的权术家搞的那一套），但是在形势所迫之下出现谎言，并没有什么不正常。贺德雷说："谎言不是我的创造发明，我只在必要时使用一下而已。"①我认为他说得完全对。在任何政治形势下，取消谎言是绝对办不到的。我没有忘记，不管怎样我们应当为摆脱谎言而斗争，应当为建立一个无阶级的社会而反对谎言，但是我不认为在某些情况下人们能彻底否定说谎的必要性。当雨果说不应对同志说谎，这句话本身就受到资产阶级观众的藐视，因为资产阶级持着唯心主义的道德，一方面从来没有停止过说谎，同时却宣称不应当说谎。雨果这个人物，他对自己所说的深信不疑。在他看来，对人说谎本身就意味着侮辱人。而贺德雷，他尽一切可能说真话，他本质上不是说谎的人，但是当谎言和暗杀成为社会实践的需求时，他却毫不犹豫。顺便说一句，今年五月我将在罗马的格拉姆奇学院举行的讨论会上从哲学角度讲这个问题。这次讨论会的主题是《道

---

① 原话是："假话不是我创造发明的：它是在人分为阶级的社会中产生的，我们每个人生下来就继承了这东西。"（见第五幕第三场）

德与社会实践》。我将试图解释道德在什么意义上脱离社会实践就不复存在。道德无非是社会实践所需要的某种自我控制,但始终有一定的客观标准,所以道德建立在不断被超越的价值标准上,因为价值标准是根据先前的社会实践制定的。贺德雷想说的正是这个意思。

〔……〕

关于《魔鬼与上帝》

萨特用一九五一年六月七日首演时的一段谈话作为该剧的内容提要,印在加利马出版社的白皮版封皮的背面。

这部剧本可以看作《脏手》的补充、续集,尽管剧情发生在四百年以前。我试图描写跟他同时代的群众格格不入的一个人物,如同《脏手》的主人公,资产阶级的年轻人雨果,他们俩对此都万分痛苦。这次痛苦的程度更深。由皮埃尔·布拉瑟尔扮演的主人公格茨痛苦异常,因为他是贵族和农民的私生子,他同时遭到两方面的唾弃。问题是如何使他抛弃右倾的无政府主义,去参加农民战争。我想把我的人物格茨描写成一个自由射手式的人物,作恶的无政府主义者,他以为大大摧毁了世界,其实什么也没有摧毁;他既没有摧毁社会,也没有动摇社会的基础,他毁灭的是人的生命。他所做的一切到头来为王侯们所利用,对此他极为恼火。在第二部分他千方百计要行善,行绝对纯的善,这也毫无意义。他把土地分给农民,但馈赠引起了战争,在大规模的战争之后,土地被夺了回去。因此,绝对作恶或绝对行善的结果只是毁灭生灵。整个剧本探讨人与上帝的关系,或者可以说,人与绝对的关系。

一九五一年六月二日发行量极大的周刊《星期六晚报》登载了萨特答记者问的摘要,题为《魔鬼和上帝是一码事……而我,我选择世人》,现摘译如下:

萨特:格茨先作恶,然后靠掷骰子决定行善,前后的态度同样毅然决然。但实际上,他作弊了:作选择的是他,而不是上帝。同样,最后为了救一个女人,他吁请上帝毁他的身体,他再一次作弊。整个剧本讲的是一个出现不了的奇迹。

——所以格茨作弊。

萨特:格茨之所以作弊,因为这是一个不成问题的问题,一系列的事件向他证明了这一点。不管他行善或作恶,结果都一样,同样以惨败告终。为什么?因为行善也罢,作恶也罢,他的行为总跟上帝有关而与世人无关。他起先肆虐,以示向上帝挑战,结果农民深受他抢劫之害;之后,他停止作恶,顺从上帝,但同样使农民遭受不幸,因为他拒绝组织他们造反。另外从他个人的角度来看,他遵守天命,结果一步步毁掉了自己的人格。相信上帝的人只是一个可怜虫:非得撞到南墙方肯回头。格茨选择行善,结果毁了自己,落到痴愚的地步。

——落到痴愚的地步了吗?使人沮丧的结论。

萨特:就差变成痴子了,幸亏有最后一幕。我们曾经两度陷入死胡同:上帝毁人不亚于魔鬼。于是格茨面临更彻底的选择:他判断上帝不存在,这是格茨信仰的转变,他开始皈依人。在抛弃绝对的伦理之后,他发现了历史的伦理、人类的伦理和具体的伦理。他起先酷爱暴力以便对抗上帝,后来摒弃暴力以便讨好上帝。现在他懂得有时应该强暴,有时应该平和。从此他跟兄弟们为伍,参加农民的造反。在魔鬼与上帝之间,他选择了人。

——这样,您第一次提出了解决问题的办法。您的《伦理学》已经预告八年了,《自由之路》未来的结局在这里已见端倪了吗?《脏手》的中心是行动问题,并没有解决……

萨特:与一般人们想象的相反,我所同情的是活动家贺德雷,而不是雨果。雨果是一个年轻的资产阶级理想主义者,他不懂具体行动的必要性。格茨是转变了的雨果。

——因此,您的人物面对不同的社会现实应当尽可能表现出不同的态度。

萨特:当然喽。但是这些态度跟我们现在比较,还是模糊的,这一点必须明确,由于十六世纪的特殊情况,而且我决意尊重当时这种特殊情况,突出的是所有的人物都在宗教的气氛中活动。格茨所走过的道路是一条自由之路:他从笃信上帝到无神论,从抽象的伦理,不着边际的伦理到具体的介入。他身旁的另一个人物,纳斯蒂,可能成为革命者,但因为他生活在十六世纪,他带着宗教的色彩,所以他自称先知;如果在别的时代,他可能创建一个政党。

当我研究宗教改革运动的时候,我感到震惊的是,当时产生宗教异端的关键归根结底无不来自社会的贫困,但这种异端是通过那个时代固有的意识形态表现出来的:清洁派,再浸礼教派,基督教教派等等。总是由一个被压迫的集团千方百计以宗教的形式阐明自己的思想,因为时代要求如此。

——所以如果搬到今天,格茨和纳斯蒂的对立便成了冒险家和活动家的对立了。

萨特:格茨是一个冒险家,他的失败永远不能使他成为一个活动家,但是能够跟活动家结成生死同盟。格茨和纳斯蒂终于经过双重失败之后和解了:活动家懂得了冒险的意义,并明白他也可能失误;冒险家意识到他实际上只做了保存旧秩序的事情。格茨的失败带有强制推行无政府主义的性质。譬如他决定分土地给农民,但是他失败了,因为他的行动完全是个人的行动,脱离整个具体形势。而只有把握全局才能解决问题。

——围绕格茨-纳斯蒂……

萨特：在他的周围首先有教士海因里希，格茨使人感到这个剧本是乐观的，而海因里希使剧本显得阴森森。我们的神甫往往认为人不管在什么情况下都可以保持纯洁。今天我们知道，有时形势可以恶化到直接影响人的心灵。我选择了这样的一个形势：海因里希是十六世纪的一个穷教士，他被教会抚养成人，成为教会的人。他笃信上帝，对教会一片忠心。然而鉴于十六世纪沃尔姆地区教会的情况，他陷入了死胡同：如果他倾向穷人，他便背叛教会；如果他倾向教会，他便背叛穷人。说他身上存在着矛盾还不够，他本身就是矛盾。对他来说，问题绝对无法解决，因为他已经无可挽回地踏上了歧途。于是，出于憎恨自己，他选择充当恶人，必将面临绝境。

一九五一年五月三十一日《观察家》杂志刊登了萨特的一段谈话。

格茨发觉上帝完全无动于衷，上帝听凭他行动，从来不显灵。所以当失去信仰的海因里希给他指出这一点的时候，他不得不断定上帝不存在。于是他恍然大悟，转向人生。建立在宗教基础上的道德必然导致反人道主义。但在最后一幕格茨接受了相对的和有限的道德，因为这种道德适应人类的命运：他用历史代替了绝对。

一九五一年六月三十日《费加罗文学专刊》发表萨特在该剧首演后不久的答记者问，现节译如下。

——上演两星期之后，现在观众的反应如何？

萨特：嗯！有一种没有预料到的反应，这种反应每天晚上都出现。格茨计划屠杀沃尔姆居民之前对大主教的使节说："我要杀掉他们，这是我的本分；大主教要宽恕他们，这是他的本分。"这里我感到他的话带有黑色幽默，大主教为被屠杀的人祝福。但是观众听不见这句话,因为在这之前观众已经笑开了。为什么笑?因为格茨说:"我是军人,所以我杀人。"而这句话从十六世纪雇佣兵的嘴里吐出来是非常自然的,我根本无意影射当代的军人,朝鲜的军人或别地方的军人,对军人的看法,我的头脑还不至于那么简单吧。

——是否观众带有某些偏见?

萨特:大概是吧。第一天的演出并没有受到批评界的影响,但全场已经惊慌了。格茨自刺五伤的那场戏。当他对着十字架上的基督吆喝的时候,观众担心他是否要砸基督受难像。如科克托①所说的,人们不知道我"到底会走多远"。今天,这还谈不上是真正的观众,其中有许多外国人,一些文艺界的名流,一些心怀戒备的人,还有一些大学生。有一点是肯定的,演出时全场鸦雀无声,没有人咳嗽,没有人擤鼻涕,这表明观众注意力集中,他们来这里,心想戏中有些名堂要搞清楚。我不太喜欢这种关注,因为他们不能听其自然。但他们毕竟不像批评家,批评家脑子里想的是作者,自认为有责任回答这样的问题:"这个剧本有什么价值?"并且得出结论说,这是"带黑格尔色彩的尼采主义"的东西。我所喜欢的观众,是像这样一位妇人,她看完戏出来说:"即使格茨行善成功了,难道他能继续行善吗?"我希望观众只注视一个人未知的命运,只提这样的问题:"后来会发生什么事情呢?"

第一幕的问题在于:他将作恶吗?第二、三幕的问题是:他将行善吗?事实上,第一幕是主菜前的小吃。第二幕的三场戏(即第四、五、六场)是展开部分,这里的戏比较弱,我有意这么安排的,观众可听可不听。剧情的关键在第七场,然后第十场格茨和海

---

① 冉·科克托(1889—1963),法国诗人,小说家和剧作家。

因里希对话，戏达到高峰。我希望观众把全部注意力留给第八到第十一场。

〔……〕

——您确信上帝不存在吗？

萨特：我坚信。

——坚信，还是肯定？

萨特：肯定。我出身在一个半耶稣教、半天主教的家庭。面对两教的争议，从十一岁开始，我的信念已经确定。在这个基础上进行了一些思考，最后肯定不疑。

我可以向您证明上帝不存在，但这是哲学推理，会把话题扯远了。

格茨终于明白了他跟上帝没有关系，而应该跟农民或穷乡绅在一起，这才是问题的所在。

关于《涅克拉索夫》

一九五五年六月八日该剧首演,六月七日《战斗报》刊登萨特在预演时的谈话节录。

萨特:我的意图是把《涅克拉索夫》写成一个讽刺剧。首先因为我们不能用这种形式论述当今的社会,其次因为在法国存在一种潜在的审查,扼杀这类戏剧。我知道马塞尔·帕尼奥尔写过一出很好的戏《多巴斯》①,但我指的是触及社会结构本身的讽刺剧。在古代希腊,讽刺作品很有作用,但是今天就不行了。从人们对《涅克拉索夫》排演的初步反应来看,我发觉讽刺戏剧很难站住脚。

——有人说您的剧本是针对报界的,是吗?

萨特:不是针对报界,而是针对某些报刊以及这些报刊所采用的反共伎俩。有人说我有意影射皮埃尔·拉扎雷夫。这真是莫须有,因为我不认为所有的晚报都是反共的。误解来自:(一)为了便于舞台演出,我选择了一家晚报;(二)原先被确定扮演这个角色的演员路易·德·菲内斯是矮个儿,正好皮埃尔·拉扎雷夫也是矮个儿。说实话,尽管我认为讽刺剧可以采用真人真姓,但我无

---

① 马塞尔·帕尼奥尔(1895—1974),法国作家和戏剧家。《多巴斯》写于一九二八年。

意针对某些个人。

——您谈到讽刺剧时特别提到《多巴斯》,但还有马塞尔·埃梅写的《别人的头》①呢?

萨特:确实,但根本区别在于,《别人的头》针对某个司法机构,这个机构出于尊严没有做出反应,而《涅克拉索夫》矛头指向社会的一个不可触及的部分。何以见得?一部分报刊还不知道我的剧名,还没有被擦伤一点皮肉,就已经大叫大嚷了!这样的反应继续下去,我对我的剧本能否找到观众完全没有把握。

> 一九五五年六月八日,《人道报》刊登萨特的一次谈话,题为《通过我的新剧本揭露反共报刊的伎俩,我要对争取和平的斗争做出一分作家的贡献》。

萨特:其实《涅克拉索夫》应该称作"闹剧性讽刺剧",我的目的在于讽刺。在我们这样的社会里,口头表达形式中,戏剧最适合讽刺的形式。不幸,讽刺作品已经过时。我想到古希腊,那时候讽刺作品起着调节的作用,后来退化为活报剧,而且一般颇为反动。讽刺剧的形式当时相当松散,由于讽喻当今事件,显得生动活泼,请见阿里斯托芬的作品。由此我想结合我们对剧本创作的口味恢复讽刺剧的传统。您知道《涅克拉索夫》的主题吧,一个骗子冒充一个叛逃的苏联部长,在地区选举的前夕向"大报界"透露耸人听闻的秘密。这是一个夸张的事实,我想说,具有典型性的事实。看到涅克拉索夫,人们可以想到马祖索夫,这个美国法庭上臭名远扬的(反共)原告证人。这是一个很好的闹剧人物,如果他不招致别人坐牢的话。当然这类剧本会引起某些反应。"右"的讽刺作品总是被容忍的,"左"的讽刺作品是否也能被容忍,我们将拭目

---

① 马赛尔·埃梅(1902—1967),法国作家。《别人的头》写于一九五二年。

以待。

——您的剧本还没有问世,就已经引起骚动,不是吗?有些人是否唯恐天下不乱?

萨特:《费加罗报》发表了一篇挑衅性的文章,文章说这是一个"暗藏的共产党人"的剧作。《费加罗报》忘记了希腊文的含义。"暗藏"者,掩盖也。然而我丝毫不掩盖我的意图:我想通过《涅克拉索夫》指出报刊的反共宣传运动可能造成的危害。甚至还没有看我的剧本就号召用流言蜚语大肆反对,这是一件不可容忍的事。

——这可不是"夸张事实",而是歪曲事实了,但《费加罗报》的手段仍旧很有代表性。您的目的……

萨特:我要为争取和平的斗争做出一分作家的贡献。我们在维也纳许下了诺言①,应该实践我们的诺言。正当缓和得以强调的时候,正当宣布召开四国首脑会议的时候,阻挡我们希望,阻挡我们行动的一个强有力的障碍,正是这类使事情恶化的报刊。我决意把这种报刊的伎俩暴露在光天化日之下,让读者中善良的人擦亮眼睛。这个剧有一点消极,但此时此地,戏剧从消极方面,即运用讽刺,大概更为有益。

——归根到底这是一种非常积极的"消极作用"。您大概不反对使用"揭穿骗局"这个词吧。

萨特:绝对不反对。确实是揭穿骗局。这个剧本标志着我不再采用传奇而直接涉及社会现实的意愿。在《魔鬼与上帝》中我已深深涉及社会现实,但通过传奇。现在我要直抒胸臆。应当承认,我想论述的主题和巴黎戏剧界目前的观众之间存在着距离。

---

① 萨特自一九五二年十二月十二日至十九日参加了由世界和平理事会在维也纳举行的各国人民争取和平代表大会。

总之,在这样的条件下上演这类剧本是件荒唐的事情。

　　一九五五年六月十九日《人道报》星期增刊发表萨特对首演后引起的反应的谈话。

　　萨特:我注意到了某些观众的失望情绪,因为他们感到剧本不够凶狠,但是我的意图恰恰是不使我的人物全盘阴暗:希比洛不完全是一个出卖灵魂的记者。他也是受骗上当的,是他报纸所维护的思想的牺牲品。巴洛丹酷爱他的职业:新闻报道。涅克拉索夫,这个个人主义的骗子,逍遥取乐,自以为暗中操纵,而实际上他也只不过是整个制度的一颗小齿轮,跟其他人一样,最后不得不妥协,所有的人都只能在一定的阶段上起作用。制度、机构决定着人。我描写的人物,着重表现他们受害于某个处境,而不着眼塑造他们的性格。如果在另一种历史环境下,他们很可能不一样。所以左派的讽刺应该是针对制度的讽刺,而不是针对个人的讽刺。

　　——马塞尔·埃梅的《别人的头》属于后一类吧?

　　萨特:是后一类的范例。这是一出相当辛辣的讽刺剧,但并没有遭到围攻,因为他的剧本只针对某些个人或某个团体,他们是一些法官,染上了职业恶癖,变坏了,但整个司法,一个阶级的司法并没有遭到非难。如果他的剧本所表现的法官并不比平常人坏,只是迫不得已干了卑鄙的勾当,表明这是执行制度的必然结果,是雇用他们的阶级迫使他们干的,那么必定引起哗然。诚然,马塞尔·埃梅的作品已经开始抨击社会,但批评得不彻底:似乎只要找到好的法官,司法机构将会好起来。《涅克拉索夫》的情况正好相反。我笔下的记者不是坏人,坏的是他们所服务的事业。

　　——有人责怪您给德米多夫"抹黑"。

　　萨特:但他并不让人讨厌呀!这也是一个受害者。他犯了一个错误:他写了一些不诚实的文章,人家多少给了他一些钱。但从此他被抛弃,没有生活来源,眼睁睁等着饿死,因冷战而穷途潦倒。我企图在他身上表现一个没有前途的人物,滑向越来越无能为力的境地。

——与此相反,有的批评家认为第七场景很有"建树",从进步女记者身上发现一个"贞德",一个主保圣人式的女英雄。

萨特:没有比这更使我吃惊的了,她没有多少戏呀,她没有做出什么了不起的英雄行为或冒险行动呀!〔……〕

今天的戏剧,完全属于资产阶级。一天我在一所平民大学做了关于戏剧的报告,我问听众对他们最近看的戏有什么想法。回答是,他们没有看戏,因为他们从来不去剧院。巴黎很能反映阶级斗争,资产阶级住在市中心,把工人推到郊外。剧院离工人的住处很远,票价昂贵。全国人民剧团作了很大的努力,但受到官方条款的束缚。戏剧掌握在资产阶级手里,只能表现一些有限的、被容忍的主题,即一些轻松的、不痛不痒的剧本,十九世纪末有一种现实主义的资产阶级戏剧,有时相当泼辣。那个时代,资产阶级还没有感到直接受到威胁。现在连写真正的爱情的剧本也没有了,因为这样的主题涉及问题太多。

人们对待爱情不严肃,不深谈爱情的问题。皮兰德娄①写过一些新鲜的题材,相当尖锐。现在连这样的东西也没有了。因此可以说戏剧出现了危机:有才华的作家出于成名的考虑不得不把创作的主题塞到适合要求的铸模里。

一九六〇年二月十五日《青年自由手册》第一期上刊登萨特对《涅克拉索夫》的评价。

---

① 皮兰德娄(1867—1936),意大利作家。

这是一个半失败的剧本。本应当以报纸为中心,而不应当以骗子为中心,骗子本身没有意思,最好使他陷入报界的运转齿轮里。当然,批评界认为这个剧本不好不只是这个原因。我抨击了报界,报界进行了反击。

关于《阿尔托纳的隐居者》

该剧于一九五九年九月二十三日首演后引起了社会各阶层的强烈反响。同年《人民戏剧》第四期刊登了萨特关于该剧的谈话,现摘译如下。

——这是一个典型的法国剧本,您为什么把剧情安排在德国?

萨特:首先,因为我非常希望引起公众广泛的兴趣,而如果我正面触及暴力问题,照目前法国社会的实际情况,我就不可能达到这个目的。我的意思并不是说,这样一来我的剧本将遭"失败",或演出将受到禁止,而是上演以前自我审查就会起作用,我会连排戏的导演都找不到:这样倒不至于有人起哄,因为剧本被扼杀了。

但这不是唯一的原因:尽管我们不是德国人,尽管我们的问题不同于他们在纳粹主义时期的问题,但德国人和我们有着非常特殊的联系。当年我们同他们对峙的局面正好是今天阿尔及利亚人同我们对峙的局面。

如果我的剧本能达到预期的效果,那么我希望观众的第一个反应是谴责舞台上出现的人物,这些人跟当年在代索塞街①活动的人是一脉相承的。然后我希望观众慢慢感到不舒服,最后认识到这些德国人原来就是我们,就是观众自己。讲得雅一点,戏剧海

---

① 代索塞街,德军占领期间盖世太保在巴黎的所在地。

市蜃楼慢慢消失,显露出背后的真情。

这符合我心目中的戏剧美学要求:必须跟展现的目的保持一定的距离,使这个目的在时间或空间移动。一方面,舞台上表现出的激情应该相当有节制,不应妨碍观众的觉醒;另一方面,应该让戏剧海市蜃楼消散,这是我采用的譬喻,按高乃依的术语来讲,就是喜剧幻觉的消散。应当让观众处在人种志学者的地位:人种志学者深入到一个落后社会的农民中间,起先他几乎把农民看成物,然后在研究的过程中他的看法渐渐改变了,最后领悟到,在研究农民的同时,他研究和发现了他自己。

〔……〕

我在《阿尔托纳的隐居者》中想说明的是,在一个正向暴力社会演变的社会历史阶段,谁都逃脱不了折磨别人的危险。这一点,我认为《阿尔托纳的隐居者》的观众是明白的,没有一个观众按表面的现象理解我所展示的德国,没有一个观众认为我真的想讲一个前德国兵在一九五九年的情况。在这个德国的背后,所有的人都看到了阿尔及利亚,所有的人,甚至包括批评家。

一九五九年九月十七日《新法兰西报》刊登了萨特的一次讲话。

剧本讲的是德国一个大企业主家族,这个家族在威廉二世时获得爵位,拥有巨大的船厂和船队。当这一家之主继承这份家业的时候,企业经理和产业主还是同一个人。纳粹分子上台执政,冯·格拉赫认为这是贱民篡权。他是一个冷酷无情和厚颜无耻的人。但是客观上,希特勒主义寻找海外市场,所以尽管他对希特勒主义有所保留,他仍然采取合作态度。怎么会这样呢?这个矛盾正是格拉赫灵魂的核心!他不可能接受希特勒主义:他所受的教育导致他如此;他反对集中营,但他有他的推理:"我不能忍受希特勒的肆虐，但集中营不是我建立的，我只不过把地卖了，是人家在上面建立集中营啊。"

他家产万贯，是一个工业巨头。他是他那个不断变化的社会环境的产物：一方面他跟纳粹主义合作，另一方面在道德上他厌恶纳粹主义，一种无能为力的厌恶。路德教义起了作用，特别他内心感到不能像以前那样完完全全地施行权力了。

战争结束，等到一切罪行了结后，他再次面临同样深刻的矛盾，即心理状态和德国现实之间的矛盾。在西德重建商船队的计划纳入了美国在欧洲进行冷战的轨道。格拉赫跟美国资本家合作。他的企业又一次脱离了他的控制，因为有别的合伙人，因为有别的因素使当今资本主义的经济生活变得错综复杂，技术官僚深入到资本主义各个领域。财产拥有者的职能和管理者的职能分开了，个人权力，或者确切地说，个人权力的基础消失了。

格拉赫就在这样的悲剧气氛中挣扎。他有一个儿子，这个大儿子是三十五年前出世的，就是说那时候他还是无可争议的船王。他把儿子作为未来的企业主培养。他传给儿子一个职责、一种责任的概念，可是不合时宜了，他自己也罢，他儿子也罢，已经不能履行了。他的命运跟他受的文化教育发生了冲突，控制权失去了。儿子弗朗茨是作为大资本家的苗子加以培养的，满脑子佛罗伦萨的美梦，这是意大利式的征服者和艺术家的教育结果，他企图挽救耶稣教的清教主义，其行动是拯救被纳粹分子追捕的一个囚犯。纳粹分子在他面前杀了受害者，并要求他自愿加入德国占领军以示赎罪。他当时十九岁，正赶上战争。弗朗茨在俄国前线被切断了跟后援的联系，他对当地居民掌握着绝对的生杀予夺大权。令人陶醉而昙花一现的权力！他参与了他所厌恶的罪行。他所在的团被歼灭了。他穿过几个被战争毁坏的国家：苏联、波兰和德国。

他思考为了不再出现这样的废墟应该怎么办,尤其是思考自己的前途,而把德国的前途丢在脑后。如果德国复兴了和改变了,那么他只不过是一个战争罪犯。于是他闭门不出,隐居了十三年,不愿见到德国复活,因为德国的复兴会使他的过去化为乌有,会使他目睹的一切化为泡影。他拒绝见非常爱他的父亲,而父亲十分清楚他的儿子正是他自己的复制品。应该让他面对现实吗?这样可能失去他。父亲对他怀着矛盾的感情。人们看得出悲剧早已铸成。格拉赫重见了他的儿子,向他讲明了真相,意图是两个人一起下决心自杀。他们驾着汽车,投易北河自杀了。

在我看来,世界造人,人造世界。我不仅想在舞台上塑造性格,而且想指出客观环境在一定的时刻决定着某某人的成长和行为。我曾想用另外的剧名,例如:《输家为赢家》,但这个剧名缺少事物的另一面,在我看来也是同样重要的一面,即:《赢家为输家》。我着意描写一个真实存在的情境,如实笔录一个世界的死亡。我调遣人物,借用马克思的说法,资本主义通过这些人物暴露无遗。当我谈到我们时代的暧昧,我的意思是想说人类从来没有像今天这样时刻准备获得自由,又同时陷入最严重的战斗。我写过一些剧本,其主人公和结局都是通过这样或那样的方式取消了矛盾。《魔鬼与上帝》就是一例。但是在我们生活的资产阶级社会里,对一个像我这样的作家,除了写批判现实主义的东西之外,很难写别的东西。如果一个主人公最后不再生自己的气,那么从头到尾看他演戏的观众也很可能调和他们的疑问,消除未解决的问题。

一九六〇年《阿尔托纳的隐居者》在德国上演,五月萨特接见德国一家周刊的采访,现节译如下。

——您这个剧本的主要人物弗朗茨·冯·格拉赫是德军上尉,在斯摩棱斯克拷打了俘虏,之后他要求审判,即使不是普通的审判也行。然而在一般的情况下,斯摩棱斯克的刽子手是不找审判者的,相反逃还来不及呢。

萨特:是的,但是他的不幸恰恰是逃避现实,这几乎是对他的判决。剧中的意思是酷爱儿子的父亲情愿他死而不愿他逃避现实。归根结底,逃避是最难以忍受的判决,不是吗?逃避,不断地逃避,对自己说谎,继续逃避……这种逃避使人堕落,所以父亲决意使他的逃避变为自杀。

——是的,但是父亲接受了战后的形势,即繁荣,因为他们没有受到惩罚。

萨特:父亲接受了,他是一个无所顾忌的人,不太讲道德。

——他代表了现时流行的行为。

萨特:是的,他代表资产阶级道德,但他使自己的名誉大大受到了损害。他也应该自责共犯关系,例如作为工业巨头,尽管被迫,毕竟他把造船企业变成了为战争服务的企业,这是显而易见的,因此他也有责任。但他不是一个真诚的人,他平庸,从他顽固拒绝扪心自问这一点来看,此人不义。父亲唯一操心的事是他儿子的精神状态。儿子的道德心使父亲心绪不宁。换言之,如果他的儿子死在战场上,或他的儿子心安理得,那么父亲才不会操这份心呢。这个儿子给家庭带来道德上的不安,最后触及了父亲。

——您说儿子代表了一种极限的情况,但同时他很明显地代表了一部分德国人,您想描写的正是这一部分德国人吗?

萨特:实话告诉您,其实我不想描写任何一类德国人,并非因为您是一家德国周刊的记者我才这么说。若干时候以来轮到我们面临德国人以前面临的问题,在这种情况下,德国人引起了我的注意,他们是作为这个问题的极限处境出现的。再说我剧中的人物是一九四五年的德国人,不是一九六〇年的德国人。

〔……〕

我记得一九四八年跟一些德国人谈过话,由于某个具体原因,他们引起我极大的注意。当年在德国举行的讨论,现在我记忆犹新。关于我的剧本《苍蝇》,我听到两类德国人的意见。一部分人严厉指责我,因为我主张悔恨没有伦理的价值。评价过去自然是不可避免的,变得与过去不一样也是不可避免的,但单纯的懊丧不属伦理的范畴。他们责难我这一点,因为这些德国人希望悔恨能多多少少被纳入德国人的日常生活。另一些人则相反,他们引起我更大的注意,他们是一些内心万分痛苦而不断扪心自问的人。这些人很像弗朗茨,至少我认为如此,他们说:"我们当时是反对纳粹分子的,我们参加打仗,因为必须使我国取胜,所以我们拒不悔恨。"这些人引起我更大的注意,因为正是他们存在着内心矛盾,同时他们对自己做出评价,从而心情非常复杂。我感到这种态度其实是非常令人同情的,这些人心里痛苦,所以自问:"怎么?我当兵打仗,有什么可指责的呀?"

——开始弗朗茨是一个清教徒,后来他滑下去了。

萨特:啊!我认为他一开始就往下滑了。在第一幕跟他父亲的第一次谈话就可以看得出。当时他还很年轻,他发现了犯人营,即集中营。当他对集中营的犯人感到厌恶的时候,已经在朝下滑,这时他以人类尊严的名义不仅谴责了集中营制度——从道德角度来看当然是十分好的——但同时从感情上谴责了囚犯,几乎动了感情,他说:"他们已经不像人了。"从这时起他已向下滑。父亲笑话他,正因为他自己对人不宽容,他对弗朗茨说:"你不爱世人,只爱你的道德原则,爱你的清教主义。"①

——弗朗茨·冯·格拉赫在隐居期间,不肯接受集体犯罪的说法。

萨特:最初拒绝承担集体责任的辩护者不是弗朗茨,而是父亲。他说:"应当抓七个、八个或一百个真正有罪的人。"但弗朗茨反驳道:"如果你杀了人民所顺从的领导人,同时说什么:'人民没有责任,因为他们是受蒙骗的。'那么你的行为等于谴责人民。"这是他的个人意见。他的意思是说:"我执行了命令,所以我的责任直接跟接到的命令联系在一起,是我自愿决定服从的。如果人们对我说我有罪,人们就判决好了。但是如果人们对我说:'你执行了命令,但你毫无责任,应由头头们负责,你是执行者。'这样对待我比判决我更糟糕,因为人们把我看成是完全不负责任的。我在前线是上尉,我服从了一些命令,我犯了某些罪,如果人们判决我的部队上司,不判决我,那他们就是根本不把我的内心痛苦当作一回事,不把我自己做出的抉择当作一回事。"所以他认为把头头们清除掉而不考虑集体责任问题,未免过于简单了。

——弗朗茨对"螃蟹"的讲话难道不是拒绝集体罪责的一种辩护词吗?

萨特:是的,但这是在这一层意义上讲的:如果每个人都无动于衷,或甘心头脑半不清醒或容忍,那么集体犯罪必然存在。这种现象在法国每天都可见到,从报纸上看,在别的国家里也存在。人们缺乏起码的求知愿望,求真理的愿望,结果,严格地说来,人们集体犯了罪。

---

① 原话:"你并不爱别人,弗朗茨,否则你不敢鄙视这些囚犯。"(见第一幕第二场)下面的引语也是近似的。

——您所讲的"螃蟹法庭"是一种寓意吧,象征什么呢?

萨特:弗朗茨的自尊心深深受到挫伤,因为他一事无成,对他来说,如同分析家们指出的,他的傲气需要有过度的补偿。于是导致他面向未来的世纪,以他的民族和他的世纪的预言家自居。〔……〕我想指出,弗朗茨在这个时候——也是真正表现出他病态的时候——真的以世纪的见证人自居,从而满足了他的自尊心。换句话说,他在某种程度上是一个在俗的路德,不再向上帝作证,而是向永恒的世纪作证,这也是他会晤上帝的一种方式。这是第一层意思,当然同时也是一种逃避现实,因为弗朗茨把问题转移了。对他来说,问题不在于有没有"螃蟹"、上帝或别的什么,也不在于替他的人民的痛苦作证,首要的是通过他的证词替他自己推卸罪责。

——但是他在假想的法庭面前不是作为被告出现的,而总是明确地作为见证人出现。

萨特:这是他退出社会活动的方式,他企图说:"我是这个德国的辩护律师"等,但同时他又显出一点与众不同,这自然有点病态的成分,但主要出于逃避现实和自尊。总的来讲,我想通过这个剧本指明的东西以及我尽心竭力做的事情,就是使观众感到——我不知道是否成功地做到了这一点——未来的世纪正在对我们审判,如同我们的世纪对十九或十八世纪进行着审判,我希望使观众稍稍意识到自己是这种审判的对象。换句话说,整个剧本既针对现在,又移向过去——不是在我们之先的过去,而是正在受观察但还未被判决的过去。

——"螃蟹"意味着历史判决吗?

萨特:"螃蟹"当然代表历史判决。

——最终的判决吗?

萨特:推心置腹地说,不存在最终的判决。

——不存在"螃蟹"?

萨特:不存在"螃蟹",但判决还是存在的,相对的和不断的判决。

——弗朗茨自己说过,死对他来说没有意义,剧本安排他死也没有意义吧?

萨特:有人责怪我让他死去,对我说:为什么他不继续活下去以便赎罪?这个反对意见相当荒谬。如果一个已婚的农民——三个孩子的父亲——当了兵,在战争中犯了暴行,然后回到家,再一次肩负生活的必需,承担养家的义务,那么他可能慢慢重新找到出路,他的处境实际上是一种新的处境。他这么做并不需要赎罪,我认为赎罪是宗教的事情。不过弗朗茨的情形有点特别,他不能什么也不干,而无论战前或战后,他一概无所作为,因为他从小是作为工业巨头加以培养的,而给他安排的这种地位已不复存在,就是说弗朗茨本来要成为家庭企业的总裁,以前产业主同时是企业主。而现在面临一种巨大的联合企业,他只能起一个次要的作用。

一九六〇年《戏剧的独特风格》月刊第三、四期连续刊登了萨特关于该剧的谈话,现节译有关剧中的两位女性和弗朗茨的关系问题的部分。

——我想问问您如何评价莱妮和尤哈娜这两个人物,我认为她们两个人都起到了刽子手的作用。

萨特:这完全是我的想法。莱妮和尤哈娜把弗朗茨置于死地,一个采用文火慢速的办法,让他活着,但慢慢弄死他;另一个用急火快速的办法,因为她代表了现实,而现实能使他死亡。换言之,此人既不能忍受谎言,因为这等于发疯,也不能接受真相,因为这意味着死亡。确实,我把她们两个人看成刽子手,但我并不由此泛指女人做的事情均属此类。

〔……〕

但是莱妮和尤哈娜如此对待他,也是弗朗茨自己造成的,因为他要求她们对他说谎。当尤哈娜上楼看他,决心向他诉说真情,是他,弗朗茨,用一套诱骗的办法,设法使她发现他的一套谎言,从而制造一种迷惑力,迫使年轻的妇人说谎。从此,他们结合在一起胡言乱语,否则局面难以维持。是的,这两个女人只能起刽子手的作用。实际上,唯一跟弗朗茨发生关系的是他的父亲。整个故事只是他们十五年关系的概括。弗朗茨利用他的妹妹莱妮反对父亲。

——但是这两位女性究竟是什么样的人呢?

萨特:她们两人都在谋求各自的利益,严格地讲,不是弗朗茨的利益。例如其中一人的畸形情欲,我写他们乱伦有多方面的原因,特别想指出莱妮不是,也不可能是一个单纯忠于弗朗茨而不懂得她的利益所在的女人,否则将不可理解,其中必定有某种自私的成分,多少带有盲目性。

对莱妮说来,她的想法根本不顾及道德。她认为弗朗茨应当采取这样的态度:"你已经干了,你拷打了,现在你承受就是了。好,你说:我拷打过人,这不就完事了。"莱妮不懂这正好是问题的所在。像弗朗茨这样的人能如此这般地承受恶行吗?莱妮却得意扬扬地承认乱伦,大声道:"我,我承认。为什么你不像我这样承认呢?"她根本不懂,在一个已经大大衰落的家庭,在一个道德已经非常松弛的时代,要求认可她的乱伦,或要一个男人平静地承担他为之痛苦至死的事实,是完全行不通的。所以只要弗朗茨说不出口:"我干了,我承担",莱妮将继续说谎,同时她很清楚弗朗茨永远不肯说出口,因此他们将始终维持这样一种假性状态,莱妮在这里既是统治者又是被统治者,因为同时她也是被弗朗茨所利用的。

尤哈娜的情况不同。她对弗朗茨没有任何特殊的好感,尽管在第一幕父亲给她描绘了弗朗茨的形象,脑子里已有先入为主的东西,但最初她上楼的动机是真挚的,她对弗朗茨说:"请听我说,事实如此,现在请还我们自由。"但她和弗朗茨有共同的弱点,他们是同一类型的人,只不过弗朗茨已不可挽救罢了。此人曾经想望崇高,到头来却严刑拷打了别人。若是一个卑微的人,他也许会想:"我是跟着干的啊!"有人干了这种事,会承认:"上帝啊,真恶心,我还以为干得不错呢。"这种人比较容易复原,而那种把赌注全盘下在崇高上,甚至一度以为出于高贵才走到那个地步的,突然发现他的行为毫无意义。他所追求的是虚假的崇高和虚无,这种人则很难恢复正常。至于尤哈娜,对她来说,崇高等于美貌,这是另一种形式的虚无,从她所处的地位,要达到明星的高度,必须她的美貌受到承认,受到公众的承认。换句话说,她还不具有这种美貌。再换一种说法,她是一个漂亮的女人。讨许多男人喜欢,但还算不上一个美人。美人就是明星,例如人们说:美人阿娃·加德纳尔;尤哈娜一度被人承认,但后来被人遗忘了,这在电影界屡见不鲜。从剧本中看不出是因为她不太美,或是因为她演得不太好,或是因为观众的兴趣转向十七岁的姑娘,而以前是二十五岁。总而言之,尤哈娜失去了社会地位,然后落得一场空。在她看来,美貌恰似崇高,是一种证据,其实当然就是所谓"异化"。如果一个女人仅仅是漂亮而已,那就谈不上异化的问题,这没有意义。譬如说她也许有点过分卖俏,但这算不上异化。然而当人们对一个女人以一定的方式评价她的美貌时,那么她就被异化了;如果美貌是流动的,那么事过境迁,剩下的是虚无,其实美貌本身就是虚无,因为这是别人的看法。尤哈娜从来不认为自己是美人。她知道起先人家认为她美,后来认为她不怎么美了。但是她照着镜子对自己的看法始终一致,就是说既不美,也不丑,而在于打扮。

——正像弗朗茨,既有罪,又无罪,而在于弄清思想。

萨特:两个人找到了共同点。弗朗茨迫使尤哈娜跟他唱谵妄双簧。如果她对他说德国已经死亡,从而为"崇高的"弗朗茨服务,那么他将对她说她是美人。由于她从一个颇异乎寻常的人嘴里听到此话,那么她将为他服务:她相信他的话。换言之,尤哈娜认为这个人能使她信服。这引起了她的谵妄,但谵妄不能持久,而一旦谵妄消除,尤哈娜必然成为刽子手。妹妹莱妮出于妒忌对她说:"弗朗茨拷打过俘虏。"尤哈娜的回答不是:"他拷打过,但这毕竟是过去的事。"她的反应不是这样,而是立即抛弃弗朗茨。她当然可以更深入一步,或要求解释,或帮助弗朗茨。不,她立刻甩掉了他。因为在我的思想里,这一场应该这么铺展:一旦莱妮说出拷打,弗朗茨就不再想说服别人了。事已定局。到此为止,他认输了。真相大白,好几个人都知道了,因此停战。现在应该找父亲算账了。实际上弗朗茨拒绝一切帮助。他设法使人厌恶,他不肯说出:"好吧,我把一切都说了吧。"所以尤哈娜离开他是情有可原的,弗朗茨不要她了。

关于"自由选择"

一九四七年加利马出版社出版《萨特戏剧选》包括《苍蝇》《隔离审讯》《死无葬身之地》和《恭顺的妓女》四个剧，萨特写了几行字作为选集的介绍，刊登在《新法兰西评论简报》(1947年7月)。

在任何情况，在任何时间，在任何地点，人自由选择自己当叛徒或当英雄，当懦夫或当胜者。在为自己选择受奴役或获自由的同时，人必将选择一个受奴役或有自由的天地，悲剧在于人必定尽心竭力证明他的选择是对的。在上帝面前，在死亡面前，在暴君面前，我们有一条是确信无疑的，得意扬扬也罢，惴惴不安也罢，反正确信我们是自由的。

一九六九年萨特在接见《新左派杂志》记者时提到上面这段文字，做了自我批评，并对自由选择做了新的解释。这次谈话刊登在该杂志一九六九年十一月和十二月号上，后收入《处境种种》(九)。现节译如下。

我很想通过我的传记解释我早期哲学著作中的某些观点，因为这有助于了解为什么我在第二次世界大战以后彻底改变立场。我可以简单地归结为：生活使我懂得了"势所必然"。其实，从《存在与虚无》起我就应该开始明白势所必然了，因为当时人家硬要让我当兵，而我很不愿意，所以我已经体验到某些违背我自由的东西，某些从外部控制我的东西。更有甚者，我被俘虏了，而我曾千方百计逃脱当俘虏的命运。因此我开始发现人置身于物中的现实处境,我称这种现象为"人生在世"。

然后我逐渐意识到世界还要复杂得多。在抵抗运动中,好像存在着自由决定的可能性。我认为我早期的几个剧本非常能反映我在战争年代的思想状况,我称这些剧本为"自由剧"。有一天我重读了我为出版四个剧——《苍蝇》《隔离审讯》《死无葬身之地》《恭顺的妓女》——写的前言,我着实大为恼火了一阵。我曾写道:"在任何情况,在任何时间,在任何地点,人自由选择自己当叛徒或当英雄。"当我读到这些时,心想:"简直难以想象,我当时确实是这么想的哩!"

要理解我当年何以有这种想法,应当记得抗战时期存在着一个非常简单的问题,归根到底,是一个勇气问题:人们不得不承担行动的风险,就是说要冒被捕入狱或被流放、被关进集中营的危险。除此之外有别的选择吗?每个法国人要么赞成德国人,要么反对德国人,没有别的选择。导致你表示"赞成,但是……"或"反对,但是……"的真正的政治问题,在那个时期没有提到日程上来。所以我得出结论说,在任何情况下,选择总是可能的。这是错误的,非常错误,以致后来我自己批判自己,我在《魔鬼与上帝》中塑造了海因里希这个人物,他无法选择。当然他很想两者择一,但做不到,他既不能选择抛弃穷人的教会,也不能选择抛弃教会的穷人。他完全被他的处境束缚住了。

然而这一切,我是后来才明白的。战争的悲剧给我以及所有参加过战争的人带来的东西是对英雄主义的体验,当然不是我的英雄主义,我只不过干了一点苦力活。但是那些被逮捕和被拷打的抵抗运动积极分子在我们看来简直成了一种神话。这种积极分子当然是存在的,但对我们来讲是神话式的人物。我们自己在严刑拷打下也能顶得住吗？这实实在在需要考验身体的耐力，而不是挫败什么历史学的诡计，或揭穿异化的什么圈套。一个人被拷打：他该怎么办？他该招供或拒绝招供？这就是我说的对英雄主义的体验，在我，这是一种并非实际的体验。

　　战后，我有了真实的体验，即对社会的体验。但是我认为对于我来说，首先体验英雄主义传奇是十分必要的。应当让战前的人物，即某种斯丹达尔式的自私自利的个人主义者，身不由己地投入历史的潮流，同时还保留着表示赞成或反对的可能，然后才能对付战后种种错综复杂的问题。这时他完全受到社会存在的制约，然而有足够的能力来决定承受这种制约，并对此负责。我有一个想法，也是我不断加以发挥的，就是每个人归根结底总是对别人所造就的自己负责，甚至除了承担这种责任外，不可能有其他作为，但我又认为一个人总能为别人所造就的自己做点什么，这就是我今天对自由所下的定义。自由是一种小小的行动：把完全受社会制约的生物变成部分摆脱他所受到的制约的人。譬如，圣热内①变成了诗人，而他生存的条件却不折不扣让他成为小偷。

　　《圣热内》也许是我阐述我所理解的自由最详尽的书。热内被迫成为小偷，他就说："我是小偷。"这二者之间细小的差别则是使他成为诗人的过程的开端，然后，总而言之，他不再是一个真正脱离社会的人，只是不知道自己处在什么地位，因而默不作声而已。像他这种情况，自由不可能是幸福的，自由不是一种胜利。对热内来说，自由只不过为他打开了某些道路，而这些道路在他的生涯开始时对他是封锁的。

---

① 指萨特写的传记《圣热内，演员和殉道者》的主人公圣热内。

关于《凯恩》

萨特根据亚历山大·仲马《凯恩或混世魔王》改编的剧本《凯恩》，准备一九五三年十一月十四日在萨拉-贝尔纳剧院首场演出。为此他撰写了题为《关于凯恩》一文，签署日期：一九五三年十一月八日。全文如下：

大名鼎鼎的凯恩来巴黎逗留，在奥德翁剧院用英语上演莎士比亚期间，弗雷德里克·勒迈特①带他跑遍全城夜总会。凯恩边喝酒边讲述生活经历；勒迈特边喝酒，边听，心想："世上只有两位演员，他和我。"凯恩回英国不久便死了。于是弗雷德里克·勒迈特认为："世上只剩下一位演员了。"为了使观众确信其想法，他妄图进入已故凯恩的角色。著名多题材作家德·库尔西受托撰写一部叙述凯恩身世的剧本，由勒迈特扮演主角。至于亚历山大·仲马呢？他跟此事有何关系？我想谁也不得而知，反正他署了名领了钱，这是确凿无疑的；剧本如今已编入他的作品全集，只署他一人姓名。剧作上演非常成功，冲昏了法国这位演员的头脑，最后他居然完全跟英国同行混同了：当他暮年得知《凯恩》在奥德翁重新上演（我想是由一名意大利演员扮演的），他五内俱焚，一怒之下，在巴黎街头巷尾张贴海报，申明："真正的凯恩是我！"后来，这个

---

① 弗雷德里克·勒迈特(1800—1876)，法国著名表演艺术家。

角色吸引过其他演员,尤其吕西安·居特里①;第一次世界大战后,伊凡·莫舒金在电影中扮演凯恩②。此剧之所以长盛不衰,是因为始终具有现实意义:每隔二十五年就有一名红角儿让其"风光一番";勒迈特、居特里、莫舒金轮流出来向观众讲述他们的艺术、他们的私生活、他们的困难和遭遇,但按其职业的规矩,即小心谨慎,羞羞答答,就是说悄悄溜进别人的角色。所有这些伟大的故人相继扮演凯恩,用自己的体验丰富了这个角色。如今,凯恩连同其放荡、天才和厄运一起超越历史人物范畴,跻身于神话之列,成为演员的主保圣人。我希望皮埃尔·布拉瑟尔走运,倘若果真如此,就会产生奇迹。一百年来该剧一向马到成功:你们将分不清是布拉瑟尔在演凯恩,还是凯恩在演布拉瑟尔。改编者的任务是微不足道的:无非去锈除霉。简言之,清污除垢,拨繁就简,使观众聚精会神欣赏这异乎寻常的演出:一个演员扮演体现自身的角色。

一九五三年十一月五日《战斗报》刊登记者采访萨特的报道,下面是有关《凯恩》的谈话片段:

萨特:我非常喜欢《艾那尼》(1830),然而半年前上演《艾那尼》,观众哈哈大笑。谁之过?错不在观众,也不在雨果,而在于一个世纪的隔膜,我们的反应与浪漫主义的观众不相同了。从中我看出了问题,多半为此我改编了亚历山大·仲马的《凯恩》。〔……〕我试图解决问题,无意满足于回避问题,力图使情节剧适

---

① 吕西安·居特里(1860—1925),法国著名演员。其子萨沙·居特里(1885—1957)是法国著名剧作家和表演艺术家,其戏剧生涯长达半个多世纪。
② 指一九二四年伊·伏尔科夫执导的一部苏联影片,伊凡·莫舒金扮演凯恩。萨特改编的《凯恩》于一九五七年在意大利搬上银幕,由维托利和奥·加斯曼执导并亲自主演。最近,弗朗克·豪塞尔翻译了萨特改编的《凯恩》,并将其搬上英国舞台,由阿兰·巴德尔在伦敦全球剧场主演(1977年1月8日),取得极大的成功。——原注

应现时需要,根本不想搞戏剧模仿。这个意图促使我思考被人称之为演员的问题。

——您准备论述此问题吗?

萨特:不,不会的。要说论述,无非是我的改编剧!演员绝非逢场作戏,演出完毕,依然故我,做平常人,而是时时刻刻"自己演自己"。这既是奇妙的天赋,又是在劫难逃,自己害自己,永远分不清楚自己究竟是谁,是真做戏还是假做戏……

一位未署名的记者,根据采访记录,发表了萨特的谈话。以下是关于《凯恩》的谈话片段:

——从海报上看到,您"改编"了亚历山大·仲马的剧本《凯恩》。我们坐在萨拉-贝尔纳剧院看演出,始终弄不明白观众为谁鼓掌,为您呢还是为基度山之父①?

萨特:不错。事情是这样:出主意的,先是布拉瑟尔。他跟我谈起此事。我嘛,很喜欢大仲马,认为他是出色的小说家,并且写过极好的剧本。计划诱人哇。但必须改编某些东西,以适应观众趣味的变化。我并没有把大仲马和索福克勒斯相提并论,而像科克托"压缩"《安提戈涅》②那样,重写了《凯恩》。另外,我完全改变了安娜姑娘的性格,大仲马笔下的安娜备受为人不齿的病痛折磨,形容枯槁。他对痨病女性的构思已不再适合本世纪。倘若使她戏剧性康复,显得在舞台上康复比一切治疗措施更有效,那就会惹人耻笑。至于爱莲娜,我让她更加卖弄风情。威尔士亲王这个人物,我突出其风貌。亲王接近国王,王家气派十足。请注意,我

---

① 指大仲马。此雅号来自他是著名小说《基度山伯爵》的作者。
② 科克托曾改编古希腊戏剧大师索福克勒斯(公元前496—前406)同名剧作《安提戈涅》(1922)。用俯瞰全景的办法,压缩作品,突出重点和构架。毕加索为其绘制舞台背景。

只不过把大仲马不便说透的想法做了现代的推导,因为彼时,大仲马虽然是立宪派和进步人士,但颇动心于王家排场……另外第二幕有所改动。原剧中,凯恩向安娜叙述演员的荣辱。这不,十九世纪尚属新鲜的东西,而今不免沉闷乏味了。您知道,同一主题就有五十多部剧作,其中有居特里的数部……整个工作非常有意思。说实话,我只把有点陈旧的东西变动了一下,每天晚上最受人鼓掌的那句台词,如您所知,"啃你的莎士比亚去吧",就出自大仲马。

——在对《凯恩》的一片赞扬声中,唯有最后一幕引起某些保留意见。但似乎都是大仲马的,况且剧情进展必然导致如此。

萨特:对呀。不然怎么结束剧情?大仲马把剧本封尾了嘛。我一场一场按部就班把这最后一幕改完。我很愿意结尾是乐观的。有些人希望处处留下悬念,弄得整个剧本凄凄惨惨的,不要理睬他们。莫里哀结束《伪君子》时调子乐观,而剧本看上去很可能是悲观的。为什么要对大仲马求全责备?

——某些人认为,《凯恩》通过皮埃尔·布拉瑟尔体现的人物给您提供了机会,让您重申您的某些哲学思想。是您的目的吗?

萨特:存在主义仲马!简直开玩笑嘛。演员有时自己给自己做戏,这个想法是在跟一些大演员谈话时产生的,特别像布拉瑟尔这样的演员。对他们来说,这是个问题。但绝对不可以由此得出结论说人人都在演戏,尤其不可以得出一套理论。爱莲娜这个人物之所以也会逢场作戏,是因为她属于有闲社会。这里没有任何哲学主题。

萨特接受勒内·索雷尔(René Saurel)的采访,记录载于《法兰西文学报》(1953年11月12日),对凯恩的人格做了详细的叙述。其要点如下:

萨特：值得注意的，是凯恩其人。他是私生子。就是说，在严守教规的英国，他是有罪的，下贱的。小丑凯恩，街头艺人，从小跟父辈学艺。众所周知，他一七八七年出生在伦敦。母亲偶尔卖身，他为此痛苦不堪。他非常傲慢，一生待人接物的态度可从受委屈的童年得到解释：幼年时有一次人家拒绝他进入包厢，为此他整整一星期不肯见人。

——他很年轻就开始戏剧生涯了？

萨特：是的。十三四岁就扮演哈姆莱特，人家利用他让国王开心。他在德鲁里巷剧院①扮演小角色，真正的戏剧生涯是从扮演夏洛克②开始的，当时是充当替角。他演此角色，一鸣惊人；其演技别开生面。大卫·加里克③时期，剧院上演反映犹太人区的传统剧目。凯恩扮演一位犹太阔佬，衣冠楚楚，四十岁左右，运道不好且为人不善。或确切地讲，为人不善，因为运道不好。此人就是夏洛克，凯恩演这个角色，注入他私生子的身世。他对戏剧主要的贡献是把一个书面角色演得有声有色。在英国传统戏剧中第一次有人以自身的气质和个性上台表演。从这个角度看，恐怕他又是个蹩脚的演员，或确切讲，他真正是个演员，而不会逢场作戏。举例说，正好与弗雷内④相反，弗雷内自始至终完美无缺，因为他始终兢兢业业于自己的角色。再说，凯恩的成就一向很有争议。他有时候半场戏演得一塌糊涂，而且自己也知道，之后"他的"戏一到，便演得叫人倾倒。〔……〕

---

① 伦敦一家著名的剧院，创建于十七世纪。后来此巷名反以剧院著称。
② 莎士比亚《威尼斯商人》中放高利贷的犹太人典型。后来夏洛克成为冷酷无情的高利贷者的代名词。
③ 大卫·加里克(1717—1779)，英国著名演员兼剧作家，曾任德鲁里巷剧院经理(1747—1776)长达三十年之久。
④ 弗雷内(1897—1975)，法国著名演员。

他四十六岁死于肺结核，在演完一场《奥瑟罗》之后。平时他演伊阿古。这次例外接受扮演奥瑟罗，为了让他儿子扮演伊阿古，其子一直名不见经传。凯恩演完那场《奥瑟罗》，心力交瘁，一周之后便死了。他一生好与人争斗，放荡不羁，但最后的岁月是很了不起的。从演夏洛克开始，他一直把自己的身心投入各个角色。他是大写的演员，已入化境，立地成圣了。他无休止地做戏，上演自己的生活，连自己都认不出了，不知道自己是谁。末了，他谁也不是。《凯恩》中所有的人物莫不如此：大人物与自身的投影斗得不可开交。只有一个人物差不多是真诚的，那就是安娜·丹比，患萎黄病的纯洁姑娘，剧中凯恩最后娶她为妻。

言归正传，再讲凯恩其人。他最后几个春秋动荡不定。他结了婚，又有外遇，结果闹出离婚丑闻。他爱吵闹，经常喝得烂醉如泥，甚至手持凶器，袭击取乐。朋友们怂恿他成立"善面恶人俱乐部"，为他造舆论。但那个时代正值思想正统的英国驱逐拜伦。人家把他也放逐了……

——放逐美国？

萨特：是的。不妨跟您讲一讲他在美国的历险，从中看出某些美国特色的不变数。在流放之前，凯恩已经去过美国。那是他第一次赴美巡回演出，原定在波士顿上演十五场之后结束。但观众很少，只占剧场的一半，三分之一。第四场演出，来的人更少了。于是他拒绝出场，径直回到他寄居的朋友家。其间波士顿人逐渐到场。剧场慢慢坐满了。波士顿人一向充当美国最文明的观众，这次气愤难平，理所当然嘛。凯恩受到报刊攻击，但他傲慢地予以反驳。这次落难流放，回到了美国人的家园。人家对他说："您想演出吗？好哇，但波士顿的气温会很高的……"他同意发表公开信，对以前的事件深表遗憾。这样他重新在同一个剧院出现，上演他以前拒演的《理查三世》。但人家事先"作了安排",剧场里安插了捣乱分子。嘘喊,打呼哨,扔熟土豆。有人爬上台,殴打演员,波士顿人定要放火烧毁剧场。后来总算劝阻了,提醒说这是"他们的"剧场。他们满城找凯恩,搜住所,恰似私刑处死黑人。凯恩躲在朋友家的床底下。床上朋友的妻子正在分娩!他终于离开波士顿,来到纽约,一到就病倒,筋疲力尽了。后来他到美国南方巡回试演。拥护黑奴制的观众居然对他不薄,使他得以上演全部保留剧目。最后他返回伦敦。他私生活的丑闻被人淡忘了。可他自己积习难改,故伎重演。他再次需要重新开始,他勇敢地投入行动,三四年后终于重新站稳脚跟……他找回了曾经跟他亲密无间的观众。从前他们见他上场便冲着他喊:"浑蛋!你扔掉老婆啦!"大仲马和勒迈特以浪漫的情怀,重温了这些故事。

——他回国不久就死了?

萨特:是的,我说过了,在提携了初出茅庐的儿子之后吧。而且他临终遗言是:"他获得成功了吗?"

——大仲马的剧本是在凯恩去世不久创作的吗?

萨特:在一八三六年,即凯恩死后三年。在多艺剧院上演。剧本还有个掌故呢。勒迈特曾说:"凯恩,就是我。"况且他更有国际影响。他早就在演莎士比亚的剧目。好像勒迈特委托一个叫德·库尔西的撰写剧本,不管对不对,我说不好,反正听说德·库尔西是《费加罗报》的创办人。就此事,我收到娘家姓德·库尔西的马松·德·图尔贝夫人一封信,附有一份影印件,似乎确实证明德·库尔西,在某个叫泰奥隆的协助下,撰写了剧本;也许是在大仲马"监督"下进行的,最后由大仲马在剧本上署名。您知道,大仲马请别人捉刀代笔的事,屡见不鲜……

——您对剧本做了什么改动?忠实保留情节和人物吗?

萨特:尽可能忠实呗。我只不过删节一两场过于奇特的情节。现在这样的脚本,我觉得很有意思,并非因为情节本身,而是因为这是演员得天独厚的机会,某种"演员陷阱"。我尽可能尊重大仲马的作品,不管是仲马的,还是德·库尔西的,泰奥隆的,反正原著吧。但笔调的变化还是有的。我们这个时代,世人对问题看得比较透了,比较清醒了。与凯恩的时代相比,我们也一样愁肠百结,矛盾百出,但不那么"盲动",他那个时代,人们不大冷静。我试图把这一点显示出来。

——除了剧作主人公本身的意义,是否有其他意义,例如社会意义?

萨特:《费加罗报》最近责备我把作品的社会性抹杀了!作品的进步性!大仲马这个剧作没有进步性,我向您担保。况且,大仲马当时非常追求贵族时髦。您将看到威尔士亲王在《凯恩》中扮演高雅的角色。一次凯恩闹得满城风雨,威尔士亲王亲自向国王求情,减轻对凯恩的处分……

——就是凯恩责问威尔士亲王为何坐在他的心上人德·科菲尔德夫人的包厢吗?

萨特:是的。凯恩公开粗暴辱骂亲王。我重写了剧本,既本着绝对尊重原著的精神,又不落入戏谑模仿。我觉得戏谑模仿是老套套,只适合夜总会。我同情凯恩,他是个不寻常的好人,远远超越他生活的时代,令当时的批评家瞠乎其后,其举止态度要五十年之后方可被世人接受。〔……〕

我想故事可以是很生动的。此公为了摆脱对社会的怨恨才成为演员,他身上有股革命之气。《凯恩》有《艾那尼》的气势,我非常喜欢《艾那尼》。